你的征途是星辰大海.
我心为你拓碧海蓝天.

春刀美

上天安排的最大啦

上

春刀寒◎著

中国致公出版社　知音动漫

知音动漫图书 · 漫客小说绘出品

contents

第一章
她的小哥哥

✦01✦

　　教室窗外的知了比往常叫得还要大声，似乎是知道这群学生马上就要放暑假了，趁着他们还没走，抓紧时间折磨他们的耳膜。

　　徐芊芊看着成绩单上刚刚及格的分数，痛苦地抱住脑袋："要死了，要死了，这个暑假我别想好好过了。我已经能看到我爸妈给我安排补习班流水宴的惨状了。"

　　她哀号了半天，转头一看，跟自己考了差不多分数的同桌正一脸美滋滋地照镜子。

　　徐芊芊无语了："你还有心情照镜子呢？考这分数,回家不怕你爸妈请你吃'竹笋炒肉'啊？"

　　赵虞拨开自己的刘海左瞅右瞅："那个中药真的很有用诶！我的痘痘都没啦！"

　　徐芊芊："哈？"

　　赵虞照完镜子，又拿出一把小梳子，梳梳自己的刘海，然后若无其事地把几张惨不忍睹的卷子塞进书包："习惯是一件很可怕的事情。"

　　徐芊芊："啊？"

　　赵虞："当你从小学到高中每次都考成这样时，你爸妈就会习惯这件事并对此毫无波澜。"

徐芊芊："……"

这就是传说中的学渣无所畏惧吗？！

徐芊芊一边叹气一边收拾书包："你当然好啊，你妈那么温柔，你爸那么和蔼，都不是那种动刀动枪的人。我就不一样了……呜，好想跟你换父母啊！我也想拥有一个教芭蕾舞的妈妈和一个高级大厨爸爸！"

赵虞拎起书包，笑眯眯地摸摸她的头："这种事想想就行了哈。我走了，开学见！"

徐芊芊冲她背影大喊："暑假约啊？你不会又要去你舅舅那里过暑假吧？"

赵虞已经冲到教室门口，回头冲她甩了个飞吻："你自己玩儿啊，我要去见我的小哥哥了。"

徐芊芊翻了个白眼，继续哀叹自己即将到来的悲惨暑假。

后排女生用笔戳戳她的后背，八卦地问："赵虞说的小哥哥是谁啊？"

徐芊芊有气无力地说："她从小学开始的暗恋对象，好像是她舅舅家的邻居。"

后排女生："哇，那我们学校的男生岂不是没戏了？"

徐芊芊叉腰："我们学校这些丑八怪一天到晚没点儿数吗？！虞虞这种仙女是他们能肖想的吗？！"

✦02✦

江蕾今天没课，赵虞回家的时候她正在客厅练瑜伽。看见女儿满头大汗地跑回来，她忙去冰箱拿了解暑的绿豆汤给她喝，又问："成绩单呢？"

赵虞大咧咧往沙发上一躺："书包里。"

江蕾拉开书包找出成绩单，看了两眼，虽然对女儿这个成绩并不意外，但还是无奈地教育她："都高一了，怎么还像以前一样不用心？三年时间很快的，现在不努力，到时候就来不及了。"

江蕾是那种标准的大家闺秀，家境优渥，教养良好，再加上打小练习芭蕾，十分文雅，训起人来也温温柔柔的。

赵虞一点儿都不怕她，"嘻嘻"笑了两声，拿出手机给舅舅打电话。

赵虞的舅舅江誉是娱乐圈内小有名气的综艺导演，时下几档流行综艺制作班子里都有他的身影。

江家本家在杭州，江蕾嫁给赵虞的爸爸赵康宁后就移居四川了，因此赵虞在四川长大，只有每年暑假才会回杭州。

其实以前她是不爱去杭州的，毕竟朋友、同学都在四川，杭州那边只有几个不熟的亲戚，出去玩都找不到人陪。直到上小学那年，她在舅舅家隔壁遇到了一个少年——

小哥哥穿了件白衬衣，双手插在黑色裤兜里，嘴里叼了根棒棒糖，踩着青石板路走过来时，黑发被夏风吹得飞扬，白衬衣笼着他清瘦的身段，阳光都落进他漂亮的眼睛里。

赵虞发誓，她就没见过这么好看的小哥哥！

当时她正蹲在树下掏蚂蚁窝，看着小哥哥越走越近，感觉风里都是那根棒棒糖的甜味。

小哥哥走近了，似乎察觉了她的视线，偏头看过来。

目光相触，他朝她笑了下，笑容友善又清爽，带着夏天的气息，然后他从裤兜里掏出一根薄荷味的阿尔卑斯棒棒糖，问她："吃棒棒糖吗？"

赵虞就这么被一根棒棒糖俘虏了，在她还不懂爱情为何物的时候，心田里已经落下了名为暗恋的种子，然后年复一年，破土、发芽、成长，最后开出了充满夏日薄荷香的花。

于是每年暑假去杭州，就成了她小小的人生里大大的期望。

小哥哥叫沈隽意，是她舅舅的邻居，跟奶奶生活在一起。

他只比她大三岁，个头却高出不少，性格好玩又乐观，在跟她熟悉之后，经常带着她大街小巷去吃东西，还会趁着舅舅不在偷偷帮她写暑假作业。

八岁的赵虞在日记本上偷偷写："长大后，我要嫁给隽意哥哥！"

八年后，上了高中的赵虞在日记本上偷偷写："等高考结束，我就去跟隽意哥哥表白！"

然而高一这一年的暑假，风尘仆仆跑来杭州还没来得及回房喝口水就跑去敲隔壁门的赵虞，没有再见到她的小哥哥。

沈奶奶戴着老花镜来开门，看见门外是她，和蔼地笑起来："虞虞来啦。"

赵虞问："沈奶奶，隽意哥哥呢？"

沈奶奶回答："被他妈妈接去北京啦。"

赵虞突然觉得傍晚的阳光开始晃眼起来，之前热情的声音都蔫了："什么时候去的啊？还回来吗？"

沈奶奶摇摇头："过完年就走了，他户口在北京呢，去那边参加高考啦。"老人家一脸骄傲，"臭小子考得还不错，一本呢。"

隽意哥哥考上大学了！！！

赵虞第一个念头是为他高兴，第二个念头是为自己默哀。大学意味着什么？意味着恋爱自由啊！小哥哥这一去，就好像唐僧进了盘丝洞，要被扒得裤衩都不剩了啊！

赵虞跟沈奶奶告别的时候，眼泪花儿就有点儿包不住了，回到舅舅家往卧室一趴，就开始大哭起来。

不会等她高中毕业，隽意哥哥连孩子都有了吧，呜呜呜……

哭完了，在枕头上蹭蹭眼泪爬起来，她拿出手机点开通讯录，看着备注上的"隽意哥哥"四个字，鼻子酸酸的，想了好半天才慢腾腾打出一行字来："听奶奶说你考上大学啦？恭喜呀！"

发送之后，就是漫长的等待。

暗恋总是折磨人的。

好在小哥哥没有让她等太久，五分钟之后就回了消息："谢谢（咧嘴笑），以后来北京玩。"

赵虞："好的！等我呀！我也会努力考到北京的！"

沈隽意："加油！"

——我也会努力考到北京的。

——考到你身边来，等我。

学渣赵虞就在这一刻有了学习的动力。

两年而已，现在的分别是为了今后更好的重逢！

不过赵虞还是有些小心机的，偶尔会给他发个消息过去，从各个角度不露痕迹地打探他有没有交女朋友。

得到的答案是没有，小哥哥说"是单身不自由吗，为什么要谈恋爱束缚自己"。

虽然这句话怪怪的……但没有！！！她还有机会！！！

赵虞就在这打鸡血的状态里度过了难挨的高中时光，然后迎来了高考前最后一学期的冲刺。

过年的时候，江蕾和赵康宁就把她的手机和笔记本电脑没收了，让她专心准备高考。赵虞给沈隽意发了条短信后彻底闭关，两耳不闻窗外事，一心只读政史地。她其实是个不怎么爱学习的人，这两年的用功也并没能让她变成学霸，但比起之前惨不忍睹的成绩已经好了许多。

江蕾是教芭蕾的，赵虞从小耳濡目染，也跟着跳舞。但以她现在的分数，想考到北京还差一点儿。于是一家人商议过后，赵虞报了舞蹈学院，艺考通过之后，基本就十拿九稳了。

终于，在六月这个炎夏，当最后一门考试的交卷铃声响起时，赵虞神清气爽地走出了学校大门。

再见了，我的高中。

再见了，我的暗恋生涯。

从今天开始，我就可以光明正大地追我的小哥哥了，然后很快就可以拥有甜甜的恋爱了！

虽然赵虞心里清楚，小哥哥对她并没有那个意思。但伟大的鲁迅先生说过，路是人走出来的。作为从小到大的校花，作为一个自己都被自己美貌折服的人，作为一个颜值与品性并存的人间绝色，她努努力想想办法，总是能把小哥哥追到手的嘛！

赵虞美滋滋地坐上父母的车，打开关机半年的手机，给沈隽意发了条短信："我考完啦，下个月去北京，要不要一起约个饭呀？"

她捏着手机，心脏怦怦跳，嘴角都快咧到耳根了，却一直没收到小哥哥的回信。

一直等到晚上，赵虞才终于收到回复："恭喜啊！不过下个月我没空，要开演唱会了。"

赵虞："哈？"

你要干啥？满头问号的小姑娘从床上翻坐起来。

紧接着她又收到一条短信："有空请你吃饭。"

赵虞开始怀疑人生，把电话号码和短信内容翻来覆去看了几十遍。这个电话号码她烂熟于心，没发错人啊！

迟疑之中，赵虞打开了电脑，深呼吸着输入了"沈隽意"三个字，无数新闻与网页立即蹦了出来。

——靠颜值迅速圈粉！沈隽意喊话粉丝，其实我的实力也很强！

——沈隽意无与伦比出道舞台，天生的王者！

——沈隽意明星资料大全—沈隽意动态—沈隽意最新单曲—尽在猕猴桃

——出道半年封神顶流，蚕食整个流量市场，坐拥万千少女粉丝，沈隽意到底强在哪里？点击就看最新讯息！

——当红偶像沈隽意，出道半年首场演唱会即将开唱，门票48秒售罄，刷新圈内纪录！

——理性讨论：华畅到底上哪儿挖到沈隽意这么个宝的？国内流量市场才刚打开就被他一个人霸占了，今后还有能打的吗？

……

赵虞只觉一阵眩晕，眼前发黑，差点儿栽了过去。

她的小哥哥，趁着她闭关学习冲刺高考这半年，从一个默默无闻的美少年变成了坐拥万千粉丝星途璀璨的大明星？！

赵虞颤抖着手指搜索他的微博、贴吧、百度百科，以及他的视频。

是他，真的是他！

开朗的笑容，漂亮的眼睛，熟悉的语气，是她的小哥哥！

不是梦！

赵虞崩溃了。

✦03✦

赵虞感觉自己迎来了十八年人生中最灰暗的时刻。

这还谈个屁的恋爱？她是要跟几千万粉丝抢人吗？她是要跟娱乐圈无数漂亮小姐姐比美吗？连暗恋都不再属于她一个人了！现在这天底下不知道有多少女生跟她一样暗恋着她的小哥哥！她这份暗恋的心情，一点儿都不显得弥足珍贵了！！！

太崩溃了，怎么会有这么让人崩溃的事？他不是读的计算机专业吗？为什么跑去当明星了啊？

赵虞一边嗷嗷大哭，一边抱着电脑搜索有关沈隽意的新闻，研究了一晚上才知道，原来沈隽意早在一年半前就跟圈内的老牌经纪公司"华畅娱乐"签约了，而且是在陪同学去面试广告模特的时候被星探发掘的。

也不知道星探是怎么说服的这个性格放飞开朗的少年，反正最后结果是沈隽意签约华畅，训练了一年唱跳，然后集万千资源于一身 Solo（单人表演）出道。

可能天生就是吃这碗饭的人，在韩流席卷世界、国内流量市场刚刚打开的时候，他就像横空出世的耀眼星星，只一年时间就从一个青涩少年成长为对舞台掌控驾轻就熟的完美偶像。

他的外形实在太优秀了，哪怕唱功一般、舞蹈还行，哪怕赵虞在翻看资料的时候看见了不少骂他的言论，也并不妨碍他成为当下最红的那一个。

毕竟这样的颜值，可遇而不可求。

更何况他性格又好玩，灵魂又有趣，对人又真诚，哪哪都好。

怎么会有人不喜欢呜呜呜……赵虞边哭边恨恨地想，今晚就去"暗杀"他那个同学！

高考结束后的这个暑假本该是一生之中最轻松最快乐的一个暑假，却成了赵虞最难受最心痛的一段时光。

原本定好的旅游计划取消了，跟舅舅说好去他的新综艺探班找小明星要签名也不去了，连朋友约她出去逛街唱歌也都全部推了。她把自己关在房间里，抱着电脑恶补了沈隽意出道半年以来所有的节目和视频。

他好像是天生的明星，站在哪里都是最闪亮的那一个。

从不追星的赵虞无师自通地找到了相关的贴吧、微博、超话，然后注册了一个小号，关注了有关沈隽意的一切。

点进超话的时候，她刚好看到了昨天的接机视频。

她有两年多没见过她的小哥哥了。

他越来越好看，笑容自信又飞扬，哪怕机场人山人海，他在拥挤的人群中艰难穿行，也不掩满脸轻松笑意。

视频中有女生大喊："哥哥，演唱会见！"

他朝镜头的方向看过来，挑了下眉："好，不见不散。"

周围顿时一阵尖叫。

哥哥……这明明只属于她的称呼……赵虞捂着心口，感觉自己要窒息了。

她用被子捂住头，捶床大骂："沈隽意，我 × 你仙人板板！"骂完了又呜呜地哭，重新拿起电脑，继续看那些令她心动又心痛的视频。

傍晚的时候，徐芊芊提着两杯冰奶茶敲响了她的房门。

一进卧室，看见赵虞蓬头垢面满脸憔悴的模样，徐芊芊吓了一大跳："你咋啦？失恋啦？"

赵虞有气无力地往床上一倒："算是吧。"

徐芊芊知道她从小就暗恋一个小哥哥，之前也听她说小哥哥去北京上大学了，此刻还以为是小哥哥交了女朋友，安慰道："恋爱而已，又不是结婚！大学恋爱都没好结果的，一般毕业就分手，你还有机会的啊！"

赵虞又想哭了，用被子捂住头，憋出几个字："你不懂！"

徐芊芊喝着奶茶嚼着珍珠，半天才说："那你可以上某乎问问嘛，我不懂，那上面的大佬们肯定都懂！"

不怎么上网的赵虞傻乎乎地问："某乎是什么？"

徐芊芊深沉地说："一个问答网站，人均月万的大佬的聚集地，上至国家大事宇宙起源，下至婆媳纠纷生孩子坐月子，大佬们知无不言，言无不尽。"

赵虞："……"

徐芊芊跟她一起吃了晚饭才离开。

她人一走，赵虞就迅速抱着电脑躺上床，偷偷摸摸打开某乎，逛了一圈之后迫不及待向大佬们求助——急！求助！怎么才能跟顶流谈恋爱？

发完帖子，她去洗了个澡，回来的时候发现居然已经有上百条回复了。

——如果我知道的话，还轮得到你吗？

——都让开，让我来把这位姐妹滋醒。

——沈隽意的粉丝又发疯了？

——你没机会了姐妹，隽意哥哥已经在我怀里了，嘻嘻。

——题主问的顶流，下面自动代入 sjy，脸未免有点儿太大了。

——沈隽意，娱乐圈顶流，圈内目前没一个能打，有什么问题吗？别匿名啊，有种来跟本薏仁对线啊！

……

再往下就歪楼了，开启了饭圈辩论模式。

赵虞翻了半天，手指头都划疼了，才终于找到一条认认真真回答问题的评论："谢邀，那就让自己也成为顶流咯，加油，祝你成功。"

赵虞看着这条回复足足愣了半小时，最后得出一个结论——好像也不是不可以？！

她的小哥哥站在那样高那样闪光的地方，她现在连接近都要仰望。而且每天有那么多的女孩子对着他大喊"我喜欢你"，他早就听麻木了吧？如果自己现在站在他面前说"我喜欢你"，他会不会把自己当成她们中的一员，然后笑着回答"我知道，我也喜欢你们"？

大概只有和他站在同一高度，能直视他的眼睛的时候，才会让她的那份喜欢重新变得与众不同起来。

赵虞失眠了。她关了电脑，钻进被窝，眼睛睁得大大的，看着黑暗中的天花板，开始思考这件事的可能性。

沈隽意可以，她凭什么不行啊？！自己好歹从小跳芭蕾，现在还考上了舞蹈学院！他呢？他就是个学计算机的！而且她圈里还有人，她舅舅可是知名综艺导演呢，圈内那么多人脉，随随便便捧她一下，不就红啦？

赵虞越想越觉得有可能，越想越精神，忍不住爬起来给舅舅打了个电话。

凌晨三点接到外甥女电话的江誉："……"

赵虞："舅舅，我要当明星！"

江誉："你当个锤子，还不给我去睡觉？！"

赵虞："呜呜呜……"

挂了电话，赵虞再次登录网站，回复了那条认真回答的评论："谢谢你！我会好好努力的！"

退出账号并卸载软件的赵虞并不知道第二天对方又回复了她："姐妹，我开玩笑的，你当真啦？你回来啊！明星不是随随便便能当的，姐妹你别因为我一句话随便改变自己的人生轨迹啊！我的天！！！"

✦04✦

第二天起床吃早餐时，赵虞在餐桌上郑重其事地告诉父母："我要当明星。"

江蕾："嗯，再吃个小笼包？豆奶还要吗？"

赵康宁："今天下午我休假，晚上给你们娘俩做意大利火鸡腿煲仔饭。"

赵虞："……"

她从小到大性子风风火火的，做什么事都只有三分钟热度，父母早就习惯了，丝毫不以为意。

赵虞狠狠咬了口小笼包，在心里默默发誓，这一次我一定要做给你们看！

但是当务之急是去看隽意哥哥的首场演唱会。

沈隽意的演唱会门票早就被抢光了，赵虞摸索着在超话求票，然后被骗了一千块，最后只能怒而给江誉打电话："舅舅，我想要一张沈隽意的演唱会的门票。"

江誉这点儿事还是能办到的，门票很快邮寄到家。

恰好赵虞要去北京上大学，于是收拾收拾行李，在江蕾的陪伴下踏上了飞往北京的班机。江誉一向北京、杭州两边跑，在北京这边也租了房子，赵虞开学前就和母亲住在这里。

她长这么大，还没看过演唱会，不知道什么叫应援，什么是周边，所以演唱会当天查好路线，背了个小包包，装好门票就出门了。

演唱会是晚上七点半开始，她来得迟，到场馆的时候天都快黑了。

粉丝们早已入场，只剩还在外面等人等票的零散人群和卖票黄牛。赵虞看她们手上都拿着红色的荧光棒，头上戴着写着"沈隽意"的发夹，再看看自己空无一物的双手，想了想，跑到摆摊的小贩那里买了个红色发光的猫耳朵。

虽然早知她的小哥哥现在很红，可真的走进去，看到座无虚席的场馆和刺眼夺目的红海，听到阵阵不断的呼喊，赵虞还是有些震惊。

她拿着门票找到了自己的位置。坐下的时候，身边的女孩子们都在兴奋地叽叽喳喳，说的都是她听不懂的话。

见她一个人有些拘谨地坐在座位上，旁边的女生拍拍她的肩，热情地问："你好呀，是薏仁吗？"

赵虞逛了一段时间超话，知道沈隽意的粉丝就叫"薏仁"。她其实也不知道自己是不是，但看着女生热情洋溢的笑容，还是笑着点了下头。

女生说："啊，好激动啊！这是哥哥的首唱，我们太幸福了！"

赵虞嗯嗯啊啊地附和。

女生看着她空荡荡的双手，好奇地问："你没带应援棒吗？"

赵虞有点儿心虚："出门走得急，忘了……"

女生一副理解的表情，从背包里掏出一根荧光棒递给她："给你！一会儿要给哥哥最好的应援！"

赵虞问："那你呢？"

女生又从屁股后面摸出一根荧光棒："我带了两根，本来打算交叉着挥的，更有气势一点儿！"

赵虞："……"打鼓吗？

女生兴奋地搓手："还有十分钟哥哥就要出场了！啊啊啊我快不行了！我的心脏快要跳出喉咙了！"然后转头激动地问，"你是什么时候入坑的啊？"

赵虞："啊？"

女生其实刚一见她就知道她是个没什么经验的新粉，听不懂饭圈用语也正常，便换了种问法："你喜欢他多久了？"

赵虞看向灯光绚烂的舞台。那里空无一人，工作人员正在调试设备，准备迎接属于这个舞台的王者。

女生骄傲地说："我喜欢他八个月了，是老粉哦！他刚出道我就入坑了，我眼光真好啊嘻嘻！"

赵虞垂了下眸。

十年了……

她在心里默默说，我喜欢他十年了。

周围骤然疯狂的尖叫声拉回了赵虞的思绪。她抬头看向舞台，之前的打光暗了下去，舞台渐渐起了白雾，她知道那是干冰的效果。

沈隽意的应援色是红色，像他这个人一样，充满了夏日的热情。此刻的红海尤为壮观漂亮，场馆内此起彼伏的尖叫声很快默契地变成了他名字的喊声。

——沈隽意！

——沈隽意！

——沈隽意！

一声又一声整齐又响亮，持续了很久很久。

赵虞有一点点茫然，又有一点点震动，有一些些骄傲，又有一些些心酸。那些复杂的情感喷涌而出，最后汇聚在她的眼眶。

旁边的女生惊讶地回过头来："你哭啦？哎呀，你别哭啊，这还没开始呢，先享受快乐啊！你看上去好淡定的，我还以为你只是路人粉呢，没想到你爱得这么深沉哈哈哈！"她一边安慰一边递纸巾给赵虞。

赵虞接过之后道了声谢，还在揩鼻涕，环绕的立体音响中突然响起几声心跳声，"怦——怦——怦——"

尖叫声伴着音乐炸响整个场馆。

赵虞的座位在内场的中间位置，不算近也不算远，沈隽意从升降台出来的时候，她还是得通过 LED 屏才能看清他的脸。

时隔两年多的第一次相见，他戴着耳麦，化了帅气的舞台妆，黑发梳成大背头，只额前挑落几缕碎发，铺满了亮闪闪的碎片。他穿了红色的衬衣，深 V，腹肌若隐若现，唱跳的时候气势惊人。

赵虞从来没见过这样的他。

她看见他跳舞时领口微微滑落，露出大片性感的锁骨，忍不住耳根泛红，捂住了眼。

旁边的女生嗓子都快喊劈了，疯狂来掰她的手："锁骨啊啊啊——你看啊！你看啊！你捂眼睛干什么啊？！"

赵虞憋红了脸，透过指缝去看。

熟悉的声音响在耳边，唱跳的时候还有一点点喘，可他台风太好太爆炸，这点儿瑕疵完全可以忽视。她渐渐沉浸在他的魅力中。

直到三首开场舞结束，他气喘吁吁地停下来，笑着望向四周，在尖叫声中语气飞扬地道："欢迎来到我的舞台。"

那一刻，赵虞突然觉得，他是该当明星的。她的小哥哥闪闪发光，天生就该在舞台上称王。

周围尖叫声起伏，无数人大喊着"我爱你"，她们将全部的爱意和热情毫无保留地给了台上那个少年。

赵虞比任何时候都清晰地感受到她和他之间的距离，遥不可及的距离。

他再不是曾经那个会带着她爬树掏鸟窝、模仿她的狗爬字偷偷帮她写暑假作业的小哥哥了。

演唱会结束时，赵虞比周围任何一个粉丝哭得都惨。

之前一直跟她聊天的女生把剩下的纸巾都塞给了她，又哭又笑地安慰："别哭啦，这才是第一场而已，今后我们还有无数场演唱会呀！哈哈哈你快别哭了，看你这样我都哭不下去了。"

她掏出手机："我们加个微信吧，以后有什么活动一起去呀！"

赵虞一边哭一边说："我没有微信，我只有 QQ，呜呜呜……"

女生被她逗得哈哈大笑："那就先加个 QQ 吧，等你有了微信再加，你可以用手机号注册一个，很简单的。"

赵虞一边抹着眼泪往外走，一边加上好友，又和对方互留了联系方式和姓名——女生叫蔺忆，是北京某大学的大二学生。

场馆外人群簇簇，夜幕已经降下，蔺忆的宿舍查寝很严，告别之后就匆匆离开了。赵虞排队上了个厕所，慢腾腾往外走。

江蕾知道她今晚来看演唱会，掐着结束时间打电话过来："幺儿，回来了没？"

赵虞瓮着声音："还在等车，人太多了。"

江蕾问："夜宵想吃什么？妈妈给你做。"

赵虞说："我不吃！我要减肥！"

那头江蕾被逗笑了："你又不胖，减什么肥。"

赵虞捏着拳头："电视会把真人拉宽的，我还要更瘦一点儿才能当明星！"

江蕾："……赶紧回来，路上注意安全，上车了把车牌号发给妈妈。"

赵虞失落地挂了电话。她已经走出一段距离，周围聚集的粉丝没那么多了，交警和保安正在疏通道路。

她呼吸了几口夏夜有些燥热的空气，又看了看还亮着屏幕的手机，半晌，指尖有些抖地划开通讯录，找到了沈隽意的电话号码。她紧张兮兮地看了四周一眼，又深呼吸了半天，终于鼓足勇气拨通了电话。

"嘟"声仿佛一个世纪那么漫长。

赵虞感觉自己的心脏都快跳出喉咙了。

电话终于接通，她喉头一紧，小声喊："隽意哥哥……"

那头传出陌生又警惕的声音："你哪位？"

赵虞拿下手机看了眼，又放回耳边，紧张地说："我……我找沈隽意……"

那声音越发戒备："你找他做什么？"

赵虞额头都冒汗了，一时之间说不出话来，直到听筒里远远传来她熟悉的声音："周哥，谁找我？"

接电话的陌生男人没有回答，语气十分严肃地说："我是不是跟你说过，最近不要跟任何没必要的女性联系。你是嫌上次的绯闻闹得不够大吗？为什么通讯录里还有我不知道的女性？"

看来接电话这人应该是沈隽意的经纪人毕周，赵虞查资料的时候有看到过。

沈隽意的声音由远及近："我看看谁……小虞啊，是我老家的妹妹。"

毕周皱起眉："什么妹妹？亲戚吗？"

沈隽意笑着说："不是，一个邻居家的小妹妹。你把电话给我。"

电话递了过去，赵虞仍能听到经纪人警告的声音："既然不是亲戚，就少点儿往来，狗仔盯你盯得有多紧你自己明白。"

沈隽意嘻嘻哈哈地应着，声音终于清晰起来："喂，小虞，什么事啊？"

赵虞嘴唇开合几次，才终于发出声音："隽……我……我没什么事……"

沈隽意的声音还是如以往一样热切："你来北京了吗？我的演唱会今晚结束了，什么时候有空，请你吃饭。"

赵虞觉得眼眶涩涩地疼，勉力笑了笑："不用啦，我快开学了，也……也很忙。"

沈隽意那头有些吵，是大家在互相招呼去庆功宴现场。

赵虞听到有人喊他，赶紧说："你去忙吧，我挂了。"然后不等沈隽意回答，飞快挂断了电话。

夏夜的风持续燥热，不过一通电话，却仿佛耗光了她全部的力气，让她的双腿都软得有些站不住。

赵虞扶住旁边的路灯，缓缓在马路边坐了下来。

不是一个世界的人了。

经纪人说的那个绯闻她知道。

上个月有狗仔拍到沈隽意带着一名年轻女生出入他的家，随后扒出那名女生是他伴舞团的成员，两人爆出绯闻，引发全网热议。

最后沈隽意发微博辟谣，说那名伴舞去他家是为了帮他看看他家的金鱼为什么总是养不活——那伴舞是畜牧专业毕业的，跳舞之前是个动物医生。那名伴舞也晒出了自己的毕业证、以前的行医证，以及沈隽意家的鱼缸。

广大网友都被这个反转搞蒙了。

虽然大多数人都啼笑皆非地相信了，但沈隽意毕竟是站在流量巅峰的人，盯着他的对手不少，一旦有黑点被抓住了就往死里黑。黑粉揪着他偷偷恋爱这个点不放，开贴扒他和伴舞的恋情细节，发了不少洗脑包，让不少人相信了这则绯闻，对他的影响很大。

自己不能再去给他添麻烦了。赵虞想。

一辆轿车停在了她身前，司机操着一口京片儿问她："姑娘，搭车不？"

赵虞抱着头嗷嗷大哭。

司机吓得一脚油门踩到底开走了。

✦05✦

八月的北京很热，演唱会结束之后，赵虞在家蔫了几天，每天就逛逛超话，刷刷视频，跟着蔺忆学习她不懂的粉圈行话。

直到一周后，江誉回到北京。

他刚结束了一个项目的拍摄，拖着行李箱开门进屋，就看见瘫在沙发上的外甥女一个鲤鱼打挺蹦起来，兴奋地朝他冲了过来。

"舅舅，你终于回来啦！累不累？箱子给我，我帮你放！吃饭了吗？外面很热吧，我给你倒杯水！"

江誉："嗯？"

他回来前打了电话，因此江蕾正在厨房做饭，听到动静走出来："回来啦。"

江誉点点头，看着殷勤帮他收拾行李的外甥女，问姐姐："虞虞又怎么了？"

江蕾露出一个无奈的表情。

江誉想到什么，喝了口水才问："不会还想着当明星那事儿吧？"

江蕾点点头，又叹着气回厨房了。

果不其然，赵虞献完殷勤，看了眼坐在沙发上看手机的江誉，期期艾艾地走过去，坐在他脚边的小板凳上，十分乖巧地喊："舅舅。"

江誉斜了她一眼："想当明星？"

赵虞："对！"

江誉回完消息，好整以暇地打量外甥女几眼："怎么突然想当明星了？"

赵虞有些不自然地左顾右盼。

江誉："说不出理由，这事儿就免谈。"

赵虞急了，噌地一下站起来："舅舅，你不觉得就我这条件，不当明星是娱乐圈的损失吗？！"

江誉着实愣了一会儿："照你这么说，我还得替娱乐圈谢谢你了？"

赵虞怪不好意思地摆摆手："那倒也不用啦，嘿嘿。"

江誉："……"

他这些年忙他热爱的综艺事业，一直没有结婚，外甥女赵虞出生后，他就把赵虞当成自己的女儿。而且赵虞从小就长得好看，也算是集万千宠爱于一身长大的，家里虽称不上大富大贵，但家里人一向对她有求必应。

见舅舅朝自己投来一言难尽的眼神，赵虞扯着他的衣角撒娇："舅舅，你看我这样，啥也不会，啥也做不好，学的这个舞蹈专业以后毕业了说不定连工作都找不到……"

江誉打断她："你啥也不会，啥也做不好，那你怎么就能当明星了？"

赵虞理直气壮："我长得好看啊！我可以靠颜值啊！"

江誉被自己这个幼稚的外甥女逗笑了："明星不是光长得好看就行的，演员要有演技，歌手要有唱功，连参加综艺都要有梗。虞虞，这个世界上长得好看的人有很多，不是每个人都能当明星的。"

赵虞咬着下唇看着舅舅，憋了半天，眼眶都憋红了，最后憋出一句："我不管！我就是要当明星！不会我就学！我就是要当！"

她声音有些大，江蕾从厨房走出来斥责她："怎么跟舅舅说话的？江誉，你别管她，她就三分钟热度，过几天就忘了。"

赵虞又委屈又生气："我不是三分钟热度！我这次是认真的！"

江蕾："你去年学击剑之前也是这么说的。"

赵虞："……"

江蕾："高一那年吵着要学古筝时也是这么跟我和你爸保证的，结果你学了有两个月吗？"

赵虞："……"

江蕾："从小到大，你有坚持超过半年的事吗？"

赵虞："……别说了。"

江蕾好笑地摇了摇头："别吵你舅舅了，让他去休息会儿。"

赵虞闷着点点头，终于没再说话。

江誉看了垂头丧气的外甥女两眼，笑着揉揉她的脑袋，等江蕾进厨房了才压低声音笑问："真那么想当明星啊？"

赵虞点了下头，抬起手背揉了下眼睛，瓮着嗓音说："舅舅你别管了，我会自己想办法的。"

江誉被逗笑了："你想什么办法？"

赵虞抬起头看着他，认真地说："舅舅，你不是说明星不能光长得好看吗，我会先去学的。我想当唱跳歌手，我会去学的，等我学会了再来找你！"

江誉头一次在外甥女眼里看见那么坚定的光芒。

他是看着她长大的，甚至比江蕾和赵康宁还要溺爱赵虞一些，此刻见她委委屈屈眼眶都红了还坚定咬牙的样子，真是又好笑又心疼。他看了眼厨房，问："那你打算怎么学，去哪儿学？"

赵虞郁闷地说："这你就别管了，反正我会自己想办法的。"

江誉笑着拍了下她的头，没再说什么。

吃过饭，赵虞就回卧室玩电脑去了。

江誉端着茶杯走过去看了看，看到她在搜索引擎里搜索"练习生娱乐公司"，还拿了本本子在认真做笔记。他喝了口茶，道："这个公司不用考虑了，是个皮包公司。"

赵虞这才发现舅舅在后面窥屏，又羞又臊地一把挡住电脑屏幕："不准看！"

江誉笑着走了出去。

到了晚上，江誉等江蕾练完瑜伽，把她喊到阳台："姐，我看虞虞这次是认真的。"

江蕾："她哪次不是认真的？只是认真的时间太短了。她就这半途而废的性子，你又不是不知道。"

江誉笑着摇摇头，把自己的想法跟她说了。

江蕾回头看了眼，叹气道："你别惯着她。"

江誉："总比她自己乱来好。让她去试试，真以为练习生好当啊，比当明星还累呢，最多两个月，她就要哭着喊受不了了。"

两人聊了几句，江蕾最后无奈地被江誉说服："算了，让她死了这条心也好，我就是担心给你添麻烦。"

江誉笑道："几句话的事，不麻烦。那行，明天我带她过去。"

第二天，江蕾一早就出门去见她在北京的朋友了，赵虞起床的时候都快中午了。

江誉点了外卖，坐在餐厅喊她："洗漱一下快来吃饭，吃完了我们要出门。"

赵虞有气无力地道："不想出去，外面太热了。"

江誉没说其他的："先吃饭。"

吃完饭，他又催着她去换衣服。

赵虞不情不愿地换好衣服，就被舅舅拽着出门了，一直到车子渐渐驶入繁华市区，她才扒着车窗问："舅舅，我们去哪儿啊？"

江誉神秘地笑了下："到了你就知道了。"

车子最终停在了一栋大厦前，赵虞看到上面"木易娱乐"四个字，整个人有些蒙。

木易娱乐是圈内老牌的艺人公司，因为创建人姓杨，所以叫作木易。虽然比不上华畅、中夏、星耀这几家大公司，但也算小有实力，特别是今年他们推出了一个女团，一出道就引发了热潮，在练习生这块儿算是国内做得比较好的一家公司了。

她昨天查资料的时候也把木易娱乐记在了本子上，还在后面画了个五角星重点标识呢！

舅舅带她来这里做什么？

赵虞小心脏怦怦跳，听着舅舅打了个电话："老杨，我到了，你在公司吗？得嘞，我这就上来。"

挂了电话，江誉伸手在发蒙的外甥女眼前打了个响指："走。"

赵虞猜到了什么，眼睛变得神采奕奕，屏气凝神跟着江誉走进电梯。

木易娱乐如今的老板杨洁是江誉的大学同学，两人关系不错，江誉制作的综艺节目跟木易旗下的艺人合作也很多。

赵虞跟着江誉一进办公室，对面的男人就笑着说："这就是你说的那个外甥女？这条件，不出道是真可惜了。"

赵虞有点儿紧张，礼貌地打了招呼，亦步亦趋跟在江誉身后。

两位老同学聊了会儿天，终于说到她身上。江誉笑着说："她从小学芭蕾，今年又考上了舞蹈学院，底子是有的。"

赵虞被舅舅夸得有点儿心虚。她从小两天打鱼三天晒网的，芭蕾跳得还没江蕾一半好，能考上舞蹈学院还是考前突击的成效，能拿得出手的也就一点儿基本功了。

杨洁乐呵呵地点头："那当然了，看这身段就知道，标致！老江你放心，你外甥女就是我外甥女，放我这儿，妥当！"说着他从抽屉里拿出一份文件，"合同准备好了，你看看。"

赵虞顿时有点儿紧张，扯扯江誉的衣角："舅舅，什么合同？我……我这就要出道了吗？"

江誉和杨洁都笑起来。

江誉接过合同翻看，一边看一边跟赵虞解释。

木易现在的练习生模式很成熟，舞蹈老师和声乐老师也都十分专业，旗下有几十个签约的练习生。赵虞想学，当然是跟着这种系统的训练模式学更好。不过国内现在的练习生合约至少都是五年起签，以江誉和杨洁的关系，她的这份合同算是特例，只有一年，相当于木易娱乐的挂名练习生，蹭人家的训练系统，但不受公司约束，时间上来说也相对自由，毕竟她还要上课。

当然，这份合同不只是因为两人关系好，江誉还承诺会在下部综艺用木易旗下的某个新人当常驻MC（Microphone Controller，综艺节目中指带动气氛的主持人），也算一次交易吧。

他这外甥女从小性子就冒失，放任她自己去想办法，指不定惹出什么乱子来。娱乐圈这么乱，江誉怎么能放心，不如顺了她的意，帮她把路铺好，至于她能走多久，就看她自己的本事了。

赵虞完全没想到舅舅一晚上时间就解决了自己的烦恼，拿着合同激动得脸都红了。

签名前，江誉警告她："看好了啊，签的是一年，少一天都不行。你可别给我搞以前那些把戏，练个两三个月就说不练了。"

赵虞斩钉截铁地保证："不会的！我会好好学的！"

落笔签名，一气呵成，赵虞看着文件末尾自己狗爬似的字，紧张分兮地抬头问："我是不是要开始练签名啦？"

江誉和杨洁再次被逗笑了。

于是在正式成为一名大学生前，赵虞先成了一名练习生。拿着一式三份的合同回家时，她感觉自己晕乎乎的。

她翻来覆去看那份合同，心脏跳得很快。

她好像离他近了一步呢。

如果靠近他的那条路要走一万步，如今她终于走出了第一步，剩下的九千九百九十九步很长、很远，也很难，但只要他还在路的尽头，她就一定会坚定地朝他走去。

回家的路上，江誉跟她说了很多圈内的规矩，虽然只是练习生，该遵守的还是要遵守。

赵虞一边听一边"嗯嗯"着点头，又忍不住拿出手机点开短信箱，跟沈隽意的上一次通信还是高考结束那天。

她看着那几行当初令她崩溃的聊天记录，手指戳了半天打下几个字，迟疑中又挨个删掉，反反复复几次，最后还是什么也没发。

算了，还是等她成功之后再以全新的形象出现在他面前吧！什么邻居家的小妹妹，她才不是小妹妹呢！

等晚上江蕾聚会回来，赵虞兴奋地把合同拿给她看。

江蕾看女儿这么高兴，笑着摸摸她的脑袋，温声嘱咐："你舅舅托了关系才帮你这么大的忙，可不许像以前那样耍性子，知道吗？"

赵虞坚定握拳："你们就等着看吧！"

✦06✦

木易娱乐的练习生训练模式分为三个等级，初级班、中级班以及高级班。每三个月会进行一次内部考核，初级升中级，中级升高级，出道名额自然都是从高级班里产生的。

赵虞虽然有舞蹈功底，但要进行系统的唱跳训练，她作为新人还是更适合初级班。

早上八点，江蕾和江誉准时把她送到训练大楼门口，又嘱咐了几句，才不放心地看着她一蹦一跳地进去了。

赵虞给昨天加的负责人发了条微信："韩姐，我到啦。"

韩霜是这一批练习生的总负责人，上至训练成效下至衣食住行都由她负责监管。前两天得知公司分了一个有背景的新人过来，她以为是哪个高层的千金来体验生活，对赵虞的态度很客气。这种千金大小姐也就是抱着当明星的梦随便来玩玩儿，哪里知道明星光鲜亮丽的背后付出了多少，待不了几天就会吵着不练了，这种事她见多了。

韩霜发了个笑脸表情，回复道："好的，先来办公室找我吧。"

不一会儿，外面就有人敲门。

韩霜抬头道："进。"

房门被推开，进来了一个扎着高马尾、穿着白T恤和短裙的少女。

只一眼，韩霜眼睛就亮了。她做这行太久了，以前带艺人，现在带练习生，见过无数有潜力的新人，以她的嗅觉和眼光，很容易分辨一个人有没有火的潜质。眼前的这个少女，外形条件实在太好了。资料上说她今年才十八岁，五官还未脱青春稚气，可就是这种稚气，

020

使她明艳夺目的美貌多了丝令人心动的单纯，有了一种介于女孩和女人之间的气质，可塑性太强了。

韩霜还在暗自惊叹中，对方已经走过来，清澈的眼眸里有小女孩初入社会的紧张，也有闪闪发亮的期待："韩姐你好，我是赵虞，我今天来报到。"

跟她想象中娇纵的千金小姐一点儿都不一样，真实又可爱。

韩霜跟江蕾年龄相仿，气质又温和，赵虞跟她聊了会儿天，先前的拘谨就都消失了。

韩霜大概介绍了一下公司的情况，便带着她前往训练室。初级班的训练室内已经有十几名女生，正站成几列跟着前面的老师学舞。

韩霜等她们练完这一部分才带着赵虞走进去，拍了拍手介绍道："来了位新成员，以后跟大家一起训练。来，小虞，跟大家打个招呼。"

这还是韩姐第一次亲自带练习生过来，大汗淋漓的女生们都好奇地打量门口漂亮养眼的少女。

赵虞自我介绍完就去换训练服了，回来的时候大家正在课间休息，看见她回来，都热情地跟她打招呼。

现阶段大家都还是小萌新，没多少复杂心思，赵虞长得好看，性格又大大咧咧的，一上午时间就跟新伙伴们打成了一片。

初级班里有跟她一样的新人，刚成为练习生没几天，也有训练了一段时间但基础不好无法晋升的差生。赵虞有舞蹈底子，追她们的进度完全没问题。

上了一节课，老师就看出她底子不错，笑着问："学跳舞多少年了？"

赵虞斗胆回答："十……十几年了吧……"

她也没说谎，她的确是从三岁就开始压腿了嘛。

周围一片"哇"声。

只有老师看出她这"十几年"水分有多大，笑了笑说："那还要加油哦。"

赵虞面红耳赤。

不过这一问一答，她顿时成了同伴们眼中的学霸，站在她旁边的女生不无羡慕地说："你这么厉害，说不定下个月的内部考核就能升中级班了呢。"

内部考核每三个月进行一次，上一次考核已经是两个月前了。

另一边的女生兴奋道："对！打破冯优两个月升班的最快纪录，让她以后再嘚瑟！"

赵虞突然觉得自己刚才不应该吹牛。

身后压腿的女生笑着开口："好了，你们别给小虞压力了，她才来第一天呢。"

大家这才嘻嘻哈哈换了话题。

压腿的女生叫林之南，跟传闻中天赋极佳的冯优是同一批练习生，可是冯优现在已经在准备升高级班了，她依旧待在初级班。

中午去吃饭的时候，林之南还在训练室训练，只喊同伴帮她带个包子回来。

赵虞偷偷感慨："她好努力啊。"

另一个女生说："之南姐是我们中最努力的了，她每天早上六点就来训练，要练到凌晨呢。"

距离开学还有一个月，这一个月她会住在练习生宿舍，集中训练。公司规定的时间是早八晚六，但一般大家会自动练到晚上八九点才回去。练到十一二点的是少数，像林之南那种练到凌晨一两点的就更是极少数。赵虞不由咂舌。

吃过午饭，又是新一轮的训练。赵虞的体力并不算好，一天下来感觉整个人都被抽空了。她坚持到九点，双手都快抬不起来了才回到宿舍，只洗了个澡，脑袋一挨枕头就睡着了。

蒙眬间，她听到厕所传来浅浅的水流声，拿起手机看了眼时间，凌晨两点。

林之南睡她下铺，摸黑轻手轻脚走过来时，赵虞伸出手机给她打光。

林之南有些不好意思："我吵醒你了吗？"

赵虞用气音小声说："没有，我全身都疼，睡得不安稳。你怎么现在才回来啊？"

林之南笑了笑："练起来没看时间，你快睡吧。"

赵虞又迷迷糊糊睡了过去。

早上七点的闹钟没能把睡成一头猪的她叫醒，还是对床的女生爬上来摇醒她："小虞，该起床了。"

半梦半醒的赵虞惊醒："完了！我好像瘫痪了！"

室友："哈？"

赵虞："我的四肢疼得动不了了！"

室友哭笑不得："瘫痪是没有知觉的，你还知道疼，那说明没事，快起来啦。"

赵虞哭唧唧地从床上爬起来："我高三都没这么累过。"

等她拖着酸疼的身体来到训练室时，林之南已经独自练习两个小时了，赵虞简直佩服得五体投地。

中午是她给林之南带包子回来。空旷的训练室内只有林之南一个人，她还在不停地练习早上老师教的动作，不厌其烦一遍又一遍。

赵虞坐在地板上喝奶茶，不得不提醒："南南，包子冷了。"

林之南这才走过来拿起包子咬了两口，又灌了两口矿泉水，就又要回去练。

赵虞赶紧拉住她："你休息下吧，刚吃了东西就跳会导致胃下垂的！"

林之南看了她两眼，笑了下，总算坐了下来。

赵虞又从兜里掏出一袋坚果，两人分着吃。她看着林之南就没干过的衣服感慨："你也太拼了吧，都不会累的吗？"

林之南叹着气说："勤能补拙嘛。"

她学舞学得迟，身体和韧带都已经定型了，舞蹈基本功虽说是"基本"，其实是最难的。像赵虞这种打小练舞的，她真是羡慕都羡慕不来。距离考核只有一个月了，这是她第三次参加考核，如果再失败，这么努力的她可能就要成为一个笑话了。

赵虞搁在地板上的手机响了一下，林之南拿过来递给她，等她回完消息才笑着说："你喜欢沈隽意啊？"

赵虞惊得差点儿蹦起来："什么？！"

林之南指了下她亮起的手机屏保，上面赫然是沈隽意的照片。

那是前不久的演唱会照片，他穿了件白色的衬衣，手里拿着一瓶水笑盈盈偏头看向观众席，一缕黑发掠在眼角，比夏夜的星星还亮，像极了她第一次遇见他时，那个裹挟着炽热夏风闯进她生命的少年。整场演唱会，赵虞最喜欢的就是这一组图，逛超话时偷偷保存了好多。

秘密被揭穿，她顿时浑身都不自在了，立刻做贼心虚地否认："不喜欢！"

林之南被她逗笑了："不喜欢还用他的照片当屏保啊？哎呀没事，当他的粉丝不丢脸。虽然他实力一般，但长得确实帅，喜欢帅哥是人之常情。"

赵虞憋红了脸，好半天才蚊子哼哼似的憋出一句："他……他实力挺好的……"

林之南一愣，哈哈大笑起来，一边笑一边道歉："对不起对不起，我是个实力控，一不留神就……我不该当着你的面说你偶像，我其实也挺喜欢他的，对不起啊小虞。"

赵虞不好意思地摇了摇头，没有否认说他其实不是自己的偶像。

喜欢他这件事，从他成为明星开始，就注定成为她说不出口的秘密了。

林之南拍了拍她的肩："加油呀，等你出道了，就可以近距离找他要签名合照了，说不定还有机会合作呢！"

赵虞把手机放回去，斗志昂扬地站起身："练习吧！"

林之南："嗯？"

赵虞："要更努力才行！"

站上最高的舞台，站在他的身边。

要更努力才行。

晚上训练结束，大家惊讶地发现赵虞丝毫没有要离开的迹象。同一个宿舍的室友更是大惊失色："小虞，你是被之南姐传染了吗？"

赵虞累得没力气说话，只挥了下手，让她们要走赶紧走。

她底子好没错，但体力真的不行。林之南着重练舞蹈，她就着重练体力和心肺功能，其实比林之南还要累，训练室里都是她的喘息声。

凌晨十二点，林之南主动停下来喊她："小虞，差不多了，我们回去吧。"

从公司到宿舍有十分钟的路程，夏夜的月色格外亮，风里还有烧烤的香味。赵虞嗅了两下，开心地说："我们明晚提前半小时结束，来吃夜宵吧。"

林之南有些惊讶地看了她一眼："明晚你还要跟着我练啊？"

赵虞叹着气说："勤能补拙嘛。"

林之南哭笑不得："你哪里拙了？"

赵虞："哎，你是不知道我有多拙……"

一开始大家都以为赵虞是心血来潮，毕竟以她的条件，实在没必要这样逼自己。但一天又一天，她除了喊累，一次也没懈怠过。

每一次当她气喘吁吁躺在坚硬的地板上不想起来时，脑海里总会浮现演唱会那一晚，他站在舞台上比太阳还耀眼的画面。

从小到大，她总是半途而废。

从小到大，她唯一坚持下来的事情就是喜欢他。

这一次，她不可以放弃。一旦放弃，这场伴随她整个少女时代的暗恋就真的要就此终结了。

赵虞花了一段时间来适应这个节奏，开始习惯每天除了吃饭、睡觉、接妈妈的电话，其余时间都用在训练上。有时候她也会想，她的小哥哥当年也是这么训练过来的吗？是什么支撑他坚持下去的呢？啊，真是一个让人捉摸不透的男人啊！

室友问出了她当初问林之南的话："虞虞你都不觉得累吗？"

已经累成一条狗、连澡都不想洗的赵虞躺在床上："我不累！我感觉我有花不完的精力，还可以再练五百年！"

林之南："……"

对床的室友举起手脚朝她竖大拇指："真是我辈楷模！能采访一下我们的虞虞，是什么给了你这么大的动力吗？"

赵虞趴在柔软的被子上，已经进入了梦乡。

她在梦里很小声地说："是爱情啊。"

◆07◆

没有哪个老师不喜欢努力的学生，韩霜问起练习生们的情况时，赵虞都是被夸奖的那个——"有天赋又肯努力，进步很显著，这次的考核可以让她参加试试。"

训练一个月就参加考核的，公司有史以来也挑不出几个。

练习生们平时除了训练就是训练，手机也只能在规定时间玩，传传八卦就成了唯一的娱乐调剂，于是很快大家就都知道，初级班里有个长得好看又厉害的练习生，准备挑战冯优的最快晋升纪录了——赵虞连冯优是谁都不知道，就莫名其妙成了她的对手。

在食堂吃饭遇见时，还是在林之南的提醒下，赵虞才知道对面那个对她翻白眼的女生就是冯优。

问：有人对你翻白眼时你该怎么办？

答：翻回去！

于是赵虞回敬了一个大大的白眼。

翻一个还不够，一群人就看着她站在那儿不停地翻白眼。

林之南有点儿急，扯扯她的袖子："差不多行了，冯优她们过来了！"

赵虞也急了："不是！我隐形眼镜翻上去了，翻不下来！"

林之南："……"

冯优已经走过来了，在赵虞不停的白眼下阴阳怪气地道："吹得这么厉害，这次考核可千万不要让人失望啊。"

赵虞还在翻隐形眼镜，白眼显得十分嚣张："这么关心我，是不是喜欢我啊？"

冯优："哈？"

林之南差点儿笑死在旁边。她跟冯优同批签约，以前训练时没少被冯优明踩暗贬，现在看她吃瘪的模样，别提多爽了。不过等她一走，林之南还是有些担忧地跟赵虞说："这次考核要加油啊，如果失败，会被她嘲笑死的。"

赵虞不以为意："我努力又不是为了她，我成功还是失败跟她有什么关系？"

林之南觉得自己爱死虞虞了。

考核时间定在九月初，刚好是赵虞开学那几天，报名考核之后，韩霜把她的考核时间跟开学时间错开，安排在了最后一天。

她集训这一个月跟高考闭关差不多，徐芊芊几次给她打电话都没人接。

徐芊芊也考到了北京，这个暑假去环游世界了，前几天才回来，刚刚得知赵虞跑去当练习生，震惊之后又觉得这是赵虞能干出来的事儿——反正也坚持不了多久。

她找了个阴天直接杀到了训练大楼。

见到下楼来接她的赵虞，徐芊芊惊呆了："你怎么瘦了这么多啊？"

赵虞兴奋地抓住她的手按在自己肚子上："你摸我马甲线！"

徐芊芊摸来摸去，羡慕死了："我也想当练习生！我也想要马甲线！"

赵虞："你的手往哪儿摸呢？"

徐芊芊"嘿嘿"笑着收回手。

赵虞难得请了半天的假，陪着徐芊芊到处逛逛，下午还叫了初级班的同学们一起去吃火锅。听到林之南她们说赵虞早出晚归拼命训练，徐芊芊开始怀疑这真是自己那个又懒又废除了美貌一无是处的同桌吗？

玩到天黑，赵虞才送徐芊芊去坐公交车。两人坐在公交站，一边等车一边聊开学的事。

赵虞余光瞟到徐芊芊的手机壁纸是一个自己不认识的男生，八卦之心顿时熊熊燃烧："你谈恋爱啦？！"

徐芊芊茫然"啊"了一声，见她目光落在手机壁纸上，意识到什么，不可置信地吼她："你说他？我配吗？你什么眼神，这是我偶像！你连他都不知道啊？"

赵虞拿过手机看了两眼，是挺帅的，就是看着冷了点儿，她不喜欢这种："不知道啊，谁啊？"

徐芊芊迅速打开网页搜索给她看："霍希啊！刚出道不久，唱跳一绝！这是他的出道舞台，你看，超帅的！比那个叫沈隽意的跳得好多了！啊，我真的爱死他了！"

赵虞差点儿被气死："不看！拿走！车来了，再见！"

徐芊芊并不知道自己已经得罪了同桌，被撵上公交车后还扒着车窗对赵虞喊："国庆节你陪我去音乐公园看霍希的演出啊！我票都买好了！"

赵虞冲她翻了个十分有灵性的白眼。

回宿舍的路上，她想到徐芊芊的话，拿出手机点开已经快一个月没看的微博。

霍希是华畅的对手公司星耀娱乐刚从国外挖回来的练习生，无论是相貌还是实力都丝毫不逊色于沈隽意，走的也是唱跳偶像的路子，摆明了是星耀推出来跟沈隽意打擂的——

沈隽意这半年几乎蚕食了国内流量市场，华畅的股票都因此涨了不少，星耀娱乐当然不可能坐视不理。

赵虞照着蔺忆之前教过的办法查了查明星数据榜，发现霍希出道后的数据比起沈隽意当年不遑多让，仅仅出道一个月，已经拥有千万微博粉丝，各大榜单也榜上有名。显而易见，沈隽意独霸流量市场的局面要被打破了。

她还看见好几家媒体和营销号将霍希和沈隽意放在一起对比，大家一致认为，有过几年练习生经验的霍希的实力强过半路出家的沈隽意。评论里两家粉丝已然开撕，不过目前霍希的人气还是比不过沈隽意，几乎被压评了。

赵虞看着热搜视频里面容淡漠的少年，非常不服气："什么嘛，这么高冷，笑都不笑一下，真不知道有什么好喜欢的！"

呜呜呜，隽意哥哥一定很难过吧？赵虞点开沈隽意的微博，思考该留些什么鼓励支持的评论，然后就看见沈隽意最近一条微博动态——

@沈隽意："小金鱼的葬礼，安息吧！"

沈隽意的那几条金鱼最终还是没养活，于是他给几条金鱼搞了个葬礼，视频末尾一只骨节分明的手正在往土堆上撒玫瑰花瓣。

赵虞："哈？"

隽意哥哥好……好……好乐观哦！不愧是他！

本人都不在意，赵虞心中的不服气顿时也散了。嗯，要学习隽意哥哥豁达的心性！

一个月的集训结束，赵虞开学之后就不能再住练习生宿舍了，学校和公司两边的时间要配合安排，毕竟大学的学业不能落下。

搬出宿舍这天，室友们都请了假回来送她，林之南担忧地交代："过两天就要考核了，你回校后也别忘了练习啊。"

赵虞叉腰："当初是谁说不要给我那么大压力的！"

林之南心虚一笑。

不过赵虞还是很讲义气的，她这段时间也听说了冯优以前是怎么嘲讽拉踩林之南的，在心里承诺要帮好朋友出口气，拿下考核，打冯优的脸。

江蕾开车来接她，一见到女儿顿时心疼不已："怎么瘦成这样了啊？"

赵虞兴致勃勃："不是瘦，是体脂变低了！妈妈，你看我这手臂线条，看我这腰线，是不是超酷！"

江蕾哭笑不得。她当然知道练舞有多累，这都一个月过去了，女儿不仅没喊累，似乎还比之前更兴奋了，实在叫人疑惑。不过现在下结论还为时尚早，再看看吧。

江蕾边开车边说："对了，你表姑和莹莹表姐来了，一会儿我们出去吃饭。"

还在热情跟妈妈分享练习日常的赵虞脸顿时垮了："她们来干什么啊？"

江蕾听出她语气里的反感，无奈地看了她一眼："莹莹也快开学了，你表姑送她过来，知道我们也来了，就喊着一起吃个饭。"

赵虞不高兴："又要把我跟表姐比来比去，反正我哪哪都比不上她，我不去！"

江蕾笑着伸手摸摸她的脑袋，柔声说："谁说的，我幺儿是最棒的，用不着跟别人比。你表姑就是爱念叨些，她说你听着就是了。再说了，等你开学，妈妈就回去了，你舅舅工作忙，有莹莹在妈妈也放心。"

祝莹莹是赵虞这一辈孩子中最有出息的，从小到大都是年级第一，学习好，又有礼貌，前两年考上了重点大学，典型的别人家的孩子，长辈们说起来都是赞不绝口。跟她相比，赵虞除了长得好看之外简直一无是处，加上两人年龄相差不大，一直都是江家亲戚对比的对象。

赵虞小时候还不服气，努力搞了一学期的学习，企图把表姐比下去，最后因期末考试成绩反倒下降两名怒而放弃。

当初徐芊芊是这么安慰她的："肯定是上帝造人的时候把你的学习天赋都加在颜值上了！"

赵虞忧伤地接受了这个设定。

回家放了行李，两人转道定好的餐厅，到的时候，表姑和祝莹莹已经在了。赵虞虽然心里不大乐意，但还是很礼貌地跟两人打了招呼。

表姑一见她就说："哎哟，好久没见到小虞，又变漂亮了。"顿了顿又说，"哪像我们家莹莹，一天到晚就知道看书学习，也不知道打扮打扮自己。"

赵虞："……"

聊了会儿天，得知赵虞现在在当练习生，表姑的声音顿时提高了八度："那又是什么不正经的事情，听都没听过！哎哟，蕾蕾呀，不是我说你，你们就是太惯着小虞了，她要什么都由着她的性子，这样下去可怎么得了哦。"她喝了口饮料，看了眼埋头大吃的赵虞，又说，"要我说，还是应该把心思用在正道上。就像我们莹莹，现在已经在准备公务员考试了，以后毕业出来就有编制，多稳当！小虞考的那个什么舞蹈专业，我一听就觉得不行，以后工作都不好找。还有什么练习生，不靠谱不靠谱。"

赵虞有点儿生气，不服气地辩解了一句："练习生也不是谁都能当的，训练比学习辛苦多了。"

表姑惊讶地看了她一眼，"扑哧"笑了："那你学习都不行，训练怎么能行哦？"

赵虞："……"气死了！

江蕾给女儿夹了块她爱吃的糕点，打断表姑："孩子还小，多点儿尝试也挺好的，每个人的人生都应该有多种选择。姐，菜合你口味吗？"

话题这才被揭过去。

中途去上厕所的时候，祝莹莹一脸歉意地跟赵虞道歉："小虞，我妈说话就那样，你别往心里去啊。"

面对温和的表姐，赵虞再气也只好点点头。祝莹莹性子温温和和的，逢人便笑，她其实对这个表姐没什么意见，甚至觉得表姐一直被比来比去，压力应该挺大的。

吃完饭，表姑建议去喝个下午茶，赵虞偷偷扯了下江蕾的衣角，江蕾会意，笑着拒绝了："虞虞后天就开学了，还有很多资料没准备，就不去了，等回去了有空再聚。"

表姑一脸遗憾，临走前还不忘嘱咐江蕾："我看小虞那什么练习生真的不靠谱，明星哪那么容易当哦，她能是持之以恒的性子啊？有那时间，不如多考点儿证，像我们莹莹，现在都考了三个证了。"

江蕾笑着应和。

离开餐厅，赵虞一上车就气愤地道："她是以贬低我为乐吗？！"

江蕾安抚了几句，笑着说："不想被她看轻，那这次就证明给她看。"

赵虞叉腰："我凭什么证明给她看，要证明也是证明给你和爸爸看！"

江蕾忍俊不禁："嗯，那我和你爸等着。"

两天之后，各大高校开始新生报到，赵虞也在江蕾的陪伴下来到舞蹈学院报到。

江蕾就是从这里毕业的，现在回到母校，曾经的老师有些还在校，于是走完报名流程，就带着赵虞去拜访之前的老师。江蕾当年是学校的风云人物，这些年师生间也有联系，见她带着女儿回到母校，老师们都感慨万千。

不过赵虞接下来还要去木易训练，跟学校这边的课程需要协调。好在有江蕾在，这些流程走得很容易。

办完新生宿舍入住，江蕾就离开了。女儿成年了，是大学生了，接下来的路要由她自己去闯去拼了。父母不能伴子女一生，但当她累了倦了回头时，会发现他们一直都在。

赵虞的宿舍除了她还有三个女生，无论是身材还是颜值都非常瞩目。赵虞因为办课程协调程序是最后一个到宿舍的，进去的时候，三个女生正在投票选舍花。

赵虞一开门，还没来得及打招呼，其中一个穿碎花裙子的女生就指着她说："我投她！"

另一个眼珠子都落在赵虞身上了："啊！这腰是真实存在的吗？我也投她！"

最后一个："好了，我认输。"

赵虞："嗯？"

然后她就莫名其妙成了舍花。

室友们的性格很好，得知她已经是木易娱乐的一名练习生，都表示以她的颜值不意外，希望她能早日出道，然后帮她们追星。

赵虞觉得自己的运气真的很好，从小到大遇到的人都很好。

她暗戳戳地期待地问："你们喜欢谁啊？"

三个室友异口同声："霍希！"说完对视一眼，嘻嘻哈哈笑作一团。

赵虞："……"

快乐都是你们的罢了。

第二章

练习生

✦01✦

开学之后就是军训，在这之前赵虞要参加公司这一次的晋升考核。

考核一共三天，赵虞被安排在最后一天的下午。初级班的同学都已经考完了，结果还没出，林之南来楼下接她的时候一脸肉眼可见的紧张。

赵虞安慰她："你不是说发挥得挺好的吗，这次肯定没问题的！"

林之南叹了口气，又问她："你准备得怎么样？"

赵虞冲她比了个"OK"的手势。

因为一直是老师的夸赞对象，赵虞一进去，考核官们都不由直了直身体，透出些许期待来。

赵虞本来不紧张的，被这么一盯，也不由得生出几分紧张。她在心里安慰自己：这还能比得过艺考吗？不怕！稳住！

考核分为两个部分，一个是基本功，一个是唱跳表演。基本功考核赵虞飞速过关，等到唱跳考核时，她深吸一口气，好半天才点头示意音响师开始。

音乐响起时，底下的考核官挑了下眉，其中一人偏头交流："这是沈隽意的歌吧？"

"对，*So busy*。这歌挺难的，没想到她居然会选这首，看来对自己的实力很有把握。"

So busy 是沈隽意上半年出的单曲，至今还在音乐榜单第一的位置，无论是舞蹈还是演唱都不简单，其中舞蹈部分十分具有男性的力量，并不太适合女生跳。赵虞练了很久，其间老师建议过她换歌，认为以她目前的实力选这首歌还是太吃力了。

但这是沈隽意今年拿到最佳单曲奖的歌，她想用他拿奖的歌，陪着自己一起向上。

她做了少许改编，但依旧保留了这首歌的精髓，每一个动作、每一步舞步，她都已经练到烂熟于心，成了肌肉记忆，当男性力量由女性展示出来时，还多了丝性感的飒爽。

音乐声停下时，赵虞才终于敢大口喘气。

考核官们耳语了几句，抬头点评道："气息还是不太稳，Vocal（声乐）需要加强。"

赵虞顿时憋住气。

考核官又笑着说："不过能将这首歌完整跳下来，没有一处失误，你已经很棒了。"

赵虞这才长长地松了口气，满眼期待地问："那我通过了吗？"

考核官被她的孩子气逗笑了："明天你就知道了。"

出去的时候，初级班的几个同学都等在外面，一见她出来都围了上来："怎么样，怎么样？没有失误吧？"

赵虞委屈巴巴地说："副歌部分有点儿飘了，气息没稳住。"

大家纷纷安慰，叹气道："你就不该选沈隽意那首歌，太难了。不过他的歌表现力确实很强，比较抓眼球。现在就看考核官怎么评判了。"

几个人正边走边议论，忽听旁边传来一声冷笑："有的人刚学会走就想着飞，就这也敢跳 *So busy*。"

是冯优。

赵虞看了她一眼，正要说话，林之南倒是先帮她怼人了："怎么，沈隽意的舞就你能跳？你跟沈隽意买独家版权了？"

赵虞这才知道冯优考核时也选了沈隽意的歌。

旁边的女生小声道："她也太霸道了，不能因为喜欢沈隽意就看不惯别人选他的歌啊。"

赵虞："哈？什么？"

女生撇了下嘴："她是沈隽意的粉丝啊。"

赵虞："……"

她一言难尽地看了冯优一眼，突然觉得她好像也不是那么讨厌了。

不过身边的朋友都是霍希的粉丝，对立阵营反而是薏仁，这世界太过魔幻！

✦02✦

考核结束，赵虞就要回学校准备接下来为期半个月的军训了，林之南保证明天考核结果一出来就发消息告诉她。

到宿舍的时候天已经黑了，赵虞买了夜宵回去，一进去就看见三个室友正围在一起尖叫着看霍希的视频，顿时不想把夜宵给她们了。

婉拒了室友们一起看视频的邀请，赵虞坐在床上戴着耳机偷偷刷沈隽意的相关消息。

蔺忆给她发了条微信："虞虞，下周五哥哥有个代言门店活动，要不要一起去？不用抢票，我们提前去蹲点！"

赵虞发了个大哭的表情："我下周在军训。"

蔺忆："哦哦对，差点儿忘了你是新生。哈哈哈那你加油啊，记得多涂点儿防晒霜，我会给你拍现场视频的。"

两人聊了几句，赵虞看了眼时而爆发出花痴尖叫的室友，忍不住问蔺忆："忆忆，那个霍希最近很火吗，我看他的数据榜都快追上我们了。"

蔺忆秒回三个感叹号过来，然后说："他就是虚火！我们都不屑把他放在眼里！虞虞你记住，追星最重要的就是专注自家！"

追星小白赵虞："好的！我记住了！"

第二天一早，军训正式开始。

训练的时候不能带手机，赵虞一上午都有些魂不守舍，等到中午吃饭的时候才飞奔回宿舍看林之南发来的考核结果。

微信里已经有好几条消息——

"啊啊啊我们都通过考核了！！！"

"冯优中升高没过，我们现在和她同班了，一时间不知道该高兴还是该烦躁……"

"你打破了她两个月晋升的纪录，现在大家都在议论你！冯优脸臭死了，可惜你看不见哈哈哈。"

"唉，都是沈隽意的粉丝，差别咋这么大呢？"

赵虞紧绷了一上午的神经总算松了，高兴地回了她一个表情包。

林之南秒回："虞虞最棒！"

赵虞："南南也很棒！加油训练，等我回来！"

林之南："你在学校也别懈怠啊，中级班的训练强度更大了，我怕你回来跟不上。"

赵虞："你以为军训很轻松吗？！"

军训的强度并不低，这些大一新生们每天经受着魔鬼般的折磨，赵虞权当是体能训练了——因为之前一个月的集训，她应付起来其实还挺轻松的。

赵虞练过芭蕾，形体优美，教官一看，哟，这姑娘军姿站得真标准，就把她拎出来当标兵了。男生看她，女生也看她，于是刚从"舍花"晋升为"班花"的赵虞又荣获了"校花"称号。

室友兴奋地抱着她狂摇："校花诶！校花诶！虞虞牛！"

赵虞显得十分荣辱不惊："正常操作罢了，淡定。"

室友："……怎么感觉虞虞好像有点儿自恋？"

另一个室友："自信点儿，把'好像'去掉，她就是很自恋。"

赵虞："我哪儿有！"

室友："自恋不自知罢了。"

赵虞："……"我难道真的很自恋吗？

结束一天的军训去洗澡时，看着镜子里的自己，赵虞摸摸锁骨，又摸摸马甲线，最后中肯地评价："我身材真好！"

半个月军训一晃而过，虽然涂了防晒霜，赵虞还是晒黑了一些。不过这并不影响她的颜值，反而因为肤色显得更酷了。

结束军训，恢复正常上课，赵虞就开始公司、学校两头跑了，好在开学时已经跟校方协调过，两头都不耽误，只是会比旁人累一些，她感觉自己那十几年练舞生涯里划的水都在现在补回来了。

小时候偷过的懒，都是现在流下的汗啊！

在教室上英语课的时候，林之南打了个电话过来。赵虞看了眼讲台上严厉的英语老师，没有接。没想到刚挂断，对方又打了过来，她只能偷偷钻到课桌下面，捂住嘴用气音说："干什么？我在上课！"

那头的声音尖到变调："你快回公司来！沈隽意来了！"

赵虞："啊！！！"

讲台上传来英语老师严厉的声音："下面的同学在做什么？不想听课可以出去！"

赵虞："……"

她英语本来就差，期末考试估计有点儿悬，要是再扣课堂分，这科就要挂了。于是她只能咬咬牙挂了林之南的电话，然后偷偷摸摸回了个消息："我下课就回来！"

林之南："等你下课黄花菜都凉了！他过来见编舞老师，估计聊完就要走，冯优都去要了签名合照！你要错过你的偶像了！"

赵虞慌得不行："你帮我拖住他！"

林之南："你当我是谁？我能拖住沈隽意我还在这儿混？"

赵虞没再回她消息。

林之南看着办公室外围观的人群，忍不住跺脚。

一个多小时后，办公室的门从里打开，沈隽意一边笑着和编舞老师聊天一边走了出来。林之南这还是第一次见到真人，被美颜暴击搞了个措手不及，反应过来的时候沈隽意已经快走进电梯了。

虞虞见不到真人就算了，视频怎么着也得见一见吧！林之南赶紧掏出手机拍视频。

结果跟在沈隽意身边的助理发现了，立刻道："不准拍照！"

林之南手一抖，尴尬地放下手机。

正在和编舞老师聊天的沈隽意抬头一看，对上林之南窘迫的神情，倒是笑得很友善："要合照吗？"

林之南吞了下口水，慢吞吞走过去，鼓起勇气说："我不要合照，想要个签名行吗？"

沈隽意笑着点头："行啊。"

他这么平易近人，林之南反倒有些不好意思了。

拿完签名，沈隽意跟她挥了挥手才走进电梯。林之南看看纸上飞扬的笔迹，又看看电梯里头笑容洋溢的少年，心里默默想：难怪虞虞喜欢他呢。

虽然没有见到真人，能拿到签名，虞虞应该也会高兴吧！林之南美滋滋地把签名放回兜里。

正要离开，旁边那扇电梯门"叮"一声打开了，赵虞大汗淋漓地从里头冲出来，一见她立刻问："人呢？！"

林之南指着旁边的电梯跺脚："刚进去！！！快！我们走楼梯，还能赶上！"

一楼是大堂，二楼是环形而上的楼梯走廊。她们跑到二楼时，刚好能看见沈隽意一行人往旋转玻璃门走去。

林之南着急地拖着她还要往下跑，赵虞突然一把拉住她。

林之南回头，就见她紧紧盯着旋转大门，气喘吁吁地小声说："不去了，在这里看看就行了。"

林之南比她还着急："要合照啊！"

赵虞摇头："不要了，看看就行。"

林之南恨铁不成钢："你怎么这么厌啊！"

赵虞看着他远去的背影，好半天才慢腾腾开口："现在还不行。"

✦03✦

直到沈隽意一行人完全消失在门口，赵虞才收回目光，怅然地叹了口气："我们回去吧。"

林之南恨铁不成钢地瞪了她半天，又掏出签名递过去："拿去！"

赵虞看到上面帅气的签名，沉默了一会儿。她是熟悉他的字迹的，毕竟自己以前的《暑假生活》都是他写的。这签名应该是找人设计过，但笔画间还是透出他的习惯。

赵虞忧伤地说："不要了，你留着吧。"

林之南不可思议地看了她一会儿："你是个假粉吧？"

赵虞："……"

林之南看了两眼签名，塞回自己兜里："我留着就我留着，我现在觉得沈隽意挺不错的。"她双手捧心，"好帅，身材好好！好想摸一摸他的腹肌哦！"

赵虞："……签名还给我！"

林之南冲她做了个鬼脸，笑嘻嘻跑开了。

回到训练室时，大家还在热议沈隽意的到来，就算不是他的粉丝，也都被他的颜值和身材折服，看他性格又这么好，不少女生都嚷着要转粉。冯优因为拿到了合照和签名，脸上的笑意就没散过，心情大好地给不熟悉沈隽意的同伴们安利他的作品和日常。

——"那个绯闻当然是假的啊！他经常和粉丝分享那几条金鱼，每条鱼都有名字的！不过最后还是没养活，上个月他还给金鱼们搞了一个葬礼呢。"

——"他性格其实傻乎乎的。刚出道的时候他不是参加了一档综艺嘛，然后里面两个女嘉宾捆绑他炒绯闻，发了好多通告。一般这种都是公司发声明辟谣嘛，结果采访的时候记者问起这件事，他直接说是假的，因为目前没人配得上自己哈哈哈哈哈。因为这件事，他真的被骂了好久，真是又心疼又好笑。"

——"他真的很努力啊，现在的舞台和刚出道时的对比进步超大的，那时候粉丝去接机都说，崽崽你要努力训练知道吗，不能被别人看轻！他就说，知道了知道了，不要催了，在努力了。真的好可爱啊！"

每个追星女孩说起自己的偶像时，眼里都在发光。

冯优说着说着，突然发现自己的头号竞争对手赵虞不知道什么时候靠了过来，听得还挺认真，便瞟了她一眼："干什么？"

赵虞："……我随便听听。"

自从上次被林之南发现手机屏保后，赵虞就换掉了照片，除了林之南没人知道她也喜欢沈隽意。

冯优低哼了一声，倒是没赶她走，继续安利。

赵虞其实从上高中之后就再没跟沈隽意接触过了。她印象中的小哥哥永远是初遇那天充满夏日气息的清爽少年。每年为期不长的暑假时间就是她和他全部的相处。在她面前时，他一直是那个友善热情的邻家哥哥。

可现在听着冯优口中的少年，才发现原来自己并不了解他。她只不过熟悉他其中一面，因为自己是邻居家的小妹妹，所以他在她面前始终是那个模样罢了。听得越多，了解越多，她发现自己离他越远。听到最后，赵虞默默爬起来练习去了。

还是训练吧……早日走到他身边，去熟悉他的所有面。

升入中级班后，训练强度更大，无论是舞蹈还是声乐的培训也都更难了，一日复一日，枯燥又疲惫，好像没有尽头一样。

江蕾和江誉预料中的半途而废迟迟没有到来。

虽然赵虞每天都在喊累，但只要谁说一句"算了别练了"，她就立刻又像打了鸡血一样蹦起来。有时候江誉跟杨洁在工作场合遇到，问起外甥女训练的事，杨洁都是赞不绝口，夸得江誉都怀疑自己的外甥女是不是在练习期间被调包了。

北京的天气由热转凉，入冬之后，大雪降下来。

四川甚少下雪，就算下也只有薄薄一层，赵虞看到被茫茫大雪覆盖的城市还挺兴奋的。学校放寒假之后，她又搬回了练习生宿舍，进行集中训练。

上个月公司又进行了一次内部考核，不过这次赵虞和林之南都没参加——她们对自己的实力有数，没必要测试。

冯优也没参加，首杀的打击对她来说有点儿大，现在没有百分百的把握，以她好强的性格是不会再去丢人了。

快过年的时候，公司也给练习生们放了一周的小长假。

江誉今年提前结束了拍摄，过年期间总算不用工作了。他已经好几年没跟大家一起聚过，跟江蕾商量过后，决定今年大家一起去杭州过年。

江蕾和赵康宁提前几天就过去了，赵虞从北京出发，反倒是家里最后一个回去的。

她已经好几年没来过杭州，没有沈隽意的杭州对她而言已经没有吸引力了。这里的发展日新月异，就连街道都拓宽了不少。

到家是大年三十的中午，赵虞拖着行李箱从巷口走进来时，隔壁不远处的院门从内打开，多年未见的沈奶奶抱着一个暖炉走出来，抬头看见她，看了一会儿才认出来："是小虞吗？小虞来啦！"

赵虞还在玩手机，听着声音抬头一看，待看见站在门口的老奶奶，神色惊了一下，随即快步走过去："沈奶奶，是我。你怎么瘦成这样了啊？身体还好吗？"

老人家握着她的手，乐呵呵的："好，好着呢。好多年没见着你啦，长成大姑娘了。"

身后走过来一个人，大概是护工，她扶住老人家："奶奶，车快来了，我们走吧。"

沈奶奶点点头，又跟赵虞说："小虞，等奶奶下午回来了你再过来玩啊。"

赵虞笑着点头应了，又问护工："奶奶没事吧？"

护工说："没事，就是去医院做个例行检查。"

老人比她记忆中的模样瘦了好几圈，赵虞目送她们远去，等回家放好行李，就跟舅舅打听起沈奶奶的事。但江誉待在家的时间实在是少，一问三不知。最后还是住在附近的亲朋好友来串门时，赵虞才打听到，原来沈奶奶前两年被诊断出患了癌症。老年人一旦沾上癌，基本就是绝症了。好在沈奶奶还没到晚期，做了手术之后一直在治疗，这两年也没有复发的迹象。

大人们嗑着瓜子感叹："沈奶奶命好，养了个好孙子，要不是她孙子有出息当了明星赚了钱，大几十万的治疗费从哪儿来哦。"

沈隽意的爸爸很多年前就因为意外去世了，他是奶奶一手带大的。

赵虞坐在小板凳上剥橘子，心里有些难过。她默默算了算时间，沈奶奶生病那一年，好像就是沈隽意签约华畅那一年。

她之前一直搞不懂为什么他会突然跑去当明星，是因为奶奶的病吗？

那时候他也才是个大二的学生，毕业遥遥无期。爸爸去世后，妈妈就改嫁了，听说组建了新的家庭，又生了孩子。奶奶唯一的依靠就是他。那几十万甚至上百万的治疗费，该怎么凑呢？

那个时候，他一定很着急吧？

聊天的大人们突然叫她："虞虞，你怎么啦？眼睛怎么红红的？"

赵虞一下抬起头，手里还紧紧捏着那个橘子，结结巴巴地说："橘子汁儿溅到眼睛里了。"

大人们笑着把抽纸递给她。

下午，做完检查的沈奶奶回到家，赵虞听着动静跑去敲门。护工打开门看见她，笑着说："奶奶正念叨你呢。"

这座坐落在小巷中的院子还是曾经的模样，但里头的家具都翻新过，还专门针对老人出行做了便捷设施，住着很舒适。家中雇了一个保姆，还有两名护工。因为过年，窗上贴着窗花，房檐下挂着大红的灯笼，显得十分喜庆。

沈奶奶见着她很高兴。赵虞陪老人家说了会儿话，又迟疑着问："奶奶，隽意哥哥过年不回来吗？"

沈奶奶乐呵呵的："要回来的要回来的，他今晚上春晚呢，过两天就要回来了。"

说到孙子，老人家浑浊的眼里满满都是骄傲。赵虞其实不太擅长跟长辈聊天，大多时候都默默听着，听沈奶奶絮絮叨叨说着孙子有多优秀，说他爸爸当年是文工团的小品演员，最大的愿望就是登上春晚舞台，如今爸爸的愿望终于由儿子来实现了。

沈奶奶像个炫耀的小孩子似的，让护工打开电视调到有沈隽意节目的频道："小虞，你看过我们隽隽的节目吗？这孩子上镜，跟他爸一样。他爸就喜欢在台子上表演，你看，我们隽隽唱唱跳跳的，跟他爸当年一模一样……"

老人家其实已经不大能看清电视屏幕了，眯着眼说着，更多都是遥想。

赵虞莫名其妙觉得心酸。

这是沈隽意出道后第一次上春晚。

赵虞想起之前看过的他的一个访谈秀，主持人问他目前最大的愿望是什么，他笑着说想上春晚。当时这个梗还上过热搜，围观群众哈哈大笑，说没见过这么实在的艺人。

就连粉丝都以为他只是在玩梗。

其实，他是真的想上春晚吧。

想让奶奶看见他。

想实现爸爸当初没有实现的梦想。

◆04◆

晚上大人们都在聊天打麻将，只有赵虞搬着小板凳坐在电视机前，数着节目单上的排号，等沈隽意出场。

　　他是跟圈内的几位前辈一起出场的，表演一个演唱类的节目。给到他身上的近景镜头其实并不多，赵虞用手机对准电视屏幕抓拍了好几次都拍糊了，最后又默默删掉。

　　表演结束后，另一个台在转播后台采访。

　　赵虞又换台看采访。

　　调过去的时候，屏幕里正在采访同台表演的前辈，站在旁边的沈隽意正笑着跟身后的工作人员说什么，眉眼飞扬。

　　过了一会儿才轮到他。

　　主持人说："跟电视机前的观众们拜个年吧。"

　　少年穿了身红色的西装，丰神俊朗，妆发规规矩矩的，不像平时活动视频里那么不着调，他笑着冲镜头挥手："观众朋友们大家好，我是沈隽意，祝大家新年快乐，身体健康，心想事成！"

　　主持人介绍了几句他的作品，又笑着问："听说你之前许愿能上春晚，现在愿望已经实现了，那下一个愿望是什么？"

　　沈隽意："希望明年可以继续上春晚。"

　　周围的人都笑得不行，只有电视机前的赵虞觉得有点儿难过。

　　采访不到一分钟就结束了，赵虞又换台继续看春晚，但接下来就有点儿意兴阑珊了。快到十二点时，她拿出手机点开短信栏。

　　跟沈隽意的聊天依旧停留在高考结束那天。

　　她盯着屏幕看了半天，直到时钟指向十一点五十九分，才终于写下一段长长的祝福。

　　——鞭炮响，新年到，短信带着问候到，心中祝福也送到！小虞在这里祝你新年快乐，身体健康，来年事事顺，事业步步高！

　　一条非常像群发的短信，其实只发给了他一个人。

　　电视里开始倒计时。

　　数到一的时候，新年的钟声敲响，赵虞准时按下发送键。明明只是发了条祝福短信，耳根却已经烧红了。

　　少女不可说的心事就藏在这条祝福信息里，飞向了远方。

　　除夕夜的凌晨也十分热闹，街上车流不绝。

　　沈隽意被堵在路上，躺在保姆车里睡觉。十二点刚过，无数新年祝福就涌入他的手机，车内一时振动不断。

助理拿着手机说："都是拜年的。"

沈隽意最近行程太多，已经很长一段时间没睡过好觉，他闭着眼困恹恹地道："帮我读一读。"

助理就逐条读给他听。读完了，他又口述回复，助理帮他打字发过去。

一般对方也就是发个"新年快乐万事如意"过来，他只要回个"新年快乐"就好了，结果读到赵虞那条时，助理直接笑场了。

沈隽意听完，沉默了好一会儿："还挺押韵……等我想想这条怎么回复才好。"

助理："这一看就是群发的嘛，回个新年快乐就行了。"

沈隽意："那不行，显得我多没文化啊。"

于是半个小时之后，眼巴巴捧着手机的赵虞终于等来了沈隽意的回复：

——新年到，祝福到，隽意向你问个好。祝你身体健康生活好，学业顺利心情妙，吉祥如意全报到，幸福好运总围绕！

赵虞："……"

呜呜呜什么嘛，自己编辑了那么久，他就复制了条群发的拜年信息敷衍她！回她一个真诚的"新年快乐"是会怎样？！

赵虞气愤地扔掉手机去睡觉了。

大年初一，亲戚间开始串门。

江家在这边的亲戚不算多，大多数早年都搬去上海了。赵虞不必应付长辈们的连环问候，轻松不少，除了在家吃吃玩玩，就是去隔壁陪沈奶奶说说话。

沈奶奶说沈隽意结束工作，过几天就要回来了。

赵虞有点儿紧张。就要见面了吗？这么多年没见了，见到之后说点儿什么呢？他会不会还是把自己当作邻居家的小妹妹看待啊？要不还是别见了吧？可是又有一点点想见他，想跟他说说话……

赵虞纠结得在床上扭成了一条虫。

晚上一家人正坐在客厅看电视聊天的时候，外头突然爆发出一阵喧闹，踢踢踏踏的杂乱脚步声在夜晚的小巷中动静格外大。

赵虞耳尖地听到沈奶奶家那个护工小罗的声音。

江蕾担忧地道："别是进小偷了吧？江誉你去看看。"

江誉起身往外走，赵虞也赶紧从沙发上蹦下来穿上鞋："我也去！"

走到门外时，动静已经小了，见护工站在门口骂着什么，江誉问："什么事儿啊？怎么了？"

护工回道："一群人蹲在门口偷拍，没事，已经走了。"

江誉皱眉往巷口的方向看了看，低声跟赵虞说："不知道是粉丝还是狗仔，这些人真是有病，大过年的，来打扰老人做什么。"

赵虞也有点儿生气，对护工道："小罗姐姐，有什么事你喊我们。"

小罗连声应了。

回到客厅，江誉把事儿说了，赵康宁感慨道："明星也不好当啊。"他看了赵虞一眼，故意叹着气打趣，"哎，以后等幺儿出名了，我们还是搬家吧。"

赵虞叉腰："江蕾同志，我要举报赵康宁同志今天偷偷在小花园抽烟了！"

江蕾唰唰朝老公扔过去一个眼刀。

赵康宁："……"

第二天下午，赵虞做完日常训练，正打算去洗个澡，搁在床上的手机疯狂振动起来。

是林之南打过来的。

赵虞接通电话刚"喂"了一声，就听见那头兴奋又震惊的声音："你看热搜了吗？沈隽意女朋友曝光了，都带回家过年了！"

赵虞："哈？"

她心里生出一种不妙的感觉，赶紧点开微博，热搜第一的词条是"沈隽意神秘女友"，后面跟了一个"爆"字。

照片显然是偷拍的，只有一个背影，能明显看出是一名女生，穿着毛茸茸的拖鞋，正走进沈隽意奶奶家的院门，手里还提着居家用的红色塑料袋，一副十分生活化的打扮。

爆料说，这是沈隽意的神秘女友，过年期间一直住在他奶奶家。有人爆出了沈隽意的行程，他明天早上就要飞杭州，显而易见是来见女友的。

赵虞左看右看，觉得这个毛茸茸的拖鞋和红色塑料袋真眼熟啊。

这不是自己吗？！

昨天亲戚送来了一箱红富士苹果，质地软绵绵的，比较适合老人吃，赵虞就用袋子装了十个拿过去送给沈奶奶。

居然被偷拍了？！

沈隽意流量大热度高，涉及他的事都会被营销号疯转，网友也都热衷吃他的瓜。从照片爆出来到现在，谣言已经传得有鼻子有眼，热搜里都是骂他偶像失格的。

赵虞看着手机都蒙了。

她愣了一会儿，赶紧给蔺忆发消息："忆忆，你看见热搜了吗？是假的不要信啊！"

蔺忆："我当然不信！哥哥是不会做自毁前程的事的！他答应过粉丝会好好搞事业的！垃圾华畅，为什么还不出来辟谣？不过那女生到底是谁啊？亲戚吗？"

赵虞不敢告诉她那是自己……

好在只有一个模糊的背影，没人认出她来。

华畅很快出了声明，解释那只是邻居提着礼物去拜年的，希望大家不要以谣传谣，并对偷拍的人进行严肃警告和严厉谴责，呼吁大家不要打扰老人。

赵虞想起昨晚蹲在门口偷拍的那群人，气得牙痒痒。

尽管公司辟了谣，但也不是所有人都相信这个说法，沈隽意上一个跟伴舞团成员的绯闻到现在还有黑粉抓着不放呢——顶峰很高，风雪也更大。

这无疑又给他造成了不好的影响。

赵虞愧疚死了。明明她已经很小心了，为什么还是给他惹麻烦了啊！

网络上的热议一波接一波，他一定焦头烂额吧，会不会……觉得她很讨厌啊？

明天他就要回来了。沈奶奶昨天说，等他回来，大家一起包饺子吃？如果又被偷拍了，就更解释不清了吧？

网上有关这件事的议论还在继续，赵虞已经收拾行李连夜离开了杭州。

她的假期也只有两天就要结束了，提前回到公司训练，总比留在那儿继续给他添麻烦好。

北京比杭州要冷一些。

下飞机的时候已经快半夜十一点了，江誉提前帮她联系了认识的司机。她正在往后备厢搬行李，电话响起来。她以为是妈妈打来的，随手划开"喂"了一声。

那头传来熟悉又陌生的声音："喂，小虞吗？"

赵虞愣在原地，夜晚的风雪灌进领口，冻得她一个哆嗦。

沈隽意没收到回应，又喊了一声："喂，是小虞吗？"

赵虞缓缓深呼吸了一下，将声音控制在正常的语气中才终于开口："嗯，是我。"

她坐进车里，关上车门后，他的声音在耳边更加清晰起来："我刚结束工作，今天热搜上的事你看到了吧？抱歉给你添麻烦了啊。"

赵虞怔了一下，一时之间不知道怎么回答。

为什么给她道歉？明明是她给他惹麻烦了。

那头笑吟吟的，似乎今天的事对他毫无影响："我明天就回杭州了，奶奶说要跟你一起包饺子，馅儿都调好了。"

赵虞沉默了一会儿，刻意保持自然的声音听上去有些淡漠："我已经回学校了。"

沈隽意有些意外："这么快啊？"他不无遗憾地说，"我还想看看你长高了没呢，奶奶说你变化可大了。"

言语间，她似乎仍是当初跟在他身后团团转的那个邻居小妹妹……

谁会喜欢一个跟屁虫啊！

赵虞太绝望了。

上天给她的明明是青梅竹马的剧本，却硬生生被自己演成了哥哥妹妹跟屁虫剧情！

小时候的自己到底在搞什么啊！！！

◆05◆

沈隽意自顾自回忆了半天小时候，电话那头还是一片沉默，他不由得开始反省，自己是不是有点儿太自来熟了。毕竟他也有很多年没见过这个邻居家的小妹妹了，说不定人家根本就不耐烦跟他聊过去呢？

他隔着电话抓了下头发，掩饰自己的尴尬："那等我回北京了，有空请你吃饭。"

车窗外的夜景掠得飞快，就像赵虞此刻飞速运转的脑子。

种一棵树最好的时间是十年前，其次就是现在！

改变固有印象也是如此！

谁要当他的妹妹？！谁是小跟屁虫？！

她必须打破他对自己的固有认知，让他明白时代在进步，社会在发展，小虞在成长！

事不宜迟，刻不容缓，于是赵虞不失高冷地回答："有空再说吧，我比较忙。"

挂了电话，赵虞一把捂住狂跳的心脏。

她缓了一会儿，又觉得自己刚才是不是有点儿高冷过头了？应该再委婉一点儿的吧？他不会因为自己这个语气以后都不理她了吧？！

赵虞哭唧唧地抱住脑袋，问开车的司机："陈叔叔，我刚才接电话的语气是不是不太好啊？"

司机乐呵呵的："啊？没有啊，挺有礼貌的。"

赵虞独自郁闷去了。

另一头，沈隽意看着暗下来的手机屏幕，有些怅然地叹了口气，既在意料之外，又在情理之中，毕竟自从他成名后，很多以前的朋友同学都生疏了。

旁边整理东西的助理小狮站起身问："这就挂啦？周哥不是让你跟对方商量一下，看能不能让她那边出一个辟谣声明吗？"

沈隽意收起手机："不用，莫名其妙被卷进我的绯闻里已经很打扰人家了。"

小狮把外套递给他，声音转而有些气愤："那些粉丝真的有毛病，拍照就算了，还把照片爆出来，根本不配当粉丝！我看要不还是让奶奶搬家吧？"

沈隽意揉了揉酸胀的太阳穴："奶奶在那儿住几十年了，不愿意搬。没事，我回去了再雇几个护工。"

对上班族来说，年假已经过了大半。

赵虞到达练习生宿舍是凌晨，给爸妈报了个平安就洗漱上床了。

之前热闹的宿舍现在只有她一个人，赵虞躺在黑暗里又刷了会儿微博。网上讨论沈隽意神秘女友的热度已经降了很多，那些想捶他偷偷恋爱的黑粉因为实锤不够硬也渐渐偃旗息鼓了。不过也有营销号还在带节奏："沈隽意出道以来怎么老传绯闻呢？苍蝇不叮无缝的蛋，他自身肯定也有问题吧。"

赵虞气得用小号不熟练地喷人："人家长得帅！要你管！帅哥就是可以为所欲为！你这种瓜娃子就是想传也没人愿意跟你传！"

五分钟之后，她收到"沈隽意反黑组"的私信："薏仁你好，请问可以删除你刚才在娱乐小喇叭下的发言吗？有变相承认沈隽意传绯闻招黑的嫌疑哦。不删一律当作披皮黑处理，禁止超话发帖。"

第一次在网上喷人的赵虞："……"你们粉圈太严格了！

删掉评论后，赵虞不再冲浪找气受，关掉手机睡觉了。

第二天早上她还在睡梦中，迷迷糊糊听到宿舍门被打开，有人推着行李箱走进来的声音。赵虞睁开半只眼，翻身往下瞟。

床帐被掀开，一身寒意的林之南扑上来："虞虞！起床啦！"

赵虞被她伸进被窝摸大腿的手冰得一个哆嗦，又叫又笑地往后缩："你怎么也回来啦？"

林之南笑嘻嘻地说："来陪你呀，不然你一个人多可怜。"

赵虞感动地伸手抱她："南南真好！"

林之南埋在她胸前吸了一口："美女好香。"

两人嘻嘻哈哈闹了半天，洗漱完又一起出去吃了个午饭，就回公司开始训练了。

这个时间段，练习生们基本都不在，不过也有因为各种原因提前回来的，各楼层的训练室断断续续传出音乐声，显得有些冷清。

赵虞换了训练服，刚热完身，转头就看见林之南正盯着她看。见她望来，林之南开玩笑说："虞虞，我发现你跟沈隽意那张绯闻照片上的女生背影好像哦。"

赵虞顿时一阵心虚："你不要胡说，一点儿都不像！"

林之南哈哈大笑："我就随便说说，你这么紧张干吗？当然不可能是你啦。你要是沈隽意的邻居，还会厌到连合照都不敢去要吗哈哈哈哈哈！"

赵虞："……"

假期结束，练习生们陆陆续续回到了公司。距离下次考核不远了，大家又开始为新一轮的考核努力着。

赵虞继续着公司、学校两头跑的生活，连出了名的努力狂魔林之南都自愧不如。

因为跟冯优同班，赵虞时而能听到有关沈隽意的最新情报，又有什么代言啦，参加了某档综艺节目啦，接了某部剧啦，拿了什么奖啦……

赵虞怅然地想，他越来越红，自己什么时候才追得上啊！

休息的时候，冯优会在训练室看沈隽意的采访视频，赵虞不敢像她那样明目张胆，每次都装作不经意坐在她旁边，偷瞄两眼。

此刻手机里正在播前不久一次红毯的媒体采访。

赵虞拎着水瓶靠在墙上，看似闭目养神，其实竖直了耳朵，听冯优手机里传出沈隽意的声音："好了，轮到这边的媒体朋友了。什么？绯闻女友？好了，下一个。"

视频里都是相机不停"咔嚓"的声音，沈隽意笑着说："开个玩笑，哪有什么绯闻女友，你们不知道我是个事业型偶像吗？"

有媒体问："那你打算多少岁谈恋爱？"

沈隽意嘶了一声："三十岁吧？"他顿了顿，不知道在问谁，"三十岁可以吗？哦不行，我经纪人说不行，那就四十岁吧。"

现场众人哄然大笑。

又有人问："那到时候粉丝会在你的选择范围内吗？"

沈隽意："开什么玩笑，我粉丝都喊我儿子的。"

冯优在旁边捂着嘴跺脚："啊啊啊崽崽好可爱！"

赵虞默默喝了口手里的矿泉水。

视频里头传出经纪人的声音："最后一个问题。"

媒体又争抢起来，沈隽意说："诶别挤别挤，注意安全。那位穿红外套的朋友，就你吧，红色是我的应援色。你要问什么？嗯……理想型……怎么就没人想问问我的事业吗？我的事业不值得你们关心吗？"

吵闹了一会儿，赵虞听到他笑吟吟的声音："成熟大方的女神型吧，比如梁邱玉老师，绝对不是因为最近跟梁邱玉老师合作了新戏才这么说的。"

赵虞转头看了看身后墙镜里的自己。

成熟，大方，女神，哪一点都不是自己。

她完美避开了他的理想型呢，微笑。

因为想参加五月份的中级升高级考核，学校那边能不上的课赵虞都没上了，又跟辅导员申请了不住寝的资格，全身心扎进训练里。

天气回暖后，街边的榆叶梅都开了，室友们纷纷威胁赵虞，要是再不回寝室一趟就剥夺她舍花的头衔。

于是赵虞提前结束训练，买了两只烤鸭回学校赔罪。

刚一进校门，就接到室友的电话，她拿着手机高高兴兴地说："我买了烤鸭哦！"

那头却急躁躁的："婷婷被剧组的人扣住了！我们现在正赶过去！"

赵虞愣了一下："啊？什么剧组？"

室友边跑边解释，赵虞这才知道，原来最近有个剧组在学校取景拍戏，婷婷今天在图书馆看书，不知道怎么跟剧组人员起了冲突，现在被扣着不让走。

挂了电话，赵虞提着烤鸭就往图书馆跑。

寝室和校门口到图书馆的距离差不多，两拨人几乎同时抵达，另外两个室友都还穿着拖鞋，急得不行："我给辅导员打电话没人接，我们先上去！"

婷婷刚才发来的信息说她在复习室里。

三人急匆匆赶过去，刚一进门，赵虞就看见有个男人拽着婷婷在从她手里抢什么，忙抬手把手里装烤鸭的盒子砸了过去。

与此同时，另一头也传来一声厉喝："住手！"

那声音有些熟悉，赵虞正在气头上也没反应过来，两三步冲到婷婷面前把她拉到自己身后，指着面前那男人的鼻子道："你想干什么？！"

室友们都跑过来，把婷婷围在了中间。

那男人被砸了一身，又被一个臭丫头指着鼻子骂，也是非常生气，抬手就想挥开她的手。手刚抬到半空，就被人从身后捏住了。

赵虞转头看去，狰狞的神情一下僵在脸上。

沈隽意穿了件白衬衣，碎发薄薄一层散在额前，总是笑嘻嘻的他难得有些严肃，骨节分明的手指捏住男人的手腕，因为身高压制，反倒显得对方像是被欺负的那个。

剧组的工作人员一连串地追了过来，呵斥的、询问的、安抚的，伴着婷婷的哭声，一时之间吵得不行。

赵虞却好像什么也听不到，甚至连指在半空中的那只手都忘了放下来，呆呆站在那儿，看上去傻极了。

直到沈隽意转身问："你们没事吧？"

视线相对，她瞳孔放得更大。

沈隽意也愣了愣，只是几秒，忽而笑起来，歪着头抓了下头发："诶，你好像有点儿眼熟。"

✦06✦

我是谁？我在哪儿？我要做什么？

赵虞的大脑宕机了。

仅存的理智让她将指在半空的手缓缓收了回来，身体却仍挺得笔直，看上去有些刻板的僵硬。

沈隽意上一次见到赵虞，还是她考入高中那年。少女跟之前相比，变化太大了，以至于他第一时间居然没认出她来。不过现场有些混乱，剧组的工作人员都围了过来，不是叙旧的时候。

沈隽意说完这句话，赵虞还没反应，倒是身后的室友骂骂咧咧："这什么老套的搭讪套路？！"

三人都是霍希的粉丝，平时没少跟薏仁掐架，对正主自然也没什么好印象。现在沈隽意出现在这里，室友又被欺负，自然更加同仇敌忾。她们一把将还在发愣的赵虞拉了回去，气愤道："剧组了不起啊？借你们拍摄场地，还欺负我们学校的学生！我们要报警！"

婷婷还在哭，剧务赶紧走过来调解。

你一句我一句，众人才终于了解到事情经过。

原来今天剧组在图书馆取景，就在复习室下面那个小树林里拍摄。跟婷婷起冲突的男人是剧组里负责清场的工作人员。他在楼下巡逻的时候正好看见二楼有个女生站在窗边拿着手机在拍什么，以为她是在偷拍，当即上楼来要求她删除偷拍内容。

但婷婷其实压根儿没拍他们，当时站在窗口是在跟她妈妈打视频电话。她解释之后还把自己跟妈妈的视频记录给男人看了，但男人不信，要求检查她的手机相册，婷婷自然不答应，于是两人就起了冲突。

赵虞一行人冲进来的时候，男人就是打算抢婷婷的手机。

这么听来，明显是剧组这边的问题，剧务当即呵斥那男人两句。那男人梗着脖子辩解道："她站在那儿拿着手机拍，底下又是沈老师，我当然以为她是在拍沈老师啊。给我看看不就完了，她越不让看，不就越有问题嘛！"

婷婷边哭边气愤地道："谁稀罕拍他啊！"

另外两个室友异口同声："对！谁稀罕啊！"

赵虞："……"

这么一会儿时间，她终于缓过神来，看了眼旁边尴尬摸鼻头的沈隽意，将愤怒的室友往后拉了拉，才冷声反问："你想当然地认为她在拍剧组，就要求检查她的手机？你哪儿来的权利？你是警察吗？"

剧务立刻对男人道："你闭嘴！马上向这位同学道歉！"

那男人涨红了脸，依言说了对不起，剧组工作人员又都过来赔礼道歉，态度十分和善。

赵虞转头问婷婷："你接受他们的道歉吗？"

婷婷红着眼眶，看了看赶来保护自己的室友，又看了眼埋着头被工作人员厉声训斥的男人，最后道："算了，懒得跟他们浪费时间，我还着急练题呢。"

当事人都这样说了，自然没有揪着不放的道理。剧务赔笑着送她们离开，还送了四人一人一箱广告商赞助的饮料。

四人抱着饮料下楼，身后空荡的楼道有人喊道："诶，小虞……"

赵虞脚步一顿，其他三人都回过头去。

室友"嘶"了一声，看着走过来的沈隽意，小声震惊道："不是吧？你们真认识啊？"

赵虞抿了下唇没说话，颅内却已经开始头脑风暴。

成熟！大方！高冷！女神！

她可以！！！

身后脚步渐近，赵虞调整好呼吸，终于转过身去，神情波澜不惊地淡声问："什么事？"

沈隽意站在最后一级台阶上，看着眼前气质陌生的少女，有些尴尬，"呃"了一声才说："好久不见啊，没想到会在这里遇到你，原来你考到了这所大学啊。"

赵虞的心脏快要跳出喉咙，面上却还是淡淡的："嗯。"

沈隽意抓了下头发，试探着说："我这几天都在这里拍戏，你有时间的话……"

赵虞脱口而出："没时间，马上要考四级了，要刷题。"

沈隽意："……"

这么爽快地被拒绝，他一时之间也不知道该说些什么了。都说女大十八变，当年那个单纯天真的小妹妹长大了，果然也变了很多。

他是该改改自己这个自来熟的毛病了。

身后有工作人员喊"隽意老师"，他朝四人友好地笑了笑，又跟赵虞挥挥手："那不打扰你们了，今天的事抱歉哈。"

赵虞突然觉得怀里的饮料好重，她快抱不住了。

楼道的窗户间有光漏进来，照着他离开的背影，白衬衫和黑发就笼在那团光影中，是她记忆中最深的模样。

脑子里有道声音疯狂提醒着她，现在还不行。

不能私下见面给他惹麻烦。

不能妄想以凡人之躯靠近太阳。

不要当妹妹，不要只成为他身边关系亲近的朋友。

她想要的，远不止这些。

直到沈隽意的身影消失在视线中，旁边屏气凝神的三个室友才纷纷呼了口气，无比震惊地道："虞虞你居然认识沈隽意？"

赵虞闭了下眼，将翻涌的情绪一一压回心底："小时候的邻居，走吧。"

她看上去有些有气无力的，室友们也就没再多问。

婷婷没受到什么实质性伤害，现在已经不生气了。大家一路嘻嘻哈哈吐槽着回寝室，就是有点儿心疼那盒浪费掉的烤鸭。

赵虞在学校住了两天就又回公司了。经过这件事，她对即将到来的考核更加迫不及待。

林之南经常用一种怀疑的眼光打量她："虞虞，你其实是个人造机器人对吧？永久马达，可以运行二十四小时，永远不会累的那种？！"

赵虞："……你有说骚话的时间，不如多压压腿？"

林之南："苍天呐，没想到我努力狂魔林之南也有被人教训的一天！"

随着气温回升，五月的考核如期而至。

这一次中级班有三分之二的练习生都报名了，冯优和林之南也在其中。中级升高级的考核要更复杂一些，一共分为四个项目：基本功、舞蹈、声乐，以及体能。

舞蹈考核赵虞依旧选了沈隽意的歌。

冯优这次倒是没嘲讽她了，毕竟在一个班训练了这么久，她也看到了赵虞的实力和付出，甚至在赵虞准备进考场的时候还晃过来幽幽地说了句："用我哥的歌，可别给他丢脸。"

赵虞："……"

一进考场，考核官们对她都有印象，其中一人笑着说："你是公司历届练习生中训练时间最短就报名参加中升高的练习生，祝愿你能成功。"

赵虞郑重其事地点了点头。

她从来没对一件事这么执着过。

考核结束后，她拿到的分数比初次考核还要高。除了声乐部分还有待提高外，其他三项几乎都表现完美，成为这次中升高考核的第一名。

第二名是冯优。

林之南也晋升成功，分数排在中上的位置，她抱着赵虞比自己拿了第一还兴奋："出道指日可待！我们虞虞就是最牛的！"

升入高级班，她们就是出道预备役了。

虽然高级班里还有很多实力很强但一直没有出道的练习生，但这是离梦想最近的地方。

站在这里，已经可以窥见曙光。

✦07✦

赵虞跟木易娱乐的练习生合约八月份到期。

这一年时间比她预想中过得要快。一直到结束，江誉和江蕾都没等来自家孩子一贯的半途而废，两人一时之间不知道是该高兴还是该担忧。孩子突然变得这么优秀，不会是被调包了吧？！

合约正式结束前，杨洁给江誉打了个电话。

赵虞的实力和潜力这一年来有目共睹，如今挂名合约结束，木易自然想把人签在手上。

江誉却只笑着婉拒："我又不是她的经纪人，她接下来想走什么样的路，还得她自己拿主意，我们当家长的，只能从旁建议。"

木易娱乐这家公司，说大不大，说小不小。如果赵虞真要走这条路，江誉私心当然还是希望她能签约中夏、华畅、星耀这几家大公司。

而赵虞一头扎在训练中，每天早出晚归的，还是月底被韩霜叫过去时，才想起自己的合约快到期了。

韩霜如今对她的印象早不似当初，加上杨洁那层关系，平日对她也关照有加。赵虞这一年进步神速，跟她自己努力有关，当然也离不开木易毫不藏私的全方面培训。所以当韩霜说起续约这件事，赵虞并不排斥。

但她也知道这种事不能轻易下决定，等韩霜说完之后，思忖着回答："我得先问一下家人的意见。"

韩霜似乎并不意外这个答案，朝她笑了笑，从抽屉里拿出一份文件推了过来。

赵虞有些疑惑地扫了一眼，然后听到她说："我们公司一直跟韩娱那边有合作，你知道的吧？"

木易的练习生模式之所以这么成熟完善，就是因为跟韩国的经纪公司有合作，全面引进了他们的模板。之前木易推出的那个女团，制作班底里就有韩娱的团队，所以一经推出就在国内站稳了脚跟。还有之前她们上课时，也有韩国那边的老师过来授课，林之南她们还开玩笑说这是请了外教。

赵虞不知道她为什么突然说起这个，点了点头。

韩霜笑着指了指那份文件："打开看看。"

赵虞依言翻开文件，只见扉页上写着一行字：*Shining Stars* 直播综艺策划案。

这是一档由木易和韩娱那边联合制作的直播选秀综艺，它的选秀主题是练习生，目的是推出一个中韩女团，主打韩国市场。

选秀综艺并不少见，这也是目前最火热的偶像出道方式。它的新奇之处在于，这场选秀从头到尾都是通过直播的形式来进行，且为期半年。

从入选的练习生进入训练营开始，她们的练习内容和日常生活都会被镜头记录，直播给观众。所有人将目睹你的努力和进步，你的喜怒和哀乐。投票实时进行，排名每天刷新，最后全民票选，前五名成团出道。

一个全新又大胆的，充满娱乐性和养成心理的，有史以来第一个尝试半年直播的选秀比赛。

这样的选秀史无前例，充满了未知和挑战。

赵虞翻完文件，猜测到了韩霜的意图，抬头问："韩姐，你是希望我去参加这个选秀吗？"

韩霜笑着摇头："不是我希不希望你去，而是你想不想去。"

赵虞沉默了。

韩霜没有着急催促，等她思考了好一会儿才笑着说："我跟老师们讨论过，他们都说你目前其实已经具备出道的实力了，但有实力不等同于出道了就能红，区别在于各自的机遇。目前国内这个流量市场就这么大，鱼龙混杂，每家公司每年都在不停地推陈出新，有多少人昙花一现，又有多少人屹立不倒？而且说句不好听的话，这条路女艺人比男艺人更难走，你即便是在国内出道了，又能保证自己火多久，火到什么程度呢？"

是的，目前国内的流量市场，数据榜前五的都是男明星。

沈隽意横空出世，霍希后起之秀，新人黎尧、夏元相继活跃在观众视线中，人气女偶像这一栏，目前为止依旧是空。

以她目前的实力和条件，她的确可以出道。

可她想要的，不仅仅是出道。

如果不能在巅峰相见，她始终都只能仰望。

她要的是势均力敌的比肩。

韩霜看着沉默不语的少女，就像一个温和的长辈，不催促也不逼迫，而是一字一句将利弊告知。

"你应该也清楚，目前韩国娱乐产业比国内更为发达，市场也更大，它的运作方式和造星手段都十分成熟。参加这档综艺的半年时间内，你会接受更专业的培训，且通过这个直播攒到一定的人气，哪怕最后不能出道，这些人气也将成为你回国之后的资本。但我们不可否认的是，参加这个直播会很辛苦，一旦踏入训练营，半年之内你都将没有秘密，一切都暴露在观众的注视之下。训练强度会更大，一点儿错都不能犯，任何一个行为都可能被放大，成为你的黑点。"最后，她笑着说，"机遇与风险并存，就看你如何取舍。"

赵虞捏着那份文件，看着扉页那一行字，好半天才抬头问："韩姐，你以前是做什么的？"

韩霜愣了愣："我？我以前做市场营销的。"

赵虞："难怪呢，口才怪好的……"

韩霜被她逗笑了。

她是真心喜欢赵虞，也希望能为公司留下她，要参加这档选秀直播，就必须要签约木易，利弊都已经说清楚，就看她如何抉择了。

但看着少女眼中亮起的星星点点的光芒，韩霜觉得自己应该是成功了。

赵虞并没有立即答应，拿着合约道："韩姐，我还是想先和我爸妈商量一下，我明天再给你答复行吗？"

韩霜笑道："行，不着急，你也别有压力。人生会面临很多选择，只要每一次选择不负初心就好。"

赵虞笑着点了下头。

江誉最近在家休息，正好是周六没课，赵虞结束了一天的训练就坐车去了江誉家。

江誉最近做了一档美食综艺，从来不下厨的他也学会了不少做饭技巧，听外甥女说要过来，当即兴致勃勃下厨。

于是赵虞有幸尝到了舅舅做的第一顿饭。

五分钟之后，两人对视一眼，江誉打开了外卖软件。

等外卖期间，江誉问："之前老杨给我打电话，说起你续签的事儿，你自己怎么想的？"

赵虞本来也打算吃完饭就跟舅舅说这件事，既然江誉现在提起，她也就直接将昨天自己跟韩霜的对话复述了一遍。

江誉做了这么多年的综艺，一听她说起这个 *Shining Stars*，立刻灵敏地嗅到了这个节目的爆点。

赵虞兴致勃勃说完，双眼都在发光："舅，你觉得怎么样？我可以去吗？"

江誉看着外甥女闪闪发亮的眼睛，好笑地摇了下头："你不是已经做好决定了吗？"

赵虞默了默："……这么明显的吗？"

江誉笑了笑，伸手在她头上揉了一把："我们虞虞啊，好久没有对一件事这么充满热情了。"

他想了想，沉声说："你那个领导说的确实在理，比起目前国内的流量市场，你想走唱跳偶像这条路，韩国确实是更好的选择。但她说的那几个弊端，只局限于参加节目的半年内。"

江誉看着她道："节目结束之后，你如果没出道就算了，你一旦出道，今后主打的就是韩国市场，你的行程活动大多数都会在国外。异国他乡，人生地不熟，语言不通，风土不同，而且韩娱的市场虽然大，但竞争也更激烈，这些你考虑过吗？"

赵虞顿了一会儿，摇了摇头。

"我没想过这些。"她说，"我只是都想试试看。"

登上顶峰的路，每一条她都想走走看，可能会走弯路，但总比原地踏步好。

上一次她说她要当练习生的时候，目光就和现在一样坚定且认真。

尽管那个时候江誉帮她铺好了道路，却没想过她能坚持到现在。

江誉收回目光，拿筷子戳了戳盘子里焦黑的煎蛋，好半天才叹着气说了句："会很辛苦啊。"

赵虞一下笑起来："我不怕辛苦！"她坐过去抱着江誉的胳膊摇，"那……舅，你会帮我说服我爸妈的吧？"

江誉笑道："你爸妈还需要我说服啊？你想做什么他们哪次反对过？"

江蕾和赵康宁对她一向是在不骄纵的范围内有求必应。江蕾总说，孩子多做一些尝试不是坏事，多选择，多尝试，最后才会知道什么最适合自己。

但这次的事毕竟牵扯到出国，晚上赵虞跟爸妈打了个视频电话，把这事儿一说，江蕾还没开口，赵康宁立刻就反对了。

"不行！国外太危险了，我昨天看新闻，那儿有个留学生还遭抢劫抛尸了！不行不行，你在国内又不是不能当明星。江誉你劝劝幺儿，把她弄到你那个综艺里去露露脸，也得行嘛！"

赵虞："我才不走后门！我要凭实力出道！"

赵康宁气得拍胸口。

还是江蕾把手机拿过去，温声问："江誉，合同你看了吗？"

江誉点点头："看了，没什么问题。木易的老总是我朋友，人品靠得住，他们公司跟韩娱那边也一直有合作，这次这个选秀我也比较看好。"

他转头看了旁边噘嘴的赵虞一眼，笑道："主要是虞虞想去，她难得对一件事这么坚持，我觉得还是让她去试试比较好。"

江誉都这么说，江蕾也就放心了一些。几人又聊了一会儿，算是把利弊都分析清楚了。

赵虞态度坚决，加上她这一年的表现确实令人意外，江蕾把干嚷嚷的赵康宁推到一边，对着屏幕温声道："妈妈支持你去追逐梦想，想去就去吧。"

赵虞对着手机摄像头大大亲了一口。

于是第二天回公司，赵虞就去找韩霜签了合同。

Shining Stars 这个选秀至今为止还未公开，属于秘密项目，下个月才会开始预热，之后各大公司提交名额选送练习生，明年才正式录制。公司也是为了留住赵虞，才会提前告诉她。

木易作为合作方之一，一共有六个选送名额，赵虞已经内定，剩下的五个都会从高级班里挑选。

就像韩霜说的，这是机遇，也是挑战。因为没人能确定这档选秀节目到底能不能火，如果最后它收视平平，那从这个选秀出来的女团也不会有太高人气。

与其去人生地不熟的国外赌这样一场综艺，有些求稳的练习生还是更愿意留在国内等待出道机会。

不过大多数人还是跃跃欲试的，自从公司开始选拔人选，不少练习生都努力自荐，争取机会。

林之南也提交了申请，但高级班竞争太激烈，她挺没自信的。

赵虞给她打气："舞台上不光看实力，也看眼缘的好不好！我们南南美得这么有特色，港风气质拿捏得死死的，任谁看了不夸一句好一个穿梭时光的复古美人！"

林之南："⋯⋯你昨天还说我大波浪土来着。"

赵虞："⋯⋯"

九月中旬，名单确定下来，林之南成功入选。她激动得抱着赵虞都快哭了："自从遇到你之后，我的运气好像就变好了，虞虞肯定是我的小福星！"

赵虞笑着揉揉她的脑袋："是我们南南自己努力的结果好吧！"

名单确定之后，接下来就是办理各种签证和手续了。赵虞还需要跟学校申请停课，舞蹈学院的学生中途出道的不少，这方面还是比较宽容的。

忙忙碌碌，加上不间断的训练，时间一晃入了冬。

Shining Stars 已经开始预热宣传，但节目播出是在韩国，面向的受众群体大部分也在韩国，国内这边有关这档选秀节目的讨论比较少。

一去半年，除睡觉外全天直播，公司对这些第一次参加节目的练习生们进行了针对性的培训，除了说话技巧、镜头感、风俗礼仪外，还找了语言老师教他们学习韩语。

赵虞的语言天分实在是差，从英语就可以看出来。她每天被韩语折磨得要死要活，最后还是林之南看不下去，把每天学习的内容在训练时又一遍一遍地教给她。

赵虞都惊呆了："你为什么学得这么快？！"

林之南看了两眼笔记本："这种东西，不是读两遍就会了吗？"

赵虞："⋯⋯"这什么隐藏学霸？

出发前往韩国的日子定在圣诞节那天。

赵虞提前给朋友们买了圣诞礼物，吃了送别饭。都是年轻人，倒没那么多离别愁绪，大家都还挺兴奋，纷纷表示到时候一定动员身边所有人给虞虞投票，送她出道！

圣诞节到来的前一周，北京下了很大的雪。

赵虞把所有的圣诞礼物一一送给朋友们后，袋子里最后还剩下一个。

那是一个水晶球，球里面飘着雪，有个穿芭蕾舞裙的少女单脚立在钢琴上，随着音乐旋转，很普通又很俗气，可她第一眼见到就很喜欢。

那是她想送给沈隽意的礼物。

她知道他在北京的住址，去年过年时沈奶奶告诉过她。但是以匿名的方式寄给他的话，应该会吓到他吧？听说那些私生粉总是去打扰他。

赵虞想了想，还是把水晶球收了起来。

没关系，以后她总有机会送给他的！

第三章

Shining Stars

<h1 style="text-align:center">✦01✦</h1>

飞韩国的机票定在圣诞节早上九点。

六个练习生加上带队的老师和负责的高层，一共十多个人，七点就到了机场，开始托运行李。

清晨的机场依旧人来人往，各色路人步履匆匆，不远处的通道跑过一群拿着手幅叽叽喳喳的女生。

虽然起得很早，但想到即将到来的全新生活，练习生们兴奋又紧张，背着各自的双肩包小声又激动地交谈着。

赵虞眯着眼在打盹，听到旁边的女生有些羡慕地说："这一看就是接机的粉丝，等我们从韩国回来，应该也会有粉丝接机吧？"

林之南突然重重地拽了赵虞两下，把她盖在上半张脸上的帽子都拽掉了。

赵虞不开心地转头瞪她。

林之南一脸夸张的神情，压低的声音里满是掩不住的兴奋："是沈隽意的粉丝！沈隽意在机场！"

赵虞顿时不困了，一下坐直身体朝刚才那群跑过的粉丝望去。

林之南突然站起身："老师，我去上个厕所。"

老师看看手机："去吧，还有一会儿才安检，要上厕所的都提前解决。"

林之南拉着还在四处张望的赵虞飞快跑了。

赵虞被她拽着跑出去好远才反应过来："干吗啊？"

林之南又是那副恨铁不成钢的表情："临走前去见见他啊！这简直是上天白送的惊喜好不好？！我们这一去半年都回不来，你不想跟他说声再见吗？"

赵虞瞳孔扩张了一下，猛地想起自己装在背包里的水晶球。

昨晚检查行李的时候林之南还吐槽她，行李已经够多了还带这些没用的东西做什么。当时赵虞没理她，用盒子把水晶球小心翼翼包好，直接装在了随身的包里。

林之南拉着发蒙的她找了半天，终于在出口看到了接机的粉丝群。

有保安在维持秩序，现场不算拥挤，粉丝们都有序地站在两边，兴奋地等待偶像的出现。

林之南也拉着赵虞挤过去："注意看注意看，最后一眼抵半年！"

赵虞观望四周，发现有的粉丝手里抱着花，有的拿着信，准备礼物的不少。她沉默了一会儿，也慢腾腾把背包里的水晶球拿了出来，然后递给了林之南。

林之南："干吗？"

赵虞："……一会儿他出来了，你看能不能帮我送给他。"

林之南一副"不是吧，你在逗我"的表情。

"我㞞！我知道！"赵虞趁她开口前自我反省，又扯着她袖子撒娇，"南南，拜托拜托。"

林之南一言难尽地看着她。

这时前方突然爆发出尖叫声。

两人同时回头，就看到出口通道里渐渐有人朝外走来——沈隽意出来了！

一时之间喊什么的都有，粉丝们你推我搡地往前涌，显得十分拥挤。

赵虞和林之南虽然不在最前排，但两人身高都在一米七以上，在人群里还是很有优势的，一眼就看到沈隽意被助理和保安围着走了过来。他在镜头下总是笑吟吟的，眉眼飞扬，光芒万丈，这会儿因为新造型剃短了头发，黑色棒球帽反戴在头上，看上去像个酷酷的坏小子，但一笑起来就还是那个阳光的少年。

赵虞谨记"最后一眼抵半年"的交代，眼睛都舍不得眨一下。

粉丝簇拥着他往外走，"哥哥""宝贝""老公"地喊着，纷纷把礼物往前递。他笑着随意伸手，能接到的礼物都接了。

赵虞和林之南没有追星经验，两三下就被人群给挤到了外围。

眼看着他越走越远，林之南突然暴喝一声："沈隽意！"

她肺活量本来就好，主打 Vocal，这一声中气十足，愣是盖过了所有粉丝的声音。而且其他人都在喊"哥哥""宝贝"，她这一声杀气腾腾的直呼全名就更加令人瞩目了。所有人都一愣，不约而同地看了过来。

沈隽意也吓得一哆嗦，惊恐又茫然地回过头来。

赵虞唰的一下埋下头去，将自己藏在人群中，简直想把林之南就地捶死。

林之南看了眼旁边不争气的好友，一把拿过她手上的礼物，朝前递去："给你的圣诞礼物！"

被吼蒙了的沈隽意："啊？"

静默的人群哄然大笑。

沈隽意也是哭笑不得，转身走过来将礼物接了过去，嘴里还嘟囔："送礼物就送礼物，你吓我干什么……"

等人群随着他离开，赵虞才偷偷抬头朝前看去，一脸劫后余生地说："他没看到我吧？"

林之南鄙夷地看了她一眼："你还是脱粉吧。"

赵虞："呜呜呜。"

不过临走前能以这种方式送出圣诞礼物，赵虞还是很高兴的。上飞机之后其他人都开始补觉，她却兴奋得睡不着，拽着林之南一起看电影。

飞机掠过蓝天白云，不过两个小时，她们已经身处异国。

节目组派了车来接，一出机场就将她们带到了提前订好的酒店。

比赛在一周之后正式开始，这一周时间主要是让她们提前适应，以及做赛前单采、拍宣传照等。

除了木易娱乐，国内好几家经纪公司也都送了练习生过来，但由于不是合作方，每家公司只有两个名额。而且节目的投资主力以及制作方都是韩国娱乐公司，所以大部分参赛的练习生是韩国人。

木易的练习生们都是第一次来韩国，看什么都新鲜，过来的前两天还有心情出去逛，等其他参赛的练习生陆续到达酒店，她们发现其中不乏已经在圈内小有名气的前辈、在韩娱公司练习多年的实力强悍者，顿时坐不住了。

越来越多的漂亮女生出现，比赛还没开始，压力已经蔓延。

赵虞她们几个陆陆续续被公司的负责人叫去开会，进行单独的培训，关于公司给她们各自安排的人设更是一再强调，再三叮嘱。

为期半年的直播，所有的行为都将被镜头放大，在表现真实自我的基础上，她们还需要记忆点、争论点，以及各自的特色——扩大闪光点，藏匿缺陷，争取当一个完美偶像。

赵虞不喜欢这样。

这世上本就不存在完美的人，自己也有很多小毛病，能接受就喜欢，不能接受就拜拜，她觉得没必要用假象留住观众。

不过韩霜说每个公司都这么干，到时候等她进了训练营，就会看到无数戴着假面、不容许自己犯错的竞争对手，而在这些完美对手的衬托之下，任何细小的错误都会被放大。

赵虞听得怪紧张的。

但无论如何，一周时间很快过去，跨年刚刚结束，在韩国预热已久的直播选秀节目 *Shining Stars* 就正式上线了。

这是一档首次尝试直播模式的选秀，为期长达半年，从训练到生活，七十位女生的吃穿住行都将被镜头记录。也就是说，从练习生们进入训练营的那一刻，直播就已经开始了。

与此同时，七十名练习生的个人资料和海报同步上线，投票通道正式开启，期待已久的观众涌入了直播间，评论里韩文夹着偶尔滑过的中文和英文，显得十分热闹。

这次节目的录制是在一个大型训练营中。营地早在半年前就开始搭建了，里头包含了训练大楼、食堂、宿舍、操场，像一个小型的学校，设备一应俱全。营地内除了各个方位的自动摄像机，还有专业的跟拍摄像，保证全方位无死角的直播拍摄。

早上八点，练习生们准时到达营地门外，开始报到、领名牌、戴麦，各个公司的负责人一一确认嘱咐后就离开了。

十点，直播正式开始，七十位青春靓丽的女生出现在画面中，令这个灰蒙蒙的清晨变得明亮起来。

直播画面旁边就是投票栏，实时刷新，每人每天只能投一票，十分公平。不过因为有些练习生自带粉丝基础，刚开播五分钟排名就已经上去了，评论区也都在热情讨论。

✦02✦

因为语言不通，又来自不同的公司，七十个女生互相没什么交流，都是同一家公司的扎堆在一起。

跟着导演进入营地后，第一个个人镜头就是报数——没有自我介绍，不超过一秒的报数就是最开始唯一的个人镜头。

练习生们站成七排，从第一排开始报，每说一个数字，镜头会给到练习生身上，让观众对这七十位女生有个初步印象。

赵虞站在第三排中间的位置，从导演开始说报数的时候就已经有点儿慌了，开始默数自己的位置，发现自己的排号是二十七，便一直在心里默念"二十七"的韩语发音。

结果一排一排，轮到她的时候还是嘴瓢了："si……二七！"

同公司的练习生站在她旁边，本来背得好好的，被她一带也下意识喊成了"二八"。

"二九！"

"三十！"

排在第三十一位的韩国练习生："……我该报哪个数来着？"

即便画面一闪而过，观众还是对紧张到喊出母语的少女留下了深刻印象，评论区顿时议论纷纷：

——她们喊的是中文吗？

——二十七号妹妹刚才卡壳的慌张小表情好可爱啊！

——二十七号这个美貌是真实存在的吗？

——就算裹着羽绒服也好美啊，我要给她投票！

——哈哈哈用韩语报数也太为难这些中国妹妹们了。

——这是内娱哪个公司的，星耀还是华畅？这个颜值太能打了吧，刚才看名牌好像叫什么虞？

——是赵虞！我特地去海报里找了，超性感的妹妹，今日份投票已经给她了！

……

实时评论里夹杂着中、韩、英三种语言，观众们讨论着那些惊鸿一瞥的选手。

报数结束，七十位练习生集结完毕，导演又宣布了投票规则，以及练习生们在营地期间需要遵守的营规。

赵虞小声跟旁边的林之南说："好像军训啊。"

接着就是分宿舍，七人一组，分为十个宿舍。节目组在这上面倒是很人性化，没有随机分组，而是让她们自行组队。

木易娱乐有六个人，自然就成了一组。

其他练习生基本也都是按照公司组队。

赵虞这组少一个人，大家都紧张兮兮地打量四周，寻找落单的人选。

林之南的韩语学得最好，倒是听懂了一些周围的对话，她小声跟队友翻译："那边七个人都是 SW 的呢，好厉害啊。那几个粉头发的女生是 JP 的，她们想跟另一个公司的组队，但是多出一个人来。"

赵虞顺着她的目光看过去，就见一群女生正在商议组队，但两边都是四个人，单独把谁拎出来都不太好。

赵虞心说，好机会啊！

她正思考打招呼那几句韩语怎么说，就看见对方似乎已经做出决定，有个戴蝴蝶结的女生拘谨地从队伍里退了出来，另外几人眉飞色舞的，女生配合着微笑，笑意却显得有些勉强。

赵虞立即朝她挥手打招呼："Hello,hello,look here!"

女生循声看来，迟疑地指了指自己："Me?"

赵虞对韩语实在是生疏，只好继续用英文交流："Yes!Do you want to join us?"

女生看了看对面热情洋溢的少女，又回头看了看相谈甚欢的同伴们，垂了下眸，转而又抿唇笑起来，朝赵虞点了点头。

组队成功，大家都挺高兴，赵虞为了不让新室友尴尬，用蹩脚的英文跟女生聊天："What's your name?"

女生还有些拘谨，小声说："Kristen.（克里斯汀）"

赵虞转头跟队友说："她长得好像洋娃娃啊，乖乖的好可爱。"

克里斯汀听不懂中文，疑惑地眨了眨眼。

赵虞问林之南："洋娃娃用韩语怎么说？"

林之南："……不知道。"

赵虞："英文呢？"

林之南："……不知道。"

赵虞："……"

中韩友人沟通靠英文，最后她只好换了个简单措辞："You look like a princess!"

克里斯汀不好意思地笑了笑。

训练营封闭式管理，每个公共区域都有摄像头，还真像赵虞说的有点儿像军训。

这档节目跟一般的选秀比赛不一样：一般的比赛开场就需要初舞台表演展现各自的实力了，但 Shining Stars 更像一场养成式直播。观众想看的是练习生们努力的画面和每天都在进步的实力，然后在每个月月底的舞台表演时检验成果，体验养成系的快感。

舞台公演一共六次，每次公演结束时投票截止，淘汰末尾十人，是十分不近人情又公平公正的赛制。

入住宿舍后，节目组收走了练习生们非必要的生活用品，包括所有电子设备。

之后，节目组给了她们一上午的时间收拾行李，熟悉环境，结交朋友。

吃过午饭之后，训练正式开始，七十位练习生随机分成了两个班，在专业老师的带领下进行体能、舞蹈、声乐、形体等各个方面的培训，强度比高级班更大。

赵虞料到了会很辛苦，但没想到会这么辛苦。她的体能在之前的高级班里已经算好的了，没想到来到训练营后，又感受了一次当初刚进木易时的痛苦。

而观众们这才知道，原来练习生的生活是这样的，除了吃饭、睡觉，所有的时间都花在训练上。

人一多，能给到每个练习生的单人镜头就很少。

之前韩霜就说过，每家公司都会给旗下的练习生制定人设，每个人都使尽浑身解数，努力地想让镜头记住自己。赵虞倒是不会特意去找镜头表现自己，每天该训练训练，该休息休息，但是因为初露相时已经给观众留下了印象，颜值和身材也扛打，九头身的比例站在穿着统一训练服的练习生中，就算什么也不做，镜头一扫，也是不会被忽视的存在。

长得好看就算了，实力还不错，平时不偷懒不喊累，训练特别努力，简直符合养成完美偶像的全部条件，不投票还在等什么？

不过真正让观众对她印象加深的，还是她跟克里斯汀的互动。

自从克里斯汀加入她们宿舍后，这个土生土长的韩国少女就成了其他六个人的韩语老师。于是所有人的韩语水平飞速进步，除了赵虞——学韩语对她而言简直是比训练还痛苦的事。

克里斯汀长得像洋娃娃，性格也温温软软的，见她学不进去，就换了种方式："我教你韩语，你教我中文好吗？"

赵虞："好啊，好啊！"

一个中文不好，一个韩语不好，磕磕绊绊教起来，还得用英文交流。

观众看着赵虞被韩语折磨得死去活来，就会想到自己被学习支配的恐惧，既心疼又好笑——原来美女也不是样样都会，平衡了平衡了！

克里斯汀学了一段时间拼音后问赵虞："你的名字怎么读？"

赵虞给她读了一遍，又在纸上写给她看。

写完不仅克里斯汀惊讶，观众也惊讶：虞？这是什么字？什么意思？为什么看上去这么难？

赵虞想了想，解释说："你知道《霸王别姬》吗？"

这部电影声名远播，观众跟着克里斯汀一起点头："知道！"

赵虞："我的名字就是'霸王别姬'的那个虞！"

韩国观众和克里斯汀："哦哦！理解了！"

中国观众："哈？是我不懂中文吗？'霸王别姬'四个字里面哪里有'虞'？"

在克里斯汀的一对一针对性培训下，赵虞的韩语总算有所进步，不像一开始那样一紧张就蹦出中文了，训练的时候也偶尔会跟其他韩国练习生聊聊天。

给赵虞投票的观众顿时觉得满足，这不就是家长看着孩子学习进步的那种满足吗？！

一个月时间就这么过去了，练习生们迎来了第一次舞台公演。

这是赵虞成为练习生以来的第一个正式舞台。

大家并不知道目前的投票排名，但想想那些自带粉丝基础的练习生，也知道高位应该是被她们占了。像赵虞、林之南这种新人，还是从中国过来的，在这边比赛本就不占优势，两人都不知道这会不会是自己的最后一个舞台。

紧张归紧张，舞台还是要全力以赴的。

选曲的时候，赵虞选择了力量与性感碰撞的电音摇滚，林之南则选了探戈曲风——第一次舞台要给观众留下印象，选择自己最擅长最合适的风格最好不过。

但两人都没想到，这会成为她们出圈的一次表演。

林之南本来就是港风美人的长相，这次的探戈风舞台几乎将她的优势百分百地发挥了出来。红唇大波浪，戴半张银色面具，当她叼着一朵玫瑰回头，取下面具微微勾唇时，镜头前的观众都被这个回眸给惊艳到了。

这一幕的截图瞬间传遍韩网，大家都在议论这是哪位穿越时光的香港美人。

表演前，林之南排在五十多位，表演结束后，她的排名疯涨至第三十名。

赵虞排在倒数第二个出场。

这一个月来，观众对她的印象比较深刻，所以对她的出场也格外期待。之前镜头切到后台的时候，大家就看到她好像在角落里画着什么，直到站上舞台，观众才发现画面中的少女在细腰上画了一枝梅花。

曲风性感，舞台服自然也走的性感路线。赵虞上半身只穿了件黑色的抹胸，上面镶满了银色碎钻，纤薄又劲瘦的腰线完美展现了出来。她皮肤又白，在灯光下几乎白得反光，那枝红色的梅花就攀附在她腰间，像顺着她的腰线肆意生长，妖冶又性感。

这场性感到爆炸的表演里，那枝梅花就在观众眼前晃来晃去，像拂过掌心的芦苇，令人心痒难耐。

评论区直接炸了，韩国观众很是激动，特别是之前就支持赵虞的网友，更是觉得自己这次简直赚大发了。

中国观众也疯狂在网上刷了起来："啊啊啊腰精！这个腰我死了！腰精拿命来！！！"

"腰精"这个词出现的频率太高，引起了看不懂中文的韩国观众的好奇。大家纷纷询问："'腰精'是什么意思？你们不要用中文夸人，我们看不懂！"

有中国网友给他们解释，也有对中文半生不熟的韩国网友自己去查。可中文博大精深，解释来解释去，最后韩国观众们纷纷表示："啊，原来是妖精的意思！我们懂了！"

人间妖精赵虞，给我冲！

✦03✦

如果之前大家还只是抱着随便看看投两票的心态，经此公演，就是真的被赵虞的舞台实力折服了。从她上台开始，到最后一个表演结束，仅仅半个小时，她的票数疯涨至第七位，如果不是投票很快截止，冲进前五也不是不可能。

宣布排名的时候，屏幕里的少女似乎有些不敢置信，对着镜头愣了几秒，倏尔一笑，用不熟练的韩文说："谢谢大家，我会继续努力的！"

在舞台上勾人的性感妖精，下台之后又变成了那个有点儿憨直有点儿可爱的少女。

在选秀比赛遍地的时代，*Shining Stars* 的热度并不算太高，开播以来的收视率中规中矩——因为赛制不同，只有每月月底才有舞台表演，观众们一开始看练习生们的训练日常还觉得挺新奇，看多了也就那样，学生党、工作党都不空闲，哪儿有时间一天二十四小时盯着直播看。

直到第一次公演舞台，这个节目才真正在网上爆了一次。

节目组的宣传估计也等着这时候憋大招，打出了"全民选秀"的标签，将公演期间最惊艳的片段上传至网络，赵虞的"细腰梅花"一枝独秀，引发了全网热议——实力与颜值并存的人间妖精，谁看了不说一声好！

粉丝给赵虞剪了一个个人合集，素材都是她这一个月在训练营中的表现。于是因为"细腰梅花"认识赵虞而想来了解她的观众，发现这个妹妹不仅长得好看、实力强，私下性格也可爱得不行！特别是她抱着单词本蹲在角落哭唧唧学韩语的样子，大家看一遍笑一遍，都想冲进屏幕亲自纠正她奇奇怪怪的发音了。

其中有一段视频是赵虞和克里斯汀刚刚结束训练，坐在地上休息时，克里斯汀教她"我爱你"的正确发音。

教了好几遍，克里斯汀鼓励她："对着镜头向正在观看直播的朋友们说一次吧。"

赵虞看向墙边的自动摄像镜头，表情有点儿纠结，半晌才磨磨蹭蹭地小声说了句"sa lang hae"。

克里斯汀说："不对哦，大声一点儿。"

少女鼓起勇气，忽地抬头朝镜头一笑，双手举在头顶比了个心，弯着眼睛超大声地说："sa lang hae!"

网友差点儿被这个笑容甜死：

——啊啊啊再听一次就要动心了！

——宝贝我也爱你！我也爱你听到了吗？！

——她好甜，人间妖精甜飒并存！

……

赵虞平时训练本来就努力，待人也热情，如今在舞台上展现出别样性感的一面更加吸粉。公演结束之后，之前零零散散投票的粉丝们迅速集结，各个官方组织也相继成立，正式开启打投模式。

而网上发生的这一切，训练营里的练习生们并不知道。

公演结束后，排名末尾的十名练习生被淘汰，离开营地，剩下的六十名练习生也终于迎来了她们入营以来的第一个假期，除了不允许出营，干什么都行。虽然假期只有一天，但这对于集训一个月、无休止训练的练习生们来说已经很开心了。

节目组还把手机还给了她们，允许她们跟家人通一次电话。

赵虞先给江蕾打了个视频电话过去，电话响了好一会儿才有人接，那头有些嘈杂，镜头晃了两下，江蕾才出现在画面里，有些开心地喊她："幺儿。"

赵虞笑眯眯地问："妈妈，你在干啥子？"

江蕾："你表姑他们来了，在家聚会。"说罢转头喊，"老赵，幺儿的视频，快来！别打了，让大哥帮你摸一把！"

赵康宁很快挤进镜头："幺儿！幺儿！我看看，哎哟，瘦了！"

一家三口笑嘻嘻地聊着天，可等了半天终于等到赵虞镜头的粉丝们有点儿蒙。

——我学了三年中文，为什么我听不懂女鹅在说什么？！

——好像是方言？

——回复前面，妹妹是中国四川人，说的是四川话。别说你们，我也有点儿没听懂。

……

说起训练营的日常，江蕾心疼得不行："怎么这么辛苦啊？幺儿你多吃点儿啊，不能再瘦了。"

赵虞刚点头，就听见画面外传来表姑的声音："哎哟，听着怪可怜的，这么累的话要不退赛吧。这什么比赛哦，我们想看都看不了，一点儿都不正规。"

赵虞没说话，朝手机镜头做了个凶狠的表情。

江蕾笑着摇了摇头。

评论区又热闹了起来：

——啊，被女鹅凶到！（女鹅，粉圈用语，指对偶像产生爱护和宠爱的心情。）

——奶凶奶凶的也好可爱啊！

——我听懂了，有个人叫她退赛！宝贝不要听她的！宝贝必须出道！

……

通话时间只有十分钟，赵虞还想跟朋友们聊聊天，便跟爸妈说了再见挂断了电话。

她登录微信，信息果然已经爆满。她一一回复过去，点开蔺忆的对话框时，看到最新一条消息是半小时前发来的："我已经号召身边所有姐妹给你投票了！虞虞必须给我C位出道！"

赵虞回了个"惊恐"的表情："所有姐妹不包括薏仁吧？我不想暴露粉籍！"

忆忆："啊啊啊你活了！！！"

忆忆："我没有告诉她们！姐妹我懂你！你不想蹭哥哥热度，我懂你！！！"

赵虞："姐妹！[握拳].jpg"

忆忆："虞虞你真的好棒啊！对不起，我要道歉，我之前一直以为你是说着玩的，没想到你的业务能力这么强！你真的好棒啊！"

忆忆："你不用担心国内的市场，虞美人已经集结完毕，超话、贴吧、打投组都已经搞起来了！我们会努力翻墙投票安利你的！虽然目前粉丝还不多，但我相信你以后一定能红遍全国！"

赵虞："虞美人？"

忆忆："你的粉丝名字啊！我们投票选出来的，是不是超好听？"

赵虞："……忆忆你这是爬我墙了吗？"

忆忆："哦，那倒也没有，哥哥还是我的心头好。不过你超话的小主持人确实是我。"

赵虞："啊？"

忆忆："我看了眼直播，你现在不会正在跟我发消息吧？你抬头跟我挥挥手？"

赵虞抬头看向镜头，挥了下手，然后收到了蔺忆一连串刷屏的"啊啊啊"。

节目组在旁边提示时间到，赵虞只能回了个"下次聊"就交还了手机。

回宿舍的路上，赵虞想起刚才跟蔺忆的对话，还有点儿蒙，自己都有超话和贴吧了？虞美人……还怪好听的。

二月初的天气仍有些寒意，云层间却已经投下半缕阳光。她微微抬头，眯着眼伸手去摸那寸光。

好像……已经能摸到那虚无缥缈的梦想了呢。

假期结束，练习生们继续下一阶段的训练，投票通道也再次开启。

上一次排名公布后，大家心里其实都有底了，出道位只有五个，高位已定，再想把她们拉下来不太容易，前十的竞争更大，后排只能在接下来的时间内想办法看是否能逆袭。

赵虞发现最近跟自己搭话的人比之前多了很多。

林之南说都是想借她镜头蹭热度的。

赵虞不喜欢这种功利性的接近。她自己愿意交朋友是一回事，别人抱着目的靠近又是另一回事。她从小看似随意散漫，其实性格里有很固执的一面。于是那些抱着目的想跟她交朋友的练习生都失败了，她们看着跟赵虞关系很好的克里斯汀，不由得有些嫉妒。

不过克里斯汀人气也很高，大众还是很喜欢长相精致的小公主这一款的。上次排名公布时，克里斯汀排在第九位，跟第八名的差距很小。

✦04✦

排名在公演后大洗牌，个人在舞台上的表现成为人气基础。这个节目里，实力最容不得敷衍。

在第一次公演中以港风探戈迅速出圈的林之南，在第二次公演时选择了纯声乐舞台。她对自己有一个十分明确的规划：第一期先以独特颜值留下记忆点，第二期就要用实力征服观众。

林之南是那种越看越有味道的复古美人，第一次公演结束时虽然排在第三十名，但接下来一个月票数一直在稳步前进，加上跟赵虞关系好，出镜率也很高，排名一度达到十八位。第二次公演时，Vocal担当的她一句高音飙翻全场，再次令人惊艳，表演结束之后票数又疯涨了一波，直接卡进前十，位列第九。

而赵虞则选择了所有曲目中难度系数最大但也最有舞台表现力的团舞。

她这次染了粉色的头发，穿流苏牛仔外套配短裤，虽然最惹人注目的细腰若隐若现，看不大清楚了，但网友们发现这腿真是长啊，又直又白，比起那把盈盈一握的细腰丝毫不逊色。于是继"腰精"之后，大家又亲切地称呼她为"腿精"。

第二次公演结束后，赵虞的排名直接冲到了第三。

公布结果时，在场的练习生心里都有一个想法：她恐怕还能继续往前。

谁也没料到，这次最大的黑马居然会是这名来自中国的练习生，可无论是颜值还是实力，她都的确有站在这个位置的资本，其他人再不甘也无可奈何。

赵虞并不知道自己的人气正在疯涨，来之前公司交代她的人设早被她忘到九霄云外了——江誉就是做综艺的，出国之前跟她说过，这个比赛其实就是一场真人秀，在长达半年的全方位直播下，任何伪装的人设都会露出马脚，不如从一开始就做最真实的自己。

仿佛应了江誉那句话，随着直播推进，日复一日重复枯燥辛苦的训练下，很多练习生的伪装人设渐渐立不住了。

而且这仿若军训一般的管理训练，带来的不仅仅是身体上的疲惫，因此陆续有练习生退赛。

林之南站在窗口，看着那些拖着行李缓缓走出营地的练习生，怅然地跟赵虞说："她们放弃梦想了。"

赵虞一边压着腿，一边晃着手指给她来了段 Rap："追不到的梦想换个梦不就得了。"（出自《稻香》）

林之南收回视线，跟着她一起压腿："你不会放弃吧？"

赵虞转头看了她一眼："怎么可能？"她伸了个懒腰，双手放在嘴边，对着窗外满树樱花笑着大喊，"我的征途是星辰大海！"（出自《银河英雄传说》）

林之南也笑起来。

屏幕外的粉丝们急疯了：

——女鹅不要说中文啊！我们听不懂！

——啊啊啊妹妹刚才的眼神在发光！她到底喊了什么我好想知道！

——对不起各位，为了女鹅我要去学中文了。

……

由冬入夏，练习生们在封闭的营地里度过了半年时间。初夏，*Shining Stars* 迎来出道舞台。

这是营地第一次也是最后一次开放现场，将有两千名粉丝入场见证成团夜。

而偌大的训练营，此时只剩下十位练习生。

赵虞在第五次公演时登上了第一名宝座，之后票数一直保持领先，几乎已经是板上钉钉的 C 位了。这在以往的选秀中几乎是不可能的事，可她做到了。

之前她对着窗外大喊的那句话，也被中国粉丝翻译给了外网粉丝——你的征途是星辰大海，我们为你拓碧海蓝天。

十个个人舞台表演结束后，投票截止，观众似乎比舞台上的十个少女还要紧张。

节目组从第四位开始宣布排名。

排在第四的练习生叫 Heya，在来参加这个节目之前已经拥有不少粉丝，是一个综合实力很强的 Rapper（说唱歌手）。

小公主克里斯汀以第三名出道。

林之南第五名，就比第六名多了一百票，差点儿就与出道位失之交臂。节目组公布票数时，她不知道是吓的还是高兴，当场抱着赵虞哭了起来。

还未公布的第一名和第二名没有什么悬念。

排在第二名的练习生叫林秀熙，跟克里斯汀同属一家经纪公司。她性格外向，是能玩得很开的女生，有种御姐的风范。

此刻，C 位的座椅就在最上面摆放着，椅子上放着一顶粉色的王冠，正等待属于它的主人。

赵虞在节目里说过她喜欢粉色，于是粉色成了她的应援色。此时现场星星点点，闪烁的都是粉色光芒——不多，两千人中，她的粉丝占了不到三分之一，可一点一点，好像都亮在她的心上。

赵虞突然想起那一片壮观的红海。

她还没有粉海，但终有一日会拥有。

少女一步一步走上台阶，戴上了那顶王冠。

为期半年的选秀直播落下帷幕，这场号称"全民选秀"的比赛在今夜有了最终结果——五位少女在这个夏夜正式成团出道，团名为"Shining Five"。

被观众票选出来的 Shining 团终于离开了这个洒满汗水和泪水的训练营，前往公司早已安排好的宿舍。

赵虞拖着行李上车时，感觉走的每一步都是飘的。刚才在现场的激昂已经平息下来，寂静的营地外只有行李箱轮子滑过地面的声音，她像骤然从云端跌入人间，有种浓浓的不真实感。

这就……出道了？

从大一进入木易到现在成团出道，两年时间仿佛弹指一挥间。她吵着闹着要当练习生好像还是前不久的事。

赵虞低头看抱在怀里的粉色王冠。

真的做到了啊……

靠近他的那一万步，她是不是已经走了一半了？

发烫的手机又振动起来。从比赛结束拿到手机到现在，她已经接了不下二十个电话，刚刚跟家里人通完半小时的视频电话，手机还烫着。

赵虞边走边掏出手机，看到信息栏的名字时，脚步突然顿住。

沈隽意："恭喜出道！［龇牙］.jpg"

他知道！他看到了！

赵虞的心在炽热的夜色里跳得格外剧烈。

他在关注自己吗？不，这个选秀节目在国内也一直有热度，他可能只是无意间看到了新闻。他会不会觉得自己很奇怪，学着他出道当明星？他不会……猜到自己的目的了吧？！

大脑像程序出错的机器，一时之间咔嚓闪过无数荒唐的想法。而最后，她只是深呼吸着回了两个字："谢谢。"

信息显示发送成功，赵虞站在原地，看着对话框发了会儿愣。

沈隽意没有再回消息过来，她有些失落，又觉得本就该这样。

不远处传来林之南和克里斯汀说说笑笑的声音，两人朝她挥手："虞虞，我们行李放好了，你怎么这么慢啊！"

她收起手机，也收起了怅然，拖着箱子朝她们走去。

五人会集，车子驶离营地，车内笑语不断。

Shining Five 团内，赵虞自然是跟林之南和克里斯汀关系最好，排在第四名的 Heya 私下性格有些冷酷，不大爱说话，第二名的林秀熙倒是很会活跃气氛，性格很外放。赵虞之前还听人说，林秀熙好像是哪个财团的千金，家里很有钱，自小见多识广、技艺满身，有种贵族大小姐的气质。

虽然接触不多，但从她们之前在训练营的表现来看，应该都不是难以相处的人。不过克里斯汀虽然跟林秀熙同一个公司，关系却似乎并不亲近，克里斯汀更喜欢黏在赵虞身边。

公司安排的宿舍在一个中档小区里，上下两层的错层式，上面是卧室，下面是公共区域，并不算高档，但至少每个人有单独的空间，而且很干净，生活用品也很齐全。赵虞之前听克里斯汀说公司前辈住在拥挤的上下铺，对比之下很是满足。

房间早已分好，经过决赛夜的紧绷，大家都很疲惫，于是行李都没收拾，就洗漱睡觉了。

赵虞在训练营这半年就没睡过好觉，本来以为这次终于能好好睡个懒觉，结果第二天早上刚到八点就被公司派来的助理叫醒了。

五人梳洗完毕下楼开会。经纪人、助理、各家公司代表都已经到场，正式签订限定团合约。

Shining Stars 这档节目是中韩合资制作的，但中方只占了一小部分，大头还是韩方。赵虞虽然是木易的练习生，但如今成团出道，仍需要跟韩方签订三年的限定合约。她们这个团虽然出道了，但在女团遍地走的韩娱，未来的人气犹未可知。如果三年后她们行至巅峰，合约就将续约；如果三年后人气平平，就依照原计划解散。

因为刚出道，公司只安排了一个经纪人和两个助理给她们。签完合同，助理就把已经注册好的海外社交账号分别交给了五人。

赵虞登录之后，发现成团夜的个人舞台视频已经发表在自己的账号上了，播放量高达百万。视频下面是好几万条留言和点赞，她点开评论，热情表白的留言映入眼帘，各种语言都有。第一次直面这么多人直白的喜欢，她一时之间有些不适应。

林之南看了好一会儿，抬头不可思议地对她说："我有两百多万粉丝呢。"说着猛地抬手拍了下自己的脑门。

赵虞："……你干啥？"

林之南："看自己是不是在做梦。"她看看手机，又看看赵虞，"这是真实的吗？我真的不是在做梦吗？"

赵虞把手机塞回兜里，按住她的肩膀狠狠晃了两下，林之南的头差点儿晃飞了。

赵虞对着她的耳朵大声喊："你给我清醒一点儿！"

林之南："嘤，没有做梦，是真的！"

林秀熙随手回复了几条留言，抬头笑着跟 Heya 说："她们又在说中文了。"说罢突然转头问坐在一旁看手机的克里斯汀："张慧英，你能听懂她们在说什么吗？"

克里斯汀身子僵了一下，半天没说话。

赵虞在训练营被一对一教学了半年，加上语言环境，韩语水平大有进步，日常交流已经很流利了。听到林秀熙刚才说的话，她先转身解释了一句："我和南南在说 INS 上的粉丝数量。"又问，"你刚才在喊谁？"

林秀熙把玩着手机，笑吟吟地说："克里斯汀呀，她本名叫张慧英你不知道吗？"

赵虞看了眼沉默不语的克里斯汀，笑起来："汀汀你原来有两个名字啊，都好可爱呀。汀汀，英英，在中文里这两个词发音很像呢！"

"汀汀"是她给克里斯汀取的昵称，因为在训练营经常这么喊，观众都记住了，很多粉丝也这么喊她。

克里斯汀看向她，眼里有感激的笑意。

林之南仗着她们听不懂中文，一脸微笑地跟赵虞说："她故意的吧？汀汀都取了艺名还把人家本名搬出来嘲笑。"

赵虞也微笑："你闭嘴吧。"

林秀熙佯怒道："喂，你们两个，不准再用中文交流了。我们要定一个规定，谁再用中文偷偷交流，就打扫一周宿舍的卫生！"

大家嘻嘻哈哈闹了两句，就把这段揭了过去。

经纪人检查完合同，开车带着五人前往公司本部跟艺人高层开会。

会议一直开到下午，主要是针对各自的人设做了完善，并告诉她们接下来的包装计划和行程安排。

根据五人在训练营这半年的表现，赵虞是队内的主舞和门面担当，林秀熙是队长，Heya 是 Rap 担当，林之南是 Vocal 担当，而年纪最小、性格温软的克里斯汀则成了队内的团宠小公主。

克里斯汀家境不好，其实根本就不是观众眼中那个十指不沾阳春水的小公主，但她的外表符合，公司要把她往这方面包装，她只能照做。

还好赵虞本身性格已经很讨喜，公司对她倒是没过多要求。

她们通过选秀出道，已经有了一定的人气，但只属于小火，要达到国民女团的程度还有很长一段路要走。

属于 Shining Five 的第一支单曲已经制作好了，加上她们在训练营最后阶段表演的四首原创曲目，公司会在一个月后推出 Shining Five 的第一张 EP（Extended Play，迷你专辑）。

所以，接下来就是排练。一个月的时间很短，但以这五人的实力，排练一首新歌还是绰绰有余的。

除排练外，她们还要上一些通告，毕竟正是刚出道人气火热的时候，需要一定的曝光度。

赵虞还没完全接受自己出道的事实，就马不停蹄投入到繁忙的艺人行程中去了。

目前她们的行程安排全部都在韩国，公司似乎对于打开中国市场没那么着急，给她们注册的社交账号也都是海外的。但赵虞和林之南当然不可能无视国内的粉丝。两人跟公司申请后，开通了微博认证账号，发表了她们出道后的第一条微博。

@Shining Five- 赵虞：“我来了。”

@Shining Five- 林之南：“我来了。”

微博刚一开通，嗷嗷待哺的粉丝就迅速占领了评论区。

——宝贝，欢迎来到微博！

——终于不用翻墙去看女鹅了，老母亲泪如雨下。

——女鹅要经常回微博看看呀，多发自拍呀！

——宝贝把你发在 INS 上的个人舞台也发到这里来，我们给你转上热门，让所有人都看看人间妖精的绝美舞台！

——……

INS 上几乎都是韩文和英文，一百条留言里可能只有五条是中文的，每次光看评论就要花半天时间，现在看着微博下面熟悉的母语，两人别提多轻松了。

她们坐在一起，一边回复粉丝一边聊天。

林之南：“我把梦梦她们都关注了，你关注没？”

梦梦是她们在木易的同伴之一，现在还只是练习生。

赵虞：“还没呢，你先把人都找出来，我一会儿直接去你的关注列表里点。”

林之南：“……怎么不懒死你呢。”

两人忙活了半天，林之南突然“扑哧”一声笑了出来：“冯优居然关注我了！哎呀呀，我要不要回关呢？”她托着下巴深沉地说，“真是当初的我她爱搭不理，现在的我她高攀不起啊。”

赵虞没理她，还在跟自己的虞美人快乐互动。

林之南突然说：“你要不要关注沈隽意？”

赵虞手一抖：“不了不了不了！”

林之南越说越来劲：“你现在出道了耶，也是大明星了！你现在也是很多人的偶像了！你说你现在要是告诉他你是他的粉丝，他会不会吓一跳啊？不知道我们什么时候有国内的活动，说不定会遇到他呢！"她推推赵虞的胳膊，"诶，你到时候可别再厌了啊，一定要去要合照知道吗？要告诉他你有多喜欢他，你训练的时候都是偷偷在被窝看他的照片才坚持下去的！"

见赵虞瞪过来，她立刻补充一句："别否认！我都看到了！"

赵虞转头大喊："秀熙！Heya！南南又背着你们说中文！"

房间里传来林秀熙的声音："太好了，这周的卫生南南包了。"

林之南："……"

✦05✦

以 Shining Five 目前的咖位和人气，暂时还上不了高国民度综艺节目。在跑了两个不露脸的音乐电台通告后，Shining Five 终于迎来了她们第一个露脸的访谈秀。

这个访谈秀在韩国做了挺多年，是电视台旗下的栏目，MC 是之前主持社会新闻的前辈，在圈内地位还挺高，但是节目娱乐性不是很强，所以一直以来热度不是很高。

经纪人提前给她们看了访谈内容，基本是围绕组合成员进行个人介绍，向观众展示各自擅长的技能以及出道的心路历程，争取让收看这次访谈秀的观众对 Shining Five 这个组合留下印象。

因为节目全程都是用韩语交流，访谈秀用词又超于日常用语，赵虞还挺紧张的，一路上都在背练习稿。

录制大厅不算大，而且没有观众，跟现场的工作人员和前辈一一打过招呼后，五人才分别落座。坐在对面的女主持人点头示意，录制正式开始了。

这算是出道上的第一档节目，赵虞很认真地做了准备，还跟克里斯汀请教了很多韩圈的访谈梗，专门学习了访谈秀常用的单词。但真正开始录制，她才发现自己说话的机会其实并不多——做完自我介绍后，主持人就很少 Cue（综艺节目中，指请对方接话，表演交接等）她和林之南了，大多数话题都围绕着队内的三名韩国成员。

来之前她其实也多多少少听说过这些情况，而且自己韩语不熟练，主持人说的有些词语她都听不懂，少说少出错，也挺好。

倒是克里斯汀看了看旁边沉默的两人，等到主持人问到她时，笑着把话题往赵虞身上引："多吃水果可以保持很好的皮肤状态哦，比如虞虞就很喜欢吃橘子，她的皮肤就很白。"

主持人这才又把目光投向抠美甲的赵虞："是吗？那除了吃橘子，赵虞平时还有哪些护肤技巧分享吗？"

赵虞抬头微笑："没有哦，天生的呢。"

林之南搁在她背后的手轻轻拽了一下她的衣角。

女主持人笑起来："那真是太让人羡慕了。"她顿了顿，有些好奇地问，"不过水果这么贵，在你们国家一般家庭应该吃不起吧？我听说你们国家大多数人都没吃过西瓜？"看她的表情，她是真的好奇。

赵虞露出了地铁老人看手机的表情，觉得这简直匪夷所思。

林之南生怕她脾气上来说出什么惊天话语，赶紧接话道："没有啦，西瓜在我们国家其实很便宜。"

赵虞突然开口："或许，您听过'吃瓜网友'这个词吗？"

主持人一脸疑惑："没有，那是什么？"

赵虞一本正经地说："就是说我们国家的网友一天到晚什么都不做，就只知道吃瓜，从早吃到晚，瓜之大，一口吃不下，瓜之多，三天三夜吃不完。还有些网友吃瓜的时候，吃着吃着突然吃到了自己头上，发现这个瓜居然是自己家的呢。"

主持人："啊？"

克里斯汀、林秀熙、Heya："哈？"

林之南："……"她快憋不住笑了！

访谈秀结束时，赵虞的心情还挺好的。

克里斯汀偷偷安慰她："我们现在人气还不够高，等我们人气够高了，他们就不敢忽视你了。那位前辈是从电视台调下来的，一直很傲气，虞虞你不要放在心上。"

赵虞笑着拨了下头发："Who cares."

公司安排的通告不算多，她们更多的时间还是放在排练上。

在她们排舞录歌的时候，公司为她们量身打造的第一张 EP 已经在紧锣密鼓地制作了，预计年底出，争取拿下开年音乐祭的第一位。

她们之前的全部作品都收录在出道后的这一张 EP 中了。而在训练营表演过的四首原创曲目观众都已经看过，所以这一张 EP 的主打歌是一首新单曲，*Missing God*《思念神明》，一首结合了性感和可爱两种风格的唱跳歌曲。

在选秀比赛开始之前，这首只属于 Shining Five 的单曲就已经制作好了，无论是编曲、作词，还是舞蹈编排都十分精良，经纪人也说这歌就是奔着拿奖去的。

一个月之后，*Missing God* 全网上线。如公司预计的一样，反响十分好，点击播放量在各大平台都迅速飙升，成为首发当日人气歌曲排行榜冠军。

单曲发行一周之后，Shining Five 将登上韩流演唱会，迎来她们出道后的首个正式舞台——韩流演唱会是公司目前能为她们拿下的最好的资源了。

这是 Shining Five 的第一次合体舞台，也是她们证实自己实力的机会。五个人没日没夜地排练，因为精神压力过大，感觉比在训练营时还累。

赵虞跳这首歌已经跳到形成肌肉记忆了，晚上做梦都梦见自己登上韩流演唱会的舞台，数以万计的观众一声声欢呼，刺眼的聚光灯打下来，她却在表演时摔了跤。

赵虞一身冷汗地从梦中惊醒过来，当练习生训练时哪怕再累，也不会有这样的心理折磨。她睁着眼看着黑暗的空间，突然想起舅舅之前说过的话——明星哪儿那么好当啊。

原来不是出道就好了。

原来出道才是真正的开始。

这次的韩流演唱会类似于拼盘商演，多个歌手、组合参加，开放座位三万个。赵虞上网查了查，因为去的明星里有几个人气很旺的，门票已经被抢光了。

除现场观众外，届时演唱会还会以直播的形式在视频平台播出。也就是说，但凡出现一丁点儿失误，都会被所有观众目睹。

公司能给 Shining Five 拿下这个舞台，可见对她们也是倾注了希望，舞台服提前一天就送来了宿舍，各自试过尺码之后确认无误。

因为赵虞被观众称作"腰精"，服装老师也知道大家最喜欢看她的细腰，所以这次给她准备的服装是一件银色的流苏抹胸，轻轻一动，胸前的流苏就会摇晃，有种若隐若现的性感和线条美。

表演前夜，大家没有再排练，早早就睡了。翌日吃过早饭，经纪人开车将她们送到了场馆，之后就是彩排、化妆、做造型、等待出场。

临近夜晚时，后台开始能隐隐约约听见前场观众的尖叫了。

林之南捧着水杯小声问她："你说会有我们的粉丝来现场吗？"

赵虞："肯定有啊，对自己的人气自信点儿！"

林之南一紧张就爱喝水，抱着水杯墩墩墩喝了两杯后，赵虞把杯子给她拿走了："少喝点儿，别上台了又想上厕所！"

林之南紧兮兮地深呼吸了半天，终于平静下来，语气坚定地说："一定要完美呈现，不能失误！我一定可以！"

Shining Five 的出场顺序排在中间靠后的位置。五人从后台走到候场区，一路过去遇到的都是前辈，赵虞一路都在不停地弯腰鞠躬问好，心想还好自己腰好，不然上台前就要酸死了。

到候场区时，观众的欢呼已经听得很清楚了。赵虞侧着脑袋仔细听了一会儿，没听到 "Shining Five" 的应援声，更别说自己个人的了。

主持人已经在报幕了，五人站上升降台，彼此对视一眼后碰了碰拳，低声坚定地说："Fighting！（韩式英语，加油的意思）"

主持人的声音消失，升降台缓缓上升，一寸寸升过黑暗，来到万众瞩目的舞台，放眼望去，是座无虚席的观众和闪闪发光的应援，耳边是阵阵欢呼的浪潮。

这是梦想开始的地方。

音乐骤然在耳边乍响，属于她们的 *Missing God* 开始。

这是一场近乎完美到无可挑剔的出道首秀，五位女生就如她们唱的那样，仿佛神明思念人间而恩赐的礼物，无论是现场观众还是屏幕前观看直播的粉丝，都惊艳且惊叹于她们的表演——比起花里胡哨的 MV，现场表演才是真正的震撼人心。

最后一个音符落下的时候，赵虞抬眼朝四周望去。她看到了很多应援色、很多应援灯牌，在大片五颜六色的光芒中有那么一小撮，只有微弱的一小撮，是属于她的粉色。激烈跳动的心脏好像突然被注入了一股热量，令她有些兴奋又满足的热量。

她朝高举着粉色"虞"字的方向笑着挥了挥手。现场声音太大，她什么也没听到，但她想，他们一定是尖叫了。

直到升降台缓缓下降，一直憋着一口气的林之南才一把握住了赵虞的手腕。她手心全是汗，黏糊糊的。对视时，赵虞看到她憋得眼眶都红了。

两人谁也没说话，好半天突然不约而同笑出来。

完美结束首秀，这段时间紧绷的神经总算是放松了。赵虞起先还不觉得累，披着外套一上车，立刻就被困意席卷，一路睡到宿舍才被林之南叫醒。

赵虞揉揉眼睛准备下车，忽然愣了："你哭过？"

林之南也愣了一下，转而笑了笑："没有啊。"

赵虞跟她认识这么久，还能不了解她？但是看其他队友的模样，又不像发生过什么事，于是没着急追问，下车之后回到宿舍洗漱完才去敲林之南的门。

过了好一会儿门才被打开，屋内没开灯，黑漆漆的，床上亮着的手机是唯一的光源。

借着这抹光源，赵虞看到林之南红红的眼睛。她抿了下唇，反手关上门，拉住林之南的手小声问："怎么啦？有人欺负你了？"

林之南不说话，低声抽泣着。

手机在播放视频，是 *Missing God*。她在看今晚的直播。

赵虞走过去拿起手机，看完这一场首秀的重播视频后，才知道她为什么哭——视频里几乎没有林之南的个人镜头，轮到她在中间位表演时，镜头就拉到了远景，直到中间位换人才又切回近景。整场表演下来，林之南只有两个个人镜头，一个是跟克里斯汀的贴脸舞蹈，另一个一闪而过，停留不到两秒。

至于赵虞，因为是 C 位，所以镜头相对还算正常，但依旧被分走不少。

手机被关掉，房间一下静下来，林之南的啜泣声更加明显了。

赵虞没说话，走过去抱住她，轻轻拍她的头。

林之南把头埋在她颈窝，哽咽着说："我感觉自己像个笑话一样。虞虞，我们是不是不该来这里啊？"

赵虞的声音听上去很冷静："来都来了，没有后悔路可走。"她松开林之南，替她擦擦眼泪，"不会一直这样的，我保证。"

林之南在黑暗中睁着红肿的眼睛，定定地看着她。

"他们不给镜头，我们就让他们只能把镜头对准我们。当观众只想看见我们的时候，当所有镜头都在我们身上的时候，哪怕你站在最角落，也会有镜头。"赵虞顿了顿，一字一句地说，"只要站上巅峰就行了。"

林之南突然想起在进入训练营之前，她很担心自己没有人气，会在第一轮就被淘汰，赵虞笑着对自己说："别怕，到时候你就蹭着我，吃一起，睡一起，洗澡上厕所都在一起，这样就能用我的人气带你飞了。"

而此刻的赵虞笑了笑，揉揉她的脑袋，那双漂亮的眼睛哪怕在黑暗里也依旧明亮得耀眼："相信我，迟早有一天，我会站上去的。"

等林之南睡着之后，赵虞才轻手轻脚掩门离开。回到卧室，她拿手机上网搜了搜评论，网上果然已经吵翻了天。

守着屏幕等直播的粉丝兴致勃勃等着看偶像的出道首秀舞台，结果一场表演下来连偶像今晚穿的什么衣服都没看清楚。林之南以第五名出道，是团内人气最低的，但这并不代表她的粉丝好欺负，于是骂主办方，骂导播，要公司给说法……他们拼尽了全力，只想给偶像讨一个公道。

赵虞看到自己的粉丝也吵得很厉害。

她作为 C 位，理应有最多的镜头和资源，但首秀表演上她的镜头跟排在第二、第三的林秀熙和克里斯汀相差无几，如果不是了解这个团的人，根本看不出来她是独一无二的 C 位。为此，本打算开开心心看直播的虞美人都气疯了。

——我们夜以继日投票送虞虞 C 位出道，就是要让她站在最高最闪耀的地方，你现在跟我搞这个？就这？那请问你们 C 位和第二、第三的区别在哪里？干脆当初就不要选冠军，不要承诺什么闪耀 C 位啊！

——H 圈常规操作罢了，不就是三年吗，我等得起。等女鹅解约回来，我们送她真正的独一无二！

——导播真的不是人！是生怕别人不知道你们有多偏心 lxx 吗？主舞的个人表演部分都还要切到 lxx 身上给她一个眼神特写？我忍不住口吐莲花！

……

选秀比赛出来的组合，团粉大多是少于成员唯粉的。赵虞的粉丝撕镜头量，自然会引起队内其他成员粉丝的不满，骂战开始蔓延。

——谁最好看、人气最火，镜头自然找谁咯，自家不争气怪到秀熙头上，也是够搞笑的。

——自己撑不住 C 位的气场就别怪导播不给镜头好吧？服了。

——lxx 粉丝脸大如盆？什么时候第二名也敢跟 C 位叫板人气了？

——年度最好笑的笑话，赵虞撑不住 C 位气场？眼睛不用可以捐给有需要的人。

——赵虞就是最棒的！！！人气 C 位！主舞门担！奉劝某些队友粉不要碰瓷，专注自家！

——中韩两国网友投出来的 C 位也真好意思认，要是没有中国那边的投票，赵虞能赢？单论在韩国的人气，就是林秀熙更火啊。韩流演唱会受众是韩国人，就是应该给更火的成员镜头。这么不服，有本事让她们去参加中国的活动呗。

——前面在说什么屁话？赵虞在韩国没有林秀熙火？不如看看艺人数据和个人视频点击量？我姐首尔大学学霸，从不追星，前天打电话让我帮她买赵虞的周边。

——*Shining Stars* 选的就是中韩女团，lxx 没能力拿下中国市场，现在还挺骄傲？

——赵虞红遍全亚洲！赵虞红遍全亚洲！赵虞红遍全亚洲！

——她的征途是星辰大海，我们无须跟眼界局限的人争。

……

INS 上都吵成这样，可以想见微博撕得有多惨烈。赵虞捏了捏鼻梁，关掉手机和壁灯，躺在床上看着静默的黑暗，长长叹了一口气。

不过粉丝撕归撕，Shining Five 的热度一直在持续攀升，她们昨晚的舞台也被上传到了多个视频网站上，播放量位列前排。无论如何，昨晚的出道首秀算是取得了成功，Shining Five 也算正式打响了自己的名气，认证了自己的实力，接下来无论是演出还是代言都会好接很多。

翌日起床，林之南已经看不出一点儿异样了，还是那副高高兴兴随时都充满斗志的样子，还给队友们做了中式早餐。

赵虞好久都没吃过这么正宗的油条了，控制不住吃了三根，等吃饱喝足想想油条的热量，又开始后悔。

吃过午饭，经纪人把人接到公司，试录第一张 EP 的 Demo（Demonstration，示范，样片）。

这张 EP 在比赛前就在准备了，五人出道后，制作团队又根据五人各自的风格进行了相应的曲风改编，如今十首歌曲基本都已经确定下来了，录完 Demo 之后就将正式进入录音制作和 MV 拍摄。

开完会紧接着就是拍杂志。目前 Shining Five 还未打开时尚资源，公司也只给她们接到了一个中级刊的内插。不过刚开始嘛，能拍内插大家已经很满足了。

到达摄影棚，一切都已经准备好了，五人去换了服装，又有杂志社的化妆师过来给她们做造型。时尚杂志的造型注重高级感，赵虞骨相生得好，随便化妆师怎么折腾，都能驾驭住。

过去拍摄的时候，摄影师正在调试设备，见她们走过来，随手拍了两张看光影效果。硬照是最能体现颜值的，因为五官被定格，缺失 3D 立体感，缺陷会被放大。随手抓拍的这几张照片中，五个女孩的姿态和表情都不太好，但赵虞依旧上镜。

调试完毕，先拍五人合体，再拍单人，轮到赵虞时，摄影师翻来覆去地拍，舍不得停手。棚内一时"咔嚓"声不断，赵虞姿势都摆累了，摄影师看她的眼神还发着光："拍起来太舒服了！"

拍的照片很多，但只能选一张，摄影师陷入了痛苦的纠结中。于是征求赵虞的同意后，他把其余照片都自己保存了起来。

临走时，他还跟赵虞感慨："你不知道，舒服感对一个摄影师来说有多重要。以后有机会，我一定找你合作。"

离开摄影棚后，经纪人才有些奇怪地说："这位前辈平时可挑着刺呢，今天倒是很好说话。"

克里斯汀拉着赵虞，开开心心地说："有前辈牵线的话，虞虞说不定很快就可以接到杂志封面了呢！"

赵虞久违的小自恋又飘飘忽忽往上蹿。

走在前边的林秀熙突然转过身："喂，张慧英，你不是喜欢坐最里面靠窗的位置吗，还不先上车？不然又要我下来给你让位置吗？"

克里斯汀脸上的笑意缓缓消失，她加快步伐，一言不发地上了车。

赵虞皱了下眉，叫住转身要走的林秀熙："队长。"

林秀熙回过头来："怎么了？"

赵虞往前走了两步："汀汀不喜欢别人叫她的本名，你以后可以别这么喊了吗？"

林秀熙看着她笑起来："名字是父母取的，怎么会有人不喜欢父母取的名字呢？父母给的什么就是什么，比如名字啦，比如身份啦，作假有什么意思。"

赵虞以前只以为她们关系不亲近，成团之后才慢慢发现林秀熙讨厌克里斯汀——讨厌她总是温温软软看上去娇弱的样子，讨厌她明明出自普通家庭却走公主人设，讨厌她洋娃娃一样精致的长相，讨厌网友们都喊她公主殿下，更讨厌的是，明明她才是第二名出道，克里斯汀的人气却一日一日追了上来，一个假公主竟然妄图将她这个真千金踩下去。

私下林秀熙从未掩饰自己对克里斯汀的厌恶，而克里斯汀从来都只是沉默避让。

可能从很久之前，久到她们同在一家公司练习时，就已经是这样了。

成长环境和接受的教育理念不同，赵虞说再多也改变不了什么，只是有些生气地提醒："没有观众会喜欢一个内讧的组合，队长你最好还是收敛一点儿吧。"

林秀熙不甚在意地笑了下，伸手拍拍她的肩："别生气呀。"

赵虞也不想把关系搞得很僵，弯唇笑了下："没生气，只是不希望以后有人说我们Shining Five队内不和。"

林秀熙若有所思地点了下头，转身朝保姆车走去，走了两步又顿住，像突然想起什么似的，回头笑着说："其实我一直很奇怪，你居然会跟她做朋友。"她眼里的笑意有些意味不明，"那可不是什么好事呢。"

赵虞保持着微笑。

林之南因为上厕所，最后一个从里头出来，看她们站在车外，走过来好奇地问："你们在说什么？"

赵虞笑了笑："没什么，上车吧。"

无论私下如何，Shining Five在观众和粉丝眼中依旧是一个闪亮且充满热情与温暖的组合。

　　韩流演唱会之后，无数商演邀约接踵而至，一场接一场，一个城市换到另一个城市，她们辗转飞机、火车、大巴，有时候刚下车饭都来不及吃一口，就要上场彩排了，表演结束又要马不停蹄奔赴下一个城市。

　　跑商演是一件很辛苦的事，却也是一个新人组合必经的道路。前有高人气前辈，后有接连推出的新组合，她们不能停下，也不敢停下。

　　商演路演，新歌排练，MV拍摄，Showcase……她们压力巨大，疲惫不堪。

　　赵虞头一次无比清晰地认识到，想红太难了，走向他的那条路太难了。

第四章

巅峰与风波

✦01✦

天气由夏入秋，渐渐有了冷意。这几个月以来一直活跃在观众视线中保持热度稳固上升的 Shining Five，终于等来了她们首个高国民度综艺——*Hi Fight*。

经纪人把这个消息告诉她们的时候，赵虞和林之南倒是没什么反应，林秀熙和 Heya 却显得很惊喜："真的吗？！真的是 *Hi Fight* 吗？！"

有林秀熙在场，克里斯汀一向不爱说话，此刻也透出了震惊和高兴。

经纪人笑着说："真的。好好准备一下吧，积攒了这么久，是时候红了。"

赵虞问了半天终于了解到，*Hi Fight* 是韩国最火的三大综艺之一，走的是户外真人秀的路线，国民度超高，因为上过这档节目的组合最后都红了，在圈内还有个"旺团综艺"的别称。Shining Five 的实力和人气都已经在力所能及的范围内积攒到一定程度了，目前就差一个契机，看来公司认为 *Hi Fight* 就是她们最好的契机。

其实这段时间以来高强度的行程活动已经让这五个女孩身心俱疲了，林之南的腰还在前一周的表演时拉伤了，赵虞和其他几个人身上多多少少也都有些劳损过度导致的小伤。但现在能上 *Hi Fight*，大家还是立刻调整出最好的状态，积极准备着。

Hi Fight 是一档户外真人秀，类似户外通关竞技，但又没那么高标准，整体还是以娱

乐性为主，每一期会有一个主题，比如音乐、美食、恐怖、Cosplay 等等。常驻 MC 一共有六个人，有演员、主持人，也有女团出身的艺人，四男两女，在韩国的人气都非常高。

赵虞之前没怎么看过韩综，趁着休息这一天，在宿舍跟林之南一起恶补 *Hi Fight* 的往期节目。韩国艺人上综艺非常豁得出去，完全没有偶像包袱，哪怕丑态百出，只要有娱乐性，能带来笑点和看点，他们都愿意尝试。

林之南恐高，看到有一期主题是蹦极，脸都白了，哭唧唧地说："万一我们去的这一期也有这种环节怎么办？我肯定会死的！"

赵虞撸撸她的呆毛："如果有，我帮你跳就好了。"

林之南问："你不怕啊？"

赵虞看上去还有点儿兴奋："这有什么好怕的？很刺激啊！"

林之南："那你怕什么啊？"

赵虞想了想："我好像没什么怕的。"

林之南试探着问："虫子？鬼？软体动物？尖嘴动物？幽闭恐惧症？密集恐惧症？"

赵虞统统摇头。

林之南服了，拍拍她的肩："我知道了，你唯一怕的就是沈隽意。"

赵虞："啊？"

经纪人提前一天就派车将她们送到了这一期录制的地点。

自从出道后，赵虞发现自己唯一的爱好就是睡觉，每天都睡不够一样，到达酒店洗漱一番就休息了。

第二天一早，有工作人员来敲门。赵虞第一次录这种综艺，加上早起迷迷糊糊的，也没想那么多，从床上爬起来光着脚就去开门。

时间还早，窗外灰蒙蒙的，走廊上只亮着安全通道的指示灯。房门打开时，绿色的光幽幽透进来，两个穿着白裙子、戴着长假发和鬼脸面具的人突然从门两侧吼叫着闪现。

睡眼惺忪的赵虞就站在门口，正歪着头打哈欠，看两人扮鬼故意恐吓，十分自然地问："录制开始啦？所以今天是恐怖主题吗？"

两只鬼："……"

你这个反应怎么跟你的队友们不一样啊？！

走廊尽头突然传来一声尖叫，听声音像是林秀熙的。赵虞探出头瞅了瞅，发现她门口果然也站着两只张牙舞爪的"鬼"。

赵虞揉了下眼睛，打起精神微笑："你们要进来休息一下吗？我先去洗漱。"

两只鬼："不了……我们还要去吓下一个。"

赵虞听这声音似乎有点儿像*Hi Fight*里的一位MC，弯着眼睛笑起来："是恩颂前辈吗？这么一大早，辛苦啦！"

两只鬼："……不辛苦，让新来的嘉宾感受到我们的热情是我们义不容辞的责任！"

然后两只鬼就溜了。

留下来的摄像老师跟着赵虞进屋，这就是她今天的跟拍摄像。

一个小时后，所有成员在一楼集合，Shining Five在镜头前跟观众打了招呼，又分别做了自我介绍。

今早负责吓赵虞的MC恩颂不可思议地道："小虞是今天早上唯一一个没有被我们吓到的人呢！"

"胆子非常大啊！"

"那种情况下怎么可能不被吓到，太神奇了，一点儿都不怕的吗？"

大家嘻嘻哈哈聊了一会儿，就上车前往第一个录制地点了。

这一期节目会在来年一月份播出，刚好是她们第一张专辑上线之后，所以这次来录节目也带着宣传专辑的目的，再加上有"旺团"Buff加持，到时候她们的人气应该会暴涨一波，提升国民度。也就是说，这一次在节目里的表现尤为重要，就看谁的表现最能吸粉了。

但每个人的性格不一样，呈现出来的综艺效果就不一样：林之南更适合按部就班和提前计划，这种临场发挥她不擅长，简单点儿来说就是没梗；Heya平时就冷冷酷酷的不爱说话，在镜头前稍微会好一点儿，但也不会主动活跃气氛；赵虞在外人面前比较收敛，她本来就不是爱出风头表现的人，不主动Cue她她也就不说话；林秀熙是队长，性格又外向，一看就是那种为了节目效果能豁出去的人；而克里斯汀被粉丝称作公主殿下，说话轻声细语的，一看就是很好捉弄的少女，被MC们几句话逗得脸红，看上去又萌又蒙，十分可爱。

六位MC这一路试探之后当然有所察觉，为了节目效果，他们自然更愿意跟能带动气氛和制造看点的嘉宾互动，所以前半段录制下来，互动和镜头基本都在林秀熙和克里斯汀身上。

中途休息的时候，林之南有点儿急，偷偷跟赵虞说："你说话啊！你参与进去啊！"

赵虞摊手："没梗我能怎么办，硬接不是很尬吗？"

林之南又着急又没办法。

赵虞笑着安慰她："没事，这不还没开始通关任务吗？做任务的时候认真一点儿就有镜头了。"

好在通关环节很快到来，已经把气氛活跃到高潮的 MC 们在看见第一个通关任务时全都蔫了。

出现在他们眼前的是一个巨大的黑白钢琴八音盒，而在距离八音盒起码七八米的半空之中，挂着他们需要拿到的任务物品——一只手铃。

MC 过去摸了摸，发现八音盒是用泡沫做的。这泡沫又大又厚，四周还铺满了同样颜色的救生气垫，一看就是会出现高空摔落的情况才会做这种保护措施。

几人站定之后，八音盒响了起来。伴着"叮咚叮咚"的琴音，一根直径大约半米的圆形柱子从琴键之上缓缓旋转着升了起来。经验老到的 MC 一看就明白节目组要的什么把戏了。

"不会是让我们站到那根旋转的圆柱上，然后升到半空取手铃吧？"

"这怎么可能做得到？那根柱子一直在旋转，根本站不稳吧？！"

"就是不旋转，单单站在那上面，还要往上升也很恐怖啊！"

"会被转晕的啊！一直旋转着，到高空的时候会直接摔下来的！"

大家都惊恐地叫起来，林之南偷偷咽了好几下口水。

导演在一旁无情地宣布任务："本次通关环节——空中的芭蕾。穿上芭蕾舞裙，站上圆柱，保持芭蕾的姿势，到达空中后取下手铃即为通关成功。"

MC 们都崩溃了："什么？还要保持芭蕾的姿势？喂！你看看我们哪个像是能跳芭蕾的？其实是想换 MC 了对吧？"

大家一边骂骂咧咧，一边去换工作人员送来的芭蕾舞裙。

林之南突然转头看向赵虞，眼睛里都是惊喜，眉飞色舞地朝她使眼色："芭蕾啊！这不是特别为你设计的环节吗？！"

赵虞："你在逗我？我芭蕾什么水平你不清楚吗？"

林之南："别管什么水平了，你赶紧上，总比我们强！"

赵虞："……先让前辈试试吧。"

两人结束眼神交流，看向前方，第一位 MC 已经穿着白色的芭蕾舞裙往八音盒上爬了。他人过中年，身材也较为臃肿，穿上芭蕾舞裙后不伦不类，关键身后还背了个天使小翅膀，做出各种狼狈的动作。但这就是观众喜欢的点，会令人哈哈大笑。

费尽力气爬上旋转的圆柱后，这位 MC 还没来得及摆姿势呢，就直接被上升旋转运动给甩下来了。接连试了好几次，他被摔得晕头转向，满头大汗地趴在救生气垫上喊："我不行了，我要吐了！空中的芭蕾是做不到了，给大家表演一个呕吐的天鹅。呕！"

赵虞笑得肚子疼。

接连又有两位 MC 去尝试，林秀熙和克里斯汀也去了，但都失败了。

林秀熙："如果不旋转的话，我或许可以，旋转真的太晕了，根本站不稳。"

辈分最高的那位 MC："要不放弃这一关吧，我们选择全员接受惩罚。导演，这关的惩罚是什么？"

导演："吃辣椒水泡制的鲱鱼罐头。"

MC："我突然觉得我们可以再试一下，还有谁想去试试吗？"

这时，赵虞举手了："我想试试。"

"哇，我们小虞终于要出动了吗？"

"既然是 C 位的话，能力很强吧，说不定可以期待一下？"

"小虞加油啊！我们不想今天一天嘴里都是臭臭的鲱鱼味道。"

赵虞朝后比了个"OK"的手势，走过去换好芭蕾舞裙，开始往八音盒上爬。她穿芭蕾舞裙自然很好看，腰细腿长的，看着就养眼。

因为身姿轻盈，她很快就爬上了八音盒，圆柱就在琴键上，等她站上去之后瞬间开始运作。骤然出现的旋转上升让她有些措手不及，狠狠晃了两下，差点儿摔了下去，引得 MC 们一阵惊呼，但她很快找到了平衡，稳定下来。圆柱的速度是逐渐变快的，趁着还没加快，赵虞迅速站稳之后摆出了芭蕾的标准姿势。

众人在下面看着，仰头感叹："真好看啊，像真正的天鹅一样。"

随着高度增加，旋转速度也逐渐增加。赵虞就像八音盒里那个伴随音乐旋转的少女，保持着同一个姿势一动不动，被圆柱带到了半空——她小时候跟江蕾学芭蕾，经常做旋转练习，基本功还是有的。

底下的 MC 们都惊呆了。

"她好像是本来就长在柱子上的人！"

"为什么可以一动不动？不晕吗？这么高不怕吗？关键为什么还这么好看啊？！"

"不愧是 C 位啊。"

林之南疯狂尖叫："虞虞就是最棒的！！！"

MC 们立刻接话："看我们这位中国成员，已经激动得蹦出母语了呢。"

圆柱升到最高处也不过是几十秒的时间，赵虞伸手一把拽下近在咫尺的手铃，但因为惯性和眩晕，在拿到手铃的一刹那从圆柱上摔了下去。白色的舞裙从空中跌落，手铃伴随着琴音一路丁零作响，直到赵虞落地的那瞬间戛然而止。

现场爆发出热烈的掌声和欢呼声，赵虞从救生气垫上翻坐起来，开心地举起手铃："我拿到啦！"

高难度任务终于通关，几位 MC 激动得不行，顿时对赵虞刮目相看，前往下一个通关场地的时候主动 Cue 她的次数也多了起来。

赵虞自然而然地把话题往林之南和 Heya 身上引，于是三个人的镜头都多了起来。

本来以为第一个任务已经这么难了，第二个应该会轻松一点儿，大家嘻嘻哈哈地下了车，到达任务地点时，却突然笑不出来了——立在眼前的是三面触手墙。

触手墙，顾名思义，墙上有密密麻麻的小洞，洞里伸着密密麻麻的触手，墙面布满了看上去十分恶心的绿色黏稠液体。三面墙又高又大，合在一起，空的那一面对着他们，可以清晰看到墙内触手蠕动的景象。

几人当即就起了一身鸡皮疙瘩，崩溃大喊："密集恐惧症要犯了！导演是真的在故意针对吧，就是想换 MC 了吧？！"

导演依旧无情地宣布任务："在四面墙的触手洞里藏有十一个手环，只有找到这十一个手环，你们每人戴上一个，才能启动程序进入下一个环节。"

"等等？四面墙是什么意思？现在不是三面吗？"

然后众人就看见空着的这一面的地面动了，原来第四面墙是放倒在地上的，显而易见，等他们进去之后这四面墙就会合起来，成为一个密闭的空间。

太恶心了，真的做不到！有密集恐惧症和幽闭恐惧症的 Heya 感觉自己已经不能呼吸了。

"这一关任务分为两组，MC 一组，Shining Five 一组。每组派出两位队员，谁找到的手环最多，谁将在下一关获得优先选择权。"

MC 们你推我让，吵吵闹闹，谁都不愿意去。Shining Five 这边倒是很安静，赵虞想了想说："这个不是闹着玩的，你们谁有幽闭恐惧症，就别去了。"

没想到剩下的四个人同时举手。

赵虞："啊？"

其他三个人她不了解，于是她看向林之南："你什么时候有的幽闭恐惧症？我怎么不知道？"

林之南："刚刚有的。"

赵虞一把抓住她的手朝导演示意："我们选好了！申请出战！"

林之南："嘤嘤嘤你放开我！那个触手我要死了！我鸡皮疙瘩掉一地了！"

反抗当然没用，等 MC 队选好队员，四人穿好装备，朝墙内走去。第四面墙在他们进去之后迅速立起并合上，于是外面的人就只能听见里头传出的惊恐尖叫。

——"要死了要死了啊啊啊！这个触手伸到我鼻孔里去了！虞虞救命呜呜呜！"

——"闭嘴！快找！再叫就要伸进你嘴里了！"

——"唔唔唔嗯嗯嗯嘤嘤嘤呕！"

外头的 MC 笑个不停："两个人已经吓到在用中文交流了呢。"

"我们的后期会中文吗？剪辑的时候能把翻译打在字幕上吗？"

这一关结束时，Shining Five 以六个手环的成绩险胜。

进去的几人全身都沾满了绿色的黏稠液体，看上去恶心极了。不过 MC 们看着赵虞感叹："就算是这样也还是很好看呢，不愧是人间妖精。"

换好衣服，大家继续前往下一个任务地点。

节目组设置的每一个任务都很有看点，游戏环节大胆又有创意，这也是 *Hi Fight* 长盛不衰的原因。这一期的主题其实是挑战人类的各种恐惧，怕鬼、恐高、密集恐惧、幽闭恐惧、软体动物恐惧……

一关又一关下来，大家惊讶地发现，赵虞好像没什么怕的。录制到尾声的时候，一个 MC 忍不住问她："请问一下我们的 C 位，你有害怕的东西吗？"

赵虞思忖着："没有吧……"

MC 不依不饶："不行！必须说一个！怎么会有人什么都不怕呢，这不符合科学！"

赵虞："一定要说吗？"

MC："必须说！"

赵虞："我怕糊。"

MC："啊？"

✦02✦

录制结束，六位 MC 都很喜欢赵虞，纷纷跟她留了联系方式。

这五个女孩一整天东奔西走攀爬跑跳，不比商演轻松，却并不能休息，因为她们明天在另一个城市还有场演出，得提前过去。对于现在不上不下的 Shining Five 来说，任何演出的曝光度都很重要，人气和粉丝都必须靠自己一场一场跳出来。

她们的第一张专辑已经全部制作完毕，最近陆陆续续在拍 MV。开年之后专辑上线，她们还需要上各种音乐节目打歌，新专辑的团舞也要一遍遍排练。赵虞感觉自己已经好久没有好好喘口气了——林之南以前开玩笑说她其实是个机器人，运转二十四小时都不会累，现在赵虞还真希望自己是。

再过几天 Shining Five 就要进行巡回路演，这也是刚出道时公司答应过给粉丝的福利，但因为接踵而至的活动太多，所以一直拖到现在。最近粉丝积压的等待渐渐有爆发的趋势，公司也不敢再拖，便把路演计划提上了日程。

在这之前，Shining Five 还有两个音乐节要上。

这也是今年最后两个音乐节，在同一天，但却在不同的城市。公司跟双方都协调了时间，Shining Five 的第一场表演排在靠前的位置，结束之后就要立刻转场。

时间安排上是完全来得及的，但没想到候场的时候出了纰漏，Shining Five 的五个女孩妆都化好了，再过半小时就要上场，结果被告知出场位置往后挪了一位。像音乐节这种演出，每一个明星的表演时长最少都是半小时，往后这么一挪，她们下一场演出势必就赶不上了。因为这次活动只是小型音乐节，经纪人并没有跟来，只有两个助理，听说此事后，他们立刻慌张地去找主办方。

林秀熙把吃了一半的盒饭往垃圾桶一扔，问工作人员："抢了我们出场位置的是谁？"

"抢"这个字用得很不客气，工作人员只是个跑腿的，哆哆嗦嗦道："是 FLY。"

FLY 是比她们早出道半年的女团，拿过最佳新人组合奖，但论人气其实跟她们不相上下，Shining Five 的后劲儿甚至要更强一些。

林秀熙冷笑道："我当是谁，她们也配踩在我们上面？"话落，不由分说就要去理论。

她是队长，经纪人又不在身边，出了什么问题自然都是她拿主意。

赵虞直觉不妙，以林秀熙养尊处优的大小姐性格，去了恐怕要闹大，于是赶紧叫克里斯汀给经纪人打电话，让公司跟主办方沟通，自己则追了上去。

找到人的时候，林秀熙果然已经跟对方吵起来了。

韩国娱乐圈非常注重前后辈关系，哪怕只先出道了半年，对方也是她们的前辈。林秀熙来势汹汹，开口就没用敬语，对方当然不会给她好脸色。可林秀熙怎么可能把她们放在眼里？这种小公司推出来的平民女团，也就是仗着运气好拿了奖攒了点儿人气，她入圈以来，什么时候吃过这种亏！赵虞赶过去的时候，林秀熙都想动手了。

赵虞把快失去理智的队友拉回来安抚了两句，才转身道："各位前辈抱歉，秀熙有些冲动了。"

对面的人都冷冷的，为首的队长冷笑道："对前辈这么不礼貌，真是欠教训，还不让她给我们道歉？"

赵虞还是那副沉着淡定的样子，微笑着说："给你们道歉当然可以，但秀熙道歉之后，你们是不是也该跟我们道歉，并把出场顺序还回来？毕竟偷抢别人的东西，并不那么光明正大，传出去也有损颜面，对吗，前辈？"

她过来的时候态度那么好，FLY还以为她很好欺负，现在被这么一反击，都咬牙切齿地瞪着她。

赵虞笑起来："实在没必要搞成这样，不过是出场顺序而已，谁先谁后也影响不了各自的人气。难道前辈是怕在我们后面出场，镇不住被我们炸起来的舞台吗？"

"你！"

赵虞耸了下肩："以前辈们的实力，应该不至于吧？当然，如果前辈们一定要抢先出场，那我们做后辈的礼让就是了。"她弯着唇角，笑得格外灿烂，"反正我们是可以镇住前辈们的舞台的。"

她这副"哎呀没关系，既然你们怕，那我们就让让你们"的表情，简直快把FLY的成员气死了。

这时，有人急匆匆推门进来，手里还拿着手机，迟疑道："出场顺序……"

FLY队长看着赵虞，咬牙切齿地道："我们不换了，按照原定顺序出场！"

赵虞朝对方眨了眨眼："那就多谢前辈了。"说完，头也不回地拽着林秀熙走了。

回去的路上，赵虞皱着眉对林秀熙道："你太冲动了，她们毕竟是前辈。"

林秀熙冷笑一声，一副轻蔑的表情："我给她们脸了。"

她性子就这样，毕竟是财团的千金，赵虞也不好再说什么。好在事情顺利解决，她们按照原计划出场，没有耽误下一场的表演。

直到几天之后，网上突然曝出来一段视频，内容是Shining Five的成员赵虞和FLY的成员起冲突，很显然是用手机偷拍的。但视频掐去了前后，只留下赵虞嘲讽FLY镇不住Shining Five的舞台那一段，到赵虞一脸灿烂地说"反正我们是可以镇住前辈们的舞台的"就结束了。

虽然视频上看不大清楚正脸，但光听她说的那些话，FLY的粉丝就气得想手撕赵虞了。

网上骂战瞬间爆发。

这几句话严格意义上讲并不严重，可韩娱粉圈向来容不得艺人身上有一丝黑点。赵虞以往形象太好，"人间妖精"的称号让大家哪怕不是她的粉，也愿意欣赏她的颜值和实力，但一个完美的人身上一旦有了一丁点儿不完美的地方，就会被无限放大。

视频被发出来的时候，Shining Five 正在进行路演。这种街头式表演赵虞还是第一次经历，虽然累，但也很有趣，能跟粉丝近距离互动，有种街头艺人的奇妙感，她唱唱跳跳，玩得还挺开心的。

中场休息的时候，赵虞蹲在音箱旁调音量，刚才唱的时候她觉得杂音太大，想试试把音量调小一点儿会不会好。忽然她听见身后有人喊她的名字，她毫无防备地回头，就见一桶冰水在满场尖叫声中朝自己泼来。

十二月的天气已经很冷了，夹杂着冰块的凉水迎面泼来，浇了她满身满脸。

现场一片混乱，泼水的人被反应过来的保安迅速按在地上，林之南愤怒地冲过去踹了那人几脚，又被克里斯汀和 Heya 拉开。整个现场，赵虞反而成了最安静的人。她像是还没反应过来，呆呆地站在原地，冰凉的水珠顺着她的头发和下颌一滴一滴滑落，从她的衣领流进身体。而她小腹处还贴着暖宝宝，因为今天是她的生理期。

人群尖叫着怒骂着，有人在拍照，有人在拍视频，赵虞就像被那一桶冰水泼傻了一样，一动不动。直到助理冲上来用衣服裹住她，带着她迅速离开现场。

"赵虞街头被泼水"很快上了中韩两国的热搜。

视频曝出来不久就发生这样的事，想想也知道是谁家的粉丝干的。虞美人气炸了，光是网络交锋已经缓解不了他们的愤怒和心疼。FLY 的官方账号以及经纪公司的账号全都沦陷了，韩国粉丝更是直接报警，并要求赵虞的经纪公司以人身伤害为由起诉那个泼冰水的人。

Shining Five 的宿舍却静悄悄的。

赵虞一回来就去洗了个热水澡。一桶冰水并没有给她带来什么实质性的伤害，她还是好好的，仿佛今晚只是一场不起眼的闹剧。但她一直没说话，从那桶冰水浇下来后，她就再也没说过话了，只静静地洗完澡，躺上床，关了灯，睡觉。

有人轻轻推开了她的房门，看了两眼，又退了出去。

楼下渐渐传来争吵声，起先还压着声音，后面吵了起来，音量也高了起来。

林之南激动地说："为什么不能把完整视频放出来？明明是她们抢出场顺序在先！秀熙跟她们起冲突怎么了，难道不是她们的错吗？秀熙不尊重前辈的视频不能曝光，小虞就可以被这样污蔑吗？！你们只在乎秀熙的形象，不打算管小虞了是吧？！"

赵虞听着，面无表情地拿起耳机戴上，把音量开到最大。音乐声震得耳朵嗡嗡作响，可她觉得世界好清静。她很久没有好好休息过了，她马不停蹄，疲惫不堪，连做梦都是舞台。

她在黑暗中闭着眼，一下又一下地呼吸着。不知道过去多久，空白的脑子里突然有道声音问她："赵虞，这么久以来，你到底在做什么啊？"

　　远离父母来到异国他乡，那么辛苦，那么拼命，累得快要死掉了，你到底在做什么啊……

　　那么久以来，任由风雪倾盆都动摇不了的信念，就在这一刻，轻轻碎开了。

　　第二天，赵虞发起了高烧。医生过来看了之后给她打了针，又开了退烧药。

　　林之南看着她重新躺回去，轻轻摸摸她的头："好好睡一觉吧，其他的都不用担心。"

　　赵虞朝她笑了下，又昏昏沉沉闭上眼。

　　林之南捏紧拳头走出房门，拿出手机登录 INS，发文言明那日赵虞跟 FLY 的冲突是因为 FLY 抢夺 Shining Five 出场顺序在先。她将那天 Shining Five 要参加两个不同城市的音乐节的情况告诉网友，特意说明为了配合时间，公司和主办方早在一个月之前就已经确定好了出场顺序，然而就在上场前半小时，她们被告知出场顺序后挪，由 FLY 顶替。最后，林之南还重点强调当天的休息室是有监控的，真相如何，主办方把监控发出来一看便知。

　　那天 Shining Five 的行程是可以查到的。她们确实在结束这个音乐节的表演之后匆匆奔赴下一个城市，粉丝还拍到了五个女孩在高铁站飞奔赶时间的画面。如果被 FLY 调换成功，那天她们肯定就赶不上表演了。

　　这一发声，算是让网友们终于了解到事情的来龙去脉，之前质疑赵虞的声音一下小了很多。毕竟如果是 FLY 有错在先的话，她去理论也很正常。但依旧有部分网友觉得，理论就理论，含沙射影地讽刺就不对了。

　　公司这边本来还在商讨公关办法，想在不公布完整视频的情况下把赵虞和林秀熙同时保下来，结果林之南这么一插手，直接打乱了他们的节奏。公司领导气得不行，但发都发了，现在粉丝都在要求公布完整监控，舆论压力过大，公关部门只得把视频公布出去。

　　赵虞被泼水事件早已经导致群情激愤，现在完整视频一出，大家都看到要不是赵虞及时出现，两方估计就打起来了——林秀熙去找 FLY 理论的时候，FLY 的态度可不算好，摆明了我就是要抢你的东西，你能拿我怎么样。在这样的情境下再去听赵虞说的那些话，所有人都觉得完全在情理之中了。至于之前公布的视频掐头去尾，只留下赵虞一个人的画面，其心可诛，想也知道是谁曝出来的。

　　抢人家出场顺序还污蔑人？什么恶臭玩意儿？就算林秀熙在视频里态度也很恶劣，但人在气头上也能理解，何况就这样的前辈，也确实没什么好尊敬的。而且 FLY 的粉丝也不是第一次干这种极端的事情，真相如何都不清楚就当场给赵虞泼水，真庆幸那只是水不是其他什么东西……

有公关引导，关于林秀熙的舆论风向倒是控制了下来，没有造成太大的影响。而 FLY 一下就被嘲讽辱骂的声音淹没了。

Shining Five 的成员克里斯汀也在视频公布后发了条 INS，很隐晦地告诉大家，赵虞因为昨晚的事生病发烧了。

粉丝心疼，围观的路人当然也很同情，毕竟赵虞被泼水的视频现在全网都是，她一动不动呆在原地的样子看上去实在太可怜了。

群情激愤之下，FLY 不得不公开道歉。而那个泼水的极端粉丝，昨晚就被保安押送到了警察局，虽然经纪公司不可能真的起诉他，但警方教育是免不了的。

闹了两天的舆论事件总算解决，甚至 Shining Five 还因此涨了一波热度，公司非常满意。但是林之南还是因为擅自在社交平台上发表言论被公司严厉训斥了一番。不过挨了骂出来后，她还挺高兴的，戴好帽子和口罩，去附近的超市买了些菜，回到宿舍后哼着歌给赵虞煮她爱吃的绿豆粥，又炒了两道不太辣的川菜，然后敲门叫她起来吃饭。

赵虞已经退烧了，只是看上去没什么精神。林之南本来以为她听到事情圆满解决会很高兴，但她只是低着头吃饭，总是明亮的眼睛有些暗淡："解决了就行。"

林之南突然觉得，虞虞好像有点儿不一样了——第一次见到赵虞时，她就像个永远不会失去活力的小太阳一样，眼里永远充满了斗志，持续了这么多年，连她都甘拜下风，可是此时此刻，她找不到让她羡慕的那道光了。

林之南忧心忡忡地问："虞虞，你怎么了？是不是还有哪里不舒服？"

赵虞摇摇头，吃完饭又回房休息了。

接下来两天的行程她都没参加，Shining Five 只有四人出席活动——她的病已经好了，但她就是不想去参加。公司似乎知道这次的事件给她造成了很大的心理阴影，也没有逼迫她什么。赵虞一个人待在宿舍，饿了就叫外卖，困了就睡觉，其他时间就坐在客厅看电视，追剧追综艺，玩手机游戏，好像又回到了曾经堕落又悠闲的生活。

下午，江蕾的视频电话打了过来，一接通就问："幺儿，现在好点儿了没？没再发烧了吧？"

江蕾和赵康宁那天看到女儿被当街泼水的视频简直气得想直接冲到韩国来，被赵虞好说歹说地劝住了，最近每天三通视频电话，生怕她哪里不好。

看着妈妈担忧的神情，赵虞眼眶突然有点儿酸，她半躺在沙发上，举着手机笑嘻嘻地说："没有，早就好啦，我刚吃完饭，看电视呢。"

自己的孩子有一点儿异样，当父母的哪儿能发现不了？江蕾柔声问："幺儿，怎么啦？

想妈妈啦？"

赵虞咬着牙根，努力不让自己哭出来，只点了下头。

江蕾说："想妈妈就回来吧。那儿不好，咱不待那儿了。乖，别哭。"

屏幕里的少女用手背捂住眼，轻轻地抽泣。过了好一会儿，江蕾听到她轻声说："妈妈，我好累啊，我感觉自己坚持不下去了。我果然不是当明星的料。"

江蕾的眼泪都快下来了。

旁边忽然传来表姑的声音："是小虞啊？诶，这孩子也真可怜，你说这么远，受了欺负，我们也帮不了什么。"

江蕾别过头抹眼泪，表姑凑到镜头前来喊她："小虞啊。"

赵虞吸吸鼻子："表姑。"

表姑说："累了就回来吧，反正你从小就这样，我们早料到了，没人会怪你的，想回来就回来吧。"

赵虞被眼泪打湿的睫毛轻颤了一下。

江蕾抹完眼泪，这才又回过头来："幺儿，要妈妈过来接你吗？你爸刚好也没什么事，我们过来了，你带我们在韩国玩一圈，然后咱们再一起回国。"

赵康宁也在旁边说："可以，我还没去过韩国呢。我们幺儿韩语好，连导游都省了。"

一家人高高兴兴地商量起接她回国的事。

赵虞怔怔地听着，过了好一会儿，突然叫住江蕾："妈妈，我不回去。"

屏幕那头的人都看着她。

赵虞垂下眸，这么多天的委屈和痛苦好像都在这一刻消失了。她笑着说："我才不回去呢，我还没实现梦想呢。"

✦03✦

赵虞曾把沈隽意当作唯一的梦想。为了实现这虚无缥缈的梦想，她一路摸索，跌跌撞撞，仅凭这一个信念站上了舞台。这舞台不算高，但也有掌声和聚光灯环绕，每次她站在上面，好像四肢百骸都充满了热情与力量。

这样令人满足的喜悦，不是沈隽意带给她的，是舞台带给她的。

是啊，从小到大，她总是什么都做不好。她的半途而废已经成为大家眼中的正常行为，好像她本就是这样一个人，她就应该放弃才是赵虞。可赵虞也想发光，也想被夸奖。这半年来，尽管很累，很辛苦，甚至被泼水的一刹那她觉得不值得，可这是她最耀眼的半年。

她这一生顺风顺水，想要什么都能轻而易举得到，唯有站上舞台这件事，是她拼尽全力争来的。所以，她凭什么放弃？

一直追着那道光，太难了。

光怎么可能追到呢？

让自己也成为光吧。

让自己也成为光，吸引那道光的靠近吧。

江蕾和赵康宁看着屏幕里眼睛红红的女儿弯唇笑着的模样，既心疼又欣慰："真的不回来吗？"

赵虞认真地点点头："嗯！我喜欢舞台，我不想离开。"

江蕾也笑起来："好，那爸爸妈妈支持你。"

挂断视频电话，赵虞又在沙发上呆坐了一会儿，突然一个鲤鱼打挺跳起来，跑过去称体重。看着体重秤上增加的三斤重量，她发出一声惨烈的尖叫。

到了晚上，结束这几天行程的队友们终于回到宿舍。林之南虽然很累，但还是去附近的街边买了一份赵虞最爱吃的辣炒年糕带回来，一进屋，就看见赵虞趴在客厅的瑜伽垫上做平板支撑，旁边还摆满了跳绳、哑铃这些运动器械。

赵虞最近蔫蔫的没精神，整个人黯淡无光，林之南还为此担心了很久，现在看见她在这儿做体能训练，一时有点儿没反应过来："你干啥呢？"

赵虞已经撑了三分钟，满身大汗，咬着牙说话："这几天胖了三斤，我要减回去。"

林之南看了眼自己手上的辣炒年糕，心情有点儿复杂。她把年糕放进冰箱打算明天吃，出来的时候赵虞已经在做仰卧起坐了。林之南盘腿坐在她身边一边数一边聊天："九七，九八，九九……哦对了，你知道你偶像前几天被私生粉跟车追尾了吗？"

赵虞一口气没提起来，"砰"的一下摔回去，又迅速翻坐起来："啊？严重吗？什么时候的事？"

林之南想了想："就你出事儿那两天吧，车追尾，人没事儿，华畅还发表了谴责私生粉的声明呢，沈隽意也发了微博。"说着翻出来给赵虞看。

@沈隽意："无论做人还是做粉丝都要理智。"

赵虞看着手机没说话。

林之南俯身拉了拉韧带："你们不愧是粉丝和偶像啊，一出事都出事，还都是极端粉丝惹的事。"

赵虞不知道是不是刚运动过，心跳得有点儿快，看着沈隽意那条微博，总感觉他好像是知道自己的事了。啊，要死了，那么丢脸的视频被他看见了。

赵虞把手机塞回给林之南："以后禁止你在我面前提沈隽意！"

太影响她心态了！

林之南："怎么，脱粉啦？"

赵虞："……"

脱个屁的粉，她压根儿就没粉过！谁要当他的粉丝？她要当的是……咳咳……

赵虞爬起来："我洗漱去了，再过两天是不是 EP 签售会了？"

林之南："对啊，我看网上你的粉丝都在问你去不去呢，你不去她们就退票了。"

赵虞鄙夷地看了她一眼："你一天到晚少冲点儿浪吧。"

没过两天，Shining Five 就迎来了出道后的首场签售会，在一个可以容纳三千人的小场馆里举办，三千张票早已被一抢而空，许多粉丝都在高价求转票。

她们第一张 EP 的总体销量还不错，电子版销量进入了新人组合前三，实体销量稍微低一点儿，不过因为这张 EP 只有一首新单曲，另外四首出道前就表演过，所以这个成绩已经算超过预期了。

赵虞也终于结束休假恢复营业，在微博和 INS 上发了一张元气满满的自拍。

@Shining Five- 赵虞："我很好，还可以继续往前奔跑！"

粉丝们欢欣鼓舞，大家不约而同地没提泼水那件事，只是在评论里热情留言，说会陪着她一起奔跑。

这场签售会是赵虞休假之后第一次露面，她早早就把状态调至最好，要用最好的状态来面对支持她的粉丝。她明白喜欢一个人的心情，她不想喜欢她的人为她担忧。

主持人已经在前台热场，赵虞最后检查了一遍妆容，弯起唇角走了出去。走上舞台，目光往下一扫时，她突然愣了愣——好多粉色，大片大片的粉色衣服、粉色鞋子、粉色头发、粉色应援棒，她甚至看见前排有个女生连头上的发夹都是粉色的。

其实粉色是一种很难驾驭的颜色，很多人都不适合穿粉色。但到场的虞美人全部穿着粉色，从头到脚，哪怕并不那么好看，可她们笑得很开心，努力地骄傲地想让偶像看到属于她的粉海。

赵虞的眼睛突然酸酸的，她飞快埋头揉了一下。

前排的虞美人眼尖看到，带着哭腔大吼："赵虞不哭！"

赵虞转而被逗笑，不甘示弱地吼回去："没哭！"

主持人带着众人走完流程，就到了粉丝最喜欢的签售环节，可以拿着EP上台让偶像签名。虽然到场的粉丝有些是团粉有些是唯粉，但一般上台之后不会刻意跳过某个成员，毕竟当着正主的面，这样做也挺让正主难堪的。大家从坐在最边上的林之南开始，接着是克里斯汀，赵虞在中间，再往旁边就是林秀熙和Heya。

赵虞看见粉色衣服就知道上来的是自己的粉丝了。轮到她的时候，她笑笑还没说话，对方已经像变魔术一样伸手递来一枝粉色虞美人，笑着说："送给宝贝的花。"

赵虞睁大了眼睛，有些惊喜，有些不可思议。接过花，她在粉丝的EP上写下特别签名，然后笑着挥挥手。

过了两个人后，又是一个粉头发女生上来，她从旁边过来时很激动地往赵虞跟前一跳，兴奋地喊："女鹅！"

赵虞被她逗得歪头一笑，就见对方唰的一下从身后拿出一枝粉色虞美人："送你的花！"

接二连三的，每个上来的粉丝都藏着花，桌上的虞美人越叠越多，很快变成大大的一捧。粉色的虞美人又美又温柔，层层叠叠的花瓣中，好像藏满了他们想送她的珍贵心意，是他们全部的爱与温柔。他们知道她受了委屈，知道她心里的难过，但他们什么也没说，只是笑着把花送给她。他们知道她一定会懂他们的心意。

所以，有什么理由不爱这个舞台呢？

她也是他们的光啊！

年底，韩国音乐大赏颁奖典礼，Shining Five荣获年度最佳新人组合，第一支单曲 *Missing God* 荣获年度最佳单曲，这半年的辛劳付出终于在此时迎来了收获。

最佳单曲奖和最佳新人奖一到手，Shining Five的人气和咖位都直线上升。之前FLY敢抢她们的出场顺序，就是因为她们拿过最佳新人奖，尽管人气不如Shining Five，但论咖位，比什么都没有的Shining Five要高得多。现在不一样了，有奖傍身好行路，Shining Five能拿奖，就是市场对她们的认可。

元旦一过，Shining Five的第一张专辑 *Look Me* 正式上线。*Look Me* 一共十首歌，十首曲风各不相同，包含了电子、摇滚、迷幻、流行等多元风格，制作精良。

专辑上线之后，Shining Five就开始了忙碌的打歌行程。这是专辑发表后的重要一环，她们要在各个音乐打榜节目上表演新歌，争取观众投票支持。

就在Shining Five积极上音乐节目时，超国民度综艺 *Hi Fight* 最新一期节目也终于上线了。通过上一期结尾时的预告和最近各方的宣传，大家已经知道 *Hi Fight* 这一期的嘉宾是 Shining Five。节目组发出来的预告里，尖叫声从头响到尾，一看就知道这一期又是惊心动魄的主题。观众最喜欢这种刺激情节，都十分期待。

Shining Five 之前上的多是些访谈类的节目，这种户外真人秀还是第一次参加，粉丝们也都很激动，早早就守在了屏幕前。

因为预告里的尖叫，当观众看见六位 MC 一大早就扮作女鬼偷偷摸摸去敲嘉宾的房门时并不意外，只见 Shining Five 的成员陆续以早起素颜出镜，然后纷纷被吓到表情管理失败，场面一时之间十分滑稽。直到轮到赵虞，她不仅没有被吓到，眼神中甚至散发着"你们有点儿无聊"的意思，歪着头打完哈欠，还友善地邀请"鬼"进屋坐坐。后期十分直白地在字幕打上了"赵大胆"三个字。

随着节目播出，网上有关新一期 *Hi Fight* 的讨论也多起来。

——赵虞这个素颜是真实存在的吗？为什么比我化了妆还好看？！

——仿佛睡美人醒来，我真实地心动了。

——她为什么一点儿都不怕？！这让其他队友情何以堪！

——赵虞私下性格跟舞台上不太一样，可可爱爱的。

……

开场鬼吓结束之后的互动因为大部分都在林秀熙和克里斯汀身上，有关赵虞的讨论渐渐少了，直到第一个通关环节开启。

经历过前面几位前辈的失败后，观众都觉得应该没人能通过这个任务了，结果镜头一转，穿着芭蕾舞裙的赵虞出现了。穿着白色舞裙的少女站上圆柱，脚跟微微踮起，下颌微抬，像一只优美的天鹅，随着叮咚的琴音旋转上升，阳光洒落下来，她白色的裙摆都落满了光——她总是能在颜值上给人以冲击。

少女随着圆柱接近那只手铃，屏幕前的观众都不由得屏住了呼吸。

只见画面中的少女抓住了那只手铃，然后身子往后一倒，背摔而下，白色纱裙掠过风和光，少女像一只高贵的天鹅跌落人间。剪辑给这一幕加了慢镜头，还配上了凄美的背景音乐，美得像一帧电影画面。

赵虞一摔出圈，INS 一天之内涨粉百万。这一幕"天鹅之坠"也成为经久不衰的经典画面，一直被模仿，但始终无人超越。

Hi Fight 这一次也不负它"旺团综艺"的美名，播出后，Shining Five 的国民度和人气大涨，并在《人气歌谣》和《音乐银行》两个节目的榜单上拿下了专辑一位，成为开年最热女团。特别是赵虞在综艺中的表现，让韩国观众深深记住了这个啥都不怕只怕糊

的中国少女。

虞美人们一边放肆嘲笑一边握拳表示：“女鹅放心！我们绝对不会让你糊的！赵虞给我红遍全亚洲！”

于是，他们拿出了十足的干劲全网“推销”偶像：“知道天鹅之坠吗？我女鹅就是最棒的坠落之鹅！”

网友：“哈？”

同时，他们也用实际行动向偶像表示：我们绝不会让你糊！ Shining Five 的一专上线后不仅在线上拿下了一位，实体专辑的销量也一路遥遥领先，更在 *Hi Fight* 播出之后暴涨一波，直接飙升至实专销售榜第一。

一时之间，大街小巷放的好像都是 Shining Five 的歌。

当然，主要是 *Look Me* 这张专辑的制作十分精良，毕竟早早就开始准备了，曲风也直击市场审美，节奏感很强，大家听几遍就会哼，传唱度非常广。

✦04✦

这个新年，赵虞是在韩国过的。

其实也没怎么放假过年，伴随着暴涨的人气，接踵而来的是更加繁忙的行程。

参加活动时，赵虞能明显感到人气的差距。之前她们出行只有两个助理和一个经纪人跟着，现在公司不仅给她们每个人配了一个助理，还专门请了保镖护送。

韩媒称 Shining Five 开年爆红，预测其将成为新一代的国民女团。网络上有关 Shining Five 的任何事情都会迅速被讨论上热门，越来越多的观众了解到这个组合，然后就会发现这个组合要实力有实力，要颜值有颜值，就连有她们参加的综艺都有看头，入股完全不亏。

半年多积攒的人气好像都在此时爆发了出来，火得让赵虞都有些措手不及。一场又一场活动，她亲眼看着曾经那一小撮微弱的粉色逐渐扩大，从散落的星星点点汇聚成了耀眼又温柔的粉海，于是那片曾经只开着暗恋之花的心田，也开满了粉色的虞美人。

赵虞的生日在五月，公司给她办了一场小型生日会，有一千名粉丝到场。

本来按照公司的原意，是想把这个生日会搞大一些，起码五千人的场子，以打榜的排名来选拔入场名额。赵虞拒绝了。最后是后援会在粉丝中随机抽选了一千名幸运儿，他们将虞美人们的美好祝福带到现场，陪伴偶像过她出道后的第一个生日。

克里斯汀和林之南的生日都在六月，七月是 Heya，八月是林秀熙，公司自然不能厚此薄彼，都各自举办了生日会。于是 Shining Five 连着开了四个月的生日会，还被网友打趣生日会是她们的月常，上了次热搜。

其实明星公开的生日会还是带有表演性质，真正庆祝生日都是在私底下。

林秀熙以往每年生日都会开派对，去年生日正是行程最繁忙的时候就没开，今年自然要补上。白天办完生日会，晚上她就在自己家的别墅搞了个生日派对。圈内人没邀请几个，除了 Shining Five 只有两三个艺人，其他都是她从小玩到大的圈外的朋友。

她是财团千金，她的朋友自然也都是财团二代。赵虞端着红酒杯，靠着柱子吃小甜品的时候，林之南就偷偷在旁边给她介绍在场的都是谁。

"那个穿蓝西装的是通云航空的长子，首尔大学毕业的学霸。"

"那个戴眼镜的是 TD 商场的会长，我在杂志上见过他，他真人眼睛好小哦。"

"诶诶诶，那边那个，长得有点儿帅在撩妹的那个，是方行集团会长的三儿子。我跟你讲，他超渣的，跟好多女艺人传过绯闻。宋伊然你知道吧，就他们方行旗下饮料的代言人，之前两人被曝光交往，听说宋伊然还怀孕了，结果恋情一曝光他就把人甩了，也不承认孩子是他的。"

赵虞把咬了一口发现太甜的小糕点塞她嘴里："不是让你少冲浪吗？！"

林之南吧唧吧唧吧唧把糕点吃了："哎，我就这么点儿人生爱好，你也要剥夺？"

两人正聊着天，就看见她们八卦的对象，方行集团的三公子端着一杯红酒笑吟吟地走了过来。对方长得眉清目秀的，不像传闻中那么渣，走到跟前时微微颔首算作招呼，然后端着杯子跟赵虞手里的酒杯碰了一下："你好，我是安泽文，初次见面，我很喜欢你。"

赵虞："……你好。"

安泽文喝了口红酒，自然而然地靠过来，就差把"我想泡你"写在脸上了："你在舞台上实在太迷人了，人间妖精名不虚传。"

赵虞："……过奖了。"

林之南一边默默在旁边吃小蛋糕，一边竖起了八卦的小耳朵。

安泽文又吹了几句彩虹屁，最后笑意盈盈地拿出手机："留个联系方式吧？"他相信没有人会拒绝方行集团的三公子。

赵虞眉梢微微挑了一下，一口喝完杯子里的红酒，微笑着说："赞美我收下了，联系方式就不必了，毕竟我们也没有私下联系的理由。"说完颔首示意，拉着还在啃小蛋糕的林之南走了。

林之南把小蛋糕塞进嘴里，回头朝安泽文礼貌笑了下算作告别，转回来时小声说："他脸好臭。"

赵虞"喊"了一声。

林之南提醒她："你可别被他迷惑啊，这种花花公子渣着呢，玩腻了就甩手走人，不可能来真的，这种财团二代最后都是要集团联姻的。"

赵虞白了她一眼，一脸"还用你说"的表情。

结果生日派对结束没几天，林秀熙就来找她说有个朋友很喜欢她，想要她的联系方式。

赵虞敷着面膜，随口问："谁啊？"

林秀熙："方行集团的安泽文。"

赵虞："不给。"她按着面膜转过头去，"队长，千万别给啊，我不想惹麻烦。"

林秀熙耸了下肩："OK."

赵虞不放心地交代其他几个人："有人找你们打听也别给啊。"

虽然 Shining Five 的队长是林秀熙，但鉴于她的性格和脾气，队内队外很多时候其实都是赵虞在拿主意，几个人平时都还蛮听她的话的，纷纷点头保证。

安泽文没从好友这儿找到突破口，倒也没通过其他渠道着急联系赵虞，就是在 Shining Five 有什么拍摄活动的时候制造巧遇，到赵虞面前刷存在感，买买饮料送送花什么的。赵虞烦归烦，但人家毕竟是财团二代，她也不好发脾气赶人走，大多时候都冷处理。安泽文追了一段时间，发现这人间妖精真难追，然后他就不追了。

林之南老长一段时间没再看见人，偷偷跟赵虞吐槽："果然渣男不分国界。"

赵虞："你第三部分的走位练会了？"

林之南："嗯……"

Shining Five 受邀参加年底圈内含金量很高的时尚乐典颁奖典礼，且作为晚会开场嘉宾表演开场舞。前段时间她们推出了一首最新单曲，作为这次的开场表演曲目，正在积极排练中。

能去时尚乐典的，都是圈内实力与人气并存的前辈。Shining Five 这次有望冲击的年度最佳组合奖算是圈内最高荣誉组合奖之一，这个奖一到手，Shining Five 的地位就算彻底稳固了。

冲击这个奖项的还有另外两个女团，最后到底花落谁家还不好说，网上也是议论纷纷，不过大家都觉得 Shining Five 的赢面很大，毕竟她们夏天出的二专销量成绩也是一路吊打同期的，大家这一整年听得最多的就是 Shining Five 的歌，就差一个大奖来坐实她们国民女团的地位了。

走红毯这晚下了雪。赵虞好像已经习惯了大冷天穿着裙子在室外活动，五位女生各自穿着礼服走上红毯，言笑晏晏地朝两边的媒体和粉丝挥手。

因为要开场，所以她们的红毯顺序很靠前，走完就进入后台休息室化妆做造型，外头时不时能听到隐隐约约的尖叫。化完妆，换好舞台服，距离颁奖典礼开始只有十多分钟，赵虞喝完暖嗓的热水，跟着工作人员走向候场区。现场的气氛已经很热烈了。

一束白光缓缓打在舞台中央，升降台将五位女生带上舞台，颁奖典礼正式开始。

赵虞的声音最先出来，刻意压低的声线带着一丝性感的哑，伴着音乐炸开全场。

VIP席的是明星嘉宾，后排观众席坐的都是粉丝，聚光灯亮起时，满场都在呼喊"Shining Five"的名字。放眼望去，粉色星星点点，在这样的场合能来这么多虞美人，已经很有排场了。

某一个回头的瞬间，赵虞的瞳孔突然震了一下。好在表演已经接近尾声，最后一个定点之后，五位少女鞠躬离台。

刚一下去，林之南就心惊肉跳地说："你刚才怎么了，差点儿慢了一拍，还好跟上了，吓死我了。"

赵虞一脸惊恐地看着她。

林之南："怎么了？"

赵虞惊恐地说："我是出现幻觉了吗？为什么我刚才好像看到了沈隽意的灯牌？"

林之南："啊？"

赵虞真的有点儿崩溃："出席的嘉宾名单里有他吗？"

林之南："不知道啊，我们忙着排练，也没怎么关注，应该……不会吧？"

之后几人在工作人员的带领下从旁边入场，赵虞一眼就看到了让她提心吊胆的人——沈隽意就坐在第一排，穿了黑色的西装，手腕戴了块价值不菲的手表，黑发梳得规矩，背往后靠，手肘搁在扶手上撑着头，总是飞扬的少年难得显出一丝矜贵。

这一年她们只回国内参加了两次活动，两次都是匆匆去匆匆走，她连见父母一面的时间都没有，更别说见沈隽意了。她行程太多太满，参加不完的综艺，录不完的歌，跳不完的舞，忙到有时候她会一时忘记当初站上这个舞台是为了什么。

没想到猝不及防的重逢会在今晚。

她们的座位在沈隽意后面两排，坐在那里，刚好能看见他的后脑勺。赵虞感觉自己完全没有做好准备，坐过去的时候，脑子嗡嗡地响。

林之南看她那样，"啧啧"两声："还好没让你提前看到他，要是提前知道，你连台都不敢上了吧？"

赵虞僵着身子咬牙切齿："你！放！屁！"骂完不自觉吞了下口水。

她刚才在舞台上，应该⋯⋯很性感吧？

✦05✦

确实挺性感的。

到赵虞 Solo 部分的时候，坐在沈隽意两边的艺人都在鼓掌欢呼。沈隽意听不懂韩语，但听他们的语气，也能听出其中的激动和欣赏。

台上的少女一头粉色长发，某个回身朝镜头甩了个 Wink。听到尖叫，她眉梢挑了下，朝声音最大的方向勾了勾手指，于是那叫声就更大了。她笑起来，伸手往后拂过长发，很自然地抖了下胸，随性又性感。

沈隽意在台下看着，有种意外的陌生。已经全然不是他记忆中的那个小姑娘了，无论是气质、笑容、眼神，还是周身的强大气场，都属于一个成熟且完美的明星。如果不是同名同姓，不是知道她的确选秀出道，乍然相见，恐怕他都不敢认了。

不过回想他们上一次相见，还是当年他拍一部偶像剧在她学校取景的时候。少女那时候就挺冷漠的，现在估计更不熟，沈隽意觉得自己还是不要贸然回头打招呼了。

他这一次是作为特邀颁奖嘉宾出席，给几大组合奖的获奖者颁奖，拿到手卡前他也不知道赵虞那个组合获奖没。

开场舞之后，还有其他明星表演。赵虞从坐下来之后就没动过，一直盯着第一排那个后脑勺看。哎，单身久了，光看个后脑勺都觉得眉清目秀怪好看的。

有几次大屏幕镜头给到她特写，好在从镜头的角度看不出她在看什么，现场观众只看见她似乎在放空发呆。

表演一场场结束，终于进入颁奖环节。赵虞这才慢腾腾把目光收回来，打起精神等待即将到来的结果。

前面都是单人奖项，等轮到组合奖时，赵虞就看见镜头给到了沈隽意身上。现场的欢呼声激烈起来。屏幕里的少年西装革履，清朗帅气又显得规矩，他起身后扣好第三颗纽扣，笑着朝四周挥挥手，然后走上了舞台。

林之南压住愕然，慢慢靠近赵虞耳边："我没听错吧？主持人说他是特邀颁奖嘉宾？"

赵虞坐得笔直，面无表情："你没听错，我也听到了。"

林之南比她还紧张："意思是，如果我们得奖，一会儿他就要面对面亲手给你颁奖了？

你不会当众哭出来吧？！"

赵虞没说话，还是那副面无表情的模样。

林之南一时之间又紧张又期待，眼神中甚至还有一点点兴奋和幸灾乐祸——粉丝和偶像的第一次世纪会面终于要来了，看你这次还怎么躲！

沈隽意说的是英文，第一个奖就是备受瞩目的年度最佳组合。

镜头给到了嘉宾席上入选的三个组合，大家多多少少都有些紧张，纷纷用微笑来掩盖。赵虞看着舞台上挺直的身影，可能是负负得正，反倒是所有人中最淡定的。

沈隽意打开了系着丝带的手卡，低头看见卡上的名字时，眉峰勾了一下，随后唇角挑起，说英文的嗓音带着些许少年气："获得年度最佳组合的是……"他看向台下，目光隔着不近不远的距离跟赵虞对上，倏而笑开，"恭喜 Shining Five！"

现场爆发出热烈的尖叫和掌声，几个女生有些激动地站了起来，互相拥抱。

林之南抱赵虞的时候小声在她耳边嘱咐："上台稳住啊！"

一步一步走上舞台，离他越来越近，之前预料的各种情况都没发生，甚至连在台下剧烈的心跳都突然平稳了下来。他就在她眼前，终于不必再仰望。她做到了。有什么可紧张的呢？她应该高兴才对。她为之奋斗的那虚无缥缈的梦想，就在此刻真实地握在了手中。

礼仪小姐端着奖杯走过来，沈隽意伸手拿过，走到她面前。他笑着，漂亮又干净的眸子里倒映着光芒，将奖杯递给了她，说："恭喜你。"

赵虞垂眸看了眼那金灿灿的奖杯，他指节很长，握住奖杯时尤显得骨节分明。她为了他一步步攀爬至此，最后由他把这奖杯颁给她，不必紧张，不必慌张，她闪闪发光的模样理应由他来见证。

赵虞笑起来，伸手接过奖杯，那笑伴着光盛放在眼里，比任何时候都要亮。

她说："谢谢。"

谢谢你成为我的梦想，谢谢你让我找到梦想。

第五章

丑闻事件

✦01✦

颁奖典礼一个小时后才正式结束，Shining Five 获奖的消息已传遍全网，粉丝欢欣鼓舞，路人也觉得实至名归，国民女团的地位算是彻底稳固了。

公司也很高兴，毕竟在 Shining Five 之前，他们还没做出过这么火的女团，Shining Five 这一年多给公司带来的利益简直无法用金钱来计算。等五位女生一到后台，经纪人就热情地告诉她们，接下来两天的行程都取消了，公司决定好好给她们放个假。

说来可笑，两天假期不过是上班族的周常，却是 Shining Five 梦寐以求的连假。足足一个周末假期，没有活动，不用排练，天知道她们有多久没休过假了！

林之南已经在和克里斯汀讨论去哪个偏远的小城镇度假了，赵虞心头却突突跳了两下，看向走廊外。

她已经站到巅峰了。她可以走向他，可以让这份深埋的喜欢重新变得与众不同了。

赵虞抬步就往外走。

林之南看她背影匆匆的模样，赶紧小跑两步跟上去："虞虞你去哪儿啊？"

赵虞一脸冷静："去找沈隽意。"

林之南惊恐地看着她，反应过来后眼睛都瞪大了："你是赵虞吗？你真的是赵虞吗？

112

你不会被魂穿了吧？！"

赵虞嫌弃地把她推开。

林之南都不知道该怎么形容自己此时的心情了，简直比她自己见偶像还激动，刻意压低的声音里满是兴奋："虞虞你终于站起来了！你再也不是一条咸鱼了！"

沈隽意的休息室在二楼，门上贴着名牌。赵虞一路雄赳赳气昂昂，走到门口时反而有些迟疑了。

林之南捏着八卦的小拳头，痛心疾首地道："不会吧不会吧？都到门口了你不会又怂了吧？！"

赵虞转头瞪她："闭嘴！"

她深吸一口气，面容平静地敲响了门。

林之南感觉自己手心都冒汗了。

几秒之后，一个平头圆脸的男生拉开了门，是沈隽意的助理，一句"你们是谁"在看见赵虞时卡了壳。然后赵虞和林之南就看见小男生瞬间从脖子红到了脸，定定地看着赵虞半天憋不出一个字来——确认过眼神，应该是虞美人。

赵虞莞尔一笑："你好，我找沈隽意。"

助理慌慌张张又结结巴巴："虞……沈哥，有人找！"

沈隽意正在打游戏，之前规矩贵气的西装早脱了，换上了黑色卫衣，头上扣着一顶帽子，懒洋洋窝在沙发里。抬眼看见来人，他懒散的神色一收，有些吃惊地收起手机站了起来。

助理将门拉开一些，紧张又激动地说："你们进来吧。"

赵虞和林之南依言走进屋子。

助理乍见偶像，心脏狂跳，小心翼翼地退到一边偷偷打量。他刚才还在想怎么拜托沈哥去找赵虞要个签名，没想到心想事成，偶像突然出现了！

林之南也很激动，她期盼已久的这一刻终于来到了。快，快告诉他你是他的粉丝，告诉他你有多喜欢他，告诉他你都是靠着他的力量走到了今天！

只见赵虞走到还有些惊讶的沈隽意面前，大方得体地伸出手，微微一笑，十分女神范地说："你好，我是 Shining Five 的赵虞。"

林之南："啊？"

沈隽意明显也愣住了。这……这么正式的吗？！

他瞟了一眼那双纤细白皙的手和眼前的营业式微笑，茫然了大概两秒，迟疑地回礼："你好，我是沈隽意，很高兴见到你……"

林之南："哈？你俩这仿佛两国总统会晤的见面是认真的吗？！"

然而赵虞完全没觉得不对。她觉得就该这样，全新的自己，重新认识，重新开始，之后当然就要重新接触。接下来刚好有两天假期，她可以邀请他去她最喜欢的那家烤肉店吃饭，然后加个微信，慢慢熟悉，培养感情，等到合适的时机再告白……步骤拿捏得死死的，简直 Perfect（完美）！

赵虞笑起来，正要进行下一步，休息室的门突然被推开。

沈隽意的经纪人毕周拿着两份文件匆匆走进来："陈导那边拍板了，我们得赶紧……嗯？"他停住步子，看向屋中间握手的两个人，"这位是？"

赵虞没有错过他脸上一闪而过的不悦，缓缓收回手，正准备说话，沈隽意已经笑着开口："这我朋友，赵虞。"

毕周当然知道她是谁。他笑了下，意味不明地看了她一眼："朋友？你们不刚在颁奖典礼上见了第一面，这么快就成朋友了？"

赵虞和林之南一下就从他的语气和眼神中领会了他的言外之意。

虽然 Shining Five 目前很火，但毕竟是在韩国，比起在国内稳坐顶流之位的沈隽意，依旧是高攀了。何况她们还是团里众所周知的中国成员，这个时候来找沈隽意，很明显是被认定来借机蹭热度的。

赵虞完全没想过这一点，现在被这样误会，一时有些愣住了。

沈隽意突然把手搭在她肩上，一副笑嘻嘻的模样，挑着唇角问："我们一见如故，不可以吗？"

毕周被他噎了一下，又看了赵虞和林之南一眼，最终没再说什么，直接换了话题："陈导答应用你了。这是好不容易拿下的角色，不能再被霍希那边截和，我改签了今晚的航班，收拾一下准备回国了。"

这两年来，沈隽意和霍希分庭抗礼，各占娱乐圈的一半流量，是生死对家。既然霍希那边也在抢这个角色，可见是大资源了，想要邀请他留下来吃饭的话突然就说不出口了。

赵虞微微侧了侧肩，沈隽意意有所感，将胳膊收回去，转头看过来。

赵虞朝他笑了下："那有机会回国见。"

预想之中更冷漠的疏远没有出现，她确实跟以前大不相同了，长大了很多，也成熟了很多。沈隽意也笑起来："行，那你回国了联系我。"

离开时，赵虞想起什么，转身笑着问助理："要签名吗？"

助理满脸激动地点头。

一直到下了楼,憋着一口气的林之南才发飙:"那个经纪人什么意思啊？狗眼看人低！"

赵虞摇了摇头："算了，也正常，走吧。"

经纪人已经在车库等着了，从出口离开时，两旁挤满了还想再看一眼偶像的粉丝。

一辆黑色奔驰商务车走在她们前方，林之南靠着窗户看了两眼，回头跟赵虞说："是沈隽意的车。"

赵虞朝外看了看，拥挤不堪的粉丝，闪闪发光的灯牌，不停闪烁的闪光灯，有人想冲向前方那辆车，又被保安拦住，哪怕隔着车窗，也能听见粉丝大声呼喊偶像的名字。这就是顶流啊，被粉丝和镜头包围，没有秘密，也没有私生活⋯⋯

赵虞突然问旁边玩手机的林秀熙："你想谈恋爱吗？"

林秀熙抬头看了她一眼，露出像看傻子一样的眼神："我是嫌自己太红了吗？"

赵虞无声呜嘤一声，抱着脑袋埋下身子，气急败坏地跺了跺脚。她可不就是傻子吗？！光想着站上巅峰了，完全忘记站上巅峰的人根本不配谈恋爱啊！！！

接下来两天的假期，赵虞是在无限追悔中度过的。

✦02✦

林之南和克里斯汀最终也没去小乡村度假，大家合计了一下，感觉还是躺在宿舍睡觉追剧玩手机更适合假期。

而赵虞仿佛一条失去了理想的咸鱼，在床上瘫了两天。

站得越高，承受的风雪就更大，这个道理她早就明白，为什么偏偏轮到自己时没能意识到呢？什么成为顶流了就能跟顶流谈恋爱，哪个顶流敢在事业巅峰期谈恋爱？这不是自砸饭碗自毁前程吗？！她现在要是跑去告白，他能吓得拉黑她吧？断人前途犹如杀人父母，沈隽意恐怕今后见到她都要绕道走了。

赵虞真是太崩溃了。以前单单是沈隽意不能谈恋爱，现在连她自己也谈不了了，她这是活生生把自己给圈住了啊！当初是谁给她出的这么个馊主意？！真是太气人了！简直绝了！

赵虞越想越气，爬起来拿出手机，把当初卸载的某乎又下载了回来，登录之后找到自己那个唯一的提问帖子，翻出了当年回复她的那个人。然后她就看见当年人家追加回复的那段话："姐妹，我开玩笑的，你当真啦？你回来啊！明星不是随随便便能当的，姐妹你别因为我一句话随便改变自己的人生轨迹啊！我的天！！！"

115

赵虞："……"

她咬着被子张牙舞爪发了会儿狂，心情沉重地回复了那条多年前的留言："晚了！！！"

她已经是大明星，说什么都来不及了。她不能去毁他的星途，更不能自毁前程。

呜呜呜，可是想想还是好心酸，明明她已经拼了命地努力了，明明她已经站到了当初想都不敢想的高度了，可是却离甜甜的恋爱更远了……

说来说去，都怪沈隽意！你当什么不好当明星，现在把她也带沟里去了！

赵虞用被子捂住脑袋捶床："狗比沈隽意！"

敷着面膜的林之南从门口经过，听到动静又转回来，站在门口幽幽地说："你脱粉就算了，怎么还回踩呢？"

赵虞："嘤……"

事到如今，也只有化悲愤为力量，继续努力搞事业了，反正沈隽意不能跟她谈恋爱，也不能跟别人谈嘛！十年她都等了，还差这几年吗？顶流期罢了，之后都会转型的，等到双方都可以谈恋爱的时候，她再想办法吧！她的虞美人们还等着她在舞台上发光发亮呢！

两天假期结束，赵虞已经恢复如初，活力满满了。

最佳组合奖到手之后，观众都认可了 Shining Five 国民女团的地位，组合的广告代言接到手软，国民级综艺也都上了个遍。

组合爆红，个人资源也开始出现人气上的倾斜。

赵虞自然是团内资源最好的，很多合作方点名就要她。但因为赵虞一来韩语不是她的母语，日常交流没问题，表演说台词就很僵硬了；二来她还是更喜欢舞台，所以影视领域暂时不想涉及……于是很多电视剧的邀约都过渡到了林秀熙和克里斯汀身上。

而 Heya 冷酷的个性和形象都显得高级，很受时尚圈的喜爱。

林之南的人气是团内最低的，但她并不贪心，已经很满足了。

也因此，五个人不再像之前那样随时随地合体出席——赵虞有时候飞往国外演出，跟国外的音乐人合作单曲，林秀熙和克里斯汀就在剧组拍戏，Heya 满世界看秀，林之南上综艺参加真人秀。

她们就像这个时代所有爆红的女团一样，规矩平稳，没有意外。

赵虞跟国外音乐团队合作的最新单曲制作完毕回来的时候，天气已经回暖了。Shining Five 在夏天有一场演唱会，五人的个人行程结束，纷纷归队排练，开始为演唱会做准备。

年前公司已经给她们换了更大的宿舍，无论是装修还是地段都比之前那个小宿舍高了不止一个档次。

赵虞到机场已经是晚上九点多了，因为是私人行程，走的 VIP 通道，没有粉丝接机。林之南开着车来接她，两人有一个多月没见，一见面就来了个熊抱。

上车之后，赵虞一边系安全带一边说："汀汀、秀熙她们在家吗？我还没吃晚饭呢，一会儿出去聚个餐？"

林之南："汀汀和秀熙出去吃饭了，Heya 明天才回韩国。"

赵虞愣了一下："她们两个出去吃饭？"

林之南开着车，专注看前方路况，也没注意她的反常："对啊。"

赵虞有好一会儿没说话，直到车子驶上主路才皱眉问："她俩关系什么时候这么好了？"

林之南也一脸迷茫："不知道啊，我也昨天才回来，她俩之前不是进组拍戏吗，可能关系缓和了吧。"

赵虞白了她一眼："她俩进的就不是同一个组好吧？！"

她翻看手机，总觉得哪里怪怪的。组合这两年在外人看来和睦友好，但林秀熙对克里斯汀的轻视和厌恶一直没有消失，两人私下从不说话，克里斯汀一向对林秀熙避之唯恐不及，怎么会突然跟她出去吃饭？

赵虞越想越觉得不对劲，决定给克里斯汀打个电话，打了三遍都没人接。她又给林秀熙打，也没人接。

林之南看她脸色越来越凝重，也不由得紧张起来："不是吧？不可能出事吧……"话是这么说，她还是一脚油门踩到底，飞快往宿舍赶。

其间赵虞又给克里斯汀打了几个电话，一直没人接，到后面直接关机了。

正当她准备给经纪人打电话时，林秀熙的电话回拨了过来。那头好像什么事都没发生，随意的语气笑吟吟的："我刚才在洗澡，怎么了？"

赵虞皱了下眉："你在哪儿？"

林秀熙舒缓地叹了口气："宿舍呢，洗完澡敷面膜。"

赵虞问："汀汀呢？"

那头顿了一下，笑着说："不知道。"

赵虞语气严厉起来："秀熙，汀汀在哪里？我知道她跟你一起出去吃饭了，你在宿舍，她现在在哪里？"

林秀熙没说话，好一会儿才突兀地笑了一声："怎么？担心我把她谋杀了呀？"

赵虞一字一句地道："林秀熙，不要挑战我的耐心，汀汀在哪儿？"

林秀熙终于不笑了，语气也冷淡下来："尚喜酒店。"

赵虞："跟谁？"

林秀熙："安泽文。"

赵虞一踹车门，骂了句脏话。

　　林之南把车开到酒店，赵虞戴好口罩、帽子直奔十一楼而去。林秀熙还算有点儿良心，挂了电话之后就把房间号发了过来。

　　林之南还想着去找前台，被赵虞拉住了："万一真有什么事被外人看到，汀汀在圈内的名声就毁了。"

　　林之南着急地问："那他不开门怎么办？"

　　赵虞眼神冰冷："那就踹开。"

　　好在没真的让她们踹门，赵虞重砸房门几下后，有人从里头拉开了门。安泽文像是刚洗完澡，只围着浴巾，头发都还在滴水，看见门外的人时愣了一下。

　　赵虞一脚踹了上去。安泽文猝不及防被她踹倒，浴巾都散开了。他大骂了一声，手忙脚乱去围浴巾。

　　赵虞和林之南直接冲进了卧室，只见克里斯汀果然躺在床上，身上有股酒味，醉得不省人事。

　　林之南后怕地说："衣服还在，衣服还在！"

　　两人把人扶坐起来，赵虞把自己的帽子戴在她头上，又从衣服兜里找到口罩给她戴上，然后和林之南一人架住一边往外走。

　　安泽文此时已经披上了浴袍，愤怒地要说什么。

　　赵虞面无表情地掏出手机对着他拍了张照，冷冷开口："安先生，你不会不知道这样做是犯法的吧？"

　　安泽文咬牙切齿："我什么都没做！"

　　赵虞冷笑："那就是迷奸未遂？"

　　安泽文脸色阴沉地看着她，突然笑了一下："不过一杯红酒就醉了，只能怪她酒量不好。"

　　听克里斯汀靠在她肩头难受地呻吟了两声，赵虞不打算跟他废话，冷冷扫了他一眼，跟林之南把人带走了。

　　下电梯这一路没有遇到人。上车之后，林之南紧绷的神经才终于放松下来，随即愤怒道："真该报警抓他！人渣！"

　　赵虞坐在后排抱着克里斯汀，面色倒显得平静："跟财团哪有法律可讲，走吧。"她曾经最是天真又冒失的性子，可这么多年，在这个圈子里见惯了人性的黑暗与社会的复杂，也终于学会了妥协。

半道上，赵虞去买了醒酒药和水给克里斯汀喝了，快到家时，她已经清醒了不少，只不过似乎也知道发生了什么，一直沉默地低着头。

宿舍客厅的灯亮着，林秀熙正坐在沙发上追综艺节目。赵虞一开门，就听见她欢快的笑声，仿佛今晚什么事都没发生。看见三人进来，她挑了下眉，抱着一包薯片往沙发靠了靠，毫无心理负担地继续看电视。

赵虞忍住想打人的冲动，先把克里斯汀扶回房间，帮她在浴缸放了热水，等她洗澡时才走回客厅。

林秀熙看综艺正看到兴头上，赵虞拿遥控器把电视给关了。她不悦地看过来："喂，你干什么？！"

赵虞冷冰冰地看着她："这句话该我问你才对，你想干什么？"

林秀熙拿起一片薯片放进嘴里，还是那副若无其事的语气："我什么也没干。"

赵虞猛地走近，一巴掌把她手上的薯片袋拍飞了，薯片撒了一地。林秀熙气愤地从沙发上站起来，又被面无表情的赵虞一把推坐回去。她就站在她面前，眼神冷得能冻死人。

赵虞本身就是主舞，体能比林秀熙要好太多，她捏住对方想要打人的手腕，力气大得林秀熙挣脱不开。

林秀熙挣扎了两下，完全使不上力，气得甩头发尖叫："我只是帮安泽文约她出去吃饭而已！安泽文喜欢她，想追她，我作为朋友帮帮忙怎么了？"

赵虞气笑了："安泽文是什么样的人需要我来告诉你吗？帮忙？林秀熙你别以为我不知道你什么心思。你讨厌汀汀可以，看不起她也行，但你不能道德败坏做出这种泯灭良心的事！"

林秀熙披头散发，也不挣扎了："我道德败坏？我拿着刀逼她去了？她如果不乐意，大不了拒绝我啊，可她没有呢。"她讥讽道，"安泽文之前找我要你的联系方式，我问你愿不愿意给他，你拒绝了，我当时逼过你吗？他问我要克里斯汀电话的时候，我也问过她，她可是点头了呢。"

赵虞的力道松了一些。

林秀熙吹了下掉在脸上的头发，又恢复那副若无其事的笑容："是她自己愿意往火坑里面跳的。"

赵虞看着她，心头终于涌上浓浓的失望。她松开手，往后退了两步，说："你明知道是火坑。"

林秀熙抬手理了理散乱的头发，看着赵虞转身上楼的背影，突然叫住她："赵虞，你知道……"她顿了顿，幽幽笑起来，"上一个跟克里斯汀做朋友的，现在还住在疗养院吗？"

赵虞只在楼梯处停了两秒，然后头也没回地朝楼上走去，仿佛没听见她的话一样。走上二楼转角时，她看到林之南鬼鬼祟祟地蹲在那里，扒着墙壁在偷听，看见她上来，赶紧起身跟上去。

赵虞："你刚才不下来在这儿干啥呢？"

林之南："你俩太凶了，我不敢下去。"

赵虞："……"

她走到克里斯汀的门口听了听，里面还在洗澡，这才转道回自己房间。林之南也跟了进来，关上门之后问："她说的疗养院是什么意思啊？"

"想知道？"赵虞瞟了她一眼，"那你下去问她。"

林之南怂了："那还是算了吧，我不敢。"

赵虞今天刚从美国回来，行李都没收拾，又跑了这一遭，简直身心俱疲。洗完澡后，她迟疑了一会儿，还是敲响了克里斯汀的房门："汀汀，你睡了吗？"

过了好一会儿，门才被拉开，克里斯汀眼睛红红的，看样子哭过。房间里只亮了盏小台灯，有些昏暗，她开了门又回床上坐着了。

赵虞倒了杯热水递过去，担忧地问："胃还难受吗？"

克里斯汀摇了摇头。

两人一时之间有些沉默，好半天赵虞才听到她说："今晚谢谢你。"

赵虞摇头。

克里斯汀抬眼看着她，苦笑道："虞虞，你相信我吗？"见赵虞愣了愣，她垂下眸，低声说，"你也以为我是自愿去的吧？"

赵虞伸手握住她泛白的指节："我相信你。"

克里斯汀手指轻轻颤抖着，有些苦涩地说："你可以拒绝安泽文，可我不行。他们都是财团二代，我一个也得罪不起。林秀熙说，是我同意把联系方式给他的，是我同意跟他出去吃饭的。"她猛地抬头，眼眶通红，声音都变得激烈，"可我怎么敢不同意？！他们这样的人！"她咬着牙，声音又渐渐小下去，很无助，"他们这样的人……"

赵虞突然不知道该怎么安慰她。她不是这里的人，虽能理解财团横行的风气，但她打心里不惧怕他们。但克里斯汀不一样，她生在这样的环境里，阶层观念是这样深地影响着她，让她连反抗都不敢。

劝人反抗无疑是滑稽的，最后她只是摸摸克里斯汀的头，低声安慰："这件事林秀熙和安泽文都做得不光彩，你也不是什么任由人欺负的小透明，他们不会追究的，别担心。"

克里斯汀沉默地点点头。

赵虞把水杯递给她让她喝了几口，又帮她关了台灯："睡觉吧，睡一觉起来就好了。"

最终，她也没问她有关疗养院的事。

那些过往本不该被提起。

第二天一早，Heya 也回到了宿舍，谁也没提昨天晚上发生了什么。

林之南倒是有些提心吊胆，担心安泽文被赵虞踹了一脚不会善罢甘休，没想到接下来几天都风平浪静的。

几人的个人行程都结束了，开始跟音乐团队一起准备演唱会事宜。这是 Shining Five 出道以来最大的一场演唱会，在体育馆举办，开放座位三万个，门票三十秒售罄，打破了往年女团的纪录。

演唱会上一般都会表演至少二十首歌，Shining Five 的歌又基本都是唱跳，两个小时不间断的唱跳还是很考验体力的。这几个月除了赵虞频繁出席个人商演活动外，另外四个都在拍戏、看秀、上综艺，体能下降了不少，都要加强训练。特别是林秀熙，那晚被赵虞体力压制之后就拼了命地想追上她，结果一段时间训练下来，赵虞永远是最轻松的一个，简直令人绝望。

没点儿本事，怎么能当主舞呢？

就在这样辛苦的训练中，一晃入了夏，七月繁星满天，演唱会正式开始。

一场演唱会，六种应援色，五人的唯粉和 Shining Five 的团粉争相呐喊。

赵虞永远记得第一次去看沈隽意的演唱会时那壮观连绵的红。她依旧没有拥有那样纯粹的粉海，但她觉得这样五颜六色的光芒也很好看。

赵虞很喜欢演唱会的气氛，热烈的、直上云霄的、不保留一丝一毫的热情……她拼尽全力给他们一场完美的秀，他们也拼尽全力给她应援。这是她的舞台，也是她的战场。如果可以，她想一直跳下去，直到跳不动为止。

演唱会结束时，赵虞照例拿着话筒交代："都不许哭，安全回家，下次见。"

虞美人们一边离场一边嘀咕："女鹅到底对我们有什么误解，为什么每次表演结束都让我们不要哭？到底谁会哭啦？！"

曾经在演唱会上哭得稀里哗啦的小姑娘长大了，总以为大家会跟她一样。

精心准备几个月的演唱会总算完美落幕，这几个月排练几乎没怎么休息，几个人好久都没这么累过了，接下来几天自然就是休假。

三个韩国女生都回家了，宿舍只剩下赵虞和林之南，每天打打游戏追追剧，开启日常扯头花生活。赵虞最近还不知道怎么的突然对厨艺产生兴趣，估计是她爸遗传给她的基因终于在此时苏醒了吧，每天致力于在厨房研究中韩结合的美食，林之南饱受其害。

这天她正在研究回锅肉炒年糕，在客厅看电视的林之南突然拿着手机火急火燎地冲进来："疗养院！疗养院！"

赵虞拿着锅铲，一时没反应过来："什么疗养院？哎呀，你站远点儿，要溅油了。"

林之南终于组织好语言："汀汀去疗养院被拍了！照片都上热门了，爆料牵扯出几年前一个练习生自杀的事情，说是跟汀汀有关！"

赵虞将锅铲一扔，赶紧拿过手机。照片上的确是克里斯汀，虽然戴着口罩，但还是一眼能认出来——她趁着休假去了一趟精神疗养院，似乎是去探望谁，被狗仔跟踪拍下了照片。

Shining Five 这么火，任何事情都备受瞩目，媒体往后一深挖，就挖出克里斯汀去探望的这个人曾经是与她同经纪公司的练习生，当年自杀未遂被送到疗养院，至今没有痊愈。于是媒体又根据自杀事件找到了当年一则不显眼的新闻——某经纪公司练习生声称被高层侵犯，报警却无证据，于是企图用自杀让坏人得到惩罚，但最终高层只是被公司开除，而该练习生因此大受打击，精神恍惚，被送入疗养院。

两人看到爆料，对视一眼，林之南捂着心口："之前林秀熙说的是不是就是这件事？那个人自杀和汀汀有什么关系？"

赵虞："你问我，我问谁？等等看公司怎么公关吧。"

两人有些忧心，饭也不做了，本想给克里斯汀打个电话，又觉这种关头问什么都不太好。

好在公司很快做出应对，先撤了这几条热门，然后发布辟谣声明，说明克里斯汀只是去探望朋友，网上谣传的一切都与她无关，希望网友们不要以讹传讹，尊重艺人隐私。

克里斯汀虽然是作为第三名出道，但因为初恋形象极受国民喜爱，从网友称她为"公主殿下"就可见一斑。如今她的人气和林秀熙不相上下，甚至隐隐有超过林秀熙的趋势，无论是热度还是路人缘都很好。大家喜欢她，也愿意保护她，公司声明一出，事件热度就渐渐降下去了。

林之南虽然很八卦，但毕竟涉及身边的朋友，于是压抑住八卦之心，答应赵虞等汀汀回来后什么都不问。

两人点了外卖正在客厅吃，房门突然打开了，克里斯汀拖着行李箱走了进来，看见她们在吃饭，笑着问："有我的吗？我也没吃。"

林之南咬着勺子跑过去帮她拿行李："汀汀你怎么这么快就回来啦？假期不是还有两天吗？"

克里斯汀看上去似乎没有被今早的爆料影响，笑吟吟地说："家里没什么事就回来啦，虞虞不是在研究美食吗，我也想尝尝看。"

林之南一脸嫌弃："她研究的那也叫美食啊？那你以后就是她的试吃员了，我终于解放了。"

外卖点得多，赵虞又拿了一副碗筷出来，三个人围着茶几坐下，一边吃一边嘻嘻哈哈地看综艺节目。

过了一会儿，克里斯汀突然问："早上的新闻你们都看到了吧？"

赵虞和林之南一愣，抬头看向她。

克里斯汀还是笑着的模样，勺子搅拌着碗里的汤饭，轻声说："没有什么想问我的吗？"

林之南捏紧了八卦的小拳头。

赵虞缓缓放下筷子，顿了顿才说："如果你想说，我们愿意听。如果你不想说，也没关系。汀汀，我们是朋友。"

克里斯汀笑了一下："林秀熙跟你们说过的吧，"她垂眸，"不要跟我做朋友。"

林之南顿时道："我们跟谁做朋友与她无关！"

三人沉默着，客厅里一时只有综艺节目喧闹的声音。

过了好半天，克里斯汀才说："疗养院的那个女生也是我的朋友。以前我还是练习生的时候，我们是很好的朋友，同进同出，无话不谈。林秀熙她们那时候就不喜欢我了，只有她真心对我好。"

就像当年的赵虞和林之南一样，她们一起训练，一起努力，睡一个被窝说悄悄话。所以，克里斯汀一直都知道那个高层性骚扰对方的事情。

可她们都是没有背景的平民出身，练习出道就是她们唯一的道路。除了忍，她们没有别的办法。

直到那一天，女生被侵犯了。她不知道该怎么办，甚至觉得恶心，拼命洗澡，把自己关在浴室一天一夜。克里斯汀发现不对劲破门而入，才知道发生了什么。她让女生报警，但警察上门的时候已经找不到证据了——没有监控，没有目击者，就连她体内的证据都因为她的无措而被洗掉了。

事情闹得这么大，整个公司都知道了这件事。可女生拿不出证据，高层又有钱有背景，律师步步紧逼，说她诬陷。情急之下，女生说自己有证人。她说自己的好朋友克里斯汀看见高层把自己拖进了房间，她说自己的好朋友可以为她做证。

她以为克里斯汀会帮她做证，毕竟她们是最好的朋友。可克里斯汀没有看见，她要帮忙，就要做伪证。于是警察上门询问的时候，克里斯汀否认了。

女生因为这个证词被认定是诬陷，事情不了了之，高层什么事都没有，女生却因此精神失常，甚至爬上公司顶楼企图自杀自证。虽然最后被救了下来，但她一直没有痊愈，在疗养院一住就是许多年。

那段时间，克里斯汀无论是在公司还是在宿舍，都能感觉到四周刺眼的目光。她们斥责她，鄙夷她，认为她背叛了友情。

最后是林秀熙凭借自己的背景施压，将那位高层从公司开除了。

克里斯汀抬起头来，眼眶通红，脸上却露出了古怪的笑容："于是她成了英雄，而我彻底沦为反派。"

成年人的世界，哪儿有单纯的好与坏。林秀熙施压开除高层，或许并不是因为她心善想帮那个女孩出头，但她的确做了件好事。而克里斯汀拒绝做伪证，站在法律层面来说是公平公正的，可她也的确在道德层面受到谴责……这世界没有单纯的好与坏，也没有纯粹的黑与白。事情已经过去这么多年，当年就已经尘埃落定的事情，现在也无须去论证一个正确的结果。

赵虞只是告诉她："汀汀，你得向前看。"

克里斯汀埋下头，用勺子舀了两口汤饭塞进嘴里，眼泪却大滴大滴落进了碗里。她后悔过吗？或许只有她自己知道了。

三人谁都没再说话，沉默地吃完了一顿饭，最后克里斯汀擦干了眼泪，笑着回答："我会的。"

林之南八卦的欲望终于得到满足，但听完整件事的来龙去脉，她心里更压抑了，中午睡午觉的时候，抱着枕头偷偷摸到赵虞床上。

赵虞正睡得迷迷糊糊，感觉旁边蜷进来一个人，就知道是她了。

林之南用手指戳戳她又长又密的睫毛，好半天才小声问："虞虞，我问你啊，如果我也发生汀汀朋友那种事，你会帮我做伪证吗？"

赵虞依旧闭着眼，嫌弃地把她的手指拍开："你这个问题跟你和我妈同时掉进水里我先救谁有什么区别吗？"

林之南作势掐她脖子："快回答！"

"不会。"

林之南愣了愣，然后听到她说："但我会把伤害你的人化学阉割。"

她不会什么都不做的。

林之南高兴地在她脸上吧唧亲了一口。

赵虞手脚并用把她蹬开："你的口水！！！"

两人在床上张牙舞爪地拉扯了一会儿，才并排躺下来，看着天花板发呆。林之南叹气说："哎，汀汀虽然很可怜，但林秀熙因为这件事一直针对她也好像没错……就……心情好复杂哦。"

赵虞数着头顶吊灯灯罩上的圈："也不光是因为当年的事吧。"

林之南转头："嗯？"

赵虞："林秀熙更生气的是一个身份地位都不如自己的平民人气却渐渐超过自己吧。"

林之南想了想："也是，她那么高傲。"她转身抱住赵虞，"啊，外面好危险，我想回家了。"

但谁都知道，以 Shining Five 现在的势头，合约到期之后肯定是要再续的。国民女团的地位来之不易，谁也无法保证单飞之后还能不能保持如今的人气——她们组成了 Shining Five，Shining Five 也成就了她们，这样的关系不可割舍，如果解散单独发展，很可能会失去这样的优势，沦落为众多艺人中平凡的一员。这都是在以前解散的组合中有迹可循的规律，所以只要她们还想火，还想坐稳国民女团地位，就不可能解散。

✦04✦

疗养院事件没有在网上掀起什么浪花，毕竟事隔多年，公司公关对克里斯汀的形象也一直维护得很好。

演唱会结束之后，克里斯汀出演的偶像剧也播了，她在剧中的角色非常讨人喜欢，因此人气大涨，剧播出的那段时间，个人讨论度甚至盖过了赵虞。

这就是这个时代影视圈能给艺人带来的红利，大多数流量明星都免不了出演电视剧进行转型。

赵虞对此不怎么在意，林秀熙倒是气得够呛。她参演的电视剧没有克里斯汀那部火，想当初，那还是她挑剩下公司才给克里斯汀的，谁能料到如今这个结果，后悔也来不及了。于是私下相处时两人矛盾更甚，之前克里斯汀都躲着她，被怼了也只是沉默，最近不知道是不是人气暴涨的原因，突然硬气了一些，林秀熙怼她的时候，她也会反击两句。

赵虞每次都要出声阻止——林秀熙有些怕她，毕竟打不过；克里斯汀也听她的话，会再次沉默。赵虞感觉公司真应该给自己发一个和事佬奖杯。

林之南时常偷偷感叹："团内这么乌烟瘴气的，真不知道还能一起走多远。"

但谁也没料到，意外会来得那么快。

圣诞节之后，Shining Five 的第四张专辑刚刚发布，网上突然爆出了一条丑闻——Shining Five 某成员跟公司高层搞地下恋，借此争夺资源，而这位高层是已婚男士。

粉丝都还在高高兴兴庆祝四专的上线，努力打榜，热门第一还是有关专辑的新闻。没想到转眼之间，专辑的热度就被这条丑闻取代了。

爆料是高层的妻子亲自在 INS 上发的。

女人的直觉是敏锐的，她闻到了丈夫身上陌生的香水味，还发现了衬衣上的长发，怀疑丈夫出轨，于是找了私家侦探秘密调查。侦探在酒店车库拍到了他跟一名女性亲密出行的照片：高层替对方拉开车门时，两人亲密拥抱，挽着手走入电梯；最后一张是高层将人送回家，女生走进了 Shining Five 住的小洋房。照片上的女生穿了一件长款的卡其色大衣，衣服领子竖了起来，外面围了一条黑色的围巾，将下半张脸都裹住，又戴着口罩和帽子，帽檐搭下来，完全看不见脸。

高层的妻子说，希望这位成员能主动站出来向自己道歉，否则她绝不善罢甘休。

一石激起千层浪，谁还在乎 Shining Five 今天发售第四张专辑，每个人都在疯狂猜测照片上的人到底是谁。

因为对方全副武装，而且照片拍得较为模糊，又是冬天穿得很厚，无法通过身材判断，只有最后一张走入 Shining Five 宿舍的照片能确定这确实是五人中的一个。然而很快有火眼金睛的网友们扒出来，这件卡其色的大衣，前不久林之南出席一个代言活动时穿过。

仅仅凭借一件衣服，网友们很快就认定照片上的人是林之南。

赵虞知道这件事时，已经是晚上了。她录了一档室内访谈综艺，五个小时的录制，出来时头都是闷的。刚一出录制棚，助理就把这件事跟她说了。

赵虞都蒙了："怎么可能？不可能是南南！手机给我！为什么不早点儿跟我说？！"

助理哭丧着脸："我也想，但是哥不准我打扰你录制。"

赵虞一边给林之南打电话一边往宿舍赶，打到第三遍时才有人接。

她火急火燎地开口："现在什么情况？你在宿舍吗？我马上回来，联系公司辟谣了吗？"

那头沉默了好一会儿才传来林之南低沉的声音："没用了。"

赵虞直觉不妙："什么没用……"

旁边的助理急吼吼喊出来："公司刚刚发声明了！开……开除组合成员林之南……那位高层也在 INS 上道歉了，说对不起大家！"

赵虞的心狠狠沉了下去。

林之南的声音很低："他们收回了我所有的海外社交账号，改掉了密码，我现在唯一能登录的就是微博。但是没用了，我解释也不会有人相信的，他们用开除我的办法坐实了这件事，我没有证据证明那不是自己。"

爆料已经过去好几个小时了，公司那边应该早就知道了这件事，也从高层的妻子那里得知了她手上唯一的证据就是那几张照片，她不知道出轨对象到底是谁，所以她才会让对方主动站出来承认。可因为那件大衣，目前网友们都认定那是林之南。而林之南是团内人气最低的，让她来顶下这条丑闻，然后将她从组合除名，是保住 Shining Five 最好的办法——照片上的女生一定是 Shining Five 中的一员，而这个人只能是林之南。

如今公司的开除声明和高层没有辩解的道歉，都是在变相默认林之南就是照片上那个人，没有人会相信她口说无凭的解释。

赵虞将手机狠狠砸向车窗。

宿舍外头蹲守着不少记者，见到赵虞一窝蜂涌上来。

赵虞在助理的护送下往里走，突然听到有记者大声问："请问作为团内仅有的两个中国成员之一，你对你的队友做出这样无耻的事有什么想说的吗？"

赵虞猛地回过头去。闪光灯比任何时候都刺眼，拍下了她愤怒又冰冷的表情。

她说："照片里的人不是林之南。"

"那是谁？"

"除了她还有谁？你认为是谁？"

"公司已经做出开除声明，事实如此，你为何还要替她狡辩？"

赵虞想冲上去砸掉他们的相机。

助理急得快哭出来了："走吧！快走吧，别跟他们吵了，先去见南南要紧。"

赵虞总算转身，疾步朝宿舍走去。

客厅的灯大亮着，林秀熙和Heya今天出外景，只有克里斯汀在。公司的人刚刚离开，带走了林之南已经签完的解约协议。

赵虞直奔坐在沙发上的林之南而去。她低头坐着，神情很平淡，眼底却有深深的无力和疲惫。这么多个小时，她一定挣扎过，反抗过，辩驳过，可最终她还是签下了那份解约文件。

资本的世界是不讲道理的。

看见她回来，林之南抬头，努力朝她笑了笑。

赵虞捏紧了拳头。她闭了下眼，缓缓转身，看向坐在旁边的克里斯汀："是你吧？"

克里斯汀猛地抬头，瞪大了眼睛看着她。

赵虞一字一顿地说："照片上的人是你吧？"

屋内静得连呼吸声都清晰可闻。

克里斯汀定定地看着她，像僵住了一样。

赵虞一步一步走过去，拿起她搁在旁边的手机，递到她眼前："登录账号告诉所有人，照片上的女生不是林之南，是你。"

克里斯汀平静的表情终于在那双不带情绪的眼睛的注视下缓缓崩塌。她垂下眸，唇角弯了一下，自嘲似的笑起来："你从来没有真正把我当作朋友吧？"她慢慢抬起头，笑意也散在唇角，"只有林之南才是你的朋友，不是吗？"

赵虞有些疲惫地闭了闭眼睛："我现在不想和你讨论这件事，要么你解释，要么我来解释。"

克里斯汀猛地将她的手挥开，手机从赵虞手里飞出去，狠狠摔在地上。

克里斯汀双眼通红，几乎声嘶力竭："你只担心她是吗？！你让我解释，你让我去承认，你就不担心我被毁吗？！"

赵虞看着她的眼睛："汀汀，事情是你做的，你应该承担全部后果，而不是让别人背锅。"

克里斯汀咬着牙反驳："不是我！"

赵虞语气很平静："是你。那天你穿着那件大衣出门时，我刚好回宿舍取文件，我看到了。因为疗养院被拍事件，你变得很警惕，所以你穿了南南的衣服出门，并且将自己全副武装，你早就做好了就算被拍也绝不承认的打算，我说的对吗？"

克里斯汀的眼睛越瞪越大，死死盯着她。

赵虞从衣服兜里拿出自己的手机。

克里斯汀猛地站起身，一把捏住她的手腕。

赵虞抬眸看她，眼前的少女还是那副单纯无害的模样，眼睛红得几欲滴下血来，嘴唇却在颤抖，很轻很轻地乞求她："求你了，虞虞……求求你，不要这样。"

赵虞无动于衷，一根手指一根手指地将她的手掰开。

克里斯汀看着她好一会儿，终于从那双眼睛里看出她的决绝，突然古怪地笑了一声："你解释啊，你去说啊，你以为谁会信？谁不知道你跟她关系好？她已经解约了，她只会把你也拖下水。你不是说过，你想成为谁也撼动不了的顶流吗？只有我可以陪你，只有 Shining Five 存在才能让你实现梦想。你想毁了我？你也想毁掉你的梦想吗？"

赵虞像看一个陌生人一样看着她，震惊，失望，又厌恶。

克里斯汀熟悉这样的眼神，曾经很多人都这样看着她，令她在无数个夜晚崩溃痛哭。她明明什么都没做。她不愿意做伪证错了吗？她不想得罪高层影响自己的人生错了吗？她不想再被林秀熙这样的人颐指气使错了吗？她想获得更多的资源彻底改变自己的命运错了吗？可所有人都觉得她做错了。现在连她唯一的朋友也这么看她。

少女的眼里涌上了深深的怨恨，她终于崩溃了似的，歇斯底里地推开赵虞："当初如果不是你，我早就跟安泽文在一起了，又怎么会沦落到去爬一个四十多岁老男人的床！是你害了我，你现在又凭什么指责我？！啊？！你凭什么？！"

赵虞被她推得跟跄了两步，抬眸时，看见屋外不知何时飘起了雪。她突然想起，三年前也是圣诞节这一天，她和林之南怀揣着大大的梦想，登上了来韩国的飞机。那时候，她们一定没想过能走这么远。

林秀熙不知道什么时候回来了，就站在门口，抱臂靠着墙壁，看戏似的看着她们，似笑非笑的脸上丝毫不掩幸灾乐祸。赵虞仿佛听到她在说："我警告过你的吧。"

赵虞缓缓环视屋内，看戏的队友、疯狂的队友、沉默的队友……那一瞬间，赵虞突然意识到，没必要了，这个团没有存在的必要了。

圣诞节结束的这个凌晨，Shining Five 成员赵虞在各大社交平台宣布退团，退团声明很简洁，也很直白——

@Shining Five- 赵虞："公司颠倒黑白，队友构陷他人。从今日起，我不再是 Shining Five 的一员，就此退出，再无瓜葛。"

如果说之前的丑闻只是一石激起千层浪，那赵虞的退团声明就是深水炸弹，彻底炸翻了中韩两国的娱乐圈。

退团声明出来的前一刻，网友们还在疯狂辱骂林之南：团粉骂她作死连累整个团；唯粉骂她令粉丝寒心，多年支持的真心实意就当喂了狗；路人网友骂她不知廉耻，破坏别人家庭，叫嚣着让她滚出娱乐圈。

然后他们看到了赵虞的退团声明。"公司颠倒黑白，队友构陷他人"，十二个字清晰明了，什么意思显而易见。

众所周知，Shining Five 的合约还有大半年才到期，正处于巅峰期的国民女团无论是地位还是人气目前圈内都无人能及，续约几乎是板上钉钉的事，没有人会拿自己的星途前程开玩笑。赵虞却在此时此刻毁约退团，且直指这次的丑闻真相。无论是网友还是粉丝都愣住了，难道……这件事还有什么他们不知道的真相？可公司都发声明了啊，出轨的高层也道歉了，他们根本没有反驳照片上的人是林之南这点啊。

赵虞是 Shining Five 的 C 位，是团内人气最高的成员，她不会不知道在这个时候为林之南说话会给自己带来什么影响，但她还是说了，不仅说了，还用实际行动来反抗公司的声明。那可是退团啊！如今林之南被开除，赵虞宣布退团，Shining Five 就只剩下三个人了。只有三个人的 Shining Five 还是 Shining Five 吗，还能走下去吗？赵虞做出这样赌上自己星途的决定，林之南真的是被冤枉的吗？

林之南人气虽然低，但死忠粉也不少，他们坚信自己的偶像不是那种人，在大部分人脱粉反踩的时候都还坚持着，企图等一个偶像本人的解释。但林之南的社交账号一直没有动静。就在大家逐渐失望寒心的时候，他们等到了赵虞的退团声明，就好像绝境之中扔下了一根救命的绳子。大家都知道队内的两个中国成员关系很好，网上还有她们的"鱼脑"CP粉，赵虞这时候站出来为林之南说话，甚至做出退团这么重大的决定，可见事实并非如此！

而虞美人们本来都在默默吃瓜，毕竟知道两人关系好，不好在这种时候落井下石，就一直没有参与，没想到转眼瓜就吃到了自家头上。

一瞬间，网上的热议比之前更疯狂了。

舆论逐渐反转，毕竟赵虞那句话指向性太强了，摆明了就是在说林之南替人顶锅，照片上的人是另外三个队友中的一个。

这一下，另外三家的唯粉当然不干了。你说队友构陷就构陷？铁证如山，高层都道歉了，你口说无凭，凭什么污蔑其他队友？就因为你们关系好？！

大家各执一词，吵得天昏地暗。

而宿舍内，赵虞已经拉着林之南上楼开始收拾行李了。

林之南还怔怔的，看着赵虞打包衣帽间的衣服鞋子，好久好久终于回过神来，着急得快哭出来："你是不是疯啦？！你退团干什么啊？"

赵虞叠着衣服，头也不抬："这团待着我恶心。"

林之南冲过来把她手上的衣服夺走，有些崩溃："你知不知道你在做什么？我们好不容易……好不容易才走到今天这步，你现在是在做什么啊？你不想红了是不是？"

赵虞抬头看着她，被诬陷都没哭的人现在哭得稀里哗啦，不由得"扑哧"一声笑了出来。

林之南被她气得又哭又笑："你还有心思笑！"

赵虞耸了下肩："声明都发了，不退也得退了。"她深深吸了口气，握住林之南的手，就像出道首秀那一晚握着她的手向她保证一样，"我在这里可以火，回国了照样可以。"

她笑起来："大不了，从头开始。"

林之南呆呆地看着她。无论什么时候，无论处于怎样的低谷，虞虞眼中的光从来都没有熄灭过。她好像永远都这么自信、勇敢，闪闪发光。真幸运啊，自己能和这样的人做朋友。

赵虞用手指戳了一下她的脑袋："愣着干吗，去收拾行李啊，准备回家啦。"

林之南点点头，跑回自己的房间开始打包。

楼下突然传来急切的敲门声。这么晚会赶过来的，只能是公司的人了。赵虞看见一行人急匆匆进来，神情又震惊又愤怒，一点儿都不意外。

经纪人大吼大叫："你知不知道你这是毁约？"

赵虞一边折着衣服，一边转头冲他们甩了个非常灿烂的笑容："知道啊，不就是赔钱吗？"她笑着一挑眉，看上去嚣张极了，"姐有钱。"

经纪人脸都气绿了。

因为赵虞出其不意的退团声明，公司连夜召开紧急会议。时间一分一秒过去，天边泛起了鱼肚白，他们依旧没有找到解决办法。赵虞是 Shining Five 的王牌，是人气 C 位、主舞、门面，有她在的 Shining Five 才是国民女团，如今她玉石俱焚，用毁掉自己的方式毁掉了 Shining Five，他们一点儿办法都没有。

已经睡了一夜的网友们开始了新的一天，有关 Shining Five 的新闻又开始了新一轮的热议。但所有人都清楚知道，Shining Five 已经在昨夜死去了。剩下的三个人与其强撑着继续以 Shining Five 的名义活动，不如早日单飞。

粉丝们却几乎一夜未眠，他们愤怒、担忧、疑惑，群情激愤地要公司给一个真相和说法。

媒体记者也纷纷蹲守公司和宿舍，企图拿到这次爆炸新闻的第一手资料。

事情发生后的第二天早上，他们终于等来结果——经纪公司发表声明，正式宣布 Shining Five 解散。

虽然早已料到这个结果，但官方声明一出，讨论的热浪还是瞬间席卷了网络。各种声音都有，大多围绕着赵虞这个中心人物。

不过赵虞对网上的舆论并不关心。她跟公司撕破脸闹成这样，解约肯定不能善了，就算赔钱，公司也不会这么轻易放她走，她跟他们还有一场硬仗要打。

林之南定了最早一班回国的飞机。她留下来也帮不了什么忙，这样的时刻，她比任何时候都想家，想待在父母身边。

赵虞因为要解决合约的事情，还要在韩国待一段时间，没有送她去机场。两人在宿舍抱了抱，倒没那么伤感，只笑着说回国见。

回国之后，会有崭新又广阔的新世界等着她们。

上飞机之前，林之南登录了唯一还由自己掌握的微博，发表了出事以来的第一条声明——

@林之南："照片上的人不是我，正在整理证据，回国之后会一并发布。对了，麻烦微博的工作人员帮我修改一下认证吧。谢谢 Shining Five，再见。"

事件人物终于露面，并且直接否定丑闻，还说会发布证据，如此铿锵有力，一点儿也不心虚的样子，更坐实了大家对韩国经纪公司的怀疑。不是林之南，不是赵虞，公司想保的人到底是谁？这下，国内的热搜又爆了。

林之南并不在乎网友如今的猜想和质疑。她虽然不够聪明，总是循规蹈矩，是个很容易被欺负的老实人，但她不愚蠢。昨晚赵虞跟克里斯汀吵架的时候，她不动声色打开手机录了音。只是吵架期间赵虞有几句话比较冲，她担心直接发出来会给虞虞招黑，毕竟她是粉丝心中的完美偶像，还是等回国之后剪辑一下再发吧。

发完微博，林之南就关机了。飞机缓缓滑行，窗外蓝天白云，她感觉自己被阴霾笼罩的心情瞬间好了不少。

空姐似乎认识她，送红酒时投来异样的眼神。林之南戴上眼罩，心里想着，Who Cares。

赵虞把林之南送上车后就又回宿舍睡觉了，她并不着急解约的事情。木易那边来了电话，说今天会派人过来协助她解约，让她千万稳住。她虽然是木易旗下的艺人，但成团合约里木易只占了百分之二十的股份，没有话语权，可如今闹到解约的份上，木易自然是向着自家艺人的。

今天之前，木易不清楚林之南手里有没有自证证据，也不敢贸然以公司的名义澄清，现在林之南发了微博，心里才算有了底，已经派人去机场等着，等林之南回国就接她回公司，商议澄清公关。

赵虞一觉睡到中午，起床的时候宿舍冷冷清清的，一个人都没有，毕竟 Shining Five 解散了，大家都要处理合约的事情，重新规划今后的发展。她点了个外卖，一边吃一边回复微信好友的消息，让他们无须担心。

蔺忆作为赵虞超话的小主持人、赵虞官方后援会管理成员，一向冲锋陷阵走在最前面，此时突然发过来一大串感叹号。

忆忆："劲爆！虞虞你太 A 了！！！"

赵虞咬了口炒年糕，回了一个问号。

忆忆："克里斯汀太不要脸了！是你害了她这种话也说得出来？她自愿爬老男人的床当小三还有理了？白眼狼！没良心！恶心吧啦！虞虞你快点儿回来吧，外面太危险了，回来我们保护你！"

赵虞夹菜的手一顿，回复消息："你从哪儿知道她说这些话的？"

忆忆："视频都上热门第一了，你不知道？！大快人心啊！现在大家都在为南南鸣不平，激情辱骂克里斯汀！"

赵虞皱了下眉，退出微信，打开网页。果然，她昨晚和克里斯汀吵架的视频被拍了下来，不知道被谁上传到了网上，不过半小时，播放量已经过亿，登上了国内外各大社交平台的热门第一。视频里，克里斯汀的神情疯狂又扭曲，那一句"沦落到去爬一个四十多岁老男人的床"听得清清楚楚。

赵虞看了看视频，又转头看向客厅的门口。

这个角度⋯⋯

她拨通了林秀熙的电话。

那头一接通就笑吟吟地问："怎么？看到视频了？"丝毫不掩饰那个视频是她拍的。

赵虞还没说话，林秀熙又说："不用谢我，我也不是为了帮你。现在散团了，她就是我最大的竞争对手，搞臭她我乐意至极。行了，没事我挂了，我这边见新经纪人呢，再见。"

赵虞笑了下："再见，队长。"

半个月后，赵虞正式解约，彻底了结了这一切。

而这半个月的时间里，有关那件丑闻的反转已经人尽皆知，哪怕不追星不混韩圈的人都听闻了这桩惊天反转大丑闻，大家纷纷表示：你们娱乐圈真的太乱了！

赵虞觉得这应该是 Shining Five 最火的一次了，可惜也是最后一次。

那天之后，她再没有见过克里斯汀。

✦05✦

带着解约协议，拎着行李，赵虞终于踏上回国的飞机。

离家三年了，当初离开时，她还是一个做什么决定都要和父母商量的不谙世事的天真少女，而如今，她满载光芒归来，见过世界艰险，也经过无边黑暗，她从深潭泥沼里蹚过，依旧光明磊落。

一月份的北京大雪漫天。

赵虞下飞机时，突然有种恍如隔世的感觉。

微信上收到蔺忆发来的消息："出来了吗？出来了吗？我腿都站僵了！"

赵虞回她："五分钟。"

韩霜带着助理走在她身边，帮她推着箱子，笑着说："听说你的粉丝组织了接机，希望人不要太多，不然你就得挤出去了。"

人不多是不可能的。赵虞走到出口通道时，就看见大片绵延的粉。那么多那么多人，拥挤却又有秩序，好像整个机场都装不下他们。

她听到他们整齐又喜悦的喊声，他们一遍遍喊着："赵虞，欢迎回国！"

她的粉海，她的家。

赵虞回国的消息在热搜挂了一整天，话题点进去，所有人都在说"欢迎回国"。

尽管不是她的粉丝，尽管是不混粉圈的路人，也在这次的丑闻栽赃事件中对这个爱憎分明、像火一样热烈的少女有了深刻的好感。毕竟在人气巅峰期为保护队友挺身而出的勇气，不是每个人都有的，设身处地地想一想，如果是自己站在那样的境地，会做出跟赵虞一样的选择吗？大多数人都是迟疑的，而正因为这份迟疑，对她更是佩服。

粉丝接机的视频也上了热搜，少女站在一片粉海中笑意分明，好像每一根头发丝都在发光，让人心动，想靠近。

点进赵虞相关的话题，能看到无数人在喊着转粉。虞美人们兴高采烈地掏出各式各样的视频和照片推荐着自己的偶像。

——看看这个人间妖精！妖精回眸一眼，我魂勾走一半！

——主舞的实力，门面的颜值，入股不亏！

——回国新征途，一切从头来，王者养成的快乐，你值得拥有！

——姐姐杀人不用刀，全靠腰！细腰梅花我吹爆！腰这么细，一定很好掐吧QAQ……

——/赵虞solo舞台集锦－链接/赵虞超燃抖胸卡点－链接/赵虞练习室版舞蹈合集－链接/赵虞跳舞名场面飒人不偿命－链接/

……

赵虞坐上车，随手翻了翻手机，靠着背垫美滋滋地感叹："还以为回国就要从头开始，没想到好像比之前更火了？"

三年未见，她身上最吸引人的那份真实和纯粹依旧没变，韩霜忍俊不禁："好歹也是国民女团的C位，就算现在没有团了，人气也不会低。不过现在你先回家好好休息一段时间，等你休息够了，我们再商量你接下来的发展。"

赵虞偏过脑袋看她："我不想Solo。公司还没推过两人女团吧，要不要试一试？我和南南，组合名字我都想好了，就叫Twins怎么样？"

韩霜愣了愣，愕然问："南南已经跟公司解约了，她没告诉你吗？"

赵虞"噌"的一下坐直了身体。

韩霜赶紧解释："和平解约，是她主动提出的，她说不想当艺人了，想转幕后。公司虽然觉得很遗憾，但还是尊重她的意愿，当天就签了解约合同。"

赵虞完全不知道这件事。

她知道林之南是什么事都习惯自己默默消化的性格，这次的诬陷她也一定受到了很大的伤害，但赵虞没想到这件事对她的打击会严重到让她做出这样的决定。

她第一时间就想给林之南打电话问清楚，但点开通讯录又迟疑了。解约这么久，如果她愿意告诉自己，应该早就说了吧？到现在还没说，她应该是有自己的打算，还是暂时不要贸然询问了。

赵虞闷闷不乐地把手机塞回兜里。

韩霜安慰道："其实以你现在的实力和人气，Solo是最好的。每个人都有自己的追求，南南一定也是考虑清楚了才会做出这个选择。别想太多，好好给自己放个假。你爸妈过来了吧？"

赵虞点了下头。

江蕾和赵康宁一年多没见到女儿了，提前一周就来了北京，在木易工作人员的协调下给赵虞租了一套四室两厅的宜居大房子，小区里住的明星不少，安保和环境都很好。这一周两人就忙着布置新家，水电气网全部搞定，赵虞回来直接可以拎包入住。

车子开进地下车库，赵虞没让韩霜送，推着行李走进电梯，按了九楼的按键。电梯里贴着广告，这种被熟悉的中文包围的感觉实在久违了。

　　出了电梯，她推着行李箱刚找到新家门口，还没来得及敲门，房门就从里面"啪嗒"一声打开了。赵康宁穿着拖鞋，几乎是从里面蹦了出来："幺儿！"

　　赵虞张开双手给了爸爸一个熊抱："爸爸，我回来啦！"

　　江蕾听见动静从厨房里跑出来，一看到女儿，眼圈就红了。

　　赵虞也有点儿想哭，但这三年里，她的心性已经磨得很坚强了，于是只温柔地抱住了妈妈。

　　江蕾摸摸她的头，又捧着她的脸亲了亲，左看右看，好像怎么都看不够一样，然后笑着说："你爸半小时前就守在门口听动静，突然开门吓了你一跳吧？"

　　赵康宁接过女儿的箱子，顺道瞪了妻子一眼："我没有！"

　　江蕾想起厨房点着火的灶台，赶紧转身："幺儿你先去洗手换身衣服，菜马上好了。"

　　房间里开着暖气，厨房里传出高压锅嘟嘟嘟的声音，赵虞还闻到了熟悉的回锅肉的味道。此时此刻，她才真实地觉得自己回来了。

　　她终于回家了。

第六章

荊棘之路

✦01✦

仿佛手脚退化的废人休假模式开始了，赵虞每天啥也不用干，喝水都是赵康宁宝贝似的端着杯子喂到她嘴边。赵虞一开始还有点儿不好意思，毕竟她已经长大了，已经不是当年那个娇气的小姑娘了。但在享受了一段时间爸妈无微不至的照顾后，她立刻把自己在外打拼几年锻炼出来的独立和坚韧抛到了九霄云外。

"爸，手机。"

"妈，橘子。"

"爸，关下窗，有点儿冷。"

"妈，开空调通下风，有点儿闷。"

"爸，帮我手机充个电。"

"妈，袜子扔盆子里了啊。"

两人被女儿使唤得非常开心，恨不得一天二十四小时都围着女儿转，像是要把她这几年在国外吃的苦弥补回来。

一周后，江誉结束工作回到北京，于是"伺候"赵虞的人又多了一个。

江誉怎么也没想到自己这个外甥女真的能成功，她撒娇耍赖要当练习生的场景还历历在目，似乎只是转眼之间，她就成了目前圈内最红的女艺人之一。昨天收工的时候，工作人员还凑在一起商量，说下个综艺想请赵虞当常驻 MC，不知道能不能请到。

江誉简直啼笑皆非。圈内知道两人关系的人很少，毕竟赵虞是在韩国出道的，跟国内的合作一直很少，不过现在回了国，国内的事业也该搞起来了。

他把三档新综艺的策划书扔到外甥女面前，非常霸气地说："挑一个吧。"

赵虞盘腿坐在沙发上吃橘子，翻了两下，一副欠揍的语气说："舅，你知道我出场费很高的吧？最多给你打个九折哦。"

江誉："嗯？"

两人闹了一会儿，江誉正色道："你目前在国内的热度的确很高，但你必须承认，这归功于之前闹出的那件丑闻。而且这虽然扩大了你的知名度，但真实的流量是虚高的，你之前的活动一直是在国外，无论是代言还是演出，在国内都没有数据。除掉你在海外的人气，单从国内来看，你的商业价值是达不到资方要求的，虽然还不到从头开始的地步，但接下来的路也不会太顺利。国内女艺人之间的竞争可不比国外弱。"

这些道理，赵虞其实都明白。她跟国内资本还没打过交道，他们不可能完全信任她，一上来就给她像之前在韩国那样的顶级资源。她得先交出一份让资方满意的答卷，证明自己在国内的人气，然后慢慢重登巅峰。

她不得不也必须接受自己在国内外地位的落差——她不再是国民女团的 C 位，她只是一个退团回国的唱跳艺人。

平常心很重要。

赵虞吃完橘子，擦擦手，开始仔细翻看江誉给她的三份综艺策划书。都是新综艺，拟邀的嘉宾知名度和热度一般，投资不算很大，但已经是江誉能拿到的最好的资源了。

赵虞只喜欢舞台，其实不太想上综艺节目。但她也知道，自己现在最重要的就是要在观众眼前混个脸熟。

最后，在江誉的建议下，赵虞选了一档户外冒险类的综艺节目。

她的假期明天就结束了，木易那边为她做的发展规划也已经完善，于是翌日赵虞就带着综艺策划书去了公司。

她走时还是个默默无闻的练习生，再归来，连前台小妹都脸红心跳地跑上来要签名。赵虞看着新装修过的公司大楼，一时感慨万千。

她跟木易的艺人合约还有一年，木易一直以来对她都不错，虽然比不上大公司，但她暂时不打算解约，也相信他们会拿出最大的诚意。更何况木易的老总杨洁是江誉的朋友，当初就是江誉拜托了杨洁，赵虞才会进入木易当练习生。如今看来，那的确是一个双赢的抉择。

看到江誉给的综艺资源，杨洁一点儿也不意外。双方开了几个小时的会，木易给她的个人规划的确不错，从综艺到商演到代言，每一个环节都没落下。

韩霜从练习生部门调任，成了赵虞新的经纪人，开完会，她神秘地笑道："带你去见见你的新团队？"

赵虞："好啊。"

然后她就看见了笑成一朵花的林之南。

赵虞："你你你！你怎么在这里？！"

林之南："我我我！我现在是你的贴身助理，惊不惊喜？意不意外？"

赵虞抬手就把人抓过来一顿爆捶："林之南你是不是有病？！好好的明星你不当，跑来给我当助理？你就算受了刺激也不至于这样自甘堕落吧？！"

林之南尖叫着抱头鼠窜，最后躲到韩霜身后："当助理怎么就自甘堕落了？你不要看不起助理，工作是不分高低贵贱的！而且助理只是一时，我以后是要当你经纪人的！"

赵虞："啥玩意儿？"

林之南："我已经报考经纪人资格证了！"

半个小时后，两人各捧着一杯奶茶坐在公司顶楼的天台上。天气还很冷，但天空难得透出明媚的阳光。

林之南眯着眼靠在赵虞肩上，语气里都是惬意："这一个月我想了很多，从我决心当练习生到退团，最后我得出一个结论，我不适合当明星。"

赵虞："你放屁。"

林之南不理她："当练习生时，我是大家眼中的努力狂魔，这样的努力放在你身上，你就能脱颖而出成为最出色的那个，可放在我身上，我只是那个靠努力弥补天赋的平庸者。虞虞，我们都不能否认，在训练营里，我是借着你的人气和热度才出道的。我俩的CP（Coupling，源于日本ACGN同人圈，表示人物配对的关系）叫啥来着？鱼腩CP对吧？"

她笑起来，嘬了口奶茶："靠着你，我出道了，可我还是团里人气最低、最没存在感的人。圈内一直有种说法，有些人天生没有观众缘，无论他演技多好，长得多好看，实力有多强，就是不火。"她叹了口气，"事到如今，我不得不承认，我就是这种人。"

赵虞不知道该说什么。

林之南坐直身体，反倒安慰她："这三年，我已经为梦想努力过了。我来过，已经站在巅峰看过最美的风景，现在离开也没有遗憾啦。"

赵虞："但是……"

林之南一把握住她的手："你不是说过，追不到的梦想换个梦不就得了？我现在的新梦想就是早日考到资格证，当你的经纪人！我好歹也在圈内混了三年，人脉也很广的好吧！"

她眼睛亮晶晶的，赵虞从没看过她这么自信的样子。

"现在，轮到我带你飞了！"她笑着说，"我会把你送上巅峰的。"

赵虞看着她，半晌，在阳光下伸出手："那好吧，林经纪人，合作愉快。"

林之南重重跟她击了下掌，赵虞的手掌心都被打红了，火辣辣地疼。

赵虞："……"

林之南："……对不起，有点儿激动。"

两人正闹着，天台的门突然被推开，韩霜拿着手机匆匆走进来，脸上的表情仿佛中了五百万似的："小虞，看到我给你发的微信了吗？《荆棘之路》的总导演刚来了电话，邀请你参加录制！"

赵虞一脸茫然："《荆棘之路》？"她刚回国，对国内的节目实在不太了解。

倒是旁边的林之南惊讶开口："是传言沈隽意会参加的那档大制作综艺吗？"

赵虞："……"

啥？谁？！

✦02✦

《荆棘之路》的总导演邀请沈隽意参加这档综艺时想到过各种困难，比如没有档期、身价太高、要求干预后期剪辑……这些他都可以接受！毕竟有了沈隽意就有了热度和收视率，投资这么大，本就是冲着顶流的市场去的。

但他万万没想到，在沈隽意的经纪人已经跟他口头谈好各种条件、决定签约的前一刻，沈隽意本人会提出这样的条件，这位顶流吊儿郎当又理直气壮的语气现在还历历在目——

"你说这节目到时候是嘉宾两两组队，最后还要一起完成舞台表演，那你们邀请的嘉宾中有舞台实力配得上我的人吗？"

"夏元？夏元这种跳三分钟喘半小时的弱鸡也配跟我合作舞台？霍希还差不多。"

"我对舞台的要求可是很高的，会拉低我舞台效果的嘉宾我是不可能跟他搭档的。除

141

非你们能请到一个唱跳实力跟我不相上下的人。找不到？那算了吧，有机会再合作，再见。"

总导演："……"顶流了不起啊？！

节目组这边早就跟营销号透露了沈隽意会参加的消息为节目造势，投资方也都认可沈隽意，有他在才愿意投这么大笔钱，结果现在合约都拟好了，你就因为嘉宾配不上你不来了？这不是欺负人吗？放眼整个圈子，除了霍希，谁能配得上你的实力？可沈隽意和霍希他们只请得起一个啊！

接完电话，总导演整个人都裂开了，他甚至气到转头就去联系霍希的经纪人——大不了换个顶流，没你不行了是吗？！结果霍希没档期，还真是没沈隽意不行。

总导演愁啊，心里苦，一把一把掉头发。整个制作组也陷入了阴霾之中，开始满娱乐圈寻找能在唱跳实力上跟沈隽意这个舞台王者相媲美的人。

组里打杂的小妹是赵虞的粉丝，在大家愁眉苦脸的时候弱弱举手："那个……导演，你觉得赵虞怎么样？ Shining Five 的主舞，实力非常强的。"

总导演："啊！"

对哦，怎么把这个刚退团回国的新人忘记了——他们只顾着在国内娱乐圈找，赵虞这个刚刚回国的韩国女团 C 位倒是被忽视了。

总导演立刻找出赵虞的舞台视频来看，只看了三分钟就立即拍板："就她了！马上联系她的经纪人。小刘，你去告诉沈隽意，人找到了，问他同不同意。"

这边刚联系上赵虞的经纪人，那头沈隽意就同意了。小刘老实巴交地转述他的原话："他说，看得出来，你们应该已经尽力了，算了，我也不为难你们了，就她也行吧。"

总导演："……"狗东西！

不管如何，好歹是定了下来，整个制作组松了口气。

《荆棘之路》算是今年国内投资最大的一档综艺，赵虞那边当然是不可能拒绝这个邀约的。

在韩霜一番解释下，赵虞才弄明白了这档综艺的性质。从类型上来说，《荆棘之路》其实是一档收集类的户外真人秀，嘉宾一共有八位，每一期都会两两分组，分为四组完成任务。嘉宾需要通过任务收集各种舞台表演所需的物资，比如服装、妆发、歌曲、编舞老师、舞台效果、出场顺序等等。每期主题都不同，任务类型也就不一样，有冒险通关，也有自力更生。任务环节结束之后，嘉宾们就会凭借自己收集到的物资准备表演，然后登上正式的舞台进行义演。而义演所得的款项将全部用于公益，节目每一期都会选择不同的资助对象，比如第一期是帮助失学儿童，第二期是帮助孤寡老人。

正因为它的正能量和公益立意，很得政府看重，无论是拍摄许可还是播出平台的选定都非常顺利。至于嘉宾，除了沈隽意，其他的人气也不低，有当红演员、流量小生，以及虽然没有热度但作品与地位并存的圈内前辈。赵虞能上这档综艺，以她如今刚回国的情况来说，真是高攀了。所以就算有沈隽意在，她也不可能拒绝参加。

跟节目组正式签完合同后，赵虞都还有点儿蒙。这种中彩票一样的大好事，怎么就掉到自己头上了呢？

林之南抱着合同，比她还兴奋，兴奋完了又忧心忡忡地看着她："虞虞，你就要跟沈隽意一起参加节目了，到时候在镜头前可千万别再尿尿的了啊。这是你回国后参加的第一档综艺，多少人看着呢，千万要好好表现，别掉链子！"

赵虞忧伤地叹了口气。

林之南又说："还有最重要的一点，我以前虽然老怂恿你去表白，但在节目里，你一定要跟他保持距离！沈隽意的粉丝有多凶你知道的吧，一点儿没注意就会被骂蹭热度炒CP！你现在正处于积累粉丝的重要阶段，可千万不能被他们撕，不然多少真的假的黑料都给你翻出来！"

赵虞沉重地点了点头。

回到公司，大家对于她能拿下这档综艺节目都很高兴，之前木易给她接的，包括江誉给的那个在内，哪一个都比不上《荆棘之路》，因此就算要修改接下来的行程安排，韩霜也十分乐意。

高兴完了，韩霜一脸正色地嘱咐她："小虞，我问过节目组了，确定沈隽意会参加。到时候在节目里你注意避嫌，千万别给后期恶意剪辑的机会。我们现在这个阶段，经不起他的粉丝撕。"

赵虞："……我知道。"

连江誉知道这件事之后，都来叮嘱了她一番："都有《荆棘之路》了，还管我那综艺干啥？不用不用，你就安心去《荆棘之路》，舅舅当然为你高兴啊。其他都没啥，就是录制期间记得尽量减少跟沈隽意的互动。虽然跟他互动多了你的镜头也会多，但没必要，咱靠自己也能红，不要因小失大，因为他惹一身骚。"

赵虞："……"

沈隽意到底是什么洪水猛兽啊？！

正式签完合同，韩霜就把赵虞会参加的消息透露给了关系好的营销号，网上自然开始议论这件事。有羡慕她刚回国就拿到这么好的资源的，也有怀疑她只是借此炒热度的，粉丝则大多观望不发声，等官宣以免打脸。

蔺忆迫不及待给她发微信："《荆棘之路》？"

赵虞："嗯……"

忆忆："我虞牛！"

赵虞："谬赞了。"

忆忆："等等！虽然但是……你知道我哥也会去这个综艺的吧？"

赵虞："……知道了。"

忆忆："虞虞，我不是因为嫉妒和不爽才说这些话的啊，但是你在节目里千万离我哥远点儿啊！！！不然炒出点儿什么绯闻，薏仁会骂死你的！！！你不混粉圈，不知道我们撕起来有多厉害，以虞美人现在这点儿战斗力肯定撕不过的！"

赵虞："好的，我知道了，我会离他这——————————么远！"

忆忆："哈哈哈，不过虞虞你这是追星巅峰了呀！你就要和哥哥同台了呢！我现在都还记得你当年在演唱会上哭得上气不接下气的样子。"

赵虞："虽然但是……其实我已经脱粉了。"

忆忆："哦，真的吗，我不信。"

忆忆："不过你也不用太拘束啦，节目里该合作还是要合作的，过分避嫌也不太好，正常发挥嘛。你放心，到时候我会好好组织虞美人为你控评的。"

赵虞："其他人知道吗？"

忆忆："知道什么？"

赵虞："我的超话小主持人，后援会管理成员，是个双担。"

忆忆："我还有事，先下了。"

一周之后，《荆棘之路》宣布嘉宾名单，赵虞和沈隽意都在其中。

虞美人们虽然早就收到内部消息，知道偶像会参加，但一直都压着没发，直到官宣之后才开始欢欣鼓舞地宣传：女鹅太争气了，刚回国就拿下这么好的资源，长脸！

八位嘉宾中有六位都是当红艺人，除了沈隽意和赵虞，还有同样是唱跳艺人的夏元、当红小花郑婉怡、流量小生卫池和乐坛小天后孙妍。其他两位是圈内拿过影帝影后奖的前辈，褚尔平和阮风笛。

除了两位前辈，其他六家粉丝都在官宣之后开启了宣传模式。想上这档综艺的艺人不少，现在看到之前风传的赵虞居然真的在其中，简直快酸死了——凭什么啊，一个刚退团回国的小偶像，就算之前在韩国很火，也不至于一回来就上这么好的综艺吧？

不过大家酸归酸，倒也没有怀疑她背后有金主。毕竟要真有金主，之前那件事也不至于闹到退团回国。

网上热议不断，而半个月之后，《荆棘之路》正式开始录制了。赵虞承载着大家"远离沈隽意"的叮嘱，心情沉重地坐上了前往第一期录制地点的飞机。

第一期录制地点在无锡某影视城，嘉宾们都提前一天到了，节目组安排了晚宴，好让大家提前认识熟络，以免第二天录制时尴尬。

韩霜最近在帮赵虞谈一个国民度很高的代言，这次活动没有跟来，赵虞只带了林之南和造型老师，到酒店已经是下午五点多了。

林之南前不久就将自己的个人认证改成了"赵虞团队工作人员"，并在微博上宣布退圈转幕后。网友们的反应跟赵虞当时一样，震惊又遗憾。但在林之南的细心解释下，得知她已经在考经纪人资格证，粉丝难过之后也都表示支持她的选择。

车子开进地下车库时，赵虞看到有拿着红色手幅的粉丝在周围溜达，知道沈隽意应该是到了，不由得有些紧张，更多还是略带兴奋的期待。

这几年两人的交集实在是少，颁奖典礼那一晚她意识到顶流不能谈恋爱后，就再也没有刻意去接近过，虽然也有几次在活动中碰到，但都来去匆匆，打个照面而已。细算她和他相处的时间，赵虞恍然惊觉，从他离开杭州去北京读大学那一年开始，自己跟他几乎就没有过接触了。最长的一次就是那一年演唱会，她在台下看着他，隔着遥不可及的距离。

但这次的综艺录制一期就是三天，她要跟沈隽意实打实地相处三天呢！

见证她这么多年努力成果的时刻就要到了！一定不会再是邻居家的小妹妹了！！！赵虞雄心壮志地握紧了拳头。

林之南："……冷静点儿，你是去录综艺，不是去打仗。"

晚宴时间定在六点，赵虞到房间之后洗了个澡，在箱子里左挑右选，选了一套十分显身材又不失优雅的裙装，换上之后交代化妆师："要那种看不出来的精致素颜妆。"

林之南等化妆师离开才吐槽："知道的知道你是去见偶像，不知道的还以为你去见暗恋对象呢。"

赵虞对着镜子拨了拨空气刘海："亏你还是当过偶像的人，不知道对粉丝来说，见偶像比见暗恋对象重要得多吗？"

林之南："你不是都脱粉了吗？！"

赵虞很满意地拿出手机自拍了两张，回头冲她甩了个 Wink："是脱粉了啊，那也不耽误我美啊。"说罢斗志昂扬地走出了房间。

没想到，一进电梯就碰到了沈隽意。

他住在楼上一层，电梯门打开的时候，赵虞正低头翻手机，听见里头传出一声激烈的"Triple Kill（三杀）"，抬头一看，就跟沈隽意郁闷的眼神对上了。

目光相对，他眼睛亮了一下，郁闷被高兴取代，伸手按住了电梯门："哇，好久不见！"

他染了金发，纯粹又通透的金色，被电梯里的灯光照得闪闪发光，尤显得五官立体，眼眸明亮。这么多年过去，他依旧如当年一样耀眼。

再遇来得如此猝不及防，赵虞下意识屏住了呼吸，反应过来后，脸上又露出每次见到他时的营业式微笑："好久不见。"

宴会厅在二楼，赵虞走进电梯他才松开手，按下关门键。

电梯门缓缓合上，狭小的空间静得好像连两人的呼吸声都清晰可闻。沈隽意脸上笑意明显，捧着手机转头问她："回国感觉怎么样？"

赵虞尽量让自己姿态自然："还可以，比在外边要亲切很多。"

沈隽意笑嘻嘻的："对嘛，早该回来了，没必要在外边受那种欺负。"

赵虞点点头，想说些什么，却又不知道该说些什么，内心正迟疑着，沈隽意手机里的游戏角色复活了，他又投入到游戏中去了，赵虞看了两眼，转头收回视线。

电梯抵达二楼，沈隽意按住电梯门，让她先出去。

赵虞走了几步，装作不经意地回头，看到他一边走一边打游戏，大长腿步子迈得很大，脸上的神情越来越郁闷。

不知道死了第几次后，沈隽意一脸生气地狂摇手机："啊，怎么又××死了？！"一抬头，看到赵虞在打量他，怪不好意思地抓了下头发，像个还没长大的大男孩似的，"那个……不是在说脏话哈，游戏口癖而已！"

赵虞忙摆了摆手。

走进宴会厅，夏元已经到了。他也是唱跳出身，出道早，年纪小，虽然够不上顶流，比沈隽意差点儿，但在国内人气也很旺。看见两人进来，他赶紧站起身打招呼。

赵虞刚回国，跟国内这些艺人都不熟，但夏元显得很热情，随口跟沈隽意招呼了一声就直冲她面前："前辈你好，久仰大名！"

赵虞"扑哧"笑出声："你好像比我先出道吧？"

夏元尴尬地抓了抓脑袋，看她的目光难掩崇拜："我是以实力来排的。虽然我比你先出道，但我实力不如你嘛，叫一声前辈也不亏。"

赵虞觉得他怪实在的："前辈就算了，平辈相称吧。"她拉开椅子，在他旁边坐下来，"你是不是比我小？"

夏元羞涩地竖起一根手指头："就小一岁。"

赵虞单手撑着头，冲他一挑眉："不占你便宜了，叫我小虞就行。"

坐在旁边打游戏的沈隽意抬头看了一眼相谈甚欢的两个人，撇了下嘴，又低下头继续玩游戏了。不到一分钟，手机里传出"失败"的音效。沈隽意愤怒地捶了下桌子。

夏元偏头瞄了两眼："哥，又输啦？要不要一起开黑（游戏用语，指语音或面对面一起玩游戏）啊？"

沈隽意嫌弃地打量他两眼："你行吗？"

夏元长相俊俏，一笑有个小酒窝："试试呗，我射手玩得还不错。"

赵虞玩过最难的游戏就是《开心消消乐》，听两个男生聊着她听不懂的游戏术语，也打开应用商城搜索《王者荣耀》，刚点击下载，突然听到沈隽意喊她："小虞，一起吗？"

明知道他看不见，赵虞还是立刻把手机屏幕朝下按住，面不改色地道："我跟经纪人聊点儿事，你们先玩。"

沈隽意："好吧。"

夏元一边选英雄一边问："诶，你们认识啊？"

沈隽意："对啊，你选什么？"

夏元："后羿吧。"他压低了声音，"哥，你怎么跟我女神认识的啊？她之前不是一直都在韩国吗？"

沈隽意转头瞥了他一眼："女神？"

夏元有点儿不好意思地点了下头："我超想跟她合作的！但她一直在国外，这次综艺总算等到机会了。"

沈隽意选定英雄："你没机会了，你女神已经被我预定了。"

夏元"啊"了一声，又说："我已经选后羿了，哥你干吗还选鲁班啊？"

沈隽意看了两眼，奇怪地问："为什么你选了后羿我就不可以选鲁班？游戏规定这两个英雄不能一起上场吗？"

夏元："……"

游戏开始，沈隽意操控着小鲁班就往中路跑，收到来自法师一万次撤退信号。

夏元一边打游戏一边问："哥，你为什么说女神被你预定了啊？"

沈隽意丝毫不掩嫌弃："就你这实力，配得上你女神吗？"

夏元气鼓鼓地反驳："那……那也要试试看才知道啊！反正一共十二期，总不能每一期都被你霸占吧？！女神也不会同意的！"

沈隽意瞪了他一眼，突然抬头问："赵虞，节目里要不要一直跟我组队啊？"

赵虞正研究这游戏怎么玩，突然被 Cue，故作淡定地看向他："为什么？"

沈隽意理直气壮："舞台表演就是要强强联合才好看嘛，你找得到除我之外更适合舞台合作的人选吗？"

赵虞看了眼他旁边撇嘴的夏元，微笑道："我觉得夏元也不错。"

夏元顿时高兴了，立刻接话："对对对！我超不错的！那我们要不要试一试？"

赵虞朝他眨了下眼："可以试试。"

沈隽意气得金发都好像倒立了："试什么？！有什么好试的？！"他恶狠狠地瞪向赵虞，"你居然选他不选我？当年那几套《暑假生活》我白写了是吧？"

赵虞："嘻！"

夏元一脸疑惑："什么暑假生活？"

赵虞简直想用面前的水杯砸他头。她拼了命想打破他心中邻居小妹妹的形象，结果他张嘴就是《暑假生活》？她这么多年的努力和改变都白费了是吗？！

沈隽意和夏元不约而同感受到她眼中燃烧的愤怒，于是纷纷闭嘴低头，专心游戏。

过了几分钟，夏元偷偷转头瞄了一眼，见赵虞在看手机，才又小声开口："哥，'暑假生活'是什么梗？"

沈隽意不耐烦："这也问那也问，你是十万个为什么吧？这把输了就怪你话多！"

夏元委屈极了："跟我有什么关系，我战绩这么好，谁叫你选鲁班，两个射手本来就很脆啊！"

一局游戏结束，两人的手机同时传出一声"Defeat（失败）"。

沈隽意把手机一摔："你太菜了，以后别找我开黑了！"

夏元看了眼自己 15-2-5 的战绩，又看了眼沈隽意 0-18-3 的战绩，悲愤地退出了游戏。

嘉宾陆陆续续到场，赵虞跟谁都不熟，但性格使然，初见的气氛还是很活跃的。

中夏的"影视一哥"卫池进来见到她就说："终于见到活的妖精了！"

赵虞笑眯眯抱了抱拳："承让，终于见到活的谢玄了。"

谢玄是卫池今年饰演的那部大爆的古装剧的男主角的名字，精于谋算的形象深入人心，他还因此获得了白玉兰最佳男演员的提名。

卫池惊讶道："你在韩国还追剧呢？"

赵虞摊手："不管在哪儿我都得看电视吧？"

一顿饭的时间，赵虞就已经跟大家聊熟了。嘉宾们互加了微信，吃完饭各自回房休息，准备明天的录制。

✦03✦

翌日一早，嘉宾们准时到达影视城，下车的时候，摄像机就已经在拍了。

八位嘉宾在圆形小广场一一聚齐，插科打诨一会儿后，总导演拿着大喇叭道："欢迎大家来到《荆棘之路》。众所周知，登上舞台的道路是充满荆棘的，要想在后天完成一场出色的表演秀，为失学儿童筹集助学金，就需要这两天大家的拼搏和努力。本期的主题是商贾之路。大家看到身后的那间商店了吗？里面所售卖的就是你们本次舞台表演所需的道具，从服装到老师都可以用等价的金钱进行购买。在这座影视城里，四处都充满了商机，接下来的两天时间，你们要靠自己的能力去赚钱，赚得越多，能购买的道具也就越多。明天晚上九点，商店就会关闭营业，所以请各位抓紧时间开启自己的经商生涯吧。"

之后，工作人员拿着文件袋走上前，给每个人发了一百元钱。

总导演："这是你们的起始金，从现在开始，你们随时都可以回到出生点购买商品。"

沈隽意举着钱对着太阳照了照，突然转头说："这钱不对吧？"

总导演还以为拿到假钱了，赶紧问："哪里不对？"

沈隽意："人家游戏开局都是给三百金啊。"

总导演："……只有一百，不要还回来！"

沈隽意立刻把钱揣进兜里。

发完起始金，接下来就是分组了，工作人员抱上来一个箱子："接下来，你们将抽签进行两两分组，每组互为竞争对手。后天的舞台表演结束后会有投票环节，每一期的第一名将获得由玉良缘珠宝赞助的荆棘王冠。"

大家都在"哇"，只有赵虞盯着那个抽签箱子沉思：七个人呢，七分之一的概率，怎么也不会那么容易就跟沈隽意分到一组吧？然后她就抽到了跟沈隽意一样的红色。

沈隽意举着红球到处问："是我的应援色，你们谁抽到了红色？"

赵虞悄悄把夏元拉到边上："跟我换一下。"

总导演拿着大喇叭刚正不阿："禁止交换！赵虞和夏元在做什么？立刻换回来。"

这一嗓子把所有人的目光都聚集了过来，夏元尴尬地把红色小球塞回赵虞手里，默默拿回自己的蓝球。

分完组，各队去换不同颜色的外套。

赵虞穿着红外套视死如归地从房间走出来时，沈隽意正在院子里玩抽到的红色跳跳球，见她出来，伸手一抓，一个帅气的跳跃姿势把弹在空中的跳跳球抓住，热络地靠过来："换好啦？我们先去商店看看都有哪些道具吧。"

赵虞点点头，谨慎地走开几步，跟他保持距离。

走出门时，沈隽意突然靠过来问："你会做生意吗？"

赵虞正在疯狂给自己做心理建设。网友都是火眼金睛，她务必不能让自己的喜欢在镜头下泄露一丁点儿，因此被他的突然靠近吓得一哆嗦。

那颗金色的毛茸茸的脑袋就凑在她边上，金发被阳光照着，有股暖烘烘的香味，一转头就又陷进他璀璨的眸子里。赵虞好不容易筑起来的心理防线顿时塌了半米，砸得她心脏狂跳。

赵虞有些炸毛："沈隽意你离我远点儿！"

突然被凶的大男孩像只委屈巴巴的大金毛，撇着嘴后退了两步，嘴里小声嘟囔着："凶死了。"

赵虞又气又恼。不过这么一吼倒是起了作用，沈隽意没再突然靠近，她总算趁机筑好了心墙，将自己那颗不安分的心脏圈了起来，不让它乱撞。

其他几队换好衣服，也都在道具商店了解情况，远远就听见夏元喊："不是吧，买一个喷火的舞台效果要五百？一个编舞老师一千？两天时间去哪儿赚两千啊！？"

道具商店的道具都不便宜，节目组摆明是要为难他们。不过好在赵虞舞台经验丰富，心里盘算着哪些是必要道具，正打算喊沈隽意过来合计一下，回头就看见他站在小广场上，抄着手懒洋洋地晒太阳，金发上笼着阳光，帅气又惹眼。

赵虞喊他："你不过来看下道具吗？"

沈隽意转头看了她一眼："你不是让我离你远点儿吗？"他非常欠揍地说，"现在够远了吧！"

赵虞差点儿气死："那你就站那儿别过来了！"

其他组都在商量优先购买哪些道具，只有赵虞跟沈隽意隔着几米的距离大眼瞪小眼。

赵虞懊恼地看了他一会儿，转身去看道具了。过了会儿，她又闻到了柔软金发传来的洗发露清香，回头一看，沈隽意不知道什么时候靠了过来，在她身后塞塞窣窣地挪动，有些傲娇地昂着那颗金毛脑袋。她忍不住抿嘴笑了下，又立刻撤回嘴角弧度。

旁边夏元正在跟他组队的阮风笛说："姐，我们先买歌吧，歌最重要了。你想要哪种风格？要不纯声乐的吧？"

赵虞也转头往歌单看。一共有五首歌，标价不一，最便宜的只要二十元，最贵的八十元，是道具商店中最便宜的道具，用他们的起始金就能买。而五首歌中最贵的那首是沈隽意的 *So busy*。

她当年在木易当练习生，初级班升中级班考核跳的就是这首歌。那时候她怎么想的来着——用他拿奖的歌陪自己一路向上。赵虞看着歌单，好像一下被拉回了当年大汗淋漓的训练室，看到了满腔热情横冲直撞的自己，那时候的自己真是又傻又天真啊。

沈隽意突然出声打断她的回忆，指着歌单上的 *So busy* 说："我要这首！"

道具商店的工作人员微笑道："好的，这首歌售价八十元，请先付费。"

沈隽意理直气壮："这是我的歌，我用我自己的歌还要买？那你们把我的歌放这儿售卖之前，付我版权费了吗？"

工作人员："……"

沈隽意身高臂长，跳起来伸手一抓，就把歌单抓到了手里，撕下 *So busy* 的名牌贴在了自己衣服上，满意地拍了拍："好了，物归原主。"

工作人员："导演，他抢道具！"

总导演："……"

屋外大喇叭里传出他气急败坏的声音："沈隽意，一手交钱一手交货，不能硬抢！"

沈隽意大剌剌转身出门："拿我自己的东西怎么叫抢呢？"他跨出门槛，像是想到了什么，转身朝赵虞勾了下手指，"还不走？"

赵虞简直被他不要脸的气质惊呆了。这些年发生了什么？为什么她记忆中比夏风清爽、比薄荷糖还要甜的温柔小哥哥变成了这样？这是个假沈隽意吧？假的吧？！

沈隽意并不知道自己的形象正在逐渐崩塌，见她还直愣愣站在里面，不得不走回来拽她袖口："快走快走，不然他们要抢回去了。"

赵虞被他拽着跑了一段距离才回过神来，一言难尽地看着眼前挺直的背影，有些心痛地捂了下自己的心脏。

好在工作人员没有追上来，只有跟拍摄像气喘吁吁地跟在后面拍摄。

沈隽意回头打探两眼，终于停下脚步，看看贴在衣服上的歌名，又看看她，笑着挑了下眉，好像在说："我厉害吧？"

赵虞："呵。"

真是厉害死你了呢。

还在道具商店的嘉宾都被沈隽意这套骚操作搞蒙了，反应过来后孙妍跳脚道："还能这样？最贵的歌就这么被抢走啦？导演你们行不行啊？！"

跟她组队的卫池哭笑不得地给她顺毛："算了算了，那歌很难的，又唱又跳，也只有他自己能跳，我们买来也没用。"

夏元有些苦恼："那小虞怎么办啊？这两天要做任务，排练时间只有一天，小虞能学会吗？"

阮风笛笑着拍了下他的脑袋："你不如担心一下自己的队友，我可是五音不全啊。"

清晨的影视城逐渐热闹起来，群演已经就位了——节目组当然不会让嘉宾像只无头苍蝇乱撞，各个赚钱任务的线索都布置好了，就等他们自己去探索。

赵虞还没从刚才的"沉重打击"中缓过来，看着前方东奔西跑活力无限的身影，想破脑袋也想不出为什么小哥哥变成了这种人。

沈隽意已经在集市上晃了一圈，转身看见赵虞还远远缀在后面，又哒哒哒跑回来教训她："你能不能跟紧点儿？离这么远做什么？"

赵虞现在看到他就心痛，咬牙道："避嫌懂不懂！"

沈隽意瞪她："跟着我镜头才多，你还想不想红了？"

赵虞想起舅舅江誉的告诫，义正词严："不靠你我也能红！钱拿来！"

沈隽意立刻像个财迷一样捂紧了自己只有一百元的小钱包："干什么？"

赵虞："那里，茶包一元一袋。那边，牛奶三元一盒。你后面，使用煮壶一元一次。"

沈隽意："所以？"

赵虞："所以，我们可以买十袋茶、十盒牛奶，做成奶茶。一杯奶茶的成本是五元，但刚才我看到这里的奶茶是八元一杯，前面有个学堂，我们做好了去那里卖奶茶，卖完了能赚三十元。"

沈隽意："才三十元？！"

赵虞伸出手："嫌少？那你给我五十，我们分开赚。"

沈隽意可能是觉得以他的智商说不定三十都赚不到，拽着小钱包笑嘻嘻道："哎呀，人多力量大，我们还是一起吧。奶茶是吧，走走走。"

赵虞："……"

最后在两人的合作下，十杯奶茶成功售出。赵虞见奶茶市场还不错，又继续拿本金去做奶茶卖。沈隽意负责制作，她负责售卖，本金很快就从之前的一百元变成了两百二十元。

郑婉怡那一组找了一圈没发现商机，也有样学样跑来卖奶茶，沈隽意当然不干："走开走开，这是我跟赵虞的地盘！"

赵虞头疼地把人拽回来："奶茶市场差不多饱和了，我们换个大点儿的生意做。"说着把气呼呼的大金毛拉走了。

一上午时间过去，他们的本金变成了五百元。

中午嘉宾有半小时的休息时间，虽然节目里说的是水、饭用赚到的钱自行解决，但也不可能真的看着他们饿肚子，毕竟都是大咖，不能过于为难。这半小时时间就是供他们喝点儿水、吃点儿东西，只是节目播出时不会让观众知道。

赵虞和沈隽意体力都好，跑了一上午也没觉得多累，回各自的休息区域时，沈隽意还邀请她："要不要去我那儿吃？"

赵虞想起今早看到他那个严厉的经纪人也跟了过来，微笑着拒绝了。

林之南已经把午饭准备好了，赵虞为了保持身材吃得很清淡，没有主食，只有一些低热量的蔬菜和鸡胸肉。

看她端着饭盒低头默默吃饭的样子，林之南靠过来小声问："怎么啦？很累吗？"

赵虞摇了下头，把嘴里的鸡胸肉嚼细咽下去，顿了顿才叹着气说了句："太难了。"

林之南："什么太难了？"

要完完全全藏起对他的喜欢不被发现，太难了！人们总说喜欢一个人是掩饰不了的，就算不说出口，喜欢也会从眼睛里跑出来。也不知道她凶巴巴的眼神有没有出卖自己。赵虞有气无力地戳了戳碗里的西蓝花。

林之南见她不回答，也没追问，八卦地问起另一个话题："跟沈隽意近距离接触的感觉怎么样？是不是感觉自己人生圆满？"

赵虞往他休息区的方向看了一眼："也没有吧，他跟我记忆中的样子不太一样。"

林之南"噗"的一声笑出声："你记忆中？你以前又没跟他接触过，哪儿不一样了？"

赵虞支支吾吾："就……就温朗隽秀那种啊！"

林之南不可思议地看着她："你粉丝滤镜是不是太厚啦？沈隽意什么时候跟温朗隽秀挂钩了？他一直都这样啊。"

赵虞："啊？"

林之南笑得前俯后仰："你没看过他的视频吗？连他粉丝都说，沈隽意是舞台上的王者，生活中的沙雕，他就是很不着调的一个人啊。我说你这些年粉的到底是个啥啊？"

赵虞："……"

难道自己的滤镜真的太厚了吗？她看那些舞台视频只看出了帅啊！她又不是真的追星，当然不会像粉丝那样把他每个采访每个综艺都翻出来看。她对他的印象依旧停在初中毕业那一年，她把自己考上高中的消息告诉他时，少年笑着伸手拍拍她脑袋夸她干得漂亮的模样。

赵虞悲愤地抱住脑袋狠狠甩了两下。

半小时很快过去，录制继续。

已经拥有五百元本金的红队决定去做一笔大生意，毕竟小钱太难赚了，要想获得整套表演道具，就得赚笔大的。

其他组当然也抱着跟他们一样的想法，于是下午的商贸竞争就更激烈了。尤其是其他组的嘉宾发现了赵虞的经商天分，于是纷纷跟上红队，抢占他们的商机。

沈隽意像只炸毛的大金毛，张牙舞爪地四处赶人。

赶当然是赶不走的，赵虞无语地把大金毛叫回来，然后冲一直跟着他们的卫池和孙妍勾勾手指："要不这样，我们合作。"

卫池饶有兴趣地问："怎么合作？"

赵虞抄着手，挑了下眉："老跟在我们身后捡剩下的多没意思啊，这片商圈已经被我盘下来了，你们给我交点儿加盟费，我把这一片的生意转让给你，你们赚到的钱我们二八分，怎么样？"

孙妍顿时跳脚："哇！你想得美！我们赚的钱凭什么分你们？"

赵虞左手手背托着右胳膊肘，叹着气一撩头发："谁让这片商圈都被我承包了呢。"

大金毛沈隽意一脸狗仗人势地耀武扬威道："对！都被我们承包了！"

卫池："……"

孙妍指着沈隽意跳脚："你一个大男人啥也不干，就知道跟在小虞屁股后边捡现成的，也不害臊！"

沈隽意笑嘻嘻的："我有这么厉害的队友，你没有，羡慕吧？"

赵虞心情复杂地瞥了嘚瑟的大金毛一眼。

场面僵持了一会儿，卫池最后还是同意了赵虞的办法，给加盟费，二八分成。于是赵虞拿着钱领着大金毛潇洒离开，去开辟下一个商圈。

其实连赵虞自己都没料到，从小都是学渣的她经商天赋居然这么强，一天下来一分钱都没亏过，太阳落山时，两人的本金已经有两千元了，加上卫池那组的加盟费和分成，明天达到五千元只是分分钟的事。

看着沈隽意数钱时崇拜的目光，赵虞心里美滋滋的：知道我厉害了吧？

结果沈隽意数完钱，转头就说："我记得你以前数学成绩不好啊，每次不是不及格还找我给你讲题吗？"

赵虞得意的笑顿时僵在脸上，眼里噗地燃起两团羞愤的小火苗。

沈隽意谨慎地后退两步："干什么？！我又没乱说，你以前《暑假生活》上所有的数学题都是我写的！"

赵虞忍无可忍："沈隽意你再提一次《暑假生活》信不信我把你头拧下来！"

沈隽意一边慢腾腾地把数完的两千元钱塞回小钱包里，一边很小声地嘟囔："不提就不提，那么凶干什么。"

赵虞："……"

啊啊啊啊啊啊啊碎了！滤镜彻底碎了！！！

✦04✦

录制并没有因为夜晚的到来而中断，嘉宾今晚必须留在影视城过夜，城里有客栈，也有露营小广场，比客栈便宜，但是得自己搭帐篷。

大家先去客栈看了一圈。单人间一晚两百元，双人间三百元，每个房间都有单独的卫生间，虽然简洁，但很干净。不过两三百一晚对于嘉宾来说实在太贵了。

孙妍："两百都够买我想要的那套舞台服了，算了，我还是去搭帐篷吧。"

住帐篷算人头数，一人五十元，有供洗漱的公共浴室。除了赵虞和沈隽意，其他组赚的钱都不够多，想住客栈又舍不得钱，唉声叹气一片。

赵虞看了一圈，提议道："那都去睡帐篷呗，围个圈，还能开露营晚会。"

夏元立刻附和："可以！我还没在外面露营过呢，一会儿我们还能一起玩狼人杀！"

郑婉怡举手道："我想看小虞跳舞！"

赵虞笑嘻嘻地勾住她的肩："你给我表演个三十秒落泪我就给你跳。"

郑婉怡的三十秒落泪是绝技，之前还上过热搜。她歪过脑袋问："你连这都知道？这不是好几年前的热搜了吗？"

赵虞在她耳边打了个响指："冲浪少女，名不虚传。"

大家都同意这个提议，乐呵呵往外走，结果沈隽意不干了："不行！我要睡床，我睡帐篷睡不着！"

赵虞瞥了他一眼："你睡啊，又没人阻止你。"

沈隽意："不行！你跟我一起睡！"

赵虞眼神警告："你给我好好说话！"

沈隽意攥着小钱包不高兴地撇嘴，夏元凑过来搂住他："哎呀，哥，走嘛，一起嘛，人生就是什么都要体验一下。一会儿给你租个透明顶的帐篷，你躺着还能看星星呢。"

沈隽意哼了一声没说话，昂着金毛脑袋走出去了。

夏元跟他勾肩搭背地往外走，回头求表扬似的朝赵虞挤了下眼。

赵虞回了他一个干得漂亮的 Wink。

在露营店选帐篷的时候，沈隽意还是一副傲娇的表情，赵虞看着有点儿好笑，端着表情靠过去，把自己刚才选好的双重防水帐篷给他："喏，给你。"

沈隽意瞟了一眼，非常臭屁地说："这个黑色的一点儿也不好看，配不上我的颜值，我要选个红的！"

赵虞不管他，付完钱气呼呼地走了。

大家都不太会搭帐篷，说说笑笑互帮互助，忘记白日录制节目的疲劳奔波后，此时此刻只剩下和朋友聚会露营的开心。燃着火盆的露营广场在星空下热闹了起来。

女嘉宾们结伴去洗漱。公共浴室里只用木板虚虚隔了一下，赵虞作为一个南方人第一次体验公共澡堂，全身上下连头发尖儿都透着尴尬，她用最快的速度冲完澡，裹着浴巾就往外跑，结果被郑婉怡和孙妍嘻嘻哈哈地拦住。

"给我摸摸人间妖精的腰！"

"听说这腿连续三年霸占韩国人民最想摸的腿第一名！"

阮风笛是前辈，她们不敢造次，就逮着赵虞闹，嘻嘻哈哈的声音就连不远处的男浴室都能听到。夏元竖着耳朵听了半天，有些害羞又忍不住分享："她们在说小虞的腰很好摸！"

卫池对着镜子贴面膜："毕竟是性感女神，去年我在风云盛典看过她跳舞，后边那些小男生们嗓子都喊劈了。"

沈隽意背对着他们冲澡，水从头上浇下，声音在浴室里显得有些空幽："性感吗？也就那样吧。"

夏元立刻维护起自己的女神："什么那样啊！你又没摸过！"

沈隽意转头抹了把脸上的水，很是不屑地"喊"了一声，拿浴巾裹住下半身，一边擦头发一边朝换衣间走去。

卫池低头看了看自己本来引以为傲的身材，再看看他的八块腹肌和劲腰后背，忧伤地叹了口气。

各自洗漱完，天色已经彻底暗下来，但四周燃着的火盆越来越旺，大家围在一起玩了几局狼人杀，等几个早睡的嘉宾进帐篷之后，大家也就各玩各的了。

赵虞换了身休闲服，一边扎头发一边走向小广场的角落。毕竟很多年没跳过 So busy 了，她还挺担心忘了动作，没想到一听音乐，看着视频里的沈隽意，那些曾经成为她肌肉记忆的动作就又回来了。看了两遍，赵虞把手机搁在台子上，开始跟着曲子练习，一开始还有些生疏，但舞蹈记忆一点点回归，她也逐渐找到感觉。

练到第三遍的时候，身后突然传来一道笑吟吟的声音："这一段改得不错。"

赵虞一下回过头，只见沈隽意不知道什么时候过来了，他穿了件黑色的连帽卫衣，帽子戴在头上，只几缕金发垂在眼睛上方，双手揣在裤兜里，嘴里还叼着一根棒棒糖，像个玩世不恭的大男孩。赵虞都不知道自己疯狂跳动的心脏是因为运动还是只是因为他。

她俯身拿起手机关了视频："你怎么来了？"

沈隽意笑嘻嘻的："听到音乐了，还想着过来指导你一下，没想到你这么厉害呀。"他把棒棒糖"啵"的一声拔出来，朝她竖起大拇指，"干得漂亮！"

夸她了，就像当年夸她一样。赵虞突然无比感激这漫天夜色，没让他看见自己烧红的耳后根。她若无其事撩了下头发，把手机塞回兜里："回去睡觉了，明天还要早起赚钱。"

沈隽意"哦"了一声，咬着棒棒糖跟上去。

热闹的营地逐渐安静下来，随着一声声"晚安"，帐篷拉链纷纷拉上，嘉宾们早早休息，为明天的到来养精蓄锐。

翌日清晨八点，节目组提供了亲切的叫醒服务，各家助理也都已经准备好了洗漱用品和早饭，化妆师拖着化妆箱等着，帐篷四周又热闹起来。

等嘉宾收拾好，录制就正式开始了。

今天的赚钱任务难度增加了很多，很多商铺一夜之间"倒闭"，郑婉怡和孙妍昨天在商铺投资了一部分钱，还想着今早起来分红，没想到对方直接破产，连带她们的本金也拿不回来，差点儿被气哭，纷纷骂节目组没有良心。

总导演义正词严："倒闭是有迹可循的，只怪你们被金钱蒙蔽了双眼，没有发现。"

嘉宾："……"

郑婉怡和孙妍这两组损失了一半的本金很着急，只能剑走偏锋搞笔大的，但这样又面临亏损的风险。总而言之，商机多陷阱，选择需谨慎。

赵虞和沈隽意倒是比昨天轻松不少，加盟费加上分成，以及一些小盈利，购买他们所需的道具绰绰有余。既然如此，他们就不必去做高风险高回报的任务，可以慢慢赚稳赚不赔的小钱。

其他组忙得团团转的时候，沈隽意就带着钱包到处串门炫耀，差点儿引起众怒。

晚上八点半，结束一天任务的嘉宾们陆陆续续赶来道具商店，进行最后的道具购买。

赵虞和沈隽意来得最早，已经把他们所需的道具买完了——他们节约了编舞老师这一项巨款，可供选择的范围大了不少，除了必备的舞台服和化妆师，还买了舞台灯光、舞台效果。最后还剩了十元，沈隽意捏着小钱包去买了两根冰棍，跟赵虞坐在门槛上一边啃一边看其他嘉宾因为钱不够急得跳脚。

九点整，道具商店结束营业，嘉宾进入舞台排练阶段。

排练在市里的一个舞台剧礼堂里面——表演是跟舞台剧联动的，这也是制作团队早就谈好的合作，嘉宾们在舞台剧结束之后出场，既保证了观众的观看时间，也起到了宣传舞台剧的效果。工作人员今天一早就开始预售门票了，这几位大咖名声大，不止粉丝，路人也愿意看。不过因为是当天的演出，外地的粉丝得知消息后赶不过来，基本都是本地群众。

时间紧迫，大家当晚就开始了排练。

So busy 是单人舞，要合作的话就得改编成双人舞，好在两人实力都强，改编算是手到擒来的事。其他组忙着划分歌曲段落、学习原视频的时候，两人已经配合着跳了一遍原舞，然后开始商量可以改成双人舞的段落。

经过一天的奔波，沈隽意早上做的发型已经软绵绵地塌下来了，可认真工作起来的样子有种异样的魅力。赵虞偶尔一下的走神，都会被他拿着笔敲回来。

"这里加一个后空翻，然后跪地，我从这边过来接住你，这里卡一个定点 Pose（姿势）。"他抬头问，"你后空翻没问题吧？"

赵虞："没问题。"

沈隽意转着笔挑眉："厉害呀。"

赵虞无语："你不是也会？这有什么好厉害的。"

沈隽意把笔一收，理直气壮地说："所以说我也很厉害。"

赵虞："哦……"

两个人都是专业舞者，对编舞的想法不一样，各执己见争来争去，改到深夜只改编好了前半段。赵虞本来还有点儿心慌排舞时跟他有肢体接触怎么办，争到最后只剩下心累。

沈隽意打着哈欠，做了个"停"的手势："行了，后半段明天再商量着改吧，我要困死了，回去睡觉。"

赵虞点点头，收拾好东西，离开的时候看到郑婉怡那组还在看视频。他们是最后一组到达道具商店的，只剩下一首有部分唱跳的歌曲。但郑婉怡和褚尔平都是演员，两人对舞蹈一窍不通，赚的钱也不够买编舞老师，只能自己跟着视频学，结果看了一晚上一个动作都没学会——扒舞这种事，不是一般人能做的。

翌日一早，赵虞提着早饭到排练厅时，看见郑婉怡居然还坐在昨晚那个位置抱着手机在看，吓了一跳，赶紧走过去："你不会一晚没睡吧？"

郑婉怡抬起头，脸上两个黑眼圈，有气无力地说："没回去，就在这儿睡了三个小时。"

赵虞把手上的热牛奶塞给她："那怎么行，你先回去睡一觉，好好休息一下，你这个状态晚上怎么上舞台？"

郑婉怡抱着脑袋崩溃道："不行，没时间了，我还没学会这个舞。我昨晚答应过褚老师，等他今早来的时候会学会的！"

赵虞看看她手机里的视频，又看看一脸憔悴的人气小花，伸手把手机抽了出来："我看一下，你去旁边把早餐吃了。"

郑婉怡按了按有些不舒服的胃，感动地抱了她一下，走到旁边去吃早餐了。

赵虞拿着手机就地坐下，盘着腿举着手机，以手支额看起来。歌是国内一首比较经典的老歌，但是编曲做了改编，加入了电子摇滚的元素，舞蹈部分不算多，但对于郑婉怡这种毫无舞蹈基础的人来说的确有些难。

等郑婉怡吃完早饭，赵虞已经把视频看了三遍，正重点拉回舞蹈部分看。

郑婉怡吃完了才想起来："小虞，这是你的早饭吧？我吃了你怎么办啊？"

赵虞抬头朝她笑了下："没事，我刚才在房间喝过蛋白粉了。"她拍拍屁股站起来，把手机还回去，"别看了，我教你。"

郑婉怡瞪大眼睛，不可置信地看着她。

赵虞抬手把头发扎起来，见她还傻乎乎站在原地，桃花眼一挑，性感得要命："过来呀。"

郑婉怡眼泪汪汪地扑了过去。

嘉宾们陆陆续续到达排练厅，看到赵虞在教郑婉怡跳舞，都惊奇地过来围观。

郑婉怡兴奋地说："我就吃个早餐的工夫，小虞就把我们的动作学会了！"

大家之前都知道赵虞实力强，但没看过她的舞台，现在看着她一个动作一个动作分解教学，才真正见识到什么叫强者。

沈隽意嘬着豆浆坐在旁边百无聊赖地等着，时不时口头指导两句。郑婉怡学得本来就慢，还听他在旁边哔哔，紧张得都开始同手同脚了。

赵虞忍不住赶他走："你去下边儿打会游戏不行吗？"

沈隽意盘着腿，理直气壮地说："我跟你一起教不更快嘛，我们的舞还没排完，你不急我急。"

赵虞觉得头疼："你插嘴更慢好吧？要不你去旁边把后半段改编了，等我教完婉怡直接跟你学。"

沈隽意扬了下眉："我编就行？你不按照你的想法跟我争了？"

赵虞摆摆手："不争了，你随便改，我跟你跳，行了吧？"

沈隽意兴奋地从地上坐起来，拍拍屁股："这可是你说的！"

赵虞突然有点儿后悔。

于是，一上午赵虞都在教郑婉怡这组跳舞，还针对两人的情况对原舞蹈进行了一些改编，两人学了个七七八八，吃过午饭就开始单独排练了。

赵虞还没缓口气，夏元又期期艾艾地凑过来，表示想要赵虞指导一下他和阮风笛的舞台。结果人刚一凑过去，就被一个纵步跳上舞台的沈隽意推开了："去去去，婉怡他们没有舞台经验就算了，你凑什么热闹？站位这种问题也问得出口？你也好意思说自己是唱跳出身？"

夏元其实就是想方设法跟赵虞互动，梗着脖子说："我帮阮老师问的！"

沈隽意"喊"了一声，不屑戳穿他的小心思，转头问赵虞："我编好了，练不练？再不练没时间了！"

赵虞觉得大金毛今天炸毛得更凶了，便朝夏元挥挥手："你先和阮老师练着啊，晚点儿我再来看看需不需要调整。"

夏元握拳："哼！下期我肯定会和小虞一组的！"

从旁边飘过的郑婉怡顶着一双黑眼圈怒瞪过来："排队！我先！"

夏元："……"

下午时分，节目组开始布置舞台，嘉宾们的排练地点也转移到了后台。

赵虞跟着沈隽意去了他的休息间，挽起袖口说："开始吧。"

虽然单人舞改成了双人舞，但万变不离其宗，所有改编动作都是根据 *So busy* 的原舞来的。昨晚他们进度慢是因为争执不下，现在直接跟着沈隽意学改好的动作就容易很多。

沈隽意并没有对后半段舞蹈做太多的调整，在某些改编动作上也参考了她昨晚提出的意见和风格，看样子没打算为难她。赵虞心里松了口气，将全部心思都用在舞蹈上，尽量不让自己在意跟他偶尔的触碰。

最后一小段本来有一个旋转之后下腰的动作，赵虞踮脚旋转一圈，正专心致志准备下腰，沈隽意突然上前一步握住她的手腕，将她往怀里一带。

属于他的气息兜头罩下。

赵虞还愣着，他的手臂已经搂住她的腰，做了一个前倾的动作，见她僵着没动，低头提醒："下腰啊。"

他手掌温热，只隔着薄薄一层布料，覆在她腰间时，好像烧得她全身都燃起来了。赵虞大脑空白了几秒，几近机械地蹦出几个字："你干什么？"

沈隽意眨眨眼，一脸无辜认真："我觉得改成这样互动性和观赏性比较强，你觉得呢？"

赵虞直愣愣地看着他，无法从他认真到近乎专注的脸上看出他是无意还是故意。他这样淡定，自己任何激烈的反应都好像显得太心虚。

赵虞深呼吸，心平气和地回答："我觉得不行。"

沈隽意问："为什么不行？"他顿了顿，脸上又露出那种欠揍的表情，挑着眉问，"你不会是害羞了吧？"

赵虞像被踩住尾巴的猫，爪子都快挠他脸上了。

沈隽意松开手，后退两步做了个投降的动作："是你说的让我随便改嘛！OK，OK，不愿意就算了，显得我好像故意占你便宜一样。"

赵虞简直恼羞成怒，克制着转头问林之南："你觉得刚才那个动作改得怎么样？"

林之南也有多年的舞台经验，憋着笑中肯道："确实增加了舞台观赏性，你们没有伴舞，互动多一点儿会更好。"

赵虞是对舞台要求很高的一个人，思考之后，转头面无表情地对沈隽意说："那就这样，继续。"

沈隽意挑眉笑了下，等她把后半段改编动作全部学完，两人就开始从头排练。一遍又一遍，他的手掌搂上她的腰，掌心的温度一寸一寸蔓延到她全身，到最后，她整个腰部好像都失去了知觉，只记得他搂上来那一瞬间细密的触感。

✦05✦

傍晚时分，节目组把嘉宾们昨天买好的舞台服改好尺寸送了过来。

赵虞选了一套中规中矩的衬衣配牛仔短裤，质地轻薄的白衬衣里裹了一抹黑色抹胸，半遮半掩，有种飒意的性感。

沈隽意的衣服跟她很搭，也穿的白衬衫，宽宽松松罩在身上，领口歪歪地散着，V字形向下露出锁骨，脖子上戴了一串银色的项链配饰，长款黑裤配运动鞋，少年意气中难掩风流。

换好舞台服，两人最后排练了一遍，确认无误，赵虞扭头就走——排完就散，绝不纠缠！

本来对于第一次跟他合作舞台她紧张又期待，结果现在搂腰杀的刺激已经完全取代了对舞台的紧张。候场的时候，赵虞内心毫无波澜，甚至有点儿麻木。

观众早已入场，一千人的场子座无虚席，但并不吵闹。幕前刚结束了舞台剧的表演，主持人串场预热，他们排在第一位出场。

这应该是两人出道以来上过最小的舞台了。

站上升降台，沈隽意突然转头问她："紧张吗？"

赵虞正垂眸呼吸，闻言抬头看向他。哪怕是在昏暗的候场区，他的金发依旧熠熠生辉，衬着那双总是含着清朗笑意的眼睛，让她本来平缓的心跳瞬间加快。

似乎是感受到她逐渐加快的呼吸，沈隽意双手按在她肩上捏了捏："放松放松，别紧张！有我在。"

手掌的触感像电流一样过遍全身，赵虞本来平静的心态直接被他搞崩了，她咬着牙深呼吸："你闭嘴我就不紧张了！"

沈隽意一下抿住嘴唇，委屈巴巴地闭上了嘴。

升降台开始向上，两人转过身去，背对而站，摆好了出场动作。

一束聚光灯从头打下，舞台和观众在眼前清晰起来，音乐在耳边乍响的时候，赵虞心中所有与舞台无关的心思都自动消散了。无论舞台大小，无论身边是谁，这始终是她实现梦想的地方，每当站上去，都觉得自己发热发光。

其他嘉宾在候场区看着，不由得感叹："这两人好厉害。"

哪怕只是一千人的场子，哪怕舞台又小又窄，他们也能在上面跳出万人演唱会的气势。

郑婉怡捧着脸花痴道："啊啊啊小虞太帅了！好性感啊！我可以！"

卫池无奈地推了一下她的头提醒："镜头拍着呢。"

郑婉怡又腰道："我可以我可以我可以！"

夏元差点儿笑死了，看向舞台的目光不无羡慕："小虞好强啊，我之前还担心她接不住隽意哥的台风，会沦为伴舞，没想到她台风一点儿都不输。"

一场挑不出瑕疵的表演点燃了现场的气氛，买票进场的观众大多都不是沈隽意和赵虞的粉丝，有些叔叔阿姨甚至没有听过自己的名字，但没人吝啬自己的赞叹。音乐声被掌声和欢呼取代。

赵虞微微喘着气，神思一点点回笼。

运动过后的热气像一张巨大又细密的网将两人团团围住，他们近到彼此的呼吸声都清晰可闻。沈隽意就在她旁边，她的手还搭在他肩上，挨得这样近，几乎能感受到他微微起伏的胸膛，她头顶刚到他下颌的位置，一抬头，就撞进他明亮如炬的眼眸里。

他也低着头在看她，脸上笑意分明，金发被汗水打湿，额前的碎发黏成一小缕，然后顺着发丝"滴答"落在了她的眉间。赵虞猛地收回手，几乎用上了全部力气才控制住自己后退的身形，显得不那么慌乱。

沈隽意很是帅气地朝台下鞠了一躬，追上她下台的脚步，笑嘻嘻地喊她："赵虞，跟我合作舞台是不是超爽？"

赵虞没理他，脚下生风地跑开了。

主持人上台继续串讲，第二组表演嘉宾已经开始候场。

因为一会儿表演结束还要上场致谢，两人都没卸妆，回到休息室时，沈隽意迫不及待喊助理："快快，手机给我，我约了战队赛！"

赵虞："……"

她端着水杯小口抿着，空调驱散了浑身热气，激烈的心跳终于缓缓平复。

沈隽意抱着手机那儿戳戳戳，显得比上台时还兴奋，结果一上游戏，整个人都愣住了。

助理察言观色："沈哥，怎么了？"

沈隽意戳了半天，最后无比气愤地说："他们把我踢出战队了！"

赵虞："噗——"

因为笑得太猖狂，沈隽意抬头瞪了她一眼，又有些抓狂："这可是省级百强战队！我每天都按时上线签到的，为什么踢我啊？"

助理在心里说：还能为什么，因为你菜呗。

吐槽完了，他又给自家抓狂的艺人顺毛："哎呀，踢就踢了嘛，再换一个加就是了。"

沈隽意不服："这都这个月第几个了？我们省的百强战队都快被我加了个遍了！"

助理建议："你可以告诉他们你是谁，这样就不会有人踢你了。"

沈隽意非常有骨气地说："不行！我必须凭技术留下来。"

助理小声嘟囔："那可能有点儿难……"

抓狂的大金毛一边骂骂咧咧，一边继续去找好友帮忙申请加入百强战队了。

赵虞就坐在他斜对面，喝完林之南递过来的热水，拿出手机开了静音，抬头瞟了他一眼，见他低着头专心致志，放心地点开了游戏。这游戏下载之后，她只有当天晚上点开过，过了新手指引就没玩了，这两天录制节目也没机会，现在才算正式上线。

林之南看了对面的沈隽意一眼，又看了看她偷偷摸摸的动作，露出了"不愧是你"的表情。

赵虞从来没玩过 MOBA 游戏，《开心消消乐》和《连连看》已经是她全部的游戏经历了，现在看着复杂的游戏界面上密密麻麻的标志，一时之间手指都不知道该往哪里点。

林之南凑过来偷偷说："多好的机会啊，去问他啊，让他教你。"

赵虞瞪了她一眼："闭嘴！"

绝不能让他知道自己也在玩，还是个小白！必须等她练成大佬了，到时候就可以非常跩地问他："要我带你吗？"

结果她才刚点进英雄界面，正打算研究研究，对面突然传来沈隽意惊讶的声音："咦，你也玩这个？"

赵虞一开始没意识到他是在跟自己说话，还装模作样捧着手机看，然后就听到沈隽意兴奋地喊她："赵虞，开黑不？"

赵虞吓得手机差点儿飞出去了。他是怎么知道的？！

沈隽意念念有词："我拉你啊，我看看……嗯？青铜？你居然才青铜？"

赵虞："啊？"

什么意思？为什么他好像什么都知道的样子？！

沈隽意兴味索然地看了她一眼，又躺了回去："算了，你才青铜，太菜了，我不跟你玩。"

赵虞："……"

林之南差点儿笑死在旁边。她伸手在游戏界面点了一下，终于给一脸茫然的游戏小白解了惑。原来游戏好友是跟微信好友同步的，而沈隽意的名字赫然就在她的好友列表里，上面不仅显示她处于游戏中，段位是钻石 2，连游戏开局两分钟都一目了然。

赵虞崩溃了，早知道她就用小号登录了啊！

等等？他刚才说什么？他居然说她菜？！就这不停被战队踢出去的人也好意思说她菜？赵虞气得接下来一整晚都没理他。

第七章
赵大胆

✦01✦

　　舞台致谢结束之后，本期录制就算正式结束了。

　　赵虞明早在北京还有个通告，跟大家打完招呼后就坐车前往机场。上车的时候，她还听到旁边的沈隽意神采奕奕地跟助理说："这个战队更厉害，我这次肯定不会被踢了！"

　　赵虞面无表情地摔上了车门。

　　林之南处理完工作邮件，十分八卦地靠过来："怎么样怎么样？跟偶像一起上节目，有什么录后感吗？"

　　赵虞幽幽地问："看到了吗？"

　　林之南茫然四顾："看到什么？"

　　赵虞："我碎了一地的少女心。"

　　林之南一路笑到了机场，最后下定论道："这其实深刻诠释了一个道理。"

　　赵虞托着下巴，丧丧地问："什么道理？"

　　林之南憋着笑："距离产生美。所以说，男神只适合活在电视里，一旦近距离接触，可不就幻灭了。"

　　赵虞心说，这不是电不电视的问题，是她年少不懂事滤镜八百米铸下的错！

林之南笑了一会儿，又热络地把手机递到她面前："不过你们这一次合作的舞台好棒啊！我都拍下来了，看，台风超Ａ的！特别是你摸他胸这个动作，好欲啊！诶，沈隽意的胸肌摸起来是什么感觉？"

赵虞指尖一颤，立刻想起在舞台上刻意被她遗忘的肢体接触，耳朵简直要烧起来了："拿开！我要睡觉，别吵我！"

林之南抿住唇哧哧笑了两声。

除了赵虞，其他嘉宾都是明天的飞机，节目组安排了大巴送大家回酒店。

第一期录制完美结束，嘉宾们也都松了口气，两个老演员跟几个小演员其乐融融地聊着第一次舞台表演的感触。

夏元坐在最后一排半躺着刷微博，听到旁边沈隽意手机里传出"欢迎来到《王者荣耀》"的音效，摇着头吐槽："人菜瘾大。"

沈隽意用一根手指推了下搭下来的帽檐，突然转头对他说："的确很好摸。"

夏元一愣："什么？"

游戏里的法师正直奔中路，沈隽意偏头瞥了他一眼，帽檐下的脸上露出一个得逞又得意的笑："腰。"

夏元一下反应过来他说的什么，嫉妒得差点儿吐血。

三天录制其实挺累的，赵虞睡了一路，到北京已经是凌晨。由于行程没有公布，机场安安静静的没有粉丝接机。

江蕾和赵康宁上个月就回了四川，他们毕竟也有自己的工作和生活，不能一直在北京陪着女儿。不过比起之前在韩国漂泊，夫妻俩已经安心很多。

时间太晚，林之南也就在这儿住下了，韩霜帮赵虞谈的那个牛奶代言已经谈下来了，定了明天去公司签合同。

翌日，两人吃过早饭，一道前往公司。

韩霜在电梯前等着，一见她出来就笑着迎上去，问了几句有关录制的事，得知她这期是跟沈隽意组队，顿时有些不放心："保持好距离了吧？"

赵虞虽然有意保持，但无奈沈隽意总是很没眼力见地黏上来，她也说不好正片剪出来会是什么效果。

韩霜见她眼神迟疑，有些无奈地叹了口气："算了，我会跟节目组那边打招呼的，到时候看能不能提前检查一下正片。小虞啊，不是韩姐多心，你看看捆绑霍希炒绯闻的那个女明星都被黑成什么样了。这些顶流惹不得啊，虽然的确有热度，但咱这实力，没必要走黑红路线，眼光要放长远。"

赵虞点点头，转了话题："代言合约发过来了吗？"

提到代言，韩霜瞬间转笑，挽着她朝办公室走："昨晚就发过来了，这是你回国后的第一个代言，虽然比不上你之前在韩国的高奢代言，但你也知道，我们现在主打国民度嘛。"

纯苏是她小时候就在喝的牛奶，经典国民老牌子，能被她拿下，韩霜也费了一番不小的力气。

花了十分钟时间看了一遍合同，确认无误后，赵虞就签了。拍广告的时间定在下周，过几天她还要接着去录《荆棘之路》的第二期，这期间还有两个访谈通告，行程安排得满满的。

韩霜回复了代言商那边，又笑着推过来两份文件："这是两个剧本，你看看有没有兴趣？"

赵虞拿过来翻了翻，都是现代偶像剧，她兴致缺缺："暂时不太想接触影视，商演对接得怎么样？"她对舞台有一种执着的热情。

韩霜并不意外，把剧本收回来，笑着说："在谈了。回国首秀哪能随便上个商演啊，下个月'闪光少女成团夜'，我们正在跟猕猴桃那边接触，让你去当助演嘉宾。"

《闪光少女》是今年国内最火的女团选秀节目，参加节目的少女们还没出道已经火遍全网，关注度自然很高。成团夜会直播，收视率肯定很高，赵虞如果能去，是向国内观众证明实力的最佳机会。

木易在商演这方面的资源是用了心的，赵虞对他们还是很信任的，签完合同就回家了。

林之南并不兼职生活助理，毕竟她今后要往经纪人方向发展，所以赵虞没行程的时候，她就待在公司学习。不过赵虞也不需要什么生活助理，公司给她请了营养师，每天三餐都有专人负责，她对身材的要求一直很高，一般不乱吃。

吃过午饭后，营养师就提着垃圾离开了，赵虞锻炼了一个小时消耗了热量，洗完澡往沙发上一倒，拿起手机打算刷会儿新闻，结果手指不听大脑指挥，戳开了《王者荣耀》，登录之后，先点开好友列表看了看，沈隽意不在线，很好。

她顿时轻松不少，想了想，把笔记本电脑抱过来，对照着手机看新手攻略。正看到不同的英雄要搭配不同的铭文，首页突然弹出来一个邀请。她手快点了"接受"，进组之后才发现是夏元。

小喇叭一闪一闪，传出夏元兴奋的声音："小虞，要不要一起玩？"

赵虞打开语音："可是我不太会诶，正看攻略学呢。"

夏元："看什么攻略啊，打两把就会了，我教你！"

于是两人就打起了匹配。开场之后，夏元先教她英雄技能，再教她出装，每件装备有什么用都讲得明明白白，耐心又热情。

赵虞除了上次的新手指引，这还是第一次打，手忙脚乱的，其间一直花样送死。队友吐槽了两句，夏元立刻帮她怼回去——

"打个匹配还打出优越感了？"

"不在这儿练英雄去排位吗？"

"打好你自己的吧！"

……

赵虞简直打开了新世界的大门。

跟着夏元玩了一下午，她总算对这个游戏的机制和玩法有了一定了解。虽然比《开心消消乐》复杂太多，但她觉得自己多练练，成为大佬应该是指日可待的。

傍晚营养师送了晚餐过来，赵虞准备下线，夏元却一副意犹未尽的样子："那你下次什么时候玩，微信喊我，我随时都有空！"

赵虞"扑哧"笑出声，揶揄道："作为当红偶像，弟弟不应该这么闲吧？"

夏元从善如流："陪姐姐打游戏的时间还是有的，那说好了哈！"

赵虞笑着答应，退出组队界面后领了两个箱子奖励，正准备下线，就看见好友列表里沈隽意的头像亮了起来。区区一天，他的段位已经从钻石2掉到了铂金4，也不知道发生了什么，赵虞想起他嘲讽自己菜就生气，飞快退出了游戏。

吃完晚餐，她注册了一个QQ小号登录游戏，这下好友列表果然清静了。没有菜不自知的大金毛，赵虞信心十足。等她在小号上变厉害了，再回去让沈隽意好好见识一下什么叫大佬！

于是接下来几天，除了工作之外的时间，赵虞都畅游在王者峡谷，全方位三百六十度无死角展示各个英雄的各种死法，她突然有点儿理解沈隽意为什么那么菜了——这个游戏好难啊！

✦02✦

赵虞被游戏折磨得死去活来的时候，《荆棘之路》迎来了第二期的录制，这次的录制地点在重庆。俗话说川渝一家，赵虞一到重庆就倍感亲切。

这次的行程有公布，重庆后援会组织了接机，赵虞一出去就看见举着粉色应援牌的虞美人里三层外三层等在外面。有个瘦高的男生站在前排，操着一口地道的重庆话撕心裂肺地喊："赵虞！你啷个楞个瘦嘛！多吃点儿嘛！去搞一哈我们嘞的火锅！"

赵虞差点儿笑死在机场，转头朝他比了个"OK"的手势："晓得了！"

到酒店的时候，其他嘉宾都已经到了，赵虞放完行李才去跟他们会合。一进茶室，她就听见夏元问沈隽意："隽意哥，你段位怎么上上下下的那么厉害啊？前天我看你不是上了王者吗，怎么今天又变成铂金了啊？"

沈隽意面不改色："队友太坑了。"

夏元："那为什么我那天邀请你，你拒绝了还说不是本人？"

沈隽意恼怒地瞪了他一眼："你这么菜，谁跟你一起！"

夏元一副看破不说破的表情，转头看见赵虞走进来，瞬间兴奋地站起身："小虞你来啦！"

郑婉怡先他一步扑过去，抱着赵虞的胳膊拽啊拽："小虞，这期我们组队哈！"

赵虞笑着拍了下她蹭在自己肩窝的脑袋，先跟其他人打完招呼，才偏头问她："不是抽签决定吗？"

郑婉怡开心地说："我偷偷问过导演了，这次不抽签！说不定是自行决定组队，我们先说好一起！"

赵虞挑了下眉："行。"

夏元："我不过是拿着爱的号码牌罢了……"

沈隽意抬头看了一眼笑闹的众人，又低下头继续捣鼓自己的游戏铭文去了。

一起吃过晚饭，大家各自回房休息。第二天早上天刚蒙蒙亮，八位嘉宾就分别被房间里刺耳恐怖的音乐叫醒了——除了自动摄像头，房间里一个工作人员都没有，恐怖片里常用的背景音乐骤然响起，吓得三位女嘉宾失声尖叫。

大家一边骂节目组不干人事，一边爬起来寻找藏在房间里的闹钟。赵虞倒是很淡定，毕竟有"赵大胆"的美称，很快找到了藏在沙发垫后面的手机。她拿出来关掉音乐后，发现手机壁纸就是今天的任务。

本期主题：解密之路。本期为个人战，可以利用道具抢夺他人的舞台物资。请嘉宾寻找线索通关解密，最先解密到达下一个任务点的人有优先选择道具和物资的权利，祝你好运。

170

点开相册，里面有一张地图，其中一个叫"鬼藤密室"的地方标了红点，显然就是他们接下来要去的地方了。

既然是个人战，还能抢别人的舞台物资，那这一期的竞争就很激烈了，赵虞一出门就跟住在同一层楼的沈隽意打了个照面。他这次把头发染回了黑色，鸭舌帽反扣在头上，压得头发贴着耳郭，额前碎发从帽扣翘出来，像一小撮呆毛迎风而立，看上去怪萌的。

赵虞不动声色收回目光，走过去按了电梯。

沈隽意吊儿郎当地吹了个口哨，走到她身后乐呵呵问："这期是个人战，要不要结盟？我可以保证不对你动手哦。"

赵虞拒绝得很爽快："不要。"

电梯门"叮"一声打开，她正要进去，沈隽意突然侧身伸手挡住了电梯门。赵虞一转头就对上他嚣张的表情："不结盟就不准进去！"

这滤镜才刚补好就又碎了，赵虞气得想踩他脚。

旁边摄像还在拍着，上期两人互动太多韩霜就已经很担心了，她不想这期又给后期添麻烦，直接一弯腰，俯身从他手臂下钻了过去。

沈隽意见没拦住人，有些失望地撇了下嘴，也跟着走进去，按了一楼按键。

电梯门缓缓合上，沈隽意对着电梯里的镜子墙理了理呆毛，问："赵虞，再给你一次机会，要不要跟我结盟？"

赵虞被他嚣张的语气气死了："不要！再问拉黑！"

沈隽意手一顿，转头阴恻恻地看着她。

赵虞后仰了一下，警惕地问："干什么？"

沈隽意像个又中二又沙雕的反派："那你今天死定了。"

赵虞："……"

算了，爱不动了。

毁灭吧，赶紧的。

有结盟想法的当然不止沈隽意一个人，前往鬼藤密室的路上，赵虞又分别收到了来自夏元和郑婉怡的结盟邀请。两人谁也不让谁，最后只好三个人结盟。

鬼藤密室是重庆非常出名的一座密室乐园，占地面积有半个游乐园那么大，里面有很多不同主题的密室，道具逼真，环环相扣，给玩家沉浸式的体验，深受好评。节目组这次把这里作为录制场地，分别将嘉宾投放到不同的房间，每解开一关，就能随机获得一部分道具和物资——嘉宾被分开投放，又没有通信工具，三个人结盟仿佛结了个寂寞。

密室的结构错综复杂，房间连着长廊，层层叠叠尽是拐角和漆黑的通道，恐怖无声，谁也不知道谁在哪里。赵虞所在的房间四面墙壁都是红色的血迹，柜架上摆着各种像是凶器的东西，头顶一盏暗红的灯时不时闪一下，气氛恐怖极了。

然而她只担心自己是不是要在这里被关到录制结束——什么血迹什么凶器都不恐怖，恐怖的是身为学渣，智商不足，逻辑下线，要是一整期她都没走出这个房间可太丢人了！

好在节目组并没有在第一关为难嘉宾，线索给得很明显。赵虞东摸摸西找找，半小时后终于在一本日历上用每页圈了红圈的数字打开了第一道密码锁。

走出房门，外头是一条昏暗的长廊，门口放着一个背包。赵虞打开了看，里面放了一张名牌，写着"舞台干冰效果"。看来这就是她这一关的奖励了。

背上背包，赵虞继续出发，左看右看东摸西摸的样子看上去一点儿也不害怕。

导演组看着跟拍摄像传回来的画面，失望极了："她怎么这么淡定？她这个场景是几个嘉宾中最恐怖的了。"

工作人员在旁边小声提醒："赵虞以前在韩国有'赵大胆'的外号。"

导演组："……"失策了！

当环境气氛吓不到玩家时，通关这件事就会变得异常简单。

赵虞蹲在走廊尽头研究铁门的密码时，铁门后漆黑的通道里突然扑上来一个红衣女鬼。两人就隔着一道铁门，女鬼来势汹汹没收住，整个身体"砰"的一声撞上了铁门。赵虞这才被吓了一跳，往后躲了一下，但仅此而已，反应过来后，她有些好笑地问对面偷偷揉脑壳的女鬼："没事吧？没受伤吧？"

女鬼："没事没事，打扰了。"

然后赵虞就继续研究密码了。

女鬼蹲在对面瞅着她，带血的长发铺了一地，画面异常诡异。

十分钟过去，赵虞还没找到线索，她抬头捏了捏有些酸的后颈，问对面抱膝蹲着的女鬼："你不去吓别人吗？"

女鬼："……我的工作区域就在这里。"

赵虞若有所思地点了下头，随即凑近一些，手掌托着下颌，桃花眼挑起勾人的弧度，歪头一笑："那你可以告诉我这道门的密码吗？"

哪怕此时光线昏暗，可她这一笑，好像整个画面都明艳张扬了起来，那种闪闪发光的魅力连鬼都抵挡不住。女鬼呆呆看了她几秒，脱口而出："729134！"

赵虞风情万种地朝她甩了个 Wink："谢了。"

导演组："啊？还能这样？！"

成功打开铁门，赵虞又收获一件道具。

女鬼往墙边靠了靠让出路，赵虞走了两步又回过头来，笑嘻嘻地问："你有喜欢的明星吗？我可以帮你要签名照哦。"

女鬼顶着一张布满血迹的惨白脸庞，露出了惊喜的神情："真的吗？谁都可以吗？"

赵虞挑眉："当然。"

女鬼："我喜欢霍希！可以吗？"

赵虞顿了下："霍希啊……"然后在女鬼紧张兮兮又期待的神情中比了个"OK"的手势，"我跟他不认识，不过我会托人帮忙的，放心吧。"

女鬼惊喜无比："谢谢你啊！"她十分热情地指着前方，"你往前走第二个路口左转，有个被蛛网包住的房间，里面的道具最多了！"

赵虞："收到！"

导演组："……"这走向就很迷！

赵虞一路畅通无阻地来到蛛网房间外，四处果然裹满了蛛网，网里还有十分逼真的仿真蜘蛛，像真有蜘蛛到处爬一样。蛛网中心有一只硕大的黑红色蜘蛛，鼓鼓的腹部微微下垂，估计是有通气系统，一鼓一收，看上去真的像在呼吸。

赵虞围着看了一圈，在导演组愕然的神情中直接伸手摸向了大蜘蛛的肚子。手指一触摸到有点儿刺刺的茸毛，仿真蜘蛛立刻"活"了过来，眼里闪过一道红光，八只蛛脚也动起来，发出嘶嘶的恐怖声音。

换一般人，这时候肯定吓跑了。结果赵虞无动于衷，一把把大蜘蛛从层层蛛网里扯了出来，捏了捏它鼓鼓的腹部，然后掏出了开门的钥匙。

导演组都惊呆了，眼睁睁看着她拿着钥匙打开门，拿到了屋子里丰富的道具。

总导演不可思议地问："她真就没什么怕的吗？"

组里之前推荐赵虞的打杂小妹及时发言："还是有的！"

总导演一喜，转头问："什么？"

打杂小妹："她怕糊！"

总导演："……"那这个想要在节目中实现就比较难了。

房间里道具太多，赵虞没全部拿走，只挑了自己需要的部分，毕竟背包快装不下了。这样一来，她所需的舞台物资都够了，还多了一些自保不被抢的道具，接下来只要找个舒适的房间等着就行。

赵虞背好背包高高兴兴往外走，结果刚一出去就跟沈隽意碰上了。他也斜搭着一个黑色的包，像个逃课的坏学生，不过相比赵虞鼓鼓的一看就装满道具的背包，沈隽意的包显得十分干瘪。

两人目光相对的一瞬间，赵虞拔腿就跑。

沈隽意眼疾手快，一把拽住她的手腕，笑得十分猖狂："哈！逮到你了吧！包里东西挺多啊，都给我交出来！"活脱脱一个拦路收保护费的校霸。

赵虞挣了两下没挣脱，只手拽住自己背包的拉链，深吸一口气，恶狠狠转过身："给我放开！"

沈隽意被她凶得一哆嗦，还真松开了手。

赵虞面无表情地理了理自己被扯歪的衣领，从头到脚都透出一股"你莫惹老子"的凶悍气息。

沈隽意后退一步，再后退一步，左摸摸脸，右抓抓头发，结结巴巴地说："我……我有道具！强制交换！"

他从裤兜里摸出一张名牌，上面写着"强制与对方交换一件道具"，然后上前两步"啪"的一下贴在赵虞肩头，又恢复了嚣张的表情："生效！"

赵虞："……"

密室广播里响起总导演的声音："强制交换生效，请双方互换道具。"

沈隽意猖狂地笑了两声，又期待地搓搓小手儿："让我看看你的包里都有什么宝贝！"

赵虞面无表情地把背包扔在地上，任由沈隽意拉开拉链一边惊呼一边翻来翻去，最后翻出她的"舞台伴舞"，美滋滋地放进自己包里，又把一个毫无用处的小道具塞进她包里。

他拎着背包站起身，把鸭舌帽转了个圈，帽檐转到前面来："这就是不跟我结盟的下场！"

赵虞伸手从兜里拿出一张道具名牌，往他肩头一拍："呵。"

沈隽意愣了一下："什么东西？"

赵虞没有感情地回答："强取豪夺。从现在起，你包里所有东西都是我的了！"

沈隽意："啥？"

总导演的声音再次响起："强取豪夺生效，请对方立刻上交所有物资。"

沈隽意的眼睛瞪得比铜铃还大。

赵虞学着他早上在电梯里的模样，也露出一个阴恻恻的笑，还没笑完，面对面而站的沈隽意突然猛地朝她扑上来。赵虞发出了进入密室以来第一声尖叫。

他前扑的动作太快太猛，她根本来不及躲，只感觉他整个身子压下来，脑袋和后背都被他有力的手臂按住。赵虞整张脸贴在他胸口，一边尖叫一边骂："沈隽意你干什么？输不起就硬抢？！我……"

她话没说完，抱住她的沈隽意因扑势太猛一瞬间没站稳，两人朝地面摔下去。她被他用一种保护的姿势按在怀里，倒地的时候只有胳膊肘蹭了一下。

下一秒，一张爬满仿真蜘蛛、还在滴血的蛛丝大网从头顶落下来，将两人团团裹住，上一期只被自己轻轻摸过的胸肌此时此刻就紧紧挨着她的脸，她几乎能感觉到他肌肉的跳动。血包的味道混杂着浓烈的男性荷尔蒙，直往她鼻腔里钻。赵虞一个音节也发不出来了，大脑仿佛充血一般，一时之间天旋地转头昏脑涨浑身发热，几乎快要爆炸了。

直到头顶响起沈隽意嫌弃的声音："这什么？好黏啊！恶心死了。"他松开托住她后脑勺的手，戳了下她的脑袋，"没摔着吧？"

赵虞说不出话来，只有急促的呼吸和心跳。

沈隽意用手臂撑着地面微微抬起身体，低头问："吓到啦？"

帽檐垂下来，那双总是璀璨的眼眸就隐在光影里，有种令人心动的安心。

两人的跟拍摄像就站在两米远的地方，两台摄像机的镜头都快怼他们身上了。赵虞手忙脚乱地推他："起开！"

裹住他们的蛛网用血包浸泡过，全是黏乎乎的红色液体，一扯溅得到处都是。沈隽意赶紧阻止她："别动别动！越扯越紧！"

赵虞头发散乱，气喘吁吁："那怎么办？"

沈隽意想了想，双手撑着头顶的蛛网慢慢站起身。他一米八五的身高，一起身就将蛛网顶开了。赵虞总算解脱，起身搭着手把蛛网从他身上扯下来。如今两人全身上下都染满了红色颜料，赵虞头上还挂着两只仿真蜘蛛，看上去简直就像惨案现场。

沈隽意用手背擦了下嘴唇，"呸呸"两声，说："甜的。"

赵虞把之前在前台顺手拿的湿巾拿出来擦了擦手，又扔给他一包。

沈隽意一把接住，一边撕开擦脸一边嘟囔："救了你还那么凶，就该让你摔一摔。"

赵虞羞恼地把头上的蜘蛛扯下来："救？你不扑过来我会摔倒？"

沈隽意"哇"了一声："你不心怀感恩就算了，居然还倒打一耙？以后你就算求我我也不会救你的！看着你被鬼追得吱哇乱叫，我就在旁边鼓掌！"

赵虞擦完手，狠狠将湿纸巾揉成一团塞回兜里，朝他走近两步。

沈隽意一脸警惕："干什么？赵虞我告诉你这儿有监控的！"

赵虞走到他面前，一把撕下贴在他肩头的名牌："我心怀感恩，不要你东西行了吧！"她转身捡起地上的背包，拍拍灰往肩上一搭，抬步就走。

沈隽意"诶诶"了两声，小跑着追上来："别走啊，好不容易遇到，结个盟嘛！跟我结盟不吃亏的啊！"

赵虞拿着"强取豪夺"的名牌回头威胁："又想被贴了是不是？"

沈隽意脚步一顿，终于委委屈屈地停住了。

节目录到后半段，嘉宾们也陆陆续续撞到一起。之前的解密过程中，大家或多或少拿到了抢夺物资的道具，于是一时之间鸡飞狗跳，你抢我我抢你，场面一度十分混乱，寂静恐怖的密室也变得闹腾起来。

这一期的录制只有两天，傍晚时分，嘉宾们结束了通关任务，开始进入排练阶段。

因为是个人战，这期的表演也是个人舞台，八个人任务期间都随机拿到了属于自己的表演曲目，依旧是有纯声乐、唱跳，还有改编。鉴于上期沈隽意的骚操作，节目组再不敢用他的歌了，不过其中有一首是赵虞去年在国际音乐节上拿过奖的单曲 *Just One*。

这首单曲是她跟在国际享有盛名的音乐制作人格拉特合作的，标准的欧美风，曲风张扬，节奏感强，简单点儿形容就是很跩。这两年的女团选秀节目的选手非常爱用这首歌，因为又飒又性感，现场表演气氛高燃，舞台表现力很强。

拿到这首歌的是心心念念想跟赵虞合作的郑婉怡。

单人舞台，合作是不可能合作了，但能用虞虞的歌，四舍五入也算美梦成真了吧。郑婉怡美滋滋的。

结果到了排练场她就美不出来了——*Just One* 的舞蹈难度可以排进当前市场上唱跳歌曲前三，那些用这首歌去参加选秀的练习生们都得提前排练一两个月，她一个靠演技混圈的小可怜这么短时间学得会个屁啊！

赵虞鼓励她："原唱在这儿你还担心学不会啊？"

郑婉怡这两期都被歌单搞得眼泪汪汪，坐在地上耍了会儿赖，又继续爬起来跟着赵虞学。三个小时后，她再次崩溃，坐在地上一边蹬腿一边嗷嗷大哭："学不会就是学不会！手脚断了也学不会呜呜呜……我只是个小废物罢了！"

赵虞半蹲在她面前，一根手指抵着额头，一脸无奈地看着她撒泼。

郑婉怡号了半天，拽住她的手腕恳求："小虞，你跟我换吧，我真不行，你这舞不是人跳的，我们换吧换换好不好？"

赵虞这期拿到了一首改编过的经典老歌，舞蹈部分很简单。

"不再试试？"

郑婉怡的头摇得跟拨浪鼓似的："不了不了，术业有专攻，我只是个小演员而已，放过我吧！"

导演组也看着她学了三个小时，知道这确实不行，明天毕竟还要表演给买票进场的观众看，只好同意两人交换。

赵虞自己的舞就更不用练了，陪着郑婉怡排练了一会儿她的节目，两人就一起回酒店休息了。

车子开进车库的时候，透过车窗，郑婉怡看见酒店门口站着几个胸前挂着相机的女生在徘徊："不是沈隽意的粉丝就是夏元的，跟得太紧了。"

赵虞沉默了一下，想起沈隽意一直以来频繁遭遇私生粉的烦扰，已经不止一次在公共场合表示过希望粉丝理智追星，可似乎对那些疯狂的私生粉并没有什么作用。

她跟沈隽意住同一层楼，下电梯时，刚好看见两个行色可疑的女生从安全楼梯进来。一看到她，两个女生立即有些心虚地背过身又走回了楼梯间。

林之南皱了皱眉，小声说："快走。"

赵虞提高音量，故意用两人能听见的声音冷冷道："叫酒店保安上来排查楼层！"

话音刚落，楼梯间就响起急促的脚步声，是那两个女生急匆匆往下跑了。

一回房间，林之南就说："现在这些私生粉的胆子越来越大了。"

她们在韩国的时候也遭遇过私生粉，那种被跟踪、被怼脸、被半夜打电话的经历实在惊悚，可除了愤怒，她们毫无办法。

赵虞一边换衣服准备洗澡一边嘱咐："保险起见还是叫酒店保安再来排查一下。"

林之南点头应了。

翌日嘉宾们陆续早起，继续最后一天的排练。有过上一期的经验之后，这一次大家都淡定了很多，有条不紊地登台表演。

这次的场子依旧只有一千多个座位，不过他们在重庆录制《荆棘之路》的消息传了出去，不少粉丝为了能见偶像一面，专程跑来重庆蹲守，所以这一晚的观众较之上一期多了很多粉丝。赵虞表演的时候看到了自己的粉色灯牌，上面写着闪闪发光的六个大字："赵虞亲亲我吧"。她忍俊不禁，最后定点 Pose 时，朝灯牌的方向甩了个飞吻，虞美人们的尖叫声差点儿掀翻房顶。

舞台表演结束后，第二期录制也就正式结束了。赵虞第二天没行程，不用着急赶回北京，想着来了两天还没尝过重庆火锅，就叫上郑婉怡、卫池等人，定了家正宗地道的火锅店。

沈隽意明早在上海有个通告，换完衣服就得去机场，不能跟他们一起去。夏元故意酸他："隽意哥，你要不买包火锅料带回去吧，不然来一次重庆连火锅都没吃也太可怜了。"

沈隽意一脸高冷："不用，我的八块腹肌提醒我不能吃这些高热量食物。"

夏元摸摸自己为数不多的腹肌，愤愤闭嘴了。

赵虞爱怜地拍拍他的脑袋："没事，偶尔一顿不会长胖的。"

沈隽意把帽子戴在头上，偏头睨了她一眼，凉飕飕地说："胖是不会长，痘就不知道了。"

夏元："啊？什么豆？"

赵虞一下想起当年顶着一脸青春痘去杭州找沈隽意的画面，想到自己当时那么丑，还天天围着他傻乐，简直尴尬得想打爆他的头。那时候他还去对面养花老爷爷家偷偷掰了一片芦荟，拿回来给她敷脸，信誓旦旦告诉她敷芦荟可以祛痘！所以自己长痘的事情他记了这么多年？

沈隽意一脸意味深长地朝她挑了下眉，摆明了在提醒她：对，没错，我就是还记得，嘻嘻没想到吧？！

赵虞捏紧了拳头。

沈隽意戴好帽子，赶紧溜了。

助理推着行李箱跟在后面，总觉得自己不跑快点儿会被殃及。

上车之后，沈隽意把帽子盖在脸上，抄着手闭目养神。助理打量了他一会儿，鼓起勇气说："沈哥，你干吗总是逗小虞啊？她刚才耳朵都红了。"

沈隽意咧了下嘴："有吗？"

助理握拳："有啊！你录节目的时候也总怼她！"作为一个虞美人，他实在忍不了了！要不是为了讨生活，真想把这个欺负自己偶像的家伙打一顿！

沈隽意往下靠了靠，换了个舒服的姿势，懒洋洋地说："她总端着，就想逗逗她嘛。"他眯着眼叹了口气，"小时候多可爱啊。"现在长大了，哥哥也不叫了，跟别人打得火热，对他就不冷不热的。说什么避嫌，难道跟夏元就不用避嫌了吗？！她越避嫌，他就越不爽。他越不爽，就越想怼她。哼！

助理眼睛一亮："小时候？你们小时候就认识啊？诶沈哥，你跟我说说小虞小时候啥样呗？"

沈隽意斜了他一眼："你知道得太多了！"

助理默默闭上了八卦的小嘴巴。

✦03✦

回到北京后，赵虞开始准备纯苏牛奶的广告拍摄。

她属于明艳张扬的类型，以往的妆容和造型也都在突出她耀眼华丽的五官，但牛奶广告的主旨是舒适纯粹，所以造型师给她化了素颜妆，搭配了浅色系的衣服，侧重邻家女孩的感觉。

赵虞张扬惯了，突然要装可爱，还有点儿不习惯，拍完之后担心地问林之南："自不自然啊？"

林之南："超自然，超可爱！萌得我想抢了你的奶罐！"

赵虞："……"

金主爸爸也很满意这组广告，觉得无论是视频还是海报都拍出了他们想要的感觉，决定除了投放视频线上宣传外，还要铺满各大一线城市的公交站和地铁站。

赵虞收到了一百箱纯苏牛奶，给在北京的朋友分了一些，又给江蕾和赵康宁寄了十箱回去。江蕾收到后打电话说她："有这邮费，我们都能买好多箱了，你别往家里寄了。"

之后的行程只会越来越密集，赵虞担心自己哪次一走几个月，回来牛奶都过期了，于是天天在家抱着牛奶墩墩墩地喝，喝得打嗝都是牛奶味。

《荆棘之路》定在暑假档播出，之后的录制都是两期连录。等她录完回来时，韩霜终于把"闪光少女成团夜"的商演谈下来了。

猕猴桃那边其实也有意接触赵虞，毕竟她是国民女团出来的C位，虽然目前国内事业才刚刚开始，但以她的条件，登上巅峰只是时间问题。他们诚意十足，不仅邀请她当助演嘉宾，还递来一份合作邀约——这季选秀即将结束，下季选秀已经开始招商了，他们邀请赵虞去下一季节目里当导师。

不过这既是他们的诚意，也是商人的心机——下一季明年才开始录制，这时候签约的话，条件自然是以她目前的咖位来算，无论明年赵虞的身价涨到多少，条件都不会再变。

虽然知道他们是在利用时间差价占便宜，但猕猴桃的选秀一向备受关注，热量和曝光度都很高，韩霜跟赵虞商量了一下，还是签下了这份合约，也算是对国内资本展现自己的友善。

179

签完合约，韩霜笑吟吟地道："现在代言和曝光度都不缺了，成团夜之后《荆棘之路》第一期刚好播出，时间正合适。"她说完顿了顿，又道，"第一期正片好像已经剪完了，我得赶紧让节目组发过来看看。"

赵虞知道她担心什么，点了点头。

韩霜在圈内这么多年，待人接物都很真诚，朋友不少，节目组后期里有个剪辑师跟她关系就不错，一听她来要正片，就知道原因了。

韩霜收到节目组发来的文件后，打开刚看了没两分钟，剪辑师就给她打了个电话过来。接通之后两人聊了几句，剪辑师笑呵呵道："你现在带赵虞，干劲十足啊，检查正片这种事都亲自来干了。"

韩霜笑道："公司就这么一个独苗苗，可不得警惕点儿。"

"不用看了，绝对没问题。"剪辑师压低声音道，"我悄悄跟你说，这正片是沈隽意的经纪人亲自盯着我们剪的，入行这么多年，没见过这么严苛的经纪人。两人很多容易被误会的画面他都监督我们删了，正片非常正经，赵虞虽然跟他一组，但跟其他嘉宾互动的镜头更多。虽然的确是蹭不到沈隽意什么热度，不过也避免了你担心的事发生嘛。"

沈隽意的工作团队参与后期剪辑是之前就跟节目导演谈好写在合约里的条件。剪辑师吐槽了两句，又说："估计也是之前被女明星传绯闻蹭热度蹭怕了，你就放心吧，他们比你们还警惕呢。"

韩霜听完，一时之间既松了口气，又有些生气。这种防女方炒 CP 像防狼一样的态度实在有些令人不爽。谁稀罕跟你炒 CP 啊，我家艺人是要走国民女神路线的，靠的是实力！

韩霜挂了电话也没继续看正片，把这事儿在微信跟赵虞说了，最后着重强调："之后几期录制有多远离多远，让他们自作多情去。"

赵虞回了一个"OK"的小表情。

之后几期的录制，不知道是不是沈隽意那边跟节目组打过招呼，赵虞都没有再抽到和他一组。

毕周偶尔会跟来，他们录节目的时候，他就在旁边看着，赵虞的避嫌他自然也看在眼里。

几年前在韩国的颁奖典礼后台，赵虞去找沈隽意那一幕让他一直觉得这女孩居心不良，所以听说她退团回国，又要跟沈隽意参加同一档综艺时，当即提起了十二分的戒备。不过现在看下来，这女孩还挺懂事，不是他想的那样。听说她的经纪人也要求检查正片，可见这次总算没有再遇到狗皮膏药吸血团队。

剪辑师说得没错，他真是被之前那些蹭热度的女艺人蹭怕了。要不是这些无中生有的绯闻，他家隽意的人气说不定早超过霍希一大截了，哪能被霍希追上，还成了现在这个分庭抗礼的尴尬局面。想到这点，毕周就要气死了。他现在天天跟霍希的团队抢资源真的太累了，头发都快掉光了。

自家艺人什么性子他再清楚不过，等中场休息的时候，毕周低声说："没看出人姑娘在避嫌吗？你就配合点儿，离她远点儿不行吗？"

沈隽意捧着盒饭懒散地看了他一眼："反正你都让后期剪了，近不近远不远的有关系吗？"

毕周："……"

他带了沈隽意这么多年，当然了解沈隽意的心思——沈隽意的确是把赵虞当作朋友，朋友刚回国需要人气和热度，所以他想拉她一把，之前找什么"没人配得上我的舞台"的借口为难导演，也是为了让节目组找上赵虞。他看上去吊儿郎当漫不经心，其实心里藏了很多事，也很有自己的主意，只是展现出来的永远只有向阳的那一面。

跟他这种人来不了硬的，毕周叹了口气，语重心长地讲道理："你以为你在节目里跟她互动是在帮她？你要真为她好，就该跟她保持距离。你粉丝什么样，你自己清楚吧？之前那些捆绑你炒 CP 的女艺人现在什么下场，你也知道吧？"

沈隽意端水的手顿了顿，沉默了。

毕周又说："她能来参加这档综艺，你已经帮了大忙了，至于节目里表现如何，镜头如何，轮不到你为她操心。人家为什么避嫌你不明白啊？你上赶着给热度，人家只会嫌烦，还给后期增加负担。我听说她公司给她的定位是要走国民女神独立路线，你要真把人当朋友，就别给人使绊子添麻烦。"说完，不由得屏气等他反应。

沈隽意扒了两口碗里的饭，推了下搭下来的帽檐："知道了。"

✦04✦

气温逐渐回升，已经隐隐有夏日气息。赵虞种在阳台的小栀子花都开了，她摘了几朵放在兜里，然后出发去参加"闪光少女成团夜"。

车子到达训练营，缓缓从 VIP 通道开进去，道路两旁摆满了各个练习生的应援海报。赵虞坐在车内往外看，到处都是拿着应援牌的粉丝，他们正准备着迎接今晚王者的诞生。这场景熟悉又遥远，是她经历过的人生。

林之南感叹道："时间过得好快啊，我感觉我们成团出道还是前不久的事情呢。"想到今晚是赵虞的国内首秀，又很兴奋，"要说我退团最遗憾的事吧，就是新专辑刚上线团就没了，都没机会跳一次现场，我们练了那么久，去了那么多国家拍MV，哎……你今晚表演四专里的歌，也算帮我圆梦了。"

Shining Five 解散之后，她们刚刚上线的第四张专辑自然也不了了之，后来赵虞跟韩国经纪公司解约的时候，把四专里自己那首主打歌的版权要了过来，现在属于她的个人单曲。回国首秀，她选择了四专的这首主打歌，是交代，也是新生。

赵虞作为助演嘉宾在"闪光少女成团夜"上表演四专主打歌的宣传出来后，国内的网友们没啥反应，赵虞的粉丝和曾经的 Shining Five 的团粉简直激动得要哭了。无论原因如何，散团始终是他们的意难平，何况事情还刚巧发生在四专上线那天。散团之后，各大平台纷纷下架专辑，很多粉丝甚至都没来得及买，更别说看到现场表演。如今林之南退圈，克里斯汀销声匿迹，只有赵虞、林秀熙和 Heya 还活跃在圈内。可林秀熙已经转攻影视圈，Heya 出国深造，曾经立于巅峰的国民女团如今只剩下赵虞还站在舞台上。

现场工作人员来来往往，进入决赛的练习生们都在后台化妆做准备，赵虞到了之后先去彩排，彩排了两遍，调整了一些小问题，确认无误后，她就去主办方给她单独准备的休息室等着了。造型师也带着今晚要穿的舞台服和化妆箱过来了，她要在选手们表演结束之后出场，时间还算充裕，稍微吃了点儿沙拉当晚餐后才开始化妆。

林之南出去溜达了一圈，回来的时候身后跟着好几个女孩，你推我推，扭扭捏捏的，一进屋看到赵虞，眼睛都在发光——是选秀的练习生们，都是她的粉丝。

唱跳歌手一向慕强，夏元如此，这些曾在训练室挥汗如雨的练习生们亦是如此。赵虞跟她们一样是从选秀比赛出道的，走到如今这个高度，实力与作品并存，令人羡慕又崇拜。

乍见偶像，女孩们都有些不好意思。赵虞坐在化妆台跟前，透过镜子笑嘻嘻朝她们挥手打招呼。

有个女孩鼓起勇气说："赵虞老师，我特别喜欢你！你就是我心中的舞台 Queen（女王）！"

赵虞扶额道："别叫老师啊，听着太有年代感了。"她起身转过来，朝女孩们招招手，"别站门口，进来呀。签名合照是吧，来来来，有序排队，人人有份。"

女孩们这才嘻嘻哈哈涌进来。

赵虞没有架子，性格又热情，大家对她的好感度再次升高。

晚上七点，直播正式开始。半个小时前，直播间的观看人数就已经突破了三百万，随着直播开始，观看人数还在持续疯涨。网上都在议论选手们成团夜的舞台表现，热搜一个接一个，跟不要钱似的。弹幕也讨论得热火朝天，每一个选手登台，就有粉丝和黑粉在弹幕吵架：

——X 粉天天吹唱功，车祸了吧？

——猕猴桃赚那么多钱就不能搞一个好的现场音响吗？！这音质都毁成什么样了，全是杂音！

——唱功不行怪音响，见识了。

——期待人间妖精赵虞！

——被 J 家这 Rap 整笑了，也太尬了吧。

——音质太干了，直播音效真的不行，都消停点儿吧，现场全开麦能唱成这个水平已经很厉害了。

——苏苏 C 位出道给我冲！！！

——U1S1（网络流行语，有一说一的意思），我觉得 L 家比苏苏台风更炸，苏苏站不住 C 位。

——虞虞我来啦！嘿嘿老婆亲亲等你哟！

——是是是，苏苏站不住，你家站得住，有空在这里拉踩不如多去给正主投点儿票。哦不对，苏苏票数已经断层了呢，是当之无愧的 C 位呢。

——在这儿阴阳怪气给谁看呢？

——苏家常规操作罢了，其他妹妹都不配站在舞台上。

——苏也就占了颜值的好处吧，讲实力不如 23，刚才的单人舞台翻车成啥样了粉丝心里没点儿数吗？

——你的征途是星辰大海！期待赵虞国内首秀！

……

在一众吵架的弹幕中，虞美人仿若一股格格不入的清流。

赵虞出场时，时间已经接近九点。

现场气氛火热，有到场应援的虞美人，但大多数都还是各家选手的粉丝。粉色灯牌星星点点散落在观众席，在五颜六色的光芒中并不显眼，但当主持人报出赵虞的名字时，气势如山的应援声瞬间填满整个场馆。

一束粉色的灯光缓缓聚焦在升降台上，身影纤长的少女背对观众而站，一头淡紫色长发散在身后，半遮住黑色吊带垂下的流苏，衬得腰细肩窄。音乐响起时，她转过头来，手指竖在唇上冲镜头一笑，白皙脖颈上的黑色 Choker（贴颈项链）被灯光一照，异常妖艳。

那垂落的流苏随着舞蹈摇晃，不盈一握的细腰时而清晰时而模糊，在变幻的灯光下白得发光，偶能窥到完美有力的线条。

国内网友们第一次领略到人间妖精的腰到底有多妖，眼里压根儿看不到那几个伴舞。

间奏期间，赵虞踩着黑色的水钻细高跟鞋朝延伸台走去，长腿一迈仿若高级秀场，气势飒人，一步一步都好像踩在观众心上。

这时直播间的观看人数已经达到六百万，所有观众都开始为人间妖精疯狂。

——这腰是真实存在的吗？赵虞杀我！！！

——这颜值太嚣张了！我要死在她的美貌中了！

——不愧是 Shining Five 的 C 位，这实力这唱功这台风，国内首屈一指的水准了。

——妈妈问我为什么跪在电脑前看妖精跳舞。

——有生之年能摸一摸女鹅的腰我死而无憾了。

——是四专的主打歌啊！团粉痛哭流涕，谢谢主舞替我们圆梦。

——现在入坑还来得及吗？！

——前面是谁骂节目组音响有问题的？赵虞是来修音响的吧？！

——全开麦，我服了。这么一对比，之前的选手跟闹着玩似的。

——快把赵虞的名字加上去！我要给她投票！今晚我谁都不服，只服助演嘉宾！

——桃，你们请赵虞是来砸场子的吗？

——笑哭，自己请人来砸自己的场子，节目组是对自家女团的实力没点儿数呢，还是太看不起赵虞？

——不得不说，国内的所有女团成员都应该向赵虞看齐。

……

这是赵虞回国后第一次登上舞台，也一如既往证明了自己的实力。网上有关成团夜的讨论已经全部变成了赵虞路转粉现场，舞台粉发出了灵魂拷问："有这么个实力与颜值并存的神仙，我还苦苦搞选秀干啥？以前神仙在韩国不方便追也就算了，现在都回国了，从头开始了，不追还愣着干吗啊？！"

国内的女团选秀能一年比一年火，是因为国内的市场极度缺乏唱跳类型的女偶像。这些年各大公司陆陆续续推出了不少，可总差了那么一点儿意思，不是颜值身材不够好，就是实力不足。说到唱跳艺人，观众第一反应是沈隽意和霍希，或者是夏元和黎尧。

而今夜之后，赵虞的名字终于进入大众视野。

她弥补了国内市场这一大空缺，更何况她还有巨大的粉丝基础。她不是新人，她是归来的王者。她曾经站在高山之巅，今后也必将登顶。

之前江誉说她在国内的人气虚高，是由散团带来的热度，直到此时此刻，她终于用实力将这虚高的假象变作了真正的人气。

成团夜之后，赵虞在各大榜单的数据都有了一个飞跃。

紧接着，《荆棘之路》的第一期上线了。

这档综艺也是今年观众最期待的综艺之一，八位嘉宾中有六位自带庞大的粉丝群，而阮风笛和褚尔平两位前辈甚少在综艺中露面，路人观众对他们都很感兴趣。

开播之前就有网友透露，第一期赵虞是和沈隽意组队的。鉴于以往的教训，薏仁们虎视眈眈，而虞美人们也生怕节目组乱剪辑，提心吊胆的。直到第一期播出，双方同时松了一口气——两人在节目里的互动太正常了，一丝逾越的动作都没有，节目组也没有利用他俩炒 CP 的打算，后期剪得非常正经，反倒是赵虞跟郑婉怡的互动更多一点儿。

节目里，赵虞兢兢业业经商赚钱，沈隽意就像个傻子似的跟在她后面，除了数钱，啥也不会。观众们都快笑死了。

——赵虞有几个心累的表情真的太好笑了。

——好像大佬带着一个白痴小弟，大佬在前面拼命赚钱，小弟在后面喊加油并捂紧了手中的小钱包。

——宝贝这个小财迷的模样真是随了我啊！

——大金毛太可爱啦，想揉！谢谢美女姐姐不嫌弃我们家的沙雕哈哈哈。

——刚看完成团夜舞台过来的，原来赵虞私下性格这么可爱的吗？！还以为她舞台上那么飒，生活里也很狂。

——我好喜欢赵虞的性格啊！想跟她做朋友！

——姐姐像一团火，烧穿了我的心！！！

——好期待他们合作的 *So busy*！啊啊啊我要忍住不拉进度条！

——*So busy* 超难的！我哥应该会教队友吧，想看沈老师现场教学。

……

录制结束后嘉宾们来到露营小广场休息时，镜头在各个帐篷前徘徊，轮到赵虞的帐篷时，却见她已经离开营地走出一段距离。后期在画面中写"让我们偷偷跟上去看看"，于是镜头远远跟着赵虞纤长的背影来到了一处花坛，然后就见赵虞坐在花坛上捧着手机看。而手机里的声音，薏仁一下就听出来是什么了。

——是 *So busy*！她在看原视频！

——所以是打算学了吗？可是这舞很难啊，没有看不起美女的意思。

——她坐在那里认真观看的样子好乖啊！！！

——呼叫队友来帮忙啊！带飞一天了，现在轮到他带飞你了！不要手软，让他教！

——远程呼叫沈隽意，听到请回答，听到请回答。

……

弹幕议论纷纷，还玩起了梗，却见赵虞把手机靠着花坛放好，起身之后拉伸了一下身体，然后就开始跳了……开始……跳了？！

一开始她动作还有些生疏，可越到后面越熟练。没有舞台，没有灯光，她就穿着一身宽松的休闲服，却依旧叫人移不开眼。

一直看弹幕说这首歌很难的观众都震惊了。

——就这？就这？

——神仙吧这是？

——三分钟 *So busy* 速成教学？

——她以前跳过这首歌吧？感觉动作还是很熟悉的，而且有改编动作。

——她是怎么做到把每首歌都跳出自己的风格的？！没记错的话，*So busy* 男性力道很重啊，可她跳得好性感啊！

……

赵虞独自练习 *So busy* 的画面给了观众很大的冲击，觉得这姐的实力是真的强，不光是成团夜舞台上的那种闪耀的强，现在这么看，基本功也很厉害。

但没想到，更令人发指的还在后面。

节目播到后半段时，嘉宾们结束了两天的赚钱任务，进入舞台排练。郑婉怡被舞蹈部分虐得死去活来的镜头当然剪进去了，她压根儿没回酒店休息，独自一人在排练厅学到深夜，裹着小毯子在椅子上将就睡了几个小时，天不亮又起来练，可把粉丝心疼坏了。然后赵虞就来了，把早餐让给了郑婉怡，接过她的手机看了一会儿，等郑婉怡吃完早餐，开始教她跳舞。

——吃个早餐也就十分钟的工夫吧？十分钟扒舞是什么水准？

——谢邀，王者的水准。

——我服了，我这次是真的服了！

——沈老师教学现场没看到，看到了赵老师教学，我圆满了。

——啊啊啊豌豆谢谢美女姐姐出手相助！我们婉怡只是个演员，头一次上舞台，大家多多包涵呀。

——这姐有点儿 A……

——我也觉得！想……

——你们太厉了，让我来！赵虞娶我！！！

……

"赵虞十分钟扒舞"的词条很快上了热搜。

成团夜之后，她的热度本来就在持续上涨，有关她的消息网友们都很关注，而综艺表现一向更能吸粉。放眼如今的娱乐圈，多少当红艺人都是通过综艺火的。综艺的曝光度和热度甚至盖过了影视剧。而《荆棘之路》除了粉丝盘，路人盘也很大，哪怕之前没有看过成团夜舞台的人，也在看过第一期节目后对赵虞留下了深刻的印象——她在节目里不仅教了郑婉怡和褚尔平跳舞，还给了其他几组很多舞台表演的专业建议，业务能力强的人总是很容易让人产生好感。

而最让人心动的，是她和沈隽意的合作舞台。

沈隽意是公认的舞台王者，除了另一个王者霍希，圈内至今没有能接住他的表演的人，和他站在一起，永远只有沦为配角的下场。网友在看赵虞和沈隽意排练的时候就为她捏一把汗了。

——好怕赵虞沦为伴舞啊！

——看不起谁？当我们三年主舞白当了吗？

——个人舞台跟合作舞台还是有区别的吧，沈隽意的台风出了名的炸，上次风云盛典 ly 跟他一起都被秒成啥样了。

——王者和王者之间也是有差距的。

——sjy 比 zy 早出道好几年，有差距也正常，粉丝平常心接受就是了，有差距说明有进步的空间。

——倒也不必拉踩，zy 韩圈实力 Top1，正式表演还没开始就提差距，过于自信。

——拉踩？拉倒吧，都不是一个咖位，想太多。

——活得就像全世界只有 sjy 一个顶流一样，跟我们提咖位？你国内的顶流能不能比得过韩国顶流还不一定呢。

——省省吧，韩国那么好那你倒是别回来啊。人都回来了就认清现实，别老提过去。

——顶流家是生气前几天星光榜没打赢我家吧？嘻嘻，顶流居然输给一个刚回国的妹妹，还有脸在这儿踩呢？

——我服了，节目组好不容易当了回人不炒 CP 了，结果你们开始撕实力和咖位？认真地看节目不行吗？

——不会吧不会吧，我姐不会刚红就有黑粉了吧？

——前面新粉？纠正一下哈，不是刚红，国际音乐节唯一单曲获奖的中国女艺人了解一下。

——混韩圈的告诉你们，赵虞在韩国人气高到你们想象不到，从她一退团公司就宣布 Shining Five 解散就能看出来，因为没人能替代赵虞的位置。

——nsdd（网络流行语，你说得对的意思），过年去韩国旅游，街上好多赵虞还没撤下的广告，感觉比在国内火多了。

——两家粉丝都闭麦吧，真没必要。

……

弹幕讨论得热火朝天时，表演开场秀的两个人也登上了舞台。

一千人场子的小舞台，无论是特效还是道具都显得简陋。不过这本就是综艺节目里的义演，对于最后呈现出来的舞台效果，观众其实并没有抱太大的期待。直到节奏感十足的音乐骤然响起，镜头拉远，一串急促闪过的灯光之后，背对背而站的两个人出现在舞台中央。

他们穿了同色系的服装，赵虞那件长款的白衬衣像一抹轻纱裹住她令人瞩目的腰，衣角垂在臀下，踩着黑靴的长腿又细又直。她随着音乐转身，手搭在沈隽意肩上，唇角勾着笑，像审视，像打量。围着他走了一圈后，她的食指在肩头一点，然后将他推远。

鼓点响起，观众第一次见到双人舞版的 *So busy*，这首极具力量感的男性舞蹈在加入女性元素后，多了一丝温柔的性感。

他们没有伴舞，可舞台一点儿也不显得空，气场全开时，反而显得舞台太小。

至于沦为伴舞？不存在的，她在的地方就是 C 位！

——这是王者与王者的强强联合！我宣布这是迄今为止我看过最好的舞台！

——好像女王和她的骑士！（没有拉踩的意思，小哥哥也很帅！）

——我以为成团夜已经是她的巅峰水准了，没想到她还能十分钟扒舞。我以为十分钟扒舞已经很牛了，没想到她还能在一位王者身边称王。这姐只有你想不到的，没有她做不到的，越了解越惊喜，真是个宝藏女孩。

——放开隽崽，那个胸让我摸！！！

——啊啊啊沈隽意做到了我这辈子都做不到的事！给我摸摸那个腰吧呜呜呜……

——我仿佛在综艺里看了一场演唱会？

——突然 Get 到沈隽意的帅，他不沙雕的时候好有魅力啊，想去看他的现场了。

——赵虞什么时候开演唱会？想去！

——啊啊啊还想看这两人合作！帅哥靓女太养眼了，舞跳得好欲我好馋。

——一时之间不知道该羡慕摸到沈隽意胸肌的赵虞，还是搂到赵虞腰的沈隽意……

——就……那个……想嗑……

——看不出来这两人在节目里有多避嫌吗？上赶着给这两人招黑？

——U1S1，表演结束赵虞立刻收手后退的样子可以说非常谨慎了，大家还是别乱嗑吧。美女刚回国，不想传绯闻，只想搞事业，放过美女吧。

——单纯嗑舞台不好吗？！以后还想再看到两人合作就闭上你们的嘴！

……

嗑 CP 的声音一闪而过，很快被广大网友掐死在摇篮中。

第一期节目完美落下帷幕，赵虞和沈隽意的合作舞台被转上了热门第一，播放量几小时内就上千万了。《荆棘之路》的播放量也还在持续升高，赵虞在节目中的表现可圈可点，她漂亮、热情、认真、专业，还透着令女孩子都欲罢不能的飒意。

在短短几天时间内，赵虞两次以舞台实力登上热门，几乎坐稳了国内唱跳女艺人的王座。就像韩霜之前预测的那样，赵虞回国后的人气总算在这一刻有了井喷似的暴涨，许多代言和邀约都主动找上来。

纯苏在这个关头趁热打铁官宣了赵虞的代言，广告视频一出，天天喊"我可以"的粉丝都蒙了：这么奶的邻家小妹妹是我们的飒爽女神吗？抱着一罐奶盘腿坐在草原上摇头晃脑眯眼笑的女鹅也太奶太可爱了吧！完全没法跟舞台上气场全开的女王联系起来啊！这是什么惊天动地击中粉丝心脏的反差萌！买！都给我喝！以奶代水！给女鹅喝出一个闪亮的未来！！！

随着《荆棘之路》的播出，不管是节目还是嘉宾的热度都越来越高，赵虞在第二期跟女鬼互动的片段也成了国内综艺名场面，每次有网友提到"最经典的综艺片段"，"赵虞色诱女鬼"都会上榜。

粉丝还把她之前在韩国参加过的综艺剪辑到一起，搞了一个《赵大胆合集》，网友差点儿被这个啥都不怕只怕糊的女偶像笑死，纷纷遗憾表示："我们这辈子都等不到女神被吓到尖叫的场面了！毕竟她只会越来越火，糊是不可能糊的！"

不少网友甚至在看了第二期之后 @ 霍希："请问你帮赵虞小姐姐签名了吗？女鬼还

等着呢。"

霍希是个十分另类的流量，是圈内为数不多性格淡漠的艺人，甚少上微博营业，自然也就没有回应网友们。倒是霍希的经纪人宝哥知道这件事后，把一张霍希的签名照寄给了韩霜。两人认识，算点头之交，虽然只是一张签名照，倒也表露了他的友好。

时间逐渐入夏，赵虞的行程被涌上门的邀约挤得满满当当，回国后的第一张专辑也开始制作。

与此同时，《荆棘之路》迎来了最后一期的录制。

最后一期，节目组租下了一个可容纳万人的表演场馆，门票早就开始预售。八位嘉宾不仅有单人舞台，还有混搭组合舞台，以及八个人的合体舞台，也算对这个节目最后的告别。

只有第一期合作过的两位王者，终于在万众期待中又一次合体了。观众兴奋地表示："我们只是想看强者联手而已，没有别的想法！绝对不是想嗑CP！"

现场几乎都是各家粉丝，各种颜色的灯牌将场馆照得五光十色，一声又一声的应援仿若浪潮，掀翻了夜色。

赵虞表演结束，微微喘着气站在舞台向下看。退团那一晚，她本以为再也见不到这样的画面了。

第八章

星途闪耀

◆01◆

　　经过两个月的录制，八位嘉宾的关系已经十分亲近，大家建了一个微信群，约着有时间再聚。回到酒店时，赵虞看到沈隽意在群里发了一个《王者荣耀》的游戏链接，正在热情邀请夏元、卫池他们开黑。

　　卫池："我这把晋级赛……还是不了吧。"

　　夏元："哥，你代打在吗？你把他喊上，我们就跟你一起打。"

　　沈隽意："我没有代打！"

　　夏元："嗐，找代打不丢脸！哥，我俩带你真的带不动，你再找俩代打，我们五黑吧。"

　　沈隽意："我没有找代打！"

　　夏元："……行吧，没有就没有吧，那我和卫池双排去了。"

　　沈隽意发了个拉黑的表情。

　　赵虞盯着那个链接看了一会儿，想到自己练了几个月还处于白银段位的水平，愤愤扔掉手机去洗澡了。

　　第二天一早，嘉宾们陆续离开酒店。沈隽意和赵虞走得最早，都是早上九点的飞机，赵虞飞北京，沈隽意回杭州。再过几天就是沈奶奶的生日了，他应该是回家陪奶奶过生日。

赵虞跟林之南等电梯的时候，走廊拐角走过来两个戴口罩的女生，鬼鬼祟祟地在沈隽意的房门口打探。她们对视一眼，皱了下眉。不过好在沈隽意已经走了，两人也没多说什么，进了电梯。

车子一路驶向机场，在一个路口等红灯的时候，林之南突然推了推看手机的赵虞："你看前面是不是沈隽意的车？怎么靠边停啦？"

赵虞抬头看去，那辆眼熟的奔驰商务车果然停在路边，随后，戴着帽子、口罩的沈隽意从车上走了下来。她愣了愣，不由得坐直身子往外探了探，只见他走到身后不远处的一辆白色金杯旁，敲了敲车窗。因为戴了帽子和口罩，又隔着一段距离，并不能看清他的神情，也不知道他在和车里的人说什么，但看他敲车窗的力度和周身隐隐的寒意，赵虞总觉得他此刻应该很生气。

林之南也在打量，一脸好奇地问："车里是谁啊？这儿不让停车的，他怎么还大剌剌下车了啊？"

赵虞直觉有些不妙，不由得想起最近频发的私生事件——跟到录制现场是常有的事，前几次还有私生粉半夜摸进酒店去敲他房间的门，搞得整个节目组都有些人心惶惶。

林之南也反应过来，有些生气："不会又是跟车的粉丝吧？沈隽意这不是回杭州的私人行程吗，这也跟？"

不过几十秒的时间，站在车外的沈隽意将帽檐按得更低，转身回了车上。

绿灯亮起，车辆缓缓起步。但他的下车警告似乎并没有起到任何作用，那辆白色金杯依旧不紧不慢地跟了上去。

赵虞捏了下拳头，跟前排司机说："上桥之后找个机会超到那辆白色金杯前面去，把它挡在后面。"

夏日的清晨天光湛亮，万里无云，是一个阳光明媚的好天气。赵虞一直注视着那辆车，所以当它突现异常，以一种不可控的诡异的速度歪歪扭扭冲向桥边的护栏时，她第一时间就发觉了。赵虞瞳孔瞬间放大，身子猛地前倾，好像想做点儿什么，却分明什么也做不了，只能眼睁睁看着它在下一秒冲下护栏，冲进了滚滚江水中。

高架桥上一时之间充满了刹车声和鸣笛声，无数车子停下，目睹这起意外的路人下车冲向了桥边，有打 119 的，有打 120 的，还有拿着手机拍视频的……但江面已经看不到车子的踪影，江水吞噬了一切。

车内静默无声，赵虞和林之南呆住了。司机握着方向盘的手都在发抖，他上一刻还在想着超车，如果真的超到前面去，或者正在超车的途中那辆车出现意外，说不定他们也会受到波及。

赵虞看到沈隽意的车也停了下来，车门猛地被推开，他探了半个身子出来，又立刻被助理拽了回去，一阵争吵后，车门再次关上，再无动静。

桥上人来人往吵吵闹闹，没人发现他在那里，也没人知道那辆冲下江的车跟他有什么关系。

警笛的声音由远及近，救护车和消防车很快开上桥来，交警指挥着停留的车辆离开，桥面缓缓恢复交通秩序。不过前面那辆黑色奔驰没动，赵虞的车也一直没动。

不一会儿，有交警走过来敲窗："走了走了，别看了，这儿不能停车，把救援通道让出来，快走吧。"

司机回头看了赵虞一眼。

赵虞的声音有点儿哑："走吧。"

车子缓缓启动，赵虞看到有交警站在沈隽意的车边，应该也在说相同的话，于是那辆车也无声汇入了车流。

直到下了高架，林之南才终于挤出声音："太可怕了……"她转头看着赵虞，脸上的惨白还没退去，"是怎么回事啊？车子出故障了还是司机的问题啊？"

赵虞摇了下头："不知道。"

林之南张皇失措了一会儿："沈隽意……沈隽意他……这场意外……"

赵虞神情严肃起来，看着她冷静地道："这件事不要跟任何人提起，更不能让他知道我们也在现场。"说着她看向前头的司机，"杨哥。"

司机立刻点头保证："不会不会，小虞你放心，这事儿本来就跟我们没关系。我给艺人开了这么多年的车，知道哪些话该说哪些话不该说，你放心，我嘴严得很！"

林之南叹了口气，低声说："他这下心理阴影应该蛮大的吧。其实也不怪他，总不能因为被他骂了两句就发疯啊，估计还是意外……"

赵虞没说话，低头刷着手机。车子坠河的新闻果然已经上了热搜，大家都在祈福，并猜测车子失控的原因，搜救队也已经在江中打捞了。但其实大家都知道，这样的事故基本无生还的可能。

赵虞退出微博，打开微信，点进沈隽意的对话框，迟疑了好久，最后发了一条消息过去："替我跟沈奶奶说声生日快乐。"

一直到登机，她都没有收到沈隽意的回复。

到机场的时候她留意过，没有看到沈隽意的车，不知道他去了哪里。

194

上飞机之后，空姐送了精致的早餐过来，很热情地对她说："我特别喜欢你，你真人比电视上还漂亮。"

赵虞打起精神回了她一个微笑。

林之南也无精打采的，等空姐收走餐具，两人靠在一起听了会儿歌，她忍不住趴在赵虞肩上说："我觉得沈隽意好可怜啊，被骚扰了这么久，第一次站出来反击就遇到这种事。希望他不要愧疚吧，真的跟他无关啊……"

赵虞闭着眼，车子坠桥那一幕频繁在脑海中闪过。

他会的。他一定会为此感到愧疚，甚至充满负罪感。他就是这样的人啊。哪怕不再是她记忆中那个清朗像夏风一样的少年，哪怕用吊儿郎当没个正行掩盖住了满腹心事，但他的善良与温柔一如当年。他的眼睛从来没变过，仍璀璨又干净，亮过夏夜的星星。这样的人，无论那起事故的原因是什么，都会把过错揽到自己身上，然后谁也不告诉，自己默默消化。

她甚至不能去安慰他，因为他一定不希望还有其他人知道这件事。

飞机落地时，搜救队已经将坠江的车子打捞起来，车里只有司机的遗体，根据当时在金杯旁边的车子的行车记录仪拍下的画面，可以看出车子后排还有两个人，因此搜救队仍在打捞中。专业人员对报废的车子进行了检测，初步判断是刹车失灵。

赵虞坐上去公司的车，打开微信时，看到沈隽意终于回复过来的消息："好的！"

看着句尾那个沈隽意最爱发的龇牙表情，她最终还是没有再说什么。

到了公司，韩霜正为赵虞下午要出席的一个新代言发布会忙前忙后，笑容满面的，早上上了热搜的社会新闻并没有给忙碌的工作党带来什么影响。这世上意外那么多，除了一句叹息，他人也给不了更多。

韩霜察觉到她状态不佳，只以为是早起坐飞机太累，做妆发的时候还专门找了个按摩师过来给她放松："这可是你的国内首个轻奢代言，不仅是品牌方，圈内很多大佬都会到场，你可得给我打起精神来！"

赵虞深吸一口气，强行将那些画面从脑中驱散，点了点头。

接下来就是忙到脚不沾地的工作日程，回国后的第一张个人专辑的制作框架已经出来了，不仅收了一些质量优良的歌曲，跟几个著名的词曲人也开始了合作……商演，综艺，广告，她正极速奔跑在登上巅峰的路上。

几天之后，赵虞趁着午饭时间去录音棚的储物间给沈奶奶打了个电话。老人家听力不好，电话响了好一会儿才接起来，笑呵呵地喊："小虞呀。"

赵虞笑眯眯地说："奶奶，生日快乐呀。"

电话里，老人的声音听着很开心："乐呢乐呢，我们蒸包子吃呢，小虞你来不来啊？"

赵虞："我工作太忙来不了啦，奶奶你保重身体哈。对了，买蛋糕了吗？"

沈奶奶："买啦，隽意买了好大一个蛋糕，有两层嘞！这孩子，真是浪费钱，我又不爱吃这些。"

他回家了。

赵虞蓦然松了一口气。

旁边传来沈隽意咋咋呼呼的声音："奶，这盆馅儿里面怎么也加葱了啊？那我还吃什么啊！"

沈奶奶回过头去："你那盆在冰箱里呢，小罗怕弄混了，早就给你放冰箱了。别瞎嚷嚷，我接小虞电话呢。"

笑嘻嘻的声音凑过来，也清晰起来："喂，赵虞啊，来不来吃包子？专门请黄师傅来家里剁的馅儿哟。"

赵虞梗了一下，半晌笑着回答："太忙了，来不了，您自己多吃几个吧。"

"好嘞。"

沈奶奶又跟赵虞聊了几句才挂电话，她慢慢走回餐桌旁，一边跟保姆一起包包子一边回忆道："我也有好些年没见过小虞了。"

沈隽意正把独属于他的没有葱的包子馅儿从冰箱里端出来："她太忙啦，现在比我还红呢，你昨天不还在电视上看见她喝牛奶了。"

沈奶奶推推老花镜，笑道："都没认出来，是大姑娘了。"她想到什么，转头嘱咐，"你比小虞入行早，在工作上要多照顾她，小姑娘闯荡不容易，好歹人家也喊了你那么多年哥哥。"

沈隽意拿起一张擀好的面皮，嘟囔："她现在都不喊了，张牙舞爪的，可凶了。"

沈奶奶作势用擀面杖敲他："姑娘家面薄，我还不知道你啊，你少逗人家。"

沈隽意做了个鬼脸。

生日这天没有来太多的亲朋好友，沈奶奶这一辈的亲戚年纪都大了，不宜长途跋涉，只打了电话问候。沈家倒是来了几个叔叔辈的亲戚，陪着老人家吃了顿饭，切了蛋糕，当天就离开了，被夕阳笼罩的小院又恢复了宁静。

沈奶奶这两年已经不大爱出门，常坐在小花圃旁边的老人椅上晒太阳。沈隽意收拾好屋子，搬了个小板凳坐到她身边，跟她讲娱乐圈的八卦，把老人逗得哈哈大笑。

沈奶奶转头看坐在小马扎上的孙子，这个小马扎是他从小走到哪儿搬到哪儿的凳子，他几岁的时候就坐在上面给她讲笑话，现在二十多岁了依旧如此。看着看着她眼眶就湿了，她叹息道："你跟你爸啊，真是一个模子刻出来的。"

沈隽意挺直后背："谁说的？我明显比他帅好吧？"

沈奶奶笑着推了下他的脑袋："骨子里的基因也遗传了你爸，没个正行。"

上了年纪的老人总是爱回忆往事，沈奶奶布满纹路的脸庞被夕阳笼罩着，有种平淡的安详："你爸当年做小品演员的时候，每次有了什么新的节目，都会先表演给我看，我被逗笑了，这小品才过关。后来啊，你爸没了，你妈又改嫁，还想带你走。"她握住孙子骨节修长的手细细打量，"你就又哭又闹，说你不走，你要陪着奶奶。你妈没办法啊，就自己走了。你妈走的那天，我也是坐在这个位置，看着她进进出出搬行李，默默流眼泪，你就这样握着奶奶的手保证，说你会像爸爸一样每天逗奶奶笑，你说你可会讲笑话啦，树上骑个猴，地上一个猴……"说着说着就又笑起来，眼泪都笑出来了。

她命不好，早年丧夫，中年丧子，可唯有这个孙子，给了她这一生最大的陪伴和慰藉。

✦02✦

夏季的商演和活动是最多的，往年这个时候，薏仁们已经天南地北地开始追活动，疯狂为在舞台上散发魅力的偶像尖叫应援了。但今年沈隽意工作室不仅推了接下来几个月所有的公开行程，就连之前早就定好的商演都取消了，对外说的是艺人身体不适，闭关养病。

薏仁一听偶像生病了，不闹也不催了，纷纷留言让工作人员好好照顾他，说他们不急，没有活动也没关系，身体最重要。

好在沈隽意有剧和综艺在热播，广告代言也不少，上半年拍的杂志下半年开始陆陆续续出刊，倒也不缺热度。

沈隽意这一甩手，不少通告资源就都空了出来。愿意找他的投资方自然是看中了顶流的市场，于是只能另找霍希。但霍希的行程也早就安排满了，接一两个还行，多了自然忙不过来。而夏元、黎尧一众终归差那么点儿意思，他们出道多年，无论是地位还是人气早已稳固，想要更进一步已经很难了。

这样的情况下，投资方的目光渐渐聚集在了赵虞身上。

赵虞算得上是今年势头最猛的一位艺人，本身就自带粉丝和人气，回国首秀又给了唱跳圈一记重锤，稳坐唱跳女艺人 Top1 的宝座。无论是国内首秀、首综，还是首个代言，她都用数据证明了惊人的实力。而这仅仅只是她回国半年的成绩。她跟夏元他们不一样，国内市场对她而言还很新，她还有巨大的拓展空间。

有个人气博主每年都会做流量出道数据对比图，这些年新人层出不穷，但没有一个人能达到沈隽意和霍希当年的高度，这俩顶流高高在上的数据条仿佛一条横断山脉，牢牢将一众流量隔绝在山下，多年来无人能及，直到今年把赵虞的数据加了上去。

数据条是用各自的应援色来代表的，沈隽意是红色，霍希是金色，而今年多了一条粉色，以一种无可撼动的姿态凌驾金红之上。

网友们看到新鲜出炉的数据图都惊呆了。那俩神仙在天上打架打得太久，凡人都习惯仰望了，现在居然有另一位神仙把这俩给踹下来了？吃瓜网友简直比明星本人还激动。

——千言万语，最后只汇聚成一句：赵虞牛！

——扒一扒那个插足两大顶流爱恨情仇的女人。（不是）

——那俩霸榜得有五六年了吧？从数据君第一次发图到今天，我终于看到除金红外另一种颜色了！

——真的不得不感叹 zy 的实力，果然有实力的人在哪儿都能红。

——两大顶流的局面是不是要被打破了？ zy 这势头谁顶得住，不愧是归国女王。

——SRDS（网络流行语，虽然但是的意思），吹过了哈。sjy 和 hx 当年是纯新人出道的，能达到这数据是真的牛，但 zy 这种自带流量回国的，有这数据不是很正常？达不到才丢脸吧？

——就算这样也很厉害啊！ sjy 和 hx 出道即顶流，他俩的数据现在国内这些艺人追几年都追不上，赵虞不仅追上了还超过了，就是牛啊。

——数据君皮下莫不是 zy 粉丝？把一个在韩国出道三年的顶流的归国数据跟纯新人出道的数据放在一起对比？碰瓷不要太明显哈。

——不是吧不是吧，这就开始吹顶流了？半年而已呢姐姐，太飘了吧？

——前面阴阳怪气的有病？ zy 的确自带流量，但人家从来没在国内发展过，回国就是从头开始了好吗？这两年归国的少了？有谁达到 zy 这水平了？承认别人优秀很难吗？

——数据君一直都是把归国艺人回国发展半年期间的数据当做出道数据放在这张图里的啊！你们仔细找找，都在最下面好吗？！

——赵虞就是最棒的！赵虞未来可期！

——抱走赵虞！不争，请期待我们姐姐首张个人专辑《遇鱼》哦！

……

出道数据图在热门上挂了两天，除了各家粉丝，路人都还是持吃瓜的态度，一边感叹赵虞的人气，一边玩"插足两大顶流爱恨情仇"的梗，连表情包都出来了。

投资方本来就看好赵虞，看了这张图，又听说猕猴桃早早就签了赵虞当下一季《闪光少女》的导师，就更满意了——这猕猴桃向来心眼多，最会抢占先机，连他们都出手了，肯定不会错。于是无数邀约纷至沓来，赵虞都快被资源砸蒙了，在韩国巅峰时期都没这么忙过——那时候毕竟还有队友，而且公司资源一向往三位韩国成员身上倾斜，她重心又在舞台上，能拿到的资源有限。

看着韩霜递来的三份代言合约，赵虞感觉自己以前就像没红过。

三个代言里有一个是华米手机新款代言人，这种国际性的国民手机品牌找的代言人一向都是当下最红的明星，赵虞之前在营销号那里看到过对方有意跟沈隽意合作的传言，现在他闭关，没想到这代言居然落到了自己身上。

韩霜见她看着合约走神，笑着问："怎么了？"

赵虞叹了口气："感觉像捡了沈隽意的漏。"

韩霜笑道："能捡漏也是实力，别人想捡还捡不到呢。对了，这是接下来几个月的音乐节邀约。不过小虞啊，以你现在这个咖位，真没必要再跑音乐节了，上次那谁不还嘲讽你掉份吗？"

赵虞嗤笑一声，靠着沙发翻了翻文件："她们说掉份就掉了？舞台还分什么高低贵贱，国内舞台本来就少，能有得跳就不错了。"

韩霜打量她一会儿，实在是好奇："你说你，怎么就这么喜欢舞台呢？"

赵虞支着手肘，用食指点了点下嘴唇，眯着眼像在遥想，眉梢间都是光芒："因为站在舞台上的感觉真的太棒了！往下一看，全是我的人，那满足感，啧——"

韩霜笑着推了一下她的脑袋："行了行了，你喜欢就行。不过你国内的粉丝还没追过音乐节吧，那可跟商演不一样，几个小时全靠站的，又热又挤，不一定会去那么多人。"

国内的音乐节都是在露天的场地举办，没有座位，也不分VIP区域，前后排全靠抢，谁去得早谁就站前排。演出一般是从下午一直演到晚上，咖位大的都排在最后几个出场，但有些粉丝为了能近距离见到偶像，一大早就去排队抢前面的位置，不吃不喝站十几个小时是常有的事。这一般人可受不住。

赵虞还没参加过国内的音乐节，这个夏天是她的初场，但听韩霜这么说倒也不担心，笑嘻嘻地挑眉："我相信他们。"

赵虞参加的第一场音乐节在沿海城市，站上舞台时，能看到远处蔚蓝的海。她是前一天晚上到的，彩排的时候沙滩上就已经有不少粉丝在扛着"大炮"拍照。

隔得太远，音乐声伴着海浪嗡嗡响，在海边游玩的游客好奇地打量三三两两的粉丝，有个小朋友拉着她妈妈的手说："妈妈，这些姐姐们的粉头发好漂亮。"

见有好奇的游客问那边是在做什么，果然没让赵虞失望的虞美人们就热情地介绍："是在彩排明天的音乐节，门票才两百元，吃喝玩乐一条龙还可以看赵虞跳舞哦！"

游客恍然大悟："哦哦，是那个色诱女鬼的赵虞吧？我最近老在电视上看到她喝牛奶。"

虞美人们哈哈大笑。

第二日天气晴朗，音乐节如期而至，赵虞被安排在晚上九点出场。八点多的时候，舞台下面就开始星星点点亮起粉色的光。

正在表演的乐队主唱趁着间奏的空隙笑着打趣："诶，你们的粉色荧光棒很漂亮哦。"

虞美人们异口同声："谢谢夸奖！"

乐队主唱笑翻在台上，结束的时候还 Cue 了赵虞："我们的表演结束了，接下来要去台下和你们一起看妖精跳舞了。"

满场都是尖叫声。

赵虞踩着音乐上台的时候，台下粉海绚烂。为了应景，她今晚穿了水手裙，胸前还打了一条海蓝色的领带，跳舞的时候回身一扯，眼尾水钻艳得妖娆——这别人穿着普通可爱的小裙子在她身上总有种别样的性感。

已经站了几个小时甚至十几个小时的粉丝，在看到她的那一刹那，所有的疲惫就都烟消云散了。他们跟着她一起蹦一起唱，全世界在眼里聚拢，最后只剩下她一人。

四十分钟的演出，赵虞唱了六首歌，一首慢歌、五首唱跳，结束的时候，汗水从额间一路滑过颊边，她随手拂了一下，笑盈盈地朝台下招招手："今晚和你们玩得很开心，下次见！"

台下的虞美人们撕心裂肺地喊："宝贝下次见！""我爱你啊啊啊！""女鹅多吃点儿！太瘦了！多吃点儿听到没！""赵虞！赵虞！赵虞——"

后台，林之南捧着手机热络地凑过来："这家海鲜烧烤怎么样？网上评分超高，当地网红店！"

赵虞边换衣服边问："这个时间还能订到包间吗？能订到就去。"

林之南开心地跑去打电话订位置。

当晚，赵虞在烧烤店吃夜宵的照片就上了热搜。去了同一家店的粉丝别提有多高兴了，还没离开的粉丝第二天也陆续跑去烧烤店打卡。

之后的几场音乐节，来的粉丝一次比一次多。无论是饭拍视频还是官方视频，赵虞的现场表演都实在太有感染力了。那是无法通过看视频体验到的像火一样的热烈，只有置身于粉海之中，被音乐和灯光环绕，才能知道妖精到底有多诱人。

音乐节原不该有这么高的热度，但因为赵虞，她参加的那几场音乐节被网友们津津乐道，甚至上了头条。一开始还有黑粉带节奏酸她掉份，但很快被粉丝和路人骂了下去。

——国内某些艺人不仅应该学习赵虞的实力，还应该学习她对舞台无限度的热爱。

——有一说一，国内唱跳舞台这么少，赵虞没有拿捏咖位愿意去音乐节，很值得敬佩了。

——霍希也跑音乐节，没见你们嘲过，轮到赵虞就嘲咖位了？双标不要太明显！

——赵虞以前就在采访中说过她很喜欢舞台，每一个舞台都值得尊重和热爱。放过孩子吧，她只是太爱舞台了。

——我就搞不明白了，某些人哪儿来的脸居然看不起音乐节？摇滚乐的狂欢，地下乐队的游乐场，夏日最热烈的舞台，你们懂个屁！

……

因为网上的热议，今年的音乐节格外受到关注，以前从没去过音乐节的网友看大家这么一说，都决定买票去体验体验"万人蹦迪"。也因此，之前没邀请赵虞的音乐节主办方都快后悔死了，现在再邀哪儿还有档期，赵虞的行程都排到明年了。

✦03✦

盛夏的时候，赵虞的首张个人专辑《遇鱼》在各大音乐平台上线。

首专一共收录了十一首歌，以唱跳为主，曲风多变，但大体上延续了她一贯又飒又飒的风格。词曲制作人都是圈内叫得上名的大佬，编舞是跟国内著名的凤凰舞社合作，MV取景多达七个国家。

因为是赵虞的首张个人专辑，又是她回国后的第一张专辑，不仅粉丝，资方和各家艺人也都盯着数据，毕竟《遇鱼》的销量代表的是赵虞目前在国内最真实的人气——艺人有没有商业价值，粉丝有没有购买力，是资方最看重的。而且最近赵虞的上升势头太猛，不少人等着抓她把柄开嘲呢，网上甚至已经有内涵她碰瓷顶流、人气虚高的言论，如果这次专辑销量不理想，估计会迎来黑粉大面积的反扑。

韩霜挺紧张的，一直跟林之南盯着专辑宣传的事，木易的公关部也在为接下来专辑上市可能出现的情况做预案，赵虞最近这段时间的商演她们都没跟着，让她自己跟舞台玩去。

然而让人担心的事压根儿没有发生。虞美人们岂止是给力，简直就像打了鸡血一样，《遇鱼》上线三个小时就登上了数字专辑实时销售榜单的第一名，同名主打歌《遇鱼》登上音乐数据榜第一名，一举超过霸榜数月的霍希和沈隽意。实体专辑的销量也在每小时以千计的数量增加。

专辑热度波及全网，一打开网站，无论是视频还是话题好像都在讨论赵虞这次的新歌新舞新造型。尤其是赵虞的歌，向来备受各大舞社的喜爱，新歌刚上线，舞社的成员们就开始学新舞了，视频网站上都是网友跳《遇鱼》的视频。还有大佬把《遇鱼》的舞蹈动作拆开分步教学，不会跳舞的虞美人们可开心了，点赞之后就跟着视频学，一想到以后去追现场可以在下面跳给偶像看，简直美滋滋。

赵虞一结束商演就收到了林之南的电话："你在沈隽意上面了！"

赵虞："啥？"

林之南兴奋地把音乐数据榜的截图发过来。

赵虞："哦，你说这个在他上面。"

林之南："那不然嘞？你还想什么在他上面？"

因为《遇鱼》拿下的漂亮成绩，木易娱乐每个员工都有种感同身受的快乐。他们这公司说大不大，说小不小，旗下艺人说红不红，说不红也还行，直到出了个赵虞，简直一举在圈内站稳脚跟，最近去谈合作都容易了很多。

韩霜看着盘腿坐在沙发上喝咖啡的女孩，又想起当年初次见到她时的景象。那时候她就觉得这姑娘能火，自己看人的眼光真是太准了。乐完了，她又嘱咐道："你现在正处于人气上升期，粉丝最是能打的时候，就算数据能超过霍希和沈隽意也切勿得意，要戒骄戒躁，保持平常心。"

赵虞晃着咖啡杯："你笑得这么灿烂，我完全看不出你告诫的诚意。"

韩霜最近确实春风得意，她摇头笑了下才正色道："认真跟你说呢，你现在的人气就像喷泉，那喷泉总不能一直喷吧？过了这段时期，人气会有一个平缓期，到时候热度会慢慢降下来。他俩毕竟是顶流，到时候你可得接受落差。"

赵虞笑嘻嘻一耸肩："回国的落差我都能接受，还接受不了这个啊？"

韩霜满意地点头："你心态好，我放心。"她拉开抽屉拿出一份文件，试探着递过来，"你现在热度正高，资源也多，但国内舞台毕竟有限，想要曝光度，还是需要综艺和影视剧。何导的新剧正在筹备，女主角指名要你，是市场上少有的电竞题材，你看看？"

赵虞仰着头把咖啡喝完，从沙发上跳下来，戴好帽子摆摆手："不了，我暂时对拍戏没兴趣，等有兴趣的时候再说。"

韩霜一脸无奈："那你什么时候才有兴趣啊？"

赵虞回头对她打了个手势："说不定哪天心情好，突然就有兴趣了。"

韩霜："……"

今年的最后一场音乐节表演在国庆，赵虞依旧排在最后出场，大概因为这是今年最后一次，来的虞美人比之前都要多，粉色光芒将整个场地照得透亮，映着天上圆圆的月亮，像天然的舞美。

赵虞在台上跳《遇鱼》的时候，惊讶地发现台下的粉丝居然都会跳了，但是人多又挤，他们既要跳又要唱还要挥荧光棒应援，乍一看跟群魔乱舞似的。她"扑哧"一声笑场了，边笑边跳，等这一首歌结束，才微喘着气问："你们刚才是在跳《遇鱼》啊？"

底下的粉丝激动万分："对！"

赵虞："啧，要不是那几个招牌动作，我都没看出来。"

"啊啊啊过分！"前排有粉丝撕心裂肺地喊，"我们学了超久的！！！"

赵虞凝神听了半天，一脸宠溺地冲他们笑："好吧，你们其实跳得超棒。"

粉丝："啊啊啊你也超棒！"

台上的女孩手指拂过额头，甩了下指尖的汗水，只手解开衬衫的纽扣，脱掉之后扔在一边，露出黑色的吊带："好了，商业互吹结束，进入今晚最后一首歌。"

台下粉丝的嗓子都喊劈了。

这一首是慢歌，赵虞难得不在台上蹦蹦跳跳，站在立麦前安安静静唱完了一首歌。最后一个音符落下，她笑着朝台下挥挥手："再见啦。"

赵虞刚走了两步，台下突然响起整齐的大喊声："赵虞！演唱会！赵虞！演唱会！赵虞！演唱会！"

她惊讶地回过头，粉色光芒映着一张张期盼又热情的脸庞。她笑起来，朝他们比了个"OK"。尖叫声几乎掀翻了夜色。

跑完音乐节，之前签下的代言也都开始进入广告拍摄阶段，且越是接近年底，商演活动就越多，什么双十一、年度音乐大赏、易咕音乐庆典……虞美人们快乐得仿佛过年。试问谁家偶像有我家的舞台多呢！别家偶像拍戏的拍戏，上综艺的上综艺，闭关的闭关，只有我们的偶像一腔热情辗转各大活动跳舞给我们看！女鹅对我们这么好，我们有什么资格不努力？！花送了吗？榜打了吗？视频点播率做了吗？专辑播放量点了吗？一年一度的流行音乐盛典就要到了，看到那个金专奖在朝我们挥手了吗？！什么霍希？什么沈隽意？我们没在怕的！！！

虞美人们斗志昂扬，《遇鱼》的销量一路狂奔。

专辑上线之后，赵虞去商演大多都会表演《遇鱼》里的新歌。她的歌现场感染力一向强于 MV，舞台上魅力四射的直观冲击是视频比不了的，以前的歌粉丝多多少少都看过了，现在新歌一出，都争抢着去看新的现场，于是商演的门票竞争就变得激烈起来。

商演可跟音乐节不同，到场的都是有分量的明星，门票有限，各家粉丝不可小觑，虞美人都铆足了劲抢票。霍希的粉丝本来以为沈隽意闭关之后就没人跟他们比拼应援了，结果去了几场商演之后发现，怎么走了红色又来个粉色啊？这是你们粉红色的阴谋吧？

虞美人："没有没有，真没有。只是想让姐姐看见属于她的粉海罢了，绝对不是有意跟您家顶流 Battle（较量）的！求放过！"

因为网上总有黑粉带节奏嘲赵虞碰瓷，所以虞美人们对"顶流"这个词避之唯恐不及，有时候路人在评论里留言说赵虞位极顶流，还有粉丝忙不迭地"抱走不约"。

希光姐姐们扬起了高傲的头颅："我们的对家是红海，其他的，不屑一顾！"

虞美人："对对对，你们金红两家好好打着吧，千万不要在乎我们！"

粉丝之间阴阳怪气，正主相见倒是显得十分心平气和。霍希只是性格高冷了点儿，但待人处事没有架子，淡且温和，在圈内名声很好，赵虞几次在后台跟他碰面，都挺客气。

商演结束离开的时候，两支团队恰好在电梯里碰到，霍希的经纪人宝哥对赵虞打破两大顶流对峙的局面还挺乐见其成，看这几个月赵虞分走了不少原本属于沈隽意的资源和热度，别提多开心了，一进电梯就乐呵呵地道："听说小虞的《遇鱼》入围今年金专奖啦？我觉得拿奖肯定没问题的。"

韩霜笑道："那就承你吉言了。"

金专奖一年一度，含金量很高，能拿奖的一般都是实力人气俱佳的歌手。流量明星里面，只有霍希和沈隽意拿过，而且这俩都拿过两次。因此以前这俩全方位 Battle 的时候，粉圈很流行一句话："没拿过金专奖也好意思叫顶流？"

其实《遇鱼》现在已经取得了非常好的成绩，也足够证明赵虞的人气和实力，拿不拿奖都无所谓，但人嘛，总是会逐渐奢求更多更好的东西。

操心完销量，韩霜和林之南就又开始操心即将到来的流行音乐盛典。林之南每天都在赵虞耳边念叨："平常心最重要！你千万要保持平常心，就算不拿奖也没关系，千万不要放在心上！"

赵虞无语地白了她一眼。

流行音乐盛典在冬天来临，赵虞前不久拿到了奢侈品的代言，这次红毯的礼服和首饰都是对方赞助的最新款，红毯造型更是打破常规，不再突出性感和飒意，走起了甜美风——

浅粉色的轻蓬长裙，裙摆缀满花瓣，头发染回黑色后尤显得皮肤白，长发又浓又黑，微卷着散在身后。

一下车，闪光灯和刺骨的寒意袭来，赵虞登时打了个哆嗦，提着裙摆一路小跑着走过红毯。

照像机的咔嚓声不绝于耳，有记者喊了一声："赵虞看这边！"

她偏头看去，黑发掠在颊边，朝镜头露出一个璀璨的笑容。

镜头记录下这回眸一笑，传到网上之后，立刻被关注音乐盛典的网友们疯狂转发。

——这一回头绝了！她的眼里有星空啊！

——这是迪士尼在逃公主吧？

——这一幕好像童话电影啊。穿着礼服的公主提着裙摆一路小跑，某个瞬间回头朝你一笑，轻而易举就夺取了你的心！

——上帝啊！看看这个女孩吧！她怎么能那么盐又这么甜啊！

……

红毯造型历来备受关注，赵虞这张"公主回眸图"不出意外成了当晚最佳。

走到签名墙时，主持人笑着递上签字笔和话筒，等她签完笑着道："欢迎赵虞来到我们的流行音乐盛典。大家都知道，赵虞的第一张个人专辑《遇鱼》入围了我们的金专奖，那么今晚你有信心拿奖吗？"

赵虞摆摆手："跟几位前辈竞争压力蛮大的，不敢盲目自信。"她撩了下长发，冲镜头挤眼，"不管能不能拿奖，至少我今晚美过。"

观看直播的虞美人们却比她紧张多了。如果《遇鱼》能拿下金专奖，今后再有人嘲讽他们碰瓷，他们就有资本嘲回去了啊！他们默默祈祷着，看着一项一项奖项颁布。

轮到金专奖时，现场镜头给到了几位提名艺人身上，赵虞正绞着自己的头发玩，看到大屏幕上的自己，坐直身子笑着挥了挥手。

主持人卖了好几个关子，都快把观众的心提起来了，才终于公布了最终获奖人："获得年度流行音乐盛典金专奖的是——《遇鱼》！恭喜赵虞！"

大屏幕上分镜消失，只留下赵虞一个人。画面里的女孩有些惊讶地挑了下眉，随即露出了落落大方的笑，然后提着裙摆走上了舞台。

沉甸甸的金色奖杯交到她手上时，屏幕前的虞美人们都快尖叫到晕过去了。

现在全网都是有关赵虞获奖的讨论。"赵虞金专奖"的词条一路冲上热搜，网友在评论里感叹，霍希进组拍戏，沈隽意闭关半年，今年一整年就是这姐的主场吧？

赵虞握着奖杯掂量了两下。

主持人笑着问："现在什么感想？"

赵虞："有点儿沉。"

她拿过那么多奖，这算是最沉的一座奖杯了。

结束之后回到后台，林之南扑过来就是一个熊抱："给我摸摸奖杯！四舍五入等于我也拿奖了！今晚要庆祝！必须庆祝！"

韩霜定了赵虞爱吃的火锅，团队的工作人员都来了，包厢坐得满满当当，喜气洋洋。

吃到一半，赵虞的手机响了起来。她拿出来一看，瞳孔凝了一下，然后起身朝外走去。这个时间的VIP区域安安静静的，一接通，那头就传来笑吟吟的声音："拿奖了，恭喜啊。"

这是沈隽意闭关后，他们第一次联系。

赵虞一直相信时间是最好的治愈良药，也相信只要给他时间，他一定能走出来。她抿唇笑了下，身子朝后靠向墙壁："谢啦，你闭关还上网啊？"

沈隽意："我是在家闭关，又不是去深山老林，你不知道我是网瘾少年吗？"

赵虞："不知道。"

沈隽意："那你现在知道了。"他顿了下，又笑嘻嘻问，"怎么样，拿奖什么心情啊？"

赵虞背抵着墙低着头，脚尖有一下没一下地踢着墙根："你不是也拿过？你什么心情我就什么心情。"

沈隽意："我当时心情挺平静的，因为我觉得这奖除了我别人都不配拿。"

赵虞唾了他一口。

两人拌了会儿嘴，赵虞问："闭关该够了吧？什么时候回来啊？再不回来，你的资源就要被我占完了。"

沈隽意笑道："快了，接了芒果台的跨年邀约。"

赵虞："我也接到了。"

沈隽意隔着电话伸了个懒腰，语气懒懒散散地说："那就跨年夜见了。"

有服务员端着果盘经过，看见她时脸上溢出激动的笑容。赵虞笑着朝她招招手，对电话那头的人说："好，跨年夜见。"

◆04◆

时间进入十二月后，电视台和视频网站都开始公布今年的跨年夜嘉宾名单，争抢收视率。观众每天不管是打开电视还是打开视频网站，都能听到激昂的声线播报着宣传广告：十二月三十一日晚七点半！拼夕夕携手芒果卫视跨年演唱会！跨年狂欢，等你来看！霍希、沈隽意、赵虞齐聚芒果，三大顶流首次同台，精彩不容错过！

"三大顶流"这个词就这么进入了观众的视线，且听着也没觉得哪里不对，他们自然而然就接受了这个设定。

夸还是你芒果台会夸！虞美人们美滋滋地想，可不是我们碰瓷啊，要撕撕芒果台去！

跨年夜是赵虞今年最后一个行程，等十二点一过，进入新的一年，她只会比今年更忙。

到达录制现场时，她一下车就遇到了霍希一行人，双方都客客气气地打了招呼。

两拨人一起进了电梯，门一合上宝哥就说："怎么样，我之前预测得够准吧？"说的是金专奖的事。

韩霜笑吟吟地朝他竖了下大拇指："不愧是圈内开过光的嘴。"

宝哥抄着手，挑眉道："你们小虞接下来有什么影视计划吗？考不考虑跟我们合作？"

韩霜看了眼凑在霍希身边看他玩游戏的赵虞，无奈一笑："她死倔，一门心思扎在舞台上，就是不肯接戏。"

宝哥："难怪呢，不过执着舞台也有执着舞台的好处。"

那边两位经纪人相谈甚欢，这边赵虞看着霍希操控着游戏里的孙尚香滚到了河道，忍不住伸手指了下旁边的草丛："我觉得这里面肯定有人蹲你。"

霍希侧眸瞟了她一眼："是吗？"

这位跟沈隽意厮杀多年的对家，帅是真的帅，冷也是真的冷。其实说"冷"不准确，更多的是淡漠，看人时眼眸深又静，没什么情绪起伏。

赵虞指挥着："不信你丢个二技能试试。"

霍希按照她的话往草丛里丢了个二技能，啥也没有。他偏头瞟了赵虞一眼，像是在问："人呢？"

赵虞有点儿尴尬地摸了下鼻头，朝霍希讪讪一笑："您打，您继续。"

电梯持续上升，到一楼的时候"叮"一声打开了，赵虞下意识朝外看去，一眼就看到了站在门口的沈隽意。半年未见，他还是一点儿都没变，眼底笑意分明，眉间光芒耀眼。

赵虞还愣着，倒是宝哥先招呼起来："哟，闭关终于结束了啊。"

这话说的，芒果台的宣传又不是今天才开始。

毕周假笑着招呼："是啊，毕竟合作方都催着，没我家隽意不行。"

韩霜朝赵虞投去一个看热闹不嫌事大的眼色，赵虞憋着笑摇了下头。

经纪人在互瞪，两位当事人却没想象中那么剑拔弩张，沈隽意看到赵虞也在里面，很欢脱地蹦进来："你来得挺早啊。"

　　赵虞："你也不晚。"

　　又进来几个人，电梯内就有点儿挤了，赵虞被沈隽意挤得往后边退了好几步，忍不住推他："你老往这边挤干什么？"

　　沈隽意不由分说地挤到她和霍希之间："我看看霍希玩什么英雄。"他偏头一瞅，"射手啊。"

　　亏得他还能认出来那是射手。

　　霍希淡淡"嗯"了一声。

　　沈隽意又问："你什么段位啦？"

　　霍希："王者。"

　　沈隽意："几颗星啊？"

　　霍希："3颗。"

　　沈隽意"啧啧"两声，一副骄傲得不行的样子："我都49颗星了，还差1颗就上荣耀王者了。"

　　赵虞："啧——"你那49颗星是怎么来的心里没点儿数吗？真是没眼看。

　　霍希没理他，操控着射手拿下三杀后就按了锁屏。

　　沈隽意惊讶道："你怎么不打啦？"

　　霍希："电梯到了。"

　　沈隽意无比气愤："那也不能挂机啊！就因为老有你这种队友我才经常输！"

　　霍希面色淡漠地瞥了他一眼，电梯门开后头也不回地走了出去。

　　赵虞在后面说："他打的人机局。"

　　沈隽意回头瞪了她一眼："人机局也不能……诶？人机？"他顿时喜笑颜开，美滋滋昂着头，"难怪能拿三杀，在人机局掌握雷电有什么厉害的！"

　　半年没见，他好像比以前更沙雕了。赵虞一边觉得松了口气，一边又忍不住痛心疾首地叹气。

　　三人的休息室不在同一处，出了电梯各自往前，赵虞刚走了没两步，就听到沈隽意在后面喊她："诶，赵虞。"

　　她回过头去："干吗？"

　　沈隽意笑嘻嘻地说："好久没见了，一会儿结束要不要去吃夜宵？"

他话一出，赵虞就看见站在他后边的毕周皱了下眉，一副欲言又止的神情。她还没回答，沈隽意又补上一句："夏元和郑婉怡不是也来了，叫上他们一起。"毕周的眉头这才松开。

赵虞："行。"

沈隽意笑嘻嘻地朝她挥挥手，看着她们一行人走远，脸上笑意一散，转头淡声问毕周："她现在都顶流了，你还担心她蹭我热度？"

毕周瞪了他一眼："我是怕她粉丝骂你！"

沈隽意："……"

录制七点开始。

这是赵虞在国内参加的第一个跨年晚会，芒果台几乎把半个娱乐圈的流量都请来了，她跟沈隽意、霍希一样，出场顺序靠后，霍希更是唱完就跨年，占据了最好的收视时段。

跨年晚会这种讲究应援的场合，粉丝都把灯牌做得巨大巨亮，恨不得闪瞎对家眼那种。如今现场基本都被金、红、粉三种颜色承包了，赵虞走到延伸台跟观众互动的时候，差点儿被灯牌闪瞎。

夏元和郑婉怡已经表演结束，蹲在观众席前面拿着两根荧光棒给她打 Call（源于日本应援文化，指加油），镜头给过去，现场尖叫更盛。

等沈隽意表演完去后台卸了妆换了衣服，时间已经过了十二点。不过跨年晚会是录播，其实还不到跨年夜这一天。

自从《荆棘之路》录完后，大家各忙各的，也没时间再聚。沈隽意一上车就听见郑婉怡跟赵虞说："何导知道我跟你关系好，才叫我来跟你说的嘛。毕竟国内舞台少，你试试往影视剧方面发展也不吃亏，我跟何导合作过，真业界良心！"

赵虞这一年推了不少影视剧，前阵子有个电竞剧本找她，被拒了之后不死心，多方托人往她跟前递好话。

郑婉怡："要不是何导就看中了你，我都想去试那个角色呢。电竞女神多帅啊！小说也超火的，而且男主角定的是卫池，他还能带你。是时候让他还你教他跳舞的恩情了！"

见沈隽意上车，郑婉怡转头问："你说我说得对不对？现在哪个顶流不演戏啊，你看沈隽意演技这么差，都还能拿收视冠军，你怎么不行啦？"

沈隽意："……你劝归劝，拉踩我干啥？！"他一指赵虞，"就她这样的青铜菜鸡，哪儿会演什么电竞女神！"

一个常年找代打的菜鸡居然还有脸鄙视她？赵虞差点儿气死："那你上部戏还演筑基练气修真呢，也没见你现在飞升成仙啊！"

沈隽意："哟，还挺关注哥哥嘛。"

夏元、郑婉怡："呕！不要脸！"

赵虞简直想把他从车上踹下去，爱恨不过一瞬间罢了。

四人聚齐，车子开往定好的饭店。

郑婉怡是真觉得那部剧会爆，全面分析一遍后，赵虞总算答应回去看看剧本了。她其实也不是排斥演戏，只是觉得回国才一年，还想在舞台上再沉淀一下。只不过郑婉怡说得对，国内能给到的舞台确实很少，她想稳固位置，影视和综艺都是不可缺少的一环。

夏元在旁边酸溜溜地说："剧里有吻戏吧？卫池命真好。"

沈隽意戳着手机撇了下嘴。

聚会一直到凌晨三点才结束，好在大家第二天都没行程，赵虞一直睡到下午才起床。等外卖期间，她让韩霜把之前推掉的那个电竞剧本拿过来。韩霜高兴得跟什么似的，生怕她反悔，外卖都还没送到就拿着剧本到了。

赵虞看她气喘吁吁的样子，差点儿笑死："你飞过来的吧，这么快？"

韩霜笑逐颜开："怎么突然想通啦？"

赵虞："看看嘛，看看也不吃亏。"

韩霜连连点头："对对对，这才是身为顶流的觉悟！喏，剧本我看过了，其实就是披着电竞外皮的恋爱剧，但内容是真不错，有些段子又甜又撩，而且没那么多狗血剧情，热血与梦想，青春与爱情，非常适合成为你的首部影视作品。"

赵虞接过来："嗯，我先看一遍。"

韩霜不放心地嘱咐："最迟两天给我消息。导演也就是一根筋看中你，想演这部剧的小花可不少，别让别人抢了先。"

吃完饭，赵虞就被监督着看剧本去了。

刚好这两天没什么活动，她抓紧时间把剧本看完了，又问了一圈圈内好友的建议，最后给了韩霜肯定的答复。韩霜雷厉风行，立刻联系制作方签约，一天之内就把合同定下来了。

赵虞今年的行程其实挺满的，一月份要去新一季的《闪光少女》当导师，下半年准备开国内首场个人演唱会，跟制作方那边协调了档期后电竞剧定在四月进组，拍完之后大概六月底七月初，刚好无缝衔接准备十月份的演唱会。

跨年晚会之后，《闪光少女》官宣了导师名单。其实之前就一直有营销号透露赵虞会去，网友们都还蛮兴奋的，现在正式官宣，虞美人们也进入了新一年的兴奋中。

赵虞跟木易的合约也到期了，不过双方合作很愉快，于是又续约了两年。公司一高兴，又使劲儿给她接了不少代言，赵虞的行程更多了。

韩霜还给她找了个教演戏的老师，除了公开的活动，其他时间她都没闲着，琢磨剧本，专研演技，忙起来时间概念都没了，等林之南兴致勃勃来告诉她明天就要进组的时候，赵虞才惊觉已经入春了。

电竞剧叫《爱与王座为邻》，男主角老早就定了卫池。作为一线小生，卫池几乎一年四季都泡在剧组，《荆棘之路》录完赵虞就没见过他了。

晚上，卫池在八人微信群里找她。

卫池："@ 赵虞，明天你几点到？我提前带你去跟两位老师认识一下。"

赵虞："大概中午，一起吃午饭？"

卫池："可，就在酒店附近找个餐厅吧？"

赵虞："OK。"

夏元："我也想演这部剧！"

卫池："你不早说，现在角色都定了，你早点儿让你经纪人去找导演，说不定还能客串一下。"

夏元："找了，这不是导演没同意嘛。"

卫池："你想演哪个角色啊？"

夏元："你那个。"

卫池："拉黑吧兄弟，别再联系了。"

得知赵虞明天就要进组开启她人生中第一次拍戏经历，群里有着丰富演戏经验的成员都纷纷私戳她传授技巧。赵虞正挨个聊着天，手机又是一振，沈隽意的消息跳了出来。上次聚会之后他们就没再见过，沈隽意闭关半年，活动积压得比她还多，国内国外到处跑，见不着人影。

一打开，赵虞就看见他发过来一个"我在盯着你"的大头狗狗表情，于是回了他一个"有事吗你"的表情。

沈隽意："明儿进组啊？"

赵虞："嗯，怎么，你也有表演技巧要传授给我？"

沈隽意："吻戏技巧要不要？"

赵虞的耳根唰的一下就红了，她对着他微信头像唾了一口，才咬牙切齿地回复："听上去你经验很丰富的样子？"

沈隽意："还行吧，也就被观众称为最会吻的男人。"

赵虞："[那你可真是太棒了给你鼓鼓掌哦].jpg"

沈隽意："我的经验就是，开拍前情绪到位，开拍后一条过！吻得越多越没感觉，千万不要NG（影视术语，指未达到最佳效果或出现失误，需重拍）！"

赵虞正半信半疑，卫池发了张截图过来，图上是刚才他和沈隽意的聊天记录。

沈隽意："听说新剧吻戏很多？你可别趁机占赵虞便宜故意NG好几遍！"

卫池："我是那种人吗？几遍是不可能的，最起码十几遍。"

沈隽意："[我这一剑下去你就死了].jpg"

卫池："你跟夏元都有病，嫉妒死我了吧？"

沈隽意："呵，我犯得着嫉妒你？我就是心痛看着长大的妹妹马上要被猪拱了，必须对猪予以警告！"

卫池："滚！"

赵虞差点儿笑死了，回复道："别理他。"

卫池："他已经在我黑名单里了。"

两人这头聊着，沈隽意等了半天没等到回复，连发了几个生气龇牙的表情。

沈隽意："哥哥说的话听到没？！"

赵虞："[什么东西这么烦].jpg"

赵虞："知道了行了吧！"

沈隽意："[我在盯着你].jpg"

翌日一早，赵虞和卫池进组，被网友期待已久的电竞恋爱剧《爱与王座为邻》也在微博上官宣了男女主角。

之前画饼的营销号太多，粉丝都是非官宣不约。而且赵虞以往没演过戏，虞美人们对之前爆出的这条消息压根儿没放在心上。现在官宣了，全网都沸腾起来。一来赵虞热度高，这又是她第一部影视作品；二来原著热度高，官宣之后原著作者还高兴地发了条微博，说赵虞完全符合她心目中苏塔的形象。

官博放出的定妆照也完美还原了电竞选手一贯的硬核宣传照。赵虞扎着简单利落的马尾，穿着女主苏塔所在战队的暗红色队服，站在另外四个队友中间，环胸抱臂看着镜头，面容冷傲——人间妖精恃美行凶，一眼击中网友心脏。

男主角周望由卫池饰演，俊男美女养眼组合，网友纷纷表示，就这选角，光看他们戴着耳机打游戏都可以看三十集！剧都还没开拍，观众已经直呼想追。

开机仪式结束，拍完定妆照，下午就正式开拍了。赵虞虽然是第一次进组拍戏，但毕竟咖位摆在那儿，加上一众圈内好友的倾囊相授，还有卫池带着，所以很快适应了新环境。

之前几个月的演艺培训还是很有作用的，赵虞只在前两天略显生疏，之后找到窍门就渐入佳境了，连导演都赞叹她有天分。而且她这个角色不算难，冷艳美人嘛，面无表情又跩又冷就是了。赵虞听导演讲戏时就心说，这套路我熟啊，不就是拿出面对沈隽意的那套情绪嘛！

剧组的生活多姿多彩，其实要比舞台排练有趣得多。因为舞台是她的独角戏，她在训练室流了多少汗受了多少累，那都是她一个人的事，最后站上舞台，镜头和焦点也只在她一人身上。但在剧组大家是共同进步共同成长的，一个角色没演好，整场戏都要重拍，所有人的努力才构成了最后的完美。

官博时不时会放出一些拍摄花絮给观众提前过瘾，网友们就经常看见卫池给赵虞讲戏。有"剪刀手"把之前他们录《荆棘之路》时赵虞教卫池跳舞的视频和花絮剪在一起，再配上冒粉红泡泡的甜美背景音乐，"嗑学家"们立刻上了瘾。

——这就是你教我跳舞，我教你演戏，在各自领域为王的爱情吗？！

——望塔忆前尘，池鱼思故渊！戏里戏外都超甜！！！

——池鱼太好嗑了，帅哥美女天生一对，绝配！

……

男女主角炒CP传绯闻一向是剧方宣传的常规操作，不过剧方原本没打算这么早开始炒作，现在见网友自己先嗑上了，倒是乐见其成，顺水推舟了一把。

连夏元都酸溜溜跑来问："姐姐，你们不会假戏真做了吧？"

赵虞："弟弟，你没拍过戏吗？"

夏元再三确认，终于确定的确只是宣传炒作，终于放心了，开开心心将对话截图发给沈隽意："我就说不可能吧！"

沈隽意："朕已阅，退下吧。"

夏元："……过河拆桥！"

剧的热度这么高，没看过原著的观众等不及跑去把原著补了，看完之后都回来表示，赵虞就是苏塔本塔，把她在舞台上的跩拿三分之一放到游戏里就完全够了！

大家快快乐乐等剧播，唯一担心的只有赵虞的演技。毕竟她非科班出身，又是第一次演戏，也不知道有没有天赋。不过剧还没出来嘛，现在担心演技有点儿过于早了。虞美人们相信偶像的选择，完全没放在心上，现在更让他们担心的是即将到来的演唱会。这可是姐姐的首场个人演唱会啊！

之前能去韩国看演唱会的毕竟是少数，而且当时是组合表演，大多数国内粉丝都没去看过赵虞的演唱会，更不用说这一年内入坑的新粉。试问在见识过赵虞的舞台魅力后，有谁不想感受长达两小时属于她的专场呢！

去年最后那场音乐节，粉丝齐声呼唤演唱会，那是他们的期盼，也是赵虞的梦想。答应粉丝之后，赵虞就在为今年的演唱会做准备了。选城市，报审批，找团队，每一步她都亲自参与。第一场个人演唱会，她希望给粉丝呈现最完美的舞台。

拍戏不用经纪人跟着，赵虞只留了两个助理在身边，林之南和韩霜就把心思花在演唱会上，力求各个环节都达到最佳。赵虞进组拍戏的时候，场馆和时间都已经定了下来，开放座位五万个。等她杀青，就要进入后期排练阶段了。

时间就这么在拍戏中过去了，七月盛夏，赵虞首场个人演唱会开票，创下三十七秒售罄的最快纪录。她的第二张个人专辑也已经制作完成，定在九月上线，等到了演唱会刚好新歌首唱，第一时间给粉丝呈现 Live 舞台。

月底，《爱与王座为邻》终于杀青。

这部剧一开始就是冲着上星去的，导演早早就跟电视台那边联系过，对方看中赵虞和卫池的人气，愿意把过年期间的黄金时段拿出来给他们。制片人把消息发在剧组群里，大家都挺高兴，觉得到时候收视率破 2 应该没多大问题。

接下来就是制作和宣传。不过宣传要等年底，于是赵虞参加完杀青宴跟大家打完招呼就离开了，回到北京后开始全身心投入到演唱会的准备中。首场个唱她不打算请助演嘉宾，因为她明白粉丝只是为她而来，比起嘉宾，粉丝会更希望看到她的舞台。

两个小时的唱跳对体力的考验很大，好在赵虞之前虽然在剧组拍戏，但体能训练一直没落下，最近排练又增加了训练强度，经常是伴舞累到瘫了满屋，她一个人还练着。

好像只要想到舞台，她就有无限的热情与力量。

第九章

温柔

✦01✦

十月份的北京已经入秋了。

演唱会门票开售的时候夏元其实去抢过票，结果首页都没进去票就没了，最后只好拉着郑婉怡一起去找赵虞要内场票，收到门票之后立刻拍照发在八人群里显摆。

其他几人看到当然不干，纷纷找赵虞要票。褚尔平还说要带上自己的女儿一起去，说女儿最近在学跳舞，嘴里念叨的都是小虞姐姐。

赵虞看着热闹的八人群，想了想，发了条消息。

赵虞："@ 全体成员，你们都要来吗？那我一会儿让助理把票寄过去。"

孙妍："要连座！"

阮风笛："需要带灯牌吗？我看现在的粉丝去看演出都拿着灯牌呢。"

夏元："哈哈哈不用，现场有数控荧光棒！"

沈隽意："哇，你们都要去现场啊？"

赵虞盯着那个好久没冒泡的微信头像抿唇笑起来。她曾经去看过他的首场个人演唱会，如今轮到自己，私心里也想让他看一看，看一看她在舞台上耀眼的模样。

可他紧接着又发了一条消息："可惜我去不了，十月初我刚好在国外有工作。"

赵虞撇了下嘴，泄愤似的对着他的微信头像重重戳了两下。这个人自恋得要命，微信头像用的是他粉丝平常用来控评的舞台照，照片上有十分显眼的几个字——世界第一帅哥。

沈隽意："@赵虞，我会远程为你打 Call 的，你就是舞台上最靓的仔！"

赵虞没理他，私戳其他几个人要了地址，发给助理寄门票去了。

木易娱乐对公司独苗苗的首场个唱自然万分看重，无论是舞美、伴舞、现场乐队还是服装造型，请的都是国内顶尖的团队。尤其是赵虞第二张个人专辑九月份已经全网上线了，这次演唱会肯定要表演二专里的歌，新歌首场表演很重要，舞美灯光以及服装造型的设计都要配合新歌的风格。

赵虞最近正跟几个团队商讨方案呢，韩霜突然兴致勃勃地来找她："夏娃联系我们，说要跟你合作！"

赵虞以为她在做梦。夏娃可是享誉国际的舞台服化设计师，中法混血儿，长在法国，合作的对象都是国际歌星，国内唯一跟他合作过的明星只有沈隽意——沈隽意每年令粉丝尖叫的造型都是他一手设计的。这种人物，拿钱都请不到，为人又高傲，居然会主动联系她们？

韩霜没做梦，赵虞不仅收到了对方寄来的合同，还收到了他的微信好友添加请求。

一加上，夏娃开门见山："让你的团队把舞台设计和舞美效果图发过来，我后天飞北京跟你面谈。"

赵虞："OK，辛苦老师。"

夏娃："我们隽隽都登门拜访了，算不上辛苦。行了，后天见。"

赵虞想起来，沈隽意最近是在巴黎。她心中一时五味杂陈，发了一会儿呆，点开沈隽意的微信。

赵虞："夏娃联系我了，谢谢。"

沈隽意："[龇牙].jpg，不生气了吧？"

赵虞："生什么气？"

沈隽意："我去不了你的首场个唱，你不是生气了吗？"

赵虞："谁说我生气了？！ [我不是我没有你别瞎说啊].jpg"

沈隽意："那你怎么那天之后就不回我微信了？"

赵虞："……工作忙。"

沈隽意："好吧好吧，没生气就好，生气了也没关系，反正我哄好了。"

赵虞："谁要你哄！"

沈隽意：“略略略……好啦，有什么要求尽管跟夏娃提，我跟他都说好了，演唱会加油！我去工作了。”

赵虞：“你也加油！［鄙视］.jpg”

演唱会如期而至。

三大顶流之一的首场个唱不仅粉丝关注，路人网友甚至对家黑粉都很关注。毕竟三十七秒售罄的纪录摆在那儿，刺激到了不少人，大家都想看看这场上百万人抢票的演唱会真实的上座率到底如何——票卖完了不等于现场真的能去五万人，黄牛票、媒体票、保底票、赠送票，都可以捏造虚红的假象，现场上座率才是检验人气号召力的唯一标准。

不过赵虞似乎丝毫不怕检验，这次的个唱早就跟猕猴桃谈好了合作，当晚会在猕猴桃TV进行直播，也算是给没抢到票的粉丝一个福利。

演唱会晚上七点半开始，不到七点，直播间的观看人数已经超过一千万。镜头给到观众席时，能看见现场人山人海，从各个入口进场的粉丝络绎不绝，逐渐将座位坐满。

粉海大盛，座无虚席。

弹幕也几乎将整个画面覆盖。

——啊啊啊马上就要开始了！留守儿童流下了激动的泪水！

——好羡慕现场的虞美人，明年我一定要抢到票！

——赵虞这上座率真的牛，山顶最后一排都坐满了人……

——想黑上座率的黑粉现在应该都灰溜溜地退出直播了吧？

——不，你们小看了他们的耐心，他们一定还在，想等着黑我虞的现场实力。

——然后一不小心被我虞圈粉？

——哈哈哈现在还有人想不通黑赵虞的 Live 舞台吗？这两年的音乐节不够证明她的现场实力吗？

……

在后台候场的赵虞已经能听见前面整齐的呐喊声，听着他们的声音，好像四肢百骸都涌入了滚滚热流。

七点半，演唱会正式开始。这是一场完完全全属于她一个人的演唱会，台下是一片纯粹到没有一丝杂质的粉海。她站在舞台中央，放眼四望，某一个瞬间只能听见自己的心跳。

赵虞突然想起很多年前，自己也坐在一片灯海之中，像此时此刻的他们一样为心中所爱呐喊尖叫。年少的自己不懂梦想，懵懵懂懂幻想着和他一样站在巅峰，直到现在才真正明白何为巅峰——粉海亮起的地方，就是她的巅峰。

她如今已无须去追赶任何人，但她永远感谢那个点亮她梦想的少年。

✦02✦

演唱会结束之后，赵虞繁忙的行程总算告一段落，迎来了休假。她回了趟四川，陪父母待了一段时间，又开启了衣来伸手饭来张口的咸鱼生活。

以前的朋友现在大多都没联系，只有徐芊芊跟她的同桌情依旧坚固，不过一见面就满嘴不离霍希——有赵虞这个同桌在，徐芊芊追星十分成功，不仅拿到了签名合照，还有霍希特签的专辑。赵虞非常怀疑她其实是因为霍希才坚持这么多年对自己不离不弃的！

提到霍希，就免不了会提到那个一直以来捆绑霍希炒绯闻的女明星盛乔。徐芊芊提到她就生气，像个老妈子似的喋喋不休："你下次见到我们家希希，一定要帮我转告他，让他离盛乔远点儿啊！这个吸血鬼！狗皮膏药！上综艺也炒，拍剧也炒，她是没有骨头，不会独立行走吗？！"

赵虞用吸管戳着杯里最后一颗珍珠果，终于吸上后才满足地叹了口气，跷着腿倚在沙发上边嚼边说："我听说盛乔的团队发那些捆绑通告都是霍希默许的。"

徐芊芊眼珠子差点儿瞪出来："我哥是疯了吗？他是不是被胁迫了？！他一定是被星耀威胁了！垃圾公司不干人事，迟早倒闭！"

赵虞白了她一眼："就霍希那地位，谁敢胁迫他？听说好像是霍希可怜盛乔吧，我就上次去开会听同事提了一嘴，具体也不是很清楚。"

徐芊芊更气了，撸着袖子破口大骂："狗皮膏药有什么可怜的！可怜的是我们哥哥！"

赵虞无语地掏了下耳朵。

快乐的假期总是短暂的，休假结束之后，赵虞就又不得不投入到繁忙的工作中去。不过她今年大的行程基本都结束了，入冬之后，《爱与王座为邻》进入宣传期，听导演说剧集已经制作完毕，送交审核，暂定过年期间在芒果台播出。

这是她第一部影视作品，宣传至关重要，除开剧组的常规宣传外，公司还联合卫池那边接了几个综艺，到时候跟剧同步上线。池鱼CP在拍剧时就很有苗头，等剧上映，再配合综艺里暖甜的氛围，应该能火一波，带动收视率。

既然是在芒果台播，综艺自然也优先上芒果台的，上完室内的节目又换到室外真人秀。因为赵虞最近老是跟卫池一起活动，被拍了不少路透照，传到网上后，池鱼CP粉又开始躁动。赵虞都被这些"嗑学家"的脑洞惊呆了。

车子摇摇晃晃驶向录制田园综艺的小乡村，卫池取下一只耳机凑过来问："你看什么呢，这么认真？"

赵虞："要不是我就是当事人之一，我都快信我们真的在谈恋爱了。"

卫池哈哈大笑："现在这些网友都是用放大镜扒糖，习惯就好。诶，你猜这次的嘉宾除了我们还有谁？"

他们这次录的是近期大热的一档田园慢综，除了常驻的三位嘉宾外，每期会请三到五个飞行嘉宾，其中一组是带着作品来宣传的，另一组就纯粹是来做客散心，上节目体验田园生活的。

他们是宣传作品组，另一组自然就是做客组了。赵虞根据节目以往的经验想了想，猜测："应该是某位退圈已久的前辈吧，像褚老师那种。"

到达录制地点后，他们发现前辈的确是前辈，但人没有退圈，目前在圈内地位超然，是实力与人品并存的双料影帝纪舒丞。纪舒丞这两年很少露面，基本保持一年拍一部剧的频率，综艺更是上得少，这次来上节目，是因为跟常驻嘉宾陆平老师是好友，两人好久没见，刚好借此叙旧。

下车之前，助理偷偷提醒两人："多在节目里撒点儿糖哈，但是不要太刻意，保持朦胧的暧昧最好！"

赵虞一脸绝望："剧都杀青了我还要演啊？导演给不给报售后费用？"

卫池是过来人，很有经验地传授："也不用刻意演什么，我俩互动多一些就行，观众自己会抠糖。"

一下车，卫池就主动接过了她的箱子。

两人走没两步，又遇到了纪舒丞。纪舒丞入行早，周身自有一股温良沉稳的气派，当年饰演的嵇康到现在都被视为无法超越的银幕经典，被观众赞其君子如玉。见到影帝，两个小辈赶紧招呼问好。

虽是冬天，但录制地点在四季如春的云南，阳光明媚。纪舒丞停下脚步看了看身后赶上来的两个人，打量了一会儿才笑道："你们也来录节目？"

卫池："对对对，没想到这期能遇到纪老师，真是太荣幸了。来来来，纪老师我帮您拿箱子。"

纪舒丞推辞了两下，但盛情难却，便笑着摇了摇头，将行李箱交给了他。

赵虞也是第一次见纪舒丞，打过招呼后跟他并排走在前面，热情聊天："我妈妈特别喜欢您，是您的超级影迷。纪老师，我可以帮我妈妈要个签名吗？"

纪舒丞温和一笑："当然。"他顿了顿又说，"我小侄女也很喜欢你，天天在家跳你的舞，我能帮她要个签名吗？"

赵虞连连摆手："老师您客气了，等我回去给她寄一张新专辑吧！"

纪舒丞笑着点点头。

两人边走边聊，卫池拖着两个箱子背着一个背包跟在后面，突然觉得有点儿不对劲，怎么感觉他俩才是来炒 CP 的，自己只是个运行李的工具人？

陆平知道今天好友要来，早早就在门口等着，三个常驻 MC 加上三个飞行嘉宾，屋子里一下就热闹起来了。

这档综艺没那么多游戏环节，就聊聊天做做饭干干农活。忙到晚上，大家其乐融融地围着大圆桌吃晚饭，知道他们是带着宣传目的来的，三位常驻 MC 还主动聊起来。

陆平："这两个小孩拍了部剧，打游戏的，嘿你说，现在打游戏也能拍电视剧了，叫什么来着？"

卫池："《爱与王座为邻》，一月十九日在芒果台播。"

陆平笑吟吟地问赵虞："小虞这是第一次演戏吧？什么感觉啊？"

赵虞端着一杯米酒思忖道："挺新鲜的，感觉像经历了另一个人的一生，体会了她的悲欢离合爱恨情仇。"

几人聊了几句片场的趣事，陆平想起什么，乐呵呵地问："小虞谈过恋爱吗？"

赵虞很遗憾地叹了口气："没有。"

陆平感叹道："不过你们当偶像的是不能谈恋爱，能在电视剧里体会一把也挺好的。卫池呢？"

卫池出道就走的演员路线，倒是不避讳这个话题："上学时谈过两次，现在工作忙，也没时间谈。"

另一个嘉宾说："想谈还找不到时间啊，你就是还想浪。"

卫池："哎呀被看穿了。"

嘉宾又问赵虞："小虞打算什么时候谈恋爱？"

赵虞想了下："起码也得三十岁之后了吧。"

陆平："喜欢什么样的？我提前帮你留意。"

另一个嘉宾帮腔："我也很好奇国民女神的理想型！"

一桌子人都投来八卦的目光，卫池和另一位男嘉宾纷纷挺直了后背，拼命眨眼示意她，卫池还说："只能在在场的人里选！"

赵虞抿了口米酒："理想型啊……"她笑眯眯看了一圈，"当然是纪老师这样的。"

卫池顿时拍桌："我就在面前你居然选别人！望塔CP还营不营业了？"

大家哄然大笑。

节目一直录到第二天下午，告别时卫池还拿拍立得帮赵虞和纪舒丞拍了合照，纪舒丞在照片后面签了名。

赵虞点开微信二维码："纪老师，能加您的微信吗？回去了您把您侄女的地址发给我，我给她寄张签名专辑。"

纪舒丞温和一笑："行，谢谢小虞了。"

赵虞连连摆手："不谢不谢，应该的！以后有什么演技上的困难还需要纪老师帮忙指教呢！"

纪舒丞笑着点点头。

录完田园慢综，之后就只有一个访谈秀和剧组的发布会。年底的时候赵虞去芒果台参加跨年晚会，主持人还见缝插针地在她表演结束后宣传了一波。

跨年结束，观众在打开芒果卫视时就能看到《爱与王座为邻》的预告片了。卫池在剧中的放浪不羁和赵虞的孤傲冷艳完美契合，总是面无表情带领战队登上王座的女生在面对喜欢之人的撩拨时也会露出别扭又柔软的一面，简直完美击中观众的少女心。

在这样的大力宣传之下，《爱与王座为邻》开播当晚拿下了2.1的收视率，之前还担心赵虞演技的网友在看完前两集后完全放心了。

——苏塔本塔！赵虞太适合这样的角色了，她本该是这样开在冰雪之巅的蓝莲花！

——虽然面无表情挺好演的，但赵虞的面无表情也太好看了吧（来自颜狗的微博）！

——zy团队太会挑剧本了，看看其他唱跳艺人转型演的那都是什么啊。

——赵虞适合一切女神类型的角色，希望她今后多接这种角色，让我过足眼瘾。

……

在这样的一片好评下，《爱与王座为邻》的收视率持续攀升，导演和主演都在群里发了大红包，整个剧组喜气洋洋。

之前黑粉想黑赵虞的演唱会上座率没黑成，现在破2的收视率又给了他们沉重一击，一时气焰低沉，以至于赵虞反黑组最近接到的举报量都减少了很多。

首部剧证实了赵虞的扛剧能力，找她的好剧本像雪花一样飞扑而至。不过赵虞还是坚持舞台优先于影视的原则，答应粉丝每年一张专辑一场演唱会，夏季音乐节依旧是她的热爱。

之后的时间就像流水，淡而无声地从她身边流走——芒果台每年都邀请她参加跨年晚会，她在下一年开了三场巡回演唱会，让粉丝过足了瘾。

赵虞顶流的地位如今已经十分稳固，今年甚至收到了春晚的邀约。

回国之后的两个新年赵虞都是回四川跟爸妈一起过的，今年因为春晚回不去，江蕾和赵康宁干脆就来北京陪她。江誉也结束了工作，一家人看完赵虞的春晚舞台，等她到家还给她下了碗饺子吃。

年一过，属于顶流的行程就又开启了。

林之南已经考到了经纪人证，年前就在帮她谈一部大投资的古装权谋剧《九霄》，剧本出自圈内金牌编剧王朵之手。

王朵最擅长写这种大格局的权谋之争，群像塑造十分厉害，剧中的每个角色都有其个性魅力，哪怕全剧只出场几分钟也能让观众记住。时隔四年再战权谋，消息一出来就引起了各方"厮杀"。不过这次的主视角在男主角身上，整部剧男性角色偏多，所以撕得更厉害的还是男演员们。至于女演员，像郑婉怡这种稳一线小花其实是不愿意接这种剧给男主角作配的，但是这对赵虞来说是一个机会。

这两年赵虞演的基本都是偶像剧，受众也都是年轻群体，韩霜一直在策划让她往正剧方面转型，毕竟舞不能一直跳，但戏能一直演，尽早稳固她在影视圈的地位最好。王朵的剧没有不拿奖的，圈内两个视帝一个视后都是凭借出演王朵的剧拿到的奖。赵虞如果能拿下女主角，就算用她的人气给男主角作配，那也是利大于弊。

本来韩霜跟剧方对接也挺融洽的，就差临门一脚，结果有人爆料《九霄》的男一号定了纪舒丞。于是之前不愿意给大男主作配的女演员们纷纷前来试镜，可把林之南给忙活坏了。好在赵虞团队接洽的态度一直很真诚，加之剧方也很满意赵虞的人气和外形，问过纪舒丞那边的意见，得到的也是正面反馈，合同很快定了下来。

《九霄》定在四月进组，赵虞结束了国外的演出活动，提前一个月回国把时间空出来研读剧本，等她进组时，台词已经信手拈来了。

剧方官宣演员名单时，网友看见男主角纪舒丞、女主角赵虞，都有一种老干部搭配摇滚少女的错愕感，但是定妆照出来后，大家惊奇地发现他俩居然很有 CP 感。

——可能长得好看的人跟谁都有 CP 感吧。

——百搭少女赵虞！

——仔细一想，老干部 VS 摇滚少女也很带感啊！茶杯碰啤酒，养生加蹦迪，反差萌萌得不要不要的！

——有谁还记得大明湖畔的池鱼 CP 吗？

——池鱼早就淹死在大明湖里了，成语 CP 给我冲！

——zy 以前的角色都偏御姐，这次的定妆照少女感挺强的。

——这姐总算不演偶像剧了，不过以 zy 的演技要接影帝的戏可能不太接得住吧？

——王朵的剧都冲着拿奖去的，不可能让女主角成为剧中唯一的瑕疵，既然剧方选择了 zy，说明 zy 就是最合适的！

……

影帝和顶流的人气摆在那儿，热议是不可避免的，不过赵虞路人缘实在太好，议论也多是正面言论。林之南看了一圈安了心，陪着赵虞走完开机仪式，就离开剧组去忙别的工作了。

这两年赵虞每次出了新专辑都会给纪舒丞的小侄女寄一张，两人因此保持了一定的联系，这次总算等到合作的机会，赵虞还挺高兴的——跟老戏骨对戏向来是提升演技的绝佳方法之一，这次还有纪舒丞带着，她能学到的东西会更多。

夏元也终于实现了跟女神合作的梦想，在剧中饰演赵虞的弟弟。虽然只是弟弟，但也足够他高兴了，从进组就处于兴奋状态，每天像只小蜜蜂似的嗡嗡嗡围着赵虞转，姐姐前姐姐后，喊得赵虞都怀疑自己是不是真有个弟弟。

夏元还特兴奋地问她："姐，姐，这次是不是轮到我跟你传绯闻了？"

赵虞用水杯把他脑袋推开："正视一下自己的身份，要传也是我跟纪老师传。"

纪舒丞端着茶杯从旁边经过，偏头看了两人一眼。

赵虞赶紧举手做投降状："纪老师，我不是想跟您传绯闻的意思！"

夏元在旁边幸灾乐祸地笑，被赵虞弹了个脑瓜崩。

以赵虞现在的演戏经验，要接纪舒丞的戏的确有些难度，两人对戏时很容易暴露赵虞的缺点，好在纪舒丞有耐心，逐句逐句地传授技巧，赵虞认真跟着学了一段时间，演技有了明显的进步。

没戏的时候，她就跟夏元坐在凉棚下面打游戏。经过这几年在 QQ 区的磨炼，赵虞已经能单排上钻石了，跟夏元组排配合能上星耀，偶尔运气好还能冲上王者。虽然在广大的王者玩家中她这技术只能算一般，但这可比沈隽意那个找代打的菜鸡厉害多了！而且在 QQ 区玩了这么多年，铭文、英雄皮肤都在这边，她起初想要变成大佬就回微信区虐沈隽意的心思已经淡了。

新赛季刚开不久，前两天她单排了几把，被各路代打陪玩主播虐得肝颤，段位直线下

224

降，趁着今天夏元和她都没戏，两人决定冲一波段位。团战正打到关键时候，夏元的微信连着弹了好几条消息出来，他一边大叫一边上划消息，但因为视野被挡，导致这一波直接团灭，被对方推掉了水晶。

夏元差点儿气死，切回微信一顿狂喷："隽意哥你干什么啊？！我打游戏呢，直接被你害死了！"

沈隽意："找你打游戏啊。你在打？我没看见你在线啊。"

夏元："我在 QQ 区！"

沈隽意理直气壮地说："QQ 区有什么好玩的，都是小学生。上微信啊，我找我兄弟带飞！"

夏元拒绝三连："不要，我就要在 QQ 区，我要跟我姐一起玩。"

沈隽意顿了一下，直接弹了个语音通话过来，一接通就大喊："哇，你们两个居然背着我去 QQ 区玩！赵虞！赵虞在吗？！"

赵虞按了下眉心，无语地凑过去："干吗？"

沈隽意："你为什么要背着我跟夏元开黑？！"

赵虞冷飕飕地说："因为他不会嘲笑我是个青铜。"

沈隽意沉默了一下，嘿嘿笑起来："哎呀，当年的玩笑话你怎么记这么久啊？我错了我错了，我跟你道歉，你来微信区我带你啊。"

赵虞："找你代打带我？"

沈隽意顿时炸毛："谁跟你说我找代打的？是不是夏元？夏元你给我出来！你死了夏元，我要告你诽谤，你等着收律师函吧！"

夏元："⋯⋯"

赵虞："还有事吗？"

沈隽意哼了两声，不情愿地说："算了算了，我迁就一下你们去 QQ 区玩吧。先别开啊，等我！不然我会狂弹消息过来的！"

夏元："⋯⋯那你快点儿！"

于是三人就在 QQ 区玩起了匹配。

这两年大家都忙，赵虞和沈隽意见面的次数屈指可数，也没合作机会。三大顶流各自为王，同台都难。沈隽意这还是第一次跟赵虞一起打游戏，他在系统赠送的英雄体验列表里挑了半天，选了蹦蹦跳跳的小鲁班。夏元拿了个典韦打野，赵虞跟他组队时习惯给他打辅助，拿了个钟无艳跟着。

开场之后，沈隽意直奔下路而去，看到赵虞居然跟在夏元身边，顿时不高兴了："辅助为什么不跟我？"

赵虞："打野四级了我就来跟你。"

沈隽意："不行！你现在就过来！我害怕！"

赵虞："那你就躲在塔下清兵别出去啊！"

两人吵吵闹闹，手上倒没闲着，赵虞跟着夏元反了对方的红区，四级又去下路抓了一波对方的射手。

"姐给我干扰，我越塔。"

"开了，一技能被动触发了，控住了。"

"帮我扛下塔。"

"嗯，你先出去，我有盾。"

"First Blood!""Double kill!"两人配合着越塔拿下双杀，赵虞只剩一丝血，她站在草丛中回城，点了个"干得漂亮"，夏元嘿嘿笑了两声。然后赵虞就看见小鲁班往自己脚下丢了个二技能，又对着自己哒哒哒开了几炮。

赵虞："……你干吗？"

沈隽意："他四级了，不准跟他了！跟我！"

赵虞骂骂咧咧往下路走去，然后就开启了射手和辅助的花式死法。死第五次之后，她受不了了："你能不能别送了？！"

沈隽意："明明是你没保护好我！保护夏元就那么厉害，保护我就这么敷衍！"

赵虞："谁敷衍了？明明是你又菜又爱浪！"

沈隽意："好啊赵虞，这么久没见胆子见长了，敢这么跟哥哥说话了。"

眼见两人要吵起来了，夏元赶紧开口转移话题："隽意哥，你综艺录完了吧？"

他问的是今年大热的恐怖解密综艺《逃出生天》，这档综艺一经播出就占据了各大网站的收视第一。沈隽意因为在里面的沙雕表现又圈了一波粉，还跟另一个嘉宾盛乔组了个令人啼笑皆非的找马 CP。

沈隽意总算不跟赵虞吵了："录完了。"

夏元八卦道："找马 CP 是真的吗？"

沈隽意不答反问："成语 CP 是真的吗？"

赵虞手一抖空了个技能："问你扯我干什么？"

沈隽意："小姑娘家家一点儿都不洁身自好，天天跟人传绯闻！"

赵虞："你也没好到哪里去！"

夏元："……"

得，又吵起来了。

这一局游戏打得真是令夏元身心俱疲，最后好不容易推到对方高地，他操控着典韦扛着塔点水晶，倒下的时候水晶只剩下丝血。见复活的沈隽意已经走到了高地，夏元赶紧道："隽意哥你快去点水晶！"

游戏里背着小书包一蹦一跳的小鲁班往前走了两步又顿住，随后手机里传出沈隽意理直气壮的声音："兵线还没过来，我进去不就被水晶打死啦！"

夏元："你满血，水晶只有丝血，你点两下就掉了！"

沈隽意不为所动："不，我要等龙过来。"

夏元崩溃了："等龙过来他们就活了！"他说了半天发现自己动摇不了菜鸡的信念，终于放弃，"那你赶紧走啊，别在那儿站着了，对方马上复活了。"

沈隽意对自己的实力没有一丁点儿数："没事，就活了一个，等龙到了我就可以把水晶推掉了！哈哈哈看我力挽狂澜……"

然后他就被对面复活的赵云一枪戳死了。

夏元："……"

赵虞："啧啧——"亏她以前还想着成为大佬之后让他见识一下，就这，有必要？

最终游戏以失败结束，夏元抿着唇朝赵虞投来一个绝望的眼神，赵虞回了他一个心累的微笑。

沈隽意念叨着还要再来一把，夏元赶紧说："到我的戏了，不打了不打了！"

沈隽意喜滋滋地说："那你赶紧走吧，我正好跟赵虞双排。"

赵虞："啊？！"

夏元朝她投去一个自求多福的眼神，麻溜地下线了。

赵虞看看组队界面叫"大佬带你飞"的青铜小号说："我觉得你应该改个名字。"

沈隽意："改成什么？"

赵虞："人菜瘾又大。"

沈隽意："……"

那天之后，沈隽意就时常跑来 QQ 区找赵虞打游戏，赵虞每次都一边骂骂咧咧一边接受他的组队邀请，然后开启自己在王者峡谷的一百零八种死法。每次打完她都咬牙发誓下次再也不跟菜鸡开黑，结果等下一次沈隽意邀请组队，依旧会点"接受"。

剧组的日常因此变得比这初夏的阳光还要烂漫了。

✦03✦

今年入夏要比往年早一些，刚到五月，天气就热起来了。

赵虞头一次跟这么多老戏骨搭戏，压力要比以往大很多——虽然有名师在侧，但更多的还是要靠自己。不过演技这东西急不来，只能多学多看多拍，好在她态度端正，推了其他活动全天待在剧组，导演也不介意多 NG 几次，让她找最好的状态。

韩霜自然明白这些，所以才没给她安排其他行程，争取给剧组留个好印象，今后好往正剧方面转型。结果没过多久，她突然打来电话："你最近戏拍得怎么样？走得开吗？"

赵虞坐在凉棚下面扇扇子："不太行，最近我的戏份比较重，还在磨。怎么了？"

韩霜："时尚星典那边的人联系我们，想让你去救个场。不过也不一定，他们还同时联系了霍希，如果霍希答应了，你就不用去了。我提前跟你说一声。"

赵虞摇扇子的手一顿，心里生出几分不妙的感觉："时尚星典？他们今年不是邀请了沈隽意吗，为什么需要救场？"

韩霜的声音透过听筒传进她耳朵，带着几分失真："沈隽意去不了了，听说他奶奶前天过世，他回老家奔丧去了。"

时尚星典虽然还没有官宣今年的开场嘉宾，但邀请沈隽意的消息早就传出来了，薏仁们也早早买好了门票。现在发生这种事，主办方也不能强制让他出席，只好另寻他人救场。

赵虞的瞳孔猛地放大，"噌"的一下从椅子上站起来，起势太猛，甚至撞倒了旁边放水的小茶几。水杯噼里啪啦滚了一地，现场的人都看过来，赵虞的脸色在炎炎夏日下透出几分苍白。

她捏着电话转身疾步走了几步，却又像不知该走去哪里似的在原地停住。

助理跑了过来，迟疑地问："小虞，怎么了？"

电话里，韩霜也在问："喂，你还在听吗？"

赵虞的眼睛好酸，酸得差点儿流出泪来。

韩霜有些焦急地问："喂？小虞？怎么了？"

赵虞闭了下眼，轻声说："我没事，信号不太好。"

那头又说了几句什么，她没听清，挂完电话后直奔洗手间而去，抹了两把冷水，抬头看向镜中，只见自己通红的眼眶。

其实老人家上了年岁，过世并不是一件令人意外的事。沈奶奶这两年身体不太好，赵虞去年去杭州时抽空去看了她，那个时候老人家就已经不大能认出她来了。可真的到了这一天，死亡依旧让人难过。

赵虞平缓了一会儿情绪，才给江誉打电话。

江誉最近也在筹备新的综艺，很忙，电话打了两遍才有人接，像是开了免提，声音有些空旷："喂，怎么了？"

赵虞："舅舅，沈奶奶过世了。"

那头窸窸窣窣翻文件的声音停了下来，半晌，电话被拿起来："什么时候的事？"

赵虞又有点儿想哭了："不太清楚，应该是前天。"她顿了顿，"舅舅，葬礼……"

江誉："不能去。"

她沉默下来。

江誉叹了口气："沈家肯定不希望老人家的葬礼被媒体关注，况且葬礼上人多口杂，你万一被拍了传到网上……现在的营销号和网友你也知道，为了热度什么故事都编得出来。沈隽意也不会想在他奶奶的葬礼上跟一个女明星传绯闻的。"

过了一会儿，江誉听到电话那头细细地抽泣了一下，他轻声安慰："沈奶奶上了年岁，这个年纪走是喜丧，你也不要太难过。等过段时间，舅舅陪你去祭拜，相信老人家不会怪你的。"

半晌，赵虞低低"嗯"了一声。

回到片场时，夏元正焦急地等在外面，一见她回来赶紧迎上去："姐，你怎么了？脸色不太好啊，是不是哪里不舒服？"

赵虞摇了下头，又点点头。

夏元："我去帮你向导演请假，你回酒店休息吧。"

她现在的状态确实不适合拍戏，赵虞没有拒绝，换下戏服之后就在助理的陪伴下回了酒店。午后的阳光有些刺眼，她拉上窗帘，在床上闭眼躺了一会儿，心里有些难受，却不知该向谁倾诉，只能一遍遍安慰自己，生老病死是人之常情，每个人都会走这一遭，可转而又想到，奶奶这一走，就只剩下沈隽意一个人了。她从来没听他提起过他妈妈，只是听杭州的亲戚说他妈妈改嫁后又生了一个孩子，有了新家庭，能给他的爱和关心就更少了。

自己都这么难过，他应该会更难过吧？他又是什么都藏在心里的性子，肯定还会打起精神笑着接待前来送葬的亲戚，把一切都安排得有条不紊。

赵虞坐起来点开微信，打下"节哀顺变"四个字，又觉得太轻飘飘了。她揉了揉眼睛，深吸一口气后拨通了他的电话。

三声之后，电话接通，那头传出他有些疲惫的哑声："喂。"

赵虞突然不知道该说什么。

过了几秒，电话那头的人像往常一样笑起来："赵虞你打电话过来就是想聆听我的呼吸声啊？"

赵虞也笑了，复而声音低下来："奶奶的事我知道了，抱歉。"

"这有什么好抱歉的。"沈隽意清了下嗓子，声音听着没那么哑了，"老人家嘛，上了岁数，家里也早就做好准备了，只是这两天我处理奶奶的后事太忙了，还没来得及跟你说。"

赵虞的声音更低："葬礼我不方便参加，你帮我给奶奶烧点儿纸吧。"

沈隽意笑着接话："行，没问题。哎呀没事儿，你别想太多，安心在剧组拍你的戏。夏元跟我说你这两天老 NG，被导演骂好多次了，怎么回事啊赵虞，行不行了？"

他总是这样，无论什么时候，好像永远都不会难过。

赵虞感觉心里闷闷的。他这样子，她连安慰的话都说不出口了。于是她有些负气地说："我当然行了，我不行难道你行啊？"

沈隽意："行行行，你最行了。那你可别再 NG 了啊，好好拍戏，多跟组里的老师学学，其他的别瞎担心。"

赵虞垂下眸，顿了顿才说："知道了，等杀青了我再去祭拜奶奶。"

沈隽意笑着说："成，那我忙去了。"就要挂电话时，又突然喊住她，"赵虞。"

她把手机重新放回耳边："嗯？"

他笑着说："别难过，奶奶走得很安详。"

到最后，反倒是他来安慰她。

赵虞本来憋着的眼泪一下就绷不住了，挂了电话，她像小时候一样用枕头捂住脑袋，藏进被窝大哭了一场。

过了几天，时尚星典官宣了今年的开场嘉宾——霍希。

霍希最终还是答应去救场了。他最近正在杭州跟盛乔拍一部现代刑侦剧，时尚星典的举办地点在上海，两地挨得近，倒也方便。

赵虞调整好状态，继续投入到自己的戏份中去，一直到五月底才终于杀青。

这应该是她有史以来拍的最难的一部剧，跟老戏骨的每一场对手戏，导演都要求她的演技必须精准到每一个细微的表情和眼神，为此不惜一遍遍 NG 重拍。她的压力简直比高考那会儿还大，整天绷着神经，虚心求教全心投入，一点儿都不敢分心，这才算达到了导演要求的高标准。料想这部剧播出之后，她在影视圈的转型之路应该会走得很顺畅。

不过这剧能拍得这么顺，也多亏了纪舒丞手把手带她——越是地位超然的人越是没有架子，难怪人家能红这么多年。

杀青宴上，赵虞给剧组的工作人员都准备了礼物，其中给各位老师的礼物是她根据各人喜好亲自挑的，给纪舒丞的是国内著名国画大师沈清韵画的一幅竹中君子。

画用雕镂纹饰的檀木盒子装着，递过去的时候，纪舒丞笑着问："是画吗？"

赵虞竖了下大拇指："纪老师真聪明。"

夏元看看自己手上简单的礼品包装盒，再看看纪舒丞的檀木盒，瞬间酸了："差别这么大的吗？"

纪舒丞摇头笑了下，问赵虞："可以打开看看吗？"

赵虞做了个请的手势："当然啦，送给您就是您的，随便看。"

纪舒丞把盒子放在空出来的餐桌上，打开之后拿出用金丝线绑好的画轴。阵仗这么大，周围的人都跑来围观，随着墨画一点点在眼前铺开，周围响起一片惊叹声。

——"这画一看就很贵！"

——"沈清韵我知道，之前我还去过她的画展呢！"

——"我们女主角对男主角就是不一样。"

——"这画的是竹子，竹中君子的确很适合纪老师，一看我们小虞就是用了心的！"

围观群众议论纷纷，有的还拿手机拍了几张照。

纪舒丞垂眸欣赏了一会儿画作，又重新收卷起来，朝赵虞温和一笑："礼物我很喜欢，谢谢。"

赵虞背着手笑眯眯歪头："纪老师喜欢就好。"

宴会上鱼龙混杂，也不知道是谁把照片传到了网上，杀青宴结束时，"赵虞赠纪舒丞竹中君子图"的词条上了热搜第一，网友们纷纷赶来吃瓜。

——这是沈清韵大师的作品吧？

——查了下，售价六位数，zy是真舍得。

——毕竟是影帝，能不讨好吗？

——吃个瓜也能看见酸鸡，是最近蒸煮（网络流行语，正主的意思，含贬义）太糊所以逮谁咬谁吗？

——zy给全剧组的人都准备了礼物，听爆料说她这次拍戏受益良多，老戏骨手把手教演戏，特别是影帝教得最多，送礼物道谢也很正常吧。

——竹中君子真的很适合纪老师，zy 有心了！

——太好嗑了！成语 CP 太好嗑了！迫不及待想看剧了！

——说真的这俩有点儿搭，一静一动，一温一热，互补啊！

——zy 以前可说过 jsc 是她的理想型，这俩说不定真的因戏生情。

——只是前后辈合作的关系哦，请大家多多关注赵虞的舞台和作品吧。

……

借着这波热搜，剧方趁机宣传了一下《九霄》，男性角色的戏份还在收尾，预计六月能全剧杀青，初步定在明年三月播出，网友都表示无比期待。

翌日一早，赵虞坐飞机回了北京，在家休息两天后，跟江誉约了个时间，一起回杭州祭拜沈奶奶。

葬礼已经过去一个月，墓前的鲜花都枯萎了。墓碑上的黑白照片上，老人一脸慈祥笑意，梳着她以前最爱的发髻，赵虞半蹲着看了一会儿，心里竟然也不觉得难过了。

沈奶奶这么好的人，一定会去天堂和儿子团聚吧。

回到北京休息了一段时间后，赵虞又继续投入到繁忙的行程中。

这几年国内的娱乐行业发展越来越好，相继涌现了不少偶像艺人，随着国内模式的成熟，饭圈文化也稳固成型。但无论多少新人层出不穷，屹立在圈内的三大顶流都是他们无法攀越的高山。

不过走到他们这个高度，以前的定位是断然不能再用了。最先走出转型之路的是霍希，他今年已经过完二十九岁的生日，前不久拍完一部现代刑侦剧后宣布要出国进修——进修闭关，在圈内是最明显的转型信号。

这一去大半年，等于完全放弃了国内的流量市场和资源，赵虞还挺佩服他的勇气的。

霍希一走，属于三大顶流的资源自然就平分到了剩下的两个人身上，赵虞忙，跟霍希算同类型同咖位艺人的沈隽意就更忙了，简直忙得脚不沾地，时常感叹自己最大的烦恼就是太红了。

入夏后的北京又热又干，太阳烘烤得地面都焦黑滚烫。

因为第二天要出席一个新品发布会，沈隽意在助理的监督下早早敷完面膜上床睡觉，好不容易酝酿出一点儿睡意，就被疯狂振动的手机吵醒了。

毕周打来的，一接通就劈头盖脸一顿吼："我不是跟你说过让你离那个盛乔远一点儿吗，你怎么回事？！大半夜跑出去跟人吃夜宵，被拍了也不知道！"

沈隽意猛地从床上翻坐起来："上热搜了？"

毕周气死了："都爆了！营销号说你都跟她领证了！"

沈隽意捂着脑门头疼地叹了口气："联系盛乔那边出个官方声明吧。"

毕周没好气地说："人家那边早发了，恨不得立刻跟你撇清关系！但也得有人信啊！你说说你，你真是……哎！"

沈隽意侧身扭开床头灯，捏了下鼻梁："多大点儿事。明天不是要去发布会吗，媒体采访的时候我再亲自辟个谣不就行了？"

毕周嘟囔了几句又问："我说你跟盛乔什么情况啊？你不知道她是霍希的粉丝吗？这女的蹭完霍希又蹭上你了？"

"别胡说。"沈隽意手一顿，语气沉下来，"是我主动联系的她，她连我电话都没有。当时奶奶去世我心情不好，只有她在杭州拍戏，才找她出来吃了个饭。"

毕周在有关他跟女艺人的接触上一向很警惕，听他这么说倒是不好再多说什么，交代了两句明天发布会上辟谣的事就挂了电话。

双方及时辟谣，经过一夜时间，热度已经降了不少。

翌日，沈隽意按照活动流程参加完发布会，就前往媒体区接受采访。记者果然都问起有关昨天的绯闻，沈隽意三言两句解释了事情始末，态度大方，神色坦然，让人想误会都误会不了。

果然，视频一经发布，谣言算是彻底终止。

沈隽意离开发布会坐上车时，毕周也托人查出了照片的爆料人，是跟踪他的私生粉。

车子坠河那件事发生后，沈隽意没有对谁提起这件事，像什么也没发生一样，却从那之后再也没在公开场合表示过抵制私生粉，甚至默许了他们对自己的跟踪与骚扰。为此毕周劝了他很多次，该听的不该听的他都听过了，但过自己心里那一关，还需要更多的时间。

毕周拉上车门，转头看了眼把帽子压在脸上睡觉的人，回忆起他今天在发布会上说的话，不放心地推了下他的手臂："我说，真是你说的那样吧？没谈恋爱吧？"

沈隽意声音懒懒散散的："谈个鬼啊，她又不喜欢我。"

毕周咂摸着这话不对："那你呢？你喜欢她吗？"

沈隽意手臂枕着后脑勺，偏头朝他一笑："重要吗？"

毕周一愣。

沈隽意坐直身子伸了个懒腰，保证似的拍拍他的肩膀："放心吧，我清楚自己的定位，不会让这种事影响到前程的。"

他这些年做得很好，毕周一直都很放心。可看着自家艺人这样子，他心里又不舒服，吐槽道："盛乔就是霍希一脑残粉，也不知道你喜欢她什么。"

沈隽意抄着手往后一靠，压了压帽檐，懒笑道："也不是喜欢，就是跟她待一起挺轻松的。小乔活得挺通透的，没圈内人那么多七七八八的心思。跟人相处，不就图个舒服嘛。"

毕周叹了口气："你心里明白就好。霍希现在转型了，你没人家那演技，还得在这条路上走几年，可别掉链子。"

沈隽意挥了下手。

✦04✦

夏天正是商演多的时候。

霍希的演出资源大多都被沈隽意接了，而赵虞在国外的音乐行程一直没有断，因此国内国外两边飞，也忙得不可开交。

她让林之南把最近几个月的影视、综艺邀约都推了，打算专心舞台，没想到月中江誉手上的综艺出了点儿问题。

江誉最近正在录制一档旅行类的慢综，叫《世界那么大》，顾名思义，就是让嘉宾去各个国家穷游，打卡名胜古迹。本来录得好好的，结果其中一位嘉宾跟节目组产生了矛盾，然后耍性子罢录了。这位嘉宾是个富家千金，家族实力雄厚，粉丝又多，罢录之后带节奏黑了一波节目组，以至于当江誉想找其他艺人救场时，发现有档期的压不住这位千金的咖位，压得住的又没时间。找来找去，他找到了自家外甥女身上。

舅舅有难，岂能不帮，就是再忙那时间也得空出来啊！

赵虞让林之南把行程重新调整了一遍，然后就飞过去救场了。

节目已经录制到第二期，在法国的阿尔勒。赵虞是早上到的，这时候其他嘉宾还在上一个录制地没过来，江誉安排了工作人员接她，吃过午饭后才把她带到了火车站。

工作人员解释道："他们不知道新加入的嘉宾是您，一会儿您可以藏一藏，如果他们十分钟没找到您，会有惩罚。"

阿尔勒的火车站还保持着自然生态的风貌，铁轨斑驳，绿植繁茂，站台被阳光笼罩着，像动漫里的场景。赵虞是头一次来这里，兴致盎然地打量四周："什么惩罚？"

工作人员知道她跟江导的关系，而且咖位这么大，又是来救场的，不敢为难，诚实道："会

234

扣他们的团体经费。"

赵虞挑眉看了他一眼："那扣的不就是我的钱？"

工作人员："……"

赵虞把鸭舌帽扣在头上，挤眼冲工作人员笑："行了我知道了，我会藏好的。"

工作人员十分不放心地离开了。

火车还没到，赵虞四下溜达了一圈。说起来她这几年上过那么多综艺，旅游类的慢综倒是头一次参加。瞧这多舒服啊，阳光暖洋洋的，微风里都是树叶清香，气候宜人环境舒适，走走停停拍拍照，既放松了身心又赚了钱，回去也该跟林之南说一说，多给她接点儿这种综艺节目。

站台上走过来一个满头银发、披着碎花披风的老奶奶，她手里提着一个篮子，颤巍巍地往台阶上走。此情此景，像一幅真实的法国油画。

见老奶奶腿脚不方便，台阶上得很吃力，赵虞两三步跨过去，扶住了她的胳膊。

赵虞不会法文，用英文笑着说："Let me help you."

老奶奶不知道听懂没有，乐呵呵朝她点了下头，上完台阶，从篮子里拿出一个橘子递给她。

赵虞眯着眼睛笑起来，接过橘子说："Thanks."

老奶奶也笑着摆了下手，慢慢转身一步一步离开了。

前头不远处传来火车鸣笛的声音，赵虞看了下时间，估摸着应该是嘉宾的车到了，她左右看了一圈，走到站台边蹲下——藏不藏的无所谓，她就是想吃个橘子。

火车停下，站台上的人陆陆续续多起来。赵虞剥完橘子，放了一瓣在嘴里，汁水儿溅开，嘶，甜！

工作人员在远处的圆柱子后面看着，默默咬手绢——让你找个地方藏起来，结果你就这么大剌剌蹲在站台边吃橘子，生怕别人找不到你吗？！

不过站台上人多，她虽然没藏，但也并不容易被找到，更何况对方连新嘉宾是男是女都不知道。

赵虞吃橘子吃得十分心安理得，直到最后一瓣橘子放进嘴里，才终于听到旁边传来一个礼貌的女声："请问，你是我们的新同伴吗？"

赵虞咬着橘子回过头去，挑眉笑起来："你们也太慢了，我橘子都吃完了。"

面前的女生也露出笑容，朝她伸手："你好，我是盛乔。"

赵虞站起身，把橘子皮塞进兜里，笑嘻嘻握住她的手："我知道，霍希的老婆粉嘛。"

盛乔一脸懊恼地捂了下脸。

打完招呼，其他嘉宾陆陆续续聚集过来。这次的嘉宾除了赵虞和盛乔还有四个人，分别是小品演员祁连、唱跳艺人黎尧、TVB不老女神梁邱玉和出道不久的胡睿文。

大家都没想到新嘉宾会是赵虞，又惊讶又喜出望外，毕竟她三大顶流的地位摆在那儿，有她在，节目的热度和看点都会增加不少，而且她性格好，也不用担心会出现之前罢录的事情。

胡睿文刚好是赵虞的粉丝，一见到她就兴奋到尖叫："啊啊啊是我偶像啊！"

赵虞也不明白自己为什么总是吸一些小孩粉，比如夏元，比如胡睿文。

胡睿文比夏元还小呢，才刚出道，看到赵虞难掩激动，喊完之后可能又有点儿羞涩，红着脸扭扭捏捏不敢过来。

赵虞笑嘻嘻搂住他的脖子，掏出手机主动跟小粉丝来了张合影："笑一个，一二三，茄子。"

在她来之前，五位嘉宾已经拍过一期了，罢演的那个女明星又搞得大家都不愉快，所以她此时的加入就显得至关重要。好在赵虞是热情外向的性子，笑嘻嘻打完招呼，气氛被她这么一带，果然一点儿都不尴尬，大家很快就打作一团，继续新一期的录制。

回酒店的路上，她跟盛乔分在同一辆车。

盛乔跟她印象中那种深陷网络舆论漩涡的女艺人不太一样，赵虞打量了她一会儿，从兜里摸出一盒口香糖递过去："吃不吃？"

盛乔接过口香糖："谢谢。"

赵虞把胳膊肘搁车窗上撑着头，嚼着口香糖说："我觉得你跟网上传的不一样嘛。"

盛乔也学着她的姿势撑头看过来："网上传的我怎么样？"

赵虞当然不会把网上那些话直说出来，想了想回答："什么老婆粉啊，跟沈隽意的绯闻啊，感觉应该是个性格很外放的女孩，但你看上去挺内敛的。"

盛乔沉默了一下，然后说："我跟你还不熟，熟了我就放了。"

赵虞被她给逗笑了，咂咂嘴，突然想到什么，很兴奋地说："诶，你不是跟霍希和沈隽意都传过绯闻吗，要不你再跟我传一个？这样三座大山你就集齐了。"

盛乔问："集齐三座大山可以召唤神龙吗？"

赵虞沉思着："神龙有点儿悬，你可以试试葫芦娃。"

两人笑了一路。

车子将嘉宾们带到定好的旅店。他们的经费只够定三个房间，一个单人间，一个双人间，一个三人间。单人间让给了辈分最高的梁邱玉，三个男生睡一起，赵虞和盛乔则住双人间。

赵虞一进屋就跟盛乔吐槽："我舅真抠。"

盛乔："希望接下来他能看在你这个外甥女的面上对我们大方点儿。"

手机振了两下，盛乔点开外放，那头传出祁连自带笑点的声音："小乔啊，快把我们小虞拉到穷游群里来，我记得她是四川的吧，应该会打麻将？老夫再也不用担心三缺一了！"

盛乔问她："你会打麻将不？"

赵虞自信地一撩头发："人称成都雀神！"

盛乔差点儿笑死。

两人先加了微信，接着赵虞就被拉进了穷游群。祁连立刻发了个打麻将的链接在群里，然后跑到她们房间："来来来，先搓一把！"

黎尧和胡睿文都不会打麻将，梁邱玉会的又是广东麻将，加上盛乔这个新手，三个人每次都只能斗地主，现在有了赵虞，总算能凑齐一桌。

梁邱玉无奈道："念叨好几天了，陪他打一把吧。"

祁连搓手手："还是玉姐儿对我好。"

于是四个人就在房间抱着手机搓起了麻将。

胡睿文偷偷凑过来小心翼翼地问："你们这算不算聚众赌博啊？"

几人一愣，纷纷抬头看向江誉。

江誉："……没事，打吧，剪了不播。"

搓了几圈，都是赵虞赢，祁连开始耍赖："不来了不来了，小虞你是不是出老千啊？小乔你怎么老给她打碰？"

盛乔："冤枉啊！我都是哪个亮了点哪个！"

赵虞一根手指抵着下巴，深沉道："麻将，是我们四川人生下来就会的种族天赋。"

在旁边埋头打游戏的黎尧："你胡说！我就不会！"

赵虞惊讶转头："你也是四川的？"

黎尧："我妈四川的。"

赵虞："你爸呢？"

黎尧："天津。"

赵虞："哦，那是因为你是混血，血脉不纯，当然没有资格继承这种天赋。"

黎尧："啊？"

胡睿文弱弱举手："可是小虞姐姐，我记得你爸爸是四川的，你妈妈是浙江的呀。"

赵虞阴恻恻地盯过去："小朋友，你现在被我开除粉籍了。"

胡睿文："嘤——"

休息了一会儿，作为队长的盛乔就开始为今天的行程做准备了。今天他们的任务是去打卡阿尔勒竞技场。因为盛乔是队长，英文又好，其他几个人都习惯性指望着她。

赵虞看不下去了："怎么都当甩手掌柜呢，一起查啊。"

祁连："惭愧惭愧，看不懂英语。"

黎尧也在旁边解释："小乔是队长。"

赵虞白了他一眼："队长就该你的啊？你也看不懂英文吗？"

黎尧："……"

赵虞帮盛乔续了杯热咖啡端过去，在她身边坐下："我帮你呗。"

盛乔："行啊。"

赵虞按她的交代去景点官网上买了六张电子门票，避免了到现场后排队买票的麻烦，买完之后把截图给盛乔看。

盛乔看了两眼，确认无误，拍拍她的肩："干得漂亮，我封你为我的左右护法，以后你就是我的左膀右臂了。"

赵虞："只听过左护法、右护法，你这儿居然是左右护法。"

盛乔："我们仙女教是要与众不同一点儿。"

赵虞神色一凝，很戏精地做了一个抱拳的手势："仙女教母，护法这厢有礼了！"

黎尧在旁边都看不下去了："你俩演灰姑娘呢，还仙女教母？"

赵虞回头瞪他："再多嘴，立刻用仙女教母的魔法棒把你变成南瓜！"

黎尧："……"

准备完毕，一行人出发前往景点。

这应该是赵虞录过最轻松的一档综艺了，除了下地铁的时候被一群粉丝追着跑了一段路之外，其他时间就是慢慢悠悠逛景点，欣赏古罗马的建筑美学。

中场休息的时候，赵虞咬着根冰棍晃到江誉跟前："舅舅，不地道啊。"

江誉："什么？"

赵虞："这么好的综艺，你居然没有第一个想到我！"

江誉哭笑不得："你现在还看得上我这小综艺啊？"

赵虞："我不管！我记仇了！我要跟我妈说！"

江誉推了下她的脑袋："多大人了，还告状。"

心满意足地打卡完景点，傍晚时分，六位嘉宾准备去解决晚饭。

黎尧："别在外面吃了，省点儿钱，回去吃泡面下馒头。"

祁连连连附和："对对对，我那儿还有两包榨菜！"

赵虞："你们这些天都经历了什么？"

盛乔数了数钱包里的钱，握拳道："虞虞刚来，不能这么对她，今晚我们在外面吃顿好的给她接风吧？明天的景点距离旅店不远，我们可以走过去，节约一笔车费。"

胡睿文也赶紧说："带小虞姐姐吃顿好的吧！她想吃什么就吃什么！"

赵虞："小朋友，不要以为这样姐姐就会恢复你的粉籍哦。"

胡睿文："嘤——"

大家一想也是这么个道理，于是吃了两天泡面馒头的团队终于吃上了近来第一顿大餐。吃饱喝足，众人打道回府，用祁连的话说，在旅店躺着最省钱。

跑了一天出了一身汗，一回旅店，大家就迫不及待去洗澡了。

盛乔先洗，赵虞横躺在床上玩手机。她刷了刷国内的新闻，因为女嘉宾罢录搞出的网暴还在继续，除了骂《世界那么大》这个综艺的，其他更多是在骂盛乔，"盛乔滚出娱乐圈"的话题也登上了热搜。

赵虞回忆了一下，她好像的确是从出道开始就一直被这么骂过来，却好像一点儿也没放在心上，今天还跟着一路欢快地跑跑跑，这韧劲儿和乐观心性着实令人佩服。

这时，盛乔搁在电视柜上的手机突然振动起来。

起初两遍赵虞没管，直到第三次又响起，她担心是有什么急事，才起身走过去拿起手机，屏幕上来电显示"我的宝贝"。

我的宝贝……

直白，热烈，丝毫不掩饰的爱意。

赵虞不知道为什么突然想起了如今已经无人提起的那个绯闻。

沈隽意这些年传了无数次绯闻，上至艺人下至伴舞，她早就见怪不怪。之前《逃出生天》播出的时候，网友们就热衷于给他和盛乔组各种稀奇古怪的 CP，什么找马找头太太 CP，一听就不是什么正经 CP，事后因为夜晚聚餐传出绯闻也是意料之中的事。如今看着这来电显示，赵虞的手指莫名抖了一下，心想，不会吧？

她拿着手机走到洗手间门口敲了敲门："小乔，你手机响了三遍了。"

盛乔："谁啊？"

赵虞："你的宝贝。"

里头突然静默了几秒。

赵虞问："要我帮你接吗？"

盛乔连连拒绝："不不不！不用了！我马上出来！"

赵虞看了眼暗下来的手机，走回去将它放在原位。

盛乔很快从洗手间出来，头发都没擦，湿答答地滴着水，捂着手机就往外跑。那样闪闪发光的珍之重之的眼神，仿佛在奔赴与恋人的约会，喜悦和爱意掩都掩不住，从浑身上下每一个毛孔散发出来。

会是谁呢？

赵虞放下手机，去浴室洗澡。等她洗完澡出来，盛乔才终于接完电话回来，脸上甜蜜又惆怅的笑意还没散完，眼眶有些红，一抬头对上她的视线，立刻故作镇定。

赵虞侧头擦着头发，投过去一个八卦的眼神："你宝贝是谁啊？"

盛乔眨巴眨巴眼睛抿住唇。

赵虞："不会是沈隽意吧？"

话一出，盛乔布满甜蜜的眼睛顿时像受到惊吓一样瞪大了，恋爱的粉红泡泡迅速破灭消失，只留给她一副"你在逗我""你在说什么屁话""我疯了吗"的惊悚表情。

赵虞也觉得自己是在说屁话。她直起身子摆摆手："好了好了，看你眼神我就明白了。沈隽意那种沙雕怎么可能找到你这样的女朋友。沙雕只能配沙雕！"

盛乔："很难不赞同。"

洗完澡，祁连又在群里嚷嚷着打麻将。

赵虞发了一个表情包："成都雀神请求出战！"

祁连语重心长地说："小虞，你可不能继续出老千了哈。"

赵虞："天地也，只合把清浊分辨，可怎生糊突了盗跖、颜渊！"

祁连："……她在干什么？"

盛乔："她在背《窦娥冤》。"

胡睿文："哇，小虞姐姐好厉害啊！我都忘记这篇课文怎么背了，你居然还记得！"

赵虞："小朋友，你今天拆了姐姐的台，拍马屁也是没有用的。"

胡睿文："嘤——"

祁连担心两个小姑娘待在一起互相看牌作弊，非要把人叫到楼顶的小花园面对面打。麻将没怎么打，赵虞差点儿被国外的蚊子咬死，最后不由分说拖着盛乔跑下楼了。

黎尧和胡睿文在休息室开黑，一见盛乔下来，赶紧喊："小乔来开黑啊！"

三个人都是微信区几十颗星的大佬，赵虞回房间擦了点儿花露水，出来后坐在盛乔旁边观战，然后就看着她不停地双杀，三杀，五杀。

自己是尸横遍峡谷，她是让别人尸横遍峡谷。

赵虞托着下巴一脸羡慕。

打完一局，盛乔喊她："虞虞，一起啊。"

赵虞叹气："我是QQ区的号，微信区我才青铜呢，跟你们打不了。"

胡睿文一整天都在见缝插针地"赎罪"，见状立刻说："没事，我们换个区陪你一起上分呀！"他拼命朝盛乔使眼色，"对吧，小乔姐姐？"

盛乔憋着笑："对，换个区我们去青铜虐菜，一晚上上王者！"

赵虞来了兴致："真的啊？行，等我上号！"

排位不能四排，黎尧刚好没兴趣陪他们玩小号，就坐一边自己去玩了。盛乔和胡睿文换了一个区登录，换区之后就是新号新段位了，于是三个青铜开启了他们的上分之旅。

盛乔在低段位局简直就是乱杀，胡睿文也是荣耀大佬，一个刺客一个射手，赵虞拿着自己最擅长的辅助，三个人配合完美，十分钟就是一局，段位升得飞快。赵虞还体会到了躺赢的乐趣，有一把她去上厕所在水晶挂机，回来的时候对局已经以胜利结束了。

到凌晨的时候，赵虞已经钻1了。

胡睿文兴致不减："今晚一定要带小虞姐姐上王者！"

赵虞连连摆手："姐姐不行了，姐姐要困死了，明天再上王者也不迟，睡觉吧。"

三个人打着哈欠各自回房间睡觉。

第二天又是新一天的景点打卡，祁连看着一路上哈欠连连的三个人："你们三个昨晚偷牛去了？"

胡睿文红着眼球："为了荣耀而战！"

傍晚吃完饭回到旅店，胡睿文就把游戏链接发在群里："小虞姐姐！小乔姐姐！时间不等人，快来！"

赵虞："这孩子是疯了吗？"

盛乔："你不逗他也不至于疯得这么厉害。"

祁连不干了："不行，虞虞要陪老夫搓麻将！"

赵虞笑嘻嘻问："祁叔，你不担心我出老千啦？"

祁连："为了麻将，忍辱偷生罢了。"

家有一老，如有一宝，赵虞和盛乔只好先去陪祁连搓了几圈麻将，让他过足了瘾，再回来跟眼巴巴等着的胡睿文一起开黑。不过钻石星耀局水太深，想赢没那么容易，打了一晚上，赵虞的段位停在了星耀2。

接下来几天，他们的娱乐活动就固定了，先打麻将，再打《王者荣耀》。赵虞的段位稳步上升，达到了她有史以来最高段位，王者15颗星！

结束法国的行程后，嘉宾转道希腊，开启新一站的穷游。

他们录节目录得开心，网上对盛乔的辱骂却一直没有停止——那个罢录的女嘉宾跟盛乔有私怨，一直在网上买水军黑盛乔。

网暴愈演愈烈，赵虞吃完晚饭准备去酒店顶楼拉伸锻炼一下的时候，听到江誉在楼道跟工作人员聊天。盛乔的经纪人要求放出节目花絮证明她的清白，但罢录的女明星一直在利用资本施压，如果江誉放出花絮，就是摆明了跟资本对着干。

执行导演着急道："花絮不能放啊江导，她大不了就是再被多骂一段时间，等节目播出孰是孰非自然一目了然，我们没必要现在跟资本硬碰硬啊！"

江誉沉默着。

赵虞咬住手腕上的皮筋往下一拉，撑在手掌上抬手扎起了长发，走出去道："舅舅。"见江誉转头看过来，她笑吟吟地说，"不向恶势力屈服，不折傲骨，这可是你从小教我的，现在可别当着我的面打自己的脸。"

江誉瞪了她两眼。

第二天，帮盛乔澄清的花絮就放出来了，网上舆论总算反转。

赵虞没跟盛乔提这件事，继续跟着大家一起高高兴兴录节目。

晚上回到旅店，赵虞洗完澡躺在床上看林之南发过来的行程表，从外面回来的盛乔一个飞扑扑到她身边，抱住她一顿揉捏。

赵虞一边叫一边推她："你没洗澡臭死了！别碰我！"

两人闹了一阵，并排躺在床上，盛乔抱着她的胳膊蹭过来："我都知道啦，谢谢虞虞帮我说话！"

赵虞把她脑袋推开："多大点儿事，是非自有曲直，公道自在人心。"

盛乔："你最近好博学，有点儿不符合你的学渣人设。"

赵虞呸她："谁说我是学渣！"

盛乔："你粉丝都这么说啊，我这儿还有你初中同学爆料的你的成绩表，要不要看？"

赵虞差点儿气死了，扑过来掐她："盛乔你是不是有病，居然保存我的成绩单？立刻马上给我删了！"

　　盛乔被她掐得直翻白眼。

　　赵虞好不容易洗得干干净净清清爽爽的，这么一闹又出了一身汗，只好再去洗一次。

　　盛乔坐在床上妖娆地朝她招手："要不要跟我一起洗鸳鸯浴呀？"

　　赵虞："不了，怕你那位不知道是何方神圣的宝贝打我。"

　　盛乔果然立刻闭嘴。

　　旅店的空调出了问题，前半夜不制冷，到了后半夜又冷得要命，温度调不回去，两人睡到一个被窝里，盖着两床被子互相取暖。

　　盛乔摸完她的腰又企图摸胸，被赵虞无情地制止了。赵虞按住她的爪爪瞪了她一会儿："你这个人是真的心大。"

　　盛乔平躺回去，过了会儿才叹气："不然呢？如果我要跟所有骂我的人生气，那我还要不要活了？"

　　赵虞想了想："倒也是。"

　　盛乔揉揉她的头发："你心也不小，我这只是在网上骂骂而已，你当年不是被当面泼水了吗，你还不是没当回事。"

　　赵虞愣了好一会儿，低叹着笑起来："是啊，选择成为明星的那一刻，就已经注定要承受这些了。"

　　盛乔偏过头问："那你后悔吗？"

　　后悔吗？

　　十年拼搏，严寒酷暑，流过汗也流过泪，后悔过吗？

　　半晌，赵虞笑起来："怎么会后悔？在这条路上，我已经得到人生中最重要的东西了。"

　　如果没有成为明星，她一定还是曾经那个总是半途而废碌碌无为的赵虞，她不会找到自己的梦想，她不会活成现在这样闪闪发光的模样。

　　盛乔也笑起来："我也是，我也已经得到最重要的宝贝啦。"

下

春刀寒◎著

中国致公出版社   知音动漫

知音动漫图书 · 漫客小说绘出品

目录 contents

第十章

她是我妹妹

✦01✦

穷游的最后一站在布拉格，赵虞这一路过来每晚跟着盛乔和胡睿文三排，没怎么输过，不仅段位升得飞快，还因为一直拿的张飞辅助，战力积分也涨得飞快，拿到了市张飞的牌。

这可把赵虞骄傲坏了，截了个图发在朋友圈。

赵虞："以后成都第一雀神就改名叫成都第一张飞了！"

夏元给她发微信："姐，以后就靠你带我飞了！"

赵虞拍胸脯："包在姐姐身上。"

评论惊赞一片，赵虞正美滋滋挨个回复，突然收到来自影帝老师的评论。

纪舒丞："成都第一张飞是什么意思？"

赵虞有种被班主任评论的感觉，赶紧回复："是游戏里的术语，意思是我是成都市玩张飞这个英雄玩得最好的人！"

纪舒丞："笑，厉害。"

下午录节目的时候，手机振了好几次，赵虞等到休息时才拿出来看消息，全是沈隽意发过来的。

沈隽意："P 的吧？"

沈隽意："你什么时候上王者的？你 QQ 区大号都没这么多星星！"

沈隽意："你找代打了吧？"

赵虞："你以为我是你？"

沈隽意："我不信！除非你单挑赢过我！"

赵虞愤怒地收起手机不理他了。

录制已近尾声，这次行程与其说是录综艺，赵虞觉得更像是给自己的一次假期，打游戏、逛景点、尝美食，还获得交心小姐妹一枚。

她把沈隽意找她单挑的截图发给盛乔看，盛乔冷笑两声："跟他打，打到他跪下叫你爸爸。"还给她出谋划策，"他为了赢你一定会拿他最擅长的英雄。"

赵虞回想之前在片场跟沈隽意双排的场景："扁鹊？"

盛乔："对，所以你练个芈月就能针对他了。"

于是赵虞开始苦练芈月。有盛乔从旁指导，她很快掌握了这个英雄的玩法，就等录完节目回国找沈隽意单挑。

谁也没想到，节目录制结束这一天发生了意外——盛乔被绑架了！

盛乔之前一直被经纪人压榨，成功解约后，前经纪人怀恨在心，跟那位罢录的女明星一起策划了这起绑架。他们打算绑人之后拍视频让盛乔身败名裂，没想到盛乔在车上奋力反抗，于是车子在行驶中冲进了河里。

赵虞得到消息赶到医院时，已经是晚上了。盛乔正在急救室里抢救，她一过去，就看到坐在走廊长椅上的霍希。

赶过来的几个人都露出震惊、愕然的神色。

赵虞印象中的霍希总是理智又淡漠的，清清冷冷像照在雪峰上的月光，一点儿不沾凡尘，这是她第一次见到这样快失去理智的霍希。

他血红着双眼跟他们说："她是我女朋友。"

原来盛乔的宝贝是霍希。

赵虞觉得这世上的感情真是奇妙。

绑架的事情没有传开，对外只说是车祸。赵虞推掉了接下来的行程，一直待在医院等盛乔醒来——盛乔和霍希的恋情不能曝光，如今霍希不眠不休地守在病床前，因此除了医生，就只有赵虞和盛乔的助理能出入病房。

消息传回国内后，盛乔的手机就一直有电话打进来，而霍希对外界不闻不问，只握着盛乔的手一动不动盯着她，于是赵虞只好帮着接一些电话。

晚上，赵虞坐在走廊上吃助理买来的饭，兜里的手机又振起来。她咬着勺子拿出来一看，来电显示"沈隽意"。赵虞把勺子放回碗里，接通电话。刚一接通，那头就传来火急火燎的声音："兄弟，你醒了吗？你还好吗？"

赵虞头一次听到他这么着急的语气，愣了愣："我是赵虞。"

沈隽意也是一愣，顿了顿才说："小虞啊，你也在医院？"

赵虞："嗯，乔乔还没醒，我不放心离开。"

沈隽意的声音有点儿低沉："她怎么样？脱离危险了吗？"

赵虞把白天医生的话转述了一遍："目前暂无生命危险，但她脑部缺氧过久，能不能醒来还不确定。"

那头好一会儿没说话。

赵虞低声喊他："沈隽意，你还在吗？"

沈隽意这才低声回答："在。"

赵虞："会醒来的，别担心。"

沈隽意低低"嗯"了一声，说："乔乔醒了你发消息告诉我一声。"

赵虞："好。"

挂了电话，赵虞看看碗里冷掉的饭菜，心尖很轻微地颤了两下。

女生的心思是如此细腻敏感，明明只是一通关心朋友的电话，可她偏偏就是从他着急的语气中听出了不一样的意味。赵虞从未觉得自己的思维如此清晰缜密过，之前的那次绯闻，他的语气、行为仿佛被放大般一帧帧从脑中闪过，每一帧都在证明他不一样的好感——这个傻子对人家有好感啊！

他知道盛乔已经跟霍希在一起了吗？赵虞戳戳碗里的饭菜，一时之间心情复杂，有些生气，又有些好笑，却不知道是在气他还是气自己。

就这样结束了啊。

他和她的喜欢都注定失败啊。

病房的门被推开，霍希的助理端着饭盒一脸失落地走了出来，看见她坐在长椅上走神，低声说："小虞老师，你的饭冷了，我帮你热一下吧。"

赵虞从放空中回过神来，抬头看到助理手中没有动过的饭菜，问："他还是没吃？"

助理点点头。

赵虞深吸了口气，伸手道："给我。"

助理满眼拜托地把饭盒递给她。

赵虞提着饭菜走进病房，霍希仍坐在病床前，握着盛乔的手，像座雕塑一动不动。她把碗放在床头："你想乔乔醒来看见你这个样子吗？"

霍希一言不发，充血的眼睛只看着床上昏迷的女孩，好像他的世界只剩下她。

赵虞从未见过这样浓烈的，像一团熊熊燃烧的大火，快把人心脏灼穿的感情。她在情窦未开时种下了暗恋的种子，这种子生根发芽，开出暗恋的花。这花盏再美再柔软，也只有她一个人能看见。

她从未体验过爱情，却又好像已经爱了很多年。

赵虞看着双手紧握的两个人，觉得他们真勇敢啊。或许这才是爱情吧。

三天后，盛乔终于醒来。医生检查后确认没有生命危险，再住院观察一段时间就无碍了。

赵虞第一时间把消息发给了沈隽意。她本来以为他会打电话关心盛乔两句，结果他只是回复了一句"知道了"，就再没别的动作。赵虞更生气了，却不知道自己在气什么。

盛乔昏迷了多久，霍希就多久没睡觉，如今她醒来看到他憔悴的样子果然心疼得不得了，连哄带亲地把人哄回去睡觉了。

赵虞在门口吃足了狗粮，等霍希走了才进去："居然连我都瞒着，塑料姐妹情！"

盛乔嘿嘿傻笑。

赵虞倒也没真的跟她计较这个，毕竟这位的恋情要是传出去，国内娱乐圈估计要翻天。她跟盛乔说自己下午就要离开。

盛乔："这么快？"

赵虞捏她的脸："不然咧？我可是跟你男朋友一起陪了你很久，知道我推了多少行程，少赚了多少钱吗？！"

盛乔把果篮里的橘子都拿出来，给她装进袋子里："回去了补给你！橘子拿着路上吃！"

赵虞："不要，懒得剥。我又不像你，有霍希随时随地伺候。"

盛乔拿了个橘子出来，剥好递给她："想给你剥橘子的人都要从国内排到这里了好吧？甜甜的恋爱你随时可以拥有！"

赵虞掰开橘子放进嘴里，看着窗外拂过树冠的微风，直到吃完手里的橘子才终于回头笑着说："算了，比起恋爱，我还是更喜欢当国民女神。"

暗恋的花的确很美很柔软，可心里的枝蔓早已绽放生长，开出了更多更美的花。

她的世界花团锦簇，一朵花的凋零并不会令她悲伤，只是遗憾那朵花不能永远盛放罢了。

◆02◆

赵虞回到北京时，已经有初秋的气息了。

因为中途改变行程去录《世界那么大》，国内的商演几乎都推了，被舞台宠坏了的虞美人们天天在超话嗷嗷叫，每天扳着手指头算已经多少天没见到偶像跳舞了。

好在接近年底，各种颁奖典礼、红毯盛典不少，三大顶流的舞台最能点燃现场气氛，一向是这种现场表演嘉宾的首选。今年赵虞没有开演唱会的计划，商演舞台就成了粉丝唯一的寄托，于是每次活动都一票难求。

赵虞一头扎进工作里，忙得连东想西想的时间都没有。

《九霄》定了来年二月份开播，但递到赵虞这边的剧本已经从之前只有偶像剧变成了时而能看到一两部正剧了。业内人士对《九霄》十分看好，毕竟王朵一出手就拿奖的"定律"摆在那儿，又有纪舒丞加持，想不火都难。只要播出之后赵虞的演技没有拖后腿，她就一定可以凭借这部剧摆脱一直以来的偶像标签，在影视圈的路会变得更广更长。

深秋的时候，赵虞收到了制片人晚宴的邀请函。

这种晚宴，去的基本都是资方高层和影视圈有地位的大佬，会有很多资源交换，也会有导演寻找自己心中的最佳主角，所以很多新人钻破脑袋也想混进来。林之南把出席名单给赵虞看了一遍，重点标注了几个手头有大项目的导演，让她到时候主动跟人聊聊天。

赵虞一口答应下来，结果到了宴会厅，却还是如以往一样先端着红酒杯笑意盈盈地打了一圈招呼，然后端着一块小蛋糕躲到露台的角落里去了。最近临近赛季末，《王者荣耀》上分容易了很多，盛乔也已经出院回国了，答应赵虞赛季结束之前带她上荣耀，于是赵虞就发了条开黑的链接过去。

盛乔惊讶无比："你不是在参加晚宴吗？"

赵虞咬着小勺子回复："不就那样，无聊死了。你下戏没，来打两把？"

盛乔："还在拍夜戏，让睿文和夏元带你。"

可惜胡睿文和夏元也都没空。

赵虞唉声叹气地吃完小蛋糕，把白西装外套脱下来搭在腿上，找了个舒服的姿势，靠在长椅上打开了一局匹配。

刚开局没几分钟，露台的玻璃门被推开，宴会厅里混杂的红酒味和香水味顺着气流涌出来。赵虞正专心推塔，没注意有人过来了，直到头顶传来一道温和笑声："躲在这里偷闲？"

赵虞讶然抬起头："纪老师？你怎么出来了？"

纪舒丞在她身边坐下来："里面太闷了，出来透透气。"

赵虞稍微收敛了一下自己的坐姿。

纪舒丞似乎并未注意，目光落在她的手机屏幕上，笑着问："这就是那个可以玩张飞的游戏？"

赵虞赶紧操控还站在河道的角色走到塔下："对。"

纪舒丞饶有兴致地看着她玩了一会儿，又问："这是跟三国有关的游戏吗？"

赵虞一边清兵一边回答老干部的提问："不是，这是五人对战类的竞技游戏。不过这里面有很多三国时期的英雄，还有《西游记》里的角色。"

纪舒丞若有所思地点了点头："听上去很有意思。"他看着手机屏幕里的小人儿，"那你这是玩的哪个角色？"

赵虞："嬴政。"

纪舒丞惊讶挑眉："这里面还有始皇陛下的事？"

赵虞："是啊，不仅有始皇陛下，还有诗仙呢，不过李白太难啦，我不会玩儿。"

对面刚好有个李白，打完龙之后来中路抓了她一波，赵虞一边跑一边叫："纪老师你看你看，打我的这个就是李白！我 C——嗷——他越塔杀我！"脏话差点儿脱口而出，她硬生生把后半截咽了回去。

见屏幕暗下来，纪舒丞笑着问："被李白杀死了？"

赵虞唉声叹气："对啊，刺客抓法师太容易了。"她顿了顿，偏头笑嘻嘻地问，"纪老师，看你很感兴趣的样子，要不要一起玩啊？"

纪舒丞失笑，摇了摇头："我看你玩就行。"

赵虞叹了口气："你这样我压力很大啊，操作失误都被你尽收眼底了。"

纪舒丞眉眼温和："不会，我看不太懂。"

赵虞握了握拳："是时候给纪老师展现真正的技术了！"

纪舒丞笑起来："拭目以待。"

仿佛被班主任观战，就算是匹配，赵虞也不敢浪了，改走猥琐路线，缩在塔下清兵，不给对方杀自己的机会——反正纪老师也看不懂，只要不死就不算丢人。结果打到后半段，队友发消息问她："嬴政，你信佛吗？不杀生？"

不给对方杀自己的机会，也就没机会杀对方，打了快二十分钟，赵虞的战绩还是 0-1-0。

当着班主任的面不好喷回去，赵虞假装没看见，在心里把嘴贱的队友骂了个狗血淋头。

纪舒丞倒是笑了："他是不是在骂你？"

赵虞拍了下脑门："纪老师，你就这样拆穿，我很没面子诶。"

纪舒丞抱歉地挑了下眉。

赵虞虽然划了一整局的水，但好在队友给力，最后还是赢了。胜利的标志蹦出来时，她长舒一口气，觉得自己总算没在班主任面前丢脸。

纪舒丞见她把手机收起来，温声问："不打了？"

赵虞单手支着额，挑眉道："我打游戏让纪老师在旁边看着算怎么回事儿啊！"她端起搁在一旁的红酒杯跟他手中的酒杯碰了一下，"Cheers.（干杯）"

入冬之后，《九霄》就要进入宣传期了，到时候她跟纪舒丞的合作会更多，于是两人聊了几句到时候的行程。

纪舒丞忽然说起刚才在宴会厅时的事："陈导刚才跟我打听你。"

赵虞讶然："陈敬忠导演？"

纪舒丞点点头："他问我拍《九霄》时你在片场的表现如何，看样子是下部戏有意向找你合作。"

陈敬忠擅长拍悬疑剧，极擅蒙太奇手法，能利用声画调动观众情绪，引人入胜。他拍的悬疑剧都不长，剧集最多不超过十五集，但每集都是浓缩的精华，在各大平台很受追捧，国内排名前三的悬疑剧都是他拍的。但陈敬忠喜欢用老戏骨，毕竟悬疑剧很考验演技。对他而言，越是长相漂亮的越不适合悬疑剧，因为无论是凶手还是被害者，容貌太过招摇都容易让观众的重点偏离剧情。

这样的导演居然会关注她？赵虞惊讶了一小会儿，想到什么，问："那纪老师有没有帮我说好话？"

纪舒丞举了下酒杯："实话实说。"

赵虞跟他碰了下杯："多谢。"

纪舒丞笑起来："你怎么知道实话就是好话？"

赵虞喝了口红酒，笑眯眯地说："毕竟是纪老师手把手教出来的，对自己没信心，总得对老师有信心吧。"

纪舒丞摇头笑了下。

果然，没过几天陈敬忠导演就联系了赵虞，说之后有个项目想找她合作，问她有没有意愿见面聊一聊。

赵虞本来就在计划转型，最近正挑剧本呢，遇见陈导这种能拍出比肩英美剧质量的悬疑剧的导演，自然没有拒绝的道理，约了时间之后欣然赴约。

陈导不是一个人来的，还带了制片人、编剧，以及小说原著作者。

见面之后寒暄一番，陈导就直接切入正题，问赵虞有没有看过小说《囚笼》。

赵虞摇了摇头。

陈导示意编剧：“给她讲讲。”

接下来一个小时，赵虞都在听编剧和作者讲述这个故事，听完之后她就明白为什么一向只喜欢用老戏骨的陈导会选择她——这部剧讲的是美艳恶毒的魔女驱使着视她为神明的恶犬，利用美貌获利并脱罪，游走在色与欲、罪与爱的边缘的故事。这个魔女年轻貌美，充满活力，美得惊心动魄，像盛开在阳光下最灿烂的花，没人能看见她腐烂发臭的根茎。

陈导等编剧讲完才开口：“我看过你跳舞的视频，我想要的就是你在舞台上那种自信又迷人的感觉，那种完全昂扬生长的明媚，却又在下一刻回头时露出危险的微笑。”

制片人也笑着附和：“而且你的外形是最符合角色的，当初我一看剧本就想到了你。”

赵虞捧着茶杯笑道：“谬赞了。”

陈导是个爽快人，直接道：“前几天我跟舒丞聊过，他对你赞不绝口，我相信他的眼光。如果你对这个剧本有兴趣，我们尽快定下来。”

赵虞的确挺感兴趣，毕竟她还没演过反派，而且还是反派女主角。这对演技的挑战很大，但也是一次独一无二的机会。

陈导看她的神情就知道她的答案了，笑着伸出手：“合作愉快。”

赵虞笑着跟他握了握手：“合作愉快。”

没过两天，双方就敲定了合同，定在明年三月中旬进组。

合同一签，赵虞就开始看剧本了。悬疑剧怼脸直拍展现细微表情的镜头特别多，对演技的要求比《九霄》还要高，她不敢怠慢，提早做起功课。为此她又推了不少通告，只留下宣传《九霄》的行程，其他时间都跟着纪舒丞帮她联系的专业老师上表演课，突击训练演技。

这么忙，她自然是没什么时间玩游戏了，这天傍晚，赵虞突然收到沈隽意发来的微信。

沈隽意：“你已经一个月没上线了，怕我找你单挑吗？”

赵虞：“[怕你个雷神锤子].jpg”

沈隽意：“上线，来单挑！”

赵虞：“你以为我跟你一样闲？忙着呢，没空。”

沈隽意：“我知道，你就是怕了，没关系，找代打不丢人。[摸摸头].jpg”

赵虞："来啊！谁输了跪下叫爸爸！"

沈隽意："我拿你当妹妹，你居然想当我女儿？"

多说无益，赵虞撕掉脸上的面膜，盘腿坐直身子，扔了一个游戏链接过去。沈隽意很快进入房间。赵虞按照之前和盛乔商量好的策略锁定芈月，进入游戏之后却发现沈隽意拿的不是扁鹊，背着小书包一蹦一跳走路的小鲁班显得十分嚣张。

失算了！！！

沈隽意打字："你居然没拿张飞。"

赵虞算是明白了："想拿鲁班针对我？"

沈隽意："只是想当你爸爸罢了。"

赵虞："你给我等着！"

二十分钟后，穿着一身凤袍的芈月踩着地上小鲁班的尸体，站在敌方只剩半血的水晶前。

赵虞："叫爸爸。"

沈隽意："我错了！"

赵虞冷笑一声，没逼着他喊爸爸，只截了张胜利的图。以后这家伙要再敢嘚瑟，她就把截图砸他脸上。

截完图她退出房间，微信上又收到沈隽意发来的游戏邀请。

赵虞："还想叫爸爸？"

沈隽意："和谐社会，打打杀杀多不好啊，来王者峡谷看看风景聊聊天呗？"

赵虞："没空，不聊，滚蛋！"

沈隽意："你越来越凶了！"

赵虞："你不配拥有我的温柔。"

沈隽意："抓狂！"

沈隽意："听说你接了陈导的新剧，要去演变态杀人狂？"

赵虞："消息还挺灵通。"

沈隽意："悬疑剧不太好演，我给你推荐个对这类型表演很擅长的老师吧？"

赵虞："不用了，纪老师已经帮我找好了。"

沈隽意："纪舒丞？我竟然不知道你们关系这么好！"

赵虞："你不知道的事情多了去了。"

沈隽意："人心散了，队伍不好带了……[狗狗委屈].jpg"

赵虞："我去训练了，您自个慢慢玩儿。[猫猫鄙视].jpg"

入冬时，赵虞已经把台词都背下来了，走哪儿都拿着做满笔记的小本本看。《九霄》也正式进入宣传期，官博接连放了三天的预告片，恢宏大气的背景音乐之下上演生杀予夺诡谲风云，引得各大论坛讨论起《九霄》的剧情和画质。

杀青之后大家各奔东西，赵虞只上次在晚宴上跟纪舒丞见过，现如今剧组的主演终于又聚到了一起，上节目录综艺。但纪舒丞是不参与的，他以往的剧也是这样，除了必要的路宣外，其他的节目都是女主角带着配角们去。

赵虞跟着一众主演们参加完几档宣传电视剧必去的国民综艺后，就只剩下今年人气很高的户外真人秀《隐秘的城市》。这档综艺以吃喝玩乐为主题，嘉宾们一边做任务一边发掘每一座城市不被大众所知的美食美景，上至御厨传人，下至百年老店，挖掘的每一个地点都会在节目播出后迅速成为热门打卡点。许多商家想利用这个节目做宣传，但节目组十分正派，拒不接受赞助合作，坚守初心，挖掘经典，因此备受观众推崇。

节目每期只有两个飞行嘉宾，赵虞作为女主角自然是要去的，另一个剧方商量之后决定让夏元去。两人在剧中饰演姐弟，网上的姐弟CP呼声也很高，比起跟女主角毫无感情交集的男配角，夏元更适合跟赵虞搭档。

本来一切都定好了，出发去录《隐秘的城市》的前两天，纪舒丞的团队却突然联系剧方："剧还没开启综艺宣传吗？"

剧方工作人员："开启了啊。"

纪舒丞团队："那为什么我们没有收到邀约？"

剧方工作人员都蒙了："纪老师不是一向不参与综艺宣传吗？"

纪舒丞团队："最近纪老师没什么行程，时间上可以配合宣传，需要吗？"

这就跟天降惊喜一样，哪儿有不需要的，工作人员忙不迭应下来。于是第二天跟赵虞一起去录《隐秘的城市》的人就换成了纪舒丞。

夏元跟经纪人撒泼："我不管！我要去！我要闹了！"

经纪人十分绝情："跟纪老师闹去。"

夏元："呜呜呜……"

出发的时候赵虞才知道搭档换人了，不过宣传嘛，男女主搭档的宣传效果会更好，她也没放在心上，上车之后还给纪舒丞发了消息。

赵虞："纪老师，你第一次录这种户外真人秀吧，有什么不明白的尽管问我。"

纪舒丞："好，谢谢。"

节目组为了综艺效果，没跟六位常驻 MC 说嘉宾换人了，他们还以为今天的嘉宾是赵虞和夏元呢，因此看到纪舒丞出场，真实地被震惊和惊喜到了。

这期的发掘城市在南方，虽然已经入冬，但暖洋洋的，在集合点打卡之后，大家就出发了。因为之前就有营销号爆料说赵虞和夏元要去录《隐秘的城市》，在同一个城市的粉丝和网友都很期待偶遇，结果随着录制开始，他们发现网上的路透照里，夏元的鬼影都没看到，取而代之的是让人完全意想不到的纪舒丞，都惊讶极了。

——活久见！影帝居然跑去录这种户外综艺了，是缺钱了吗？

——为了宣传《九霄》吧，看来影帝很重视这部剧啊，都亲自上阵宣传了。

——元元呢？我元元呢？我哭了！

——影帝真是年纪越大越有魅力啊，这图其他嘉宾看着跟他保镖似的。

——有吃到一个瓜，不知道真假，本来定的是 xy，录制前一天才换的影帝，听说是影帝那边亲自要求的。

——之前《九霄》剧组不是去录了《快本》和《王牌》吗，没见影帝去啊。

——因为想跟女主角单独上综艺（不是）……

——这是正主按头我嗑 CP？

——的确很奇怪，其他的都不去，唯独跟 zy 搭档的亲自要求去，引人遐思啊。

——我也吃到一个瓜，zy 拿下了悬疑帝的新剧女一，听说是影帝介绍的。

——zy 和悬疑帝？不可能吧，陈导说过他只愿意用老戏骨，zy 那演技架得住悬疑剧的怼脸直拍？

——抱走虞虞，非官宣不约，请大家多关注赵虞的作品和舞台哦。

——我又可以了，老干部 VS 摇滚少女，太好嗑了！

——很显然就是男女主搭档上综艺宣传，这也能给你们传成这样，服气。

——随便你们怎么说，反正成语 CP 我嗑定了！

……

路透照引发的网络热议一直到综艺录制结束都没停止。

赵虞回到酒店躺床上歇息时才看到自己跟纪舒丞的绯闻上了热搜。《九霄》跟之前的偶像剧不一样，不需要利用男女主的绯闻来炒热度，反而会起到反面效果，因此她先给林之南发了消息，让她联系公司把热搜撤下来，然后才给纪舒丞发消息，解释热搜不是她的团队买的，已经在撤了，希望纪老师不要介意。

纪舒丞不愧是宽宏大量的前辈，不仅不介意，还反过来安慰她，说不用特意花冤枉钱撤热搜，随大家议论一下也没什么关系，身处娱乐圈就是被拿来娱乐的。

赵虞感慨连连，觉得前辈就是前辈，这气度，这觉悟，真是她辈望尘莫及。

热搜终究还是撤了，但成语CP粉还是如雨后春笋一样冒了出来。如今《九霄》进入宣传期，路宣发布会本来就多，"嗑学家"们天天在两人的同框照里抠糖。

虞美人对此不屑一顾——他们当年嗑池鱼CP也是这样的，然后呢？然后就没有然后了！只能说姐姐魅力太大，跟谁都有CP感，拍一部剧传一次绯闻他们已经见怪不怪了。

✦03✦

《九霄》的主要受众不是学生，剧方也就没有抢寒假档，只配合台里的上线档期。年一过完，正月十五，备受瞩目的年度权谋大戏《九霄》正式在北京台和东方台同期开播了。

占据了两大卫视的黄金时段，首播收视率却不分上下，两个台都达到了1.8的收视率，且随着看过的网友在各大论坛开帖讨论剧情，收视率一直在增长。

这部剧是大男主戏，赵虞前两集并没有出场，于是看完首播的网友们嗷嗷直叫。

——清玲公主呢？我心心念念的帝国第一美人清玲公主呢？

——公主这时候还是个婴儿吧？盲猜赵虞前五集都不会出场，毕竟公主小时候是小演员演的。

——王朵一出手就知有没有！这剧情绝了，才两集就抛了这么多钩子，我被勾得抓心挠肺，可惜没有原著小说可以解馋，盲猜辉姚下集会为主殉身。

——照这个剧情下去，我成语CP什么时候才能同框啊？

——预告片里，清玲公主前后期完全就是小白兔和黑天鹅的差别，不知道是因为什么导致的黑化，才刚播我就已经在担心虐了！

——王朵这水平应该不会出现狗血三角恋吧？

——家仇国恨比三角恋更虐吧？会不会是梁禹灭了清玲公主的国家？

——不要啊！所以后期是成语CP相爱相杀吗？！

……

十二点过后，猕猴桃独播的网络版也拿下了当天的收视冠军。

制作精良、演技在线、剧情紧凑的权谋剧的收视市场是非常大的，男女老少通杀，一时之间，好像所有人都在讨论《九霄》，刷个朋友圈都能看见它的剧情讨论。

赵虞饰演的清玲公主在第五集时出场。观众见惯了她以往在偶像剧中偏御姐的形象，乍然见到一个娇软可爱、天真无邪的小公主，差点儿被萌得肝颤。

穿着嫩粉色宫装的小公主比身后的杏花还要娇俏，下颌一抬，天真又不失高傲。赵虞将集万千宠爱于一身的金枝玉叶演得活灵活现。她指着树枝上的毽子，对从旁经过的男子说："喂，你能帮我把那个拿下来吗？"

这还是那个在舞台上飒爽无比的女王吗？！这分明是她喊一声你就恨不得把心都掏出来，把全世界都拱手相送的公主啊！

"赵虞演技"的词条不出所料地又上了一波热搜，还没看剧的观众点进去之后，都被站在满树杏花下的清玲公主给俘虏了。但想到这么天真可爱的小公主之后会黑化成满手染血的魔鬼，观众的心都快碎了。

——我就看到清玲黑化前！后面我不看！誓死守护我的小白兔！

——完了，梁禹这时候就存了利用公主的心思吧？清玲你醒醒啊！这不是什么人美心善的大哥哥，是恶魔啊！

——突然不想嗑成语CP了，我清玲毒唯了。梁禹你这个大猪蹄子，对着这么可爱的小公主怎么下得去手？！

——只有我期待清玲黑化吗？想看公主手撕男人成为女帝！

——醒醒，大男主戏，后期清玲能平安活下来我就谢谢王朵手下留情了。

……

赵虞的演技在《九霄》里得到了超乎从前的展现，虽然她戏份不多，但清玲公主成了每一个观众心中的白月光，她什么时候黑化、因何黑化、之后走向如何成了观众最关心的问题。赵虞每天都能收到无数求剧透的微信和私信。

知道观众关心她最后的死活，她故意恶作剧发了条意味不明的微博。

@赵虞："黄泉见。"

网友："啊啊啊不要啊！我们不允许清玲死！我杀王朵！我杀梁禹！男人没一个好东西！"

一周后，网友才知道她说的是去录去年全网收视第一的综艺《逃出生天》第二季了，这第二季的第一期，主题叫"黄泉"。

清玲已经黑化了！她以前不会骗人的……

《九霄》不出意外拿下了当期的收视冠军，各大论坛的评分一路上涨，豆瓣的评分已经高达8.9。赵虞在这部戏里的演技也毋庸置疑，能接住纪舒丞的对手戏不让观众出戏足以证明她的实力。之前资方还在观望，剧播之后，不少大制作的电视剧甚至电影剧本都蜂拥而至。

就在这时候，赵虞将出演陈敬忠的新剧《囚笼》女主角的消息官宣了。

还沉浸在清玲公主带来的巨大惊喜中的虞美人们被这个新惊喜砸蒙了。悬疑帝陈敬忠？那个作品被网友称作可以跟英美剧媲美的悬疑剧导演？！一向只用老戏骨的陈导这次居然选择了跟顶流合作？！

网友们一下想起之前那条爆料——zy拿下了悬疑帝的新剧女一，听说是影帝介绍的。

嗑到了！是真的！那可是悬疑剧圈的老大，从不启用非科班演员，如果没有影帝，赵虞能接到这么好的资源？

平时嗑嗑CP倒没什么，涉及咖位虞美人们可就不干了，立刻展开了反击。

——看过《囚笼》吗就在这瞎说？原著讲的是魔女与恶犬的故事，赵虞外形很契合和美杜莎一样美艳又恶毒的女主角才会被导演看中好吗？

——人气和实力摆在那儿，想接什么剧接不到？还需要别人介绍？

——嗑CP就好好嗑，非踩女方一脚是有什么毛病吗？

——事业粉，虞这一次的转型太漂亮了，前有《九霄》，后有《囚笼》，等这两部剧播完，她在影视圈的地位就该稳了，之后如果有意愿的话，团队可以开始尝试接触电影资源了，相信她能在影视这条路上走得更远。

——粉丝专注自家，别被浑水摸鱼的酸鸡带歪了重点。两部剧的宣传不够我们努力吗？

——SRDS，今年还有演唱会吗？舞台粉哭了！

……

网上热议不断，赵虞没太关注，跟剧组在北京开完三次剧本研讨会后，就收拾行李前往拍摄地南京，正式进组了。

除赵虞外，陈导这次还启用了另一位新人演员，刚从中戏毕业的彭言。他外形并不帅气，扔在人群中就是平平无奇的长相，但作为魔女驱使的恶犬，需要的就是这种不惹眼的平平无奇。而且彭言很有天赋，特别是眼神戏，这次试镜打败一众面试的演员，就是凭借他面对爱慕的女神时那种狂热又压抑的精湛眼神戏。

其他演员就都还是陈导的老班底。

《囚笼》不长，只有十五集，但拍摄时间却跟赵虞以前拍的四五十集的偶像剧一样，足有三个多月。

赵虞第一次演反派，内心澎湃，但导演没有一上来就让她拍变态的剧情，而是一点点增加变态的戏份，让她逐渐适应和走入这个角色——魔女行走在阳光下，还是有很多正常戏份的。

时间就在拍摄中一点点入了夏，赵虞几乎没离开过剧组。

魔女这个角色人格太分裂了，人前的明媚和人后的恶毒，每入戏一分，她受这种分裂的影响就越深。尤其是陈导为了最好的剧情呈现，要求她杀青前不能出戏，必须一直陷在这种情绪里，越深越好。这下可把林之南给急坏了，她看着赵虞越来越阴郁的眼神，生怕她拍完这部戏真变态了。

结果等到剧组杀青那天，当导演宣布全剧拍摄结束的时候，这几个月都陷在阴郁情绪中的赵虞的眼睛一下就重新亮了起来，她笑嘻嘻地跟工作人员们拥抱打招呼，约着今后有时间再聚。

杀青宴定在晚上，林之南一路都在打量她，一进房间就问："你没事吧？"

赵虞朝她投去一个"你有事吧"的表情。

林之南凑过来摸摸她的脑袋又揉揉脸："没变态吧？"

赵虞："神经病，我去洗澡了。啊，终于杀青了，接下来半个月别给我安排行程啊，我得好好休个假。"

林之南看着她进了淋浴间还不放心，跟过来隔着玻璃门问："演了几个月的变态，你心态没受影响吧？有没有觉得看谁有点儿不顺眼？有没有想毁灭一切的冲动？"

赵虞的声音顺着哗哗水流声传出来："有。"

林之南："什么？！"

赵虞："我现在看你就很不顺眼，等我洗完澡出来就灭了你。"

洗完澡，赵虞裹着浴巾把林之南按在沙发上捶了一顿。林之南最怕痒，一边尖叫一边挣扎："啊啊啊我还不是担心你！"

赵虞抓着有点儿松的浴巾坐起来，像个贵妇似的跷着腿，摸摸自己裹着发巾的头发："正事不干瞎担心。"

林之南噘着嘴爬起来："还不是怪你拍戏时候的眼神太吓人了！圈内演员受剧情影响的例子可不少！"

赵虞喝了口水："那能一样吗？我有爸妈，有朋友，有美满的童年和璀璨的人生。"她往后一靠，满足地叹了口气，"只要想到这些，就觉得自己超幸福的，想变态都变不起来。"

林之南虽然信了她的话，但还是不太放心，毕竟杀青宴上陈导还专门过来跟她交代了一句，让她接下来多给赵虞一些休息时间，多让她出去走一走玩一玩，早点儿出戏。于是回北京后她没给赵虞安排工作，天天督促赵虞出去玩。

赵虞烦死她了："出去一次被粉丝追一次，我腿都要跑断了！我不去，我就要在家打游戏！"

林之南叫她叫不出去，索性改变策略，决定把人叫到她家去。于是赵虞家开始频繁有人上门拜访。

先是盛乔过来跟赵虞打了两天两夜的《王者荣耀》，两人差点儿累死在王者峡谷。但好在收获不小，赵虞第一次拥有了50颗星星，荣升荣耀王者。

盛乔走后，郑婉怡来了，她带来一大摞经典老影片，一会儿喜剧片一会儿爱情片一会儿恐怖片，看得又哭又笑又尖叫。

圈外的朋友也没落下，徐芊芊带着几个高中朋友来她家开了个派对。赵虞被迫在自己家跳《遇鱼》，看着几个多年不见的高中同学拍手鼓掌，真是尴尬得脚趾能抠出一套三室两厅。

总算送走了高中同学，赵虞敷着面膜瘫在沙发上，还没缓口气，夏元又跟着沈隽意来敲门了。赵虞开门看见门口一脸"惊不惊喜意不意外"的两个人，感觉自己真的有点儿想变态了。

沈隽意还特自恋地问："哥哥一回国就来陪你了，开不开心？"

开心个屁啊！赵虞简直想把人踹出去。

夏元经常来她家蹭火锅，这时熟门熟路地换了鞋，把怀里抱着的大箱子往地上一放，掏出不少东西来，有小霸王游戏机、拼图、飞行棋、卡拉OK设备，还有一箱啤酒。

沈隽意倒是第一次来她家，换了鞋之后打量一圈，见夏元已经屁颠屁颠蹲在电视前面连卡拉OK设备了，特别不爽地问："你怎么对她家这么熟悉？"

夏元头也不回地回答："经常来啊。"

沈隽意更不爽了，回头瞪赵虞："你怎么能让他一个大男人随随便便来你家？"

夏元怪不开心的："我怎么不能来我姐家了？"

沈隽意："又不是亲的！"

夏元："那你也不是我姐亲哥啊，凭什么管有谁来她家？！"

赵虞坐在沙发上，砸了个抱枕过去："你俩再不闭嘴就给我滚出去。"

屋内总算安静了。

夏元连好卡拉OK设备，打开话筒"喂"了两声，回音满房间回荡。他把箱子里的荧光棒拿出来给两人各扔了一根，对着话筒特兴奋地喊："准备好进入我们的私人专属演唱会了吗？"

沈隽意拿抱枕垫屁股，盘腿坐地板上，很给面子地挥着荧光棒回应："噢噢噢准备好了！"

因为经常在家练声，屋子都是做了隔音处理的，不然就他们这个闹法，估计早被邻居投诉了。

夏元点了一首《遇鱼》，开始又唱又跳。

赵虞的脚趾又抠了一套三室两厅。

夏元嗨完，又点了首对唱情歌，热情地把话筒递给赵虞："姐，我们合唱。"

沈隽意中途截和："你想得美！还想跟她情歌对唱？拿来，我唱！"

于是屋子里响起两人撕心裂肺的歌声。

唱到后面，两人一边唱一边把坐在沙发上的赵虞拖下来，沈隽意抬手扯下她的面膜，不由分说把话筒凑到她嘴边："下一句，接！"

赵虞清了下嗓子，气势十足地唱："宇宙毁灭！心！还！在——"

夏元："噢噢噢噢噢噢——"

三个人一边唱歌一边喝酒，唱完又打游戏下跳棋，中途林之南打了个电话过来，想问问他们陪赵虞玩得怎么样，结果三人太嗨，连手机响了都不知道。

空调呼呼地吹着，赵虞裹了条小毯子在肩上，捏着罐啤酒，听夏元在旁边呜呜咽咽唱儿歌。

沈隽意把空了的啤酒罐捏成一团砸过去："闭嘴！难听死了。"

夏元醉醺醺地回头瞪他："我粉丝说我唱歌可好听了！"

沈隽意："你粉丝都是骗你的！粉丝最会哄人了！"

赵虞："哈哈哈哈哈哈哈哈嗝——"

沈隽意用荧光棒戳她，眼前的人影晃成了三个，戳了半天没戳中："你笑什么？！"

赵虞叉腰道："我为什么不能笑？我唱歌又不难听！我唱歌可好听了呢！"

沈隽意张牙舞爪地乱挥荧光棒："你也没好到哪里去！天天传绯闻炒CP，你是绯闻成精吗？！"

赵虞抓起旁边的荧光棒跟他对敲："略略略，我就喜欢传绯闻，关你什么事！"

沈隽意："哈！嘿！看剑！"

醉醺醺的两个人把荧光棒当剑舞，噼里啪啦打了半天，赵虞一个没注意被他打脱手，沈隽意狂笑着握着荧光棒扑过来把她压地上，荧光棒抵住她的脖颈："我的剑比你快！你输了，不准跟纪舒丞炒 CP 了！"

赵虞四肢乱蹬："我就要跟他炒 CP！你都可以喜欢别人，我凭什么不能炒 CP？双标狗！"

沈隽意被她挠得衣发凌乱，拿荧光棒戳她的胳肢窝："胡说！我喜欢谁了？"

赵虞"哼"了一声，别过头去。

沈隽意用手掌捏住她的下巴，把她脑袋转过来，恶狠狠地说："说！"

赵虞张牙舞爪："你喜欢乔乔！你不要以为我不知道！"

沈隽意捏着她的下巴摇来摇去："胡说胡说胡说，我早就不喜欢她了！你别给自己炒 CP 找借口！"

赵虞被摇得头昏脑胀，边叫边骂："啊啊啊沈隽意你给我松开！你凭什么管我？！"

沈隽意："凭我是你哥！"

赵虞："你放屁！我妈就生了我一个！"

沈隽意："你喊了那么多年的哥哥，现在说不认就不认了？没门！"

赵虞："我不认！我没喊过！啊啊啊夏元救我——"

沉迷 K 歌的夏元无动于衷，抱着话筒一脸深情地唱着："猴哥！猴哥！你真了不得——"

林之南赶过来的时候，三个人都横在客厅睡着了，一屋子的酒气。她先开了窗通风，然后挨个把人叫醒。

三个人的酒差不多都醒了，有种宿醉之后的茫然感。夏元多一种感觉，他不知道为啥自己有种嗓子喊劈了的痛感。

沈隽意看了看手里断了半截的荧光棒，将之扔进垃圾桶后打电话给助理。

夏元走到门口还转头特抱歉地说："姐，要不我们帮你把客厅收拾了再走吧？"

赵虞抱着一杯热水坐在沙发上，头疼地摆手："赶紧走吧你俩。"

沈隽意笑嘻嘻地朝她挥手："哥哥下次再来陪你喝酒。"

回应他的是赵虞扔过来的抱枕。

林之南不放心地看着他们戴好帽子、口罩进入电梯才回去。

两人的助理都已经等在车库。电梯里，夏元按了负一楼的按键，转头看了眼对着墙镜打理刘海的沈隽意，撇了下嘴，问："隽意哥，你小时候真跟我姐认识啊？"他依稀记得喝醉之后两个人好像吵了好一会儿小时候的事。

沈隽意拨着刘海："对啊。"

夏元："那我怎么从来没听我姐说过？别是你编的吧？"

沈隽意转头在他帽檐上敲了一下："知道她叫了我多少年的哥哥吗？小屁孩给我放尊重点儿！还有，少往你姐家跑，男女有别不知道啊？"

夏元不服气："叫你几声哥哥还真以为她是你妹啊？管这么宽！"

沈隽意抄着手理直气壮："对啊，她就是我妹，我不管着点儿白让你们去拱啊？"

夏元气死了："你以前就骂卫池是猪，现在又骂我和纪老师！我要去网上挂你！"

沈隽意笑嘻嘻摊手："我可没骂，是你自己说的。"

电梯门"叮"一声打开，沈隽意朝后挥挥手，在夏元愤怒的神情中扬长而去。

✦04✦

经历这么多天的"屋内狂欢"，林之南总算不担心赵虞变态了，行程立刻安排了起来。

又到了一年一度音乐节和商演频繁的时候，去年赵虞为了救场没怎么去音乐节，虞美人们嗷嗷叫了一年，今年总算可以补上，再次过足舞台瘾了——就像赵虞之前说的，比起演戏她更喜欢舞台，只要她还能跳，就永远不会放弃舞台。

粉丝们本来以为在拍完《九霄》和《囚笼》之后，赵虞的重心会转到影视上，结果工作室官宣的接下来几个月的行程表里都是商演，却高兴坏了。

夏季就在唱唱跳跳的舞台上度过了，入秋之后，霸占两大卫视收视冠军宝座的《九霄》入围了金视奖，网上都在讨论这一届的最佳男主角和最佳女主角将花落谁家，甚至有网友预测《九霄》这一次会横扫金视奖，拿个大满贯。

不过这种颁奖典礼，最佳男主角和最佳女主角向来不会颁给同一部作品，《九霄》的男主角是纪影帝，这戏又是大男主戏，他拿奖的可能性很大，那作为女主角的赵虞拿奖估计就悬了。

虽然网友们早有猜测，但真的到了颁奖典礼这一天，虞美人们还是揪紧了心。

金视奖的红毯一般都是男女主角一起走，不过因为网上一直在炒她和纪舒丞的CP，赵虞为了避嫌，让主办方安排了单独走红毯，刚好排在沈隽意前面出场。

沈隽意这次也因为一部现代剧入围了金视奖，不过大概率是陪跑——流量明星想拿一次视帝还是不容易的。

两辆车并排靠在一起，赵虞正翻着手机，听到旁边降下车窗，有人用笑嘻嘻的气音喊她："赵虞，赵虞——"

赵虞抬头看去，沈隽意旁边还坐着那部现代剧的女主角，她先笑吟吟地跟对方打了招呼，才看向他："干吗？"

沈隽意穿了套白色的西装，头发梳得人模狗样，看上去像个风度翩翩的贵公子，一开口却还是那副德行："你穿这么少不冷啊？"

赵虞甩了他一个明知故问的眼神。

沈隽意用胳膊撑着车窗，探出半个头张望一番："就你一个人走红毯？"

赵虞微笑："不可以吗？"

沈隽意："可以是可以，就是看着有点儿冷清。"他顿了顿，笑嘻嘻地问，"要不你跟我们一起走？"

这个人就是有随时随地把人心态搞崩的本事，赵虞看到他旁边那女艺人的脸都青了。她把车窗摇上来半截："不了，我喜欢独美。"

快轮到她入场时，助理帮她把车门打开，赵虞提着裙摆下车，又听到后面喊她："赵虞——"

她无语地回过头去："又干吗？"

沈隽意咧嘴笑得欢："加油拿奖哟。"

赵虞："这话你跟组委会说去。"

她倒是想拿奖，那也得组委会颁给她啊。

林之南托人打听有一段时间了，那边反馈的消息都是最佳男主角基本定了纪舒丞，《九霄》这么火，纪舒丞作为大男主在里面有超乎寻常的表现，没理由不拿奖。赵虞的角色虽然也很出彩，并且到现在都名列观众最喜爱的角色第一名，但戏份不够多是一方面，把奖颁给她不颁给纪舒丞也实在说不过去。所以她来之前就有心理准备自己是来走个过场的。

秋风瑟瑟，红毯两边都是粉丝和媒体，赵虞提着裙摆一路挥手一路笑，进场之后才终于暖和了一点儿。

虽然没一起走红毯，但她的座位还是跟纪舒丞在一起的。他已经进来了，等赵虞落座之后转头笑道："晚上好。"

赵虞搓了搓肩膀，笑着揶揄："纪老师，提前恭喜你拿奖呀。"

纪舒丞无奈地看了她一眼："还是有悬念的。"

赵虞："要相信自己的实力！"

纪舒丞似乎习惯了她一直以来元气满满的鼓励，摇头笑了下："好的。"

艺人陆陆续续进场，晚上七点，颁奖典礼正式开始。

金视奖作为国内四大奖项之一，含金量和关注度一向都很高，除去现场的观众外，在屏幕前观看直播的网友也不少。

最先颁发的是最佳中国电视剧奖,"九霄"两个字响起时,无论是现场观众还是网友一点儿都不意外,反而觉得就该如此。

宣布之后,镜头给到了《九霄》的主演、导演以及制片人,赵虞和纪舒丞都在笑着鼓掌。

导演作为电视剧代表上台领奖,说了两句感谢观众、辛苦工作人员的官方获奖感言后,捧着奖杯准备下台。主持人赶紧叫住他:"不再多说两句吗?"

导演:"不急,一会儿还要上来。"

现场众人忍俊不禁,看直播的网友也都笑翻了。没有人觉得导演是在说大话,《九霄》的成绩摆在那儿,一同入围的作品里能跟它对打的实在是少。

果不其然,接下来《九霄》荣获最佳编剧奖、最佳摄影奖、最佳配乐奖。跟网友预测的一样,《九霄》几乎横扫了金视奖。

重头戏是最佳男主角和最佳女主角。赵虞虽说早有心理准备,抱着走过场的心态来的,但真的到了颁奖这一刻,心里还是生出些许紧张和期待。她在音乐圈拿奖无数,但影视圈一直缺少一份实打实的奖项实绩,难免有些遗憾。

旁边的纪舒丞似乎感觉到了她的紧张,偏头低声安慰道:"平常心。"

赵虞微呼一口气,笑着点了下头。

先宣布的是最佳男主角奖,大屏幕上出现入围的五名男艺人,沈隽意也在其中。他倒是很放松,其他人都正襟危坐保持微笑,他这笑眯眯地朝镜头挥手。

赵虞紧张的心情在看到他的那一刹那不自觉轻松了不少,但轻松的同时又在心里骂了句狗东西。

经过主持人一段吊人胃口的故作悬念后,会场终于响起纪舒丞的名字。加上这一次的奖项,他就是名副其实的三料影帝了。

赵虞发自内心地鼓掌祝贺,心里的弦也彻底松开了。既然男主角拿奖了,那就真没她这个女主角什么事了。算一算,《九霄》这次能拿这么多奖也有她的功劳,起码她没像那些黑粉说的那样给人家大制作拖后腿嘛。

最佳女主角奖宣布完之后,颁奖典礼进入了尾声。网上有关新一届视帝视后的议论不断,也有不少人提到《九霄》这次几乎横扫金视奖,只有女主角没拿奖,说起来怪可怜的。

从会场离开前往媒体区接受采访时,搞事的记者也问起这个问题。

赵虞提着裙摆笑吟吟地看着镜头,回了四个字:"与有荣焉。"

别人不知道,林之南还不知道吗,赵虞看上去没什么,其实心里还是遗憾的。作为赵虞的朋友兼经纪人，她太知道赵虞心里的好强了，于是等赵虞回答完问题就赶紧走上去把记者都挡住了："今天的采访就到这里了，谢谢大家。"

果然，离开媒体区回休息室的路上，赵虞怅然地叹了口气。

林之南安慰她："没事，咱也没指望靠这个拿奖。《囚笼》不是快播了吗，这才是你的重头戏呢！接下来咱们再也不接给男主作配的剧本了，必须大女主走起！到时候拿它个大满贯！"

赵虞沉默了一会儿，说："暂时别接剧本了。"

林之南大惊失色："打击这么大啊？"

赵虞："不是，明年的演唱会我想提前开。"她握拳打气，"在这儿失去的自信，必须在舞台上找回来！"

舞台是她充电的地方，永远能给她无尽的能量。

林之南算了下行程："也行，那我明天就去安排，你好久没巡演了，明年可以搞一个。"

赵虞："可！"

颁奖典礼结束之后还有晚宴，赵虞其实不太想去，但怕有媒体说她失落伤心，还是打起精神去了。

刚穿过走廊，她就看见一身白色西装的沈隽意端着两杯红酒站在拐角，看见她，笑眯眯朝她举了下杯。

赵虞走过去："你在这儿干吗呢？"

沈隽意把其中一杯递给她："等你啊，一起进去呗。"

赵虞嫌弃地看了他一眼："我为什么要跟你一起进去？落选者的互相安慰？"

沈隽意把红酒杯塞进她手里："什么落不落选的，我压根儿就没把这个奖放在眼里！"

赵虞看他得意扬扬昂着脑袋的样子就觉得好笑。

沈隽意拉她胳膊："走啦走啦，进去晃一圈走个过场就出来。我约了夏元和卫池吃烧烤，去不去？"

赵虞一边跟着他往里走一边老实回答："不太想去，累了，想回家睡觉。"

沈隽意打量她两眼："这不像你啊。"

赵虞"喊"了一声："说得你好像多了解我似的。"

沈隽意理直气壮地说："我当然了解你，我比组委会那群老头子了解多了！他们要是像我一样了解你，肯定选你当最佳女主角。啧，老头子没眼光。"

赵虞回味了半天，终于反应过来他是干啥来的："你是来安慰我的啊？"

沈隽意："不明显吗？"

赵虞："……可以说非常明显了。"

沈隽意推开玻璃门，独属于晚宴的气息扑面而来，赵虞下意识皱了下眉。他透过玻璃看到她的神情，手上一顿，转头问："不想进去啊？"

赵虞："是不太想，但不去的话记者肯定又要乱写。标题我都想好了，赵虞落选影后，拒绝参加晚宴，半夜烧烤摊伤心买醉。"

沈隽意一言难尽地看了她两眼，拿过她手上的红酒杯放在旁边的台子上，又把玻璃门关上，推她："走走走，不去了！"

赵虞被他推着走了几米远："干吗啊？"

沈隽意："买醉去。"

卫池和夏元已经在定好的烧烤店了，为防又出现上次在赵虞家喝醉的情况，这次一人只点了一瓶酒，其他都是饮料。

赵虞撸着串，看着闹哄哄的三人，心里最后一点儿失落也消失了。有什么大不了的，她事业线还长着呢，现在拿不到，以后还拿不到吗？只要她没有放弃，时间就会给她想要的一切！

从烧烤店离开的时候，夜风冷飕飕地直往人脖子里钻，赵虞裹着外套看了会儿在旁边向夏元传授独门舞台经验的沈隽意，突然喊他："沈隽意。"

沈隽意回过头来："啊？"

赵虞："明年要不要来我的演唱会当嘉宾啊？"

沈隽意似乎没想到她会突然问这个，惊讶地挑了下眉，反应过后咧嘴一笑："行啊。你打算给我多少出场费？"

赵虞立刻反悔："算了，不用了，再见！"

沈隽意两步蹿上来："别啊，我给你个友情价，打对折怎么样？"

赵虞："走开！"

沈隽意："难不成你打算白嫖？"

夏元紧跟着凑上来，热络地举手："选我选我选我，姐选我，我不要出场费！我愿意给你白嫖！"

赵虞飞快挥挥手，蹿进林之南开过来的车里。

林之南乐呵呵地问："看你们聊得挺开心，聊啥呢？"

赵虞："你从哪儿看出开心的？"

听她把事情说了一遍，林之南笑得直拍方向盘："这就是顶流的觉悟啊！别的不说，你先把出场费给我算清楚。"

赵虞抵着太阳穴忧伤叹气："我一定是脑袋进水了才问他。"

林之南想了想说："其实我觉得可行。"

前两年公司就跟赵虞提过演唱会请嘉宾这事，但她没同意。这两年各项行程排得满，演唱会其实没有花太多巧思，都是往常惯有的模式，明年重新起航的演唱会邀请一两个嘉宾活跃气氛，玩些新花样也挺好的。国内能接住赵虞台风的人找不出来几个，对比太惨烈人家也不愿意去作配，所以如果真要请嘉宾，无论是宣传还是舞台合作上，沈隽意的确是最好的选择。

赵虞想了想，她跟沈隽意上一次合作舞台，还是她刚回国时在《荆棘之路》。这么多年过去，双方都成长了很多，那时候她会因他一个搂腰动作而悸动，现如今她应该会波澜不惊了吧？

过了几天，赵虞去公司开演唱会的启动会，高层又提起请嘉宾的事，本来以为这次她还是会拒绝，没想到赵虞略一思索，居然点头答应了。

按照高层的意思，其实是想让赵虞带一下公司的新人，毕竟如果能去她的演唱会上表演，曝光度必然增加。结果刚一提，赵虞就笑吟吟地婉拒了："我已经有人选了。"

高层："谁啊？"

赵虞："沈隽意。"

与会的工作人员都惊了，随后迟疑地问："找他的话，出场费不低吧？"

赵虞撑着头转笔："还好吧，他说给我打对折。"

工作人员："……"

赵虞是公司一姐，她这么说，其他人自然没异议，于是林之南就开始联系沈隽意了。

往年防赵虞跟防狼一样的毕周现在见到赵虞有些讪讪的，毕竟他当年那些作为现在看起来实在有些不体面。好在三大顶流这些年几乎没有合作过，大家接触的机会不多，避免了他的小尴尬。现在突然收到赵虞团队发来的合作意向，毕周整个人都不好了。他把消息转发给沈隽意，问："你又毛遂自荐了？"

毕周知道自家艺人这些年对赵虞在工作上的事一直都很关注，说是从小看着长大的妹妹，能帮则帮。他重情义，有些暗地里转送资源、推荐合作什么的也就随他去了，怎么现在还把自己给搭进去了呢？演唱会嘉宾？这一去铁定 CP 粉就冒出来了，到时候两家顶流的唯粉对撕，那得多可怕啊！跟霍希家对线已经占据薏仁的大部分注意力了，这要是再跟赵虞家对上，战力不足啊！

可自家的傻金毛看到这消息还挺乐呵："她又答应了？啧，嘴上说着不要，身体倒是很诚实嘛。"

毕周："……"

沈隽意乐完了又说："明年我不刚好没演唱会嘛，借她的场子炸一下也挺好。"

如今新人辈出，流量明星到了他这个年龄其实是有些尴尬的，属于要转不转的状态，后期想要更好的发展挺难。霍希闭关半年，回来后直接奔着电影去了，要不了几个月就会上映，虽然现在还说不好票房如何，但人家能走出这一步至少已经成功了一半。

当旁人在飞速奔跑时，正常行走的人自然而然就会急迫起来。沈隽意嘴上不说，但毕周明显能感觉到他压力增大，对于演技的磨炼也加强了很多，今年能入围金视奖，其实就是他努力的结果。

明年沈隽意的重心想放在影视上，估计会泡在剧组，公开行程减少，演唱会自然也得取消，能跟赵虞有次舞台合作，增加热度也正合适。

毕周对于工作倒是从来不带个人情绪，而且又是在有关赵虞的事情上，他似乎也没啥决定权，于是这次合作很快就定了下来。

沈隽意嘴上说半价，但其实最后没真要她钱，倒是赵虞给他发了个红包，戳开一看，二百五十元。

沈隽意："什么意思你给我说清楚！"

赵虞："谢谢你的意思。"

沈隽意："你们赵家是这么谢人的？"

赵虞："是不是特别的与众不同？"

沈隽意："[你再也不是当初那个你了].jpg"

赵虞："[是岁月改变了我].jpg"

第十一章
情人舞

✦01✦

演唱会定在六月初，赵虞工作室很快就官宣了这项行程，虞美人们开始了新一轮的欢腾。

嘉宾的事暂时没公布，工作室打算等到开票前再宣传。

过完年，演唱会进入审批流程，赵虞飞到国外录完新单曲、拍完 MV 和几个杂志的封面后，就把其他能推的通告都推了，专心准备演唱会。

沈隽意进了一个剧组，拍一部历史改编剧，搭档的也都是老戏骨。他作为演唱会嘉宾，并不需要跟全程，赵虞那边把整场流程确定好后再跟他确定他的部分就行。

开春之后流程就定下来了，赵虞把它发给沈隽意，问他什么时候有空回北京排练。沈隽意估摸是在拍戏，一直到晚上才回消息。

沈隽意："不超过十三分钟？我就这么点儿出场时间？"

赵虞："你不知道演唱会场地是按分钟算费用的？超出的部分你给钱？"

沈隽意："所以我来友情助演不仅拿不到钱还要倒贴钱？"

赵虞："那你要这么想我也没办法。"

沈隽意："？？？"

沈隽意着实被她的渣女发言给气着了，撂了句"你给我等着"，第二天就气势汹汹飞回了北京。

街头的粉樱已经很烂漫了。

到排练室的时候刚过午饭时间，沈隽意是自己开车过来的，一出电梯就听到排练室传出音乐声。他望过去，排练室的门半掩，赵虞和她固定合作的乐队都在里面，她随意穿了件粉色卫衣，头发因为之前拍 MV 染成了浅金色，此刻正抱着麦克风懒散地站在那里，眯着眼一边唱一边冲弹贝斯的老师笑。

她在他面前总端着，沈隽意其实很少见到她这样随性又慵懒的模样，像春日青葱的风，又像街边漫天飘飞的粉樱，一朵一瓣，都像往人心里飘。他推门的手莫名其妙就停了下来，站在原地听她唱完了一整首歌。

音乐停下时，赵虞换了个姿势，双手抱着立麦，下巴搁在手背上，歪着头笑道："辛苦老师们啦，试试下一首。"

沈隽意眨了一下眼，抬手看了看手腕处的表，转身往回走。

不一会儿，工作人员陆陆续续送午饭进来，挺丰盛，鱼、肉都有。

赵虞以为是助理点的，便招呼大家休息吃饭。

乐队的成员在旁边惊呼："哇，今天加餐！"

赵虞正端着米饭看呢，就见沈隽意双手枕着后脑勺大摇大摆从门口走进来，手上还拿了张单子，然后径直走到她面前，把发票往她面前一拍，邀功似的说："记得给我报销啊。"

赵虞还没说话，助理又领着两个工作人员急匆匆跑进来，边跑边说："今天餐馆人太多了，我们等了好久！诶，你们怎么都吃上啦？"

赵虞扫了眼助理买来的午饭，又看了眼桌上的饭菜，眯眼看向宕掉的沈隽意："报销？"

沈隽意："……"

最后，大家吃了一顿非常丰盛的午餐。

沈隽意是吃了午饭才过来的，幽幽坐到鼓手的位置敲架子鼓，赵虞吃一口他就敲一下，跟伴奏似的。

赵虞挤对他："你不过来吃点儿？不然一口没吃还不能报销，多不划算啊。"

沈隽意："食不言寝不语！吃你的饭！"

赵虞快笑死了。

沈隽意档期不多，既然过来了，自然要先排他的部分。于是吃完饭，音乐总监就把两个人叫到一起开了个小会，把沈隽意相关部分的细节讲了一遍。

沈隽意作为助演嘉宾，一共有两个表演：一个是跟赵虞合作表演两首歌，一个是他单独表演一首歌。三首歌的时间加起来不能超过十三分钟，毕竟演唱会的场地租用费的确是按分钟算的，每一分钟都要提前计划好。

确认无误，接下来就是选歌。

独唱好选，选一首他的新歌就行，也刚好借此打歌，主要是跟赵虞合作的歌曲比较难挑，因为可供选择的范围太大。

音乐总监："两首合作曲目嘛，各挑一首你们的歌正好。"

赵虞还在那儿纠结，就听沈隽意说："我选 *So busy*。"

赵虞不同意："以前就跳过了，没新意。"

沈隽意："'爷青回'你懂吗？而且现在跳跟以前跳肯定不一样啊！"

赵虞："哪儿不一样了？"

沈隽意顿了顿，若无其事地扫了一眼她的腰。

赵虞："嗯？！"

她丝毫不怀疑这狗东西是故意的，她要是坚决不同意，这家伙肯定又要瞎说："不同意就算了嘛，搞得好像我故意想摸你腰一样。"

明明已经过去多年，可就在此刻，被他视线扫过的腰间似乎又感受到了当年他手掌抚上来时滚烫的温度。

音乐总监倒是很赞同："我觉得行，很有噱头，单是两大顶流时隔多年再跳 *So busy* 这个标题就能吸引很多人了。"

沈隽意牛哄哄地挑了下眉。

赵虞扯了下衣摆，手指抱着腰扭过头："随便你。"

开完小会，三首曲目定了下来，沈隽意个人表演他今年出的新单曲，合作部分一首是 *So busy*，另一首是赵虞新专辑里舞蹈偏中性力量风格的 *K.O*。

沈隽意只跟剧组请了四天的假，排练时间格外紧张。所以赵虞让乐队先撤了，接下来这几天先跟沈隽意把合作部分排练好。

乐队一走，偌大的排练室就显得有些空荡。墙面镜子映出窗外烂漫的春阳，整个房间温暖明亮。

沈隽意的单人舞台不用排，但 *So busy* 总不能再原模原样跳一遍，需要做一些改编，增加一些新意才有吸引力。两人曾经因为改编意见争执不下，现在经过这么多年的成长，能力更强，想法更多，争执反而变少了。大概是强者走到巅峰时，每招每式都能融会贯通

274

了吧。

沈隽意拿手机把当年的视频找出来播了一遍，就算以现在的眼光来看，这场合作也找不出多少瑕疵。

赵虞盘腿坐在他旁边，再看当年这个令她小鹿乱撞的舞台，内心果然已经没什么波动了，甚至挑剔地指出了几个需要调整的地方。

沈隽意这些年编舞能力更上一层楼，压根儿用不着编舞老师，看完视频就兴致勃勃地站起来，朝赵虞伸出手："先试一遍找找感觉。"

赵虞瞟了他一眼，抬手在他手心打了一下，随后自己爬了起来。

时隔多年又一次贴身搂腰，看视频时波澜不惊的赵虞还是在贴近他身体的那一刻心惊肉跳了一下。沈隽意似乎并未察觉，踩着拍子将她拉到怀里，手掌自然而然抚上了她的腰。

原本在这里会有一个停顿抬头深情对视，结果赵虞一抬头，脑袋就撞上了他的下巴。

沈隽意一手搂着她的腰，一手吃痛地捂住自己的下巴，目光怀疑地往她脚底扫："你是不是垫内增高了？！"

赵虞愤怒地把他的爪子拍开，后退两步揉揉自己的脑袋："你是不是垫下巴了？！"

沈隽意："就我这张鬼斧神工精雕细琢的神颜，动一刀都是对女娲娘娘的不敬！"

赵虞："我代言了多久的纯苏就喝了多久的牛奶，长高是对代言商起码的尊重！"

两人大眼瞪小眼半天，最终沈隽意气馁地挥了下手："行吧，就当你长高了，一会儿这个动作改一改。"他咧着嘴揉揉下巴，又看了眼自己的手，转身时小声嘟囔，"手感好像比之前好……"

赵虞气得叉腰吼："沈！隽！意！"

大金毛一边往音响跑一边咋呼："干吗干吗干吗，夸你也不行啦？我倒回去重来一遍啊！"

墙面镜倒映出他蹲在音响前叽叽歪歪撇嘴的模样，赵虞站在后面看得真是又气又好笑。

✦02✦

为了精益求精，顺下来之后新版的 *So busy* 需要调整的地方并不少，整个下午两人都在不停地改编排练。

晚饭是助理送上来的，赵虞照常还是吃沙拉，沈隽意虽然也会为了保持身材少摄入高热量食物，但比起赵虞的沙拉还是吃得要丰盛很多。

赵虞盘腿坐在自己专属的转椅上，端着饭盒一边吃沙拉一边看刚才录下来的排练视频，一个鸡腿突然从对面飞到她碗里，沙拉酱被砸得到处飞溅。她气得不行，气势汹汹地瞪过去，正要骂人，就看见沈隽意拿筷子的手做了一个隔空投篮的动作，还嘚瑟地说："命中，三分！"

这些男的是不是都有病？！

赵虞继续瞪他："你信不信我拿鸡腿砸死你？"

沈隽意懒洋洋地坐回去，夹了块水煮鸡胸肉塞进嘴里，腮帮子鼓鼓的："砸了你就没得吃了。"

赵虞："我本来就不吃这个！"

沈隽意瞄了眼她碗里绿油油的沙拉："晚上还要练那么久，你光吃那个怎么够啊？鸡腿上的皮我去掉了，没热量。"

赵虞低头看，鸡腿果然光溜溜的，只露出内里白嫩的鸡肉，蘸了些许低脂沙拉酱，看上去还挺可口的。她"嘁"了一声，伸手在横放的手机上划了下，点开下一个视频，然后吃了两口沙拉，夹起去皮鸡腿咬了一口。

吃肉的幸福感是无法形容的，吃完一个鸡腿，赵虞感觉整个人都满足了，可转而想起多出来的热量，又开始悔恨，一吃完就催促沈隽意："排练了！得赶紧把刚才吃的热量消耗掉！"

沈隽意懒洋洋地瘫在椅子上，摸出手机："刚吃完就跳不怕胃下垂啊？不慌，打把游戏再说。"

他们跟夏元有一个三人小群，专门用来开黑的，游戏链接一发进去，夏元果然立刻响应。

赵虞也进了游戏，但是没敢坐着，贴着墙角站得笔直。

夏元热络地问："隽意哥，你回北京啦？"

沈隽意："对啊，已经在排练了。"

夏元对赵虞选沈隽意不选自己表示了一定的遗憾，转而又问："那你们这次合作哪首歌啊？"

沈隽意不知道想到什么，蔫坏似的勾了下唇角："*So busy*。"

听筒里果然传出夏元震惊的声音："啊？又跳 *So busy* 啊？"后面那句声音小了，充满了无尽的酸意，"那不是又能摸腰……"

他当初不就是说了一句小虞的腰很好摸吗？！这个家伙居然记了这么多年，一摸再摸还故意跟他显摆，气死元元了！

赵虞松了松站得有些酸的后背："你俩再聊，水晶就没了！"

打了两把游戏，也休息够了，窗外的天色已经暗下来。两人继续排练，一直到晚上十一点才总算把 *So busy* 的新编动作顺了下来。

但重头戏是 *K.O* 的改编。这毕竟是女生的舞，男生跳的话，如果没拿捏好就会很轻浮，何况还要从头改编成双人舞。

第二天一早，两人就回到排练室开始新一天的忙碌。

沈隽意的假期只剩两天，后面还要三首歌联排，剩下的两天两人都没敢多休息，就差住在排练室了。

沈隽意以前就在网上看到有人说赵虞的舞台女王称号是拼出来的，练起舞来不要命。可这么多年，两人在自己的领域各自为王，他还是头一次真切地感受到赵虞的拼。

也不能说是拼，是舞蹈给予她的源源不断的能量和热情，支撑着她一遍又一遍跳下去。她也会累，也会觉得疲惫，但她好像始终那么元气满满，跳起舞来，眼里都是热爱的光。

沈隽意记得赵虞小时候其实挺爱偷懒的，作业不写，字不练，临近回四川那几天才哭唧唧地抱着书包来找他。此时看着眼前仿佛野玫瑰一般明艳带刺的赵虞，他已经想不起来总念叨的小妹妹是什么模样了。

赵虞转过身，手指微蜷，从上而下抚过他的脸颊，上一刻还性感诱人的人下一刻凶巴巴地在他脸上推了一下："别走神！"

沈隽意耍赖似的往地上一坐："不练了！我要休息会儿！助演嘉宾难道就没有人权吗？！"

赵虞嫌弃地看了他一眼，倒也没逼他起来，拎了瓶水过来扔给他，自己也顺势坐下靠着墙休息。

沈隽意喝了两口水，摸出手机念念叨叨："今晚战队赛我都没参加，知道我为了你牺牲有多大吗？！"

赵虞懒得理他，眯眼看着窗外漆黑的天色。

战队赛已经结束了，沈隽意遗憾地看了看他们的全胜战绩，领了几个奖励后，开了把匹配过瘾，正推到对方高地，左边肩头突然一重，吓得他技能都放空了，扭头一看，靠墙累得睡过去的赵虞缓缓滑了下来，脑袋刚好枕在了他肩上。她扎着高高的马尾，额前的碎发被汗水打湿后垂落下来，斜斜搭在她的鼻梁处，映出几寸阴影。

屋子里静悄悄的，只有手机里传出的游戏音效。

就这么愣神的工夫，沈隽意的游戏角色就被对方的刺客抓死了。他嘟囔了几句，双手却不敢像之前那样随便动了，而是很小心地移了下身子，将后背坐直了一些，让她能靠得更安稳一些。

二十秒后，角色复活，他小心翼翼地操控着小鲁班往前走。似乎受到主人心境的影响，小鲁班走路的姿势都好像没有之前那般大摇大摆的嚣张了。

对面的刺客发现了小鲁班是队伍中最菜的一个，一直追着他杀。沈隽意盯着小地图，以防又被抓，可肩头的重量和赵虞一下又一下扫过他脖颈的温热呼吸让他完全没办法全神贯注。

再一次被蹲在草丛的刺客抓死后，沈隽意无声地抓狂了一会儿，索性退出了游戏。

赵虞还睡着。她实在是太累了，因为是自己的演唱会，她投入的心血和精力要比沈隽意多很多。

沈隽意慢慢扭过头，挨得这么近，女生身上运动过后的体香夹着某种不知名的香水，直往他鼻腔里蹿，暖暖的，跟她平日凶巴巴的气质一点儿都不一样，闻着有种很舒服惬意的感觉。他看了半天，眨了下眼睛，屏气凝神，慢慢地抬起手，很轻地戳了戳她浓密的睫毛，是软的。

微信里弹出夏元发来的消息："这局打完了拉我！"

沈隽意单手回消息："还在排练室，不打。"

夏元："还没回去啊？我姐呢？"

沈隽意："睡着了。"

夏元："排练室怎么睡？地板很凉的！"

沈隽意歪头瞟了眼肩上的脑袋，咧嘴无声笑了一下，然后点开相机，左手在赵虞脸旁比了个"V"，咧嘴露出一排大白牙，按下了自拍键。

沈隽意："[图片]就这么睡。"

夏元发了一排感叹号过来："啊啊啊小虞好可爱想Rua！！！"

沈隽意："重死了，我游戏都打不了。"

夏元："你真是身在福中不知福！这么可爱的小虞睡在你肩上你居然只想打游戏？你就没点儿什么别的想法？"

沈隽意："我能对她有什么想法？你对你妹有想法吗？"

夏元："我对我妹没想法，但我也不想摸她的腰！"

沈隽意："哈？"

夏元："好好反省一下，你为什么想摸你妹的腰！"

沈隽意认真地反省了一下，觉得这不是自己的问题。都怪赵虞的腰名气太大，他好奇想摸也是人之常情，要是有机会，谁不想摸一下人间妖精的腰，对吧？

对你个大头鬼对！

夏元直接打了个语音电话给赵虞。

搁在地板上的手机骤然响起，赵虞一个激灵惊醒过来，睁眼的一瞬间，有种不知身在何处的茫然感。直到感官一点点回归，她闻到独属于男性的荷尔蒙的味道，才意识到自己现在是个什么姿势，像根弹簧一样噌地一下坐直了身体。

赵虞的右半边脸颊在他肩上压出了道道红印，眼神有种如梦初醒的懵懂，看上去还怪可爱的。

沈隽意歪着脑袋咧嘴笑，说："你流口水了。"

赵虞的瞳孔瞬间就放大了，她下意识抬手抹了抹嘴角，还吸溜了一下。

沈隽意咧嘴笑得更欢了："骗你的哈哈哈！"

赵虞气得想扑上去掐死他，狠狠瞪了他一眼，手脚并用爬过去接起了电话。

夏元一接通就说："姐，累了就回家睡吧！"

沈隽意在旁边大喊："你打电话过来就是为了说这个？"

夏元义愤填膺："对！我就是不想看某些人得了便宜还卖乖！"

闹腾几句，赵虞就把电话挂了，看看时间已经晚上十点多了，她回身问沈隽意："你明天几点的飞机？"

沈隽意："早上六点半。"

赵虞惊讶了一下："那你不是得四点多起床？"她想了想，把地上的外套捡起来，"就到这儿吧，回家睡觉。"

沈隽意扯住她外套的一只袖子："别啊，再排两遍，最后那部分不是还没搞定吗？"

赵虞无语地看着他："再排你今晚还要不要睡觉了？"

沈隽意手掌一撑地面站起来，把汗湿的头发往后拢了拢，露出光洁的额头："也不是非要睡，我们年轻人年轻体盛，区区熬夜罢了。"

赵虞吐槽："都快三十岁的人了，还年轻呢。"

沈隽意："男人三十壮如虎你没听过？"说着露了下自己胳膊上的肌肉。

赵虞一脸嫌弃，有跟他废话的时间，不如再练两次，于是走过去把音响打开了。

两人又排练了几遍，把最后那部分调整了一下，临近十二点才终于结束。

这一次算初排，确定了曲目和编舞，等官宣开票之后还要再细排，确定服化道和舞美，演唱会开唱前还有最后的联排彩排。

大地虽然回春，但夜晚依旧充满凉意。一出排练室，被汗水打湿的衣服就贴着皮肤发凉，赵虞搓了搓手臂，小跑过去按电梯，正等着，一件外套兜头盖下。她三两下扒拉下来，转头瞪他。

沈隽意穿着件黑 T 恤，帽子反扣在头上，看上去要多不正经就多不正经："穿着呗。"

赵虞给他扔回去："臭死了！"

沈隽意又给她扔回来："什么臭不臭的？那叫男人的味道！"

走廊刮过一阵穿堂风，赵虞冻得一个哆嗦，没再多话，把衣服穿上了。她转头看看只穿了件 T 恤的沈隽意："你不冷啊？"

大金毛一脸骄傲："你见过哪个男人怕冷的？"

赵虞沉默了一下道："我爸。"

沈隽意讪讪地摸了下鼻头："那叔叔要注意身体哈。"

两人的助理开了车来接，并排停在一起，赵虞上车之后脱下衣服还给他："走了啊，下次见。"

沈隽意咧嘴笑着朝她挥挥手："穿着吧，下次洗了再还我。"他拉开车门，突然又想到什么，回过头喊她，"赵虞——"

赵虞降下车窗。

"练舞别太拼了啊，你已经很厉害了。"

赵虞还没来得及感受这句关心，他紧接着又补了句："也老大不小了，身体遭不住。"

赵虞愤怒地把他的衣服揉成一团从车窗扔出去："滚蛋！"

车子扬长离去，留给他一路尾烟。沈隽意"啧啧"两声，转身上车。

身为虞美人的助理小狮一脸幽怨地看着他："你关心就关心，干吗损我们小虞啊……"

沈隽意往后靠了靠："看到她就想逗她，可能是因为——"他顿了顿，转头看向助理，抬手在他脑袋上拍了一下，"关你屁事！开车！"

夜已经很深了，到家没睡几个小时他就又得起床赶往机场，毕竟他只请了四天假，今天开机前得赶回片场。

大清早赶飞机的人并不少，沈隽意在机场还被路人认出来拍了照，上了个热搜的尾巴。

薏仁们都知道他最近在剧组专心拍戏，其他行程都推了，如今突然一大早现身北京机场，让人很是疑惑。

　　四月，赵虞工作室公布了开票时间，演唱会定在六月初。

　　与此同时，沈隽意工作室宣布了他要去赵虞演唱会当嘉宾的消息，赵虞工作室转发并表示欢迎。

　　两大顶流世纪合体就跟炸弹似的，直接炸上了热搜第一。

　　三座大山矗立娱乐圈这么多年，一向是互不干扰各自前行的。赵虞当年刚回国还是个新人时跟沈隽意在《荆棘之路》的合作舞台很火，被短视频用户称作"情人舞"，这两年仍时不时有情侣合跳秀恩爱，但也一直被网友称为"逝去的经典"，毕竟现在这俩是很难再同台合作了。沈隽意跟霍希这俩生死对家就更不可能了。反正想看顶流合体炸翻全场比登天还难，只能做梦幻想一下。

　　没想到梦也有成真的一天，逝去的经典又回来了！他们真的又要合作舞台了，还是在盛大的演唱会上！爷青回啊！试问谁当年没学过男女双人舞 *So busy* 呢！

　　薏仁们也总算知道上个月沈隽意突然现身北京机场是因为什么了。

　　他们去年就通过后援会和工作室得知偶像今年将会把全部重心放在影视上，商演活动将大大减少，说不定一整年都看不见一次他的舞台。虽然遗憾，但想起对家迅猛的转型，他们也不希望自家偶像落后，所以还是拿出态度积极支持。

　　现在这个演唱会嘉宾就跟天降惊喜一样，让他们灰暗单调的一年又变得闪闪发光了起来——虽然是别人的演唱会，虽然只有十多分钟，但是演唱会级别的场地、演唱会级别的舞美服装，还有独属于演唱会的氛围，四舍五入就是哥哥的演唱会啊！

　　姐妹们还等什么，赶紧抢票啊！拿出你们单身几十年的魔鬼手速！哪怕只有十分钟，也要给哥哥最好的应援！

　　不过沉浸在又有演唱会看的快乐中的虞美人们此时还没有意识到问题的严重性，还在欢欣鼓舞嘻嘻哈哈，跟过年一样，还天真地想着，能请到另一大顶流当嘉宾，我姐就是牛！

　　直到有大粉搬运了沈隽意超话的帖子。

　　虞美人："谁的主场你们搞明白没有？还抢票应援？当我们死的啊？！"

　　火药味就这么弥漫开来。

　　除了两人的粉丝，另一大抢票主力也不甘落后，那就是路人。

　　沈隽意和赵虞一个舞台王者一个飒爽女王，路人缘都不差，但凡看过他们舞台的人都会想亲身体验一次现场，现在一张门票就能看到两大顶流，还能再现逝去的青春，不去不就等于错过了一个亿？

　　三大主力蓄势待发，竞争激烈，网上每天都有粉丝晒聊天记录，说找了多少朋友帮忙抢票，二十个都还只是起步。

于是，购票网站上，四月中旬才开票的演唱会，预约人数在两天之内超过了一百万。

时间就在热议中一天一天过去，终于到了开票这天，万千网友蓄势待发，时间一到齐刷刷点开网站，开始倒计时。

然后购票网站就崩了。

——努力加载中……

——加载中……

——中……

等加载出来的时候，票全没了。

网友："我是抢了个寂寞吗？你们这些买到票的人是不是潜入电信内部偷网了啊？！"

赵虞工作室紧接着发了微博，演唱会门票十秒售罄，再创秒空新纪录。

还在片场拍戏的沈隽意时刻不忘冲浪，很快发了条消息过来。

沈隽意："有了哥哥加盟是不是发现门票卖得特别快？！"

赵虞："没你更快。"

沈隽意："[这么可爱的女孩子要是没长嘴就好了].jpg"

赵虞："[动感光波 - 全部反弹].jpg"

✦03✦

五月入夏后，演唱会准备就进入后期收尾阶段了，流程基本都确定下来，就沈隽意那块儿还需要讨论。刚好沈隽意要回来参加一个新品发布会，便把排练的假一起请了，飞回了北京。

粉樱早就谢了，绿叶倒是盎然，排练室的空调呼呼吹着，明明才五月，却已经有了盛夏的气息。

两人这段时间算是有史以来联系最密切的一次，赵虞隔了一个多月再见他一点儿都没觉得陌生，毕竟前两天他们还在争论谁该给谁买橘子。

沈隽意进来的时候手里果然提着一袋橘子，他笑嘻嘻地分给在场的工作人员，见赵虞站在那儿瞪他，拿出个橘子朝她晃了晃："你就站在那里不要走动，我马上给你剥个橘子来。"

赵虞："爸爸不吃不肖子孙的进贡！"

初夏的蝉稀稀拉拉地叫着，排练室里都是橘子的清香，赵虞硬是扛着一瓣都不吃。

沈隽意捧着去皮去络的橘瓣儿凑过来，连声哄："错了错了错了，吃一个吧，我大老远买来的，可甜了。"他拿起一瓣放到她嘴边，用橘瓣尖儿戳她嘴角，"张嘴，啊——"

赵虞有些羞恼地一把把橘瓣拿过来："谁要你喂？！"她把橘瓣扔进嘴里，吧唧吧唧吃完了。

沈隽意笑眯眯地在旁边看着，问："甜吗？"

赵虞别过头不理他，抬手把散在肩上的长发扎起来，黑色的皮筋一绾，长发就拢成了一束。

沈隽意的视线落在那修长雪白的后颈上，垂落的发尾一晃一荡微微扫过，像细密又隐约的试探。他突然想起夏元那句"没有哥哥想摸妹妹的腰"……也没有哥哥会盯着妹妹的后脖颈看吧？！沈隽意赶紧移开目光。

闹腾了一会儿，排练就正式开始了。

这次排练相对于上次而言要轻松不少，因为整体流程基本都定了下来，只是部分动作和设计需要再调整。

下午有人来敲门，是沈隽意找的编舞老师阿 K 到了。

沈隽意笑着解释："阿 K 老师比较擅长双人舞的编排，我们那一部分总觉得有问题，让老师看看给些建议。"

赵虞没什么异议，毕竟两人这些年都是独舞，对双人舞还是少了些心得。

两人跳了一遍，阿 K 看完沉思了好半天才开口："两位的实力毋庸置疑，在圈内也是教科书级别的台风，但是作为双人舞，你们不觉得你们之间少了点儿什么吗？"

沈隽意、赵虞："少了什么？"

阿 K："亲密且热烈的气氛。虽然你们设计了很多互动动作，但是太有距离感了，双人舞的看点就是突破男女之间的界线。现在你们之间有一条线，所以才会怎么排都觉得不对。"

说完他走到沈隽意跟前，示范了一遍赵虞刚才跟他的互动："这里再近一点儿，看好这个贴脸杀的距离，然后手往下，假设他这里有一根领带，这样一扯，隽意低头。这首歌的主题是什么，K.O（拳击术语，击倒，胜利）对吧？要表现出一个女人用魅力 K.O 掉男人的感觉，然后一推，甩一个漂亮的眼神，再潇洒转身。"

不愧是老师，他这么一演绎，舞蹈内涵立刻就丰满起来了。

两人对待舞台都很认真，老师既然指出问题自然要改正。根据阿 K 老师的建议，两人将整首歌中的互动部分进行了"亲密且热烈"的调整。一直到傍晚，整支舞蹈才重新编排完毕，剩下的就是情绪练习了。

临走前，阿 K 还不忘交代："跳舞跟演戏一样，都需要演技，情绪也是组成舞蹈最重要的一部分。二位演技都挺好的，拿出二分之一给舞蹈就够了。"

沈隽意准确地抓住了重点："他夸我演技好。"

赵虞无语地看了他一眼："练吧。"

改编之后的舞蹈增加了很多肢体互动和眼神互动，为了精准度，赵虞让助理找了条领带来，挂在沈隽意脖子上方便排练。长得好看的人怎么穿都好看，哪怕是 T 恤搭领带这种奇葩搭配，搁沈隽意身上，也有种浪荡不羁的帅气感。

赵虞思考着阿 K 老师的建议，那种迷人又危险的眼神其实跟她之前拍《囚笼》的感觉挺像的——《囚笼》里的魔女其实就是在利用自己的魅力杀人。

音乐鼓点充斥了整个空间，节拍暂停的一瞬，魔女一步上前，拽住了猎物的领带。她勾唇笑着，笑意像攀着嘴角延展生长，枝干上都盛开出了妖娆的花。猎物不得不低下头来，像被她诱惑着一寸一寸低下了头。距离感在这一刻失去了作用，好像再低一点儿，他就能吻上她含笑的唇。

那眼神迷人又危险，狂热却清醒，就在他沉沦疯狂的前一刻，她又将他无情推开。

领口一松，是她放手了。

空气涌入方才禁锢的空间，只留下妖娆花盏绽放后还未散去的余香，她连背影都显得潇洒。

有那么一瞬间，沈隽意忘记了自己是在排练。

他常听人说人间妖精在舞台上有多魅惑，说她就是为舞台而生，没有人能抵挡她跳舞时勾魂摄魄般的魅力。当时他只觉得现在这些人吹彩虹屁真是一套一套的，别扭小孩什么样他能不知道？直到此时此刻，他方才明白何为勾魂摄魄。

赵虞回过头来："你眼神不对，没入戏，再来一次。"

于是一遍又一遍，他体会着即将沉沦又被迫清醒的情绪，那妖娆的花一遍遍在眼前盛放，一次比一次艳，到最后，幽香浓稠得像轻纱将他缠绕。

一直到天色完全暗下来，追求完美的赵虞才对他的表现满意了一点儿，抹了下额头的汗，挥挥手："休息会儿吧。"

她喝了口水，像是想到了什么，转头看着他嘲笑道："你知道你这表现搁拍戏的时候叫什么吗？"

沈隽意："叫什么？"

"接不住我的戏。"赵虞一脸鄙视，"'辣鸡'演技。"

沈隽意梗着脖子挽尊："我那是不适应！没能找准自己的定位！"

赵虞"嗽"了一声："什么定位？"

沈隽意："男人的定位！"

赵虞像懒得理他似的，喝完水就抄着手靠墙上闭目养神。在舞蹈中加入演技还是她第一次尝试，挺新鲜，也挺适用的，以致她现在对音乐剧产生了不小的兴趣，思考着演唱会结束后要不要尝试一下新的音乐形式。

沈隽意站在窗边欣赏了一会儿夜景，回过头正要说什么，见她靠墙闭着眼，又把嘴闭上，轻手轻脚走了过去。赵虞睡觉时跟跳舞时的气质完全不一样，没有攻击性的美像夜晚悄然盛放的蔷薇，他又闻到那种舒服惬意的浅香。

赵虞的睫毛轻轻颤着，在眼睑投下半寸阴影，像扇动的蝶翅。沈隽意突然想起上一次软软的手感，忍不住慢慢蹲下身，偷偷地伸出手去。凑近时，她浅浅的呼吸喷在他掌心，温热又柔软，像挠他掌心的芦苇。

他像做贼似的越凑越近，直到半跪在她身前，连呼吸都屏住了。可就在指尖碰上她睫毛的那一刹那，赵虞唰地一下睁开了眼，沈隽意吓得差点儿一手指戳进她的眼球。

排练室里的空调声好像都小了，两人近在咫尺的呼吸声清晰可闻。赵虞像被点了穴，一动不动地看着他。

沈隽意吞了下口水，慢慢张嘴，用很轻很低的声音喊她："赵虞——"

赵虞没有动，呼吸却一下一下急促起来，瞳孔都好像要烧起来了。他们挨得这么近，连彼此肌肤上细小的绒毛都能看见，微一低头，就是亲吻的姿势。

沈隽意看着她的眼睛，神情专注又认真，像怕惊动什么似的，用气音很小声地说："你脸上有个蚊子，不要动，我帮你打死。"

赵虞气急败坏地把人推开："滚开啊你！！！"

她突然后悔找他来当嘉宾了，狗东西不按常理出牌，又企图惊扰她平静无波的湖面！

这次排练顺利，就不用像之前那样练到深夜，快九点时赵虞就叫了结束。两人晚上没吃饭，按赵虞的习惯，这么晚肯定就不吃了，但沈隽意嚷着饿，她也只好舍命陪沙雕。

她选了附近几家味道不错的店发给他看，结果他说："我要去你家吃。"

赵虞："我家什么也没有，我很少在家做饭。"

沈隽意阴恻恻地看着她："我看到上次夏元发的图片了，是你给他做的！"

赵虞："……我不就给他煮了碗速冻水饺吗？"

沈隽意阴阳怪气："反正夏元去就有水饺吃，我去就什么都没有呗。"

赵虞："啊？"

沈隽意："以前就这样！跟他聊得热火朝天，把我晾在一边，还偷偷跟他去 QQ 区打游戏，节目里跟他那么亲近，跟我就要避嫌！"

这咋还委屈上了呢？赵虞赶紧伸手做了个停的姿势，阻止他翻旧账："走走走，去我家！"

不就是一碗速冻水饺吗？至于吗？！

赵虞最近工作固定，基本就是家和排练室两头跑，也就没让助理跟着，给团队放了个小假，出行都是自己开车。所以沈隽意给助理小狮发了个消息让他暂时不用来接，就颠颠儿跟着赵虞去车库了。

赵虞的驾照是前几年在国内考的，除了考科目一的时候浪费了些时间，后面几科都顺顺当当过了。教练还夸她有当赛车手的潜质，也不知道是不是为了帮女儿要她的签名照昧着良心夸的。

为此赵虞一时心血来潮，还买了辆模样十分霸道、据说可以拉野长跑三万公里的越野车，虽然至今车子总共行驶了还不到一万公里。

她身材高挑，寻常看上去绝对跟娇小这个词扯不上关系，但往这辆越野车跟前一站，特别是坐上驾驶位后，看上去就格外娇小了。

沈隽意看了两眼车头那排霸道的大灯，"啧啧"两声，坐到了副驾驶位，一边系安全带一边问："这么大的车，你开得动吗？"

"确实开不动。"赵虞偏头凉凉瞅着他，"那你还不下去推？"

沈隽意默默闭上嘴巴。

赵虞的车技确实不错，开得稳稳当当。初夏夜晚的长街灯火通明，她开出车库才想起自己没戴眼镜，喊旁边的沈隽意："帮我拿下手套箱里的眼镜。"

沈隽意："你近视啊？"

赵虞眯着眼："散光，开夜车得戴着。"

散光对于夜晚开车的人来说是种折磨，不戴眼镜眼前完全就是五颜六色的一团光影，连红绿灯的秒数都很难看清。

沈隽意打开盖子翻了两下，找出里头的金丝框眼镜，看了眼专心致志开车的赵虞，想了想，解开安全带俯身凑了过去。

赵虞吓了一跳，方向盘差点儿打偏："干吗？！我自己来！"

沈隽意伸手按了下她的脑袋："别动，好好看路！"

车子已经汇入车流，左右都有来车，赵虞不敢分心，只能任由他倾身帮自己戴好了眼镜。镜腿架上右耳郭时，他的手指从她耳垂擦过，还体贴地帮她把掠在耳边的发丝往后别了别。

这样的角度和距离，几乎就是拥抱的姿势。

等他坐回去时，赵虞飞快把车窗打开了，夜风呼呼吹进来。

沈隽意系好安全带："干吗开窗？"

赵虞还没说话，他就又意味深长地"哦"了一声："你是想跟我一起上热搜吧？"

赵虞愤怒地瞪了他一眼，又把车窗关上了："你闭嘴！别影响我开车！"

沈隽意撇了下嘴，转头看向窗外。夜景霓虹烂漫，车窗上却倒映出她开车的侧影。似乎不管男女，专注开车时都会显得特别帅气。戴上金边眼镜的赵虞气质也跟往常不太一样，有种知性熟女的魅力。

一个人的美怎么能如此多变呢？像野玫瑰，像夜蔷薇，又像此时优雅的郁金香。

沈隽意盯着车窗倒影看了一会儿，又转过头来看真人。

赵虞虽然专心致志开着车，但余光还是能察觉他的注视，侧头瞟了他一眼："看什么看？"

沈隽意："看你好看。"

赵虞以为他狗嘴里吐不出象牙，都做好回怼的准备了，结果人突然开始夸她，给她夸了个措手不及。

沈隽意叹了口气，又说："我们小虞啊，现在真是越长越好看了。"

赵虞真是鸡皮疙瘩都起来了："闭嘴！"

沈隽意笑嘻嘻地问："怎么？害羞啦？"

赵虞转头恶狠狠瞪了他一眼："不想上社会新闻就给我闭嘴！"

平时这段路，赵虞都是一边嗨歌一边开回去的，现在副驾驶位多了个噪音喇叭，叭叭叭说了一路，她感觉路程都比平时长了很多。

这是沈隽意继上次喝醉酒后第二次来她家。

明明才第二次来，却一副自己家的随便感，他熟门熟路地拉开鞋柜换了鞋，大刺刺往沙发上一躺，拿起遥控器打开了电视，刚好停在音乐频道，正播放赵虞去年的某场商演。

沈隽意回头问她："你在家都看自己的节目啊？"

赵虞面无表情："你再说一个字我就把你从阳台推下去，明天我们一起上热搜。"

沈隽意抿住唇，伸手在嘴边做了一个拉拉链的动作，默默看电视去了。

赵虞冷哼一声，回屋换了身衣服，洗完手才打开冰箱，拿出一袋速冻饺子走进厨房。现煮饺子也就十来分钟的事，她给自己煮了一份青菜，端着碗出来的时候沈隽意正站在客厅角落逗她养的鱼。

沈隽意回头说："上次来的时候都没注意你也养了鱼。"

赵虞想起他总是养死的鱼，把碗放在餐桌上，吐槽道："'也'字过分了，你那不叫养，叫送鱼上死路。"

沈隽意撇了下嘴。

赵虞解下围裙搭在椅背上，拉开椅子："好了，来吃吧。"

餐厅橘黄的光在大理石桌面投下暖色调的光影。沈隽意洗好手在她对面坐下来，看看她碗里寡淡无味的青菜，再看看自己碗里色香味俱全的饺子，把碗往前推了推："你吃两个。"

赵虞坚决拒绝："不要！这么晚，我吃碗青菜已经感觉很罪恶了。"

沈隽意用勺子舀了个饺子递过去："一个。"

赵虞用双手死死捂住碗："不要不要不要！不吃！"

沈隽意起身，手臂往前一递，直接给她塞嘴里了。

直到饺子入口，赵虞都还蒙着。

沈隽意这才咧嘴一笑，心满意足地坐了回去："练了一天晚饭都没吃，吃那个怎么行。你们这些女明星，为了身材命都不要的。"他拌了下碗里的水饺，抬头见赵虞一动不动盯着他，一脸怀疑地道，"怎么这个表情？难道你给我做了什么黑暗料理？"

赵虞含着那口饺子，有点儿麻木地说："不需要我给你换个勺子吗？"

沈隽意这才反应过来，看了手上的勺子一眼："你介意啊？"他把勺子搁一边，拿起旁边的筷子，"以前我们不是啃过一根冰棍嘛，我还以为你不介意呢。那我用筷子吃也行。"

尽管已经过去十几年，可他一提，那个烈日炎炎、蝉鸣不止的盛夏又在记忆中清晰起来。那个时候，最开心的事就是跟他一起去小卖部挑冰棍。

赵虞觉得这个人真的很烦，她明明已经放弃了！

暖色调的灯光映在他熠熠生辉的眼眸里，沈隽意敲敲筷子："没毒哈？那我开动了。"

速冻饺子再好，也比不过自己家包的饺子好吃，可低头时，他却闻到了阔别已久的香味——是老家邻居张姨自制的麻油。

他不太能吃辣，却格外偏爱麻味，最爱的就是张姨家自制的麻油，称得上他们当地一绝。小时候不管吃什么他都爱往里加麻油，特别是面和饺子，加上几大勺，直到麻油布满汤面，光是闻着都觉得麻舌头。

奶奶还在世时，经常几瓶几瓶地往北京寄，可他工作太忙，很少在家吃饭，外出工作时总不能随身携带一瓶麻油，只有每次回杭州才能过一次瘾。后来奶奶过世，再也没有人知道他这个嗜好，他已经很久没有吃到这样的味道。

听说张姨家不再卖麻油了，除了亲人，记忆中的美好也会一点一点消逝离开。他其实早就明白并接受了这样的事实。

碗里的麻油明显超过了正常的量，几乎将每一个饺子都裹满了。沈隽意抬头看向对面的女孩，她穿着家居服，长发还是高高扎着，但发顶散乱，透出只有在家时才有的散漫随意，碗里的青菜让人一点儿食欲都没有，可她还是吃得津津有味。

见沈隽意盯着自己，赵虞有些别扭地侧了下头，凶巴巴地说："再不吃就坨了！"

沈隽意莫名其妙笑起来："你家麻油不要钱啊，加这么多？"

赵虞往他碗里瞄了一眼，疑惑地问："你不喜欢吃？"

她记得他很喜欢啊，小时候还鼓动她吃，结果麻得她差点儿咬断舌头。

沈隽意不知道是不是也想起这件事，眼里笑意更盛，低下头时很轻地说："喜欢。"

他吃完了一整碗饺子，连汤都没剩一口。

赵虞咋舌："这么饿啊？吃饱了吗？没饱我再给你煮一碗。"

沈隽意满足地拍拍小腹："留着下次吧。"

这时，助理小狮打了个电话过来，声音惊恐地说："哥，你今晚不会是打算在小虞家过夜吧？我啥时候来接你啊？！"

身为一个虞美人，他很惊恐。

好在沈隽意没有做出让他丧失理智的事，让他现在开车过来。

小狮松了口气，开心地说："我已经在小虞家车库等了半小时了，哥你快下来吧！戴好帽子、口罩，别被人拍了哈！"

沈隽意："……"

他迟早开除这个吃里爬外的脑残粉！

◆04◆

剧组临近杀青，要补拍很多镜头，后面就不太好请假了。最后一天两人确定了舞蹈部分，又过了一遍联排，确认无误，沈隽意就回剧组拍戏了。

这部戏的拍摄周期比之前的都要长，又是历史剧，注重细节，制片方一开始就是冲着中央台去的。杀青时间大概是在六月中旬，但因为沈隽意要去当演唱会嘉宾，商量过后导演将他的戏份集中提前，六月初的时候他就杀青了。

而此时，网上对两大顶流演唱会合体的议论已经如火如荼，抢到票的粉丝美滋滋地准备出发，没抢到票的粉丝说就是进不去也得在场馆外面听全场。

因为是赵虞的主场，抢票的大多还是虞美人。薏仁在圈子里混了这么多年，什么该做什么不该做还是很清楚的，虽然抢票前说得雄心壮志的，临近开场却在超话里嘱咐到场的粉丝千万不要喧宾夺主，哥哥没出场时别亮灯牌和红色应援棒，要尊重主场。

之前毕周还挺担心嗑 CP 的人会导致两方独唯不满引发问题，结果自从消息公布以来，嗑 CP 的网友竟然很少。大家都觉得两大顶流合体是娱乐圈一件史无前例的大事，是粉圈里程碑式的事件，是庄严的、肃穆的！嗑 CP 就是对这种神圣之举的不尊重！

不过少不代表没有，其实一直有一小撮嗑顶流爱情的 CP 粉存在，只不过这两家的粉丝战斗力都太强，而且避嫌明显没有合作，他们这属于强行嗑糖，挂出来是要被人唾弃的，所以嗑得十分克制，圈地自萌。而这阔别多年的舞台合作，对于这群在夹缝中生存的 CP 粉来说，简直就是深渊之光、寒冬之阳，让他们看到了万分之一的希望。

演唱会开始的前两天，场馆的舞台布景就已经全部搭好了。赵虞每次正式开唱前都会进行两次现场彩排，连着两晚测试设备和舞美，争取演出当天不出一丝纰漏。沈隽意回北京后先跟服化老师对接，确定好正式演出的服装和妆发，然后才赶往现场。

距离演唱会还剩最后一天，这也是赵虞第二次彩排。

车子驶入地库时，沈隽意看到场馆外面已经有粉丝四下溜达了——大多数人都是提前一天到，还能跟追星小姐妹一起逛逛周边吃吃美食，最后再来场馆外蹭个模糊不清的彩排。

彩排开始已经有一会儿了，沈隽意顺着员工通道走到 VIP 区域的栏杆处，胳膊搁在上面撑住上半身，将帽檐转到后面，笑眯眯看向舞台。

彩排主要是检测设备和舞美，倒不要求唱全场，毕竟正式开唱前还得保护嗓子、保留体力。盛夏的夜不减热度，她穿了件黑色的小吊带配阔腿裤，越发显得身高腿长，小吊带的带子是皮质的，金属扣子恰好落在锁骨的位置，有种若隐若现的性感。正在彩排的这首歌后面有一段高音，赵虞只唱了前半部分，后半部分就一边随意哼着一边踩着白色运动鞋在台上一蹦一跳走走转转。

沈隽意见过太多没有舞台契合感的艺人，他们很难与舞台融为一体，无论表演如何，都会给人一种撕裂感。可当赵虞站上舞台，哪怕只是彩排，甚至都没有认真表演，可你就觉得她天生该站在那里，她天生属于舞台。

沈隽意靠在护栏上掏出手机，打开相机后找准角度对着她拍了好几张照片。骨相好的人抓拍都上镜，他欣赏了一遍自己的摄影作品，心满意足地点点头，又录起了小视频。手机镜头将整个画面都缩小了，沈隽意看看手机，又抬头看看前方，总算体会到粉丝每次在台下拍他时的心情。

正录着，麦克风里传出赵虞的说话声："保安，保安在吗？把下面那个偷拍的人撵出去。"

还真有保安朝这边走过来。

沈隽意气愤地转身朝保安做了个暂停的动作，然后手臂一撑从护栏上翻了过去，长腿一跨跳上了舞台。

赵虞："有种明天你也这么出场。"

沈隽意潇洒一摸头发，走到升降台的位置："快到我了吧？你先唱着，一会儿就当我是从这儿升上来的。"

赵虞无语地看了他一眼，挥手示意乐队继续。

两个半小时的演唱会，沈隽意是在一小时十分左右的时候出场。他现在坐在升降机的位置，拍照角度更佳，于是无视赵虞几次投来的愤怒眼神，举着手机拍得可开心了。拍拍删删，他还录了好几段小视频给夏元，可把夏元嫉妒坏了。

直到快轮到他的部分，沈隽意才终于收起手机，拍拍屁股站起来。

出场先是他的单人表演，工作人员已经提前替他戴好耳麦。

等他开始彩排，赵虞就学着他刚才的样子坐在升降机上，举着手机拍拍拍——争取多抓拍几张丑照，捏在手里当把柄！

说起来，她看过的沈隽意的现场其实很少，只有每次碰巧跟他参加同一个活动才能看一回，不得不说，粉丝形容他是"生活中的沙雕、舞台上的王者"可以说是十分到位了。刚开始赵虞还在故意抓拍丑照，到后面也不自觉放下手机欣赏起来。他轻而易举就能做到炸翻舞台，哪怕黑夜中看不到头的场馆空无一人，他也能在台上嗨成世界中心。当你的目光落在他身上时，就再也无法移开。

她天生属于舞台，他又何尝不是。

表演结束，会有一段两人跟观众互动的环节，但不能超过两分钟。两人把这一步省了，直接进入合作舞台的彩排。

目前粉丝都还不知道他们的表演曲目，也算是个小惊喜。

正式彩排和之前在排练室的练习是不同的，舞美、灯光、音效全部到位，只差观众，就是一场完整的演出。

绚烂的灯光笼罩下来，音乐声透过音响在偌大的场馆立体环绕，这样的环境下本应该更专注舞台，沈隽意却在这一刻心猿意马起来。

那被黑色小吊带裹住的细腰像随风舞动的柳枝，随着她的起舞在他眼前时隐时现，手掌几乎能感受到每次搂上去时细腻又温暖的触感。

沈隽意莫名其妙觉得浑身都不自在，连手指头都觉得发烫。

等跳到后面旋转搂腰那部分时，他突然就下不去手了，于是本该落到赵虞腰间的手掌就那么尴尬地停在了半空。

赵虞等了半天，抬头朝他投去一个疑惑的眼神："你想什么呢？"

沈隽意无辜地眨了下眼睛。

赵虞面无表情，一把抓住他的手按在自己腰上："明晚在台上你要再敢这么走神，我就当着五万粉丝的面打爆你的头。"

沈隽意在心里把夏元骂了个狗血淋头。都怪那个傻子说什么哥哥才不会想摸妹妹的腰，害得他现在心里都有疙瘩了！

跳完两首合作曲目，赵虞朝乐队比了个暂停的动作，拎起两瓶矿泉水，扔给沈隽意一瓶，另一瓶拧开喝了一口后才开口："你什么情况啊，还能不能行了？"

沈隽意出道这么多年，还是第一次在舞台上被人说不行。但刚才他好像又确实没行，丢人丢大发了。特别是在赵虞面前丢人，他头一次体会到了什么是羞耻心。

他看了眼手上的矿泉水，沉默了一会儿才说："我只是在担心。"

赵虞歪头："担心什么？"

沈隽意："明天我们当着那么多粉丝的面做这么亲密的动作，我不会被你的粉丝砸矿泉水瓶吧？"

赵虞："不会，进场有安检，矿泉水带不进来。"她顿了顿又说，"但是鞋子鞋垫什么的就不好说了。"

沈隽意："……"

等到彩排全部结束，网上有关两人明晚将要表演 *So busy* 的消息已经登上了热搜第一——在外面蹭彩排的粉丝听到了里头传出的音乐声，这个场合响起 *So busy* 的音乐，用脚指头想也知道这就是两人这次合作的曲目了。

跟音乐总监之前预料的一样，两大顶流时隔多年再跳 *So busy* 的消息果然引起热议，本来就对这场演唱会万分期待的网友更兴奋了，网上一片"爷青回"的叫嚷。

为了保持好状态，彩排结束两人没约着去吃夜宵，以免发生闹肚子这种不可控的事情，而是回到酒店洗漱休息，养精蓄锐。第二天睡了个懒觉起床吃完饭，两人就前往场馆开始为几个小时后即将到来的演出做准备了。

这次演唱会的服装、化妆、道具部分请的都是国内顶尖的团队，两人的演出服也早就按照各自的尺寸运过来了。赵虞一共有五套服装，沈隽意作为嘉宾只有一套，但因为 K.O 里那个扯领带的动作，设计师专门给他搭配了一件可以配领带的外套。

粉丝的热情胜过六月骄阳，五点半开始入场，临近七点时，场馆里的喊声已经一波盖过一波。

盛夏的天黑得晚，夕阳仍有余光，粉色就在这余晖中逐一亮起，最终汇成了闪烁又耀眼的粉海。

她已在这粉海之中遨游多年。

升降台出现时，满场都是整齐的呐喊。

沈隽意坐在二楼的 VIP 区域，将整个场馆尽收眼底。以往他都是在舞台上享受热情的那一个，而如今，他成了台下的一员。他看见粉海闪烁，人间妖精降临在粉海之中，接受万人赞美崇拜。这感觉真是奇特。

"赵虞！"

明明只是两个平平无奇的汉字，明明他从小时候就开始喊着这个平平无奇名字，可此时此刻，万人呐喊声响彻夜空，这名字突然就变得震撼起来。他头一次觉得，赵虞这个名字真好听。

赵虞以一首炸翻全场的《遇鱼》开场，引得全场粉丝大合唱，环绕之下，像是给她独一无二的和声。绚烂的灯光在舞台上交叉闪烁，将夜空照得透亮，可给她的那束追光是这世上最美，她在这束光中发热发光，竟比这光还要闪亮。

沈隽意曾经在采访时开玩笑说，自己此生最大的遗憾是看不成自己的演唱会。现在他突然没有这种遗憾了——他的演唱会，大概也就是如此了。

半小时后，工作人员过来叫他去后台候场准备。

已经在台上唱唱跳跳一个小时的赵虞抱着麦克风笑吟吟开口："有点儿累了，我找个人上来帮我唱。"

全场尖叫之后，憋了一个小时的薏仁开始大喊沈隽意的名字。

赵虞侧耳听了一会儿，眉梢一挑："诶？怎么回事？为什么我的演唱会你们喊另一个人的名字喊得这么大声？"

虞美人们一听，偶像都这么说了，那哪儿能行？必须找回主场的气势！于是两拨粉丝开始了现场 Battle。

音响里传出沈隽意笑嘻嘻的声音："人家的主场，我们给点儿面子，稍微欢呼一下迎接我的出场就行了。"

时隔多年，舞台相见，两大顶流终于再次合体。现场的尖叫差点儿掀翻体育场。

这个夜晚的热潮就在这一刻达到了顶点。

沈隽意表演期间，赵虞退场换了服装。一曲结束，舞台亮起了明亮的灯光，两人并肩站在舞台上，笑嘻嘻朝四周挥手。

等尖叫声小了些，赵虞才说："你们都没想到我会请他来当嘉宾吧？"

全场大喊："对！"

赵虞又说："那你们一定也想不到我们接下来会表演什么。"

结果粉丝不给面子："知道！*So busy*！"

赵虞挑眉："哇，你们怎么知道的？"

沈隽意："这道题我知道答案，因为昨晚上热搜了。"他看向赵虞，"你住的酒店是不是没通网？"

全场大笑。

赵虞摆摆手，等现场安静下来才继续说："都看过 *So busy* 吧？"

现场五万人齐声回答："看过！"

赵虞笑起来："那接下来，给你们呈现全新的 *So busy*。"

话落，灯光骤暗，随着音乐声起，舞美光效笼罩全场。

这首歌他们已经排练过无数次，每一个舞步都成了肌肉记忆，却在此时此刻有了完全不一样的感受和体验，身体的每一个感官都好像被放大了几百倍。

他听到万人呼喊她的名字，感受到她手指拂过身体时带起的细微电流，她灼热的呼吸喷在他的手臂、颈间，运动过后释放的体香比这音乐声还要紧地将他缠绕。

然后他手掌抚上那不盈一握的腰。

灯光忽明忽暗，人间妖精就在这忽暗忽明的灯光中抬头看来，似笑非笑，似妖非妖，眼尾水钻闪耀，折射出独一无二的光芒，映入他眼眸心上。

沈隽意没有哪一刻比现在更清晰地认知到她璀璨又独特的魅力。她用她的强大和坚毅筑建了属于自己的王国，征服了属于她的星辰大海。她立于山巅，光芒万丈，被无数人奉为神明。她早就不是他总念叨的那个邻居妹妹了。

可惜，他现在才彻底意识到。

观看演唱会直播的人数创了有史以来新高，赵虞和沈隽意合作舞台的视频登上海内外各大网站第一名，点击量一夜破亿。

在经历霍希转型、沈隽意神隐剧组、赵虞视后落选之后，圈内其实一直在唱衰三大顶流，觉得属于三座大山的时代就快过去了，前浪终将被后浪拍死在沙滩上。然而这一夜，他们用实力和数据证明，三座大山依旧屹立不倒，无人可攀。

退场后，赵虞在后台跟工作人员拥抱说谢谢。这次演唱会能完美举办，离不开工作人员的付出。

沈隽意已经卸了妆换了衣服，笑眯眯等在后面，结果轮到他的时候，赵虞只像大佬罩小弟一样拍了拍他的肩："你也辛苦了。"

沈隽意一脸疑惑："我不配拥有一个感谢的抱抱吗？"

赵虞："对，你不配。"

沈隽意气死了，不由分说拽住她的手腕，一把把人按进怀里，强行来了个拥抱。

赵虞气得踩他脚。

拥抱到手，沈隽意这才美滋滋松开手臂，嘚瑟地朝她龇了下牙。

赵虞觉得大金毛越发傻了。

去庆功宴会场的路上，沈隽意非要跟她挤同一辆车，还说挨着主角坐才能彰显他尊贵的嘉宾身份。

林之南被挤到后面的车上，她给赵虞发消息吐槽："太狗了！我对他的滤镜碎了！"

赵虞无比惊讶："你现在才碎呢？那你还挺持久哈。"

林之南："……"

车子驶向宴会厅，沈隽意用手机翻了翻网上的讨论，除了对他们合作表演的赞扬外，还有很多人在说两人在舞台上简直绝配。有个 ID 叫"偷嗑 CP 三千年"的网友发了一段他和赵虞仅有的两次舞台合作的剪辑视频，并表示顶流就该配顶流，凡人不配，被热情的网友们转上了热门。评论里都叫嚷着神仙绝配不在一起天地不容——试问有谁在看完两人的热舞视频后还能忍住不嗑呢！神仙的颜值，王者的实力，燃炸的台风，除了他们自己，还有谁能配得上这样势均力敌的爱情！

沈隽意不动声色翻着评论，心里居然缓缓升起一种认同感。现在这些网友别的不太行，说得倒是很有道理嘛。

正看着，赵虞突然凑过来："看什么呢这么专心？"

沈隽意一下把手机屏幕关了。

赵虞见他那迅猛的动作，扭头"喊"了一声："我可什么也没看见啊。"

沈隽意干咳两声，换话题打破尴尬："你接下来有什么工作安排？"

赵虞朝后靠了靠，懒洋洋地说："《囚笼》快上了，就跑宣传呗，然后下半年挑个剧本进组。"

沈隽意："电影还是电视剧？"

赵虞："大概率是电视剧，现在找我的电影剧本都不太行，冲着名气来的嘛，质量一般，万一扑了，内容和票房都得被嘲，难呐。"

流量往电影圈发展确实是个坎，再加上如今霍希顺利转型，首部电影两个月前上映后取得了非常亮眼的成绩，有了这个参照，他俩选剧本进军大银幕就更得慎重了。

沈隽意叹了口气："对家真是个烦人精。"

赵虞斜了他一眼："嫌人家烦还偷偷去看人家的电影贡献票房？"

沈隽意："我那是为了探查军情！知己知彼百战百胜！"

赵虞："那你探查的结果怎么样？"

沈隽意沉思着："演技也就一般吧，他就是命好，碰上了好本子。"

赵虞坏笑着晃了晃手里的手机："录音了，一会儿发给乔乔。"

沈隽意："哈？"

趁她不注意，沈隽意猛地倾身扑了上去。赵虞尖叫一声连连往后躲，但车内空间有限，再怎么躲也还是被他扑了个正着。沈隽意龇牙恶笑，半压在她身上，一边挠她胳肢窝一边抢手机。

不同于舞台上剧烈运动后的热气，此刻她身上的味道干干净净清清爽爽，舒服又柔软，伴着夏夜不知名的花香，直往他每一个毛孔里钻。

赵虞尖叫："你压到我头发了！"

在前头开车的司机简直瞳孔地震，半点儿都不敢往后面看。非礼勿视！他嘴很严的，保证什么都不会说出去！

沈隽意一只手撑着车门抬起身子，另一只手捏着她的下巴凶巴巴威胁："把手机交出来！"

赵虞被迫仰头，因为刚才的纠缠挣扎，长发凌乱散在脸上，眼尾还泛着一抹红。

目光相对，沈隽意一愣，突然感觉手指头又开始发烫，烫得他心跳都加快了，还不等赵虞骂人，就手忙脚乱地松开了手。

赵虞气喘吁吁地从座椅上爬起来，拿起后面的抱枕，像只捕食的小野豹般恶狠狠朝他扑了过去："我弄死你！"

沈隽意用手臂挡，脑子里还不停回闪刚才那一幕，简直要命。

好不容易挨到庆功宴现场，赵虞把头发一拢，冷哼一声下车走了。沈隽意看了下自己的手指，有些懊恼地抓了下头发。

庆功宴结束后，演唱会就算完美落幕了，赵虞心里的大石头落了地，顿觉轻松不少。

《囚笼》剧组知道她之前一直在忙演唱会的事，也就没打扰她。现在演唱会结束，剧组群立刻就热闹起来，制片方也开始联系林之南对接接下来的宣传活动。

网剧宣传无非就是上综艺。《囚笼》定在暑期档播出，已经跟猕猴桃谈好了独播版权，而猕猴桃今年的自制综艺也特别火，正好给《囚笼》剧组留了好几档综艺的嘉宾名额。

虽然作为一部悬疑剧，《囚笼》并不需要用炒CP的方式来宣传，但在剧中，勉强算得上男主角的新人彭言就是视女主角为尊的角色——恶犬狂热又痴迷地追随着魔女，任凭她差遣，明知道她只是在欺骗自己，依旧甘之如饴。也不知道是受剧情影响太深，还是赵虞魅力太大，尽管早就杀青，彭言面对赵虞还是难掩迷弟心态，这次还偷偷买了票去看了她的演唱会。

很难有人在看过赵虞的舞台之后不沉沦于她的魅力。反正彭言现在是觉得，沉沦就沉沦吧，就当是追星了，虽然女神对他没意思，但跟女神一起演过戏，现在还一起上综艺，已经是他最大的荣幸了。

于是网友们就发现，在《囚笼》剧组参加的几档综艺里，彭言对赵虞简直是无微不至的照顾和迁就。他能第一时间注意到赵虞哪里不舒服，时时刻刻照顾她的心情，有什么好的都记得留给她，但是又不过分靠近，保持着让人舒服的距离，给予他能给的最大的关怀。

《囚笼》是彭言演的第一部戏，他现在还没毕业。如今剧还没播，他自然也没什么热度，但因为在综艺里的表现，迅速涨粉百万，成了热搜常客。

一开始网友们还觉得这又是剧组炒CP的手段，觉得小哥哥演技真好，居然能把剧里的狂热崇拜带到现实中来。后来网友们又觉得，这就一悬疑剧，炒什么CP啊，有必要吗？而且跟赵虞以往合作的男艺人不同，彭言的外形其实不太出色，就是普普通通的长相，胜在演技精湛罢了。就这CP，炒了网友也吃不下去啊。

再后来大家终于发现，这不是什么演技好炒CP，这就是人家小哥哥的真情流露啊！

察觉这个事实后，网上竟然没有人嘲讽，网友们一致对小哥哥表示了理解。试问人间妖精的魅力谁能抵抗得了呢？

于是继小狼狗、小奶狗之后，网上又多了一种类型——小舔狗。毫无贬义，不限性别，特指那些年轻赤忱，沉迷人间妖精魅力无法自拔的男男女女。

第十二章
想记得

◆01◆

网友不走寻常路，还真有人嗑起了烟雨 CP，痴痴为你的小舔狗遇上人间高傲女神，奉你为神，视你为尊，嗑一嗑还蛮刺激的。

赵虞终究是没逃过拍一部剧就被网友组一回 CP 的命运。

沈隽意看到都要气死了。怎么就又炒 CP 了呢？！你这悬疑剧有什么好炒的？导演到底怎么回事，不好好钻研剧情，尽搞些不务正业的事情！

沈隽意打电话对赵虞进行了严肃的批评教育。

赵虞回了他三个字："要你管！"

沈隽意被噎了半天，语重心长地告诫："CP 炒多了不利于你的个人发展，有损你的形象。何况那么小的新人，多嫩啊，你怎么下得去手？"

赵虞气愤地挂掉了他的电话。

毕周拿着一沓剧本进来的时候，沈隽意还在对着暗下来的屏幕生气。他还不是为她好，为了她的前途着想！谁家正经演员天天炒 CP！死小孩居然还不领情，气死帅哥了！

他跟这儿生气呢，毕周倒是乐滋滋的，把剧本扔在他面前的茶几上："四个本子，都是大制作，挑吧。"

毕周这两年一直在对接电影圈，眼睁睁看着对家凭借首部电影成功转型，他作为经纪人哪儿有不着急的。但好本子难求，名导是真不愿意用转型的流量，可一般的本子他又看不上，就这么挑挑选选一两年，终于等来了合适的剧本。这四部都是经过他精心挑选之后留下来的，随便沈隽意选哪部都没问题——首部电影不求高但求稳，只要稳住，接下来就有无限可能。

沈隽意这才收起手机，翻了翻剧本，抬头问毕周："你是不是不识数？"

毕周："……"

沈隽意把剧本摊开："这不五本吗？"

毕周愣了一下，拿起剧本一看，一脸无语地把其中一本挑出来："这怎么混进来了？我不是让他们推了吗？"

沈隽意看到首页写着黑体加粗的标题——《想记得》。他伸手接过来翻了翻。

毕周在旁边吐槽："一个新人导演托关系送过来的，说是你的粉丝，毕生梦想就是找你拍电影。"他啧啧两声，"你说现在这些粉丝都想什么呢？"

沈隽意从剧本里拿出一张夹着的 A4 纸："还附了个人简介。"

毕周更无语了："扔了扔了，赶紧看剧本，早点儿定下来。"

沈隽意看了几眼，挑了下眉："我这小粉丝挺厉害啊，在校时就拿过国际短视频新人奖、国内新锐导演奖，嚯，还给张导当过执行导演。"

毕周："就瞎编呗，什么都往上写，什么短视频新人奖我听都没听过。行了别看了，正事要紧。"

沈隽意觉得这新人导演还怪有趣的，简历做得像模像样，跟应聘似的。他扫完简历，目光落在个人信息那一栏，是个女生，叫岳梨，才二十三岁。年纪轻轻就这么有梦想，还是他的粉丝，不错。

沈隽意把简历放在一边，翻开这本名为《想记得》的剧本。花了一个小时的时间看完了剧本，他抬头跟旁边逐渐感到不妙的毕周说："我要拍这个。"

毕周露出了惊恐的表情。自家艺人虽然平时生活中吊儿郎当的不着调，但在工作上一向很认真，也很有主见，他现在说要拍这个，那就是心里已经百分百确定了。毕周现在只想把整理剧本的工作人员拖出去打一顿。

虽然知道他决定了的事几乎没有改变的余地，但毕周还是想挣扎一下，拜托祖宗似的把另外四个本子塞到他怀里："别这么快下决定啊，这些你都还没看呢！万一有你更喜欢的呢？"

沈隽意一想，也是这么个道理，倒也没拒绝，又把另外四本拿起来看了一遍，然后捡起《想记得》的本子朝毕周晃了晃："确定了，就这个。"

毕周："……"

那四个他精挑细选的剧本难道比不过这个不知道怎么混进来的漏网之鱼？不会因为这小导演是他粉丝他自带滤镜了吧？

毕周一脸凝重地把剧本拿了过来。

《想记得》讲的是一个并不圆满的爱情故事。

在乡村田野长大的顽劣少年遇到了因为父母工作原因来到这里的少女。少女和他认识的所有人都不一样，柔软又美丽，安静又乖巧，像那田野上随风盛开的小雏菊，酒窝里都盛满了阳光。

他每天最高兴的事就是爬上树，翻过墙，避开在院子里晾衣服的妇女，把他从最陡峭的山崖上采下的最漂亮的花放在少女的窗台上，然后像野猫一样藏在墙外茂盛的树上，看穿白色连衣裙的少女推开窗，好奇又开心地拿起那束花，放在鼻尖闻一闻，露出乖乖软软的笑。这样他一整天都会心情大好，吹着口哨从树上溜下来，跟隔壁村孩子王打架输了也不觉得难过。

后来少女跟着父母一起搬走了，少年追在车后面跑了好久。车子在麦田之间的泥泞路上停了下来，少女摇下车窗，眼眶红红地看着少年。他气喘吁吁，却咧嘴笑着，把别在裤腰上的那束花拿下来递给她。花瓣上还留着清晨的露水，少年朝她挥挥手，说别忘了我和这里啊。

他想着，他总要去找她的。等他长大了，有钱了，要给她买这世上最漂亮的裙子，送她最漂亮的花。可几年之后再见，少女却完完全全忘记了他，忘了那片他们拉着手奔跑过的田野，忘了那总盛开在窗台的花。

父母的意外过世给她留下了无法治愈的应激创伤，她生病了，得了一种每隔一段时间就会失去之前所有记忆的病。每隔一段时间，她就不得不面对一次完全陌生的世界，每一次都要重新去认知一切，经历一遍又一遍无休止的对未知的恐惧。曾经安静乖巧的少女变得敏感胆小，不记得他是谁，也不记得自己是谁。

少年留在了她身边。她每忘记一次，少年就重新让她爱上自己一次。他让她灰暗绝望的人生又重新盛开了漂亮的花——每天早晨醒来，只要一偏头，她就能看到床头那还残留露水的花束。

直到少年查出自己脑内长了一个无法切除的肿瘤。

他并不害怕死亡，可他害怕失去自己的少女再次陷入黑暗。可他没有办法了，生死从来不由人。

他没有告诉少女自己就要死去的事情，而是用余下的日子替她安排好了今后的一切。哪怕没有自己，她也能衣食无忧地活下去。

他想，等他死了，要不了多久，少女就会再一次失忆。那时候，她就会忘记失去他的悲痛，开始新的人生。她那么柔软美好，在今后漫长的人生中，一定能遇到愿意照顾她的人。她会好好活着，没有伤痛地活下去。

忘记他吧，就像忘记刚刚过去的那个寒冬。

少年就这么死去了，死在了春暖花开的时候。那时候，山崖上的花开得正艳，往年这个时候，他总会爬上山崖，采下最漂亮的一朵送给她。

他并不知道，少女并没有忘记他。

在他死后，少女想起了曾经的一切，想起他们每一次的相遇，想起少年使尽浑身解数让她爱上自己的招数，甚至想起了年少时墙外那棵大树上影影绰绰的身影，她早就知道那上面藏着人了。他总是咧嘴笑着，像夏日最烈的骄阳，驱散了她生命里的寒冬。

她曾经那样努力地想要记得他，而今终于记得他，却也永远失去了他。

这是一个清新浪漫的爱情故事，是一场怦然心动的青春相遇，没有惊心动魄曲折离奇，就像田野间最怡然的风拂过云端，吹开了春日温暖的阳光，吹起了漫天飞舞的蒲公英，却在结尾画上了悲情的一笔，令人光是看完文字都久久不能平复。

相比毕周挑选的那几部合家欢的商业电影，这部电影明显偏文艺片，拍好了是经典，拍不好就是无病呻吟。而文艺片在当下的电影市场是不占优势的，票房一向不太好，大家更愿意看嘻嘻哈哈的爆米花电影，更别说这片子还是个悲剧结尾，指不定扑得更惨。

毕周沉默了好一会儿才说："……本子确实不错。"

沈隽意朝他挑眉："我粉丝厉害吧？"

毕周神情严肃："……你也别着急得意。文艺片的市场可不好打，现在资方看的都是票房，这种悲剧性质的文艺片除了你的粉丝，可没多少观众愿意买账。"

沈隽意笑了下："那可不一定。"

毕周："行，退一万步讲，这本子的确能拍成一部口碑好的电影，但前提是得有一个经验丰富的导演操刀。她一个刚毕业的新人，第一次导演电影作品，你觉得她能拍出高标准的作品吗？"

经验和年龄确实是每个行业判断能力的标准之一，这个叫岳梨的新人导演从哪方面看都好像不太靠谱。像她这样的导演，找一些跟她一样刚毕业的新人演员才算合适，一上来就把本子递到了顶流面前，难免让人觉得不切实际。

沈隽意跷着二郎腿坐在沙发上，又捡起那份个人简历："没个几斤几两也不敢往我这儿递本子。还没拍，你怎么知道人家不是天赋型选手？反正我挺喜欢这个剧本的，也适合用来转型。"

毕周沉默了一会儿，正色道："你要实在想拍这个，也行，毕竟文艺片有拿奖的潜力。不过不是她拍，我们找她把剧本买下来，交给大导演拍。"

沈隽意挑眉看他，"嗤"了一声，然后拿出手机，照着简历上的电话号码拨了过去。

毕周看他那表情就知道自己的建议没戏，无奈地闭上了嘴。

"嘟"声之后，电话接通，那头传来一个清脆的声音："你好，请问你找谁？"

沈隽意笑眯眯地说："我找岳梨。"

电话那头爆发出一声尖叫，过后估计是立刻捂上了嘴巴，只是听着呼吸有些激动急促。

过了好半天，那头才又传出颤颤巍巍的声音："是……是隽意哥哥吗？"

沈隽意挑眉："这都能听出来？"

对方激动得快晕过去了："哥哥，我喜欢你好多年了！你就是化成灰我也能认出来！"

沈隽意："啊？"

第一次接到偶像电话的小粉丝完全没觉得这话哪里不对，强忍着激动找回理智："哥哥你好，我叫岳梨，请问你找我是因为剧本的事吗？"

沈隽意："对，我看到你的剧本了，想跟你当面聊一聊，方便吗？"

岳梨："方便方便方便！我随时都有时间！你看什么时间什么地点我需要带点儿什么东西来见你呢？"

沈隽意摇头笑了下："什么都不用带，明天上午你直接来就行。知道公司在哪儿吧？"

岳梨："知道知道知道，我去打过卡的！我这儿还有和你海报的合照呢！"

沈隽意："……"

第二天一早，沈隽意在公司见到了这个有才华的小粉丝，是个个子不高的女生，脸上带着点儿婴儿肥，眼睛圆溜溜的，还长着一对小梨涡，可可爱爱。

任谁都无法把这样一个天真可爱的女生跟导演这个词联系起来，毕周之前还抱着一点儿期望，现在心情只能用绝望来形容了。

沈隽意倒是很开心，还夸人家呢："你长得还蛮可爱嘛。"

岳梨被偶像一句话夸得面红耳赤，偷偷掐自己大腿才没失态，深呼吸好一会儿才拿出公事公办的专业态度来："沈老师，你找我聊剧本，是对我的剧本感兴趣吗？"

沈隽意很坦诚："对，我很喜欢你的剧本，有接演的打算。"

岳梨双眼都放光了。

两人针对剧本以及岳梨个人聊了很久，虽然沈隽意昨天说让她什么也不用带，但岳梨还是带了个U盘过来，里面装满了她的作品。

沈隽意之前说的没错，这的确是一个天赋型选手。她大学就读的编导专业，在校时的第一个作品就荣获了全国大学生电影作品银奖，获得的国际短视频新人奖也不是什么野鸡奖，是国际上含金量很高的奖项。也是因为这个短视频新人奖，她才有幸参与了张导的电影，成了执行导演。她对拍摄技巧和手法的掌握，不比任何一个成熟的导演差。

这次虽然是她第一次正儿八经地拍电影，但从剧本到拍摄全部环节都已经经过她三年的反复修改和推敲："我也没想过票房什么的，就想把这个故事讲好，讲完整，让大家看完之后相信爱情，珍惜爱情，并坚信它的美好和永恒。这就是我想传达的东西。"

沈隽意笑着问："怎么想到这个故事的？"

岳梨也笑起来，梨涡圆圆的："是我最好的朋友给我的灵感，她以前经历过一些不好的事情，也在黑暗中挣扎过很久，后来遇到了属于她的少年。他们相爱的过程，就是治愈彼此的过程，我觉得特美好，特感动，很想用电影的方式表达出来。"

沈隽意若有所思地点点头。在见到岳梨之前，他其实就已经决定要拍这部电影了，现在见了面聊了之后，更让他确定这不是一个会让他后悔的决定。

沈隽意叫毕周进来跟她谈合同的时候，岳梨有种被天降惊喜砸中的不可思议。这么容易就成啦？她是被选中的宠儿吗？她上辈子一定是拯救人类了吧？！

没想到更惊喜的还在后面，沈隽意笑眯眯地问她："女主角有人选吗？你觉得赵虞怎么样？"

岳梨："啊！"

确定了！她就是位面之子！

✦02✦

岳梨虽然在导演圈还是个新人，但她并不缺人脉，不然剧本也递不到沈隽意这里。跟张导合作过之后，张导曾送了她一句"行业之新"的至高评价——新人新气象，被他们那群老头子掌控的行业，也该注入一些新鲜血液了。

《想记得》的投资方就是张导牵的线，背靠大公司，资金不用愁，拍摄团队已基本组建完毕。但往沈隽意这里递剧本，岳梨其实只是抱着试一试的心态，并没觉得真能成。更没想到现在不仅男主角定了个顶流，女主角也奔着顶流去了，娱乐圈的三座大山被她撬动了两座，真是紧张又刺激。

偶像说要亲自去找赵虞聊剧本，让她安心回去等消息，岳梨抱着对偶像的无比信任，高高兴兴离开了。回去的路上，她给团队打了个电话，告诉他们不用再面试男主角了。那头一听说是沈隽意，还以为导演年纪轻轻就得了幻想症。直到沈隽意的团队联系他们谈片酬和合约，他们才信。这下，连投资方都惊动了，又追加了一大笔投资。

这头沈隽意跟毕周确定好接下来的工作行程，就带着《想记得》的剧本上赵虞家去了，去之前给赵虞打了个电话，问她在不在家。

赵虞应该是正躺在床上，声音沙哑又懒散："在，而且没吃饭。干吗，你要给我送？我现在特别想吃青柠家冬阴功火锅，来吗？"

沈隽意："……"

赵虞其实就是顺口一说，这家伙最近老骚扰她，一天打几个电话问她在干吗，问了之后又说没事就是问问，快烦死她了。这两天她刚好在家休假，睡了个懒觉醒来躺床上玩手机，刚刷到一个吃播打卡青柠家泰式火锅的视频，正馋得流口水，沈隽意的电话就打过来了。

那头嘟囔了两句，她开着扩音刷视频也没听清，挂了电话后又赖了会儿床才终于懒洋洋地爬起来洗漱。火锅是不要想了，拌个沙拉，煎个鸡蛋吧。

赵虞刚把鸡蛋打进模具里，门铃就响了。她趿拉着鞋去开门，一拉开门，就见沈隽意提着打包好的冬阴功火锅站在门外，咧嘴朝她笑得欢。

冬阴功火锅的香味直往她鼻腔里钻，赵虞听到自己的肚子"咕咕"叫了两声。

沈隽意也听到了，把打包盒塞她怀里，进屋，关门，换鞋："你休个假跟虐待自己似的。还热着，快去吃。"

赵虞冲他撇嘴，却偷偷咽了下口水，然后端着打包盒小跑到餐桌前。沈隽意换好鞋过来的时候她已经吃上了，左手握勺右手拿筷吃得一脸满足。

沈隽意吃了午饭才过来的，看她吃得那么香，也跑去厨房拿了副碗筷过来准备尝一尝。结果刚一坐下，赵虞就用手把盒子捂住了："干吗？！"

沈隽意："……我买的双人份！"

赵虞："那也不行！我吃过了！"

沈隽意痛心疾首："你现在咋还护食呢？吃这么多不怕胖啊？还有没有点儿女明星的

306

自觉了？"

赵虞夹了颗鱼丸放进嘴里，毫无心理负担："下部戏要增肥。"

沈隽意一愣："你下部戏都签了？"

赵虞一边吃一边说："还没，不过南南昨天送了好几个剧本过来，我喜欢的那个本子的女主角是微胖人设，我先提前吃着嘛。"

沈隽意拍心口："还好还好。"

赵虞奇怪地瞄了他一眼："什么还好？"

沈隽意胳膊托着下巴，趴桌上冲她挤眼："我接到一个特棒的电影剧本，我们一起拍呗。"

赵虞想也不想："不要。"

沈隽意一下坐直身子："你看都没看就拒绝，太无情了吧！"

赵虞慢条斯理吃着小火锅："就是这么无情。你接到的剧本，你自己拍去，拉我干什么？我又不是接不到电影剧本。"

沈隽意一脸理直气壮："我这还不是有什么好的都想着你！你能接到哪些本子我能不知道？不都是些没什么内涵的合家欢爆米花电影，除了票房还能给你什么？"

这家伙现在是越发膨胀了，票房都看不上了。

赵虞把筷子一放："那你倒是说说，你说的这部电影，除了票房，还能给我什么？"

沈隽意沉思着："怎么着也得给你个金马影后吧。"

不仅膨胀，还有病。

赵虞都懒得理他了，任由他在那儿叭叭说了半天，专心致志吃完自己的小火锅，收拾好垃圾袋："你什么时候走？帮我把垃圾带下去。"

沈隽意把进门后放在鞋柜上的剧本拿过来，跟着她坐到沙发上："你先看！你看完剧本要是不动心算我输！"

赵虞怀疑地看了他两眼，在他殷切的眼神中接过了剧本："《想记得》？这名儿够文艺的啊，导演是谁？"

沈隽意大手一挥："那不重要！你先看！"

赵虞越发觉得对方是在诓她。不过听他说得这么好，赵虞倒是生出几分好奇，盘腿坐在沙发上翻开了剧本。

盛夏的阳光透过拉上的窗帘缝隙挤进几缕落在沙发扶手上，沈隽意伸出手指在光线中来来回回穿梭好几次，又撑着脑袋看向旁边专心看剧本的赵虞。她认真的神情令他心里生出莫名的愉悦，沙发软绵绵的，他好像整个人都陷入了柔软中，有种轻飘飘的失重感。

不知道她在阳台养了什么花，各种花香被午后的阳光稀释，织成了五颜六色的网，随着空调呼呼的风一下又一下拂过他的头发、脸庞，舒服得他想睡觉。这么想着，眼皮果然就慢慢耷拉下来，他像只打瞌睡的大金毛，歪歪倒倒蹭在了她腿上。

赵虞看剧本看得正专心，被脑袋一蹭，身体顷刻都绷直了。她低头一看，气呼呼在他脑袋上推了一下："起开！"

沈隽意闭着眼，胡乱从背后扯出一个抱枕往她腿上一垫，迷迷糊糊嘟囔："睡会儿睡会儿，你先看着……"

赵虞低头瞪了他好一会儿，最终还是没把人踹开。

剧本里那个结满金黄麦穗的午后像跟这个午后重叠在了一起，赵虞翻过一页又一页，仿佛看到那少年牵着少女的手从田野奔向了山崖，又从花海跑向了云端，直到目光扫过最后一行字，她怅然地叹了一口气。她一向是不喜欢悲剧的，不喜欢看，也不喜欢拍。可这个故事不光是悲剧，那种字里行间的温柔与美好，怦然心动的青春，就连长满麦穗的田野，都不是单单一句悲剧就能定论的。

赵虞低头看向枕着自己的腿睡得心安理得的大金毛，这家伙平时不着调，挑剧本的眼光倒是不错。他们俩面临的问题其实一样，都是转型，合家欢电影固然稳定，只要保证票房就不愁今后，可这种打动人心的故事，哪怕知道票房可能不会理想，依旧让人无法割舍。

赵虞推推他。

沈隽意睡眼惺忪地睁开眼，听到她问："导演是谁啊？需要我去试镜吗？"

这女主角的人设跟她还是不太一样，人设差异会导致对演技的要求更高，能找上沈隽意的本子应该是某位名导，也不知道自己能不能试镜成功。

沈隽意噌一下坐起来，嘴角都快咧到耳根了："你愿意接啦？"

赵虞微昂着头："试试呗，还不一定能试镜成功呢。"

沈隽意："还试啥镜啊，咱直接签合同就行，你已经答应了，不能再反悔哈！"

为什么有种上当受骗的感觉？

直到见到导演，赵虞才知道这种错觉来自哪里，这的确不是一个令人信服的合作对象。

作为转型的首部电影作品，公司对此很看重，林之南见她没选自己精心挑选的剧本，反而选了一个名不见经传的新人导演，简直想把沈隽意乱刀砍死。这家伙自己作就算了，为什么还要拉上虞虞？！

赵虞虽然在见到岳梨时很震惊，但也没立即否定这次合作。三人坐下来一起聊了聊，之后赵虞就安抚好公司高层和林之南，签下了合同。

电影定在八月开拍。在这之前,圈内就开始有小道消息流传。

俩顶流凑在一起拍电影就很令人震惊了,更震惊的是,拍的还是一个新人导演的电影。这爆料传到网上,都没人信。开什么国际玩笑,虽然转大银幕的确是道坎,但这俩也不至于沦落到接连作品都没有的新人导演的电影吧?而且这不仅是两人的首部电影,也是他们的转型之作,成败在此一举,岂能儿戏?更别说两人凑在一起拍电影这件事本身就没有可信度——才刚合作完演唱会,现在又合作电影,咋的,上赶着给 CP 粉过年呢?

结果没过多久,赵虞工作室和沈隽意工作室放出的行程安排表上,都写了"电影进组"这一项。

同时电影进组,都是拍三个月,再巧也不能巧成这样吧?粉丝们纷纷在工作室微博下询问偶像到底拍什么电影去了。

火眼金晴的网友们从沈赵两人的微博关注列表里发现了一个 ID 为"电影想记得"的官方微博。官博只发布了一条微博,是一张概念海报:金黄的麦穗,被风吹过的田野,田野上有两道剪影被阳光拉出长长的倒影。

种种迹象都表明,这俩顶流真跑去合拍电影了!

微博上的网友们顿时就炸了。

被紧急召唤的微博程序员:"沈隽意和赵虞官宣了?"

顶流就是有这种只是合拍个电影都能搞崩服务器的魅力。

CP 粉本来以为演唱会合体已经是绝无仅有的福利了,没想到还没消化完够他们嗑两三年的糖,紧跟着更大更甜的糖又从天上掉了下来。看看这片名,妥妥的文艺爱情片啊!爱情片除了谈恋爱还能干啥?还能牵手拥抱接吻!导演给我机灵点儿,谈恋爱必不可少的环节通通安排上!

CP 粉欢腾过年,两家唯粉都有些忧愁。偶像这么搞,他们心里没底啊!先不谈票房,万一拍出来个烂片,那才是真的丢人。不过转念一想,要真丢人,那也是两家一起丢,到时候大不了互嘲,把锅都往对方身上推。

嗯,就这么办!薏仁和虞美人头一次达成了心照不宣的默契。

网上热议不断,沈隽意和赵虞这头却没受什么影响,已经跟拍摄团队开完了剧本研讨会。这部电影除去男女主角外,选用的大多都是新人。虽然有些之前邀戏人家看不上的,听说两大顶流加盟又忙不迭回头自荐,但岳梨都不留情面地拒绝了,切实感受了一把什么叫曾经的我你爱搭不理,现在的我你高攀不起!

八月初,《想记得》正式开机。

这不仅是男女主演第一次拍电影，也是导演第一次拍电影，听起来就刺激。

开机仪式这天，到场的媒体快把石板铺就的小广场挤爆了。

前期剧情的取景地在南方一个乡村，是当地十分著名的旅游度假村，画风很像宫崎骏电影里绿植茂盛、民风淳朴的乡野。正值盛夏，稻谷遍野，绿油油一片，站在观景台往下看，像画上去的颜料。

沈隽意和赵虞跟扮演他们少年时期的小演员站在一起。岳梨挑演员是用了心的，这俩小演员跟两人还真有些神似，站一起跟一家四口似的。

拍照的记者冲他们喊："看这边，拍个全家福。"

沈隽意偏头冲赵虞嘟囔："我看上去像是有这么大个儿子的吗？"

赵虞："把我爸常说的那句话送给你。"

沈隽意："什么话？"

赵虞："我像你这么大的时候，你都可以打酱油了。"

沈隽意："……"

开机仪式结束，记者也就陆续离开了。

剧组包了场在这边拍戏，小乡村最近是不对外开放的，只有当地的乡民，如今记者一走，乡野又恢复了宁静，空气里都是植被花草的清香，水田里还有大黄牛在耕地，野鸭野鸟歇在长满水葫芦的水塘上，田野上有孩子追着大黄狗撒欢奔跑……

这个场景里基本都是小演员的戏份，但为了让沈隽意和赵虞找感觉，岳梨让他俩四处走走逛逛，切实感受一下乡野气息，找一找洗尽铅华回归朴实的状态。

两人都是城市里长大的孩子，看什么都觉得新鲜。沈隽意看了会儿小演员演戏，兴致勃勃去喊坐在遮阳伞下面看剧本的赵虞："那边有大白鹅，我带你去看！"

赵虞兴致缺缺："大白鹅有什么好看的，不去。"

沈隽意不由分说拽住她的手腕把她从躺椅上拽起来："岳导让我们多转转多看看感受乡野，你忘了？何况大白鹅多好看啊，今天就带你去见识一下'白毛浮绿水，红掌拨清波'的诗中美景！"

赵虞不情愿地被他拖着往前走，懒懒散散地缀在他身后，手指搭在眉骨上挡太阳。

过小石桥的时候，助理小狮在后边喊："隽意哥，你们去哪儿啊？"

赵虞转头替他回答："我们去看大白鹅。"

小狮"哦"了一声，又回头去看小演员拍戏了。

旁边围观的乡民凑过来戳戳小狮的胳膊："鹅噜人，喊他们莫挨近了。"（此处为方言音译。)

小狮:"啊?"

乡民:"噜人!大鹅噜人闷疼!"

小狮:"……"什么跟什么啊?!

他挠着脑袋转头去看,两人已经踏过小石桥,越走越远了。

明明是在城市里不开空调就活不下去的燥热天气,这里却能感受到夏风拂过树林的阵阵清凉。涓涓小溪淌过洁白晶莹的鹅卵石,在阳光下闪闪发光。

赵虞顺着溪流走了几步,实在没忍住,脱了鞋袜光脚踩进溪水里。清凉的溪水从脚踝一路欢快拂过,身上最后一点儿燥热也被带走了。她提着鞋袜在水里开心地踩了两下,抬头跟沈隽意说:"好舒服啊。"

沈隽意盯着水里那双比鹅卵石还要洁白的双脚看了两眼,又若无其事地收回目光。

溪流就连着有大白鹅的那片池塘,赵虞一路蹚水过去,沈隽意在田坎上捡了根树枝拖在溪水里,拉出长长的水纹。

池塘里七八只大白鹅抻着修长的脖颈,慢慢悠悠浮着水,沈隽意握着树枝兴奋地往前一指:"鹅鹅鹅!嘿!"

赵虞无语地白了他一眼,拿出兜里的手机对着大白鹅拍照。碧水蓝天,绿树白鹅,乡野构图拍出来美得清新怡人。她打开修图软件给拍的照片加了个滤镜,然后发在家人群里。

老赵:"幺儿去哪里休假了哦?风景真好,下次带上我和你妈。"

江蕾:"你除了关心你的后厨还能记着点儿别的事吗?幺儿新电影刚进组,这是在拍戏,休什么假?你今天晚上别回来了,就在后厨睡!"

赵虞:"这里是个度假村,下次休假我带你们过来!"

江蕾:"别等下次了,你们在那里拍多久?我和你爸正好过来看看你。"

赵虞:"这里现在不让参观呢,剧组包场了。"

她挽着裤腿站在溪水里跟爸妈聊天聊得正开心,在田坎上各种搞怪逗鹅的沈隽意突然慌慌张张地喊她:"赵虞!赵虞!"

赵虞不耐烦地抬头看过去:"又干吗?"

沈隽意指着前方:"它们是不是朝我们冲过来啦?"

赵虞转头去看,只见刚才优哉游哉地浮在水面的大白鹅此刻双翅展开,一路狂风带闪电,气势汹汹地朝他们的方向扑了过来。

沈隽意吞了口口水:"鹅咬人疼吗?"

赵虞尖叫一声掉头就跑。她人在小溪里，脚底全是鹅卵石，跑起来硌得脚底板生疼。

七八只大白鹅已经扑近，沈隽意一把握住她的手腕把她从水里拉上来，然后站在她前面，手里的树枝舞得虎虎生风，狂叫着跟大白鹅战斗。

可惜两人对乡下大鹅的战斗力一无所知，只听得那翅膀扑棱带起阵阵风声，鹅毛与草叶齐飞，几只大鹅直往沈隽意身上扑，他一只手狂舞树枝，另一只手还得护住赵虞，胳膊被啄了好几口，疼得嗷嗷直叫。而赵虞双手拽着他的衣角埋在他背后，尖叫着喊救命。

不远处拉着大黄牛犁地的乡民听到动静，赶紧跑过来帮他们赶鹅。大鹅这才停止了攻击，以一副胜利者的姿态，雄赳赳气昂昂地回去了。

沈隽意手臂上全是被大鹅啄出来的红肿伤痕，疼得直吸气，他蹲下身急切地问一屁股坐在田坎上的赵虞："没被咬到吧？"

赵虞头发散乱，眼眶都急红了，对着他一顿拳打脚踢："沈隽意你是不是有病！你没事逗鹅干什么？你不知道大鹅咬人啊！"

沈隽意也不躲，就嘶嘶地喊疼。赵虞看他胳膊上那伤，简直又气又急。

他看她揍够了才"嘿嘿"傻笑了一下，握着她的手腕把她从地上拉起来，又跳进小溪里，把她刚才慌忙之中丢进去的鞋袜捞起来——还好有根树枝挡住，不然早不知被溪水冲到哪里去了。

鞋袜都湿透了，他一手拎着一只，走上田坎后在扎头发的赵虞面前蹲下："上来。"

赵虞气呼呼的："干吗？我自己能走！"

沈隽意扭过头来："田坎上碎石子多，还有草刺，你光脚怎么走回去？快点儿，别磨叽，我疼死了，赶紧回去看医生。"

赵虞低头看了下自己脚上已经被溪水里的鹅卵石硌出来的红痕，又看了眼身前被风吹过衣角拂动的宽大后背，撇了下嘴，默默趴了上去。

沈隽意把鞋带绑在手腕上，双手挂着鞋子，往后环住她的膝盖窝，起身时还掂了掂，然后稳稳当当站了起来。

赵虞上一次被人这么背着，还是上小学时跟爸妈去游乐园。

他的手只到她腿弯处，走起来时稳稳当当的。赵虞微抬着身子，尽量避免前胸和他后背相触。可这样的姿势难免相触，彼此只隔着薄薄一件 T 恤，不知是这夏日太热，还是刚才跟大鹅战斗太激烈，每一次相触，肌肤温度都高得烫人。

赵虞偏头看他的手臂，上面全是被鹅啄出来的痕迹。她盯着看了一会儿，伸出手指轻轻摸了一下。沈隽意"嘶"了一声。

赵虞问："很疼吗？"

沈隽意委委屈屈地回："嗯！"

赵虞："活该！让你没事去招惹大鹅！还'鹅鹅鹅，曲项向天歌'，你向天惨叫吧你！"

沈隽意："……"

还在拍戏现场的场记接到了乡民打来的电话，差点儿以为自己听错了："什么？我们的演员被鹅咬了？"他四下一看，"哪两个演员啊？"

正在打游戏的小狮突然感觉不妙。他意识到什么，惊恐地抬头看向刚才戳他的乡民。

乡民一脸无奈地朝他摊手："看嘛，我就说鹅噜人嘛，你非不听。"

小狮："……"

掌握一门方言是多么的重要啊！

✦03✦

乡野的田坎上开满了不知名的蓝色小花。走过来的时候一路玩玩看看没觉得远，现在趴在沈隽意背上，双手放在哪儿似乎都不合适，赵虞突然就觉得这弯弯曲曲的乡间小路太长了，好像没有尽头似的。偏偏沈隽意步子还迈得小又慢，完全对不起他那双大长腿。

赵虞忍不住催促他："走快点儿！"

沈隽意脚步顿了一下，环住她腿弯的手往上掂了掂，把极力后仰的赵虞又给耸回来趴着了，还偏过头不高兴地问她："我背上是有刺吗，你离那么远？我还是个伤患，你这姿势我背着很累的好不好？"

赵虞用手捶他的肩："那你放我下来啊！"

沈隽意"哼"了一声，不仅没放，手臂还环得更紧了："趴好！再动就把你扔到池塘里喂鱼！"一边说，还真一边斜着身子做出扔她的姿势。

他个子高，被他这么背着离地一米高，骤然向下斜去，赵虞吓得一把搂住了他的脖子。柔软的触感像天边的云朵覆了上来。沈隽意本来咧嘴笑着，这一刻，笑意和后背的肌肉都在那一瞬间僵住了。

赵虞一只手搂住他的脖子，另一只手气急败坏地在他头顶乱揉："你扔啊！不扔我是你爸爸！"

沈隽意做好的发型被揉成了鸡窝。

她动作大了，那触感就更明显，只隔着薄薄的布料，好像连轮廓都能感受到。沈隽意狠狠闭了下眼，就差在心里骂自己禽兽了。强迫自己不再乱想后，他掂了下背上乱动的祖宗："错了错了错了，趴好趴好，快到了。哎哟，我伤口好疼啊！"

祖宗咬牙切齿在他后脑勺推了一把，总算停手了。

踏过小石桥，远远就看见整个剧组的工作人员包括对戏的两个小演员都在路口，"迎接"被大鹅追着咬的两位主演。见沈隽意背着赵虞，大家还以为赵虞被咬得更惨，助理一边惊呼一边领着背医疗箱的医生冲了过去，对着赵虞一顿嘘寒问暖。

沈隽意气愤地把自己两条被鹅咬肿的胳膊伸进人群："伤患在这儿！在这里！我才是被咬的那个！"

全场人员：虽然很可怜但还是好想笑啊哈哈哈！

沈隽意在一众憋笑声中坐到了遮阳棚下面，医生开始给他检查。

全场唯一没有笑的可能就只有小粉丝岳梨了，她紧张地站在旁边问："医生，没什么事吧？"

医生正用棉签给沈隽意消毒，握着他的手臂前后看了一圈："没多大事，都没破皮。没有外伤，只是有些红肿，养两天就好了。"说着在沈隽意的肱二头肌上拍了两下，一副称赞的语气，"小伙子肌肉练得不错，鹅都啄不动。"

沈隽意："……"

开机第一天男女主演就发生如此令人啼笑皆非的意外，整个剧组略显生疏的气氛顿时变得热络了很多。

岳梨一脸沉思，坐在小马扎上看着医生给沈隽意上药，突然很兴奋地说："我们加一场你被鹅追着咬的戏吧！"

正对着疼得火辣辣的手臂吹气的沈隽意："哈？"

这真是自己的粉丝不是对家派来的卧底吗？！

岳梨丝毫没感受到偶像愤怒的目光，完全沉浸在自己的剧本里："你跟隔壁村的孩子王打架，打输了很生气，回来的路上就抓了一把鹅卵石铲水漂，惊动了塘里的鹅。不仅打输了架，还被大鹅追着咬了一路，你气得简直失去了理智，一路骂骂咧咧，结果在小路口遇到了夏夏。"她眯起眼，伸手比画着，"于是顷刻之间，你的世界阴雨转晴，阳光普照，哪怕嘴角被打破了皮，被鹅咬得走路一瘸一拐，却还是在那一刻咧着嘴朝她笑了，从脏兮兮的裤兜里掏出下午在村口小卖部买的水果糖，问她吃不吃，干净的。"

想象完，岳梨激动得两只小拳拳紧握挥舞："啊啊啊太甜了！就这么愉快地决定了！"

坐在旁边清理脚上沙子的赵虞憋着笑朝岳梨竖起了大拇指："不愧是导演！厉害！这

314

场戏一定要加！”

沈隽意：“……”

回想刚才跟大鹅战斗的画面，他简直有心理阴影了，正要拍案而起，突然想起一个至关重要的问题：“你加少年黎寻的戏份，跟我成年黎寻有啥关系？”

赵虞、岳梨：“对哦……”

三个人齐刷刷看向了一旁看热闹的小演员。

突然被注视的小演员：“……”啊啊啊他还是个孩子！他不想被鹅咬！放过他吧！

沈隽意立刻开心了：“加加加，这么甜的剧情一定要加上！我举双手赞成！”

小演员：“……”隽意哥哥没有心！！！

沈隽意正幸灾乐祸呢，场记大哥在旁边兴奋地喊：“隽意，你被鹅咬的视频上热搜了！”

沈隽意：“……”

赵虞：“哈哈哈——”

不对！那视频里自己不也在？赵虞一脸凝重地接过了助理递过来的手机。

拍摄地是度假村，在这里工作的年轻人不少，知道有剧组在这边拍戏，来的还是两大顶流，都兴致勃勃在一旁围观呢。看见沈隽意拿鹅卵石往水塘里扔，不远处堤坝上的围观群众都准备出声提醒这大鹅咬人，可惜还没喊就看见大鹅气势汹汹地朝两人扑了过去，虽然很想帮忙，但隔着堤坝实在过不去啊！

遇事不要慌，先拿出手机拍个视频，嗯！

虽然视频里能明显看出拍摄地跟事发地隔着一段距离，但两人的惨叫声依旧声声入耳十分清晰，真是好一场光天化日人鹅大战！“赵虞沈隽意被鹅咬”的词条就这样直奔热搜第一，后面还跟了个“爆”字。

微博程序员：“怎么又是这两人的事儿？”

看完视频的网友差点儿笑疯了，他们还跟这儿指望俩顶流第一次合拍电影能流出一些甜蜜暧昧的互动嗑糖呢，结果就这？被鹅咬？为什么你们拍爱情片的画风跟其他人不一样？

粉丝们又心疼又好笑，当天的晚餐都多了一道菜——红焖大鹅。为偶像出气！于是“粉丝怒吃大鹅为偶像出气”的词条又上了热搜，笑掉一众网友的大牙，大家一致认为，果然有多沙雕的偶像就有多沙雕的粉丝。

得知此事的偶像本人：我真是谢谢你们了，微笑。

大鹅事件给电影增加了一波热度，岳梨乐见其成，开始思考要不要在电影彩蛋里加上沈隽意被鹅追的片段，首尾呼应嘛，现在的观众就爱看这个，还能冲淡结尾的悲剧气息。

并不知道自己已经被导演安排的沈隽意此时还在担心另一件事。

两个小演员都在上初中，虽然现在是暑假，但辅导班课外兴趣班不少，拍戏期间家长一直陪着，拍完就得赶紧回去上课做作业。于是前期集中拍摄小演员的戏份，等他们杀青后才正式进入成年剧情。

成年戏在乡野场景里的不算多，两三天就能拍完。沈隽意从来没跟赵虞演过对手戏，想起之前两人合作舞台时赵虞鄙视他接不住自己的戏，他就忍不住担忧。万一他真接不住她的戏，当着这么多人的面，这么帅的一张脸还要不要啦！

剧组住在村里接待游客的宾馆里，赵虞刚洗漱完，铺开瑜伽垫准备一边拉伸锻炼一边看会儿剧，房门就被敲响了。她敷着面膜去开门，刚一拉开，缩手缩脚站在门口的沈隽意就从门缝里鬼鬼祟祟地挤了进来。

赵虞一脸警惕地盯着他："你来干吗？！"

沈隽意比了个"嘘"的手势，在赵虞逐渐紧张的眼神中猫着身子拉上了窗帘，才转身对心跳加快的赵虞说："我们来对对戏吧！"

这人是不是有病，对个戏搞得跟偷情一样？！赵虞没理他，躺瑜伽垫上去拉伸了。

沈隽意拿着剧本跟过来，盘腿坐在地板上望着她："过两天就到我们的戏了，提前对一对找找感觉，片场不 NG 多好啊。"

赵虞一眼看穿他的小心思："是怕到时候接不住我的戏吧？"

沈隽意气愤道："你不要看不起人！谁接不住谁的戏还不好说呢！"

赵虞知道这家伙又在用激将法，但她还就吃这套，于是果断地从瑜伽垫上爬起来，撕掉面膜："来对！"

沈隽意指着剧本："就对这场吧，今天刚好背过你了，比较有手感。"

赵虞倒也没反对，披上外套走到门口的位置："行，来吧。"

这一场戏是成年后的黎寻带着重遇的夏夏回到了曾经的村庄。此时的夏夏已经遗忘了过去，但在黎寻的帮助下知道了自己的病情，知道自己原来不是这个世界的弃儿，知道她原来是在这样美丽地方长大。

从车上下来后，黎寻在她面前蹲下，眉眼飞扬："上来，哥哥背你过去。"

夏夏看着四周陌生的一切。这里真的是她长大的地方吗？她一点儿都想不起来了。可黎寻说是，那一定是了，黎寻不会骗她。于是她小心地趴到了他背上。

黎寻问："抓好了吗？"

夏夏说："抓好了。"

然后他起身，背着她撒欢地朝前跑。

正是春种的时节，田里浇灌溪水，将整条小路浇得泥泞不堪，踩上去都打滑。夏夏吓得紧紧搂住他的脖子埋在他颈窝："黎寻你慢点儿！你走慢点儿！"

长大后的少年还是同年少时一样不羁："怕什么，我都可以在这上面骑摩托，你信不？"

夏夏小声地说："我信，但是你慢点儿好不好？我害怕。"

他"啧"了一声，脚步却依言慢了下来，一步一步，踩得比在平地上还稳还慢："行吧，我们夏夏说什么就是什么咯。"

她趴在他肩上低声轻笑。

黎寻背着她慢慢走着："我以前也这么背过你，从村子那一头走到这一头，去村口的小卖部买水果糖。"

夏夏反驳："胡说，我不喜欢吃糖。以前的事我都不记得了，当然是你想怎么说就怎么说。"

黎寻侧过头来："知道你为什么现在不喜欢吃糖了吗？就是因为那时候吃太多了，天天扯着我的裤腿说'哥哥我要吃糖哥哥我要吃糖'，啧，把我家底都吃没了。"

宾馆的房间不算大，沈隽意背着她，就这么一圈一圈围着房间走着。那些台词他都已经烂熟于心，背着少女这么走着时，好像真的变成了故事里的那个少年。

"前面就到家啦，猜猜是我的家还是你的家？"

说完这句台词，就该赵虞接了。结果沈隽意等了好一会儿，后面都没动静。他脚步一顿，轻轻停了下来，听到耳旁传来浅浅的呼吸声——她睡着了。

第一次拍电影，赵虞其实心里也一直绷着一根弦，在片场比谁都认真，哪怕没有戏份，也会虚心观摩做笔记，这种精神压力比体力劳动更让人疲惫。

沈隽意在原地站了好一会儿才轻手轻脚地走过去，掀起被子后将人放在了床上。赵虞沾床时嘟囔了一句什么，又翻了个身沉沉睡了过去。

他替她把被子盖好，俯身关灯时手顿了顿，用气音喊她："赵虞——"

没人回应。

他咧嘴笑了下，小声说："晚安啦。"

"啪嗒"一声，光线暗下来，他轻手轻脚离开了房间。

等到房门被关上，黑暗中，赵虞偷偷睁开了眼，很慢很轻地吁出了一口气。

能在沈隽意背上睡着她也没想到。主要是她自从开机以来神经就一直绷得挺紧，女主角夏夏的人设和她相差太大，她挺担心自己演不好。沈隽意还说他担心，他有什么好担心的，黎寻不就是他本色出演嘛。趴在他背上时，像坐车一样摇摇晃晃，把她瞌睡都给摇出来了。好在她警醒，一挨床就醒了，只是这样的场面未免尴尬，只好继续装睡混过去。

明明困得不行，如今躺下来却变得极度清醒，一闭上眼，脑子里都是趴在他背上时温热的触感，刚才他小声喊她时，更是惊得她睫毛都颤。赵虞咬着被子懊恼地捶了下床，下定决心从明天开始跟他保持距离。她不想再动心了！

于是第二天一早，沈隽意照例开开心心去找赵虞吃早饭时，发现人早走了。他原以为赵虞是提前去了片场，结果下楼到了餐厅才发现她跟组里的新人演员坐在一起，吃着早餐有说有笑，晨起的阳光透过窗户投在她脸上，那笑容别提有多明媚了。

助理小狮喝了口粥，抬头看了看对面眼神郁闷、用筷子戳包子的老板，忍不住说："不想吃就给我吧，芽菜馅儿的最好吃了。"

沈隽意瞪了他一眼，拿起包子狠狠咬了一口。

小狮朝赵虞那头看了看，语重心长地说："你也别怪小虞避嫌，炒得太过受伤的往往都是女方，戏里亲密就算了，私下保持距离对你们都好。"

沈隽意气得不行："我这还没开始炒就过了？那她之前传那么多绯闻不照样混得风生水起，也没见她保持距离啊！"

小狮："那其他男演员能跟您比吗？您可是娱乐圈的一座大山，您粉丝的战斗力之前那些男演员加起来也比不上呀。"

沈隽意愤怒地瞪着小狮："你被开除了！"

小狮："我这不是在夸你吗……"

剧组给男女主都配了商务车，往常沈隽意都是蹭赵虞的车跟她一起过去，赵虞也习惯每天等他上车再走。这次为了表示自己很生气，等赵虞上车时，沈隽意一脸高冷地从旁边走过。接下来的剧情他都想好了，赵虞肯定会喊他上车，到时候他就回头冷笑一声说"跟那个一起吃早饭的小奶狗坐车去吧"。

结果赵虞完全不按剧情来，他刚一经过，身后车门就"砰"一声关上了。半掩的车窗里传出赵虞打哈欠的声音："师傅开车。"

一个人演了一场戏的沈隽意："……"

他真生气了！！！

◆04◆

南方的天气像女人的心思一样多变，早上还晴空万里，吃过午饭后天突然就阴下来，大片乌云汇集遮住了阳光，大雨渐渐落了下来。

岳梨撑着把伞从片场跑到剧组临时搭建的拍摄棚里，对看剧本的沈隽意说："刚好遇到下雨，我们把雨天那场戏提前拍了吧。"

天气预报显示最近半个月都是晴天，他们在这边的戏份不多，不可能一直等着下雨，本来是打算利用人工降雨也就是洒水车来完成雨天那场戏，没想到天公作美，突然来了场大雨，岳梨就赶紧让剧组调整机位准备。夏天的雨说下就下，说不定一会儿就停了，可不能耽搁。

沈隽意和赵虞赶紧去化妆换衣服，准备拍摄他们进组后的第一场戏。

两人都属于那种时间没能在身上留下痕迹的人，出演小几岁的角色完全不违和。沈隽意还为此剪了寸头，看上去更有少年野气。

岳梨把两人叫到一起，最后讲了一遍戏，拍摄就正式开始了。

空气中都是雨水冲刷泥土草木的气息，沈隽意躺在床上闭着眼，听到岳梨喊"Action"，几秒之后，被一声"惊雷"惊醒。

少年猛地翻身从床上坐起来。

窗外大雨淅沥，他大梦初醒一般呆坐了两秒，出声喊："夏夏？"

没人应他。

他匆匆跳下床，随手抓起搭在床头的外套，一边穿一边急匆匆往外走："夏夏？你在哪儿？"

乡下的房子类似四合院的样式，几间房屋呈 U 字形坐落在院墙内，屋檐微翘，雨水顺着房檐像线垂下。院子里空荡荡的，找不见夏夏的影子。

她的病没有规律，不知道什么时间什么地点就会发作。每一次发病，这个世界对她而言就变得陌生恐怖，让她忍不住想藏起来。

少年的神情从着急逐渐变得害怕，他夺门而出："夏夏！"

"Cut!"岳梨拿起小喇叭，声音在噼里啪啦的雨声中有些散，"前头 OK，后面从跑出门那里再来一次。"

沈隽意抹了把脸上的雨水，等助理把身上的水都擦干，化妆师又过来帮他吹头发。

赵虞裹着外套坐在廊檐下看着，心说，演技还挺好的，第一场戏就这么入戏，看来私下的确没少努力。

院子里的戏接连拍了四条，岳梨才终于满意。

虽说是夏天，但雨打下来还是湿漉漉的有些凉意，小狮端着泡好的感冒灵候在一边，等沈隽意拍完赶紧凑过去让他喝。

沈隽意一脸嫌弃："我这身体需要喝这个？拿走拿走。"

小狮劝说："以防万一，你就当热水喝了嘛。"

沈隽意："不要，我不喜欢那味儿，换成热水。"

赵虞在旁边嗤之以鼻："多大人了，还怕喝药。"

沈隽意愤怒地看了她一眼，重重哼了一声，但什么话都没说，转头接过小狮的药一口闷了，擦擦嘴角高冷离开，总算实现了早上没能实现的剧情。

赵虞："……"

接下来场景外移，到了大雨倾盆的田野。

沈隽意全身都被大雨浇透，雨水顺着头发流进眼睛，整个眼眶都红了。

岳梨拿着喇叭说："就要这个状态，准备！"

夺门而出的少年挨家挨户去砸门，问他们有没有看见夏夏。

当年的很多村民都已经离开了村子，如今只剩下为数不多的孤寡老人。黎寻少时顽劣，不是偷了这家的鸡，就是摘了那家的果，长大后还是一如既往的不着调，却会把赚到的钱拿给村子修路。听说夏夏不见了，上了年纪的村民们都撑着伞出来找。

少年握着伞奔跑在泥泞的田野上。

前两天进村时，他还扬言可以在上面骑摩托车，今天却脚底打滑摔出去老远，脚上那双拖鞋都摔进了田里，惊动了田里的野鸭子。他爬起来，沾满泥的双手在脸上抹了一把，又继续跑。

他好不容易才又遇到她，不能再把她弄丢了。

跑过牌楼时，少年看见少女顶着一张荷叶，站在废弃破旧的瓦房下避雨，怀里还抱着一个袋子。他气喘吁吁地停下来，双手撑着膝盖缓了好一会儿，然后伸出手在雨中洗干净掌心的泥泞，抓起衣摆擦了擦脸，才终于朝她走去。

岳梨喊"Cut"，切换机位进入下一场。

赵虞之前在《九霄》里饰演骄纵天真的清玲公主取得了巨大的成功，这次饰演夏夏还特意减肥了，使自己更贴近那个单薄柔软的形象。妆发师利用阴影和眉形的改变令她的五官柔和了不少，如今的她少了在舞台上张扬的美，多出几分邻家妹妹的感觉。

荷叶，瓦房，大雨，少女往那儿一站，就是一幅山野画。

看见他过来，她有些惊讶，着急地往前走了几步。

少年远远地冲她吼："回去！别淋雨！"

于是她又退了回去。

少年加快脚步跑到她跟前，被淋湿的头发贴在脸上，无比狼狈："你跑哪儿去了？"

少女想伸手替他擦脸上的水，被他侧头避过："家里什么都没有，我去村里的商店买点儿东西。"

少年看向她怀里那个鼓鼓的塑料袋："我不是跟你说过别乱跑吗？！缺什么告诉我，我会去买！"

荷叶下的那双眼睛偷偷打量了他一会儿，小声问："黎寻，你生气啦？"

少年别过头哼了一声，伸手把塑料袋拎过来，撑开那把黑色的大伞，一言不发将她揽到了怀里。

大雨还下着，打在伞布上，噼里啪啦地响。少女抬头看了看，担心地问："黎寻，伞不会被打坏吧？"

少年兀自一脸冷漠地看着前方，还是不说话。

少女很无奈地抿唇叹了口气。

身后的机位一路跟拍，画面里，少年和少女走在苍茫田野上，大雨倾盆，看不见前路，只有他依偎的身影越走越远，越走越远。

岳梨喊："Cut！行了，换地儿。"

场景再一次挪回屋中。

前面的戏份NG了好几遍才过，回到院中时，雨已经快停了。好在雨中的戏份都拍完了，岳梨觉得自己不愧是位面之子，老天爷都照顾她。

助理把冒着热气的感冒灵递给两人，等他们喝完缓了缓，才开始下一场戏的拍摄。

少年全身湿透，去冲了个澡，换了身衣服，出来时，看见少女拿着吹风机站在门口等着。他歪头用毛巾擦头发，还是一副臭屁的表情："干什么？"

少女笑眯眯看着他："黎寻，我帮你吹头发呀。"

少年没说话，一边擦头发一边往房间走。

少女小步跟在他后边。

进屋之后，少年往床边一坐，把擦头的毛巾扔在椅背上："给我。"

少女眨了下眼，给吹风机插上电，站在他身边摸摸他刺刺的发根。

吹风机的声音盈满整个房间。

少年一只脚踩在地上，另一只脚踩在床上，是个十分吊儿郎当的姿势，背却绷得直。他感觉那双柔软的手从他的头皮上一下一下拂过，绷着的神情都快维持不下去了。

床有些高，他又挺直着身子，少女只能爬上床，跪坐在他身后继续吹头发。

床边的窗户还开着，雨过天晴，被雨洗刷后的天空明亮澄净。

寸头其实很快就吹干了，少年却还是一副生气的模样。

房间里静得连一根针掉落都能听见。

少女突然双手撑在他的肩上，从他肩头往前探去，歪着头轻轻啄了一下他的脸颊。

下一幕应该是少年有些羞恼又有些咬牙切齿地说："臭丫头，别以为我吃这套！"

结果沈隽意就那么坐着，整个人好像僵住了。

赵虞的头发从他肩头滑落扫过鼻尖时，他又想起之前舞台合作时那若有若无的浅香。

他并不是第一次拍吻戏，何况这一场压根儿算不上吻戏，只是蜻蜓点水的一个轻触罢了。可嘴唇挨上来的那一瞬间，温软的触感像过电一样，令他全身的汗毛都竖了起来。他闻到她身上的体香，柔软又温暖，浅浅的呼吸一下又一下，尽数喷在他颈边。

执行导演提醒地看了岳梨一眼。岳梨却一挥手，示意继续拍。

镜头里，沈隽意耳根透红，神情僵凝，将那种飞扬不羁却又青涩纯真的少年感表现得淋漓尽致。

这样的反应，比剧本上那一幕更真实。

赵虞等了一会儿，见导演没喊停，也就没停止表演。想了想，她往前探出头去，笑眯眯地问："我哄好了吗？"

好半天，她才听到少年别扭又傲娇的声音："就算你哄好了——"

赵虞加的这一句台词，使得夏夏这个人物多了些许生气，显得更加生动。两人对视之间，岳梨终于喊了"Cut"。

赵虞笑眯眯的温柔神情散去，满眼娇羞变成了满眼鄙视："刚才干吗呢？不接台词？"

沈隽意噎了一下，打死也不能承认自己刚才害羞了。

赵虞从床上跳下去，回头问岳梨："导演，这段得重拍吧？"

岳梨兴奋地摆手："不用不用不用！这段戏改得特别好，特有灵气！"她朝两人竖起大拇指，"厉害！"

沈隽意一时之间分不清小粉丝是真夸还是帮他挽回颜面。

雨过天晴，剧组整顿休息，又移回去继续拍小演员的戏。

沈隽意刚才淋了快两小时的雨，小狮生怕他感冒了，催他回宾馆洗热水澡吃点儿药预防——刚才戏里那段其实没真洗，只是换了身干净衣服。结果沈隽意死倔，非说自己九尺男儿阳刚之气充足，给面子喝了杯热水了事。

小狮没办法只好去找赵虞："小虞，你让隽意哥回宾馆冲个热水澡吃点儿药吧，他不听我的。"

赵虞翻着剧本："那他也不一定听我的呀。"

小狮："你不是都把他哄好了吗？"

赵虞："……"

瞟了一眼不远处的沈隽意，她最终还是合上剧本走过去："回宾馆吗？"

沈隽意抬头瞅了她一眼，干咳一声，一副若无其事的表情，慢腾腾站起来："那走呗。"

于是两人又坐着同一辆商务车回了宾馆。

沈隽意上车之后就一直捧着剧本在那儿装模作样地看。

赵虞盯着他的侧脸看了一会儿，目光落在自己刚才亲过的位置，感觉嘴唇有点儿痒。她清了下嗓子开口："一会儿回宾馆了你先去洗澡啊，洗完了来我房间找我。"

沈隽意的眼睛都瞪大了。

赵虞拿剧本砸了他一下："想什么呢！来找我对戏！再出现今天这种接不住戏的情况，丢脸的可是你！"

沈隽意一副被说中的表情，恼羞成怒地说："谁说我是接不住戏？我那是临场发挥！岳导都夸我改得好！"

赵虞"嗤"了一声，懒得拆穿他。

回宾馆后沈隽意果然乖乖去洗澡了，赵虞又让助理去附近餐厅买了两份炖汤回来。炖汤里加了当归枸杞，用来暖身子祛寒气，加上沈隽意经常锻炼身体好，应该不会感冒。她记得沈隽意打小就不爱吃药，还自有一套"感冒七日自动痊愈"理论，每次都把撵着他吃药的沈奶奶气得不轻。

热汤送上来没一会儿，沈隽意就来敲门了。

洗过澡后，人清爽一大截儿，站在他身边时，沐浴后混着体热的热气比夏日的阳光还要灼热。赵虞不动声色地离他远一些，把外卖盒打开："先吃饭吧，吃饱了再工作。"

沈隽意闻了闻炖汤的香味，一口没剩地喝完了。

对戏这种事，一回生二回熟，两人看了会儿剧本很快进入状态。除去下午那个吻，其实沈隽意的演技是可圈可点的。他跟黎寻有太多相似点，哪怕只是表面，也足够他赋予这个角色真实和灵气。

两人对戏对得很顺利，结束的时候，沈隽意一副吐气扬眉的神情，看着赵虞，好像在说："看吧，我没有接不住戏吧？我演技超好的！"

赵虞看到他这副神情就想笑，只差一条尾巴，就跟求表扬的傲娇大狗子一模一样了。

离开时，沈隽意都走到门口了，又回过身来，幽怨地问："你明天什么时候去吃早饭？"

赵虞："不一定，起得早就早点儿去，干吗？"

沈隽意："等我一起！我没来敲门你不准下楼！"

赵虞奇了怪了："为什么得跟你一起？我还不能自己去吃个早饭了？"

沈隽意一本正经地说："科学研究发现，男女主角一起吃早饭有助于培养感情，为了接下来拍摄顺利，我们很有必要以后一天三餐都在一起吃。"

赵虞："……请问研究出这个结论的科学家是？"

沈隽意："你一个连爱迪生和牛顿都分不清的学渣就别打听这些与你无关的学术领域了。"

赵虞气得用拖鞋砸他："我当时只是记混了被苹果砸的人！！！"

对于一个每天要背十个名人事迹的小学生来说，记错这种事情不是很正常吗？！这家伙怎么把她每个黑历史都记得这么清楚？！

沈隽意侧身躲开，拧开门后手指很有节奏地点了点："明天，早饭，等我。"

赵虞等他才有鬼，第二天故意早起了半小时，结果一拉开门，就看见沈隽意抄着手靠在门对面的墙壁上打哈欠，见她一副见鬼的模样，咧嘴笑得欢："早啊，吃饭去？"

赵虞："……"

终于又跟女主角一起吃早饭的沈隽意，觉得昨天小狮说的那个芽菜包子果然很好吃。

❖05❖

两天后，小演员们正式杀青。

岳梨给两个小演员发了杀青红包，祝他们好好学习天天向上。

赵虞和沈隽意也跟两个小演员分别合了影。照片传到网上，网友都说大小主演眉眼神似，夸导演会选角儿。

赵虞和沈隽意在乡野场景的戏份不多，多是黎寻死后夏夏再次回到这里时的一些闪回的镜头。两人花了三天的时间拍完所有戏份，剧组就正式转场了。

在乡野待了一段时间，骤然回到大城市，明显能感觉到空气质量的下降。但对于成年后的黎寻和夏夏来说，这座车水马龙的城市才是他们故事开始的地方。

成年后的黎寻开了一家维修店，不光摩托车，电动车、三轮车、自行车，连婴儿代步车都能修。他穿着沾满机油的白色背心，露出宽大又黝黑的膀子，身高腿长，偏又理着寸头，夹着人字拖，要不是五官端正样貌出色，都没人敢来他这儿修车。

他在大城市落户，却又离真正的市中心那么远。郊区鱼龙混杂，什么样的人都有，他跟别人打过架，飙过车，也跟不三不四的朋友们叼着烟从派出所门口大剌剌走过。

他离市中心有多远，就离年少时向夏夏许下的那个诺言有多远——赚很多钱，买很多的漂亮裙子，送她最美的花。他知道他其实根本不可能再见到她，穷小子和公主的故事只有童话里才会发生，所以，跟她有关的梦想，也没必要去努力了。

然后就在那一天，他重遇了夏夏。

沈隽意皮肤白，晒了这么一段时间还是没什么用，化妆师只能人工给他美黑，才终于达到剧本里要求的效果。

岳梨拿着喇叭喊：“Action.”

烈日当头，少年叼着根烟从杂乱的铺子里走出来，只到膝盖处的短裤往上卷了几层，拖鞋踩得踢踏响，浑身不修边幅的痞气。他走到停在门口的破旧电动车跟前，在散落一地的工具里挑挑选选，对着电动车一阵叮叮咚咚。

旁边牛肉面馆有人喊：“寻子，我的车怎么样了？”

他叼着烟直起身，烟雾顺着脸往上飘，眼睛被熏得眯起:“电池鼓包了，得换个电瓶。”

铺子里的人握着锅铲冲出来：“又换电瓶？这都第几个了？光换电瓶的钱都够我买辆新的了！我说你是不是卖伪劣产品，故意坑我？”

少年长嘬了一口烟，把烟屁股往他脚背上弹。面店老板骂骂咧咧躲开。

他斜嘴笑着：“一破电动车你当货车使，能不容易坏吗？行了，我给你换进口的，钱你照国产的给。”

老板这才乐了：“寻子就是仗义。那行，你先修着，我给你煮碗面。”

少年又拿着扳手蹲下去：“别放葱啊。”

面很快端了出来。

已经过了吃午饭的时间，他端着一大碗牛肉面就那么坐在卸了半个轮胎的电动车上，一边吃一边笑嘻嘻地看对街按摩店的两口子打架。午后的阳光透过榕树叶倾斜在地面，投下斑驳光影。

旁边传来自行车缓缓碾压过石板的声音，然后在他身边停下。有人礼貌地问："请问你这里可以修自行车吗？"

他吸溜着面条回过头去："能啊，你……"

再没有比这个午后更刺眼的阳光了。

记忆中的少女穿着白色的连衣裙，推着自行车，像走过那段充满麦穗香的时光，再次走到了他面前。

少年猛地转过身去："不能！这里是修摩托车的！"

少女看了眼店门口七零八落的自行车："我这个好像只是链条掉了，你可以帮我装一下吗？"

他偏过头往下面瞅了一眼，果然是链条掉了。于是他把手里的牛肉面往地上一搁，蹲下身去咔咔两下，将链条重新装了回去。

少女问："谢谢，多少钱？"

他背对着不敢转身："不用了。"

那声音笑着，跟少时一样甜："谢谢老板。"

一阵丁零声后，她骑着自行车离开了。

身体僵硬的少年缓缓回过身，看着那背影越来越远，垂落的白色连衣裙在风中飘扬，跟这杂乱肮脏的郊区格格不入。

他站在原地看了好久好久，既庆幸她没有认出他，又难过她没有认出他。

沈隽意突然就想起他跟赵虞长大后的第一次重逢。好像也是这样一个午后，阳光从教室的玻璃窗斜斜透进来，她就站在那道光里。记忆在这一刻比任何时候都要清晰，他甚至想起了她当时生气时眉眼上扬的弧度，少女长成了跟小时候完全不一样的模样，清冷又疏远，高冷又漂亮。

那一刻的惊艳被少时的记忆掩盖，时隔多年后，才终于将心动拨开。

第十三章
吻戏

✦01✦

　　盛夏的阳光一日比一日烈，沈隽意光膀子的地方逐渐跟穿背心的地方晒成了两个色号，倒也省了化妆师每天都要给他人工美黑的工夫。

　　可沈隽意每天早上起来都对着镜子里又比昨天黑了一度的脸焦心。还白得回去吗？瞧瞧这张帅脸，都快晒焦了。

　　于是到了晚上，他就去赵虞的房间蹭面膜。

　　赵虞还是头一次听说男明星不会敷面膜的。开什么玩笑，你一个偶像艺人，化妆、面膜、医美难道不是用了个遍？

　　结果沈隽意非常不要脸地说："我没用过！我皮肤好都是天生的！"

　　赵虞掏出手机对准他："对着你代言的高级护肤品牌黛蔻爸爸再说一次，你皮肤好是因为什么？"

　　沈隽意把屁股下的抱枕拿起来抱在怀里，像具木乃伊似的笔直躺在沙发上："我不管，把你的高级面膜拿来给我敷上！"

　　赵虞穿着睡裙，踢他小腿："自己去敷！"

　　沈隽意："我不会，我从来没自己敷过面膜。"

赵虞看着紧紧闭上眼还把脸往上抬的沈隽意，简直分不清他这是耍赖还是猛男撒娇。她唾了他两口，还是转身去柜子里拿了张补水面膜出来，然后走到沙发前蹲下，撕开面膜后把薄薄一层蚕丝覆在了他棱角分明的脸上。

沈隽意这才睁开半只眼瞅她，眼里一片得逞的笑意。

赵虞半蹲着，手指一寸寸将面膜在他脸上抚平，专注得一个小气泡都不放过。

沈隽意隔着湿滑的蚕丝感受她指尖的柔软，哼哼唧唧："还有袋子里的精华，都挤出来，不要浪费。"

赵虞没好气地在他脸上拍了一下："还需要我帮你做个按摩促进吸收吗？"

沈隽意："需要。"

赵虞把面膜纸按他嘴上："做梦！"

所幸炎夏没有持续太久，进入九月后，就时不时会落下雨来。一场秋雨一场寒，阳光逐渐没那么炎热，沈隽意也不知道是因为每晚都去蹭赵虞的高级面膜起了效还是自身恢复能力强，皮肤又一点点白回来了——不修边幅的小痞子的戏基本都拍完了，不需要他再为剧情牺牲帅气了。

电影剧情已经进行到高潮的部分。

黎寻查出自己脑子里长了肿瘤，位置不理想，手术风险过大，医生建议保守治疗，却也直言让他早做准备。他在这世上的日子，或许只有三个月不到了。

在他终于重新遇到夏夏，带着她搬离那片鱼龙混杂的社区，哪怕不羁也甘愿为温柔低头，开始人模人样地上班，计划着未来美好的生活时，老天又要把这一切都夺走。

他去了很多家医院，从来不信命的少年甚至走进了佛寺道观。他向菩萨一遍遍祈求着，我不是自己想活，我只是放不下夏夏。求求你了。求求你们了。

但生老病死从来不由人。

拿着又一张确诊报告离开这座城市最后一家医院时，天上落下了雨。秋雨瑟瑟，行人匆匆，黎寻在小区外遇到了被楼下大婶拽住的夏夏。

大婶买的菜散了一地，拽着疯狂尖叫的夏夏又急又恼："黎寻！黎寻你快来看看夏夏这是怎么了？我叫她她也不应的，发了疯一样，我不敢放手的呀！"

他不想旁人用异样的眼光看夏夏，所以搬来这个小区后，他没有告诉任何人她生了病。他疾步冲过去，把尖叫的少女拉到怀里，她却挣扎得更厉害，歇斯底里喊着"救命"。

围观的人们指指点点，大婶阻止着那些打算报警的路人："不是的呀，他们是两口子的呀，就住在我家楼上。"

路人问："那为什么女孩叫得那么厉害？你们是不是拐卖人口？"

大婶着急解释："侬说什么呢，我们都是本分人呀！诶黎寻，黎寻！夏夏这到底是怎么了？她是犯了什么病吗？老李，老李你快来看，夏夏犯病啦，人家把我们当人贩子……"

人群喧哗像一根根针刺入耳朵，怀里的少女还在尖叫挣扎。黎寻的嘴唇绷成一条线，他猛地把人扛在肩上，不顾少女的拳打撕咬，大步朝里走去。

岳梨在后面喊"Cut"。

沈隽意把肩上的人放下来，赵虞捂着胃的位置吐槽："你顶我胃上了。"

沈隽意叫小狮倒热水来，正交给她喝着，岳梨拿着剧本走过来："情绪不太对，愤怒的情绪不够，着急的情绪太多，你的崩溃不是失控的，是在失控的边缘徘徊，就差那么一根线了。"

这种情绪爆发的激烈戏，多一分太过，少一分太淡，必须不多不少刚刚好，就卡在那个情绪点上，才能达到最佳效果。岳梨虽然平时可可爱爱说说笑笑的，但一旦涉及剧情，丝毫不比大导演要求低。

岳梨讲了会儿戏，又坐回屏幕前，指挥着再来一次。接连拍了五次，楼下这场情绪激烈的戏才终于过了。

结果转到室内后，情绪又接不上了，来来回回折腾了几个小时，岳梨说："今天就到这儿吧，你们都回去再找找状态。"

这还是开机以来两人第一次遇到 NG 这么多次还过不去的戏，回到酒店，连晚饭都没吃他们就回房间继续去对戏找状态了。一直到九点多，沈隽意才打电话叫小狮买夜宵上来。

小狮在那头读菜单，沈隽意盘腿坐在地板上复述，头也不回地问沙发上的赵虞："想吃哪个？"

等了半天没回应，他转身朝后看，才看到她捧着手机笑眯眯在回消息。

沈隽意戳了下她的脚底板："吃啥？"

赵虞踢了他一脚，往旁边挪了挪："点你自己的，我要出去。"

沈隽意手一撑从地板上坐起来，蹭到沙发上："这么晚了还出去？谁约你啊？"

赵虞回完消息，收起手机瞥了一眼旁边的沈隽意："纪老师今天来这边办事儿，我刚好去跟他请教请教明天这场戏。"她一边说一边从沙发上跳下来，"你自己回屋去吃啊，别在我这儿吃得全是味儿。"

沈隽意像根弹簧似的噌地一下站起来："纪舒丞？他约你吃饭？他为什么约你吃饭？"

赵虞拿起外套穿上，又戴好口罩，冲他勾了勾手指。

沈隽意大金毛一般嗖地凑近，就听到她问："跟你有关系吗？"

沈隽意差点儿气死了，拉住她的手腕："都这么晚了还去跟他吃饭，要是被人拍到，肯定说你俩夜会有私情！"

赵虞甩了两下没甩开："被拍也是我的事，跟你有什么关系？"

沈隽意梗着脖子："当然跟我有关系！你在跟我拍戏，就只能跟我传绯闻，不可以跟别的男人传绯闻！"

赵虞简直要被气笑了，抬起手腕骂他："神经病！给我放开！"

沈隽意抿着嘴唇松开手。

赵虞把帽子扣头上，拉开门出去了。

沈隽意在原地站了好一会儿，俯身捡起地上的剧本，又把灯关好，慢腾腾地离开房间。

进电梯的时候，小狮打了个电话过来："隽意哥，你们选好吃什么没啊？我都在人家店里站十分钟了。"

沈隽意："别买了，不吃了。"

小狮："啊？小虞也不吃啊？"

沈隽意："这么关心她不如去给她当助理？"

小狮："……"

被老板阴阳怪气怼一通，小狮也不敢去他面前晃悠找骂，便回房间休息去了。结果半小时后沈隽意又打了电话过来："你去看赵虞在房间没。"

小狮听话地去了，回报："没人。"

刚回房间躺下还没半小时，沈隽意又打了电话过来："去看看赵虞回来没。"

小狮踢了两下被子，认命地爬起来，过了会儿回报："没有。"

这次他生怕半小时后沈隽意又打电话，回房间后都没敢躺下，就在沙发上坐着等，好在半小时后电话没响，就开开心心去洗澡了。洗到一半电话响了，他裹着浴巾去接电话，里头传来沈隽意郁闷的声音："现在再去看看她回来没。"

小狮都快崩溃了："你老关心她干吗啊？"

电话那头的人咬牙切齿地咆哮："她是你偶像，她这么晚没回来，你当粉丝的难道不应该主动关心她的安全吗？废什么话，赶紧给我去看！"

小狮愤怒地长啸两声，冲回浴室把头上的泡泡三两下冲干净，套上衣服出了门。

房间里还是没人。

他把消息回报给沈隽意，那头一言不发地把电话挂了。

快十二点时，电话又打了过来，这次小狮不等他开口就说："人不在！没回来！"

沈隽意疑惑地问："你去看了吗？怎么这么快就知道了？"

小狮："因为我就坐在她的门口，没！有！走！！！"

沈隽意愤愤挂了电话。

夜深人静，对面高楼的霓虹招牌映着昏暗的夜色。他拿着手机看着通讯录，咬牙试了好几次，都没能把电话拨出去。

夜风瑟瑟，明亮的落地玻璃窗上飘落几滴雨。沈隽意走过去推开窗，站在阳台淋了几滴，眼睛亮了一下，退回房间给赵虞发微信："下雨了，你带伞没？"

那头消息倒是回得快："在车上，用不着。"

沈隽意："出租车？车牌号记了吗，发给我，保持联系，劫匪半夜冒充出租司机拉客杀人抛尸的新闻看过吧？"

赵虞："……少咒我！纪老师送我回来的！"

沈隽意："哦，快到了吗？我下来接你。"

赵虞："你为什么要下来接我？"

沈隽意："因为我也想跟影帝请教请教明天那场戏。"

赵虞："……"

赵虞说还有半小时到酒店，于是一挂电话，沈隽意立刻冲进卫生间，先洗了个头，然后撕了张面膜敷在脸上，拉开衣柜开始挑选衣服。

跟纪舒丞比，他的优势是什么——帅，且年轻！

沈隽意沉思着点点头，挑出一件黑色连帽卫衣配灰色运动裤，尽显阳光活力，再敷面膜，拍点儿润肤水，寸头没什么发型好做的，只是要修下眉毛，把胡子刮干净。搞完一切，冲着镜子里的自己甩了个Wink，他自恋地摸了下脑袋，然后雄赳赳气昂昂地下楼。出门前，他看了眼搭在沙发上的外套，又走回去拿起来搭在臂弯。

雨越下越大，夜深人静，酒店门口的保安坐在一旁的椅子上打瞌睡，听见脚步声立刻清醒站起身来："沈先生晚上好，这么晚了还要外出吗？需要我帮您叫车吗？"

沈隽意挥了下手："不用，等个人，你继续睡。"

没一会儿，一辆宾利缓缓开到酒店门口停下，沈隽意正对着玻璃门拨头发，余光瞟见来车，神情顿时一收，一手拎着外套一手揣在裤兜里，挺直后背走了出去。

开车的司机是纪舒丞商业合作伙伴的助理，将车停稳后回头道："纪先生，到酒店了。"

赵虞重新将帽子和口罩戴上："谢谢纪老师专门送我回来，等杀青回北京了，我请您吃饭。”

纪舒丞笑着说："行。"他偏头朝车窗外看了一眼，回头微笑道，"你朋友好像来接你了。"

赵虞愣了一下，她以为沈隽意只是说说而已，没想到还真下来了。

纪舒丞笑了笑："走吧。"

酒店门口的灯光从顶上罩下来，将沈隽意高大的影子斜投在地面。夜雨淅淅沥沥，他插着兜歪头冲她笑，像刚打完篮球从运动场上下来的大男孩，满身都是独属于青春的阳光活力。

赵虞推开车门下车，心"咚咚"跳了两下。狗东西当酒店门口是舞台嘛，还在那儿耍帅！

见他们下车，沈隽意大步迈过来，笑吟吟朝纪舒丞伸出手："纪老师好，久仰大名。"

一个是圈内前辈，一个是当红顶流，领域不一样，自然也就没有合作机会，以前倒是在颁奖典礼上遇到过，不过只是远远打个照面而已。

纪舒丞气度温雅地跟他握手："你好。"

不愧是有"竹中君子"美称的影帝，气质确实不一般。沈隽意面上笑眯眯的，心里已经不动声色地将人上下打量了个遍，觉得就气质这块自己完全不输！瞧瞧自己浑身上下爆棚的青春荷尔蒙！碾压！绝对的碾压性胜利！

握完手，自觉胜利的沈隽意满脸傲娇地转头看向眼神复杂走过来的赵虞，十分自然地把搭在手臂上的外套披在了她肩上："怕你冷，带了件外套给你。"

赵虞快被这一套骚操作搞蒙了。

纪舒丞挑了下眉，温声对赵虞说："上去吧，剧本上有什么问题随时找我。"

赵虞笑眯眯地挥挥手："行，谢谢纪老师，下次见。"

纪舒丞又看向沈隽意："隽意也一样。"

沈隽意笑呵呵地摆手："不敢叨扰老师。"

纪舒丞颔首一笑："乐于指导后辈。"

直到目送前辈的车开远，沈隽意才收起营业式假笑，撇嘴看了眼赵虞："吃个饭吃这么久，还以为你不回来了呢！"

赵虞瞟了他一眼，揽紧外套往里走："不是要请教纪老师吗，怎么不请教了？还不敢叨扰老师，不敢叨扰你下来干什么？"

沈隽意差点儿被这女人气死："要不是担心你早睡了，犯得着大半夜的跑下楼吹冷风？！"

赵虞踏进电梯，按了自己所住的楼层，奇怪地看了他一眼："你为什么要担心我？"

沈隽意直接炸毛："我还不能担心了我？我现在连担心你的权利都没有了呗？"

赵虞无语地按了下头："不是，我是说这有什么好担心的？我是跟纪老师出去吃饭，又不是出去鬼混，你犯得着吗？"

犯得着吗？听听，这问的是人话吗？沈隽意气得胸口疼，伸手指了指她，二话没说，等电梯门一开，头也不回地踏了出去。

第二天到片场，岳梨就发现两人之间的气氛有点儿不对劲，但具体哪里不对劲，她又说不上来。直到开拍，她终于知道哪里不对劲了——两人这是找到状态了啊！

不愧是好演员，戏里的情绪带到了戏外，为了入戏一直沉浸其中，令梨感动！岳梨拿着小喇叭兴奋地喊："Action."

少年将奋力挣扎的少女扛进屋扔到了沙发上。

这是他们搬到市区后就一直住的房子，不大，一室一厅，不足五十平方米，有一个养满花的小阳台。黎寻不是一个会过日子的人，粗率大条，得过且过，一切都可将就，却将这间小房子打造得温馨干净，贴了墙纸，铺了地板，养了夏夏最爱的月季花。

他梦想将小房子换成大房子，小阳台换成大阳台，但那梦想却像此刻被夏夏撞翻的鱼缸，摔得四分五裂。

夏夏披头散发，浑身被雨淋得湿透，尖叫着想往外逃。她不知道眼前这个少年是谁，他看上去好凶。她什么也想不起来，她好像是突然凭空出现在这个世界上的异类，一切都令她感到陌生恐惧，她尖叫着，只想找个没人的地方躲起来。

这场戏其实并不好拍。如果想要演员的情绪不断，就必须一镜到底。但房子空间太小，一镜到底对于摄影来说难度太大了，随着两人的移动，摄像也必须不停地变换角度。好几个角度其实不太好，但岳梨没有喊"Cut"，安静地看着镜头里的两个人。

少女冲到了门口，又被少年拦腰拖回来。他的嘴唇抿成一条线，神情硬得像戴着一张没有表情的面具，可面具上布满了裂纹，正随着他通红的眼眶一点点碎裂，不知是愤怒她的病，还是愤怒命运对他的不公。

少女被他按在沙发上，尖叫着挣扎撕咬，一口咬上他的手腕，瞬间就见了红。可他不为所动，一只手按住她，另一只手在她衣服口袋里摸索，终于摸出一本巴掌大的本子来。

少女松开牙，拼命推他。少年半跪在地上，左手还是死死按住她，右手却将小本子伸到她眼前："这是你写的，你看，这是你的日记！我读给你听，我读给你听！7月16日，天气晴，今天黎寻加班不回来吃晚饭了，我给自己煮了饺子。黎寻说他九点之前会到家，

334

我要在家乖乖等他。7月17日，天气晴，黎寻头又疼了，估计是昨晚饭局喝多了，今天我学会了煮醒酒汤，以后他去了饭局回来要记得煮给他喝。7月18日，天气阴，下暴雨了，想去接黎寻下班，可是又怕在半路上发病，不能让黎寻担心，我答应过他，他不在的时候不出门……"

一篇又一篇，一天又一天，每天都与他有关。

尖叫挣扎的声音渐渐小了下来。她就那么僵坐在沙发上，看着眼前的少年强忍着哭腔，红着眼眶，读着一篇又一篇日记。

过了好久好久，屋里只剩下他咬牙的啜泣声。

少女盯着他看了好一会儿，迟疑地抬起手，慢慢地将手掌放在他刺刺的头顶，安慰似的轻轻摸了摸。

岳梨喊了"Cut"。全场静默了好一会儿，都被这场激烈的爆发戏触动了。

沈隽意还是保持戏里的姿势半跪在沙发前，低着头没动。

赵虞深呼吸两下，起身去拉他："没事吧？腿麻了吗？"

沈隽意缓缓抬起头，脸上的情绪还没散完，血红着一双眼，眼泪流了满脸，就那么直愣愣看着她。

哪怕是拍戏，她也是第一次见他哭。赵虞的指尖颤了一下。

深吸一口气，她抿着唇笑起来，摸摸他的脑袋，柔声说："好啦，拍完了，没事啦。"

沈隽意动了动唇，声音沙哑："赵虞——"

赵虞俯下身，凑近一些："嗯？"

沈隽意："这电影不拿奖，都对不起我这演技。"

赵虞没好气地一巴掌拍在他脑袋上："还不起来！"

沈隽意叹了口气："你的温柔如此短暂。"

他用手背两三下抹了脸上的眼泪，扶着她的胳膊站起来，一边"哎哟"一边瘫在沙发上："跪久了，麻了麻了！小狮，快来给我按按！"

岳梨在那头兴奋地竖大拇指："这场戏特好，甚至超过了我的预期！今天盒饭加鸡腿！"

众人欢呼。

顺利拍完这场情绪高潮戏，赵虞和沈隽意也都松了口气。

吃午饭的时候，岳梨拿着剧本凑过来，翻出用红笔圈出来的几段剧情，说："我觉得情绪差不多到位了，可以把之前的吻戏都补上了。"

《想记得》里的吻戏并不多，但每一场都是情感转折的关键点，岳梨之前担心两人第一次合作没感觉，把吻戏都挪到了后面，准备等演员之间的情绪到位了再补拍。但拍完今天这场戏，她觉得，现在就是拍吻戏的最佳时刻！

得知今天下午就要拍吻戏，沈隽意觉得自己可能要完。上次只不过蜻蜓点水一个触碰，他都直接僵住没能接住戏，这次嘴对嘴来真的，他还不得死机？

吃完饭，他扭扭捏捏把赵虞叫到旁边："你知道下午要拍吻戏吧？"

赵虞："知道啊。"

沈隽意语气恳切："那我们来提前练习一下吧！"

赵虞："哈？"

要不是沈隽意的眼神真诚，她就要当他是在耍流氓了。赵虞打量了他一会儿，突然勾了下唇角，凑近一些压低声音问："我说，你不会是害羞了吧？"

沈隽意像被踩到尾巴一样，只差蹦起来了："我是怕你临场了掉链子！我害羞？我身经百战被观众誉为最会吻的男人会害羞？！"

赵虞面无表情地拍了拍手给他鼓掌："哦，那你好棒棒哦。"

沈隽意愤怒地瞪了她一眼。

第一场吻戏在天台。

这一天是夏夏的生日，也是黎寻重遇夏夏的第一百九十九天。他花了很多时间和心思才终于让失去记忆的夏夏相信他们曾经真的认识。他给她讲那个小乡村，讲那片麦穗成浪的田野，讲那座开满野花的山崖，讲院墙外的那棵树，还有卧在墙垣上的那只黑猫。少女防备的眼神逐渐消失，开始相信他说的那一切美好。

小区的老楼没有电梯，阳光从楼道的镂空墙面折射进来，投下一个个大小不一的光斑。少女眼睛上缠着一条丝巾，被少年牵着手带上楼。楼道里只有两人的脚步声和呼吸声，她小声问："黎寻，你要带我去哪里呀？"

少年咧着嘴，嗓音里都是兴奋的笑意："马上就到了。"

推开顶楼的门，风和阳光同时倾泻在他们身上。他把她推到前面，扶着她的肩膀一步步朝前走去，直到走到放着蛋糕的石桌子前，才终于抬手揭开了丝巾。少女眨了眨眼，看见飘满气球、开满月季花的天台，她就站在插上蜡烛的蛋糕前。

他笑着说："Surprise！生日快乐！"

她看着他精心布置的生日现场，转过身有些迟疑地说："可是黎寻，今天不是我的生日呀，我身份证上不是今天。"

他拉过她的手，将一盒火柴放在她的掌心，微微弯腰看着她的眼睛："今天就是你的生日。你身份证上的日期是错的，是当年你出生后叔叔去派出所登记时报错了日期。因为这件事，每年到了你生日的时候，叔叔阿姨都还吵架呢。"他笑起来，伸手摸摸她的头，"所以记住啦，今天才是夏夏的生日。"

她眼睛一眨不眨地看着眼前的少年。如果不是他，她连自己是谁都不知道。他找到她，用尽一切办法留下来，留在了她身边。那个时候她对他那么过分，他明明可以丢下她不管的。

奶油的香味好像被阳光晒化了，裹着空气里每一粒细小的分子，钻进了她的五脏六腑。她踮起脚，仰头吻上少年带笑的唇。他瞳孔张了一下，连笑都慌张了一瞬。

一触即散的温软触感，像夏日不着痕迹的风拂过唇角。沈隽意站在原地，定定地看着眼前的女生羞涩又甜蜜地退回去，心头像呼啸而过一场风浪，又像破土长出一棵参天大树。

那样的情绪根本无须饰演，像是身体里有一股原始的冲动，迫切地使他伸出手将人重新拉回怀中，低头吻下去。

一次真正的接吻，不同于之前蜻蜓点水的触碰。温软的唇贴上来时，赵虞还没来得及感受，唇齿就已经交缠在了一起。那比夏日还要灼热的呼吸掠去了她的全部氧气，掌心生出黏糊糊的汗意，又被他紧紧扣住掌心的手掌抹去。

他该是克制的，沉沦在这样的亲密与温柔中时，又警惕着自己的放纵。

她的唇比他想象中的还要软，一点儿也不像带刺的野玫瑰，反而像偷偷在夏夜盛放的丁香。他轻咬着，甚至舍不得重一点点，怕弄破这温软的丁香花瓣。

十，九，八，七……他在心里倒数着。再一秒，再多一秒，这温软是如此香甜，他贪恋着不愿离开。三，二，一……他不得不离开。

风还继续吹着，吹开她的长发，掠在泛红的眼尾，令他接下来的每一个动作都不得不用尽全部力气来控制。

赵虞的脸颊被他湿热的手掌捧住，微微抬起来。

他眼眶有些红，黑眸里激动翻涌，他低头看着她漂亮的眼睛，颤抖着问："夏夏，你记起来了吗？"

她睫毛颤了一下："没有。"下一刻，她伸出手搂住他的腰，乖乖地贴上他的胸口，"但现在的黎寻，我也很喜欢。"

风吹起了身后的月季花瓣，岳梨兴奋地拿着小喇叭喊："这条过了！"

沈隽意一下回过身去："这就过了？"

337

岳梨："对啊！你们情绪特别到位，吻得也很唯美！"

沈隽意："一条就过了啊？不再拍一次吗？万一后面还能更好呢？"

赵虞羞恼地踩他的脚："导演说过了就过了！你废话怎么这么多！"

岳梨笑眯眯地说："转场转场，下一场你们再接再厉哈！"

沈隽意郁闷地噘了下嘴，背过身时，偷偷抬手摸了摸自己的唇。

赵虞余光察觉到他的动作，感觉耳根更烫了。

下一场还是吻戏，是热恋中的夏夏和黎寻在江边的一场拥吻。

这是两人重遇后夏夏第三次发病。

第一次，黎寻用尽心思才让夏夏相信他们的过去，那些所有能证明过去的东西都被他装在一个月饼铁盒子里，是他曾经仅有的与夏夏的回忆。可就在夏夏相信了他，将信任与依赖都交付于他时，她再一次失忆了。于是黎寻又重复着过去所做的一切，忍受着她陌生的眼光和拒绝，用永远热情温柔的笑脸去一点点焐热她的心。好不容易夏夏再一次相信了他，这该死的病又令他们回到起点。

这一次，黎寻什么也没做，没有迫切地去接触她，没有拿出一切证据去证明他们的相爱，没有告诉她她的病。他像个普通男生一样，跟她在花店的转角偶遇，骑着自行车撞落了她怀里的花，然后一枝一枝帮她捡起来，又在下一个雨天与她在咖啡厅相遇。于是他们自然而然地相遇、相爱，在汽笛声声的江边拥吻。

赵虞后背靠着栏杆，风拂起她漂亮的长发。沈隽意垂眸看她，听到岳梨喊"Action"后，低头吻了下去。

比在天台还要热烈的一个吻，缠着江风的气息，赵虞踮脚搂着他的脖子，抬头迎合着眼前这个男人全部的爱意。他的手掌从她后背一寸寸上移，抚过蝴蝶骨，抚过后颈，然后落在后脑勺，使她迎合得更深。

这该是缠绵又热烈的一个吻，吻尽他们的力气，吻到至死方休，他们所有的情意和心意都在这个吻中交付给彼此。灼热的呼吸像细密的网将他们紧紧缠绕在一起，鼻尖、心上好像都是对方的气息。沈隽意微微低头，睫毛轻颤中，用鼻头轻轻碰了下她的鼻尖。

岳梨喊"Cut"的时候，两人同时睁开眼。他们靠得那么近，眼眸映着彼此动情的模样，竟一时分不清是在戏里还是戏外。

赵虞猛地一掌推开他，转身对着水流无声的江面深深呼吸了好几下。

沈隽意低头摸唇，垂眸时无声笑了笑。

深秋已近，江风带了凉意，回去的车上，赵虞打了好几个喷嚏。

沈隽意又是拿纸又是递热水的，助理见惯了他们吵吵闹闹互怼的相处模式，现在突然这么友好都有点儿不习惯。赵虞的助理侧头看了好几眼，小声说："沈老师今天脾气怎么这么好？"

小狮抄手幽幽道："他今天吃饱喝足，心情可不得好吗？"

助理："……"

因为江边这场吻戏，赵虞得了小感冒。不过沈隽意每天倒水端药关怀备至，感冒倒是好得很快。

剧务阿姨八卦地问赵虞："沈老师不会是因戏生情了吧？他对你也太照顾了。"

赵虞戳着盒饭漫不经心地说："他觉得他是我哥，我是他妹，哥哥照顾妹妹不是天经地义理所当然？"

在一旁偷听的沈隽意："……"

糟糕！搬起石头砸自己的脚了！！！

✦02✦

深秋的雨连绵下了好几天，等雨停时，天气就彻底凉下来了，电影的拍摄也进入了尾声，预计在十一月杀青。

从夏入秋，进组之后他们就没休息过，每天都有新的拍摄任务。岳梨对镜头表现要求高，有些前一天过了的镜头，等到第二天又会要求重拍。不过第一部电影嘛，全组上下都希望能做到完美，辛苦也都甘之如饴。

这天吃过午饭，严厉的岳小导演却开心地宣布今天下午全剧组放假休息，原因是这部电影的灵感来源，她最好的朋友，带着老公来探班了。

看过这个剧本的人都会被夏夏和黎寻的爱情感动，自然会对故事的灵感来源格外好奇，听说原型来探班了，都激动得跟着导演去接人。

沈隽意也拖着赵虞去凑热闹。

剧组的车很快将人从机场接了过来，两人从车上下来时，在片场专注严格的导演像个孩子似的兴奋地冲了过去："映映！"

扎着马尾的女生一点儿也不像结了婚的人，模样乖巧，像大学里一笑就惹无数男生心动的小学妹，令人保护欲爆棚。只是站在她身边的男生看上去冷冷酷酷不太好相处，把周围那些围观的人都瞪了回去。

岳梨热情地拉着好朋友过来跟偶像打招呼："隽意哥，这是我最好的朋友戚映，也是我这部电影的灵感来源！映映，你还记得隽意哥吗？大学的时候我陪你去看过他演出的！"

戚映腼腆地笑了笑："记得。你好，常听梨梨提起你。"

岳梨捧心："真人是不是超帅？！"

戚映："是……"

还没说完，旁边双手插兜冷冷酷酷的男生不轻不重地哼了一声。

戚映："……吗？"

赵虞很不给面子地在旁边"噗"的一声笑了出来。

沈隽意倒是没生气，就觉得这小男生泡醋坛子里的样子自己还挺感同身受的。

剧组放假，大家围观完各自回酒店休息了，岳梨带着好朋友四处参观。沈隽意想了想，跑去问赵虞要不要去本地著名的游乐园玩。

赵虞："你就这么想跟我一起上热搜？"

沈隽意："听说他们那儿的密室逃脱特别难，从来没有玩家通关过。我觉得凭我们的实力，肯定可以成为通关第一人！"

赵虞："然后上热搜？"

沈隽意气呼呼地戳了下她的脑袋："你就这么不想跟我上热搜？我看你以前拍剧跟男主角上热搜不上得挺高兴吗？！"见赵虞不理他，他撇了下嘴，又期期艾艾地凑过去，"密室又暗又封闭，我们戴着口罩进去，肯定不会被发现的啊。你不觉得这种游戏很有挑战性吗？难道你不想战胜它吗？！"

赵虞无语地看着他："你的好胜心能用在正确的地方吗？"

沈隽意把帽子扣她头上，又俯身把茶几上的口罩拿起来，往她耳朵上挂："走啦走啦，在剧组闷了这么久，出去玩一玩换个心情，有助于接下来的拍摄！"

赵虞被他推着一边往外走一边回头吐槽："这又是哪个科学家研究得出来的结论？"

深秋的天气凉飕飕的，两人包裹得严严实实，在车上等小狮买好票确定好场次，才偷偷摸摸地进去。

这天恰好是工作日，早上又下了场大雨，游乐园冷冷清清的没什么人。密室的工作人员检完票，奇怪地打量连眼睛都隐在帽檐下的两个人："你们玩的是四人密室哦，这场没人组队，两个人很难过关的，要不要再等等？"

沈隽意摆摆手："不用，带我们进去就行。"

工作人员见他自信满满的样子，倒也没再说什么，拿起对讲机叫同事来带人。到密室门口，他讲了一遍规则，就让他们戴上了眼罩。两人本来就裹得严实，眼罩一戴更是什么都看不到了。

进门的时候，沈隽意下意识去牵赵虞的手，结果被她嫌弃地拍开了。

工作人员一看，嚯，原来是两个暧昧期来培养感情的小年青呀！嘿嘿，满足你们，一会儿让 NPC（Non-player Character，指非玩家角色）多吓吓女生，创造肢体接触的机会！

进屋之后，房门"啪"一声锁上。屋内开了空调，冷飕飕的，沈隽意扯下眼罩，看了眼昏暗幽森的环境，转头问赵虞："怕吗？"

赵虞环视四周："我比较怕我们连第一关都过不去。"

沈隽意撸了撸袖子："那你也太小看我了！"

赵虞伸手做了个请的姿势："请开始你的挑战。"

虽然选的不是恐怖主题，但密室嘛，不管什么主题总会制造出吓人的气氛。赵虞倒是不怕，拿着盏灯在墙上东摸摸西看看，企图找到什么线索机关。

沈隽意喊她："你站过来一点儿，小心 NPC 一会儿冲出来吓你。"

赵虞"喊"了一声："我又不怕。"

一门之隔正在候场的 NPC：噢哟，居然敢小瞧我？马上就让你体验体验什么叫怕！然后他就趁着灯光闪烁时张牙舞爪地冲了出去，结果发现她真的不怕！不仅不怕，她还嫌他吵！！！

完全没有吓到人的 NPC 十分挫败地退场。

时间已经过去半个多小时，沈隽意还在第一关的门前徘徊，赵虞渐渐有些着急："你找到线索了吗？"

沈隽意倒是一点儿也不慌，不紧不慢地从架子上抱了个小箱子下来："四个人的密室，我当然要花四倍的时间才能解开。"

他低头捣鼓了一会儿，"咔哒"一声，小箱子的密码锁就打开了。他从里头拿出一把串在红线上的钥匙，打开了第一关密室的门。

赵虞前一秒还在着急，下一秒门就开了，有点儿没反应过来。

沈隽意推着门把手，回头笑嘻嘻地冲她挑了下眉："这不就开了吗？"

赵虞："……"总感觉狗东西的笑有点儿不怀好意。

不过好歹第一关是过了，最后就算没通关也不至于太丢脸。赵虞心定了不少，后面再看他在那里慢腾腾地找找看看时，就没那么着急了。

这个密室确实跟以前玩过的不一样，挺考逻辑思维的，吓人的部分并不多，大多都是要解隐藏在逻辑中的密码。赵虞起先还作壁上观看他表演，后面也慢慢参与进去，两个人在昏暗的小房间里头脑风暴，也没太注意时间。

到最后一关的时候，已经快晚上九点了，NPC居然还十分体贴地从窗口递了两份零食进来，有坚果有酸奶，还挺丰盛。

沈隽意一点儿也没有被困密室的慌张，怡然自得地喊她："吃啊，这是包含在票里的。"

赵虞无语地看了他一眼："这关太难了，要不出去吧？天都黑了。"

沈隽意咧嘴笑了下，剥了颗坚果塞进她嘴里："真不玩啦？"

说实话，玩到最后一关就这么离开还是有点儿遗憾的，但赵虞觉得以他俩的智商应该是解不开这一关了，继续待着也是浪费时间，嗫了一口酸奶下定决心点点头："不玩了。"

沈隽意了然地挑了下眉，然后"啪嗒"一下把密码锁解开了。

赵虞："……"

门口"砰"的一声绽放一束彩带，响起恭喜他们通关的声音。

赵虞简直不敢相信，困了他们两个小时的密室就这么解开了？她走出去看了一圈，看到下午带他们进去的那个工作人员站在外面，才确认的确是通关了，一时都不知该激动还是该疑惑。

她回头，一脸审视地盯着沈隽意："你什么时候解开的密码？"

沈隽意笑嘻嘻地打了个响指："一个半小时前。"

赵虞差点儿气死了："那你这一个半小时不开锁在这儿耗着干吗呢？！"

他伸手把搁在架子上的帽子戴她头上，笑眯眯地拉着她的手往外走："等天黑啊。"

天已经黑了，游乐园亮起了灯光，不远处像一轮光圈的摩天轮正在夜色中缓缓旋转。赵虞还在那儿骂他，就听他笑吟吟指着前方说："趁着天黑，我们去坐摩天轮吧。"

赵虞上一次坐摩天轮还是上大学的时候。她以前其实挺爱来游乐园玩的，只是出道之后就再也没来过。

沈隽意轻轻拉了下她的手腕，等她转头望来时又松开，隐在帽檐下的那双眼睛笑意分明："走啊，现在没人排队。"

赵虞撇了下嘴，默默跟着他往前走去。

摩天轮下方的工作人员百无聊赖地站在那里打哈欠，耷拉着眼皮替他们拉开门："欢迎体验，请坐好扶牢，上升期间不要晃动，注意安全。"

小门"咔哒"一声关上，摩天轮缓缓上升，空间又变得密闭起来，但视野开阔，夜晚光影绚烂的游乐园一览无遗，在湖面投下波光粼粼的色彩。

赵虞有些开心地左右欣赏了半天，一回头，就见对面的沈隽意笑眯眯地看着自己。她被他看得有些不自在，别了下脸，又瞪回去："看我干什么？！"

沈隽意往前凑了一点儿，低声喊她的名字："赵虞——"

赵虞心头一抖，嘴唇都不自觉抿住了。

摩天轮已经升到了半空，四周俱静，只有远处绽放出一束烟花，无声点亮夜空。沈隽意倾着身子看着她的眼睛，用几近气音的声音说："我听说，在摩天轮的最高处许愿，愿望就可以成真哦。"

赵虞被他酝酿半天神神秘秘就说了个这给逗笑了："你上哪儿听的不靠谱的说法？人家明明是热恋中的情侣在摩天轮的最高处许愿就可以永远在一起好吧！"

沈隽意笑了下，仍旧是向她倾着身子的姿势，双手却合在一起抵在下巴上，闭上眼低声说："到了，快许愿。"

他就在她眼前做出这样虔诚的姿势，闭上眼时垂下来的睫毛轻轻地颤。他们离地这么高，好像连天边的星星都触手可及。在这个时候许下的愿望，好像真的能被上天听见。

赵虞眨了下眼，也闭上了眼睛。

夜风太大，吹得轿厢轻轻地晃，赵虞下意识抓住他的手腕，睁眼就对上他布满明亮笑意的眼睛。她松开手，清了清嗓子："你许了什么愿啊？"

沈隽意咧嘴笑了下："说出来就不灵了。"

赵虞"嗽"了一声："不说我也知道，不就是电影大卖拿奖吗？"

他还是笑着，没有否认，也没有承认。

✦03✦

南方的秋天似乎只是个过渡，还没怎么体验秋风萧瑟秋叶黄的季节，冬天的寒冷就席卷了整座城市。

电影的拍摄也终于进入尾声。

黎寻并没有告诉夏夏他身患绝症的事，他利用生命中最后的时间，替她安排好了今后的一切。

这一次发病的夏夏比以往都要焦虑，总是在夜里惊醒，蜷缩在他怀里问："黎寻，我要是又忘记你了怎么办？"

他亲亲她的额头："不怕，我会一直陪着你，直到你想起我。"

可其实他从来没有像此刻这样，希望夏夏快点儿发病。他的身体日渐虚弱，药物也无法抑制疼痛，他不想让她知道这一切，他舍不得她经受一丁点儿难过。

再一次在路上晕倒被送入医院后，醒来的黎寻没有在手机上看到夏夏的来电。

他们之间有约定，每隔一小时，夏夏都会给他打一个电话。而上一个电话是四小时前。

她如愿在他死去前忘记了一切。

哪怕心中苦涩，他依旧感到高兴。

一直帮忙看着夏夏行踪的朋友发来了她的定位，她是在去买花的路上发病的，因为身上有提醒自己的便笺，最初的惊慌之后，她会按照便笺上的提示回家。

黎寻回到属于他们的家，销毁了有关自己的一切，包括夏夏的日记。

从楼道离开的时候，黎寻最后一次见到了夏夏。他们擦肩而过，她眼眶有些红，眼底都是戒备和惊慌，看着写在纸上的地址，迟疑地朝上走去。

黎寻没有跟她说话，甚至没有看她。他就这样低头从她身边走过，像不认识她的陌生人一样，永远地离开了她。

黎寻死的那天下了雪。

南方的雪并不大，飘飘洒洒，夏夏站在阳台上浇花，看着雪花无声无息地落在地面，转瞬就融化得无影无踪，半点儿痕迹都没留下，突然觉得心里面好像空了一块。她好像永远地失去了什么。

她转头看着小屋，屋子里到处都贴着便笺，提醒她哪里是开关总闸，冰箱里的鸡蛋是什么时候买的，生病了要找哪个医生……那些陌生的字体一笔一画写得规矩极了，像是生怕她看不懂。这里明明只有她一个人，另一道陌生气息却又无处不在。她看着看着，眼泪就莫名其妙地流了下来。

电影的最后一幕，是夏夏站在黎寻的墓碑前。那些不完整的记忆像树影下的光斑，时明时暗，努力想要抓住却又捉摸不定。她看着冰冷石碑上的照片，骄阳如火的少年咧嘴笑着，比她记忆中的夏天还要热烈。

原来是他啊，那一天在楼道里跟她擦肩而过的人。

那个时候要是多看他一眼就好了，多看一眼，或许就能看见他眼里强忍的不舍了吧。

可惜，一切都回不去了。

十一月初，《想记得》正式杀青。

历时三个多月的拍摄，从夏天到秋天，时间都被模糊了概念。他们好像真的经历了黎寻和夏夏的一生，经历了生离死别的爱情。

赵虞看着墓碑上沈隽意的照片，听到岳梨说出"杀青"两个字，眼泪停不下来。

因为是在墓园，整个剧组都保持了肃穆和安静，收拾好机器下了山，众人才终于欢呼起来。初进组时，大家对这个崭新的剧组担忧大过期待，可后来，无论是第一次拍电影的导演还是第一次演电影的演员都没有让大家失望，所有人心中都升起了更高的期待，连制片人都说这是近几年他看过的最动人的爱情片。

因为照片上了墓碑，岳梨给沈隽意准备了一个超大的红包冲喜。沈隽意笑嘻嘻地接了，上车看见赵虞还红着眼眶看着窗外，把红包里的钱拿出来在她眼前晃了晃："我的红包分你一半，要不要？"

赵虞有气无力地道："不要。"

沈隽意歪着脑袋凑过去，笑眯眯地把红包塞进她手里："那全部给你好啦！"

赵虞没好气地又给他塞回去："你冲喜的红包给我干什么？自己拿着花掉！"

沈隽意想了想说："那今晚我们一起去花掉。"

赵虞又软绵绵地靠回去："今晚不是杀青宴吗？"

沈隽意冲她挤眼："提前走呗，我带你去玩个好玩的。"

赵虞对此半信半疑："不会又是密室逃脱吧？"

到了晚上杀青宴，讲过话敬过酒，大家吃得热热闹闹的时候，男女主演就偷偷从后门溜了。

他说的好玩的居然是游戏厅。

偌大的游戏厅里一个人也没有，但每台游戏机都在运作，花里胡哨的灯带闪烁着。赵虞朝他投去一个迷惑的眼神，沈隽意满眼兴奋："我包场了！随便玩！"

赵虞："……"还不如密室逃脱呢！

沈隽意拿了两个小塑料篮子，在吧台装了满满一篮子游戏币，一手端着一个，拿肩膀推她往前走："先试试这个打丧尸的射击游戏。"

赵虞第一次玩这种游戏，跟他一起坐进去拿起枪时还在心里吐槽太幼稚，结果等丧尸扑出来，举起枪开始对着屏幕疯狂扫射时，她心里居然还真生出了那么一点儿兴奋感。

沈隽意还在旁边人工配音："冲呀！！！Biu Biu Biu！Boom！"

赵虞不太会玩，被丧尸咬得血线笔直下降，好在游戏币多，不停投币不停复活。一个地图一共五关，没等通关，她币就没了，本来想转头去拿沈隽意的币，结果发现对方比她没得还快!

两人又去吧台装了一整篮游戏币,沈隽意看了一圈,指着前面的仿真摩托车说:"玩过赛车没?"

赵虞:"《QQ飞车》算吗?"

游戏厅里的仿真摩托车线条做得还挺漂亮,两人跨坐上去玩了两把,赵虞两次都只输他一个车头,胜负欲直接给激起来了——输给游戏菜鸡她不服!

好在第三把她就赢回了颜面,正得意地冲沈隽意挑眉,就听见他叹着气说:"算啦算啦,这把就当我让你了。"

赵虞捶他:"我凭实力赢的!"

沈隽意一边叫一边躲,端着篮子蹦到捕鱼机跟前:"要不比赛抓鱼?谁抓得多算谁赢。"

赵虞哼了两声坐过去:"赢了有什么用?"

沈隽意咧着嘴冲她笑:"你要是赢了,以后每场演唱会我都免费给你当助演嘉宾,怎么样?"

赵虞:"……那我要是输了呢?"

沈隽意:"那换我每场演唱会你免费给我当助演嘉宾。"

赵虞投了两个币进去:"怎么想都觉得好像输赢都是我吃亏……"

沈隽意兴奋地摇动手杆:"比赛开始!"

捕鱼机模拟了深海环境,五彩斑斓大小品种不一的鱼在水里慢慢游动,每捕到一条都会发出弹金币的声音。赵虞盯准了大蓝鲨,一直对着它进攻。沈隽意倒是不挑,小鱼小虾都在捕,还美滋滋地念叨:"抓鱼抓鱼,鱼鱼都是我的!"

虞虞本人:咋听着这么不对味儿呢?

两人的鱼雷在水里来回撞击,沈隽意的鱼雷好几次都撞到大蓝鲨身上,刚好帮赵虞把大蓝鲨给捕到了,金币瞬间暴涨超过了沈隽意那些小鱼小虾。

赵虞得意地抬头:"我赢了!"

沈隽意叹了口气:"愿赌服输,以后你的每场演唱会我都免费给你当嘉宾咯。"

赵虞嗤他:"谁稀罕!"

游戏厅里的设备五花八门,赵虞被他带着每样都尝试了一遍,总算明白以前班上那些男生为什么冒着被揍的风险也要往游戏厅跑了,真的太快乐了!

她以前夹娃娃从来没成功过,这次游戏币无限使用,快把那一排娃娃机给夹空了。沈隽意抱着她夹到的玩偶跟在旁边,脸被堆成小山的玩偶挡住了,只能看见一双笑意闪烁的眼睛。

夹空所有娃娃机，赵虞心满意足。疯玩了一整晚，那场生死相隔的杀青戏带来的阴郁也都散了，她把最后一枚游戏币投进游戏机里，拍拍手跟沈隽意说："回去吧。"

沈隽意往下看了看怀里的玩偶，跟上来问她："这些送我啦？"

赵虞斜了他一眼："你喜欢啊？喜欢就送你咯。"

沈隽意咧着嘴"嘿嘿"笑了两声，用下巴抵着最上面的玩偶："那这就是你送我的第一份礼物了。"

赵虞脚步顿了一下，突然想起很多年前的那个圣诞节，她借粉丝之名送他的那个水晶球。

可能他早就扔了吧。

赵虞若无其事地笑了下："就当是吧。"

时间已近深夜，小狮开着车来接，看见他抱着那么多玩偶都惊呆了："你们是去打劫了娃娃机吗？"

沈隽意把玩偶规规整整放进后备厢，小狮伸手想去拿，被他打了下手背，默默收回手。

翌日大家各自离开，沈隽意直接回北京了，赵虞转道去了趟上海，准备参加第二天的一个发布会。

拍戏期间毕周没跟着，两三个月没见，开车来机场接他。不愧是圈内金牌经纪人，毕周一看到他就怀疑地问："怎么春风满面的，谈恋爱了？"

沈隽意懒洋洋地倚在后座："霍希都快结婚了，我谈个恋爱不过分吧？"

毕周吓得一踩刹车："真谈啦？！"

沈隽意撑着头看窗外："没呢。"

毕周顿了顿，说："看你这样儿，没有也快了。"他重新开车上路，沉默了好一会儿才语重心长地开口，"谈也不是不可以，但是你得提前告诉我。虽然你在转型中，但毕竟粉丝构成摆在那儿，还是得提前公关给粉丝打预防针。"他又顿了顿，酸溜溜地说，"而且人家霍希都视帝了，你有什么啊？"

沈隽意："你等着，明年我就拿个影帝回来。"

毕周："……你最好是。"

在剧组待了这么久，拍戏也挺辛苦的，毕周没着急给他安排工作，放了一周的假让他休息。第二天沈隽意还在睡懒觉，夏元和卫池就提着火锅料来敲门了。

沈隽意打着哈欠把人放进来，夏元一进屋就兴奋地问："隽意哥，杀青愉快！跟小虞合作的感觉怎么样啊？"

卫池也说："现在你总不能还酸我了吧？"

沈隽意："你们到底是来庆祝的还是来打听八卦的？"

这是提前约好的局，生活助理昨晚就把他们今天要煮火锅的菜买好洗干净分门别类放进冰箱了。卫池挤眉弄眼地把菜往外拿："瞧你问的，光是庆祝值得我亲自上门吗？那必须是来打听八卦的啊。"

沈隽意："……"

夏元在酒柜前挑挑选选，选了瓶红酒出来，一边开一边酸溜溜地说："我们好几次找你开黑，都是你助理回的消息，说你没空。"

卫池接话："还以为你拍戏很忙呢，结果又是密室逃脱又是摩天轮的。"他八卦地凑过来，"你是去拍戏的还是去谈恋爱的？你跟小虞假戏真做啦？我朋友说你们杀青宴中途溜出去约会了，是不是真的啊？"

沈隽意一言难尽地看着两人："你俩不去当狗仔真是屈才了。"

夏元端着酒杯幽幽地说："明明一开始小虞跟我最好了。"

这话说得，沈隽意顿时就不乐意了："我跟她认识的时候，你还不知道在哪儿玩泥巴呢！青梅竹马懂不懂？"

夏元蹦起来指着他："噢噢噢！你终于承认了！以前还装模作样说什么哥哥照顾妹妹，虚伪！我早就看出来了，你就是对小虞有企图！"

沈隽意拿抱枕砸他："你早就看出来了你不早说？你早说我也不至于现在……"

他突然住嘴，卫池等了好半天，没忍住问："不至于现在怎么？"

夏元看他郁闷的神色，反应过来，脸上涌上幸灾乐祸的笑："装哥哥装久了不知道怎么在小虞面前扭转定位了吧？哈哈哈该！"

沈隽意："你给我滚出去！火锅没你份了！"

夏元别提多高兴了："所以你们还没在一起？你现在还处于试探阶段？那我岂不是还有机会？"

沈隽意阴森森看向卫池："我要是把他从阳台推下去，你应该不会报警吧？"

卫池笑眯眯抿了口红酒："请便。"

夏元被捏住了命运的后脖颈，连连求饶："错了错了，哥，我错了！我帮你出主意！我教你怎么追小虞！"

沈隽意不屑一顾："你谈过恋爱吗，你教我？"

夏元："我虽然没谈过恋爱，但我至少知道摩天轮是表白圣地！"他鄙夷地看过去，"你都带她去坐摩天轮了，居然没表白，也太逊了吧！"

沈隽意嘴硬："我从来不做没有百分百把握的事！"

万一他的喜欢对她而言只是一种困扰怎么办？万一他贸然告白她不理他了怎么办？所以他只能先悄然靠近，试探她的心意。

夏元和卫池对视一眼，"啧啧"两声："没想到风靡娱乐圈的顶流也有担心表白被拒的时候。"

沈隽意气死了："你俩到底是来吃火锅的还是来笑话我的？！"

卫池赶紧给他顺毛："吃吃吃，咱们边吃边聊！兄弟们给你出主意，一定帮你追到小虞！"

夏元："对对对，我可了解我姐了，她刀子嘴豆腐心，吃软不吃硬！你努把力还是有希望的！"

他顿了顿，问卫池："话说回来，我姐喜欢什么样的男人啊？也没听她说起过。"

卫池沉思道："这个我倒是比较有发言权，她喜欢纪老师那种。"

他说起当年跟赵虞和纪舒丞一起参加综艺时的细节，沈隽意真是越听越不是滋味。

卫池也不知道是不是故意的，说："其实以你跟小虞小时候那关系，你要是早主动点儿，说不定现在孩子都抱俩了。"

夏元憋着笑："别说了，再说隽意哥就要跳火锅明志了。"

沈隽意："……"吃不下去了，面前的火锅一点儿也不香了。

卫池和夏元吃饱喝足笑话完人就拍拍屁股走了，沈隽意等生活助理过来把房间收拾了，坐在沙发上沉思了一会儿，拿出手机给赵虞发微信，问她什么时候回北京。

他们说得对！现在迟是迟了点儿，但也不是没希望。管他什么纪老师纪前辈的，只要她还单身，他就还有机会！

然而微信发过去犹如石沉大海，久久没有回音。

沈隽意蜷在沙发上，指甲都快咬烂了。她是在忙吗？都是顶流，他都在休假，她有什么好忙的？！难道是在约会？不会是跟纪舒丞约会去了吧？！

纠结了半小时，他还是没忍住打了个电话过去，响了好半天才有人接，背景音有些嘈杂，她的声音困蔫蔫的："干什么？"

沈隽意好像听到了机场播报的声音："你在机场？"

赵虞："对啊。"

沈隽意顿时浑身都轻松了，声音里不自觉带了笑："要回北京了吗？几点的飞机，我来接你呀！"

　　赵虞："……不用了，人在美国，刚下飞机。"

　　仔细一听，背景音里的播报好像的确是英文。沈隽意刚才挺直的身子又委屈巴巴蜷了回去："怎么去美国了啊？"

　　赵虞用英文跟旁边来接她的工作人员打了个招呼，才又说回电话："新专辑的事儿。你干吗？找我有事？"

　　沈隽意被一句"找我有事"噎得接不上话，闷了闷又没话找话："怎么突然开始忙新专辑了？拍戏的时候没听你说起啊。"

　　赵虞把行李交给助理，揽紧大衣领口边走边说："也刚开始，还在确定概念呢，这次过来就是想跟几位音乐人聊一聊，确定新专辑的风格概念，再邀邀歌什么的。"

　　沈隽意"哦"了一声，听她那边中英切换好像很忙的样子，也没继续打扰，说了句"回国联系"就挂了电话。

　　在沙发上闷了一会儿，他又给毕周打电话："明天开始恢复工作！"

　　毕周："这么快？你不休假了？"

　　沈隽意："男人不能输在事业上！！！"

　　毕周："……"

✦04✦

　　在剧组拍了几个月戏的顶流终于又开始在各大商业活动中露面，粉丝好几个月没见到新鲜的偶像，热情高涨，那些等着他人气下跌的黑子再一次死心了。

　　临近年底，各大卫视的跨年邀约也递了过来。芒果台照常是最先找上沈隽意的，还提出让他和赵虞在跨年晚会上合作表演的建议——芒果台向来是以流量热度为第一目的，两人之前合作了演唱会，又合作了电影，每次都引发热议，如果这次能接着合作跨年舞台，话题度肯定很高。

　　沈隽意当然没意见了，兴高采烈就答应下来。结果没多久对方回复说这事黄了，赵虞没同意。不仅没同意，因为赵虞前两年拍的一部剧今年终于通过审核，年后将在芒果台开播，但因为搁置太久，为了开播前的热度，赵虞要跟这部剧的男主角一起合作跨年舞台，宣传新剧。

毕周把这个消息转述给沈隽意时，顺便投给他一个同情的眼神。

按照沈隽意开窍前那脾气，这个时候他就要打电话一哭二闹三上吊，耍赖痛斥赵虞没良心白眼狼，他那几本《暑假生活》白写了，开窍之后……这事儿真干不出来。他现在要脸了。

后悔，反正现在就是非常后悔。

毕周安慰他："我让台里把你们的出场顺序排在一起，这样至少你们挨得近嘛。"

沈隽意："……我谢谢你了。"

委屈不好对着赵虞发，他只能愤愤把这事儿跟卫池和夏元说了。两人丝毫不掩幸灾乐祸，笑完了又给他打气："稳住！千万要稳住！拿出你稳重成熟的一面！记住你的目标是纪老师，输什么不能输气度！"

沈隽意觉得自己太难了。

赵虞在国外待了一个多月才回来，之后又是商演活动又是颁奖典礼，沈隽意也忙，约了好几次行程都冲突了，他头一次痛恨起这顶流身份来。

直到跨年晚会彩排，沈隽意才终于再见到赵虞。

然后他就在台下看着赵虞跟新剧的男主角在台上甜甜蜜蜜情歌对唱。

他们对视了！他们牵手了！他们相视一笑了啊啊啊！杀人诛心也不过如此了！！！

彩排了两遍，确认无误，赵虞笑着跟周围的工作人员挥挥手，才从舞台上跳下来。

沈隽意戴着帽子坐在观众席的VIP区域，座位上提前放的荧光棒都快被他捏碎了。看见赵虞走来，他默默把扭成一团的荧光棒藏到屁股后面。

赵虞隔着一道围栏，身子微微伏在上面，抬了下下巴喊他："你前两天打电话什么事儿啊？"

沈隽意沉默了一会儿，说："……也没什么事。"

赵虞白了他一眼："没事就少打电话！通讯记录里全是你！"她看他有些闷闷不乐的样子，干咳一声，若无其事地解释，"我最近太忙了，手机没带身上，你有什么事直接发微信啊，我不忙的时候会看的。"

沈隽意"哦"了一声，正想说什么，就听台上导演喊他："沈老师，该你彩排了。"

他挥了下手示意马上就到。

赵虞："那你彩排，我先走了，一会儿还有个通告。"

沈隽意赶紧喊她："等等，明晚跨年晚会结束你没什么事吧？"

赵虞想了想："应该没有。"

沈隽意闷闷的脸上这才有了笑意，他手撑栏杆，一个跃身从里头翻了出来，站在她面前时正了正帽檐："那明晚我们一起去跨年吧！"

赵虞微仰着头看他，面前的人眼神晶亮，笑意分明地望着她，仿佛还是当年那个少年。

导演在后面喊："沈老师？"

沈隽意回头应了一声，再转过来时，眼里的热切就变得有些迟疑了："去吗？"

赵虞微微侧过头，若无其事地撩了下头发："没什么事那就去呗。"

沈隽意咧嘴笑起来，伸手在她头顶揉了一把，然后趁她发火前赶紧大步跑开了。

跨年晚会一向是各家粉丝比拼应援的场合，这次粉、红、金三种颜色遍布全场，分庭抗礼，向所有人展示着三大顶流的实力。

沈隽意在赵虞后面出场，表演一结束就回后台卸妆换衣服，正美滋滋给赵虞发微信，休息室的门被推开，夏元探了个脑壳进来："隽意哥，你快点儿啊，大家伙都到了，就等你了。"

沈隽意把人叫进来："大家伙是什么意思？"

夏元见他神情不对，缩了下头："小虞说一起去跨年啊——"

双人约会变群体聚会？沈隽意刚才飘上天的心情一下就 Down 到底了，咬牙切齿地瞪他："你是不是故意来搅我局的？"

夏元委屈巴巴地说："我什么都不知道啊，小虞约我我就来了。"

沈隽意觉得自己真的太难了，看了眼聊天框里还没发出去的消息，又愤愤地一个字一个字删了。

换完衣服到车库的时候，一群人已经聊得热火朝天，卫池看见他，还憋着笑朝他甩了个看热闹不嫌事大的眼神。沈隽意觉得丫就是故意的！

上车之后，司机问："目的地是哪里？"

一车人都看向赵虞，赵虞拍了下一脸郁闷的沈隽意："我们去哪儿跨年啊？"

现在对他而言，去哪儿都不重要了！沈隽意别扭地侧了下身子，闷声跟司机说："云海天空。"

夏元在后面"哇"了一声："传说中国内最高的空中花园，坐落在云海之中，伸手就可以摸到云！我还没去过呢！"

卫池"嘶"了一声："今晚不是有跨年烟花秀吗？云海天空是个赏烟花秀的好地儿啊，人应该挺多吧。"

一群人热络地聊天，沈隽意偏头看了赵虞一眼，摸出手机给她发微信："你把他们叫上干什么？一个个的吵死了！"

赵虞正跟郑婉怡说话呢，看见微信不动声色地转过身来，回他："就我俩去，被拍了怎么办？大过节的，懒得还要在澄清绯闻上花时间。"

沈隽意没话说了。

跨年夜街上的人不少，跨年烟花秀即将到来，车子紧赶慢赶，才终于在十二点之前赶到云海天空大厦。

本来以为今晚这里应该会游客爆满，几个人全副武装把口罩、帽子都戴好了，还催站角落全程兴致不高的沈隽意："你把口罩戴好啊，别一出电梯就被围观。"

沈隽意不但没理他们，还重重哼了一声。

一路坐电梯升到最高一层，到达富丽堂皇的大厅时，除了一个接待的工作人员，整个楼层空无一人。

郑婉怡惊呆了："沈隽意你包场啦？"她朝他竖了下大拇指，"出手也太豪了，够朋友！"

沈隽意："……"他的双人约会，他的烛光晚餐，他精心安排的空中花园赏烟花秀啊！！！

卫池和夏元两个知道他心思的人在旁边憋笑快憋疯了。

接待人员将他们带到窗边的餐桌就离开了。巨大的落地窗，放眼望去视野开阔，城市夜景尽收眼底。窗外时而有云飘过，一丝一缕，又被夜风吹散。一切都透出精心准备的浪漫。

夏元和卫池在他们开黑的三人群里问沈隽意："你不会是想今晚在这儿表白吧？"

沈隽意看了眼手机，朝二人投去一个愤愤的眼神，没理他们。表白还不到时机，他就是想趁着今晚试探一下赵虞的心意。在这样浪漫又幽静的环境里，吃着烛光晚餐，赏着烟花秀，暧昧气氛逐渐升温，她是有意还是无情，至少会初现端倪。

可是，现在全被打破了！她跟郑婉怡在那儿自拍得别提有多高兴了！！！

第一束烟花冲天而起的时候，几个人都没注意到，直到烟花的光芒映在落地窗上，照亮了整片夜空，一束接着一束，仿佛在眼前绽放。

郑婉怡朝窗前扑过去："哇！好近！好漂亮！"

餐厅使用了隔音玻璃，烟花声很小，像一朵冒出水面的泉水，传来轻又慢的响声。几个人都被近在咫尺的烟花吸引，这的确是赏烟花秀最好的位置。

沈隽意就站在赵虞旁边，看一眼烟花，又转头看她被光影笼罩的侧脸。她弯眼笑着，眼眸映满五颜六色的光芒，不同于舞台上的她，不同于演戏时的她，开心和柔软都那么真实。

他郁闷了一晚上的心情突然就释然了。没有双人约会好像也没什么关系，她这么开心地笑着，他好像也变得很开心。

沈隽意趁着烟花绽开的那一刻，轻声喊她："赵虞——"

赵虞看着夜空的方向，脑袋却微微侧过来一点儿："干吗？"

沈隽意："新年快乐。"

赵虞"噗"地笑了，这才转头看他："什么新年啦，还没到过年呢。元旦快乐啊。"

沈隽意抓抓脑袋："行吧，元旦快乐，新年快乐留到过年再说。"他顿了顿，"你今年在哪儿过年啊？"

赵虞又回头去看烟花："杭州吧，爸妈都商量好了。我今年过年没什么工作安排，好好回去休个年假。你呢？"

沈隽意沉默了一下，转而又咧嘴笑起来："我也要回杭州过年。"

赵虞的指头微微颤了一下。

他在杭州其实没什么亲人了。奶奶过世后，他就是一个人了。前年她回杭州过年的时候，看到对面的小院墙上已经爬满了青苔，那是长时间无人居住才会有的痕迹。舅舅说每个月都有人过来打扫，但房子一直空着没人住，有人想买这院子，出的价也不低，但都被沈隽意拒绝了——如果卖掉这座小院，除了长大的记忆，他就什么都不剩了。

赵虞垂下眸，转而又看向夜空："行啊，那到时候……"她顿了顿，转头看着他，"一起过年呗。"

一束烟花无声绽开，所有的光芒都在这一刻落入了他眼里。

他笑着说："好啊！"

第十四章

新年告白

+01+

元旦之后，公历来到了新的一年，但农历的新年还有一个月的时间。对于中国人来说，农历的年才是真正的年。

沈隽意今年其实没有过年休假的安排，不光今年，他已经好几年没正儿八经地过过年了。大年三十，阖家团圆，他一个人也没啥好团圆的，不如多安排点儿工作赚点儿钱来得实在。

今年毕周照常是把他过年的工作安排得满满的，行程都排到年后去了，结果沈隽意突然说他要回家过年。已经定下的行程当然推不掉，延后会耽误双方的时间，只能提前。

沈隽意："那就提前呗，过年前把所有工作都做完。"

毕周看着厚厚几沓行程表，头疼地去调整时间了。

之后沈隽意就忙了起来。毕竟各方行程不可能全都调整合适，有时候对方只有半夜有时间，那他就得等到半夜；有时候两个行程前后堆在了一起，他参加完前一个就得立刻赶往下一个，觉都只能在飞机上睡。

临近大年三十的前几天，沈隽意熬了几个通宵。小狮在旁边看着他在摄影棚里活力十足地拍杂志，都快担心死了。

摄影师拍了好几遍都不满意，叫了停："隽意啊，你眼睛太红了，要不去休息一下，滴点儿眼药水咱们再拍。"

沈隽意笑着跟工作人员道歉："不好意思，凌晨刚下飞机就过来了，那我去休息会儿。"

小狮赶紧迎上来："隽意哥你去睡会儿吧，下午那个采访我们可以推到晚上的。"

沈隽意接过眼药水，边走边仰头滴了两滴："我下午五点的飞机，来不及。没事，我去睡一个小时，你准点叫我。"

摄影棚没有休息室，只有一张硬邦邦的躺椅，他把拍照的服装脱了下来以免睡皱，裹了张不知道属于谁的小毛毯，一米八几的大高个就那么蜷在躺椅上睡了过去。

小狮让他多睡了半个小时才来叫他。

起来之后他又重新补妆做造型，继续拍摄。

拍完已经接近中午，采访地点距拍摄地有两个小时的车程，沈隽意来不及吃午饭，就上车出发了。小狮本来打算中途去买点儿便当、面包让他垫肚子，结果他一上车就睡着了，睡得那么沉，小狮都不忍心叫醒他。

采访就是他今年的最后一个工作了。采访结束，小狮立刻把人往机场送。

这会儿沈隽意倒是神采奕奕起来，翻了翻自己早就收拾好放在后座的双肩包，确定东西都带了，给赵虞发了条微信："前往机场，准备出发！"

快登机时他才收到对方的回复："哦，一路平安。"

沈隽意美滋滋地在飞机上睡了个觉，到杭州时天已经黑了。

南方的冬天，空气里都是湿漉漉的寒意。天色虽暗，各家各户门檐下却都挂着喜庆的灯笼。红色的光照亮脚下那条熟悉的青石板路，好像走到路的尽头，就能看见奶奶站在门口笑盈盈地朝他招手。

正是吃年夜饭的时间，沈隽意一路走过，透过半开的窗户，时而能听到两边年味十足的喧嚣。拐过一个小弯，就是他的家了。虽然家里没人等他，但他还是加快了步伐。

走过转角时，他看见不远处的院墙下站着一个纤细的身影。她穿了件白色的长款羽绒服，从上到下将人包裹住，脚上一双毛茸茸的兔子拖鞋，脖子上还缠着围巾，将下半张脸都裹住，看着都觉得暖和。

听见脚步声，她转头看来，被围巾氤氲的热气起了雾一般晕在眼前："快点儿啦你，天都黑了才回来！"

沈隽意远远看着她，那座爬满青苔的小院好像也变得温暖起来。

他的小院门口也挂了一盏红灯笼，被夜风吹得轻轻摇晃。沈隽意一路小跑到她面前，眼里都是雀跃的笑意："你帮我挂的灯笼吗？"

赵虞回头看了一眼，若无其事地说："哦对，多买了一个，就给你家挂上了。"她借着门檐的灯皱眉打量他，"你眼睛怎么这么红啊？没休息好？"

沈隽意笑眯眯地揉了下眼睛："可能是飞机上睡的。你跟叔叔阿姨说了我要跟你们一起过年吗？"

赵虞清了下嗓子："早说了。进去？"

沈隽意一副兴奋的模样，双手推着她的肩膀往里走："走走走，饿死我了。"

赵虞边走边不放心地回头交代："你可别在他们面前乱说话啊。"

沈隽意拽她后颈蓬松的围巾："比如？"

赵虞懊恼地瞪了他一眼。

沈隽意笑嘻嘻地把她的脑袋转回去："放心啦，我拿出见记者的严谨见叔叔阿姨好吧？不会把你在圈里的黑历史说出去的。"

赵虞气得踩他的脚："我有什么黑历史你给我说清楚！你别动，不说清楚今晚就别进去了！"

两人正在屋外闹腾，大门"啪嗒"一声从里打开，江蕾站在门内温声喊："虞虞，是小沈到了吗？快让他进来吧，外面冷。"

沈隽意笑嘻嘻揉了一把她的脑袋，昂着头冲里喊："是我阿姨，阿姨过年好！"

江蕾笑道："你也过年好，快进屋吧。"

前段时间赵虞跟他们说了沈隽意过年也要回杭州的事，江蕾和赵康宁虽然跟隔壁这小孩不熟，但小时候也是见过的，知道他奶奶过世后他在杭州就没什么亲人了，江蕾当即就让她把人叫到家里一起吃年夜饭，不过多双筷子的事，何况两人去年还一起合拍了电影，既是朋友又是邻居还是同事，哪儿有让小孩一个人在隔壁孤孤单单过年的。江誉在圈内这么多年，对沈隽意的人品性格很了解，也挺欣赏他。

一进屋，热闹的年味就扑面而来。

沈隽意大大方方跟江蕾和赵康宁打了招呼。他跟江誉还算熟，上过几次他的综艺，乐呵呵拥抱了一下，然后打开双肩包把提前准备的礼物拿了出来："阿姨，这个给您。叔叔，这个是您的。这是江导您的，明年多找我上节目呀。"

江誉哈哈大笑："你这小子，我倒是想找你，也要你有档期啊。"

赵虞不知道他居然还偷偷备了礼物，总觉得爸爸妈妈舅舅笑呵呵围在一起拆新年礼物的画面有点儿怪怪的。气氛好像哪里不太对？

沈隽意分完礼物，从包里拿出一个精致的贴了个蝴蝶结的粉色小盒子，笑眯眯地递给她："你的。"

赵虞挑了下眉："我也有啊？"

他咧嘴笑得灿烂："当然了，不能厚此薄彼嘛。"

赵虞撇了下嘴，接过来一边拆一边问："什么东西啊？"

沈隽意不说话，只笑眯眯地看着她。

礼物包装得十分精致，她都有点儿舍不得拆开。盒子从外到内都是粉色，丝绒触手柔软，光摸着都觉得不便宜。赵虞打开盒子，里面安静躺在丝绒上的吊坠闪了一下光亮，是一条小鱼形状的项链。鱼身是一颗完整打磨的钻石，只鱼眼的位置镶嵌了两颗蓝宝石，在客厅灯光下折射出耀眼的光芒，精致又奢华。

赵虞还愣着，江蕾已经看过来："这项链真漂亮，那是钻吗？这不便宜吧小沈？"

沈隽意笑道："阿姨，碎钻而已，不贵的，就千把块，祝小虞年年有余嘛。"

赵康宁在旁边一拍大腿："小沈会挑礼物！这项链好看还不贵，寓意更好。虞虞，别愣着啊，戴上看看。"

赵虞回过神来，看了眼盒子角落那个国际著名的珠宝定制品牌的商标，朝沈隽意投去一个复杂的询问眼神。

沈隽意跟没看见似的，笑眯眯地问她："要不要我帮你戴？"

赵虞一下把盒子合上了："不戴不戴，穿这么厚戴着不方便，下次再说。"

江誉："那吃饭吧，菜都快凉了。"

年夜饭摆了满满一大桌，都是赵康宁做的，中西混搭，色香味俱全。沈隽意坐在赵虞旁边，低头闻了闻，一脸夸张地道："哇好香！总听小虞念叨叔叔大厨级别的手艺，今天我有口福了！"

赵康宁笑出一脸褶子："家常饭家常饭，随便做做，吃吃吃，别愣着，都动筷子！"

客厅的电视播着春晚，小巷里时而传来炮仗的声音，沈隽意夹了一块红烧肉放进嘴里，突然觉得这年味儿像离家出走了很多年后终于回到了自己身边。

赵康宁热情地把一道菠萝咕咾肉转到沈隽意面前："小沈啊，尝尝这个菜，这个是小虞表姑自家养的黑猪肉，买不到的，可香了。"

沈隽意笑着点头，正要夹菜，赵虞抬手就把餐盘转走了："爸，他菠萝过敏吃不了。"

沈隽意拿筷子的手在半空顿了顿，转头看过去。她还是若无其事的样子，拿筷子指了下面前的蒜香排骨："吃这个吧，这个好吃，我爸的拿手菜。"

赵康宁："菠萝过敏？哎哟不早说，早说就不做这个了，那换道菜换道菜。"

沈隽意垂眸笑了下，转过头夹了块蒜香排骨放进嘴里，笑得腮帮子鼓鼓的："谢谢叔叔，这是我吃过的最好吃的蒜香排骨！"

赵康宁很受用地摆摆手。

江蕾在旁边一边吃饭一边观察，眼里不由得带了些笑意。

众人其乐融融吃完饭，又一起坐在客厅看了会儿春晚，沈隽意就起身告辞了："我先回家收拾一下，明天再来给叔叔阿姨拜年。"

江蕾问："你那房子好久没住过人了，被子那些都能用吗？不能用我让虞虞送些干净的过去。"

沈隽意笑着摆摆手："能用的，我前几天让保姆来收拾过了。阿姨、叔叔、江导，我先走了。"

赵康宁点点头，喊赵虞："虞啊，你送送小沈。"

赵虞："……就在隔壁，有什么好送的。"

赵康宁拍了她一下："这是礼貌！"

赵虞噘了下嘴。

沈隽意在旁边笑吟吟地说："不用啦，外面冷。"

赵虞抬头看了他两眼，对上他明亮的眼眸，还是站起身来："算了，刚好出去透下气。"她把搭在沙发扶手上的围巾拿起来一圈圈缠好，缩进去半张脸，小跑着去开门。

沈隽意跟三位长辈打了招呼才转身离开，一出门，寒意果然贴上来。他两三步跟上去，把走在前面的赵虞拉住："太冷了，你快回去。"

赵虞瞄了他一眼，又往前走了两步才站定，从兜里摸出那个粉色的盒子，眯着眼，一副审视的模样："千把块？"

沈隽意摸了下脑袋，干咳了一声。

赵虞压低声音唾他一口："你当我不认识这牌子啊？他们家有低于一百万的东西吗？你送这么贵的东西给我干什么？！"

沈隽意："假的！这是A货！"

赵虞更无语了："你居然送A货给我？是想我戴出去被对家嘲死吗？"

沈隽意摸着脑袋不说话。

赵虞又打开盒子看了两眼，最后"啪"一声合上往他手里塞："不管真的假的我都不要，拿走！"

沈隽意捏住她的手腕躲开："送出去的礼物哪儿有收回来的道理！"

赵虞挣扎了两下没挣开，抬头凶他："谁让你送礼物给我了？无功不受禄。再说了，你送我就得要啊？"

沈隽意气得咬了下牙，一把松开她的手腕："不要就扔了！反正我已经送给你了，怎么处理是你的事。"他把双肩包搭在肩上，声音闷下来，"走了，拜拜。"

赵虞"诶"了一声，就见他没回头，大步走向院门口，门一拉就出去了。她站在原地顿了顿，看向手中的粉色盒子，懊恼地跺了下脚，跟上去锁门，刚走到院门口，已经出去的人又折了回来。

赵虞被突然倾投的黑影吓了一跳："你又干吗？！"

沈隽意低头站在门外，闷声说了句"明天见"，又转头走了，这次没再折回来。

赵虞扶着门把手，听到他开门的声响，指头无意识揉捏着粉色丝绒盒子，好一会儿才走回屋内。

屋内三人正嗑着瓜子看春晚，赵虞取下围巾凑过去，在妈妈手上抓了一把瓜子。

江蕾转头看了她一眼，笑道："小沈当了明星后倒是没变，还是跟小时候一样有礼貌。"

赵康宁接话："对头，长得又帅，性格也好。"说完转头问赵虞，"小沈耍朋友没？"

赵虞被瓜子噎了一下："要啥子耍，他跟我一样都是流量，耍不成。"

江蕾问："你们不是都转型了吗？我看娱乐新闻说流量明星转型后就可以谈恋爱了，是不是江誉？"

江誉盯着电视上他喜欢的歌手："是是是，可以谈可以谈。"

江蕾笑眯眯地摸了下女儿的脑袋："妈妈觉得你们两个还挺般配的。"

赵虞这下结结实实被噎到了，当着爸爸妈妈舅舅的面，整张脸都红透了，一脸羞恼："妈你不要胡说啊！我跟他哪儿配了？！"

江蕾想了想，说："年龄、外形、工作、性格都很配嘛。"

赵虞真是一百万个庆幸沈隽意已经走了，她咬着牙根道："我跟他就普通朋友，我又不喜欢他！你们可别当着他的面说这些啊！"

赵康宁剥了颗花生糖，说："我记得你以前很喜欢他的，一到假期就隽意锅锅隽意锅锅的，还说要当他的新娘子……"

赵虞感觉自己快裂开了。

江蕾忍俊不禁，拍了老公一下："好了好了不说了，虞虞都害羞了。"

赵虞觉得在客厅待不下去了，嗑完手里的瓜子就溜回了房间。

✦02✦

最近几年杭州禁鞭，过了十二点倒是没有烟花鞭炮的声音，赵虞回完祝福短信就睡觉了，第二天早上睡得迷迷糊糊，听到有人在外面敲她的窗。

她的房间就在一楼，窗户对着后面的小花园，透过冷色调的窗帘，能影影绰绰看见窗帘后一道身影。

赵虞裹着外套跳下床，跑过去"唰"的一声拉开窗帘，就见沈隽意侧身坐在窗台上，跷着二郎腿，隔着一扇玻璃咧嘴冲她笑。

赵虞无语地抬手在玻璃上拍了一下。

沈隽意朝她勾勾手指。

她狐疑地凑过去，就见他在玻璃上哈了口气，手指头在上面写了几个字。

赵虞歪头看了半天也没看懂，气呼呼地打开窗子骂他："你神经病啊！字反着写我怎么看得懂！"

冬日的寒风瞬间灌进来，冻得她一个哆嗦。

沈隽意在这寒风中笑得比夏日的阳光还要灿烂："新年快乐！要不要出去玩啊？"

赵虞的休假大多都局限在家里和国外，特别是像节假日这种人满为患的时候，出门就更困难了。看沈隽意兴致勃勃的模样，她狐疑地问："去哪儿玩？"

沈隽意满眼热情："西湖边有灯会！"

赵虞瞪他一眼："西湖这种一年四季人挤人的景点你都敢去？成心给交警叔叔添麻烦是吧？"

沈隽意把头上的帽子摘下来往她乱糟糟的脑袋上一戴："我们可以伪装啊，过年大家都穿得厚，不会注意到我们的！"

赵虞很久没看过灯会赶过热闹了，她其实从小就是爱看热闹的性子。

沈隽意一眼就看出她的心动，继续蛊惑："今天才大年初一，大家都在走亲戚呢，早上人肯定不多，我们早去早回，叔叔说中午给我做椒麻鸡吃！"

赵虞咬了咬起皮的下嘴唇，把帽子扔还给他："外面等我！"

沈隽意笑眯眯抬手敬礼："遵命。"

赵虞很快收拾好，戴了口罩，裹了围巾，选了个帽檐很宽的毛线帽。沈隽意盯着那帽子两侧垂下来的小毛球看了好久，感觉手有点儿痒。

两人去后院开车。他在杭州的车是好几年前买的，满大街随处可见的奥迪轿跑，开上路一点儿也不显眼。赵虞第一次坐他的车，余光看他单手拨动方向盘的样子，感觉他又在故意耍帅。

靠近西湖时，车流人流渐渐多起来，大年初一出来看热闹的人也不少。赵虞看着车外挤得水泄不通的街道一脸郁闷："不是说没什么人吗？这怎么去啊？"

沈隽意倒是兴致不减，停好车，解开安全带，拿起她搁在腿上的毛线帽，俯身给她戴上了。

赵虞还在那儿嘀咕，被他的突然靠近惊得嘴唇都抿住了，然后就见他笑眯眯捏了下垂下来的小毛球，说："就这么去。走吧。"

四周人来人往，又挤又吵，谁也没注意从车上下来的两个人。赵虞起先还低着头不敢乱看，随着人流走到灯会入口，发现到处都是戴帽子、口罩的游客，将整条路都围得水泄不通，光是看热闹都不够，哪儿会把注意力放在她身上。她这才放下心来，看向喜气洋洋的欢腾灯会，眼里都是雀跃。

正四处看着，手腕被轻轻扯了一下，赵虞回过头，就见沈隽意把自己的衣角递过来，说："牵着点儿，人太多了。"

赵虞无语地看着他："我又不是小孩子。"

沈隽意不由分说把衣角塞进她手里："大人也会走散啊。牵着，不然我牵你的？"

赵虞想象了一下这个画面，赶紧把他的衣角牵住了。

沈隽意笑眯眯地揉了下她毛茸茸的帽子："牵好了啊。"

看灯会的游客挤满了整条街，喧嚣起伏，将寒冬腊月渲染出七分火热。赵虞跟着他走走停停，明明只是牵着一抹衣角，掌心却冒出牵手一般的温热湿意。

走过正街，前方出现三条分岔路，人流终于没那么密集了。沈隽意环视一圈，偏头问她："吃不吃关东煮？"

前面一条街都是小吃。

赵虞想起大学时跟室友逛夜市的回忆，兴致勃勃地拉着他的衣角往前走："吃吃吃！"

走到小摊前，沈隽意笑眯眯地掏出手机："老板，各样来一串，多放点儿辣。"

赵虞扯他的衣角："吃不了那么多！"她凑到玻璃柜前，"老板，这个萝卜要一串，牛肉丸要一串，鱼丸不要，不吃鱼。"

两人正选着，身后突然爆发出一阵喧哗，推攘向前的人群中有人激动地喊："前面有明星！”

赵虞猛地把帽檐往下拉。

沈隽意飞快扫码付钱，一手接过关东煮，一手拉住她的手腕拔腿就跑。

西湖边的风带着水草的味道，将她藏在围巾里的长发都吹开。所有人走走停停，唯有他们在人群中穿行飞奔，像逆行的异类。

赵虞感觉自己好像从来没跑这么快过，跑着跑着，突然就忍不住想笑。她转头看向身边的人，他手里还紧紧拿着用盒子装起来的关东煮，一边跑一边回头看，发现没有人追上来，才终于放缓脚步，气喘吁吁地说：“我们成功逃脱了！”

赵虞停下来，微微俯身喘气，再抬头时对上他晶亮的眸光，终于“噗”的一声笑了出来。

沈隽意也忍不住弯了眼睛，松开她的手腕，替她把帽子整理好，又把口罩往上拉了拉，才打开关东煮的盒子递过来：“吃吧。”

赵虞拍了拍胸口：“回车上再吃。都被发现了，别接着逛了吧，我可跑不动了。”

于是两人结束了灯会之旅，打道回府。

关东煮的香味充满了整个车厢，赵虞吃完了擦擦嘴角，有些担忧地拿出手机：“我看看我们上热搜没，估计南南很快要给我打电话了。”

沈隽意把着方向盘，余光却忍不住往她那边瞟。虽然今天的事实属意外，但终于轮到自己和她上热搜了，想想还蛮期待的！

赵虞盯着手机神情古怪，半天没说话。

他忍不住问：“上没上啊？”

赵虞一拍脑门。热搜倒是上了，但上的不是他们——“某歌星现身西湖灯会表演助兴”的词条正大刺刺“站”在热搜尾巴上，刚才人家说的“前面有明星”根本不是指他们。

赵虞哭笑不得，转头瞪他：“你也不听清楚就拉着我跑！白跑了！”

沈隽意：“……”

甜甜的热搜什么时候才能轮到他啊？！

没想到没过多久，猝不及防的热搜就砸了他个措手不及。

吃过午饭，赵虞跟爸妈和沈隽意四个人坐上了麻将桌。打麻将是刻在四川人骨子里的兴趣爱好，天塌下来都不能阻止他们摸一圈，更别说过年这种热闹时候。

江誉不会打，沈隽意自告奋勇，在三个人的夹攻之下开启了自己的点炮之旅。打到后面，赵虞都不忍心胡他的牌了，放了一圈又一圈，然而游戏黑洞摸完所有牌，连搭子都没凑起来，然后赔三家钱。

赵虞偏头问她爸："爸，我们是不是有点儿欺负人？"

打到兴头上的赵康宁反驳："啥子欺负人哦，就是学艺也要花钱的嘛，我这叫帮助小沈快速成长。诶诶诶小沈，四筒！走了！"

赵虞恨铁不成钢地瞪着沈隽意，四川方言都气出来了："我爸都说有叫了你还往外扔生张，跟你说了别人有叫的时候你打熟张的嘛！"

完全没听懂的沈隽意丝毫不介意输钱，还在那儿傻乎乎地笑。

赢的人开心，输的人也开心。

快傍晚时，有个电话打到他手机上。赵虞坐在他对面，抬眼就看见他一下午都高高兴兴的脸色像突然变天一样阴了下来，还没来得及问，自己的手机也响了。接通之后，那边传来林之南着急的声音："你跟沈隽意被拍了，热搜爆了！"

微博程序员终究没逃过过年加班的噩梦，"沈隽意赵虞恋情坐实"的热搜直接让微博瘫痪了半个小时。

照片很明显是昨晚拍的，从在巷口下车到走到门口，他站在台阶前跟赵虞同框的照片传遍了整个网络。

这是从他出机场开始，就一直跟着他了。

电话里，毕周声音气愤："又是私生粉！"

沈隽意抬头看了一眼对面的赵虞，已经沉寂很久的眼眸里头一次生出愤怒。

江蕾和赵康宁都察觉两人脸色的变化，心顿时提了起来。见赵虞挂了电话，江蕾立刻着急地问："怎么了？发生什么事了？"

赵虞正要开口，沈隽意也挂了电话，深吸一口气说："叔叔阿姨，对不起。"

江蕾快吓死了："你这孩子别光道歉啊，快先说发生什么事了！"

沈隽意看了赵虞一眼，把事情如实说了，还没说完，江蕾就拍着心口长舒一口气。

赵康宁反而一拍麻将桌："我还当啥子事，拍就拍了嘛，一起过个年咋个咯嘛，谈恋爱又咋个嘛，你们都转型了，还不能谈个恋爱了唆？"

赵虞"噗"的一声笑出来："爸你不要说方言，他听不太懂！"

江蕾也忍不住笑起来。

沈隽意本来沉重的心情好像一下子就被这满屋笑语给吹散了。

赵虞把面前没打完的牌推了，拿着手机站起身："我跟他去商量一下怎么公关，明天再打。"

赵康宁："诶，这圈打完撒！我清一色都住起了！"

赵虞赶紧推着沈隽意跑了。

照片拍得这么清晰，躲是躲不掉了，现在网上都在说两人因戏生情假戏真做。虽然两人都已经开启转型之路，也到了可以谈恋爱的年纪，但毕竟粉丝构成摆在那儿，一时之间还是有很多唯粉接受不了，两家已经展开了激烈争吵。

不过路人大多都是支持态度。俩顶流多配啊，三座大山已经结了一座，另外两座内部自销多好啊，绝配！

更别提夹缝之中苟且偷生的 CP 粉，简直被这个天降惊喜给砸蒙了，都不敢相信这是真的。

然而两家团队开了个视频会议，很快对此做出回应——一起过年是真的，恋情是假的，既是朋友又是邻居，一起过个年怎么了？

网友："呵，一起过个年怎么了？你这谣辟得一点儿都不走心啊，还朋友邻居……等等？什么邻居？"

工作室："门挨门的邻居。"

网友："啊？！"

消息一出，随后就有跟两家合作的营销号放料，说赵虞的舅舅跟沈隽意的奶奶一直是邻居，两家在这儿住几十年了，是老邻居。

大家都知道，沈隽意的奶奶去世后，他在杭州就没什么亲人了。大过年的，他一个人去隔壁邻居家过年，好像也不奇怪？抛开两人的身份，这故事听上去还挺有人情味的。何况这俩还是朋友，如今带上邻居这个身份，这回应一下就变得十分真实可信。

虞美人和薏仁的激烈争吵随着双方工作室的辟谣戛然而止，评论区一片祥和，都在说"哥哥姐姐友谊万岁，大家新年快乐"，风平浪静得跟什么都没发生似的。

不过网友热情吃瓜的同时，又扒出了一个陈年旧瓜——多年前沈隽意也在过年的时候跟一个神秘女子传过绯闻，当时那女孩衣着家常，提着红色塑料袋走进他家，全网盛传他秘密恋爱，后来辟谣说那女孩是邻居妹妹，过来看望老人。

网友把当年那张看不见脸的神秘女子照片跟赵虞早期的照片放在一起对比，并不惊讶地发现，这个邻居妹妹果然就是赵虞呢！

原来他们那么早就认识了啊。

那时候赵虞还没出道。可赵虞出道后，两人似乎从未在公众场合表现过亲密熟络。从小一起长大的情分，只要赵虞愿意，她就可以借着这个情分，通过那时已经成为顶流的邻居获得不低的热度，她可以更快更顺利地走这条路。但她没有，她选择去韩国成团出道，選擇了一條最艱難的路，然後以一腔熱血走出了屬於自己的頂流之路。她比任何人都值得她現在所擁有的一切。

不過一個陳年舊瓜，牽扯出的成名歷程卻讓所有網友都為之動容，紛紛表示對趙虞路轉粉，"趙虞出道回顧"的詞條很快頂下了有關緋聞的熱搜。

還有部分網友在感動過後表示：這地兒的風水也太好了，一出就出倆頂流，請問附近還有房子賣嗎？

吃瓜網友們的重點已經開始放在杭州房價上了，公關效果顯著，兩家團隊經歷最初的慌張後又繼續高高興興過年去了。

只是沈雋意的超話氣氛有些凝重。

這已經不是私生粉第一次做出跟拍曝光這種事了。這些年薏仁們年年抵制年年罵，可私生事件卻愈演愈烈，有時候粉絲其實挺希望沈雋意能主動站出來斥責這種行為。可他從來都是沉默，而沉默就等同於縱容，私生粉總用"他都沒說什麼，你們有什麼資格指責"耀武揚威，讓粉絲一邊無奈一邊心疼，甚至會怒其不爭。

這次因私生粉引發了緋聞事件，薏仁們本來以為他又會像往常一樣視若無睹，沒想到就在工作室發布闢謠公告沒多久，沈雋意的微博更新了。

@沈雋意："請不要打擾我的私生活，不要傷害我身邊的人，不要做出這種像跟蹤狂一樣極端的行為。請在陽光下，堂堂正正地追星吧。"

這是這麼多年以來，他第一次在公開平台表達對私生粉的斥責和抵制。

那些總以為自己沒做錯的私生粉或許並不會因此收斂，但至少他們會明白，自己成了偶像厭惡抵制的對象。有時候，態度比什麼都重要。

氣氛凝重的超話頓時躁動起來，把那些打着粉絲名頭卻做着私生行為的毒瘤一個一個全部揪了出來。

趙虞看着熱搜上"沈雋意譴責私生"的詞條，腦子裏又浮現當年車子墜河那一幕。她以前一直相信時間會治愈一切，可這麼多年把他的逃避忍讓看在眼裏，她甚至都不確定他這輩子還能不能走出來。現在他能發這樣一條微博，是不是說明他已經願意放過自己了？

✦03✦

傍晚的餘暉漸漸覆滿院牆。

晚飯是趙康寧煮的餛飩，餡兒是他自己剁的，鮮香十足，吃完之後整個身子都暖洋洋的。沈隽意帮忙把碗筷收进厨房，笑意盈盈地告别："叔叔阿姨，那我先回家啦。"

赵虞正把餐椅往里推，转头看了他两眼："你不是说晚上去看电影吗？"

沈隽意笑意一顿，转而又若无其事地咧开嘴角："不去啦，天冷，晚上陪你打游戏？"

赵虞朝他走过去："不是说票都买了？"

他还是若无其事的样子："可以退。"

赵虞盯着他的眼睛，一瞬间有些生气。他总是这样，不管心底多少情绪翻涌，面上永远不会展露一丝一毫。他以为他藏起来，别人就不知道了吗？

赵虞像发脾气似的："不行，不准退，我要去看电影！"她不由分说抓住他的手腕往外走，"爸妈，我们去看电影了。"

江蕾和赵康宁正在厨房恩恩爱爱地洗碗，闻言笑着回了句："去吧，注意安全。"

沈隽意被她拉到门口，看她俯身换鞋，才终于叹了口气，无奈地说："我担心那些人还没走。"

那些私生粉都是疯子，万一干出更过分的事伤害到她怎么办？

赵虞换好鞋，起身时冷笑了一声："他们最好是没走。"

沈隽意看她一副撸袖子要出去跟人干仗的架势，心情阴转晴，没忍住"扑哧"笑出声来："行吧，那以后就靠你罩我了。"

赵虞投给他一个鄙视的眼神。

过年是电影院最热闹的时候，许多大片都挤在贺岁档上映。两人照常还是帽子、口罩、围巾三件套齐全伪装，成功检票进去后，赵虞本来打算在厕所躲一会儿，等电影开始熄了灯再进去——这么多年她看电影都是这么看的。结果沈隽意拽着她的手腕就直奔影厅去了。

赵虞进去才知道这家伙又包了场。熄灯时，提前联系好的工作人员还送了两桶爆米花和可乐进来，她好久没这样安安逸逸地看过电影了。

他们选的是一部喜剧片，热热闹闹的时候就该看这种嘻嘻哈哈的片子。赵虞一颗一颗吃着爆米花，跟着剧情哈哈大笑，余光却没错过沈隽意时而回头，像担心有人突然冲进来的警惕模样。

她咬着可乐吸管微微靠近他，几乎是头挨头的姿势。沈隽意又闻到她身上的浅香，连呼吸都轻下来。

赵虞看着前方银幕，对他说："如果一直回头看，会错过很多剧情。"

沈隽意低低"嗯"了一声。

她掸了下手上的糖渣，转过头看着他的眼睛，语气正常得像在问他吃饭没有："当年那辆车冲下桥时，你在想什么？"

沈隽意浑身一震，不可置信地看向她。

电影光幕忽明忽暗地闪过，在两人对望的脸上映出深浅不一的阴影。立体音响传出电影里吵闹的声音，可眼前的世界却如此安静，安静得连他逐渐急促的呼吸声都清晰可闻。

赵虞："我当时什么也没想，很长一段时间脑子里都是一片空白。"

沈隽意动了动唇："你……"

赵虞抱着爆米花桶靠回去："如果是我遇到这种事，也做不到无动于衷，我也会像你一样陷入后悔和自责中。"她顿了顿，说，"但我不会一直回头看。我没办法改变已经发生的事，但我每朝前走一步，过去就会离我远一些。"

她没有安慰他，只是很平静地说："沈隽意，别回头看了。"

后半场电影，沈隽意再也没有回头。

看完电影开开心心回到家，赵康宁又做了夜宵给他们吃。赵虞把电影票根拍照发了微博，十分热情地将这部影片推荐给粉丝。

粉丝还没什么反应，大批网友和CP粉迅速涌入评论。

——跟谁去看的？是不是小沈？是不是是不是是不是？！

——你们超配！你们超配听到没！！！（超大声）

——你值得最好的！沈隽意就是最好的！

——邻居就应该和邻居谈恋爱！我已经和我邻居在一起了，你们什么时候领证？

……

赵虞觉得现在的网友还是年假放得太长以至于过于闲了，不像她和沈隽意，在杭州开开心心打了几天麻将后，就不得不结束休假开启今年的行程。

沈隽意比她先一天离开杭州，走的时候赵康宁一脸不舍，赵虞深刻怀疑她爹只是舍不得这位打牌等于送钱的牌友。

江蕾笑吟吟地将人送上车："有时间来我们四川的家里玩呀。"

沈隽意笑容灿烂："会来的，只要叔叔阿姨不嫌我烦。"跟长辈打完招呼，才笑眯眯地跟赵虞挥手，"北京见！"

赵虞撇了下嘴。

大年初七之后，人们就陆陆续续恢复上班了。赵虞年前谈了一部剧，定在五月进组，在这之前最重要的行程就是新专辑的发布。新专辑的风格已经定下来，这一次她打算尝试多变的曲风，开年之后就向圈内音乐人邀歌了。

另一个重要行程是即将到来的金视奖颁奖典礼。这是赵虞第二次入围金视奖，第一次是跟纪舒丞一起因大男主戏《九霄》入围，而这一次，则是凭借以她为主的《囚笼》入围。

作为一部只有短短十五集的悬疑网剧，《囚笼》能在众多影视作品中杀出重围，可见其影响力。颁奖典礼开始前，网上对于这一届视后的人选猜测基本都集中在赵虞和另一位圈内小花身上。

这两年赵虞在影视圈的势头很猛，多部作品相继播出，口碑和人气都在持续上涨，胜算很大，林之南甚至把获奖感言都给她写好了。赵虞反倒觉得自己不能抱太大期待，以免到时候落选失望。因此颁奖典礼到来前，她都在专心处理专辑的事，一直到出席红毯的礼服改好送过来，才终于有了一丝紧张感。

候场的时候，沈隽意给她打了个视频电话过来。他最近刚从国外回来，作为国内唯一一个出席国际音乐盛典的明星，燃炸全场的舞台登上了外网首页，甚至是当日视频播放量第一名。

视频接通，凑近镜头的那张脸笑得跟朵花儿一样，背景是在家里，洗过后的头发蓬松又柔软地搭下来，有种独属于少年的清爽感。

看他暖和的样子，赵虞感觉自己更冷了："干吗？"

沈隽意捧着手机往书房走："颁奖典礼就要开始了，紧不紧张？"

赵虞哼了一声："我什么大场面没见过？"

沈隽意走进书房，往钢琴前一坐，把手机放在支架上，笑眯眯地说："我准备了一首歌弹给你听，帮你消除紧张。"

赵虞："我一点儿也不紧张！"

沈隽意："不紧张也要听！我写的新歌！"

赵虞把音量调大一点儿："赶紧弹，弹完我要上红毯了。"

沈隽意这才一脸满意地整理了一下并不存在的领结，坐姿端正地抚上琴键。

赵虞很少见他这样认认真真弹钢琴的模样。他不是专业音乐人出身，相比其他唱作型的歌手，他擅长的只有跳舞，可后来不仅一点一点学会了各种乐器，也开始摸索乐理，写一些只有粉丝买单的歌。他跟她一样，决定走上这条路时，就从未停止过攀登。

好听的旋律透过手机充满了车子小小的空间，坐在前排的林之南回过头来："还蛮好听的诶！"

赵虞捧着手机看他垂眸弹琴的模样，心中仅有的一丝紧张好像真的在这音乐声中消失了。

曲子弹完，也轮到她出场了。

沈隽意把手机拿到面前，凑近镜头满眼期待地问："好听吗？"

赵虞清了下嗓子："还可以。"

这样的回答他似乎也很满意，笑眯眯冲她挥手："去走红毯吧，一会儿见！"

赵虞还没来得及问，视频就挂断了。她收起手机，疑惑地问林之南："他今年没作品入围吧？"

林之南想了想说："没有啊，他不参加今年的颁奖典礼。"

外头工作人员礼貌提醒："赵虞老师，快到您入场了，请跟我来。"

赵虞将外套脱下来，恢复表情管理后提着裙摆下了车。所谓一回生二回熟，她顺顺利利走完红毯入场落座，放眼望去，今年出席的演员里已经有了不少新面孔。

她坐在座位上，看着四周灯光闪耀，思绪却不自觉开始放空，脑子里一直在回响刚才沈隽意弹的那首曲子。沈隽意这家伙的长进还蛮大的嘛，都能写出这么好听的歌了。

像他们这种唱跳出身的偶像艺人，能顺顺当当进入影视行业其实已经是借了人气的便利，拿奖算是锦上添花，不拿也影响不大，得失心太重的话，演戏就再难从心。不过话是这么说，当主持人准备宣布最佳女演员的获得者时，赵虞还是提起了一颗心。她心里隐隐有期待，她直觉今晚的高光时刻该是属于自己的。

而后，直觉成真。

主持人念出赵虞的名字，全场响起掌声，守在直播前的粉丝也终于迎来了他们的欢呼时刻。

赵虞提着裙摆一步一步走上领奖台。她走上过很多领奖台，但这是第一个肯定她演技的舞台。这个奖项不仅是对她演技和人气的认可，也代表她转型成功。

颁奖典礼结束时，"赵虞视后"的词条已经登上热搜第一。看热闹不嫌事大的网友纷纷@沈隽意：三大顶流就剩你没拿奖了，就问你尴不尴尬！

完全不觉得尴尬的沈隽意在后台休息室笑得比阳光还灿烂。他还穿着刚才视频里那套常服，看上去比她还高兴："恭喜拿奖啦！给我摸摸！"

赵虞总算明白他说的一会儿见是什么意思了，她把沉甸甸的奖杯放到他手上："你来干吗？"

沈隽意握着奖杯掂了掂，心满意足地说："今年这些老头子总算有眼光了一回。"他把奖杯还给她，又从兜里摸出一个小东西递到她面前。

赵虞狐疑地看了两眼："什么东西？"

沈隽意笑眯眯地说："祝贺你拿奖的礼物。伸手。"

赵虞迟疑地伸出手去，一个小巧的粉色 U 盘落在掌心。她正愣着，就听他笑着说："写了一首歌送给你，词曲都在里面，很适合你唱。"

赵虞一下想起今晚他在视频里弹的那首曲子，原来那是写给她的歌。她的眼眸微微颤了一下，若无其事地收回手："万一我没拿奖呢？"

沈隽意挑眉："那这就是你的安慰奖。"他看着她，眼里突然多了些意味不明的情绪，连声音都有些别扭起来，"你回去听了要是喜欢的话，可以放进你的专辑里。"

赵虞看了看他，又看了看手心的 U 盘，将头发别到耳后："嗯，我回去听听。"

颁奖典礼结束后照常是宴会。沈隽意今年没参加，送完礼物就走了，但赵虞拿了奖，不能像往年一样溜走，一番应付下来，回到家已经是凌晨了。

洗完澡吹干头发，她抱着电脑坐上床，打开了放在枕边的粉色 U 盘。U 盘里只有三个文件，曲谱、歌词和他录好的 Demo。赵虞点开文件，听了三遍这首由他作曲作词然后送给她的歌。

今晚听他弹钢琴时，她只觉得旋律好听，如今配上词曲，这首歌的主题含义才终于完整呈现。

这是一首告白的歌。

◆04◆

赵虞少有的失眠了。

她并不是一个迟钝的人，回想沈隽意这大半年来的行为，再结合今晚这首代表告白的歌，他的意图不言而喻。可意识到这件事，她却并没有念念不忘终有回响的欣喜感。

她说不上来那是一种什么样的感觉，最初的震动像一阵狂风，呼啸着拂过长在心中的那棵大树，可除了将花叶吹得哗哗作响，什么也留不下。她曾经那么努力地想要靠近他，可当他转身，她却又忍不住想要后退了。

那些复杂的快将她整个脑子占满的情绪，在这一夜剥夺了她所有能理智思考的能力。

赵虞几乎睁眼到天明，一早就被音乐总监一个电话叫到公司，继续忙新专辑制作的事。邀歌已经进行到最后阶段，今天就要把专辑要收录的歌曲都确定下来。

这次的专辑一共十一首歌，之前已经定了九首，最后筛选出来的几首歌都很不错，无论她选哪两首都不会出错。制作人把几首歌的 Demo 都放了一遍，看她有些出神的模样，笑着问："都不喜欢？那你有自己想用的歌吗？"

赵虞靠着椅背，手指下意识捏住了揣在兜里的粉色 U 盘。

可最终她还是没有把 U 盘拿出来，而是笑着指了指屏幕上的 Demo："就这两首吧。"

新专辑定位为"非我"。歌单确定后，接下来就是音频录制了，之前定好的歌其实已经录了一半，进入后期制作了。

快到中午的时候，沈隽意发了条微信问她吃午饭了没。

赵虞看着聊天框里那个笑嘻嘻的表情，手指在九宫格键位上顿了好久，不知道该回什么。

傍晚，沈隽意又发消息问她吃晚饭了没。

她还是没有回复。

聊天框上"对方正在输入"的提醒显示了好久，她心情紧张地等了半天，但最后他什么也没再发过来，只是晚上睡觉的时候笑眯眯跟她说了句"晚安"。

之后几天，赵虞都扎在录音棚里录歌，每天看着沈隽意发来的早晚安问好，心头就像未曾平复的海面，卷起大小不一的海浪。她好像回什么都不对，回不回都不对。

这种纠结的挣扎的让她每天都犹如陷在海面起起伏伏的情绪，终于在见到沈隽意的这一天，收拢于瓶口。

歌曲已经录制到最后部分，赵虞只有每天戴着耳机坐在录音室里唱歌时才能感受平静。这一首歌的和声部分比较多，整整一上午她都在用不同的声线唱和声旋律。

快到中午的时候，有人推门进来。

她半蹲着腿坐在录音凳上，一手按着耳机一手拿着乐谱，唱到一半的时候无意抬眸，就看见沈隽意出现在了录音室外，手上还提着几杯奶茶，正笑眯眯地望着她。

赵虞眼眸一颤，下个音就卡在了喉咙。

音乐制作人在外面比了暂停手势，拿起麦克风说："小虞，休息一下吧。"

她取下耳机，沈隽意在外头乐颠颠地朝她挥手。

赵虞深吸两口气，才终于推开门走出去。

沈隽意已经把买来的奶茶分给在场的其他工作人员了，手上剩了最后一杯，等她出来时笑眯眯地凑近："你的。"

他的神态这样自然，仿佛这段时间令她纠结的烦恼都是假象。

赵虞看了他两眼，慢腾腾接过奶茶，若无其事地问："你怎么来了？"

沈隽意笑着说："来找云哥聊点儿事情。"

他跟木易的音乐人陈云一直都有合作。

赵虞点了下头，捧着奶茶喝了两口，突然有点儿不知道该说什么。

沈隽意倒还是那副热切的模样："一会儿一起去吃午饭不？"

赵虞下意识拒绝："没时间，要录歌。"

沈隽意撇嘴："那也得吃饭啊。"

正说着话，又有人推门进来，音乐助理拿着一张单子走过来："小虞，专辑的歌单顺序排出来了，你看看？我觉得还是应该把《非我》放在第一首。噢，沈老师来了。"

沈隽意笑着打招呼，视线却落在那张歌单上，盈满笑意的眼睛在看到歌单里没有自己写的那首歌时，逐渐涌上失落与黯然。

他转头看向赵虞。赵虞却捧着奶茶撇过了视线。

响起的手机铃声在这一刻解救了双方，沈隽意接起电话，就听到那头说："隽意，我开完会了，你来办公室找我吧。"

沈隽意笑着说："好，这就来。"

余光瞟见赵虞明显松了一口气，他嘴唇绷了一下，转而又笑开，还是平常那副笑嘻嘻的模样："那我先过去找云哥啦，你加油录歌！"

赵虞点了下头："好。"

房间终于又变得安静，赵虞喝完奶茶，擦擦嘴角，走进录音室。但接下来的时间，录制进行得很不顺利，她怎么唱情绪都不对。

制作人只好喊了暂停："小虞啊，你是不是太累了？今天状态不够好，明天再继续吧，回家休息休息。"

赵虞捏了下自己好像被堵住的嗓子眼，有气无力地点了下头。

外面不知道什么时候下起了雨，不大，淅淅沥沥的，将停车场的防滑地面浇得透湿。赵虞撑着伞慢腾腾地走向自己的车位，一直走到车头的位置，才看见车门旁边的台阶上蹲了个人。看见她过来，对方咧嘴一笑，掸掸头上的雨水站起身来。

赵虞的心跳都停了一拍，反应过来后有些生气："你蹲在这儿干什么？不知道下雨了啊？！"

沈隽意笑嘻嘻地说："等你啊。"

赵虞看他被雨淋湿的模样，心里头情绪翻涌得更厉害了，她没好气地打开车门上车，等他坐上副驾驶位，把车里的纸巾扔在他身上。

车门的密闭性很好，关上后连雨声都小了不少。赵虞没点火，只双手把着方向盘，等他收拾干净才说："你今天怎么过来的？"

沈隽意把擦水的纸巾揉成一团塞进兜里："小狮开车送我来的。"

赵虞看着前方雾蒙蒙的天："那他人呢？叫他来接你。"

沈隽意好一会儿没说话。

赵虞忍不住转过头去，对上他直视的眼神，忙飞快收回视线。

沈隽意还是保持刚才那个姿势，声音又低又沉："我送你的那首歌，你不喜欢吗？"

赵虞下意识握紧方向盘，过了好一会儿才说："还行。"

沈隽意又问："为什么不放进新专辑？"

赵虞："不合适。"

这样一问一答，竟不知是在问歌还是其他。

雨越下越大，噼里啪啦打在车身上，沈隽意定定地看着她，突然抬手伸过来。赵虞猛地往后一躲，头差点儿撞上车窗。

沈隽意的手顿在空中，很无奈地笑了一下："你头上有片叶子。"

赵虞全身紧绷着。

他又坐回去，很轻很轻地叹了口气，低头看了看自己的手，过了好半天才低声问她："赵虞，是不是我表现得不够明显？"

赵虞贴着车窗没说话。

他却点了点头："嗯，应该是我没说清楚，怪我。"他抬头看着她，很认真地说，"我喜欢你。"

赵虞心中的巨浪"轰隆"一声撞上了礁石，整个世界都寂静了，雨声、呼吸声、风吹落树叶的簌簌声都在耳边远去，只剩下那一句"我喜欢你"一遍又一遍地在脑中盘旋。

她终于明白自己这段时间以来的纠结挣扎甚至逃避是为什么。

因为觉得委屈啊。

凭什么要我回应你呢，连一句正式的告白都没有，仅仅用一首意味不明的歌，就让她花了那么长时间用了那么大力气才平静的心海又掀起比以往更盛的滔天巨浪，凭什么啊！

如果一直只是她一个人的暗恋，她不会觉得委屈。可一旦他也动心，这么多年来她所有的忍耐、克制、感情，那些深藏的心事，就在他表白的这一刻全部化作了浓浓的酸楚和委屈，将她淹没。

爱情向来如此。

雨水从车顶滑过玻璃，模糊了车外的视野。他们的世界好像被无限缩小成只有车内这狭小空间，一举一动都如此明显。沈隽意看到她霎时放大的瞳孔，看到她紧紧掐在一起的手指头，看到她咬唇屏住呼吸，而后一丝一丝红了眼睛。

除了拍电影的时候，他什么时候见她哭过呢。她那么耀眼，像天上的太阳，无时无刻不在散发着璀璨夺目的魅力。可这颗太阳此刻像被漫天大雨浇灭了光芒，只留下阴天的哀伤。沈隽意瞬间又心疼又紧张，手脚都不知道该往哪儿放了。

他忍不住想要伸手抱她，可想到刚才她躲避的动作，又硬生生忍下来，只僵硬地坐在原位，微微低头看着她通红的眼睛，很小声地问："赵虞，我可以喜欢你吗？"

赵虞一动不动，眼眶却越来越红，固执地绷着眼底汹涌的泪意，像闹脾气的小孩子，强忍的哭腔从紧绷的唇间挤出来："不可以！"

沈隽意却一点儿也不失望，还是那样珍重又认真的语气："那我可以等到可以喜欢你的时候再喜欢你吗？"

赵虞的睫毛根全都湿了："不可以！"

沈隽意抽出一张干净的纸巾放到她手心："那等你说可以的时候我再喜欢你好不好？"

赵虞揩了下鼻涕，把纸巾揉成团砸他身上："不可以！不好！不行！你不准喜欢我！"

沈隽意笑起来，又递给她一张干净的纸巾："可是我已经喜欢上你了呀。那我尽量忍一忍不来打扰你，给你时间好好考虑行吗？"

赵虞咬着牙，看他眼里笑意清明的模样，眼睛通红地别过头去。

雨不知何时小了，显出雨过天晴的迹象。被雨水打垂的枝芽又重新舒展开来，绽出了更加明艳的花叶。沈隽意推开车门，将要下车时又回头笑着对她说："太阳快出来啦，开车注意安全。"

赵虞不看他，打开车窗伸出手，用纸巾擦拭布满雨水的后视镜，声音里有种别扭的闷："嗯——"

沈隽意下车关上门，站在外头笑眯眯地朝她挥手，一点儿也不像告白被拒的人。

✦05✦

冬天的尾巴在这场雨之后彻底消失，天气渐渐回暖，街边的粉樱也开始盛开，春天到来了。

赵虞的专辑定在下个月发售，她每天都忙得脚不沾地。沈隽意说不来打扰她，那天之后果然就没再来打扰了，只每晚睡前准时发一条"晚安"，像在提醒她别忘了思考。

赵虞看着他每天变着花样说晚安的表情包，嘟着嘴戳他的头像，这才发现他不知道什么时候把头像换了，那张用了很多年的天下第一帅的照片换成了夜空下漂亮的摩天轮，是那一晚他们一起坐过的摩天轮。

赵虞耳根透红地退出了微信界面。

周末时，每天只有晚安问好的沈隽意终于发了条内容不同的微信过来："过年定的骨雕寄过来了，我给你送过来好吗？"

过年他们出去玩的时候遇见一家手工骨雕店，赵虞挺喜欢那家店的风格，就订了一款产品，沈隽意也跟着订了一个，工期是两个月，当时留了他在北京的地址。

赵虞都快忘记这事儿了，赶紧回微信："不用，我让南南去拿。"

他说给她时间思考，就一次也没催过她，回了一个点头说好的表情。

林之南刚在公司开完会，收到赵虞的微信就转道去了沈隽意家，敲了门，她笑着挥手打招呼："虞虞叫我帮她来取东西。"

沈隽意笑吟吟地说："在琴房，跟我来吧。"

林之南还是第一次来他家，有些好奇地打量了一圈，跟在他身后走进琴房时，被靠墙的一整面柜子惊呆了。

沈隽意从箱子里把骨雕拿出来，回头看见她惊讶打量的目光，摸摸脑袋笑道："都是粉丝送的。"

林之南入行这么久，从没见过哪个明星这么认真地对待粉丝送的礼物——他家是独栋别墅，一楼的琴房比寻常人家的客厅还大，如今一整面墙柜密密麻麻摆满了各种礼物，是属于粉丝的心意，也是他们遥不可及的爱意。

这当然也不是全部，他还有一间专门用来储存粉丝礼物的房间。

林之南咋舌，接过他递来的骨雕，正要转身离开，突然被柜子上某个礼物吸引了视线——那是一颗晶莹剔透的水晶球。她站在原地愣了好一会儿，不可置信又有些惊喜地指过去："那个你还留着啊？"

沈隽意顺着她的视线看过去，有些疑惑地眨了眨眼。

林之南走过去，踮脚把水晶球拿下来，吹吹上面的灰，有些激动地说："你还记得这是谁送给你的吗？"

沈隽意摇了下头。

林之南指了指自己："是我啊！有一年圣诞节，在机场！你还记得吗？"

沈隽意"噗"的一声笑了出来："你还追过我啊？"

林之南捧着水晶球左看右看："我追什么啊，是虞虞。当时她不是喜欢你嘛，买了圣诞礼物想送给你又不敢。就是我们去韩国那一年，当时都在机场候机了，刚好听说你也在机场，我就拉着她去围观……"

她自顾自说着，再抬头时才发现沈隽意脸上的笑意不知道什么时候消失了，整个人像座雕塑似的僵在原地，一脸不可置信地看着她手里那颗水晶球。

林之南一下抿住唇，有些紧张地摸了摸脸。

过了好半天，沈隽意才声音异样地问："虞虞喜欢过我？"

林之南眨巴眨巴眼睛，支支吾吾开口："就……就粉丝那种喜欢啦。她是追过你一段时间，后来……后来就脱粉了嘛。"

沈隽意笑了下，很苦涩的一个笑。

他们从小就认识，她就算追星也不会追他。何况那时候她对他的疏远冷漠，可一点儿也不像追星的小粉丝。

他曾经疑惑为什么长大后的小姑娘对他的态度变化如此明显，也疑惑为什么他的告白会令她那么难过——喜欢就答应，不喜欢就拒绝，可为什么在他说出喜欢的那一刻，她会那么难过呢？

原来是这样啊。

原来在他不知道的漫长时光里，她已经孤独地喜欢他那么久了啊。

而他连她是什么时候喜欢上自己又是在何时放弃的都不知道。

他都错过了些什么啊！

林之南看着面前眼睛逐渐变红的男人，紧张地吞了口口水，却见他朝她伸出手来，声音低哑地说："给我吧。"

林之南颤巍巍地把水晶球递过去。

沈隽意低声说："还有骨雕。"他抬眸看着她，"我给她拿过去。"

不知道是不是她的错觉，林之南居然从那眼神中看出了一丝恳求。她抿了下唇，慢腾腾地把东西都给了他。

沈隽意甚至没换衣服，也没管她，拿着水晶球和骨雕就迫不及待出门了。

林之南茫然地在琴房站了一会儿，才默默锁上房门离开。上车之后，她想了又想，还是给赵虞发了条消息："沈隽意来找你了，还有……我不小心把你以前追过他的事说漏嘴了，他好像怪怪的……"

等了好一会儿，赵虞也没回消息。

专辑制作进入尾声，赵虞终于可以好好休个假，就窝在沙发上追剧，完全没注意到旁边充电的手机里跳出来的信息。

房门被敲响时，她还以为是林之南来了。她拿起遥控器按了暂停，跳下沙发跑去开门，笑意在看见门外眼睛通红的沈隽意时僵在了脸上。

下一刻，她看到了他手上的水晶球，那颗她经过橱窗时一眼就看中，忍不住买下来送给他的水晶球。多年过去，它依旧晶莹剔透，雪片飞舞着躺在他的手掌中。

记忆像一阵狂风，呼啸着将她拉回了那个寒冬。

赵虞猛地关门，但慢了一步，沈隽意已经挤进屋来。他左手拿着水晶球，右手提着骨雕，看上去又蠢又傻，眼圈却红得不行，低头看她时，眼里汹涌翻动的情绪几乎要将她淹没。

赵虞垂下的双手紧紧握在一起。

谁也没说话。午后的春风撩起半拉的窗帘，吹进楼外粉樱的花香。

好半天，沈隽意才瓮声说："对不起。"

赵虞深深吸了两口气，终于抬头直视他通红的眼睛："有什么好对不起的？"

沈隽意的睫毛都在颤，声音低得不像话："我错了。"

赵虞看了他好半天，无奈地轻轻叹了一口气："沈隽意，别跟我道歉。"她看向那颗水晶球，抬手摸了摸，"暗恋这件事，你没有错，我也没有错。"她抿唇笑了下，"我们谁都没做错什么。"

爱情哪儿能分出对错呢。不过是她早了一步，而他晚了一步罢了。

沈隽意把骨雕和水晶球放在旁边的柜子上，朝她走近了两步。

赵虞后仰了一下，脸上还有笑意："干吗？"

沈隽意的手掌轻轻放在她头上，是轻抚的姿势，低头看她时，连被泪水打湿的睫毛都根根分明。他喊她的名字："赵虞。"

赵虞咬了下唇："嗯？"

沈隽意："我会很喜欢你的。"他努力笑着，眼里光芒闪烁，"我会加倍，百倍千倍地喜欢你，把那些年落下的喜欢全都补给你。"

赵虞很轻地呼吸着。

沈隽意低下头，用额头温柔地碰了一下她的额头："你可以不用那么快重新喜欢上我。这一次换我来追你，好不好？"

额头相贴，肌肤温热的触感像春日温暖的阳光，轻盈地落在她眉间心上。

赵虞闭着眼，好半天才轻声说："好。"

沈隽意走后，赵虞坐在沙发上发了很久的呆。额头被他温柔贴过的地方仿佛还留着余温，她抬手摸摸，觉得心里有些甜，想到他说的那些话又有些酸。

原来爱情的味道是酸酸甜甜的啊。

午后的阳光照得人昏昏欲睡，赵虞感觉自己好像被裹进一团香甜的光里，窝在沙发上连眼睛都舍不得睁开。

迷迷糊糊睡到傍晚时，有人在外面敲门。她打着哈欠去开门，待看见门外提着大袋子抱着一束花的沈隽意，瞌睡一下就没了。

两人大眼瞪小眼半天，赵虞一脸别扭地问："你怎么又来了？"

今天的告白不是已经结束了吗？不是应该留给彼此足够思考回味的时间避免见面吗？！

沈隽意咧嘴一笑，把怀里那束鲜艳的虞美人递给她："晚上好呀！一起吃晚饭吗？"

虞美人发出浅淡的蜜味，花瓣上还沾着水珠，滑过晶莹剔透的痕迹。

他第一次送她花。

赵虞抿了下唇，伸手接过花束，又看了眼他手里提的大袋子，干咳一声问："买的什么？"

沈隽意笑着说："下午看到你电视上暂停的画面是在吃意大利面，所以买了意大利面的材料。"他进屋拉上门，眼神亮晶晶的，"我做给你吃呀！"

赵虞这才想起下午追的那部剧暂停的地方刚好是男女主角在餐厅吃饭。但她没有解释，只"嗯"了一声，看他高高兴兴换完鞋，提着袋子跑进了厨房。

傍晚的余晖笼罩了整个房间，赵虞心不在焉地看了会儿电视，又悄悄走到厨房门口往里看。沈隽意穿着赵康宁每次过来穿的围裙，嘴里哼着写给她的那首歌，一边划着手机看教程一边兴高采烈地将菜切成丁，忙得不亦乐乎。

赵虞看了一会儿，挽着袖子走进去："我来洗菜吧。"

沈隽意回头看到她，用胳膊肘把人往外推："不用不用，我来就行！"他把人推到门口，抬起胳膊肘轻轻蹭了下她的脑袋，笑眯眯地说，"乖，在外面等我。"

赵虞耳根有些发烫，被他撩跑了。

本来还担心需要看教程才能做出来的意大利面会成为黑暗料理，没想到没一会儿香味就从厨房飘了出来，这个在游戏上毫无天赋的人做起菜来倒是像模像样。

沈隽意端菜上桌，拍拍手喊她："吃饭啦！"

赵虞给电视机按了暂停，趿拉着鞋慢腾腾走过去。餐桌上的意大利面色泽鲜艳，盘子旁边还配了一杯鲜榨的橘子汁。

他替她拉开椅子："我尝过啦，不难吃。"

第一次收到他的花，第一次吃他做的饭，他好像真的有认真开始追她这件事。赵虞在餐桌前坐下，感觉心跳得有点儿快。

沈隽意趴在对面，眼神灼灼地看着她，等她吃下一口才期待地问："好吃吗？"

赵虞点了下头。

他满足地笑起来："那以后你要是想吃意大利面，我都来给你做。"

吃完饭，他又去洗碗，连桌布都不让她碰，等把一切收拾整洁，才提着厨房的垃圾跟她挥手："那我走啦。"

赵虞刚才吃饭的时候还在纠结晚上独处时该说点儿什么，没想到他走得这么干脆，倒是有点儿愣住。

沈隽意已经换好鞋，好像他过来就只是为了给她做一顿饭，开门时还转头叮嘱："睡觉前记得反锁。"

赵虞点点头。

他笑眯眯地说："拜拜。"

赵虞也跟他挥了下手。

房门锁上，房间又变得安静，只有意大利面的香味还未散完。她想了想，走到阳台上往小区出口的位置看，等了一会儿，才看见他那辆红色的跑车缓缓开出来。驶出小区大门时，不知道是有意还是无意，车灯闪了两下，像在跟她打招呼，赵虞一下缩了回去。

今夜的星星特别亮。

一夜好梦，翌日闹钟还没响赵虞就睁眼了，今天要去拍一个杂志封面，她拿起手机瞅了瞅，发现沈隽意比她起得更早，半小时前就发了条微信过来。

沈隽意："今天是迪迦奥特曼的生日，只要复制转发此条消息到三个群里，你的钱包里就会增加 500 元。我试过了，是假的，而且有时候还会被骂。"

赵虞刚清醒的大脑被这条微信搞蒙了，回了三个问号过去。

沈隽意："醒啦？早安！"

赵虞："你发的什么东西？"

沈隽意："笑话呀！科学研究表明，早上醒来笑一笑有助于一整天保持好心情！以后每天早上我都给你发笑话好不好？"

赵虞："不好！一点儿都不好笑！"

沈隽意："今天这个不好笑吗？我觉得很好笑啊！估计是你领会不到这个梗。没事，我明天给你发一个你能领会到的！"

赵虞："不准发，听到没？！"

然而第二天早上醒来，赵虞还是收到了一条他认为她能领会到的笑话。

沈隽意："有一天一个四川人去医院看病，医生问他吃药过敏吗，病人说：'我不过捆，我过 ten。'"

赵虞："啥？"

沈隽意："这个能领会到了吧？是四川的方言笑话！虽然我没有看懂是什么意思，但还是觉得很好笑！"

赵虞："再发笑话就拉黑！"

沈隽意："对方撤回了一条消息。"

沈隽意："微信红包。"

赵虞："又干吗？"

沈隽意："以后不发笑话啦，发红包好不好？科学研究表明，每天早起一个小红包有助于一整天都拥有好运气！"

赵虞："……你都从哪儿看到的这些歪理？"

她缩在被窝一边吐槽一边戳开红包，屏幕上蹦出数字"99.99"。从这之后，每天早上起来收 99.99 元的红包就成了她的日常。

第十五章
星愿台的吻

✦01✦

没过多久就是清明节，每年这个时候沈隽意都要回老家扫墓。

往年赵虞去不了也会托人给沈奶奶墓前献一束花，今年刚好有时间，想到有两年没去祭拜过，沈隽意问她是否一起去的时候，她就同意了。

之前她去祭拜沈奶奶时都是小心翼翼隐藏行踪，生怕被媒体拍到又是一场说不清的绯闻，今年跟沈隽意一同去，反而少了那些顾虑。不过两人各自从两个城市飞，到了杭州才会合，倒也没有遇到跟拍的媒体。

今年的清明又下了雨。平常冷清的墓园也只有这时会多些人气，上山的石阶上沾满了飘飞下来的白纸，时而还能听到哭声。

赵虞偷偷打量沈隽意，发现他脸上已经寻不到悲伤，也或许是藏了起来不叫人发现。

沈隽意抱着两束白菊走在前面，时不时回头看她："看着点儿路，别摔倒了。"

赵虞："我又不是小孩子。"

沈隽意不放心地把衣角递过来："路滑，牵着。"

上山下山的人来来往往，空气里小雨混着白菊香，赵虞撇了下嘴，依言牵住了他的衣角。

沈奶奶墓前的花已经干枯了，沈隽意换上新的，笑眯眯地说："奶奶，我带小虞来看

384

你啦。"

石碑上的老人笑得和蔼可亲。

赵虞走过去，眼睛红红地鞠了躬。

沈隽意清理了墓前的枯枝落叶，又用袖子把石碑上奶奶的照片擦得干干净净，回头看了眼蹲在地上捡烂纸片的赵虞，贴着墓碑用气音很小声地说："奶奶，你不是特喜欢小虞吗，我现在在努力让她变成你的孙媳妇，你记得保佑我啊。"

赵虞捡完垃圾，看他蹲在那儿嘀嘀咕咕，忍不住问："你在说什么呢？"

沈隽意扯着袖子擦擦墓碑："我在跟奶奶聊天，让她保佑我们的电影拿大奖。"

赵虞气呼呼地教训他："这种事竞争那么激烈，保佑起来很费劲的好不好？你别给奶奶找事！"

沈隽意笑着摸摸石碑上的照片："小虞说得对！奶奶我错啦，你不用保佑我们电影拿大奖啦！"他在心里默默补上，"奶奶你只要保佑我追到小虞就好啦。"

祭拜完沈奶奶，又去祭拜沈父。

赵虞还是第一次祭拜沈隽意的爸爸，虽然感觉有点儿怪，但来都来了，自然也恭恭敬敬在墓前鞠了躬。这是她第一次见到沈父的照片，父子俩长得很像，笑起来眼神干净又纯良。

清明的雨一会儿大一会儿小，沈隽意拿纸巾给她擦脸上头上的雨水："回去吧。"

赵虞点点头，两人转道下山。

从沈奶奶墓碑旁边的小路往下走时，有一对撑伞的母子也走了下来。墓园清静，十多岁的小男孩正在哭闹，撑伞的妇女低声哄着，脚步匆匆。

赵虞拉了拉沈隽意的胳膊，打算给急匆匆的母子俩让路，却见沈隽意顿在原地，就那么直愣愣地看着伞下那对母子。

走至眼前，妇女也抬眼看来，本是随意一掠，看见沈隽意时神情却僵了。几秒之后，她才有些局促地打招呼："隽意啊。"

沈隽意抿了下唇，转而弯眼笑起来："妈。"

赵虞遇见沈隽意的时候，他妈妈已经改嫁去了北京，有了新的家庭，生了孩子，每月寄一些生活费给远在杭州的儿子，就是她能尽到的全部责任了。

赵虞从未听沈隽意提过他妈妈。或许在沈奶奶生病，沈母却不愿拿钱治病时，他跟他妈妈本就不亲近的关系就更加疏远了吧。

伞下的小男孩还在吵闹，沈母柔声哄了两句，又笑着指沈隽意："聪聪，你以前不是一直吵着想要个哥哥吗，这就是哥哥呀。"

十多岁的小男孩跺着脚发脾气:"我没有哥哥!我爸说你们就生了我一个!妈,快走啊,烦死了!我不想在这里,我不想!我又不认识那个老太婆,她又不是我奶奶!"

沈母这才加重了语气:"聪聪,不准说这种话!"

她抱歉地抬头:"隽意,弟弟小不懂事,你别介意啊。"

沈隽意看了一眼这个在母亲宠爱下长大的男孩儿,还是笑着:"没事。他说得也对。"然后问,"你去祭拜奶奶了?"

沈母的神情有些尴尬:"对,这些年太忙了,你奶奶过世后我一直没来祭拜过,刚好这次有时间。但是清明节学校放假,他爸又去香港出差了,只好把他带上来了。"

沈隽意又问:"我爸那儿去了吗?"

沈母别开了视线,低头摸摸小儿子的头:"你爸那儿我就不去了,聪聪一直吵,我带他下山。"

小男孩怒气冲冲地哼了两声:"不准去给那个男的扫墓,不然我告诉我爸!"

沈母拍了他一下:"聪聪!"

她抱歉地看着沈隽意:"弟弟不懂事,你别往心里去啊。"

沈隽意抿了下唇。

赵虞双手插在衣服兜里,笑眯眯弯下腰:"小朋友,你几岁了呀?"

小男孩瞄了她两眼,似乎是看在她是个漂亮姐姐的分上,很给面子地回答:"我十一岁了。"

赵虞挑了下眉:"十一岁了。"她直起身子,笑吟吟看向沈母,"快上初中了吧?那也不小了,该懂事了。"

沈母尴尬地点了点头,拉住小男孩的手:"那……我们就走了。隽意,平时多注意身体,工作别太累了。"

沈隽意弯唇笑了笑:"我知道,妈你也保重身体。"

沈母朝他笑了一下,拉着小男孩快步离开了。下了没几级台阶,小男孩又开始哭闹,说泥水弄脏了他新买的限量版运动鞋。沈母一手撑着伞蹲下身子,将快跟她一样高的男孩儿背起来,继续往山下走去。

沈隽意就那么站在原地看着,直到台阶上再也看不见两人的身影,才转身对赵虞说:"她从来没背过我。"

也可能背过,在他还没有记忆的时候。

赵虞感觉心脏一抽一抽地疼。

沈隽意却笑着叹了口气，替她拍拍帽子上的雨水："走吧！"

赵虞闷闷应了一声。

沈隽意走了两步见她还站在原地，笑嘻嘻地回头问："你也要我背啊？"

赵虞瞪了他一眼，昂着脑袋大步朝前走去，经过他身边时，却主动牵住了他的衣角。

沈隽意低头看看，眼角温柔地弯起来。

下山的路在雨幕中蜿蜒，赵虞突然歪过头问他："我晚上的飞机，吃完饭还有几小时时间，你想做什么？"

沈隽意眨眨眼："我想做什么都可以吗？"

赵虞投给他一个警告的眼神："只有一次机会，想好了再回答！"

沈隽意噘了下嘴，还真的认真想了好半天，最后一脸兴奋地说："想好了！我们去溜冰吧！"

赵虞狐疑地扫了他两眼："我怎么不知道你还有这爱好？"

沈隽意打了个响指："我，人称杭州冰刀小王子！"

于是下山吃完饭，两人转道滑冰场。

去的路上赵虞还有点儿担心，滑冰场这种开放式的公共场地，他们就这么明目张胆地过去，就算戴了帽子、口罩，被认出来的概率也蛮大的吧？要不要提前给林之南打个电话，让她准备好公关呢？

结果沈隽意说："不用，我来包场！"

赵虞一脸疑惑："这个时间段临时包场能包到吗？"

沈隽意："知道我是谁吗？"

赵虞："……请问你是？"

"杭州之光！"沈隽意一脸深沉，"在杭州，就没有我包不到的场。"

赵虞非常敷衍地拍了拍手："那你好棒棒哦，给你鼓鼓掌吧。"

没想到到地儿后，她发现还真包了场，偌大的滑冰场安安静静地冒着凉气，连工作人员都看不见。换鞋区已经放好了两套未拆封的滑冰装备，从头盔到护膝一应俱全，赵虞那双滑冰鞋还是粉色的。

赵虞以前只溜过双排轮的旱冰，第一次穿上单刀冰鞋，站都站不稳。沈隽意先帮她把装备穿戴齐全，才又去换自己的。

换鞋区的地面做了防滑设计，赵虞扶着椅子走了两圈，逐渐掌握平衡，觉得自己又行了。

沈隽意换好装备站起身，朝她伸出手："扶着我。"

赵虞眼尾骄傲地扬着："不用你扶，我已经找到窍门了！"

沈隽意挑了下眉："行吧，那我们进去？"

赵虞踩着冰刀雄赳赳气昂昂往冰场走去。跨过入口，刚一脚落在冰面上，上一秒还自信心爆棚的人就尖叫着失去平衡朝后倒去。跟在后面的沈隽意似乎早有准备，笑眯眯地张开手臂把人接住。赵虞结结实实摔进他怀里，整个人都摔蒙了。

沈隽意憋着笑，低头问怀里的人："不是找到窍门了吗？"

赵虞羞愤地扶着他的手臂站直身子，整个身子颤巍巍的。

沈隽意吹了声口哨，嘚瑟地围着她转圈，冰刀在冰面上划出一圈圈痕迹，带起细碎的冰花。

赵虞紧紧抓着他的手臂，一动不敢动："沈隽意你别放手别放手！"

他炫技炫够了才停下来，拉着她一只手，双腿前后屈膝，另一只手背到身后，绅士又优雅地弯腰行了一个王子礼，抬头时笑眯眯地说："别怕，我带着你滑。"

他把另一只手也伸出来，赵虞颤巍巍抓住，双手相牵。他往后一滑，赵虞就被带着往前了。

赵虞睁大了眼睛盯着冰面，几乎使出全身力气才控制住双脚不打滑。沈隽意却如履平地，倒滑的冰刀拉出一道道优美的弧线，任由她怎么歪来倒去也没让她摔跤。

就这样手牵手面对面滑了好几圈，赵虞才终于找到一点儿感觉，控制起来轻松了很多，视线也终于从冰面离开，落在对面那张眉眼飞扬的脸上。

目光相触，沈隽意的眼里笑意更盛："好玩吗？"

赵虞别扭地点了下头，顿了顿又问："你什么时候学的滑冰？"

沈隽意："上高中的时候。"

赵虞哼了两声："这么熟练，以前也这么带着女孩子滑过吧？"

沈隽意顿时松开她一只手。

赵虞吓得尖叫，手忙脚乱地去抓他的胳膊："别放手啊，混蛋！"

他忍不住笑起来："不是故意的啦！我发誓给你看。"他竖起三根手指，信誓旦旦地说，"你是第一个！"发完誓，才又牵住她的手。

赵虞又哼了一声。

沈隽意歪头瞅了她两眼，笑眯眯地问："我还会托举，想不想试试？"

赵虞连连摇头："不想！就这么滑滑挺好的！"

他歪着头笑："真的不试啊？很好玩的！"话落，冰刀朝后一扬，速度顿时变快。

他一加快，赵虞也跟着变快，顿时感觉脚下完全不受控制，冰刀一会儿排成一个外八，一会儿排成一个内八，一会儿甚至扭成了一个歪曲的数字八。

赵虞眼睁睁看着自己不受控制的身体朝他飞撞而去。

身体撞上他胸膛时，原本牵着的那双手搂住了她的腰，然后紧接着一个原地旋转急刹，冰刀在冰面刺地拉出一道深深的划痕，刨起细碎的冰碴。

赵虞紧紧闭着眼埋在他胸口，几圈旋转之后，终于稳稳停下来。

想象中的摔倒并没有发生，她睁开半只眼瞅了一下，一抬头就对上他笑吟吟的眼神，气得捶他胸口："都说不想了！"

沈隽意搂着她的腰，上半身微微后仰，任由她捶着，嘴上却辩解："我又没举！"

赵虞气愤地把他往外推："松开！我自己滑！"

这一推差点儿又没站稳，好在沈隽意眼疾手快扶住她的手臂，等她稳住身体才松开了手："好好好，你自己滑。"

赵虞瞪了他一眼，深吸一口气，拿出跳舞练出的平衡感，尝试着一点点挪动，起初还有些跟跄，每晃一次，守在身后的沈隽意都会扶她一下，练到后面总算找到了平衡技巧，不用扶也能慢腾腾小滑一段距离了。

沈隽意就这么笑吟吟地看着她，双手背在身后一圈一圈围着她滑，掠起一阵阵细碎的风，吹动她散开的长发。

赵虞有时候会趁他从旁边滑过时故意去拽他，结果连他的衣角都摸不到。他却可以在经过她身边时摸一下她的头，戳一下她的脸，溜走时还故意转过身倒滑，让她看到他得逞的笑脸。

赵虞气呼呼地往冰上一坐："不滑了！"

沈隽意蹬步滑到她面前，半跪着蹲下来："好啦，给你拽。"

赵虞："不滑了！脚痛！"

沈隽意低头看看："是不是脚踝痛？"

赵虞撇着嘴点头。

沈隽意握住她的胳膊，把她从冰面上拉起来："新手第一次滑脚踝是会痛，我刚学滑冰那会儿也痛了好久。走吧，不滑啦。"

他牵着她滑出冰场，走回换鞋区，蹲下来替她解鞋带。

赵虞看着半跪在自己面前的人，慌了一下："我自己来！"

沈隽意握着她的小腿："别动，我看看。"

滑冰鞋的鞋带缠了很多圈，脱下来后，她脚踝的位置果然有些红。沈隽意把她的脚放在自己的膝盖上，有些冰冷的手指捏住了她脚踝的位置，轻轻揉捏起来。那纤细的脚踝骨感分明，他一只手就能握住。

赵虞双手撑着长椅，感觉整个人都快烧起来了。她蹬了下脚，头一次在他面前露出这样结结巴巴的模样："你……你松开！"

沈隽意歪着头朝上看，像在哄小朋友："揉一揉就不痛啦。"

细腻的触感透过脚踝一路直冲大脑，赵虞的手指紧紧捏住长椅边沿，牙根都咬紧了。

揉完左脚，又换到右脚，沈隽意看了眼她无意识跷起来的大拇指，忍不住笑了下，抿了抿唇说："我知道，你是担心我碰到我妈心情不好，才留下来陪我的。"

赵虞的睫毛颤了一下。

他还是低着头，声音却笑着："放心啦，我不难过的。"顿了顿，又说，"我其实也没怪她。"

赵虞一动不动地看着他，绷直的脚背不自觉松开了。

沈隽意揉着她的脚踝，声音很轻："她本来也没有赡养奶奶的义务，那时候她已有自己的家庭，要养自己的孩子，还要支付我大学的学费。"他笑了下，"她对我挺好的其实，我不怪她。她只是只能当一个孩子的妈妈而已。"

安静的滑冰场只有制冰机运行的声音。良久，赵虞慢慢抬起手，轻轻摸了摸他的头顶。

沈隽意笑着抬起头来："这个场景我们好像拍过。"

是拍过，在《想记得》里，也有这样一个他半跪在她面前，而她抬手安抚他的场景。

赵虞"扑哧"一声笑出来。

沈隽意换了个姿势，把她的双脚放进自己怀里，微微抬起头看着她："赵虞。"

她抿着唇角，很轻地"嗯"了一声。

他笑着问："今天有没有重新喜欢上我一点儿？"

那眼眸澄亮，像落满了星光。

她手指微微弯曲起来，却没有避开他的目光，唇角也弯了起来："有。"

✦02✦

沈隽意要回家住一晚，赵虞明天有活动，订了晚上九点的航班。从滑冰场离开，沈隽意就开车送她去机场。

又是过年时那辆不起眼的奥迪，车里还有她上次没喝完的饮料，只是车头多了一排玩偶。赵虞起先没注意，看久了才觉得这些 Q 版玩偶有点儿眼熟。她凑过去仔细看了半天，才发现玩偶穿的衣服、头发的颜色都和她演唱会时的造型一模一样！他拿自己的手办当车饰？！

赵虞觉得太羞耻了："这些哪儿来的？！"

沈隽意握着方向盘挑眉："买的呀。"

赵虞叉腰："哪里买的？"

沈隽意摇头晃脑地笑："你的超话。"他转头瞄了她一眼，"你站子好多啊！我看了，做的周边都特别好看，这组演唱会娃娃卖得最火了！"

赵虞更羞耻了："你关注我的超话？"

沈隽意："对啊，我还给你打榜了呢！"他一副求夸奖的语气，"那个榜是我俩在竞争，我都把票投给你了哦！"

赵虞："……"

沈隽意笑了一会儿，又转头认真地看着她："你粉丝比我了解你，我会多跟他们请教的。"他弯着眼角，"你喜欢什么我都会知道的。"

赵虞耳根开始泛红，羞恼地伸手在他脑袋上推了一把："好好看路！"

沈隽意笑眯眯地回过头去继续专心开车："后天我要去埃及拍杂志封面，大概一周后回来，想要什么礼物？"

赵虞揣着手手看车窗外："什么都不要。"

沈隽意不干："不行，必须要！"他一只手握着方向盘，另一只手伸过来胡乱的揉她的脑袋，"快说快说快说！要什么要什么要什么？"

赵虞气呼呼地把他的爪爪挥开："我要金字塔！有本事你给我买回来！"

沈隽意"嘶"了一声："我要是买回来了，你会喜欢我更多一点点吗？"

赵虞羞恼地扭过头不理他了。

车子开到机场，赵虞没让他送，全副武装后就进去登机了。

清明节一过，她的新专辑也即将发布。这次的新专辑《非我》依旧分为电子版和实体版，电子版会提前一天在各大音乐平台上线。

就在万众期待专辑上线的前一天，沈隽意发了条微博。

@沈隽意：《非我》明天上线，快来听快来听快来听！"

配图是赵虞的新专辑宣传图。

这一发就上了热搜，"沈隽意硬核宣传赵虞专辑"的词条一路攀升。吃瓜网友闻讯而至，连拥有铁粉标志的薏仁都没能抢到热评。

——哦哟，又在帮邻居宣传啊？

——今年的中国好邻居奖不颁给沈隽意我第一个不服！

——翻译一下：只要你买了我女朋友的专辑，我们就是朋友。

——你自己的新歌不是也快上线了？咋没见你给自己宣传？

——高举神谕大旗的我狂奔而来！

——姐妹们，把口号打在公屏上：神谕天生一对，虞虞隽崽最配！！！

——宝贝爱你，想恋爱麻麻也是支持的，不要有心理负担。

……

因绯闻而来的新专辑宣传比木易给赵虞做的宣传更有效，一天时间，全网就都知道赵虞明天要发专辑了。林之南一时之间不知道该高兴还是该忧愁。她这恋爱公关是不是该准备起来了啊？

沈隽意这次拍的杂志专门做了一期埃及主题，除了拍摄之外，还会浅游当地，感受人文。这边天气闷热干燥，每天都带着大堆仪器到处跑，其实挺累的。

为了方便照顾，小狮这几天都跟沈隽意住一间房。凌晨正睡得香，就听里头沈隽意的手机闹铃突然响了。小狮一下翻身起来，冲进卧室时人还是蒙的。

黑暗中，沈隽意斜靠着床板在翻手机，屏幕光映着他睡眼惺忪的模样。

小狮一边走过去一边问："隽意哥你干什么呢，这才四点。"

沈隽意打了个哈欠："买专辑。"

小狮摸不着头脑："什么专辑？"

沈隽意扫了他一眼："你不是粉丝吗？偶像新专辑上线都不知道？假粉吧？"

赵虞的新专辑定在早上十点上线。而北京的早上十点，埃及还是凌晨。

小狮一脸愤慨地跑回去拿手机加入买专辑的行列，刚打开微博就看到粉丝购买排行榜，眼睛顿时就瞪大了，两三步冲进卧室："哥，你怎么用大号买的啊？"

赵虞这次的专辑购买做了数据透明化模板，用微博账号从购买链接进入界面购买专辑之后，会自动发布一条"我已购买××张《非我》"的微博，并自动进入排行榜。如今，沈隽意的名字赫然排在榜单第一位。

别说小狮，打算冲击榜单让偶像看到自己的虞美人都蒙了，看着购买数量后面那一串"0"一脸绝望。这咋打啊？你有钱你了不起？

还在兴奋购入的沈隽意摸了下脑门，这才反应过来："睡迷糊了，忘了换号。"

小狮在门口急得跺脚。

沈隽意凑近看看那个榜单，居然还美滋滋的："我第一诶！"

凌晨四点的埃及依旧安静，早上十点的北京已经闹翻了天。"赵虞新专购买排行榜第一竟是沈隽意""沈隽意斥巨资为赵虞新专打榜""顶流帮顶流做数据"……霸占了新一天的网络热门。

众网友：多少人发专辑卖一年也卖不到十万张啊！知道你俩关系好，知道你俩是邻居，朋友帮朋友宣传专辑我们可以理解，但是至于这样吗？！你俩再拿朋友邻居的身份来糊弄我们可就说不过去了啊！

双方粉丝是蒙的，吃瓜群众是蒙的，看到热搜的沈隽意也是蒙的。

他抬头问一脸绝望的小狮："我买了十万张？"

小狮伸出一只手："五个'0'。"

沈隽意扳着指头："对啊，五个'0'，个十百千万……啊，忘了还有个'1'。"他是真睡迷糊了，毕竟人从极困的状况下突然被闹钟叫醒，脑子确实不大转得动，他叹了口气，"我本来只打算买一万张的。"

赵虞的电话很快打了过来。

沈隽意看了眼来电显示，"嘶"了一声捂住心口，抬头问小狮："我是不是要挨骂了？"

小狮递给他一个保重的假笑。

沈隽意深吸一口气，往右一滑接通电话，不等赵虞开口立刻抢先认错："我错了我手滑了我忘了换号！"

话都被你说完了！

赵虞气呼呼地说："什么时候回来？"

沈隽意委屈巴巴："要骂就在电话里骂，就别当面了吧？"

赵虞又气又好笑："谁要骂你啦？花你自己的钱我才不心疼！"她顿了顿才说，"下周我爸生日，他邀请你来我家做客，来不来？"

沈隽意顿时喜上眉梢："去去去！我后天就回去了！告诉叔叔我一定去！"

赵虞哼了一声，挂电话前又气呼呼地说："你自己搞出来的事你自己去公关啊，我是不会回应的！"

沈隽意嗓音里都是笑意："好好好，放心吧！"

挂了赵虞的电话，毕周的电话又打过来，他痛心疾首地斥责道："你要搞这种大事前可以先通知一下我这个经纪人吗？现在圈内所有媒体都在给我打电话发消息，问你和赵虞恋情的事，我应该怎么证明我是真的不知道？"

沈隽意："你就说我手滑了。"

毕周："手滑点赞他们都不信，能信你手滑多点了一个零？！"

"倒也是。"沈隽意想了想，"那就别解释了。"

毕周："……"

然后沈隽意就发了条微博。

@沈隽意："没有别的意思，就是《非我》值得！"

毕周："……"

网友："……"

有网友在评论里问："沈隽意你这是在干吗？"

沈隽意回复："我在追星。"

你追啥玩意儿？

CP粉："崽你想好了再回答，你到底是在追人还是追星？"

十万张专辑引发的热搜持续了整整两天，到第二天《非我》实体专辑上线的时候，还有网友跑到沈隽意的微博下面问他这次又买了多少张。

沈隽意这次倒是没回应，反而是夏元、盛乔一众跟赵虞交好的圈内好友纷纷发微博晒出购买的专辑，统一发博："没有别的意思，就是《非我》值得！"也算是侧面回应了这次事件。

虞美人们起先还有些震动，后来也就想通了。管他追星还是追人呢，反正数据是我家的，钱是女鹅的，不亏！

而沈隽意的超话从过年那次绯闻事件开始就一直没有停止关于他恋爱的讨论。有人脱粉是必然的，但沈隽意已然不是只靠粉丝立足于娱乐圈的流量了。之前对家转型恋爱又结婚的事其实就给了薏仁们足够的心理准备，加上毕周安排的人有意带风向打预防针，粉丝的反应倒不是特别激烈，都觉得他好像是到了该谈恋爱的年纪了。奶奶过世后，他就没有家了，就算他们用尽全力去爱他，也给不了他一个真正的家。

以前他们或许还觉得赵虞绯闻太多不够完美，但看了过年那张同框照，那样阖家团圆的寒冷夜里，唯有她站在门口等着他。他们一起长大，知根知底，就算在一起也不存在谁蹭谁热度的问题。最重要的是，他喜欢。

你的心意，就是我们一直想要守护的东西呀！

恋爱还没谈，薏仁们已经完全说服自己了。

两天之后，沈隽意终于结束这次的拍摄之旅，临上飞机前给赵虞发了条微信："准备回国啦，快祝我旅途平安！"

赵虞洗完澡才看到消息，算算时间他估计都起飞了，趴在床上噘了下嘴，还是回了一句"旅途平安"。

从开罗飞北京要十多个小时，她估摸他应该是下午才过来，便玩了会儿手机关灯睡觉了。结果第二天天刚亮，她就被外头的敲门声叫醒了。

赵虞打着哈欠去开门，看见门外风尘仆仆的人愣了一下，瞌睡都没了。

沈隽意的眼睛有些疲惫的红，但笑容比晨起的阳光还灿烂："好久不见！早安！"

"……明明才一周多，哪儿有好久！"赵虞看他进屋换鞋，低声问，"你没回家啊？"

沈隽意"嗯"了一声，换好鞋直起身子，神秘兮兮地晃了晃手上提着的袋子："猜我给你带了什么礼物？"

赵虞撇了下嘴："不猜！除了金字塔我什么都不要！"

沈隽意弯眼笑起来，猛地打开礼品盒："猜对啦！"

赵虞低头去看，礼品盒里真有一座金字塔，真黄金做的塔，巴掌大小，雕刻精致，托在掌心跟秤砣似的，映着客厅的灯光，差点儿闪瞎她的眼。

沈隽意在旁边笑得得意又骄傲，还问她："喜欢吗？"

赵虞有种自己的钱被浪费的肉痛感："你钱多没处用啊？！买专辑多按一个零就算了，送这个干吗？这有什么用？！"

沈隽意："可以当传家宝。"他又美滋滋补充一句，"而且黄金可以升值哦！"

赵虞："……优秀死你了。"

沈隽意眨眨眼睛，突然歪着头往她跟前一凑，对方的眼里映满了他的笑容："我把金字塔给你带回来了，有没有更喜欢我一点儿？"

赵虞的心跳慢了半拍，她气呼呼地把人推开："休想用钱打动我！"

◆03◆

赵虞发完专辑后行程就空了出来，跟新剧组开完剧本研讨会，接下来就只需要静等进组，也算趁机休个小假，于是提前两天就回了家。

沈隽意倒是要比她忙一些，一直等到赵康宁生日当天，才一大早坐飞机前往四川。四川他来的次数并不少，看过熊猫，吃过火锅，但这一次不带着工作目的，心情比以往都要愉悦。

私人行程没有暴露，到机场时，赵虞开车来接他。她应该是刚起床洗了把脸就出门了，头发乱得随意，毛茸茸的家居服外面套了件大衣，没了平日精致的妆容，素颜反而显得清秀雅致，一边打哈欠一边朝他招手。

沈隽意加快步伐走过去，走到车门前才笑吟吟地把口罩扯下来："等很久啦？"

赵虞揉了下眼睛："还好，上车。"

沈隽意拉开驾驶座的车门："我来开吧。"

他倾身过来替她解安全带，暮春的寒意裹着他的体温袭进车内。赵虞一下抿住唇，双手把他往外推："你又不知道路！"

安全带"啪嗒"一声解开，沈隽意笑着在她乱糟糟的头顶揉了一把："有导航啊。你都困成这样了，去旁边坐去。"

赵虞撇了下嘴，等他俯身退出去后才裹紧大衣从驾驶座下来，绕到副驾驶座去。

沈隽意把双肩包扔在后座，上车调好座位，拿手机点开导航，问她："地址。"

赵虞一边系安全带一边说地名，刚系好，就听到导航里传出自己元气满满的声音："Hello，我是赵虞。虞你同行，安全驾驶，请系好安全带，我们准备出发啦！"

赵虞："……"这简直比之前在他车上看见自己的手办还羞耻！

沈隽意已经发动车子，丝毫没觉得哪里不对，还乐呵呵地跟导航里的她互动："好的，准备出发啦！"

赵虞顿时想扑过去抢手机。

沈隽意似乎有所预料，一手转动方向盘，另一只手先她一步把手机转移到了车门的凹槽里，转头问："干吗？"

赵虞叉腰："关了！不准用我的语音包！"

——"前方有闯红灯拍照，请小心驾驶。前方路口即将左转。"

赵虞："……"

沈隽意"啧"了一声："这个合成的声音没你声音好听。"

赵虞："不好听你还听！"

沈隽意观察着路况，转动方向盘左转："总比没有好嘛。每次去哪儿开着这个，就会有种你在我身边的感觉。"

赵虞盯着他专注的侧脸，耳根又不争气地红了。

车子驶出机场路，转道三环，沈隽意把窗户降下来一点儿，闻了闻风里的空气："我好像闻到火锅味了！"他转头笑眯眯地问，"今天家里客人是不是很多？"

赵虞看着窗外掠过的街景："没，我爸为了你把亲朋好友都推了。"

沈隽意兴高采烈地说："哇，我在叔叔心中这么重要啊！"他加快车速，"那我得快点儿，不能让叔叔等久了。"

今天路况不错，错开了早高峰也不太堵，四十多分钟后，车子就驶入了小区。

赵虞一家人都念旧，这么多年江蕾和赵康宁并没有换过房子，虽说有些旧，但当年买的时候也不便宜，算是老成都的富人区。用赵康宁的话说，他就喜欢这种地地道道的老成都味儿。

到家的时候，赵康宁已经在厨房准备今天中午的大餐了。听到两人进门的声音，他围着围裙热情地迎出来，一见到沈隽意就笑逐颜开："隽意来啦！坐坐坐，快坐！别拘束哈，就当自己家。"

沈隽意一点儿都不生疏："叔叔阿姨好，叔叔生日快乐！"

赵康宁笑弯了眼："快乐快乐。坐飞机累不累？听小虞说你最近比较忙，还辛苦你专门跑一趟。等着啊，叔叔做大餐给你吃！"

沈隽意："不辛苦，叔叔就是不邀请我我也会来的！"他朝厨房看了两眼，"叔叔今天过生日还自己下厨呀？我来帮忙吧。"

赵康宁连连摆手："不用不用，给她娘俩做饭是我每天最开心的事。你就好生坐着，让你阿姨泡茶给你喝。"

家里明明只有三个人，却有种一大家子热热闹闹的温馨感，难怪会养出赵虞这样热烈似火的性子。

还不到十二点，一顿丰盛的午餐就上桌了，赵康宁厨艺高超，连蛋糕都是自己做的。开了瓶红酒，四个人坐上桌，端着酒杯高高兴兴地碰杯。

之前沈隽意还以为今天会是一场多人聚会，早就做好了面对各种眼光打量问候的准备，没想到客人只有自己，倒是比想象的要放松很多。吃完饭，他把准备好的礼物拿出来："叔叔，听小虞说您爱喝茶，这是给您买的大红袍。"

赵康宁眼睛一亮，接过来打开闻了闻茶味，顿时爱不释手："好东西啊。"

沈隽意笑眯眯的，又把另一个盒子递给江蕾："阿姨，这是给您的玉如意，希望您喜欢。"

江蕾一脸惊讶："我也有呢？"她接过盒子，温柔地道，"给你叔叔送生日礼物就算了，给我买什么，来家里做客还让你破费。"

沈隽意笑着说："不破费，应该的。"

赵康宁还在那儿闻茶，听他说这话，抿笑看了赵虞一眼，拍拍江蕾："应该的应该的！孩子送了你就收下！"

赵虞没错过她爸笑容里的深意，顿时羞恼地背过身去。

一家人坐在客厅喝了会儿茶聊了会儿天，赵康宁就兴致勃勃提出打麻将了，还特别关心地问沈隽意："隽意啊，你牌技有没有进步啊？"

沈隽意傻乐："试试就知道了！"

试试后发现不仅没有进步，好像还退步了。

赵虞感觉他全身都散发着散财童子的光芒。

眼看沈隽意又要给赵康宁点炮，她忍不住在桌下踢了他一脚。都快把牌扔出去的沈隽意顿了一下，转头瞅了她一眼，接收到她恨铁不成钢的眼神，又默默把牌收回去换了一张。

赵虞发现这办法还挺有效，之后就时不时地踢他一脚。

赵康宁和江蕾哪儿能没发现她的小动作，笑着对视一眼，倒也没拆穿。

打了几个小时，赵康宁似乎也觉得孩子大老远地来给他庆生还一直输钱不太好，就嚷嚷着腰痛不打了。他兴致勃勃地看着赵虞："小沈好不容易来一次，你带他出去逛逛嘛。去逛哈宽窄巷子，或者去 IFS 看熊猫屁股，你们年轻人都喜欢这些。"

赵虞无语："我跟他去宽窄巷子，是想宽窄巷子被挤爆吗？"

赵康宁："那要不去河边边喝茶嘛，那儿都是中老年人，认不到你们。让小沈感受一哈坝坝茶，还可以搞一哈掏耳朵。"

赵虞转头问沈隽意："你想去体验下掏耳朵吗？"

沈隽意"嘶"了一声："会不会很疼啊？"

赵康宁立刻道："这你就不懂了嘛！"

然后沈隽意就被科普了半个小时的成都街边掏耳朵文化，听得他耳朵都痒了。

赵康宁科普完就催促赵虞："你带小沈去嘛！口罩帽子戴好，开车去，又没人晓得你们在成都，不得被发现的。"

赵虞举手投降："去去去，这就去！"

两人整装完毕，开车出门，午后的光带着橙亮的色彩。

赵虞握着方向盘思考了一会儿："那我们先去掏耳朵？"

沈隽意缩了下脖子："不了吧，听叔叔讲得我有点儿怕。"

赵虞"扑哧"笑了："那你刚才还一副很向往的样子？"

沈隽意叹气："不好扫了叔叔的兴致。"

赵虞撇嘴："虚伪！"

她想了想，说："那你想去哪儿？宽窄巷子的话……也不是不可以。"

沈隽意转头看着她的眼睛，唇角弯起来："我想去看看你长大的地方。"

赵虞愣了愣，若无其事地发动车子："行啊，那先从幼儿园看起？"

沈隽意眼里笑意更盛："好啊！"

这座她土生土长的城市，这些年日新月异地变化着，她当年上的幼儿园早就搬离了。赵虞把车开到人文公园旁边，指着在中间跳坝坝舞的老太太："我的幼儿园。"

还以为可以在照片墙上看到幼年虞虞的沈隽意："……"

紧接着是小学，倒是还在，但周围都起了高楼，学校被圈在中间，这会儿正是小学放学的高峰期，堵得完全开不进去。两人在中间堵了一个小时，才好不容易挤出来，太阳都落山了。

赵虞："有没有体验到具有成都当地特色的堵车文化？"

沈隽意："体验到了，非常有特色。"

开到中学时，天色已经暗了下来。

赵虞的初、高中是在同一个学校连读的，初中校区和高中校区就隔着一个操场，这个时间都放学了，校园里冷冷清清的，唯有高三那栋楼灯火通明，学生们还在奋斗。

赵虞在外面的林荫道上停好车："就在这儿看看吧，高三上晚自习呢，我们也进不去。"

沈隽意扒着车门看了一会儿，转头眼巴巴地说："我想进去看看。"

赵虞瞪他："这有什么好看的！你又不是没上过高中！"

沈隽意："幼儿园和小学都没看到，中学也不让看！那我今天一下午是看了个寂寞吗？"

赵虞看了眼在校门口值守的保安，又看了看暗下来的天色，突然想到什么："从那边绕过去是旧校区，墙不高，我记得当时班上的男生逃课都从那儿进出，去看看？"

沈隽意满眼兴奋："好啊！"

于是两人戴好帽子、口罩下车，借着夜色偷偷摸摸跑去翻墙。

看着墙上新鲜的脚印，赵虞不掩欣慰："看来学弟学妹们没有放弃这个传统。"她拍拍手，也有些兴奋，"翻吧！"以前上学没做过的事现在来做，还蛮刺激的。

沈隽意后退几步，往前一个冲刺，脚上一蹬就撑着墙翻上去了，然后笑眯眯地坐在墙上朝她伸出手："上来。"

墙下有一圈花坛，赵虞踩着花坛跃身，手腕被他抓住，几乎没怎么使力就被他轻轻松松拉了上去。

旧校区并没有废弃，平常用来堆积器材和开大会，篮球场也翻新过。路灯坏了几盏，昏昏暗暗地照在夜色里，远远能听到高三学子朗读的声音，有种紧张的刺激感。

赵虞突然有些后悔这个决定："万一被发现了怎么办？"

沈隽意沉思着："就说我们是老师。"

赵虞："你当我们学校的保安傻吗？！"

好在旧校区这边没有老师上课，白天人都很少，更别说晚上。赵虞藏在树后面纠结半天，没逃过"来都来了"的准则："那我们就在这边逛一逛，不到那边去。"

她可是学校的名人，上了名人墙的那种！要是被抓到偷偷翻墙进学校也太丢人了！

沈隽意笑意盈盈："行。"

夜风里传来香樟树的味道。隔着一个操场的距离，那头是灯火通明的教学楼，这边是安静无声的旧校区。

跑道的塑胶已经有些皲裂了，赵虞用脚尖踢一踢，有些怀念："我高中的时候体育课都还在这边上。"

远去多年的回忆夹着塑胶跑道的味道席卷而来。

沈隽意闭眼深呼吸了一下，有些怅然地叹了口气："我都没见过高中时候的你。"

赵虞的记忆被拉回那个暑假。她兴高采烈地去敲门，却得知他去了北京的消息。就是从那时候开始，他们的距离一点一点被拉开了。

沈隽意突然转头说："要是没去北京就好了。"

要是没去北京，或许少女隐秘的心事就会在那年的夏天被他感知。那样的话，他就能有幸参与她的整个少女时代了吧。

赵虞却没回应，皱眉看着跑道旁边的一棵香樟树。

沈隽意顺着她的视线往上看："你看什么呢？"

赵虞抬手指过去："你看那团树枝下面的红点，像不像摄像头？"

沈隽意："嘶……好像就是摄像头。"

赵虞："你看那个摄像头，是不是正对着我们？"

两人对视一眼，还没来得及说话，就见操场边缘远远晃过来几道手电筒的光，一个戴着眼镜的中年男子和一名保安怒气冲冲地朝他们的方向跑来。

赵虞惊恐地瞪大了眼睛，还没反应过来，被沈隽意一把抓住手腕拔腿就跑。

急促的脚步声在操场回荡开来，身后传来怒吼的川普："你们两个给我站住！大好的年纪不把心思花在正道上，晚自习不上居然偷偷在这儿约会？！学校是拿来让你们耍朋友的吗？给我站住！我今天非要抓个典型！"

赵虞听着骂声简直快慌死了："好像是……是我们学校的教导主任！快跑快跑快跑！"

夜风呼啦啦吹起他们的头发和衣角，沈隽意拉着她跑得更快了。

翻出墙去需要时间，停下来肯定会被追上，于是沈隽意拉着她在旧校区东窜西躲，从一扇没上锁的铁门钻进去后，又顺着破旧的楼梯往上爬。四周暗得只有星光，赵虞光顾着跑，完全不知道自己被他带到了哪里。一口气爬了几层楼，楼下又传来追逐的脚步声。

推门出去，已经是天台了，摆满了废弃的桌椅和木箱，靠墙的一面立着一块隔板。沈隽意拽着她的手腕，侧身钻了进去。空间顿时变得狭小逼仄，沈隽意挺直后背靠着墙，把她抱在怀里。赵虞贴着他的心口，一动不敢动。

楼道里的脚步声和教导主任发飙的声音交替传来，急促呼吸的燥热充满了整个空间，沈隽意睁大了眼睛，一手捂住自己的口鼻，另一只手抚住她后脑勺把她按进自己胸口，气喘吁吁的呼吸声终于小下来，渐渐消失在风中。

旁边的墙上晃过手电筒的光，教导主任气急败坏地问："人呢？"

保安找了一圈："不在这里，去下面找找。"

脚步声终于远去。赵虞猛地从他怀里抬起头来，满面通红地大口喘气，好不容易把气喘匀了，一抬头，就看到沈隽意正低头看着她笑。赵虞气得踩了一下他的脚，他"嘶"了一声，双手却还抱着她，眼里笑意更盛。

这样窄小的空间，燥热散去后化作暧昧，朦胧了这个夜晚。赵虞平复下来的心跳又开始急促起来。

沈隽意微微低头，唇畔的温热拂过她长长的睫毛，用很轻的气音喊她："赵虞——"

赵虞睫毛微颤："干吗？"

沈隽意笑起来："开不开心？"

赵虞气呼呼地抬手把他的脑袋往上推："一点儿都不开心！"

沈隽意笑眯眯地顺着她的力道抬头，眼睛朝上扫过夜空，突然愣了一下，很惊喜地跟她说："今晚的星星好亮啊！"

赵虞也是一愣，抬头朝上看去，仿佛比湖面还要澄澈的夜空中，星星像点缀上去的钻石，一闪一闪，映出了一条璀璨的银带。

沈隽意："好久没看见这么亮的星星啦。"

赵虞突然意识到什么。她猛地转头朝外看去，透过隔板狭窄的出口，只能看见长在天台边缘的几簇野花。赵虞的呼吸都轻下来，像看到了什么不可思议的东西，挣开他的怀抱慢慢走了出去。

视野开阔起来，堆积的木箱，废弃的课桌，地面还有未腐烂的彩带。她站在原地环视四周，微微抿住唇，转身朝另一面墙走去。

沈隽意在身后喊了她一声，好奇地跟上去。

一整面写满名字的墙出现在两人眼前——各种颜色，各种字体，不同的名字两两成对写在一起，圈在爱心里。有些字迹已经斑驳，有些字迹还是崭新的，一层覆一层，布满了墙上每一个角落，在这片星空下熠熠生辉。

沈隽意不可思议地睁大了眼睛。

好半天，赵虞才几近呢喃地说："星愿台。"

沈隽意转过头去："什么星愿？这是什么地方啊？"

赵虞仰头看着写满名字的墙面，半响，又转身跑到墙角那堆杂乱的木箱跟前翻了翻。沈隽意眼睁睁看着她从木箱里翻出了一堆零食饮料。

赵虞抱着薯片转过身来，不知是不是星空映照，眼里好像有闪烁的水光，她兴奋又雀跃地朝他喊："是星愿台啊！"

她那么高兴，他也就不自觉笑起来，步履轻快地走到她面前："什么是星愿台？"

赵虞把零食放到一旁，拉着他爬到木箱上坐下，指了指头顶的星空："星愿台就是看星星许愿的地方。我们学校有个传说，只要恋爱中的情侣到星愿台来看过星星，就能永远在一起！所以那时候就有很多情侣偷偷来这里看星星。后来也真的有很多人结婚了，他们就会回到这里，在那面墙上写上自己的名字。"

沈隽意惊讶地回头看了一眼："那墙上的名字……"

赵虞笑眯眯地点头："对，都是终成眷属的有情人。所以传说越来越真，这里就成了我们学校的表白和约会胜地。就算不是我们学校的学生，也会偷偷来这里看星星许愿。"她拍拍旁边的袋子，"还有个不成文的约定，每一对到这里来的情侣都要留点儿零食在这里，保证那个箱子里永远有吃的，这样就可以一边吃零食一边看星星啦！"

沈隽意"扑哧"一声笑出来："你们这个约定还挺接地气的嘛。"他看着一脸雀跃的女孩，抿了下唇，顿了顿又轻声问，"那你以前来过吗？"

赵虞一愣，连晃荡的双脚都停了下来，好半天才转过头看着他的眼睛："没有，这是我第一次来星愿台。"

不是没人约过她。那时候那么多男生约她在星愿台见面，可她一次也没有来过——星

402

愿台，是必须要跟喜欢的人一起去的地方。她坚守着这个原则，哪怕好奇又向往，在整整三年的时光里也没有来过一次，最靠近星愿台是上学时有流星的那一晚，朋友们开心地约着来看流星，她却徘徊在楼下，最终没有上去。

今晚，她却被沈隽意误打误撞带了上来。

所以她才那么激动又高兴啊。她终于来到了星愿台，和她喜欢的人一起。那充满暗恋香味的青春，他就是她唯一的心愿。她的心动是他，向往是他，梦想也是他。

沈隽意抬手摸了摸身后的墙面。这世间爱情最美好的模样都在这里了。那些来到这里的情侣，是怀着什么样的心情许下永远在一起的愿望呢？再一次回到这里，又是以什么样的心情写下彼此的名字呢？

他抬头看看星星，然后虔诚地闭上了眼睛。

赵虞就这样看着他，看他的睫毛在星空下微微地颤抖，看他许愿时嘴角弯起的笑意，看他睁眼时热忱又温柔的光芒。

"赵虞，以后如果可以，我们也来这里写上名字吧！"

她少女时代全部的梦想，此刻就在她的面前，带着他不加掩饰的那颗真心，走过那么漫长的时光，终于与她在星愿台相见。

星星啊，那一年我在楼下徘徊，你是否听到了我的愿望？

赵虞用手掌撑着木箱抬起身体，微微一仰头，吻上了他带笑的唇。

风里传来晚自习下课的铃声，丁零零，丁零零，像拨动他心弦的声音。

沈隽意一动不动，连垂下的睫毛都仿佛被按了暂停键。他看到她眼里的笑，比头顶的星空还要璀璨，他听到她的声音，比天使的还要动听。

"别等以后了，现在就写吧。"

不远处的教学楼传来学生下课的声音，安静的夜晚被突如其来的喧闹打破，有人奔跑，有人嬉笑，有人打闹，都是青春的声音。

他们错过了青春，幸好，不会再错过余生。

赵虞笑着从木箱上跳下去，拍拍手："好啦，我们来写名字吧。"

沈隽意还傻坐在木箱上，直愣愣看着她。

赵虞转头瞅他两眼，被他的表情逗笑了："怎么，不想现在写呀？"

沈隽意的瞳孔张了一下，像终于反应过来似的，眼中掀起海浪般的喜悦，眸光映着万千繁星，散射炽热的光芒。

赵虞一个眨眼，人已经被他拉入怀中。沈隽意一手搂住她的腰，一手抚着她的后脑勺，一直带着她后退抵到墙，才终于低头吻下来。

那是和拍戏时完全不同的一个吻，带着小心翼翼的珍重与温柔，像夜晚温热的风，在她唇畔徘徊。

他连呼吸都不敢重了，就那样亲密又轻柔地辗转。赵虞靠墙枕在他掌心，睫毛轻颤之后，环住他的腰抬头迎合。于是这吻终于加重，深入，好像要将彼此的力气都吻尽。他炽热的呼吸掩盖了风的声音，直到远处的上课铃声响起，他才终于克制着离开她的唇，轻轻啄她的眼睛。

赵虞觉得睫毛根有些痒，笑着抬手把他推开："干吗啦？"

沈隽意愉悦笑着，又亲她的额头："我喜欢你。"

赵虞笼罩在他的呼吸之下，眼尾泛着红。

沈隽意又亲她鼻尖："我喜欢你。"亲她脸颊，"我喜欢你。"亲她下巴，"我喜欢你。"

赵虞感觉自己全身都要被他打上标记了，又笑又痒地抬手抱住他的脑袋，看着他充满喜悦的眼睛："知道啦知道啦，我也喜欢你。"

沈隽意笑起来，眼里光芒四射，又低头咬上她的唇。

原来在星愿台许愿真的会成真呀！

赵虞小喘了一会儿气，推他胸膛："还写不写啦？"

沈隽意最后在她额头印上一吻，终于笑眯眯地将她松开："写写写！"他抬头看了看写满名字的墙面，"嘶"了一声，"可是没笔啊。"

赵虞挑了下眉，俯身在刚才找到零食的地方找出一支红色记号笔来，得意地朝他晃了晃："学弟学妹们都留着呢。"

沈隽意由衷感叹："学弟学妹实在是太贴心了。"

他抬手在那儿比画半天，兴奋地指着墙面中间一处斑驳了笔迹显出几分空白的地方，说："我们就写这儿！"

赵虞瞄了两眼："不行！太显眼了。"她找了一圈，指着最边上的位置，"写那儿吧。"

沈隽意噘嘴："我不想在边边上，我想在 C 位。"

赵虞把凑过来撒娇的大金毛推开："C 你个头啦，写到边上去！这儿经常有人来的，万一被看到拍照曝光了怎么办？"

沈隽意撇了下嘴，小声嘟囔："曝光就曝光嘛，跟我在一起又不是什么见不得人的事。"

赵虞叉腰："你在那儿嘀咕什么呢？！"

沈隽意弯眼笑眯眯的："写写写，你说写哪儿就写哪儿！"他接过笔站在最边上比画了一下，回头问，"这儿行吗？"

赵虞看了看："不行，有点儿矮了，还是容易被看到。"

沈隽意想了想，眼睛一亮，背对着她蹲下来，拍了拍自己的肩："上来。我顶着你，你就可以写到最上面啦。"

赵虞上小学后就没这么干过了，有些羞耻地拒绝："不要！"

沈隽意笑吟吟地回过头来："快点儿啦，你不是不想被人看到吗？写在最上面才最安全！"

赵虞抬头望了望墙顶，�’了下嘴，从他手中接过记号笔，一俯身坐了上去。他的肩膀要比赵康宁的宽阔很多。

等她坐好，沈隽意双手环住她的腿，沉稳地站了起来。赵虞紧紧抱着他的脑袋，起身的时候心还是随着身体抖了一下。

沈隽意笑嘻嘻地问："上面的空气是不是比下面好啊？"

赵虞拍了下他的脑袋："别动！"然后拧开笔帽，在墙上一笔一画写上两人的名字。

沈隽意问："你知道我的隽字怎么写吗？"

赵虞气得想当场分手："不知道！我写拼音！"

写完之后，沈隽意还不放心地提醒："画爱心了吗？"

赵虞没好气道："没有！不会画！画了个圆！"

沈隽意美滋滋的："圆也挺好的，圆圆满满嘛。"

赵虞在他脑壳上揉了几把："放我下来。"

沈隽意这才笑眯眯蹲下身子，等她从肩上跳下去后，迫不及待抬头往上看。他和她的名字就写在最高处，一左一右圈在爱心里，在满是名字和爱心的墙上其实一点儿也不显眼，但沈隽意觉得，那是整面墙最闪闪发光的地方。他拿出手机，先拍了几张远景，又拉近聚焦到写着他们名字的地方拍了几张。

赵虞扯他衣角："回去啦，好多蚊子。"

沈隽意这才收起手机，转身替她把帽子和口罩戴好，牵着她的手朝下走去。那手十指相扣，掌心相贴，赵虞低头看了好几眼，感觉心跳都欢快。

破旧的老楼随着他们下楼传出脚步声。来的时候没注意，现在看才觉得黑漆漆的有点儿恐怖，赵虞虽然并不太害怕，但就是莫名地往他身后躲了躲。

走出大楼，沈隽意转头问："我们还是翻墙出去？"

赵虞还没来得及回答，寂静漆黑的转角突然大吼一声蹦出一个人来，笔直的手电筒光直往他们脸上照，光线尽头传来教导主任咆哮的声音："两个小兔崽子终于被我逮到了吧！看你们还往哪儿跑！"

赵虞："……"

沈隽意："……"

与此同时，藏在身后的保安也跳了出来，一手按住了一个人的肩膀，以防他们再逃跑。

教导主任气势汹汹地冲过来："还敢牵手？给我松开！"

哪怕毕业多年，教导主任的余威还在，赵虞吓得一下甩开了沈隽意的手。

戴着眼镜的中年男人满脸严厉，冲到跟前拿手电筒在两人脸上照来照去，冷笑道："还知道戴口罩？你们也知道见不得人啊？小小年纪不学好，学别人耍朋友！学校是拿来给你们耍朋友的地方吗？我倒要看看是哪个班的学生如此胆大包天！把口罩给我摘了！"

赵虞："……郑老师，我不是这里的学生。"

教导主任："其他学校的学生也不行！废话少说，赶紧给我把口罩摘了！是不是要我亲自动手？！"

赵虞死死守护自己唯一的保护层："……郑老师，我真不是学生，我毕业好多年了。你看我俩这身高，也不像学生啊。"

教导主任更生气了："不是学生你俩怎么进来学校的？！"

赵虞："……"失算了！

沈隽意看她被教导主任训得缩头缩脑的模样，又心疼又好笑，抬手把口罩取了下来，笑眯眯打招呼："郑老师好。"

教导主任转头打量他两眼，有些疑惑地皱了皱眉："我怎么看你有点儿眼熟呢？"他掷地有声，"还说不是我们学校的学生！"

赵虞简直快哭了，终于在教导主任的逼视下不情不愿地取下口罩，闷声打招呼："郑老师晚上好，郑老师好久不见……"

教导主任："嘶……赵虞？怎么是你啊？！"

赵虞挤出一个假笑："没想到吧？"

教导主任赶紧喊后面的保安："放开放开放开，快放开！"

他打量一会儿眼前垂头丧气的女孩，脸上有了笑容："你说你，回校也不跟老师说一声。你想回来就大大方方地回来嘛，母校又不是不欢迎你，搞这些干啥子？"

赵虞假笑着："不想影响高三的学弟学妹们学习，毕竟也到关键时候了嘛。"

教导主任连连点头："是是是，是快高考了，那些小崽子们见到你肯定心又飞了。"他又看向沈隽意，"我看你也有点儿面熟，也是我们学校毕业的吗？"

沈隽意笑着："不是。我就是陪小虞回来看看她的母校，我经常听她念叨这里，说学校好老师好教导主任也好，实在是太好奇太向往了！"

赵虞："……"

教导主任顿时喜笑颜开："难为你们这些孩子毕业后还记得。走吧走吧，别在这儿站着了，去我办公室喝点儿茶叙叙旧。"

赵虞连连摆手："不了不了郑老师，我就回来看看，一会儿就要去机场了。"

教导主任一脸遗憾："这样啊。那行吧，我送你们出去。"

赵虞和沈隽意对视一眼，松了口气，又重新戴好口罩。

一行人都快走到校门口了，教导主任突然转过身来，一脸审视地问："那你们是怎么进来的啊？"

赵虞："……"传承多年的翻墙传统，就要断在自己这里了吗？！

吃了学弟学妹们的零食，用了他们准备的记号笔，赵虞实在是做不出断他们后路这种恩将仇报的事，支支吾吾地不肯开口。

教导主任打量她半天，最终还是叹了一口气，无语地冲她挥手："行了行了，快走吧，懒得跟你们这些小娃娃计较。"

赵虞长松一口气，拉着沈隽意鞠了躬，赶紧溜了。

教导主任欣慰地看着两人离去的背景，偏头跟保安说："人呐，还是不能忘本。小虞出名了也没忘记母校对她的教导，一直都这么优秀。"

保安："我记得您以前抓她当过典型，人家不穿校服您还把她拎到国旗下罚站。"

教导主任瞪了保安一眼："该教育还是要教育的嘛！"

两人从校门口离开的时候，正好有个穿校服的女生拿着请假条在保安室登记，被两人显眼的身高和身材吸引了视线，好奇地打量了半天。擦肩而过时，女生看到了隐藏在帽檐下的那双眼睛，顿时愣在原地，等她反应过来时，两个人已经脚步匆匆走远了。

保安室的保安喊她："可以了，出去吧。"

女生一把捂着嘴，指着消失在夜色中的两个身影："虞虞！是虞虞和沈隽意！啊啊啊我看到了什么我的老天爷！"她兴奋地转过头来，"老师你也看到了吧？那是不是赵虞和沈隽意？他们是不是来学校了？"

保安无语地看着她："啥子赵虞沈虞的，我不晓得，今晚也没得人拜访登记。行了，你赶快走，不是肚子疼着急去医院嘛！"

女生激动得都感觉不到肚子疼了。妈妈咪呀！那身高，那身材，那眼睛，她绝对没看错！他们还牵着手！！！

当晚，一个帖子飘在了论坛主页——《报！神谕szd！我今天在学校看见他们了！》

楼主：我现在激动得打字的手都是抖的，让我缓一缓！是这样的，今晚我在学校上晚自习的时候来大姨妈了，肚子太痛就请了假准备回家。就在我拿着请假条在校门口登记的时候，一对手牵着手的男女从学校里走了出来！他们戴着帽子和口罩，起先我还没认出来，就觉得他们又高又瘦，光看身材就知道肯定很好看，所以就一直盯着看！结果他们从我身边经过的时候我看到了眼睛，就是赵虞没错！对，没错，旁边那个男的是沈隽意！重点是他们牵着手！太激动了！太震惊了！太不可思议了！！！PS.赵虞是我们学校毕业的，所以我猜测她是带着男朋友回来参观母校！

1L：最近嗑神谕的帖子怎么越来越多了？

2L：我不信，除非楼主上图。

3L：太假了，sjy昨晚还在上海参加风尚活动，今天也没机场图，怎么会突然出现在成都某学校？还是跟zy一起？楼主嗑CP嗑出幻觉了吧？

4L：楼主你上图！！！只要你上图我就跟你一起嗑！！！

5L：带着男朋友参观母校也太浪漫了吧！不过以这俩的热度，要是真恋爱了，狗仔不可能到现在都没拍到，还如此光明正大被楼主撞见？

6L：最近料太多，不敢乱嗑了，楼主求你上个图吧！

7L：我是楼主！我没有图啊！我是高三生，从学校请假出来碰巧撞到的哪儿有手机拍！但我真的看到了！我们学校的保安也看到了！信我啊！！！

8L：那我们凭什么信你？

9L：所以就是无图捏造咯？散了吧散了吧。

10L：楼主不是跟zy同一个学校吗？晒个学生证佐证一下也可以。

11L：[图片]学生证自证！我真的看到他们了！我是赵虞的颜粉，我不会认错的！！！

12L：这种学生证网上一大把，能证明什么？

13L：又是一个嗑疯了的CP粉。高三了，好好学习吧，别成天无图编故事找存在感了。

14L：CP粉嗑成这样，这俩要是以后不在一起很难收场。

15L：不过是CP粉的颅内高潮罢了，明眼人都能看出来他们就只是朋友，外加个邻居身份。这俩要能在一起我直播吃键盘。

408

16L：楼上是个狼灭（网络流行语，指比狼人狠了不止一点，还横）！

17L：我竟然为了想看吃键盘而祈祷神谕能成。

……

后面的回复都变成了让立 Flag（引申为某一特定事件发生的征兆）的那位网友放个直播链接出来，以后有机会的话，大家都想围观一下他的壮举。

而已经开开心心回家的小情侣并不知道这世上有个无辜之人要因为他们吃键盘了。

两人到家时，赵康宁和江蕾正在客厅看电视，电视里传出沈隽意上张专辑主打歌的旋律。赵虞一边换鞋一边抬头，看到频道停在音悦台，里头正放着沈隽意去年某场商演的表演视频。

赵康宁一边嗑瓜子一边回过头来乐呵呵地说："哎哟隽意，你跳起舞来好帅哦！"

屏幕里的沈隽意穿了件黑色的半透明衬衣，腹肌若隐若现，一缕湿发掠在眼角，抱着麦克风扭来扭去，要多骚有多骚。

从来大大方方的人头一次在两位长辈面前尴尬得脚指头都蜷起来了，朝旁边憋笑憋得发抖的赵虞投去一个求救的眼神。

赵虞差点儿笑死，换好鞋才提着夜宵跑过去："爸，给你买了烤脑花，你爱吃的那家。"

赵康宁的注意力终于从电视移开。

江蕾责备道："上次体检胆固醇又高了，医生让少吃动物内脏，你还给他买这些。"

赵虞："啊？我不知道啊！拿来拿来，爸你别吃了。"

赵康宁抱着烤脑花一溜烟跑了："买都买了！不吃好浪费的！我就吃最后一次！"

一家人吵吵闹闹的，沈隽意趁机偷偷摸摸拿起遥控器换了台。赵虞回头看他在那儿吐着气拍心口的模样，忍不住满眼笑意。

江蕾已经把客房收拾出来了，换了新的被褥，插了电蚊香，床头柜上还有安眠的熏香。互道了晚安，江蕾和赵康宁就回房休息去了。

沈隽意洗完澡回房间的时候，一推门就看见赵虞盘腿坐在他床上玩手机。

她只是坐在那里，他就好像拥有了全世界。

看见他进来，赵虞收起手机，指了下放在床头柜上的杯子："给你热了杯牛奶。"

沈隽意一边拿毛巾擦头发一边笑眯眯走过去，走到她面前时，趁她不注意俯身亲了亲她的额头："女朋友真好。"

赵虞耳根一下就红了，双手把人往外推："快点儿喝！喝完睡觉！"

沈隽意双手环住她，湿漉漉的脑袋直往她颈窝蹭，像撒娇的大金毛一样不肯撒手。

赵虞被他蹭得痒痒，又气又好笑地揉他的脑袋："干吗啦！"

沈隽意埋在她颈窝，深深闻她身上温暖的香味："喜欢你——"

赵虞红着脸垂眸，指尖轻轻划过他湿润的发根。

沈隽意蹭够了，又直起身子抬手揉揉她的脑袋，捏捏她的脸颊，把她双手捧在自己掌心搓了搓。

赵虞好笑又无语："又干吗？"

沈隽意眼睛亮晶晶的："你是真的。"他弯起眼角，捧着她的手到唇边轻轻吻了吻她的指尖，"我真的追到你啦！"

赵虞觉得男朋友傻乎乎的。她看着他的眼睛，抿唇笑起来："明天告诉爸妈我们在一起了吧。"

沈隽意的瞳孔顿时变大了。

赵虞故意撇嘴："不愿意啊？"

沈隽意"嘶"了一声，有些慌张地收回手摸了下脑壳："叔叔阿姨会不会对我不满意啊？"赵虞还没来得及说话，他就一拍大腿，斩钉截铁道，"应该不可能！我这么完美，没有人会不喜欢我！"

赵虞："……"话都被你说完了！

她在他脑袋上推了一把，从床上跳下来："赶紧喝牛奶，喝完睡觉！"

沈隽意傻乐着点头，一路跟着她走到门口，赵虞正拧开门把手准备出去，就被他按在了门上。想到走廊那头就是父母的房间，赵虞内心慌得不行。他却只是笑眯眯低下头，小鸡啄米一样亲了亲她的唇："以后每天都要有晚安吻。"

赵虞哼了一声："拍戏不在一起怎么办？"

沈隽意一愣，深沉地说："是时候退休了。"

赵虞笑着捶了他一下，趁他唉声叹气的时候踮脚在他脸上亲了一口，这才拉开门出去。

第十六章

神谕

✦01✦

　　沈隽意是第二天早上十点的飞机。

　　除了赵虞，江蕾和赵康宁都没有睡懒觉的习惯，一大早就做了一顿丰盛的早餐。赵虞说要在餐桌上把两人的事告诉父母，真坐上桌面对父母，却咬着勺子死活也开不了口。

　　一直到一顿饭快吃完，沈隽意转头看了她一眼，突然伸手在桌下握住了她的手。赵虞吓得一激灵，就听见他笑着说："叔叔阿姨，我和小虞有件事要跟你们说。"

　　赵康宁和江蕾停下筷子看过来。

　　赵虞瞪着眼睛一动不动，沈隽意抿了下唇，很认真地开口："我和小虞在一起了。我会用一辈子的时间去爱护她，希望你们能相信我。"

　　赵康宁和江蕾忍俊不禁地对视一眼，似乎对这件事一点儿都不意外。

　　赵康宁摆手笑起来："我和你阿姨都很开明的，现在哪个年轻人耍朋友还要父母同意，你们的事你们自己做主就行了。"他顿了顿，脸上涌出不加掩饰的欣喜，"我就说你们两个很配嘛，早该在一起了。"

　　江蕾也笑着点头："互相喜欢比什么都重要。"

　　沈隽意没想到居然这么容易就过了父母这关，抿着唇转头看了赵虞一眼，那闪闪发亮

412

的眼睛明显在说：看吧！我就说没人会不喜欢我！

赵虞在桌下偷偷掐了一下他的掌心。

吃过早饭，就该出发去机场了，沈隽意下午在北京还有个活动，担心赵虞起这么早开车犯困，没让她送，道别之后就打车去机场了。

依旧是没有公布的私人行程，走的 VIP 通道，上飞机的时候却被本来在蹲另一个明星的代拍拍到了，很快，沈隽意双流机场路透图就被传到了网上。

本来一张模糊不清的机场图没什么，放在往常连一滴水花都不会有，但刷着帖子的网友们突然想起了昨晚那个爆料。沈隽意真在成都啊？是巧合还是他昨晚真跟赵虞手牵手同游母校了？

那个已经沉下去的帖子又被顶了起来。相比之前，相信楼主的网友多了很多。

碰巧撞见没有拍照也很正常！没图并不代表这件事是假的！不然怎么解释沈隽意今天突然现身成都的事？不过这俩搞地下情都搞得这么明目张胆，是要官宣的节奏吗？狗仔到底在干什么，还能不能敬业一点儿啦！

等等，那位说要直播的仁兄，你是不是应该开始准备了？

顶流恋情就这么再一次上了热搜，论坛匿名爆料的帖子也被搬上了微博。吃瓜网友蜂拥而至，还以为这口瓜多大多甜呢，结果看了半天，犹如鸡肋——连同框照都没有，就一个高中生的爆料和沈隽意的机场照，你说是真的吧，也有可能真，你说是假的吧，也有可能假，全看你自己愿意相信什么。

神谕 CP 粉当然是绝对相信这条爆料的，整个超话都开始撒花过年了。但双方各自的唯粉还是十分理智的。

——以前还能看图讲故事，现在一张图没有，开局全靠编？

——蹲我哥的狗仔可不少，要真在一起了，能到现在连张同框照都拍不到？

——我们就说这件事的逻辑。如果两人是被学校邀请过去的，进去的时候没被发现，那出来的时候怎么就被撞见了？还手牵手从校门走出去，他俩就不怕被人发现引起骚动？如果两人是偷偷进学校的，那请问保安室的拜访登记有吗？看了楼主的帖，保安也说当晚没有人拜访过，那我就奇了怪了，他俩是飞进去的吗？那都飞进去了，为啥不飞出来，偏要走出来刚好被楼主看到呢？逻辑无法自洽，这瓜我不信。

——他俩的友情都直接摆在台面上给大家看了，就别再胡乱猜测了吧。

——CP 粉嗑糖我管不着，但最好别捏造事实散播谣言，给双方带去不必要的麻烦！

——关注作品吧求求了，就算恋爱也跟你们没关系啊！

——除非他俩官宣，否则一律当作 CP 粉的自嗨！

……

沈隽意到公司的时候，毕周已经把热搜撤了下来，见自家艺人容光焕发的模样，作为经纪人的直觉再次上线，心道帖子里的爆料恐怕是真的。

他泡了杯咖啡端过来，把网上的帖子给他看："你不是去给赵虞的爸爸庆生吗，又跟她跑去学校做什么？"

沈隽意翻了翻网上的评论，一点儿也不惊慌，还是神采奕奕的："我们去看星星了。"

毕周一脸一言难尽："星星在哪儿看不行，非得去学校？还被人撞见，你俩真是生怕别人不知道啊？"他顿了顿，干咳一声，若无其事地问，"在一起了吧？"

沈隽意眼里透出炫耀的神色，冲他挑眉："嗯，还不发红包恭喜我？"

毕周无语："现在就要红包也太早了，结婚的时候再说！"他走回电脑前，打开提前备好的公关文案，想了想又问，"你们准备什么时候官宣？"

沈隽意："才刚在一起呢，还没想过这个问题。"

毕周正色道："我的建议是尽快主动官宣，毕竟路也铺了这么久，大众接受度还是比较高的。这次的爆料虽然没有实锤，但很多媒体肯定会闻风而动，与其被他们偷拍爆料出来，不如主动一点儿。"

沈隽意笑眯眯地喝了口咖啡："知道啦，我先问一下小虞的意见。"

赵虞是第二天下午回北京的飞机。沈隽意忙完早上的工作，吃过午饭就出发去机场接人，开车开到一半，他发现后面一直有车跟着。

毕周说得没错，两大顶流的绯闻传了这么多次，狗仔要是再没动静就不配叫狗仔了。沈隽意从拍摄现场出来他们就一直跟着，不过刚好这段路车子太少，沈隽意被跟车的经验又丰富，很快就发现了他们。

他看了眼后视镜里那辆白色的商务车，没再继续前往机场，而是在下一个高架出口右转出去，绕了一圈，见没把狗仔甩掉，干脆随便找了个停车场停了下来。

那商务车也在不远处停住。

沈隽意把座椅往后调，半躺下来，拿出手机看了看时间，给林之南打电话："我被狗仔跟上了，你去机场接小虞吧。"

好在时间还来得及，林之南应了之后就立刻出发了。

停车场安安静静的。沈隽意拿出耳机听了会儿歌，又打了两把《王者荣耀》，抬头看商务车还没走，简直快气死了。哼，害他都不能第一时间见到女朋友！行呗！就耗着！

　　车子一动不动在停车场停了两个小时，也不见车上的人下来，跟拍狗仔都怀疑人生了，问同事："他在车上干吗呢，这么久？"

　　同事思忖着："在这儿等人吧。"

　　狗仔环视四周空幽的环境："……在这儿等鬼吗？"

　　又是半小时过去，手机上跳出赵虞的来电。沈隽意眼睛一亮，开心地接起电话："你到啦？"

　　那头的人声音清爽："嗯，在南南车上了。狗仔现在还跟着吗？"

　　沈隽意看了眼后视镜，气愤道："还跟着呢！"

　　赵虞有些奇怪："怎么还跟着啊，你在哪儿呢？"

　　沈隽意："我一直在停车场没动！我耗死他们！"

　　赵虞又无语又好笑："赶紧走啦你，跟他们有什么好计较的，耽误的还不是你自己的时间。"

　　沈隽意哼了一声。

　　赵虞笑眯眯地问："我爸昨天从餐厅拿回来一条正宗的匈牙利火腿，让我带过来给你吃，要不要吃？"

　　沈隽意又精神了："要要要！"

　　"那一会儿见啦。"说完，赵虞又补充一句，"直接过来就行，别管狗仔啦。"

　　挂了电话，沈隽意把座椅调直，看了眼白色商务车，终于开车上路。

　　见狗仔果然又跟了上来，他冷笑一声，起先不急不缓卡着四十迈，等快到下一个红绿灯路口时，突然抢在变红灯的前一秒加速冲了过去，狗仔没反应过来，在人行道前一个急刹，眼睁睁看着那辆红色跑车消失在前路。

　　狗仔这才反应过来，一脸茫然地转头问："他是不是早就发现我们了？"

　　同事："……我看是。"

　　已经飙远的沈隽意回头看了看，得意地吹了个口哨。

　　到赵虞家时，林之南的车也刚好到了，赵虞刚下车就看见眼熟的红色跑车缓缓开了过来，笑着朝他挥挥手。

　　林之南在车里激动地说："那我回去准备公关文案了哈！"

　　赵虞在回来的路上把恋爱的事跟她说了，林之南兴奋得仿佛看了一部偶像剧。等沈隽意停好车走过来，她冲他摆摆手就一溜烟跑了。

　　地下车库安安静静的，沈隽意一手接过她的双肩包，一手牵住她的手，把她整只手包

415

进自己的手掌，才心满意足地拉着她朝电梯走去。

赵虞朝后看了一眼："狗仔甩掉了？"

沈隽意得意扬扬地挑眉："我车技那么好，当然啦。"

赵虞："这段时间他们应该会频繁跟着我们。"

沈隽意抿了抿唇，试探着问："如果我们被拍到了怎么办？"

赵虞沉思着："应该不会。毕竟我马上就要进组了。"

沈隽意："……哼！"

赵虞笑得不行，结果一进屋就笑不出来了，因为这家伙把双肩包往地上一扔，门一关就把她按在了门上。拉着窗帘的房间透出暗淡的光线，虽然只分开了两天，可再一次被他的气息笼罩，赵虞的心还是跳得好快。

沈隽意掐着她的腰把人往上提，低头在她唇上啃了一口。

赵虞被啃得没脾气："你属狗的啊！"

沈隽意哼了一声，抓住她乱动的双手按在头顶，像小鸡啄米似的一下又一下在她脸上啄来啄去。

赵虞又羞又痒，可双手被他反剪在头顶，只能用脚踩他："干吗啦你！"

沈隽意气呼呼的："不是要进组吗！"他又亲了一口，"我当然要把接下来三个月的亲亲都亲回来！"他就像个没有感情的亲亲机器，"Mua，一下！Mua，两下！Mua，三下！"

赵虞尖叫："啊啊啊沈隽意！亲就亲不准舔听到没！"

她真是庆幸自己今天出门时没化妆，不然一会儿岂不是要往这家伙嘴里灌卸妆水？

沈隽意亲够了，终于把她的手放下来，但还是掐着她的腰不准她动，低着头一路从她耳后蹭到颈窝。

赵虞被蹭得全身发软，只听他低笑着说："宝贝好甜。"

赵虞红透了脸，嫌弃道："我脸上全是你的口水！"

沈隽意在她柔软的颈边"啵"了一下："口水可以消毒，多好啊。"

赵虞抬手把他的脑袋往外推："不准在我脖子上种草莓！我明天要穿礼服出席活动！"

沈隽意这才哼哼唧唧地把人放开。

离开一周，养在阳台上的茉莉绽出了花蕊，浅浅的淡香盈满房间，有种春日的清新。赵康宁让赵虞带回来的那条匈牙利火腿足有七八斤重，沈隽意掂了掂，美滋滋地拎进厨房处理去了。

赵虞收拾好行李跟进厨房，一边扎头发一边问他："你知道做法吗？"

沈隽意端端正正把手机摆在架子上，屏幕上显示的是他和赵康宁的微信聊天框，他自信满满地说："叔叔把步骤发给我了，我照着做就行！"

赵虞不放心地看着他："我跟你一起做吧。"

沈隽意这次倒是没赶她出去，很干脆就答应了："行呀，先帮我把围裙系上。"

赵虞取下挂在墙上的围裙走过去，双手从他身前环过，在他腰上打了一个蝴蝶结。

沈隽意握着菜刀在火腿上比画："这么多够不够？"

赵虞把下巴搁在他手臂上，凑近看了看："够了够了，我减肥。"

赵康宁根据两人的水平发过来的做法十分简单，比上次沈隽意在网上找的意大利面攻略要简单得多。两人一个洗菜一个切菜，一个掌勺一个主刀，厨房里很快就传出火腿的香味。又炒了一个青菜，煮了个西红柿蛋汤，电饭煲按键跳起来时，饭菜就正式上桌了。

赵虞看着餐桌上色香味俱全的三菜一汤，简直不相信这是自己参与做出来的。

见沈隽意美滋滋地拿了瓶香槟过来准备打开，赵虞疑惑道："开香槟干吗，想喝拿红酒来。"

沈隽意兴致勃勃："庆祝呀！"

赵虞一脸迷惑："庆祝什么？"

"砰"的一声，沈隽意已经把香槟打开了，笑着倒了满杯："庆祝我们第一次一起做饭！"

赵虞觉得好笑又无语："这有什么好庆祝的！"话是这么说，她还是端起了酒杯。

沈隽意开开心心地跟她碰了下杯："以后我们所有第一次一起做的事都要庆祝！"

人生中有很多个第一次，今后的每一个第一次，我都想与你一起。

赵虞看着杯中争先恐后往上冒的小气泡，好像心里也充满了甜甜的喜悦。

吃完饭，两个人又一起洗碗。沈隽意搓搓碗，又满手泡泡来搓她的手，摇头晃脑地念叨："洗呀洗呀洗手手，洗完手手喝酒酒。"

赵虞用指尖的水珠弹他："幼稚鬼！"

沈隽意笑嘻嘻躲开："恭喜赵虞小朋友和我达成一起洗碗成就。"

于是吃饭时没喝完的香槟再一次发挥了它的作用。

白天还晴空万里，到了夜间渐渐飘下小雨来，赵虞去阳台关上窗户，回头问蹲在电视机前捣鼓电影光碟的沈隽意："下雨了，你什么时候回去？一会儿雨下大了开车不安全。"

沈隽意理直气壮地说："我喝酒了，不能开车！"

赵虞："……"

什么庆祝第一次做饭洗碗都是借口吧？狗东西就是想留下来过夜吧？

赵虞才不上他的当："那叫小狮来接你！"

沈隽意撇了下嘴，把光碟放进去后两三步蹭过来，抱着她往沙发走："下雨天最适合看电影啦，看完电影再说。"

赵虞被他像抱树袋熊一样抱上沙发，电视屏幕上已经显出龙标。他选的是一部很经典的爱情片，讲初恋的。赵虞虽然买了很多光碟，但在家的时间不多，看得也比较少，这部电影她只听过，一直没看，于是就靠在他怀里换了个舒服的姿势，认认真真看起了电影。

沈隽意倒是看过，所以见她那么认真，一会亲亲她的脑袋，一会儿缠着她的头发玩一玩，一会儿又蹭到她的颈窝嗅来嗅去。

赵虞快烦死他了，侧身半坐在他腿上，双手捧住他的脑袋重重晃了晃："能不能好好看电影？能不能？！"

沈隽意被晃得晕头转向，手掌却握住她的细腰把人往身前挪了挪。赵虞一个没稳住磕在他下巴上，正捂着脑袋揉他，就听见他笑眯眯地说："宝贝，我们官宣吧。"

赵虞顿了一下，对上他澄亮的眼睛。

沈隽意低头蹭蹭她的鼻尖："我忍不住想让所有人都知道我们在一起了。"

赵虞半跪在他腿上，双手攀着他的肩嘟囔："又没人跟你抢。"

沈隽意叹了口气："我现在看全世界的男人都像情敌。"他揉揉她的脑袋，"你不愿意吗？"

赵虞扭了一下："也不是不愿意啦。"她一脸怅然，"就是刚在一起，我还没完全适应女朋友这个身份。"

沈隽意挑了下眉，手掌往下握住她的腰，然后一翻身把人压在身下。赵虞下意识绷住身体，看他越凑越近，低笑着说："那我多帮你适应适应。"

比以往都要激烈的一个吻，狂风暴雨似的，几乎掠尽了她全部的力气。

赵虞的指尖都在颤，感受到他身体的温度越来越高，那手掀开衣角，抚过细腰，攀着腰间往上……然后被她一把捏住了手腕。她喘得厉害，睁眼看他时满眼意乱，声音又软又颤："三……三个月……"

沈隽意咬她耳垂："什么三个月？"

赵虞绷直了脚背："等我拍完这部戏就官宣！"她眨了眨弥漫水雾的眼睛，"绯闻和爆料我们不承认也不否认，正好给大家一个适应期，好不好？"

沈隽意笑着亲亲她红润的唇："听你的。"

赵虞又问："手可以拿出去了吗？"

沈隽意一脸遗憾地把手拿出来。

电影早就不知道演到什么地方了，雨停之后，收到消息的小狮就过来接人了。赵虞还有两天进组，沈隽意也要开始为八月的演唱会做准备，临走前在门口抱着赵虞好一会儿不肯撒手。

赵虞完全没想到恋爱后的大金毛会这么黏人，好笑地摸摸他的脑袋："好啦好啦，就三个月，很快的。"

沈隽意抬起头，双手捧住她的脸，露出阴森森的威胁表情："不准跟男主角传绯闻！"

赵虞憋着笑："好，不传。"

沈隽意噘了下嘴："真的？不骗我哦！我吃起醋来自己都怕哦！"

赵虞学着他以前发誓的样子竖起三根手指："真的。"

沈隽意这才松开手，一步三回头不放心地走了。

✦02✦

之后两人都忙了起来。

毕竟是顶流，就算谈了恋爱，事业也不能丢。沈隽意八月份的演唱会上个月就官宣了，五月开票，各项程序已经进入审批阶段。与此同时，赵虞所在的剧组也官宣了定妆照。

嗑神谕CP的CP粉本来还在暗戳戳指望着两人合体呢，结果一个准备演唱会一个进组拍戏，可以说毫无交集，不禁倍感失望。有些患得患失的CP粉甚至开始相信唯粉的说法，这俩恐怕只是摆在台面上的友情罢了。

结果没过几天，网上突然出现一张照片。照片上是一辆很豪华的应援车，车身上贴着赵虞的海报，就停在剧组拍戏的片场。车里上下好几层架子，摆满了饮料水果糕点零食，较之前圈内有过的明星应援车要豪华好几倍。

其实明星拍戏时有粉丝或者好友往剧组送应援车请工作人员吃吃喝喝是很正常的事，但爆料里言之凿凿地说，这应援车是沈隽意送的。

在继给邻居当演唱会嘉宾、跟邻居拍电影、帮邻居买专辑打榜之后，沈隽意又给邻居送应援车了！你品，你细品！

快要失去氧气的CP粉感觉自己瞬间活了过来。扶我起来！我还可以嗑！！！

有媒体就此事求证双方经纪人，双方经纪人一致表示：不清楚，不知道，别问我。

这可急死吃瓜网友了。是真是假，你们倒是给个痛快啊！

沈隽意倒是想给个痛快,可惜三月之期未到,他再想秀恩爱也得忍着,不然那辆应援车就是他亲自开过去了。还好现在科技发达,还有视频可以一解相思,他每天再忙再困,也要等赵虞下戏通了视频电话才肯睡觉。

林之南起先还觉得自己是在看偶像剧,现在只觉得腻得慌,不想再吃这碗狗粮。

这天赵虞刚坐上回酒店的保姆车,那头就像心有灵犀似的,颠颠儿拨了视频电话过来。

林之南默默往旁边移了移。

电话接通,屏幕里的人笑得跟朵花儿一样,先对着镜头亲了好几口,才笑眯眯地问:"我看物流都显示签收了,你收到没?"

赵虞有气无力地靠在靠垫上,连吐槽他的力气都没有,抬起一只手比画了三次。

沈隽意抓抓脑袋:"什么意思呀?"

赵虞闭了下眼,深吸一口气:"十五个!我今天接到了十五个快递的电话!"她愤怒地看着镜头,"昨天是十二个,前天是十七个,大前天是十一个!我电话都要被快递小哥打爆了!"

沈隽意在那头委屈巴巴地撇嘴:"收到礼物不开心吗?"

赵虞简直想把大金毛从屏幕里拖出来捶一顿:"你买一两个就算了,每天都十多个往这里送是想干吗?我住的酒店房间都快堆不下了!不准买了!"

沈隽意眨巴眨巴眼睛,声音都蔫儿了下来,怅然道:"见不到人就算了,送个礼物也不行吗?我每天唯一开心的时候就是给你选礼物的时候。"他可怜兮兮地看着她,"现在连我唯一的开心你也要剥夺吗?"

赵虞:"……"狗东西!

看他在那头嘴噘得能挂水桶了,赵虞终于妥协:"行行行,你买你买你买。"

沈隽意的脸顿时由阴转晴,笑得一脸灿烂:"宝贝真好!我选了几双运动鞋,你看看你喜欢哪个颜色?"

赵虞切回去看他发来的图片:"都行吧,你看着买。"

沈隽意兴高采烈地下单:"那就都买啦!"

赵虞:"当我是蜈蚣吗?!"

因为每天都收到无数快递,赵虞在剧组喜获"购物狂"称号,同事们每天看着林之南接电话收快递的忙碌样子,都会朝赵虞投去羡慕的眼神。

赵虞:百口莫辩,只好认下。

好在那天通过视频电话之后,沈隽意还是有所节制,大大减少了林之南每天的工作量。

　　赵虞这次拍的是一部商战片，跟她搭戏的男演员是圈内的演技派小生林好，正打算靠着这部剧冲击一线。两人在剧中饰演的是势均力敌惺惺相惜的对手，属于相爱相杀的类型，平时剧组官博也会放一些两人拍戏时的花絮。赵虞性格好，跟谁搭都能搭出 CP 感，加上官博有意炒 CP 为剧播铺路，嗑这一对的网友还真不少。

　　神谕 CP 粉怪不服气的：有没有搞错啊，这都能嗑？这一看就是营业操作好吗？明知道是假的有什么好嗑的，不如来嗑真的啊！

　　淋雨 CP 也不服气：搞什么啊，你们嗑的也不一定就是真的啊，凭什么看不起我们？我们起码现在还有合作呢，你们有什么啊？

　　两方 CP 粉谁也看不惯谁，早已被遗忘在大明湖畔的池鱼 CP 粉和成语 CP 粉默默抱住自己不想说话。

　　入夏之后，剧组安排了粉丝和媒体探班。

　　媒体这边主要是以采访为主，聊聊大家拍戏的状态和进度，爆料一些拍摄期间的趣事，几位主演插科打诨，算是提前给剧粉的福利和宣传。

　　等媒体探班结束，到粉丝探班区时，放眼望去几乎都是粉色的灯牌和手幅。其他几个主演的粉丝加起来再乘以二都没虞美人多。

　　林好走在赵虞旁边，感叹道："这就是顶流的人气吗？"

　　赵虞谦虚地摆摆手。

　　一看到赵虞，排列有序的粉丝顿时骚动起来。赵虞抬手往下压了压，他们立刻听话地安静下来，拍照的拍照，送礼物的送礼物。

　　到场的除了各家的唯粉，当然也有剧粉，他们拿着单反相机站在前排兴奋地问："虞虞和好好可以合照一张吗？"

　　赵虞笑着看过去："可以呀。"

　　她朝林好招了下手，两人站到一起对着镜头比"V"。

　　剧粉美滋滋拍完合照，兴奋得不行，其中一个剧粉眼睛发光地问："虞虞，我可以嗑你和好哥的 CP 吗？"

　　按道理说，拍戏期间男女主演哪怕不和也不会直接否认这个问题，模棱两可的回复是维系剧粉和热度最好的办法。结果正对着另一边镜头笑的赵虞闻言回过头来，挑眉说了句："不可以哦。"

　　林好也在旁边尴尬地摆摆手："戏里戏外大家还是要分清哦。"

　　现场一片失望的"啊"声。如此直接的否定，这 CP 看来的确是嗑不得了。

而虞美人和暗藏其中的神谕 CP 粉目睹这一幕，顿觉神清气爽。

粉丝探班结束，赵虞的探班照也上了热搜，一同上热搜的还有她说不可以嗑 CP 的视频片段。网友们一边吃瓜一边装"神算子"。

——剧组官博不是一直暗戳戳引导网友嗑这一对吗，被正主打脸翻车了吧？

——我眉头一皱，觉得此事并不简单！怎么跟以往的男主角都能嗑的，轮到 lh 就嗑不得了？

——我觉得问题应该不是出在 lh 身上！（zy 有问题！）

——怕某个人醋死吧？（狗头）

——楼上，某个人是谁你说清楚！

——某个人就是大家都心知肚明的某个人啦，哈哈哈其实我还蛮想看 zy 跟 lh 传绯闻某个人吃醋的。

——这一对真的可以官宣了，赵虞这暗示不要太明显，我一个路人都看不下去了。

——［图片］瞧我发现了什么！探班照里赵虞穿的是 CL 新出的限定款运动鞋，划重点：这双鞋是情侣款，还有个蓝灰色！

——就看某个人什么时候忍不住穿这双鞋了。

——就看某个人什么时候忍不住穿这双鞋了。

——就看沈隽意什么时候忍不住穿这双鞋了。

——你们说破了万一他不穿了怎么办！

——以我对 sjy 的了解，如果是真的，他不可能不穿。如果真没穿，那就是假的。

……

于是每天被生活折磨得死去活来的网友们，现在最大的快乐就是寻找神谕恋爱实锤的蛛丝马迹，简直比 CP 粉还要积极。甚至有个既不是赵虞的粉丝也不是沈隽意的粉丝更不是 CP 粉的网友建了一个微博账号，取名"沈隽意今天穿 CL 了吗"，然后在一天即将过去的最后一分钟，也就是凌晨十一点五十九分发微博："没有。"迅速涨粉无数，比某些明星的热度都要高。

薏仁、虞美人：……真是闲疯了你们！

吃瓜路人：现在每天睡前不去看一看"沈隽意今天穿 CL 了吗"的微博都睡不踏实。

神谕 CP 粉：全民都在嗑我们的 CP，这就是顶流的魅力。

然后突然有一天，在每晚十一点五十九分发"没有"的微博网友，破天荒地在这天晚上八点十分发了一条微博："穿了！！！"配图是沈隽意今天晚上出席某直播活动的视频截图，那双蓝灰色的运动鞋就这么猝不及防又众望所归地出现在了他脚上。

"沈隽意今天穿 CL 了"的词条迅速登上热搜，后面还跟了个"爆"字。

网友简直比 CP 粉还要激动：我说什么来着！以他的性格，如果是真的他不可能不穿！哈哈哈这暗戳戳穿情侣款秀恩爱的小心思简直不要太明显！

"赵虞沈隽意穿限量版情侣运动鞋"的词条也上了热搜，媒体再次就此事求证双方经纪人，再次得到统一答复："不清楚，不知道，别问我。"

说真的，要是普通的情侣款也就算了，这种限定版一共也没几双，刚好就那么巧出现在两个人的脚上，这两人还刚好正在传恋爱绯闻，说巧合都没人信！"沈隽意今天穿 CL 了吗"迅速改了账户名，改成了"沈隽意和赵虞今天官宣了吗"。

吃瓜网友：又要开始新一轮的等待了！不过，有了期待之后，生活都似乎变得美好起来了呢！

就在这全民嗑 CP 的气氛中，之前爆料沈隽意和赵虞手牵手出现在学校的论坛又爆出了一个帖子——《没错！又是我！这次我带着神谕实锤来了！！！》

楼主：不知道大家还记不记得我，没错，就是那个在校门口撞见神谕牵手的高三学生！（疲惫微笑）没错我又来了，不要问我一个高三生马上就要高考了不好好学习还来发帖干什么，我就是不服！我明明看见了，可是你们就是不相信我，还说我找存在感！我必须证明我的清白，不然我都不能安心参加高考！（对不起言重了……）

说回神谕，因为很多人都说我在编故事，我就特别不服，我必须找出我没有说谎的证据。可是我当天真的没有拍照，保安室那里也真的没有拜访记录。于是我冥思苦想，秉持着不放弃不抛弃的高考精神，终于在昨天灵光一闪，想起了我们学校的一个重要传说！

我们学校的人应该都知道星愿台的传说吧？在星愿台一起看过星星的情侣就可以永远在一起。大概每个学校都有这么一个地方，我们学校的就在废弃的旧校区的顶楼，天台上有一面墙叫星愿墙，凡是在星愿台看过星星的情侣，后来真的在一起后都会在星愿墙写上双方的名字，所以这面墙迄今为止已经写满几百个名字了（粗略估计可能会更多）！

昨天我趁着午休偷偷去星愿台，对着那面墙找了半个小时，皇天不负有心人，你们猜我找到了什么？！没错！我找到了沈隽意和赵虞的名字，就写在星愿墙的最上面！（不得不说好浪漫）因为真的太高了，我只有站远了拉近镜头才能拍下来，稍微有点儿模糊，但绝对能看清！！！废话不多话，二楼上图，我让你们再说我编故事！哈哈哈没想到吧，我比狗仔厉害！

2L：图呢？

3L：图呢？

4L：图呢？

5L：图呢？

6L：真就全民嗑神谕？帖子刚发出来你们就进来了？顺便，图呢？

7L：[图片][图片][图片][图片]近景远景横拍竖拍都在这儿了！来个铁粉看看这是不是他俩的字迹？

8L：是真的！！！

9L：我四肢并用飞速赶来嗑糖！我认识，这是女鹅的字迹！

10L：这面墙好浪漫啊啊啊！我也想跟男朋友一起去！

11L：为什么我们学校没有这么浪漫的传说？我要转学！

12L：同校，传说是真的，我在上体育课，现在立刻去星愿台求证，等我回来返图。

13L：同校，我在上课，等下课我飞奔赶去！

14L：从未想过有一天，我跟男朋友的名字会和神谕写在同一个地方……

15L：我在楼主的图上看见我和前男友的名字了……改天就拿涂改液去涂掉！

16L：这真的是实锤了，楼主一雪前耻，恭喜恭喜！

17L：太浪漫了！学生时代的传说，长大后和你一起去见证，这是什么惊天动地绝世甜糖！都给我嗑！！！

18L：我来返图了。刚才速去求证，名字是真的，在靠近墙边最高的位置。恕我难以想象，这么高的位置，这两个人是搬了架梯子上去的吗？

19L：妈妈我嗑的CP成真了！我被甜得齁过去了！我明天就订机票去星愿台打卡！

20L：前面打卡的带我一个！！！

……

论坛瞬间就爆了，紧接着帖子被搬到微博、某乎等网站，"沈隽意赵虞恋情实锤""星愿台的传说""沈隽意赵虞在星愿墙写名字""神谕搬了架梯子去看星星"……各种话题霸占了整个热搜。

赵虞的笔迹摆在那儿，粉丝一眼就能认出来。你要说这是有人模仿赵虞的笔迹去写的名字吧，其实也能说得过去，但是……都到了这一步，前有情侣鞋，后有签名墙，再辩解好像意义也不大。

赵虞和沈隽意也这么觉得。帖子都爆了，照片都发了，再等什么三月之期意义也不大了。于是在热搜爆出来一个小时后，两人双双上线。

@沈隽意："我有女朋友的事好像藏不住了。@赵虞"

@赵虞："没错，是我。@沈隽意"

配图都是写在星愿墙上的名字。

官宣前，两人还贴心地提前给工作人员打了个招呼："我们要官宣了，你们提前搞一下服务器，千万要稳住哦！"

然而并没有什么用，微博发出来三分钟后，服务器卡了，严阵以待的程序员也差点儿阵亡，好在提前收到消息做足了准备工作，没像往常一样手忙脚乱，一个小时后微博就恢复了正常运行。

✦03✦

两大顶流官宣恋情的消息在这一天占据了所有人的社交软件首页。

哪怕有诸多迹象，哪怕早有预料，可真的到了正式官宣这一刻，还是引发了整个娱乐圈的震动。两大顶流什么概念？一个顶流的恋情就已经能令粉圈地震，更别说两座大山的合体。

可所有人又都觉得一切是那么理所当然。他们那么般配，无论从哪方面看都非彼此莫属，好像生来就该是一对。娱乐圈从未有哪一对情侣官宣时收获过全网如此统一的祝福。全民嗑神谕，诚不欺我。

热心的网友们本来还挺担心双方唯粉的反应，毕竟不管有没有转型，两人都是偶像出身，粉丝无法接受偶像恋爱也可以理解，想着自己做路人的，还是要多劝一劝，毕竟这么甜这么配的CP，要是因为粉丝而分手，以后上哪儿吃糖？！结果点进双方超话一看，场面居然诡异的和谐。

薏仁和虞美人都在搞抽奖。

恭喜我哥/我姐脱单，转发抽奖祝贺恋情！你抽唇釉我抽口红，你抽气垫我抽粉底，你抽眼影我抽睫毛膏，你抽香水我就抽手链。

干吗？这也要比是吗？来啊！谁怕谁！来Battle啊！！！

网友："……"

万万没想到，你们会用这种方式争。劝是不可能劝了，请问路人也可以抽奖吗？

双方粉丝的抽奖Battle持续了一周，薏仁和虞美人们都大方地表示：抽！只要没黑过我姐/我哥的都可以抽！

围观这场恋情抽奖活动的路人：不愧是顶流的粉丝，豪气！

虽然双方的公关预案都做得很足，但林之南和毕周其实都挺担心官宣之后带来的大规模脱粉现象。好在观察几天后，他们发现脱粉数几乎可以忽略不计，绝大部分粉丝都安然接受了这件事。

其实沈隽意和赵虞的粉丝的黏性已经很高了，他们一路陪着偶像走来，见证了最闪亮的星星如何在舞台上发光发热，而如今两颗星星相撞，撞出的是更闪亮炽热的光芒——前半生无愧于心，后半生请好好相爱吧！

好好相爱的两个人官宣之后，生活似乎并没有发生很大的变化，赵虞第二天去片场的时候请全剧组的工作人员喝了奶茶，大大方方收下了大家的祝福，然后就继续专心拍戏了。

这部商战片是冲着上星去的，在拿了视后之后，无论是外界还是赵虞自己，都对她的演技要求更高。

拍了没几天，组里一位客串的老师因为突发阑尾炎遗憾退出拍摄。这个角色戏份不多，但剧情很重，算是承上启下的一环。导演跟赵虞打了声招呼，说会另外找一个演员，到时候对手戏也要重拍。

重拍就重拍，本身戏份也没多少，一两天就能搞定，因此赵虞没放在心上。

下午就有剧务出去接人，说是新来的客串老师到了。赵虞坐在躺椅上看剧本，也没留神，直到片场爆发出一阵哄闹才抬眼看去，一眼就看见沈隽意西装革履地走过来，目光相对时，笑着朝她招了招手。

他穿西装的时候看着格外正经，午后的阳光好像都聚焦在他一个人身上，把在旁边跟他打招呼的男主角衬得跟配角似的。

外边停了一辆商务车，陆陆续续有人从车上往下搬东西。沈隽意笑意盈盈地说："请大家喝下午茶，感谢大家一直以来对小虞的照顾。"

周围又是一片起哄声。

赵虞拿剧本盖住鼻梁以下，轻轻扇了扇。

导演跟沈隽意打了两声招呼，就笑着跟他一起走了过来："小虞啊，这就是我新找的客串老师。"

这是两人恋爱之后第一次合体拍戏，虽然只是一个客串角色，但以这俩的人气，到时候对收视率的加持一定很大！导演接到沈隽意的电话时，简直美得要上天，此刻看人站在他面前，无论是气质还是气场都比之前那个演员强很多，更是越看越喜欢："我看过你的戏，特适合这个角色，不要有压力。"

沈隽意笑着微微颔首："不会，导演放心。"

导演转头道："那你们今天下午就回去休息休息，咱们明天开拍。"

赵虞惊讶挑眉："陈导你什么时候这么大度了，还主动给我放假？"

陈导笑眯眯的："隽意都没要片酬，我也不能这么小气嘛。行了，不打扰你们了。"说罢转身就走。

沈隽意笑吟吟地说了再见，低头看赵虞时脸上终于涌出欣然的喜悦，他微微俯身在她头上摸了一把："看见我开不开心？"

赵虞："放假抵片酬，一点儿都不划算！"

沈隽意笑着牵住她的手，把人从椅子上拉起来："一点儿片酬就可以换来跟女朋友的独处，超划算的好不好？"

旁边已经吃上茶点的工作人员看着十指相扣的两个人，打趣道："要去过二人世界啦？"

沈隽意笑着挥了下手："是的。茶点还行吗，不够车上还有。"

大家连连点头："行的行的，你们快去吧，时间宝贵呀！"

几个主演看着两人亲密离开的背影，简直酸成柠檬了。

赵虞还穿着拍戏时的正装，要先回酒店换衣服。助理开车送他们回去，赵虞转头看了眼脱下外套的沈隽意："干吗突然穿西装啊？"

沈隽意："不帅吗？"

赵虞："不热吗？"

沈隽意靠过来，脑袋搁在她肩上蹭了蹭才说："直接从活动现场过来的，刚好这个角色不是需要穿西装嘛。"

赵虞微微侧过头垂眸看他。虽然他神采奕奕的，但眼底那些疲惫的青黑还是掩盖不住。准备演唱会有多辛苦她最明白，像他们这种追求完美舞台的人，每个环节都必须亲力亲为才放心，何况他身上代言多，还有推不掉的通告活动要出席。

车内安安静静的，赵虞抬手在他柔软的头发上摸了摸："其实你没必要接这个角色，戏份又不多，有这时间你不如回去好好睡觉。"

沈隽意从她背后环住她的腰，撒娇似的往她身上蹭："不行，想你了。"

赵虞心尖都软了，卷着他做了造型的头发说："每天都在视频啊。"

沈隽意半抬起头："那能一样吗？"他气势汹汹地在她脸上亲了一口，"视频能这样吗？！"

助理还在前面，赵虞羞耻地把他推开。

427

二十分钟后，车子开到酒店，下车的时候沈隽意重新把西装外套穿好，牵着她的手去坐电梯。

官宣之后再也不用像以前那样躲躲藏藏，酒店大厅的来往人员看见两人手牵手走进来，都兴奋地拿出手机拍照。沈隽意转头看过去，还笑着冲镜头挥手。于是"沈隽意探班赵虞"的词条很快就上了热搜。

这是两人官宣后第一次合体，照片一传到网上，热搜又爆了。看到照片上笑得又甜又嘚瑟的舞台王者，网友们心甘情愿吃下了这碗狗粮。

为防打扰，剧组几个主演的房间都安排在最高层。助理跟他们一起上了电梯，到达二十五楼还准备继续跟着出去，沈隽意突然回头扫了她一眼。

助理脖子一缩，赶紧又退回电梯："小虞姐，我先回片场盯进度了。"

赵虞也回过身去："那包给我呀。"

沈隽意伸出手去接过背包，又友善地朝小助理笑了笑。

助理："……"

赵虞住的套房一打开，入目就是堆满纸箱子的客厅。尽管助理每天都收拾整理，但过多的箱子还是让房间看起来像个仓库。

赵虞没好气地说："都是你的杰作！"

沈隽意看了眼地上还没来得及拆的几个大箱子，笑眯眯揉她的脑袋："好啦，这些都交给我来拆，保证收拾好！"

赵虞："谁要你拆？不知道女孩子最快乐的事情就是拆快递吗？"

女孩子多变起来的样子真是分外可爱呢。

沈隽意把西装外套脱下来搭在沙发扶手上，整个人朝后一倒，捏了捏鼻梁："不拆不拆，我眯一会儿，你先去洗澡吧。"

赵虞点点头，拿了套换洗的衣服进了浴室，出来的时候，就见沈隽意已经在沙发上睡熟了。沙发不够长，他一条腿搁在扶手上，另一条腿垂在地面，双手抄在胸前，是个看上去就不舒服的姿势，但因为太累还是睡得很香。

赵虞擦头发的动作轻了下来，光脚踩在地毯上，轻手轻脚地走了过去。这样看，他眼底的青黑就更明显了。

刚才洗澡的时候，赵虞其实在计划一会儿跟他去哪里玩，这边能玩的地方还蛮多的。现在看他这副模样，她哪儿都不想去了，只想让他好好睡一觉。

她拿起靠背上的小毛毯，俯身轻轻搭在他身上，结果毯子刚一挨身，沈隽意就睁开了眼，几秒混沌后，笑意涌出来："洗完啦？"

赵虞用毛巾擦了下顺着头发滴进锁骨窝的水："还要吹头发呢。"她戳戳他疲惫的脸孔，"时间不够就别接那么多工作，把自己搞这么累干吗？"

沈隽意伸了个懒腰，手肘支着身子坐起来，笑眯眯地说："要多多赚钱早点儿娶你回家呀。"

赵虞愣住。

沈隽意站起身，牵住她的手朝浴室走去："我帮你吹头发。"

浴室里弥漫的热气还没散完，空气都湿漉漉的。沈隽意用纸巾擦了擦覆在镜子上的水汽，等露出光洁的镜面，才把她拉到身边打开了吹风机。呼呼的热风驱散了空气中的水雾，他站在她身后，手指一下又一下抚过她的发根，吹到鬓边时，还用手背挡住，不让吹风机的热风烫到她的耳朵。

赵虞歪过头瞄他："手法这么专业哦？"

沈隽意得意挑眉："那当然了，专业老师手把手教的。"他的手指插在她发间揉了揉，"等以后不当明星了，就来给你当造型师！"

赵虞一脸嫌弃："上次说要给我当经纪人，这次又要当造型师，你是想让我团队都失业吗？"

为了这部戏干练利落的女强人形象，赵虞进组前剪短了头发，只到肩膀的位置，很快就在他掌心变得柔顺。关掉吹风机，窄小的浴室变得安静下来，沈隽意埋到她发间深深闻了一下，脑袋搁在她肩上，从身后抱住她："宝贝好香呀。"

赵虞低头看了眼掐在自己腰上的手，偏过头去喊他："沈隽意——"

沈隽意的声音像陷在棉花里："嗯？"

赵虞眯着眼一脸审视："说实话，你很早以前就觊觎我的腰了吧？"

沈隽意低笑一声。

赵虞拍开他的手转过身来，手指捏住他的下巴，恶狠狠地说："说！是不是？！"

沈隽意微弓着身，低头一点点凑近，赵虞往后退了一步，后背抵上了洗漱台。他挑唇笑起来，蹭了下她的鼻尖："是呀。"他往前近了一步，手掌握住她的腰把人往上提了提，侧着头咬住她的唇，声音低得像呢喃，"很早很早以前，我就觊觎你了。"

在他还没有意识到的时候，在他还陷在哥哥妹妹的身份里出不来的时候，他的情识就先理智一步被吸引了。

温热的呼吸像细密的网罩下来，赵虞颤着睫毛闭上眼。

"宝贝，上来。"

宽大滚烫的手掌沉稳而有力，握着她的腰将她往上一举，赵虞顺势跳到他身上，双腿无师自通一般盘在了劲瘦腰间。于是他仰头，她低头，像两根交缠的树枝，缠绵到死也不愿分开。等赵虞反应过来，已经从浴室移到了卧室，他一只手托着她，另一只手抚到她背心，然后将人放在了床上。

身体陷入柔软床垫的那一刻，赵虞突然有一种天旋地转的失重感，手指插在他发间，睫毛颤得厉害，但眼睛始终没睁开。全身每一个毛孔好像都舒展开感受着他的气息，她感受着他炽烈的吻、粗重的呼吸，然后突然胸前一松，内衣被解开……赵虞顿时就清醒过来，猛地睁开眼，一掌把人给推开了。

突然被打蒙的沈隽意："……"

情动的气氛霎时消失，他用手肘半撑起身子，茫然又委屈地看着她。

赵虞气喘吁吁，咬牙切齿："经验挺丰富啊你，不会也是谁手把手教的吧？"

沈隽意快委屈死了："没有啊，我第一次这么干。"

赵虞："第一次就这么熟练？"

沈隽意："可能是天赋吧。"

赵虞气呼呼地把人推开，从床上坐起来，反手把内衣扣上："好好反思一下你为什么会有这种天赋！"

沈隽意："……"

他也不知道为什么第一次就能如此熟练地完成如此高难度的动作啊！难道这就是传说中的情之所至吗？

赵虞把头发扎起来，坐到梳妆台前护肤。沈隽意趴在床上忧伤地叹了会儿气，又兴高采烈地拿起手机查周边可以去玩的地方。

赵虞刚擦完防晒霜就听到他高兴地说："附近有个夜市诶，很热闹的样子。"

赵虞透过镜子看他："夜市人太多了吧？被认出来了怎么办？"

虽然她是挺喜欢逛夜市的。

沈隽意记下地址，一脸深沉地说："认出来就认出来嘛。是时候让世人见证我们的爱情了！"

赵虞最终还是没能抵挡住男朋友的软磨硬泡和夜市的吸引力。

于是当天晚上，微博热搜被神谕刷屏了，"沈隽意赵虞逛夜市""沈隽意喂赵虞吃章鱼小丸子""神谕用一根吸管喝奶茶""沈隽意摸头杀""赵虞回头杀""赵虞口红色号""沈隽意给赵虞系鞋带"……

　　下班回家准备刷刷微博看看今日八卦放松身心的网友：请问今晚是神谕专场吗？

　　今晚刚好逛夜市遇到两人的路人也纷纷现身说法。

　　——我买羊肉串的时候他俩就站在我旁边，虽然戴着口罩，但真的明星的气质你一眼就能认出来。沈隽意还让老板多放点儿辣，因为赵虞是川妹子吗？说个细节，赵虞吃之前沈隽意还先拿到嘴边吹了吹，我真的看一眼身边的男朋友嫌弃死了！

　　——这一对真的太绝太配太甜了，比我今晚喝的奶茶还甜。

　　——见过真人之后我入神谕坑了。两个人眼睛里真的全心全意都是彼此，我好像很久很久没有见过这么美好的爱情了。

　　——这一对不结婚很难收场！

　　——我当时跟朋友在等炒栗子，前面突然一群人涌过来，我还以为爆发了丧尸潮，栗子都没要就跑了，也不知道现在回去老板还能不能把栗子还给我……

　　——偶遇都是别人的，我酸了！

　　——已经订机票了，明天就去打卡，吃儿子女儿吃过的羊肉串，喝儿子女儿喝过的奶茶，走儿子女儿走过的街！

　　——沈隽意真的好宠，平时大大咧咧的，没想到谈起恋爱来这么体贴。赵虞也好好看好女神好值得。呜呜呜光是恋爱已经满足不了我嗑糖的心了，快点儿结婚吧，我想看他们儿女双全！

　　……

　　沈隽意满足地秀了一晚上恩爱，向所有人宣示了他的主权，终于心满意足回酒店睡觉了。毕竟这次过来还有任务在身，他不能给女朋友的剧拖后腿。

✦04✦

　　翌日一早，两人在酒店吃过早餐后一同前往片场。

　　沈隽意只空出来两天的行程，明天下午就得离开，所以今天就集中拍他的戏。他客串的这个角色在剧中算是女主角背后的神秘人，在女主角遭遇商业危机的时候为她出谋划策，但剧里始终没详说他到底是什么身份，是编剧在为第二部埋线做铺垫。

　　剧本中女主角跟这位神秘人是没有感情线的，彼此只是交易的关系，最多再加个欣赏。结果沈隽意和赵虞只要一同框，无形的粉色泡泡就噗噗噗地往上冒，连导演在机器前看着都觉得太配了，要不是不行，他都想把男主角换了。

换男主角肯定是换不了了，但这个溢出屏幕的 CP 感实在是太香了，导演思虑再三，决定加一段两人的感情线！

男主角林好："……"所以爱会消失对吗？

之前女主角和神秘人之间的关系仅仅只是交易和欣赏，被导演这么一改，欣赏进化成了彼此爱慕，但是因为各自身份的不同，这份爱慕一直没有被挑明，直到最后两人反目成仇，神秘人站在了反派的一方，昔日爱慕化作了无尽的仇恨。

导演看着自己修改后的剧本，怅然感叹："这才叫相爱相杀啊。"

胸口再中一箭的男主角："……"

好在虽然加了感情线，但戏份并没有增加，只是修改了部分台词，渲染朦胧暧昧的气氛，不然林好就要闹了！

一直到第二天，沈隽意客串的戏份才结束。导演搓着手问他和赵虞："我下部戏特好，特适合你们，要不要考虑一下？"不愧是官配，太香了，好想拍一部他们谈恋爱的戏哦！

沈隽意笑吟吟地接下名片："陈导的戏肯定要考虑的，等你不忙了把剧本发过来吧。"

导演笑开了花，又做了个人情放赵虞半天假，让她送沈隽意去机场——拍摄进程过半，赵虞戏好，其实已经超过了原定计划，之前算的大概是八月初杀青，看现在这状况，大约七月下旬就能提前杀青了。

去机场的路上，毕周给沈隽意打了个视频电话过来，看到赵虞也在旁边，努力挤出一个自然的笑，打了招呼，然后就赶紧进入正题："刚好你们都在，我和之南也开过会了，这几档综艺都比较适合宣传电影，你们看看想去哪个？"

《想记得》定在十月国庆档上映。这是两人的第一部电影，也是导演的第一部电影，除了必要的路宣之外，双方团队都觉得多上点儿综艺宣传比较保险，毕竟光靠粉丝很难在竞争激烈的国庆档杀出一条路来，还是需要路人盘的加持。这几档综艺节目都是目前最火的，加上两人官宣之后一直没合体亮过相，网友都很好奇，如果他们能上几档综艺秀秀恩爱，对电影的宣传能起到极大的宣传效果。

沈隽意大手一挥："既然这么好，那就都去呗。"

他顿了下，乖乖转头问赵虞："你去吗？"

赵虞觉得男朋友有时候怪可爱的："我不去你一个人去跟人形立牌秀恩爱吗？"

选定的综艺有直播也有录播，直播算提前预热，录播差不多在电影上映前后播出，正值宣传当口儿。两人确定下来后，毕周那边就去安排录制时间了。

官宣之后最大的好处就是不管做什么都不用再躲躲藏藏，到机场之后，赵虞下车送他进去。地下车库行人来往匆匆，倒是没多少人注意到他们。

沈隽意牵着她的手走到电梯口就不让她送了，摸摸她的脑袋："我自己上去，回去吧。"

赵虞点了下头，看着电梯一层一层往下降，然后"叮"一声打开。

沈隽意俯身亲了下她的额头，笑眯眯地说："走啦。"

他往前走了两步，被身后人拽住了衣角。旁边的人陆续上电梯，沈隽意回过头去，就听到女朋友说："回去不要再接那么多工作了。"她眨了下眼，有些别扭地移开视线，"娶我要不了那么多钱。"

沈隽意心里软得一塌糊涂。

身后电梯里的人喊："你们还上不上啊？"

沈隽意没回头，只朝后挥了下手，然后上前一步抱住了她。

电梯门合上，缓缓向上升，他把人按在自己怀里不肯撒手。赵虞不得不推了他两下："再不走赶不上飞机了。"

沈隽意拿下巴蹭蹭她的头顶，叹气道："怎么办，又想退休了。"

机场有太多依依惜别的情侣，而此时的他们也只是天底下最普通的一对情侣。

沈隽意最终拖到机场广播开始叫他的名字才登机，自然又被现场的路人录下来上了波热搜。网友们福至心灵地评论："跟女朋友腻歪太久忘了时间吧？"

赵虞回到片场后继续拍戏。因为导演加了神秘人和女主角的感情线，男女主角的感情线也要调整，不过这么一调整，倒是比之前多了几分深度，使两人之间的感情戏更有看头了，导演也拍得酣畅淋漓。

演员和导演状态都好，拍摄自然顺利。七月底，不光赵虞，整个剧组都提前杀青了。

不过导演心里还是惦记着神谕CP，刚一杀青就把赵虞叫到一旁，叮嘱她回去了千万不要忘了看他发过去的新剧本。赵虞笑着应了。

今年的盛夏要比往年温和很多，倒是没有以往那种晒化了的感觉。等赵虞回了北京，几档综艺已经开始为神谕CP的到来预热了。

最先在网上官宣的是近两年最火爆的直播综艺《大自然的挑战》。

这档综艺是从去年春天才开始制作的，但一经面世就拿下了直播类综艺收视率第一，并在直播过程中人气持续攀升，成为有史以来观看人数最多的直播节目。原因无他，就是因为这是一档类似荒野求生的直播节目，一共五位嘉宾，既有当红流量也有老牌艺人，他们被导演组放生到野外，没钱没食物没住处，吃穿住行全靠嘉宾自己的双手来解决。

第一季的录制地点在一个几乎与世隔绝的天坑里，这里住的都是上了年岁的老人，出去的山路开车都要四五个小时，被投放在这里的嘉宾差点儿崩溃。第一次直播时，他们生生饿了一天，第二天发现导演组是来真的，可当着万千观看直播的观众又不好发脾气，只能强忍着开始求生之旅。

第二季在山林，现如今录到第三季，地点是在一座海岛。

虽然嘉宾们在第一季时吃尽了苦头，但也赚到了绝对的人气，几个嘉宾还是甘之如饴的。更何况随着直播进行，他们也逐渐掌握了求生技巧，应付起来也就没那么艰难了。比如这一季在荒岛，五位嘉宾一上岛就有条不紊地进行了分工，查探整体环境，寻找露宿山洞，捕鱼准备食物，拥有足够野外生存经验的嘉宾们将这一季的荒岛求生过成了海岛野炊。

《大自然的挑战》前两季没有飞行嘉宾参与，到了第三季，导演组担心观众看腻了，加上五位嘉宾也变成了经验老到的滑头，少了很多鸡飞狗跳手忙脚乱的看点，所以就加入了飞行嘉宾这一环节，成心是想给五位嘉宾找事干。

网友们本就想看人前光鲜亮丽的明星在直播里蓬头垢面狼狈不堪，而直播向来有"照妖镜"的说法，网友也致力于在直播中寻找明星人设背后的真实性格。第三季的直播迄今为止已经进行了十天，节目组分别送了三位飞行嘉宾上岛，之前有所下降的收视率果然又上升了不少。

这一次官博没有直接放出飞行嘉宾的照片，而是放了一张两个人的剪影，让网友猜这次上岛的嘉宾是谁。

顶流粉丝的火眼金睛那可不是盖的，别说剪影，就是只给一个后脑勺都能认出来。很快，沈隽意和赵虞即将参加《大自然的挑战》的消息就传遍了全网。

两人官宣之后网友就一直在期待他们合体，原以为第一次亮相会是红毯或者采访，没想到一上来就这么狠，居然是求生直播！不愧是神谕！

消息一传开，直播间的关注人数瞬间又涨了不少，观看人数也哗哗哗地上涨了不少，可把节目组乐坏了，这就是顶流加顶流的魅力啊！

万众期待中，终于等来了神谕上岛的这一天。

直播间是二十四小时开启的，观众随时进去都能看，如果嘉宾分散行动，就会切分屏画面，想看谁都行。官博提前预告了神谕上岛的时间是早上八点，不少观众都定了闹钟，准备爬起来守在直播间。

八月的海边阳光灿烂，放眼望去海天一线，蔚蓝无边。还不到八点，直播间就跳出了港口的分屏画面，无数观众涌了进来，弹幕被"神谕"两个字刷爆了。

——人呢？人呢？人呢？我 CP 呢？我 CP 呢？我 CP 呢？

——一边吃早餐一边等神谕，我好幸福。

——太期待两个人在岛上的表现了！

——求生不用你们！给我好好谈恋爱就行！

……

节目组让观众看了会儿海，看了会儿船，直到大家的耐心都快磨尽了，镜头才终于一转，落在了从车上下来的两个人身上。

知道是求生节目，两人穿得都很休闲，T恤加运动裤，衬着旁边的大海，看上去格外清爽。沈隽意一手搭着两件长外套，另一只手牵着赵虞，笑眯眯地冲镜头打招呼："大家早上好啊。"

赵虞也朝镜头笑："早上好，记得吃早饭哟。"

弹幕一片"啊啊啊"。

——一大早的颜值暴击！这谁顶得住啊！

——情侣款！T恤又是情侣款！！！

——秀！给我狠狠地秀！

……

导演在镜头外问："大家知道你们要来参加求生节目都很激动，你们来之前有没有做相关的准备？"

沈隽意瞅了他一眼："准备什么？你们不是什么都不让带上岛吗？"

导演又殷切地看向赵虞，似乎指望她回答出一点儿有内涵的东西。

赵虞："我看了两天你们的直播，做足了心理准备。"

观众差点儿被他们笑死。

导演没话说了，开始宣布规则。他们这一次上岛时间一共两天一夜，明天傍晚离岛，上岛前要检查，不能带任何东西，包括手机。

两人穿得都很简单，身上也没什么东西，工作人员检查完，伸手去拿沈隽意一直搭在手臂上的长外套。

沈隽意侧身避开，把手臂背到身后："干吗？"

导演："除了身上穿的，不能带任何东西。"

沈隽意："那我穿上不就行了？"然后他就把两件外套都套在了自己身上。

导演："这么热的天你穿羽绒服？还穿两件？"

观众这才发现他手上那两件长外套是薄款的羽绒服。

沈隽意已经飞快把羽绒服穿好了，还反问："我就喜欢夏天穿羽绒服，不行吗？"

赵虞在旁边憋着笑。

看直播的观众都笑疯了。

——综艺Bug（漏洞）之王名不虚传！

——崽崽的决定是正确的！海岛晚上可冷了，这羽绒服一定很保暖！

——为了照顾女朋友把两件都穿上了，我看着都热，又心疼又感动！

……

导演被这个举动惊呆了，还真的找不出反驳他的地方，愣了好一会儿才苦口婆心地说："那你这样上岛就没意思了。来我们这个节目，不就是为了体验艰苦，感受生存的不易吗？"

沈隽意："不啊，我来这个节目是为了宣传电影的。"他冲镜头咧嘴一笑，"十月一日，大家记得去电影院看《想记得》哦。"

导演："……"

观众一边狂笑一边给面子地配合起来。

——一定去一定去，不去都对不起你这大夏天的穿两件羽绒服！

——十月一日一起去电影院看神谕定情之作《想记得》！！！

——国庆节电影院不见不散！

……

沈隽意美滋滋地打完广告，转头问一脸蒙的导演："我们可以上岛了吗？"

导演："……上吧。"

沈隽意揽了下臃肿的衣领，拉住在旁边捂脸的赵虞，雄赳赳气昂昂地往码头走去。小艇已经准备就绪，他先跳上去，一脚踩住边缘，张开双臂把半蹲在岸上的赵虞抱下来。

观众都被他这个姿势惊呆了。

——下盘这么稳吗？这可是在船上！

——八块腹肌不是白练的，臂力是真的强！

——啊啊啊想被沈隽意举高高！！！

——隽崽男友力MAX！

——我突然想起星愿墙上他们写在最高处的名字了。之前还怀疑他们搬了架梯子上去，其实是隽崽举着虞虞写的吧！

——前面破案了！一定是这样！

——突然觉得壁咚胸咚公主抱过时了，我想要举高高！！！

——我命令你们就这么抱着不准松开！

……

小艇晃了一下，两位跟拍摄像也跟了上来，工作人员分发救生衣，赵虞赶紧把男朋友身上的两件羽绒服扒了下来。就这么一会儿时间，他的脖颈都焐出了一层汗，赵虞拿手背蹭了蹭，又撩起他脑后的碎发凑过去吹了吹。

弹幕里都在说，赵虞这是在渡仙气。

各自穿好救生衣就正式出发了，发动机的轰鸣响彻开来，小艇在浅蓝色的海面拉出长长的水纹。求生的海岛距离港口并不远，拍摄所在的整片海域其实还是处于浅海区，保证了安全性。

小艇驶离码头，视野更加广阔，天气清朗，海水清澈透亮，能清晰看见游过的鱼群。见沈隽意一直盯着鱼群看，赵虞打量他两眼："又想养鱼啊？"

弹幕适时玩起了梗："酷爱养鱼的人却拥有只能把鱼养死的体质，一时之间不知道该同情人还是同情鱼！"

沈隽意似乎也想起那些年被自己养死的鱼，怅然地摇了摇头："算了，不祸害它们了。"他转头看过来，怅然又被闪闪发光的笑意取代，"养你就行了。"

赵虞瞪他："我又不是鱼！"

"怎么不是？"沈隽意笑嘻嘻地揉她被海风吹乱的刘海，"美人鱼。"

弹幕里飘过一片省略号。

——你们顶流都是这么谈恋爱的吗？

——太土了崽！你太土了！你能不能撩得洋气一点儿？！

——沈隽意终于养了一条不会被养死的虞（不是）……

——别人养鱼你养虞，牛！

……

✦05✦

小艇行驶了一会儿，坐落在海面的海岛就在眼前清晰起来。知道今天有飞行嘉宾过来，五位 MC 已经等在海边了。他们并不知道今天来的是谁，正一边等一边在沙滩上翻石头找鱼虾蟹，本来嘻嘻哈哈的，等看清从艇上下来的两个人是谁，都有些愣。

队伍中最小的女生黄小晃最先激动地蹦起来："我亲眼见到我嗑的 CP 了！"

赵虞和沈隽意在圈中的分量比在场的五位 MC 都要重，官宣后人气更是急速增长，他们来参加节目，可以想象直播间的收视率又要暴涨了。

黄小晃抱着一堆贻贝冲到刚下艇的两人面前，激动得脚丫子在沙滩上踩出好几个坑："小虞姐！隽意哥！我特别喜欢你们！恭喜你们终成眷属！希望你们白头偕老！"

看来哪怕流落荒岛，也有神谕 CP 粉出没。

五位 MC 热情地欢迎了两人的到来，看到沈隽意手上拎着的羽绒服，队伍中的老大哥杨荣还夸他："有这个你们晚上就不会冷了，上次来的嘉宾都被冻感冒了。"

黄小晃在旁边热情地问："小虞姐，你们吃早饭了吗？没吃的话，回营地我给你们煮蛤蜊汤！"

赵虞新奇挑眉："不是荒野求生吗？还有蛤蜊汤喝呢？"

黄小晃骄傲挺胸："那是前两季！这一季我们都进化了！"她阔气地一挥手，"不吹不擂，这整座岛现在都是我们的，可以说吃喝玩乐一应俱全！你们就当是来度个假顺带宣传电影的！"

沈隽意搂着赵虞的肩美滋滋"啧"了一声："那多不好意思啊。"

直播间观众：那你的表情倒是不好意思一点儿啊！

杨荣在旁边找补："倒也没有小晃说的那么好，只不过不用风餐露宿，肚子还是可以填饱的。"

观众笑成一团，纷纷发弹幕表示：黄小晃嗑 CP 的样子是我本人了。

五位 MC 的大本营在岛上一处宽阔的山洞中。山洞是天然形成的，顺着石壁还有淡水滴下来，是五人饮用水的来源。

经过十多天的群居生活，山洞已经被打造得十分具有生活气息。MC 知道今天有飞行嘉宾上岛，连用椰树叶铺就的床位都准备好了。因为之前来的都是同性嘉宾，这次准备的两张床位也就挨在一起。

杨荣："之前不知道是你们，要不小晃你跟隽意换一下位置吧？"

黄小晃顿时握拳："为什么要换？情侣挨在一起睡怎么啦？又不是一张床！"

直播间观众：小晃干得好！

杨荣朝两人投去一个询问的眼神，赵虞倒是很大方："不麻烦了，就这样吧。"

沈隽意把羽绒服扔床位上，MC 就开始带着新嘉宾开始今天的捕食任务了。民以食为天，荒野求生最重要的一环就是吃。

因为是大夏天，食物在野外不好储存，所以大家都是当天找当天的食物，最多在洞前的小水坑里养几条鱼。今天来了新嘉宾，当然要加餐。

五个人对岛上的环境已经很熟悉，各自分配了任务。大家一致坚定让神谕度假的信念，分给沈隽意和赵虞的任务最轻松，去沙滩上翻翻石头找找虾蟹就行了。

海岛上的阳光似乎比陆地的还要明媚，沈隽意一路走一路用扯下来的大树叶卷成帽子的形状，笑眯眯扣在赵虞头上。

前一秒弹幕还在夸他心灵手巧，下一秒就幽幽飘过一条弹幕，带偏了节奏："为什么要给女朋友戴绿帽子？"

然后观众就发现他不仅给女朋友戴，他还给自己戴。两个人顶着两顶不伦不类的绿叶帽，牵着手穿过椰林，来到了沙滩上，阳光照着沙子，泛出亮晶晶的光芒。

赵虞还在思考从哪里开始翻起，沈隽意突然转头笑着说："第一次一起看海。"他握着她的手抬起来一点儿，在她掌心画了"正"字的第一笔横，笑眯眯地说，"先记下来。"

掌心痒酥酥的，赵虞握了下拳头，展开时画上第二笔竖："那第一次在沙滩上捡贝壳也记下来。"

弹幕再次热闹起来。

——他们在玩什么我不知道的幼稚游戏吗？

——虽然看不太懂但是觉得好浪漫。

——每一个第一次都要记下来的意思？

——啊，我这里有些虎狼之词，但我不敢说！

——其实我也……

——你们不对劲！

——前面的在说什么，非常担心黑粉会因此举报我们！

……

前两天涨过潮，沙滩上的贝类蟹类还蛮多的，运气好的话还能碰到海胆。不过两人都不是在海边长大的人，面对这些海洋生物还是有些难以下手。

赵虞看着自己捡的一堆贝类，抬头问沈隽意："这东西能吃吗？"

沈隽意捏着只有自己指甲盖大小的螃蟹说："你那个不知道，我这个应该可以跟蛤蜊一起煮汤。"

赵虞忧伤地叹了口气："我俩要是流落荒岛应该会被饿死。"

沈隽意立刻反驳："怎么可能！我就是割自己的肉也不会让你饿死的！"

赵虞："呕——"

观众快被这俩人笑死了。

——阳光沙滩海浪，气氛这么美好，结果你们就聊这些？

——儿子女儿谈起恋爱来原来跟我也没什么区别，幼稚！

——这就是普通又真实的情侣模样呀，一边甜蜜一边嫌弃。

……

两人不太认识海鲜，又不能空手回去，干脆看到什么都装进嘉宾用椰树叶编的篮子里。但篮子没有封口，海鲜又都是活的，指甲大的小螃蟹爬得到处都是。于是两人一边装一边抓，整个沙滩布满了两个人欢快的脚印。

赵虞抓得起劲，没注意扬起的沙子进了眼睛，赶紧喊他："沈隽意，我眼睛进沙子了。"

两人衣服手上都是沙，沈隽意蹭了半天也没蹭干净，只好捏着手指，用手肘微微捧住她的下巴："别眨眼啊，我给你吹吹。"

赵虞绷着五官，瞪着眼睛，眼眶都瞪红了，催促他："你快点儿啊。"

沈隽意低头凑过去，呼呼呼吹了几下，吹得赵虞眼泪都下来了："眨眼，流出来就好了。"

赵虞眨巴几下眼睛，眼泪混着脸上的沙子流了一脸。沈隽意手上都是沙，只好低下头去，用额头蹭蹭她的脸颊，把沙子都给她蹭下来。

赵虞眨了眨眼："好像没了。"

沈隽意这才松开她，一手提起地上的篮子，一手牵住她指缝都沾满细沙的手掌："那走吧，差不多了，这么多总能挑出来几个能吃的。"

赵虞"嗯"了一声，走了两步似乎还是觉得脸上有些不舒服，又埋在他肩头蹭了蹭。

海浪"哗啦"一声拍打在礁石上。

直播间观众："我们看的到底是荒岛求生还是恋爱综艺？"

第十七章

永远沉沦

✦01✦

为防止篮子里的螃蟹爬出来，沈隽意摘了几片不知名的大树叶盖在上面，将将能封住口。

走到半路，他们遇到来接他们的黄小晃，一看到两人牵在一起的手，她顿时露出"啊好甜我嗑到了"的痴汉表情。

觅食的 MC 都已经回到营地，沈隽意提着装满海鲜的篮子过去时，火都点上了。

这顿真正的野炊，两人倒是没有帮上什么忙，就递个碗端个菜。

黄小晃："你们在旁边秀恩爱就可以了！观众爱看！"

直播间观众："小晃懂我们！！！"

杨荣在旁边一边切生鱼片一边笑呵呵地问："隽意和小虞平时在家做饭吗？"

沈隽意冲洗着贝类："要做。"

赵虞笑着接话："我爸是厨师嘛，经常会发一些菜谱过来，我俩就照着做，反正将就能吃。"

杨荣若有所思地"哦"了一声："所以你俩已经住到一起了？"

黄小晃："啊！"

姜还是老的辣，一句话问到点子上，原来这才是隐藏的真正"嗑学家"啊！

沈隽意"嘶"了一声，抬手把胳膊搭在赵虞肩上，歪过头看着她问："怎么办，荣哥给我们下套，现在否认也没人信了。"

赵虞配合地摊了下手："那就只好等直播结束回去把这件事坐实了。"

直播间观众开始激动打字。

——坐实！立刻坐实！马上给我同居然后结婚生孩子！

——他们明明没有在故意秀恩爱，可只要一同框我就觉得好甜！

——神谕天生一对，隽崽虞虞最配！

——答应我，直播结束回去就领证好吗？！

⋯⋯

午后的营地在几人的配合下很快飘出鲜香，虽然在海岛有限的条件下做出来的食物看上去并不那么美味可口，但此刻能吃到一顿热乎乎的午饭还是十分满足幸福的。

吃饭的桌子是 MC 从岛上找到的一块石板，垫了好几层，然后用椰树叶编作蒲团，中间塞满了椰棕。七个人围着石板坐下，热热闹闹地开饭。

沈隽意和赵虞在沙滩上捡回来的海鲜基本都能吃，一半拿来煮了海鲜汤，一半烤了，香喷喷的。还有生鱼片、野菜烧鱼，丰富多样。观众都看饿了。

黄小晃举着用竹筒做的水杯兴高采烈地说："欢迎隽意哥和小虞姐到海岛来做客！希望你们在这里吃得满意，玩得开心！"

沈隽意和赵虞笑意盈盈地跟大家碰杯。

杨荣主动提及："你们拍的那部电影是爱情片吧？"

沈隽意正夹了一块鱼肉在碗里，拿着筷子低头专注地挑刺，赵虞笑嘻嘻对着镜头接梗："对，很感人的一个爱情故事，叫《想记得》，十月一日上映，大家记得去看哦。"

另一个 MC 八卦地问："这部戏也是你们的定情之作吧？你们是拍了这部戏才在一起的吗？"

直播间观众也激动极了。

——快！聊一聊你们爱情的细节！

——因戏生情！假戏真做！感谢《想记得》让我 CP 成真！！！

——好想知道谁先追的谁。

⋯⋯

沈隽意终于挑完鱼刺，把一整块洁白鲜嫩的鱼肉夹到赵虞碗里，抬头笑眯眯道："的确是拍完戏才在一起的，但不完全是因为这部戏。"

几位 MC 都露出八卦的神情。

沈隽意转头看了赵虞一眼，笑意盈满了眼睛："是因为喜欢她，才想和她合作拍这部戏。"

赵虞夹鱼的手顿了一下。

黄小晃激动地问："那隽意哥是什么时候开始喜欢小虞姐的？"

沈隽意"嘶"了一声："很早以前了吧。"他咧嘴笑得有些炫耀意味，不知道是在对 MC 还是在对观众说，"你们不知道我们是青梅竹马吗？"

直播间观众当然立刻配合他。

——那一眼的深情温柔杀我！

——知道知道知道！你们是朋友是邻居还是青梅竹马！

——我嗑了一段多么传奇的 CP 啊呜呜呜……

——所以明明很早以前就喜欢了可直到现在才在一起，因为要对自己的偶像身份负责，两位真的是圈内楷模。

——正是因为这样，现在在一起的他们才会收获全网的祝福啊。两个人真的很明白在不同的时间段自己要的是什么，目标明确，意志坚定，所以才能事业爱情双丰收。

——想听青梅竹马的细节！

……

黄小晃问出广大观众的心声："那你们小时候是怎么认识的啊？"

赵虞吃完没有一根鱼刺的鱼肉，擦擦嘴角："就小时候去舅舅家过暑假认识的。"

沈隽意盘腿坐在蒲团上，手肘撑着膝盖支住额头，偏头笑吟吟地望着她："嗯，暑假的时候，她蹲在树下掏蚂蚁窝，穿着粉色的碎花裙，扎了两根马尾，特别可爱。"

那些远去的记忆，就在他笑吟吟的话语中被海风吹到了眼前。

赵虞瞳孔张了一下，转头问他："记得这么清楚啊？"

沈隽意眼眸温柔："嗯，都记得。"

在他终于迟缓地意识到对她的爱时，那些曾经被他忽略的细节像逐一亮起的灯，一盏一盏照亮了他所有的记忆。

他想起他们的初见，想起每年假期她飞奔而来时脸上喜悦的笑，想起那些不曾见面的日子她发来短信时小心翼翼的问候和试探，想起她长大后明显刻意的疏远……每想起一分，他就会痛恨自己一分，把自己全部的爱与心意一分不剩地全给她仍然觉得不够。

不过还好，他们还有一生，他还有那么长那么长的时间去爱她。

一顿饭的时间，MC和观众都在听他讲两人小时候可爱又开心的相处时光，曾经被他挂在嘴边的《暑假生活》倒是一次也没提。

赵虞吃着他挑完了刺的鱼肉，听着他比海风还要清朗的声音，恍然惊觉，原来他脑海中的回忆不比她少。

于是，不仅是观众，连五位MC都快羡慕死这段青梅竹马的爱情了。杨荣作为一个隐藏属性的CP粉，再一次问出了所有人都想问的问题："你们打算什么时候结婚啊？"

弹幕上立刻一片尖叫。

——现在！立刻！原地！给我结婚啊啊啊！！！

——一段青梅竹马的恋情必须以结婚作为圆满结尾！

——隽崽别尿！别看了！给我求婚！现在就给我求！女鹅肯定会答应的！

——荒岛求婚多浪漫啊！你们给我搞快点儿！！！

……

求婚是不可能求婚的，两人对视一眼，沈隽意抬手摸摸她的脑袋，笑着说："到时间就会结了。"

到时间是什么时候？观众真是快被他卖的这个关子急死了。

吃完饭大家收拾收拾，就开始下午的工作了——采集山上的露水和岛上一种可以直接饮用的树汁，以及捕野兔、挖野菜。

沈隽意和赵虞权当是来感受野外生活的，跟着几位MC满海岛地跑，还真玩出了度假的乐趣。

傍晚时分，大丰收的众人才回到营地。海岛上毕竟杳无人烟，吃过晚饭大家就进入山洞，并用椰树叶编制的大挂毯挡住了洞口。

洞内燃起了小火堆，照得石壁闪闪发光，几个人围着火堆聊了会儿天，就各自躺回床位上了。荒岛生活很耗费体力，上岛之后他们就养成了早睡早起的好习惯。

赵虞和沈隽意的床位就隔了手掌宽的距离，侧身躺下来时，几乎就是脸对脸了。夜晚的海岛的确有些冷飕飕的，海风吹开挂毯从洞口灌进来，哪怕洞内燃着火堆也不太顶用。好在沈隽意带了两件羽绒服，盖着要暖和很多。

洞内的火光摇晃不定地照在两人脸上，弹幕上都在说："是我我就亲上去！"

沈隽意突然开口问："冷吗？"

赵虞往羽绒服里缩了缩："有一点儿。"

沈隽意突然站起身，把床位往她跟前推了过去，直到两个床位无缝挨在一起，才又重新躺下去，然后抬手将身上的羽绒服往上打开，露出怀抱："过来。"

赵虞缩在羽绒服里，像一条毛毛虫似的蹭啊蹭，终于一点点蹭进了他怀里。

沈隽意把人抱在怀里，用宽大的羽绒服严丝合缝地裹住她，心满意足地闭上眼。

已经被甜晕过去的观众一定没想到，这是两人第一次同床共枕。

尽管床不是床，枕不是枕，就连垫在身下的椰棕都硬邦邦的不舒服，可谁也没觉得别扭。他的怀抱暖烘烘的，手臂枕在她脑后，像抱小孩子一样抱着她，还体贴地空出足够她呼吸的空间。赵虞把有些凉的手揣在他胸口，脚也蹬在他小腿上，像只壁虎似的扒着他，终于不觉得冷了。

沈隽意垂眸笑吟吟看着她在自己怀里找好舒服的姿势，低下头在她额头亲了一下，然后凑到她耳边悄声说："第一次一起睡觉。"

这可把观看直播的观众急死了。

——在说什么？让我听听！

——可恶！为什么麦离嘴巴那么远？！

——不知道为什么，看到他们这样抱在一起睡觉，我竟然有点儿想哭！好温暖啊！

——他们为什么不是常驻？！好想一直看他们一起睡觉……

——珍惜这唯一一次能亲眼看着他们睡觉的机会吧。

……

平常嘉宾睡觉之后，除了少部分没事干熬夜看别人睡觉的人，大部分观众都会退出直播间，夜晚是直播间人气最低的时段。结果今晚一个人都没走就算了，还因为上了热搜，越来越多的观众进入直播间。到了凌晨，有些实在坚持不住的网友甚至录了屏，打算等睡醒了再回味。

——啊，平常看赵虞觉得她高高的好有御姐范，可现在缩成一团埋在沈隽意怀里看上去好小只好可爱啊！

——沈隽意的怀抱看上去好宽阔好暖和好想进去躺一躺，手臂看着也很壮的样子，枕上去一定很舒服吧？

✦02✦

海岛的天亮得很早。

赵虞睡相好，一整晚都蜷在沈隽意怀里没怎么动。清晨五点多，迷迷糊糊的他们被黄小晃叫醒。

山洞里的火堆已经熄灭了，只剩一点儿火星忽明忽暗。

黄小晃小声说："小虞姐，你们好不容易来一次海岛，我带你们去看海上日出吧。这里的日出特别壮观，超好看的！"

赵虞还没在海边看过日出，听她这么说顿时来了兴趣，瞌睡也醒了大半。

沈隽意也醒了，半睁着眼亲了她一下，等她坐起来后才活动了一下僵硬的手臂。

直播间的观众已经寥寥无几，还在看的要么是时差党，要么是熬夜在做其他事情开着直播的，看见两人起床，空白的屏幕上又飘起了弹幕。

其余四位 MC 还睡着，三个人轻手轻脚地走出去，在洞口简单地洗漱了一下，往看日出的最佳地点走去。

清晨的海岛安静无比，雾气缭绕在四周，天空透出暗色的蓝，登上山岩时，蔚蓝海面腾着水雾，像身处混沌之中，什么都看不清。

黄小晃把两人带到最佳观景点后就溜了，十分自觉——他们赏日出，自己赏他们，美滋滋！

离开山洞的时候，沈隽意拿上了羽绒服，高处风大，刚好能用上。这会儿两人穿着羽绒服坐在面朝大海的石头上，听着海浪声和海鸥叫声，有种远离世俗的宁静。

沈隽意侧头看了眼靠在自己肩上打哈欠的女朋友，笑眯眯地说："又一个第一次。"

赵虞困恹恹地问："第一次看日出还是第一次起这么早登山吹海风？"

沈隽意沉思着："那就都算上吧。"他手臂更紧地搂了搂，低下头亲了亲她的脸颊，低笑着说，"再加一个，第一次在海边亲女朋友的脸。"想了想，又亲她眼睛，"第一次在海边亲女朋友的眼睛。"又亲她鼻尖，"第一次在海边亲女朋友的鼻子。"

为数不多在清晨看直播的观众再一次被急死了。

——你倒是直接亲嘴啊！尽搞些虚的！

——太浪漫了，看了眼旁边睡成猪一样的男朋友，狠狠踹了一脚！

——原来这是你们第一次的约定啊！麻麻的两个宝贝，你们这一生还会拥有无数个第一次，希望你们余生哪怕老去，也仍拥有最初每一个第一次的悸动与温柔。

……

跟拍摄像在旁边默默把镜头怼到他们面前，赵虞害羞地把亲个没完的男朋友推开，某个转眸的瞬间，突然兴奋地指过去："日出！"

沈隽意转头看去，前一秒还迷雾混沌的海面像被上帝之手撕开了一道口子，绚烂的金色光芒从远处海面破空而出。金光所到之处，雾色尽数蒸发，一只海鸥鸣叫着掠过海面。下一刻，晨光像骤然绽放的烟花在海的尽头炸开，所有的一切都变得清晰又明亮，一轮金日升上海平面，万丈光芒在这一刻唤醒了沉睡的大海。

　　这样壮丽又璀璨的景观，是大自然馈赠人类的美好。

　　金色光芒漫过大海，然后一寸寸漫进了他们的眼睛。他们欣赏着这无与伦比的海上日出，而无数人也在这一刻欣赏着被太阳照耀犹如画报的他们。他们靠在一起，被日出的光芒笼罩着，绚烂又神圣。

　　弹幕上突然有个人说："听说被第一抹日出照耀过的情侣，就是上天命定的姻缘。"

　　沈隽意也突然看着她说："我们的婚礼就在海边，就在日出的时候举行吧。"

　　赵虞终于从这壮丽的景色中回过神来，一转头，就对上他盛满光芒的眼睛。那眼睛映着光，映着海，映着她全部的模样。

　　他什么都没说，可赵虞就是知道。他一定是觉得海上日出很美，一定是想在最美的地方给她最好的婚礼。

　　于是她笑着凑过去，吻住他温柔的唇角："好啊。"

　　这一幕太过美好，甚至连观众都舍不得打扰，屏幕上空白了好久。

　　等天色大亮，打着哈欠姗姗来迟的观众才知道自己错过了什么世纪之吻，后悔得捶胸顿足。你说你睡什么懒觉！

　　还好还有录屏、动图，以及犹如海报一样的截图。截图上两个人相互靠着，影子被阳光斜斜映在光滑的石壁上，身后不知名的野花被海风吹歪了花盏，远处太阳跳上海平面，他们满身光芒，好像上天恩赐了神谕。

　　这一天的直播收视率再创新高，等到傍晚节目组派小艇来接时，直播间的观看人数创下了节目创办以来的最高纪录。

　　离开的时候导演问："离开前有什么话想对大家说的吗？"

　　沈隽意："国庆节别忘了去电影院看《想记得》哟！"

　　直播间观众：真是一点儿都不意外呢。

　　五位 MC 站在沙滩上挥手告别，赵虞回头看了看岸边远去的身影，叹了口气说："还怪舍不得的。"

　　沈隽意偏头看她，手指轻轻挠了下她的掌心，等她看过来时笑眯眯地说："等忙完这段时间，我们去海岛度假吧。"

赵虞："哪个海岛？"

沈隽意想了想："回去了拿世界地图选一选，喜欢哪个去哪个。"

赵虞："那如果喜欢的不能去呢？"

沈隽意："那就把它买下来。"

直播间观众：……谈恋爱就谈恋爱，突然炫什么富！

小艇回到岸边时，属于神谕的直播就正式结束了。

看着掐断信号的屏幕，观众纷纷怅然地去刷录播了。

两人是明早的飞机，节目组开车送他们去提前订好的酒店。晚上睡得不太好，早上看日出又起得太早，白天还跑了一整天，两个人其实都挺困的，赵虞在车上靠在他怀里睡了一会儿，到酒店时还迷迷糊糊的。

节目组安排的助理拿着两人的身份证去办入住，回来的时候手上只拿着一张房卡。

沈隽意挑了下眉："一间房？"

助理一脸茫然："啊？需要两间吗？"他看了两人一眼，有些不好意思地说，"昨天本来是订的两间，今天早上老大又让我改成了一间。实在是抱歉，我现在就去换成两间。"

沈隽意本来想叫住他，看了眼靠在自己肩上睡觉的赵虞，抿了下唇又停住了。

过了会儿助理很抱歉地跑回来说："两位老师实在是不好意思，酒店的房间都订满了，我们换一个酒店吧，实在是对不起！"

沈隽意正要说话，靠在肩上的赵虞半眯着眼开口："不用，就这样吧，辛苦了。"

沈隽意也冲他温和笑笑："没关系，房卡给我吧，我们自己上去就行。"

节目助理这才一脸歉意地离开了。

赵虞直起身体，伸了个懒腰："合理怀疑酒店是故意的。不会是前台混入了我们的 CP 粉吧？"

沈隽意笑着搂着她站起来："那我可得好好谢谢这位了。"

赵虞捶了他一下。

房间在十七楼，两人在电梯里被路人认出来，又收获了一波祝福。

节目组给他们定的是豪华套房，所有生活用品一应俱全。昨晚在海岛上没能洗澡，赵虞一进房间就迅速去浴室洗漱了。沈隽意里里外外参观了一圈，拉上窗帘，把两人的行李收拾了一下，又去卧室点上了床头柜里备着的熏香。拉开床头柜时，他看到里面摆得整整齐齐的某样东西，手指顿了一下，拿出熏香后飞快地关上了。

浴室传来赵虞的喊声："沈隽意，帮我拿下睡衣。"

沈隽意应了一声，从床上拿起早就备好的睡衣走过去。浴室的玻璃是磨砂的，透过明亮的灯光，能模模糊糊看见一个曼妙的身影。

浴室的玻璃门从里面推开一个小缝，赵虞伸出一只手来，那手指白白净净的，指尖都泛着粉嫩的红："给我。"

沈隽意笑了下，把睡衣放在她手上，又交代："小心点儿，别站着单脚穿裤子，地滑。"

赵虞应了一声，关上门。

淡淡的熏香渐渐弥漫整间屋子，赵虞一身水汽从浴室走出来时深深吸了一口："好香啊，好像是薰衣草。"

沈隽意把手机收起来："洗好啦？我帮你吹头发。"

赵虞擦擦发尾的水，把他往浴室推："我自己吹，你快去洗澡，臭死了。"

沈隽意抬起胳膊闻了闻自己的胳肢窝："哪里臭了？这明明是男人的味道！"

赵虞嫌弃地瞪了他一眼。

沈隽意笑着凑过去，她越躲，越要凑过去抱她。赵虞连连后退，没注意绊到床，身子一晃朝后倒了过去。沈隽意眼疾手快一把搂住她的腰，两人一起摔在了床上。

赵虞手脚并用地把人往旁边推："臭死啦你！赶紧去洗澡！"

沈隽意在她香喷喷的颈窝重重亲了一口，这才心满意足地起身去洗澡。

从浴室出来的时候，赵虞已经吹干头发缩在被窝玩手机了，见他走过来，打了个哈欠催促："快点儿啦，开着灯我睡不着。"说完又低下头去玩手机。

就刷了个新闻的工夫，沈隽意已经躺到了她身边，笑眯眯地说："好啦，关灯吧。"

赵虞伸手在他刺刺的发根摸了一下："头发都没吹！"她放下手机拽他，"吹干了再睡。"

沈隽意赖在床上不肯起来。

赵虞唾了他两口，跳下床去把吹风机拿过来，侧身坐在床边帮他吹头发。

沈隽意盘腿坐起来，微微弓着身，以免她够不着。他感受着她柔软的手指一下一下抚过头皮，过电般的触觉从头皮一路传到了脚尖。

头发短，很快就吹干了。赵虞关了吹风机放到床头柜上："好了，睡觉吧。"

沈隽意撇了下嘴，趁她起身的时候双手掐着她的腰把人抱到了自己面前。他臂力强，抱起她来轻而易举，赵虞还没反应过来，已经坐在他腿上了。这个姿势不方便伸脚，他身后就是床板，伸都伸不直，只能微微弯曲盘住他的腰。

只隔着薄薄一层裤子，赵虞的脸都要被烫红了，推了他两下："松手！"

沈隽意笑了一声，把她往身前按了按，不仅没松，还抱得更紧了。

赵虞整个人都快烧起来了，眼睛漫起了水汽。

沈隽意抚住她的后脑勺，吻住她的唇，滚烫的手掌也攀上她的蝴蝶骨。薰衣草的气味好像被房中骤然升高的气温熏得更加浓郁。赵虞几乎快要喘不上气来，心里隐隐期待着，却又不知道自己在期待什么。

纽扣一颗颗被解开，他终于舍得离开那温软的唇，抵着她的额头垂眸朝下看。床头的灯光落下来，映出暧昧又白皙的光泽，随着他目光扫过，泛出诱人的红。

赵虞几乎快要在这目光下投降，脚背绷直，声音从齿间挤出来："不要看——"

沈隽意笑了起来："这么漂亮，为什么不看？"

赵虞双手插在他发间，手指几乎都在发抖，不知是想将他推开还是抱得更紧，然后身体突然悬空，被他抱起，朝后倒去。她终于看清那双布满欲望和炽热得快要将两个人都燃烧的爱的眼睛。

无声盘旋的熏香被疾风骤雨搅得满屋凌乱。

赵虞只顾得上用手指捂住眼，声音断断续续挤出来："沈隽意……关灯——"

沈隽意笑了一声，把她的手指拿开，亲她的眼睛，低笑着说："宝贝，我想你看着。"

看我欲生，看我欲死，看我永远沉沦于你的温柔，又臣服于你的爱。

第二天早上闹钟响的时候，赵虞真的有努力试着爬起来，但最后还是败在腰酸腿软，又一头栽回了沈隽意怀里。两人不出意外错过了飞机，好在这两天都没什么行程，除了因为机场广播找人又上了一波热搜外，并无任何影响。

一直睡到中午，两人才被林之南打来的电话叫醒。

林之南非常体贴地说："反正飞机都错过了，要不就在那边多玩两天呗。直播宣传的效果很好，咱们不着急。"

赵虞懒懒应声，挂掉电话之后刷起了微博。

这一次的直播的电影宣传效果的确很显著，不管看没看直播的网友都知道国庆节神谕的定情之作《想记得》要上映了，电影的话题讨论度在昨天破了亿，电影也在竞争激烈的榜单中挤入了"观众最想看的电影"前五名。

电影官博趁热打铁，在早上神谕因为错过飞机又上热搜后，放出了《想记得》的第一支预告宣传片。

自开拍到现在，网友只知道这是一部关于青梅竹马少时分离长大后又重遇相爱的爱情片，但具体讲了个什么故事，大家并不清楚。因此《想记得》的首支预告片一发布出来，就立刻上了热搜，网友们飞奔而至，兴致勃勃地点开了视频。

蓝天白云，青山绿水，乡野金黄的麦穗无边无际，少年牵着少女的手在田野间跑，蝴蝶飞，花儿摇，隔着屏幕好像都能闻到清新稻香。然后画面一晃，少年追在轿车后面跑，少女从车窗探出头去，接过满头大汗的少年递上来的蔷薇花。少年目光炽烈地说："夏夏，我以后会来找你的！"

再遇的时候，两人已经成年了。少年理着桀骜不驯的寸头，光着膀子叼着烟，眉眼仍能寻到当年的野性模样，和穿着白裙子骑着单车从林荫道经过的少女仿佛两个世界的人。

他没有去找她，她也忘记了他。

预告片的最后一幕，是少年高兴地把人拉进怀里："夏夏，你想起我了吗？"

少女踮脚吻他的唇角，眼睛里好像有星星一样："我没有想起你，可现在的黎寻，我也很喜欢。"

看完预告片的网友被甜得直跺脚：不愧是神谕定情之作，真的太甜了！而且电影画面也太美了，光影、色调、角度都好高级的感觉！

粉丝们更是纷纷在评论里催促官博多放几支预告片出来。

官博回复："十月一日去电影院吃完整的糖哦！"

年少无知的网友们还不知道自己即将经历什么，愉快回复："好的好的好的！一定去！么么哒！"

沈隽意和赵虞最近这段时间除了几个代言的活动，其他行程基本就是参加综艺宣传电影。而这些综艺都是录播，基本定在国庆节前后播出。网友时常能在热搜上看到神谕录制各种综艺的路透。

有粉丝忍不住发言："甜归甜，但是两个人为了电影真的付出太多了！就不能让孩子好好安静地谈个恋爱吗？！不就是电影票房吗？放心，我们一定把场子给你们撑住！"

于是各大电影平台上想看《想记得》的人数远远超过了同期上映的其他影片。

电影官博配合着各种宣传按时放出甜甜的预告片，最后一支吻戏预告片更是把网友激动得嗷嗷叫。

✦03✦

万众期待中，时间一点点临近国庆。

电影上映前一周，沈隽意、赵虞和剧组众人重聚，开始在各大城市路宣。

杀青之后，岳梨就一直在忙自己的下一部电影，也没时间跟两人见面，现在终于可以尽情倾泻自己的激动和欣慰——偶像因为自己的电影找到了真爱，她就是他们的月老啊！

她搓着小手手兴奋地问："我可以提前预约一张你们的婚礼邀请函吗？"

自从上次沈隽意在直播里说要在海边举行婚礼，网友们就开始热情地帮他们在世界地图上选址了。两人每天都能收到无数私信和评论，给他们推荐举行婚礼的最佳海岛。

网友们：简直为神谕操碎了心！

这次路宣定了十个城市，每一场都有上千名粉丝和媒体到场，基本就是在现场聊一聊导演的创作心得、演员的拍摄心得、拍摄期间有哪些深刻经历，以及跟粉丝互动。虽然沈隽意和赵虞是主角，但作为第一次拍电影的新人导演，岳梨也受到了极大的关注。之前网友还对她的能力持怀疑态度，但在看了三支预告片后，已经彻底被这位新人导演折服了，这样极具光影美学的拍摄技巧，不比任何一个经验丰富的导演差。

不过因为已经见识过电影画面，观众现在最好奇的就是电影故事。被选中的观众激动地站起来问："请问岳导，电影片名叫《想记得》，是因为故事跟记忆有关吗？那到底是一个记得的故事还是一个忘记的故事呢？"

岳梨拿着话筒语焉不详地回答："无论记得还是忘记，爱情都永远存在，不会因为谁的离去而消失。我想表达的主题，就是爱情是永恒的。相信这个故事会治愈大家，让大家相信爱情的美好。"

观众：虽然好像觉得哪里不太对，但还是鼓鼓掌吧！

离场的时候，前排有粉丝激动地喊："隽崽虞虞亲一个吧啊啊啊啊！"

沈隽意正扶着穿着细高跟鞋的赵虞下台，听到喊声挑眉看过来，又引得一阵尖叫。他摇头笑了下，握着赵虞的手往上抬，低头吻了吻她的手背。

现场的粉丝差点儿被甜晕过去。

路宣开始的同时，各大影院开启《想记得》的预售，还没到十月一日，预售票房就已经破亿了。

业内影评人之前对《想记得》的票房预估是八亿，毕竟先不论成片如何，光是两大主演的人气就足够撑起票房了。但看预售这架势，简直有种遇神杀神遇佛杀佛的气势，他们又默默加了两亿上去，表示《想记得》票房破十亿应该是没啥问题的。

院线排片也很给力，十月一日凌晨零点，就有不少电影院排出了《想记得》的场次。

最先冲进电影院的当然还是粉丝。凌晨的电影院灯火通明，热热闹闹，简直算得上是粉丝聚会，观众基本都带了表明自己身份的应援物，虞美人、薏仁、神谕CP粉三家的应援物也很好分辨。

有些媒体来了现场采访粉丝，准备拿下第一批观众的观后感，因此"神谕粉丝大集会"的词条还上了热搜。

大家说说笑笑，买好了爆米花和可乐，开开心心走进影厅。

一开始还很正常，两人出场和亲密互动时，每个影厅里都传出兴奋的尖叫，连唯粉都觉得甜，看得好想谈恋爱。这就是青春，这就是爱情，这就是我们永远追逐的美好啊！

但随着剧情一点点推进，夏夏一次又一次犯病失忆后，他们开始觉出味儿了——这怎么感觉有点儿不对劲啊？

少年被查出身患绝症时他们还在心里想，不可能，肯定是误诊！导演就是想骗我们的眼泪！稳住！不慌！

然后是一次次确诊，一点点憔悴，观众眼睁睁看着剧中的少年被病痛折磨得痛红了眼，却又强忍着病痛，用生命余下的时间为心爱的姑娘安排好了今后的一切。

到了这个时候，他们还是不肯相信，觉得肯定会有反转。不可能死的！不是甜甜的爱情片吗？！

大家等啊等，等到少年晕倒入院，等到少女犯病再次忘记一切，等到两人像陌生人一样在楼道擦肩而过，等到他彻底从她的生活中消失，静静死在医院无人知，等到少女站在他的墓碑前，流了满脸的泪……

影厅的灯"啪"一声亮了，结尾的字幕出来了，满场的人都是蒙的，没有人起身，也没有人说话，反应过来的时候已经像结尾的女主角一样泪流不止了。

不知是谁第一个号哭出声，然后仿佛凝住的悲伤情绪顿时一发不可收拾地蔓延开来，影厅里响起了此起彼伏的哭声。关键是都没有带纸，毕竟谁看个甜甜的爱情片会带纸啊！带的都是甜甜的爆米花和可乐啊！！！

蹲守在外面的媒体终于等到了第一场电影放映结束，听到影厅里的动静，都兴奋地扛着机器跑过去，然后发现都是哭着出来的，跟进场前的兴奋形成鲜明对比。

待拍照上传到网上，正在兴奋等待第一波反馈的网友也蒙了。什么情况？看个定情之作你们怎么哭成这样？

众人赶紧去刷实时影评，果然，第一批观影观众的评论已经出现了，但是跟现场图相反，好像都还挺高兴的。

——真的太甜了，一定要去看，看完果然又相信爱情了呢！

——我要为这爱情永远哭泣，我不允许还有人没看过这部电影，都给我去电影院！

——太甜了，太好嗑了，求求你们快去看吧！

⋯⋯

网友：我信了你们的邪，太甜为什么哭成这个鬼样子？

当然还有不少专业影评人的评价。

——个人认为，沈隽意和赵虞的演技在这部电影里达到了有史以来的最高，可能是因为本身就有情，每一个对视都太戳我了，值得一看。

——这应该是我近两年看过最凄美的爱情片，导演前途无量，两位演员也用这部电影证明了自己的实力。

——国内近几年爱情片式微，这部电影让我重新看到了国内爱情片的潜力，谢谢导演和两位演员的精彩呈现。

——别的不多说，就一句话，看的时候记得带纸。

⋯⋯

影评几乎都是正面评价，因此虽然粉丝哭成一片的照片太过诡异，期待已久的网友们还是开开心心地走进了电影院。

然后⋯⋯

导演你还是人？就这你还敢说治愈？这是致郁吧？那个电影官博，你之前说的是人话？国庆节去电影院吃完整的糖？我这吃的是糖？我吞的是刀吧？！如果我有罪，你可以用法律惩罚我，为什么要骗我进电影院哭成傻子？！

甜是真的甜，虐也是真的虐，笑着走进电影院又哭着走出来的网友把《想记得》"骂"上了热搜。

可票房确实势如破竹般飞涨。有些之前本来不打算看这部电影的路人也抱着不信邪的态度走进了电影院。而骂骂咧咧的网友也一边骂一边拉着还没看过的朋友去二刷——不能我一个人哭，我要再去前面的情节里抠一抠糖！

上映第一天，《想记得》的票房就破了亿，之后一路看涨，仅仅一周，票房就打破了之前业内的预测。照这个架势下去，估计最终拿到极亮眼的票房成绩也不是什么难事。

第一部电影作品就能取得这样的成绩，无论是导演还是演员，基本都算在电影界站稳脚跟了。就连对家粉丝也不得不感叹两大顶流选剧本的毒辣眼光。

国庆节结束的这一天，沈隽意上线发了条微博。

@沈隽意："别难过啦，像我们这样笑一笑！"

配图是他和赵虞头挨头笑容灿烂的自拍。背景是布置温馨的客厅，两人就像寻常情侣一样，穿着家居服坐在沙发上，眼里都是幸福的光。

再没有比电影里BE（Bad Ending，指悲剧结局）的两人在现实中依旧恩恩爱爱在一起更治愈的事了！网友们纷纷表示：我们又可以了！我们要把电影里失去的全部嗑回来！原来导演说的治愈是这个意思吗？真是用心良苦啊！！

在全民嗑神谕的形势下，《想记得》最终取得了二十一亿票房，沈隽意和赵虞也成为圈内为数不多的破二十亿票房的演员。

业内对这部作品和两位演员的演技基本都是持肯定态度，国庆刚过，之前还在观望的制片人们就立刻迫不及待地找上两人，递来不少电影剧本。

众人都热切地关注着两位顶流接下来会选择什么类型的本子，结果等来等去，发现两人居然推了所有邀约跑到国外度假去了！

粉丝和网友倒是很高兴。对嘛，就该这样好好谈恋爱，都兢兢业业工作十多年了，也是时候享受清闲了。就是不知道他们去的哪个地方，要是能来个偶遇什么的，就更完美啦！

此时，沈隽意和赵虞已经在挪威看海了。

他们定的度假酒店就在海崖之上，往前看是一望无际的大海，往后看是连绵不绝的花海。两人起先还戴着口罩，一路走过来一个亚洲面孔都没看到，于是放心地把口罩都摘了。

入秋后的挪威要比北京冷一些，加上地势高海风大，赵虞一进到暖烘烘的房间就不肯出去了。沈隽意拿她没办法，只好舍弃自己沿着海崖公路骑单车看花看海的浪漫计划，陪着她坐在窗边的躺椅上喝咖啡打游戏。

好在他们定的是豪华套房，客厅朝海一整面都是落地窗，放眼望去视野开阔，能看见蔚蓝海浪无声拍向礁石，帆船在远处海面静静行驶，就算不出去，也能欣赏到辽阔美景。

身处国内的夏元看到两人游戏上线都惊呆了，讶然问："你们不是去度假了吗？怎么还上游戏啊？"

沈隽意躺在长椅上，转头看了看身边裹着小毛毯的女朋友："度假就不能打游戏了？"

夏元："所以你们度假的方式就是换个地方打《王者荣耀》？"

赵虞："纠正一下，是一边看海一边打《王者荣耀》。"

夏元："Respect.（尊敬，尊重）"

当然也不可能一直打游戏，沈隽意之所以选这家酒店，是因为它拥有欣赏海边日出日落的最佳地理位置，于是第二天天不亮，他就把缠在自己腰上的女朋友叫醒了。

床头灯投下橘黄的光，赵虞昨晚被折腾了一整晚，累得完全睁不开眼，只想把在自己脸上亲来亲去的家伙一脚踹开。

沈隽意哄了半天没把人哄醒，叹了口气，把睡衣给她套上，又用毛毯把她整个裹起来，只留脑袋在外面。

赵虞闭着眼任由他折腾，直到身子突然悬空，被他打横抱在了怀里，才舍得睁开眼，拿脑袋蹭他："你不会打算就这样抱着我去看日出吧？"

沈隽意走到门口微微蹲身，用手肘压下门把手："没错！"

赵虞在毛毯里挣扎了两下："不要！被人看见好丢人！"

包场小王子笑眯眯地说："没有别人，观景台被我包场了。"

赵虞叹了口气："真担心还没结婚家底就被你耗光了。"

沈隽意挑眉："怎么可能？"他低头在她脸上亲一口，"你也太小看你男朋友的家底了。"

观景台就在顶层，设计成了阳光花房的模样，隔绝海风的玻璃可以升降，等日出时才会下降露出最宽阔真实的视野。这会儿天还没亮，只能听见海浪的声音。

赵虞靠在他臂弯里哈欠连天，抬眸看了眼他因为等待日出而兴奋绷紧的下颌，困困地喊："沈隽意——"

沈隽意"嗯"了一声低下头，眼睛弯弯的："马上就来了！"

赵虞耷拉着眼皮："答应我，取消之前我们在海边日出时举行婚礼的约定好吗？"她止不住地打了哈欠，眼泪都挤出来了，"太早了，我真的起不来，我觉得我们的客人也起不来。而且在海边穿婚纱也太冷了——"

她还在列举在海边举行婚礼的弊端，远处蔚蓝的海面终于绽开新一天的第一抹阳光，沈隽意就在这光芒中笑着低下头，亲了亲她的唇："都听你的。"说着抱着她转了转角度，"看，太阳出来啦！"

尽管又困又累，可不得不承认，这样壮丽的美景是值得早起的。

一直到太阳跃上海面升到空中，两人才终于转道回房间。赵虞觉得自己对男朋友的体力还是不够了解，自己都累成这样了，他是哪儿来的力气这么抱着自己兴奋地跑上跑下的？

进了电梯，赵虞盯着墙镜里的自己看了好一会儿，抬头说："沈隽意，我好像一个蛋卷哦。"

沈隽意也转头看了看，眼里溢出别有深意的笑："嗯，看上去就很好吃的样子。"

回房间之后，赵虞再次对男朋友有了更深入的了解。

两人并没有在挪威待太久，因为赵虞一直闹着喊冷，于是两人转道去了夏威夷。天气好像一下子从冬天进入了夏天，赵虞终于满意了。

在挪威机场转机的时候，两人终于被国内的游客偶遇，一直关心神谕到底跑哪儿度假去了的网友们也总算从热搜上得到了答案。结果没过两天，他们又收到了来自远在夏威夷的同胞发来的神谕路透照片。

接下来一个月，网友们陆续发现神谕在加拿大、英国、法国、希腊等地被路人偶遇的新闻，有时候有路透照，有时候只有路人兴奋的文字描述。大家一边觉得好甜，一边又觉得好酸——我们也好想恋爱之后跟着男／女朋友去环游世界哦！

逐渐入冬之后，两人基本就是往天气暖和的国家走了。网友们也逐渐发现了两人环游路线的规律，闲得没事开始投票猜测神谕下一次会在哪个国家出现，可以说，神谕给无聊的人贡献了从嗑糖到竞猜的全方位乐趣。

两人到意大利的时候，已经是冬天了，但因为去的是南部的一个小镇，气候相对而言还算比较温和，没有冷到让赵虞不愿意出门的地步。

大概是因为在韩国打拼过，赵虞很多事都习惯亲力亲为，以前去哪里都是自己做攻略查资料，如今跟着沈隽意玩了两个月，基本可以说是被宠废了，不带脑子地跟着他一路吃耍，觉得当个小废物也挺好的。

去小镇的途中，沈隽意一直在兴奋地念叨彩虹湾。小镇最出名的景点就是彩虹湾，听说日出的时候，海湾上空会出现一道彩虹，堪称奇景。赵虞被他说得很心动，毕竟日出就很美了，再加上一道彩虹，岂不是更美。

结果到了小镇，沈隽意反倒不急了，每天早上抱着她睡得比她还熟，丝毫不提去彩虹湾看彩虹日出的事。赵虞赖床赖习惯了，他不哄她起床，她自己是不可能起来的。

就这么在小镇待了几天，这天晚上睡觉的时候，沈隽意居然破天荒地没有折腾她，早早就关了灯哄她睡觉。赵虞躺在他臂弯里思考了一会儿人生，又摸了摸他的腹肌，突然抬头问："沈隽意，你是不是不行了？"

老祖宗的话果然没错，人还是要节制，不然哪里撑得住哦。早知道这两个月就不由着他来了，现在可咋办？吃药能治吗？

赵虞痛心疾首了好半天，才终于听到黑暗里传来男朋友咬牙切齿的声音："我明早要带你去彩虹湾看日出，担心你起不来才哄你早点儿睡的！"

沈隽意低头在她耳垂咬了一口，然后缓缓靠过来抱住她，半晌，闷闷地说："晚安。"

翌日天没亮，还没等沈隽意叫，赵虞倒是先醒了，也不知道是不是因为即将见到彩虹日出，心里有些莫名的期待和激动。

彩虹湾离他们住的地方并不远，走路十五分钟就能到。洗漱完出门的时候，天色还是暗的，只有海浪和汽笛的声音，走在石板铺就的长街上，好像世界只剩下他们两个人。赵虞牵着沈隽意的手，觉得今天男朋友的手掌格外温热。

到海湾的时候，四周都是弥漫的雾气，赵虞抬头朝上看了看，有点儿担心："这天气能看到彩虹吗？"

沈隽意眼神很亮："我查过攻略，肯定可以的，等着吧！"

赵虞搓搓脸："先说好啊，这次看完日出我以后不会再起这么早了！总看也没意思啊。"

沈隽意笑着点了下头。

四周的雾气像被风吹散一样慢慢淡去，朦胧的大海也逐渐透出清澈的蓝。不知道是第几次轻呼吸中，日出破晓，海面开始蔓延金光。

哪怕已经看过很多次日出，赵虞还是会被震撼。

她赶紧抬头往上看，据说他们现在所站的位置就在彩虹的正下方。可惜头顶的雾气还没散完，什么也没看见。赵虞等了一会儿，有些失望地把目光移回海面。太阳一点点从海平面升起，像电影被放慢了镜头，黯淡的天色顺着晨光逐渐放亮。

赵虞正看着海面上的一只帆船，耳边突然响起沈隽意惊喜的声音："看上面！"

赵虞抬头，就见不知什么时候，一道弯弯的彩虹架在了他们头顶的天空中，五颜六色的光柔软又明亮，明明什么触感都没有，却依旧有种被洒落满身的轻盈感，映着远处日出的金色，美得神圣又壮阔。

沈隽意突然松开了手臂，笑着喊了她一声："宝贝。"

赵虞转头看过去，一眼就看到他手上那枚闪闪发光的钻戒，在彩虹日出的照耀之下，比她看到过的任何钻戒都要闪耀。

她终于明白他今早的灼热和她莫名的期待因何而来。

沈隽意单膝脆下来，眼眸竟比这彩虹日出还要亮，他笑着将那枚钻戒递到她面前："结婚可以不在这个时候，但求婚可以吧？"

这美景如此神圣，笼罩在这美景之下的他也变得如此虔诚，好像要交到她手上的，是他滚烫跳动的心脏。

天光在这一刻大亮，海洋苏醒，花草苏醒，整个世界都苏醒了。唯独她沉沦在他温柔的眼眸中，不再清醒。

✦04✦

毕周打电话过来的时候，沈隽意和赵虞已经在新西兰过冬了。他痛心疾首地说："其他活动你们不接就算了，颁奖典礼总得参加吧？！"

沈隽意用英文叫服务员加餐，之后才回话："什么颁奖典礼？"

毕周彻底服了："金影奖颁奖典礼！别跟我说你不知道！"

沈隽意应了一声："我知道啊，《想记得》入围金影了嘛，夏元他们早就发消息祝贺过了，但就是入围，也不一定能拿奖。"

毕周被他无所谓的语气搞得没脾气，缓了好一会儿才说："你恋爱脑就算了，小虞不可能也跟你一起恋爱脑吧？那可是金影！第一部电影就入围的你能数几个出来？就算不拿奖，你俩也得给我出席！度假几个月也差不多了，赶紧回来！"挂电话之前，他咬牙切齿地交代，"少吃点儿！红毯前给我瘦回去！不然我第一个发通告黑你中年发福配不上小虞！"

沈隽意："……"这真是自己的经纪人？

挂了电话，他摸摸自己的腹肌，又摸摸自己的脸，抬头问对面的赵虞："我胖了吗？"

赵虞打量他两眼："还好吧，就是有点儿圆润。"

沈隽意："……"他要绝食了！

不过像他们这种常年锻炼的人，肌肉含量高，稍微运动控制一下，体形很快就恢复了。三天之后，两人终于结束这次环球度假之旅，从新西兰飞回了北京。

入冬后的北京已经下了好几场雪，赵虞虽然穿着羽绒服，还是冻得直哆嗦，沈隽意把怕冷的女朋友搂到怀里，两人就这么走出了机场。

因为好几个月没活动没露面，双方工作室都向粉丝公布了这次的行程。这会儿有序排队的粉丝早已等在外面，因为提前有交代，在看见心心念念的偶像肩并肩走出来时，没有引起太大的骚动，大多数人都兴奋地捂住了嘴，以防自己控制不住尖叫出声。

除了粉丝，许多媒体也都到场了，举着相机拍得比粉丝还专注。

沈隽意和赵虞把口罩取下来，一边走一边笑眯眯地挥手跟粉丝打招呼。

站在前排的粉丝不约而同看到了赵虞手上的钻戒，起先还没反应过来，直到有个CP粉激动地问："小虞，钻戒是隽崽送的吗？"

赵虞还没回答，沈隽意就在旁边炫耀挑眉："对，我送的！"

人群顿时一阵骚动，对着赵虞的手指咔咔一顿拍。等两人出机场坐上车，神谕订婚的新闻已经传遍全网了。

看到热搜的网友觉得这俩是真的甜，动作也是真的快，钻戒也好大好闪。不过戒指都戴上了，结婚应该也不远了吧？等等，不会是赵虞怀孕了才这么快订婚的吧？！

消息越传越离谱，靠着热度吃饭的营销号添油加醋爆了不少假料，甚至编出了两人举行婚礼的海岛位置，完全没想到两人早就放弃在海边举行婚礼的计划了。

赵虞懒得去理会这些传言，只是准备出席颁奖典礼的红毯礼服时，特意交代设计师要收腰显身材的。哼，看我用身材打破谣言！

两人都有大牌代言，品牌方当季新款礼服任由他们选。赵虞选了一套银灰色的抹胸鱼尾裙，从腰身到臀的曲线都收得很好。

林之南之前跟毕周一样担心无节制的度假会让人间妖精失去她引以为傲的腰，结果发现担心都是多余的，不仅腰还是那么细，胸好像还变大了一点儿，穿礼服时格外性感。

红毯自然是两人一起走，赵虞做造型的时间要比沈隽意久一些，他整装完毕后才坐着车去私人工作室接她。

北京这几天都在下雪，今天倒还算晴朗，但依旧冷。从车上下来的时候，沈隽意把车上常备的保暖外套也一起拿了下来。小狮在旁边叹气："最烦冬天的红毯了，简直是在考验女明星的抗冻能力。"

赵虞的造型已经做完了，正在检查最后的首饰。之前拍剧剪短的头发这几个月已经长长了不少，造型师夹了微卷的弧度，浓密又柔顺地散在身后，像深色的海藻。

沈隽意站在门口看了好一会儿，赵虞才从镜子里看到他，手指朝后招了一下。他这才笑眯眯走过去，把拿过来的宽大外套搭在她肩上："贴暖宝宝了吗？"

赵虞揽着外套领口叹气："腿上贴了两张，这裙子太贴身了，上半身贴不了。"

沈隽意亲了下她的发顶："那一会儿我们走快点儿。"

等在外面的小狮一看到偶像，眼睛都放光了，再看一眼牵着偶像手的自家老板，顿时又被浓浓的酸涩淹没。

赵虞冷得直哆嗦，一路小跑钻进车里。

红毯是晚上七点开始，为防堵车，艺人一般都会提前出发，因此时间充足。开到半路，沈隽意还让小狮去街边买了杯热咖啡给赵虞暖身子。她以前也没这么怕冷，但好像被他宠惯了之后，就一点儿苦都吃不了了。

喝完热腾腾的咖啡，身体暖和不少，赵虞拿气垫补了补嘴角的妆，问："获奖感言背好了吗？"

除了《想记得》入围了最佳影片外，两人还分别入围了最佳新人男女演员奖。但是跟赵虞竞争的是近来大势的一位演技出众的演员，网友都觉得赵虞获奖的希望不太大。不过赵虞早有视后在手，倒也无所谓。反倒是沈隽意，因为一直有人调侃说三大顶流只有他没拿过奖，这次入围金影，网友比粉丝还激动，都希望他能一举获奖，把这个唯一的遗憾补上。

沈隽意理了理领结，装模作样地清清嗓子："拿到这个奖我很高兴，谢谢导演，谢谢观众，谢谢金影奖组委会，谢谢 CCTV 和支持我的各大 TV。"然后挑眉问赵虞，"怎么样？是不是特棒？"

赵虞配合地竖起大拇指："超棒，要真拿了奖，一定要这么说！"她顿了顿，摸摸他的脑袋，"要是没拿奖，我就给你发个安慰奖。"

沈隽意叹了口气："怎么办，比起他们那个奖，我更想要你的安慰奖。"

赵虞笑着推了他一下。

车子开到红毯现场时，天色已经暗下来。两人的出场顺序在中间，到达指定位置后，又在车内等了一会儿。

车外闪光灯频繁闪烁，主持人念出下一位走上红毯的嘉宾的名字时，现场热烈的气氛顿时更加爆炸。

工作人员缓缓拉开了车门。

沈隽意最先走下来，在尖叫声中笑着挥了下手，然后一边扣上西装纽扣，一边朝车内伸出手去。在车内牙齿都哆嗦着喊冷的赵虞脱了外套，只穿着礼服，下车时表情管理倒是一如既往的完美，不抖也不颤了，微笑的弧度刚刚好。她扶着沈隽意的手走下车，然后笑吟吟挽住他的胳膊。

尖叫和欢呼声更大，沈隽意步子不停，挽着她一路直奔签名墙而去，接过笔签完名，又走到 C 位拍照。

四周的媒体都喊着"看这边"，赵虞感觉脸上的笑都快被冻僵了。

拍完几个角度，媒体还不放她走："赵虞看镜头！这边这边！再拍两张！"

赵虞微笑着朝喊声的方向看过去，突然肩上一重，暖和的温度带着他的气味将她包裹起来。沈隽意一边拍照一边脱下西装外套披在她裸露的肩上，伸手搂过她后笑吟吟开口："好了好了，不是你们的女朋友不心疼是不是？最后再来两张合照啊，拍完我们进去了。"

现场一片被喂了一嘴狗粮的尖叫。

进了会场有暖气，倒是没外面那么冷，但会场太大，保暖的效果一般。在场的女明星除了赵虞有外套，其他人都露着肩膀，快冻成雕塑了，看赵虞的眼神不由得多了几分羡慕。

岳梨也来了，她第一次参加这种活动，有些拘束地坐在导演席，接受周围同行的打量和问候，直到看见偶像在不远处笑眯眯朝她挥手，才终于没那么紧张了。

颁奖典礼正式开始。

这一次《想记得》在所有入围的电影中，无论是票房还是质量都排得上高位，看直播的网友十分期待这部由第一次拍电影的导演和第一次演电影的演员合作的影片能横扫金影奖。

奖项一项一项颁布，看热闹不嫌事大的网友们想看的《想记得》横扫金影奖的情况并没有发生，不过依旧争气地拿下了最佳新人导演奖和最佳编剧奖，也算业内肯定了这部作品从导演到剧本的实力。

往年金影奖的焦点都在最佳男女演员身上，但今年因为沈隽意和赵虞，最佳新人演员奖也受到了不小的关注。镜头好几次给到台下坐在一起的神谕身上，两人不是在头挨头地亲密交谈，就是沈隽意捧着赵虞的手在帮她暖手。别说网友，现场嘉宾都不淡定了。你们到底是来拿奖的还是来秀恩爱的？！

直到开始颁最佳新人女演员奖，赵虞才终于把手从沈隽意的手掌中抽出来，坐直后摆出了标准的营业式微笑。

因为早有心理准备，当主持人念出另一个演员的名字时，赵虞和看直播的粉丝都没觉得失望。倒是镜头故意似的往旁边的沈隽意身上扫，然后大家就看见沈隽意并没有看镜头，而是微侧着身专心致志在帮女朋友理散在身后的头发。

好了！够了！不要再给他镜头了！

颁奖结束，下一个奖项就是最佳新人男演员奖。

这个奖沈隽意是获奖热门，镜头给过去的时候，赵虞已经脱下身上的西装外套还给男朋友了。

沈隽意见她脱下外套后冷得吸气，顿时心疼得不行："不一定拿奖呢，先穿着。"

赵虞绷着嘴巴摇头。

沈隽意："其实我穿着衬衣上去就行。"

赵虞："不行！我男朋友必须帅帅气气地上去领奖！"

沈隽意忍不住笑起来，穿好外套后轻轻摸了下她的头。

台上主持人已经准备念获奖者的名字，大屏幕上出现了四位入围演员的镜头。沈隽意还是如以往每一次参加颁奖典礼时那样笑得毫无心理负担。直到会场响起他的名字，他也只是惊讶地挑了下眉，然后笑着站起身扣好纽扣，俯身抱了下身边的赵虞，然后步伐轻快地走向舞台。

掌声中，颁奖嘉宾笑着把沉甸甸的金色奖杯交到他手上。

仿佛只要站上舞台，无论是哪个舞台，他永远都是焦点。从他第一次站上舞台开始，就注定要走向巅峰。

主持人递上话筒，祝贺之后笑着问："此时此刻，有什么话想说的吗？"

沈隽意笑意分明："谢谢大家对我的认可。对于演员而言，最佳新人男演员奖仅仅只代表了开始。接下来，我该努力成为一个优秀的演员了。"

他顿了顿，低头看了眼手上的奖杯，又抬眸看向台下。

镜头意有所感，拍向了赵虞。

隔着不长不短的距离视线相触，他笑着朝她晃了晃手中的奖杯，就像以往每次向她炫耀那样："台上是我的梦想，台下有我的余生。今后我将一往无前。"

他曾经并没有什么梦想，直到拥有了她，他所做的每一件事才终于被赋予了梦想的意义。于是从今以后，梦想是她，余生也是她。

他看着台下的姑娘，她也在朝他笑。

他想，她穿婚纱一定最漂亮。

番外一
关于婚礼

◆01◆

　　沈隽意和赵虞的婚礼定在盛夏。

　　七月二十一日，他们第一次相遇的日子。

　　为了准确找到当年这个日子，沈隽意翻遍了往前几十年的老皇历，又在赵虞小学的官网找了很久的寒暑假放假公告，甚至扒拉出当年她写的暑假周记，再结合江蕾、赵康宁两人的回忆以及江誉的佐证，终于确定那年夏天的暑假，赵虞是在七月二十一日蹲在树下掏蚂蚁窝的时候遇到他的。

　　虽然赵虞对他这种行为嫌弃不已，但最终还是妥协在男朋友的撒娇攻势下。

　　沈隽意本来打算在全世界最浪漫的城堡里给她一场盛大的婚礼，为此还跟夏元、卫池他们选了很久的漂亮城堡。

　　但最后赵虞说就在杭州吧，奶奶也能看到。

　　于是，婚礼就定在了杭州。

　　沈隽意提前几个月找人把小院翻新了一遍，老旧的院落焕然一新，成了有树有水有池塘的幽雅园林。

　　两人婚礼前去民政局领证的时候，尽管做了足够的伪装，但还是在门口被路人认了出

466

来，有关两人结婚的议论当天就霸占了热搜。

媒体当然是挤破脑袋都想打听到婚礼的具体情况，之前直播的时候沈隽意说过会在海边日出的时候结婚，大家的注意力早早就放在了巴厘岛、马尔代夫这些热门海岛上。

结果没几天网上又开始盛传神谕要在英国的某座城堡里举办婚礼，爆料人还晒出一张沈隽意让圈内好友帮忙选城堡的聊天截图。

媒体顿时闻风而动，派人前往英国当地打探消息，过去一看，城堡还真在准备几天之后的婚礼，半个城堡外墙都用粉色的玫瑰花装饰起来了。

粉色！赵虞的应援色！实锤了！

各大媒体迅速派遣得力干将前去，下定决心要在清场前拍到猛料。

没想到就在媒体和网友苦苦守望城堡的消息时，清晨七点的杭州，沈隽意穿着西装拿着捧花，领着自己的兄弟团雄赳赳气昂昂地去接亲了。

✦02✦

赵虞喜欢热闹，婚礼也就按照四川那边的习俗办，男方按照用两人生辰八字看定的吉时从家中出发，前往新娘娘家接亲，再将新娘接到两人的新家。

但因为两家挨得实在是近，伴郎团在那边小院闹哄哄的，赵虞在自己房间都能听到，便从婚纱底下摸出手机给沈隽意发消息。

赵虞："你们吵死了！再吵当心被邻居投诉扰民！"

沈隽意回了个得意扬扬的表情："周围邻居昨晚就被我用红包收买了！宝贝等着，我马上就来了！让你的伴娘团做好准备！［猛男势不可挡］.jpg"

赵虞："你是接亲，不是抢亲！还有，舅舅家的门是十几年前的不经撞，你们给我好自为之！"

好自为之是不可能好自为之的，兴奋的新郎领着兴奋的伴郎团，好像一只哈士奇领着一群阿拉斯加，差点儿没把门板拆下来。赵虞眼睁睁看着自己的小姐妹们纷纷被"撞飞"。

夏元还一边在后面撒红包一边道歉："婉怡对不起！小乔对不起！南南姐对不起！红包代表了我们的歉意，都是隽意哥指示的，跟我们无关！"

什么伴郎团，简直是猛男团，把房间里除新郎新娘外的所有人都给挡住了。

沈隽意好整以暇地理理领带，轻轻松松把捧花递到了新娘面前。

郑婉怡在混乱中的人群中尖叫："找鞋！还要找鞋！"

赵虞脚上只穿了一只银色的高跟鞋，另一只被藏了起来。

沈隽意挑眉："要什么鞋，我抱着就行了！"

说着他就俯身来抱她。

赵虞气得拿脚踹他："去给我找鞋！"

沈隽意撇了下嘴，这才乖乖站起身去找鞋子。

伴娘们也没打算为难他，鞋子就藏在窗台上，一拉窗帘就找到了。他高高兴兴拿着鞋子过来给她穿上。

后面有人起哄："亲一个！"

沈隽意俯身把自己的新娘抱在怀里，又傲娇又嘚瑟："偏不亲给你们看！"

接下来就是新郎新娘给女方父母敬茶。

江蕾和赵康宁已经在客厅的沙发上等着了，虽然都笑意盈盈的，但眼睛都有些红。

沈隽意把赵虞放下来，先扶着她跪下，之后才端端正正跪在她旁边，接过旁边的茶盏给二老奉上。

江蕾和赵康宁喝完茶，又把提前准备好的红包拿出来。

沈隽意笑眯眯地道："谢谢叔……"看到旁边伴郎团在拼命朝他使眼色，立刻改口道，"谢谢爸妈！"

赵康宁被逗得好一阵笑。

敬完茶拿完红包，接下来就是婚车巡游。

按理说，以两人这咖位，婚车巡游这种极容易被认出围观的环节最好能取消就取消，毕竟两人的婚礼也是秘密举行的，没对外透露一点儿消息。但沈隽意觉得，别的新娘有的，他家赵小虞也必须有！于是婚车巡游也就安排上了。

清晨的杭州刚刚苏醒，以迈巴赫打头的婚礼车队浩浩荡荡开上了路。因为整个车队都是豪车，路上的行人纷纷投来好奇又羡慕的目光。

U酷娱乐的刘小萌作为围观的路人甲，在车队停在人行道前等绿灯的时候，一边感叹同人不同命一边从打头的迈巴赫车头前经过，本是随意又好奇的一瞥，却透过挡风玻璃发现车内穿着婚纱和西装的两个人怎么那么像赵虞和沈隽意？！刘小萌惊呆了，连绿灯变红都没发现。

迈巴赫鸣了两声笛，从旁边开走了，车队继续浩浩荡荡朝前开去。

刘小萌震惊地掏出手机给这次被派去英国城堡蹲点的主编打电话："白哥！我好像看到赵虞和沈隽意了！"

那头还是半夜，主编打着哈欠问："在哪儿看到的？"

刘小萌把事情经过说了一遍，换来主编一顿骂："你没看我发在群里的照片吗，城堡这边的婚礼天亮之后就要开始了！我打听到新郎新娘就住在旁边的酒店，怎么可能被你在杭州看到？退一万步说，就算他俩真在杭州结婚，怎么敢大摇大摆地跑出来巡游？嫌自己名气不够大吗？"

刘小萌觉得主编骂得的确很有道理，一定是自己没睡好看走眼了！

这个小插曲并没有引起任何波澜。

车队巡游完，开到早就定好的私家园林。

这个园林每个月只开放参观一次，这次沈隽意不仅把园林包场，还把园林的厨房也包了，满足了赵康宁把自己的后厨团队拉到杭州来为女儿婚礼做酒席的梦想。

其实婚礼邀请的客人并不多，不过四五桌亲朋好友。

沈隽意的妈妈也来了，没有带小儿子，是自己一个人来的。她递给赵虞一个很大很厚的红包和一只品相很好的翠绿手镯，有些拘束地说："这是我母亲留给我的，我本来打算留给自己的女儿，但这辈子只生了两个儿子，所以这个就给你吧。"

赵虞看看身旁目光温和的沈隽意，低头把手镯戴在了手上，笑着说："谢谢妈妈。"

沈母的眼眶顷刻就红了，她看看如今已成家立业的儿子，哽咽着说："你们以后要好好的。"

走的时候，沈隽意突然叫住她："妈。"

沈母回过头来。

沈隽意笑着，眼眸璀璨："以后有空了常来看看我们吧，我跟小虞说你煮的鱼羹很好吃，她不相信。"

沈母怔怔地看着他，好半天才又哭又笑地说："好，好，一定来，一定来煮给小虞尝尝。"

◆03◆

他们就像这天底下所有普通的新婚夫妇一样，开心又疲惫地举办了一场闹闹腾腾的婚礼，晚上回到翻新后的漂亮小院，沈隽意搂着下午换上中式嫁衣的赵虞拍了一张照片，然后发了微博。

@沈隽意："新婚愉快！"

@赵虞：“当新娘子真累！”

还在苦苦等待远在英国的记者，发来城堡婚礼现场图的网友：“……”

而此时城堡四周终于等来新郎新娘的记者发现从婚车上下来的是一对完全陌生的亚裔夫妇：“你们欧洲人是脸盲吗？我们拿着照片打听的时候，你们明明说在这里举行婚礼的夫妇跟照片上一模一样啊！这哪里一模一样了？这明明是毫无关系啊！”

疲惫了一天的沈隽意和赵虞并不知道因为错误消息而在欧洲喂了两天蚊子的记者此时此刻有多崩溃。

不重要。

春宵一刻值千金。

番外二
关于日记

沈隽意翻到赵虞小时候的日记本纯属意外。

结婚后，沈隽意卖掉了之前独居的小别墅，在赵虞喜欢的繁华地段买了一栋上下五层的独栋别墅。两层地下室加上三层地面空间，整个别墅的面积加起来足有七百多平方米，把两个人之前家里的东西全部搬进去都还是显得空荡荡的。

虽然沈隽意的意思是等以后爸妈退休了可以过来和他们一起住，但江蕾和赵康宁毕竟还不到退休的年龄，大房子这么空住着也觉得空落落的，两人便添置了很多家具摆件，又决定把赵虞在老家的东西搬一些过来，增加熟悉的生活气息。刚好最近没什么行程，他们提前给江蕾和赵康宁打了个电话，就回去休假顺便打包物件了。

赵虞的卧室是她从小住到大的，连小学时用的旧台灯都还在。江蕾刚好趁着这个机会把她房间里用了很多年的旧家具都换了，买了新床新衣柜，就等工人送货安装。于是当天早上沈隽意在帮忙收拾旧衣柜的时候，一本贴着美少女战士贴图的日记本从夹板的缝隙里掉了出来。日记本的页面已经泛了黄，每一页都有水彩笔留下的幼稚又可爱的图案，被远去的时光模糊了色彩。

沈隽意俯身去捡时，刚好在翻开的那一页看见了自己的名字，稚嫩的字迹，一笔一画认真又珍重地写下她放在心上的那个名字。他看见她写长大后要嫁给隽意哥哥，看见她写高中毕业就来向他告白，看见她在得知他成为明星后苦恼的情绪，看见她说她请教了问答网站上的大佬，决定要成为一个顶流……小小旧旧的日记本是她整个少女时代，那些她从未对他说起过的暗恋岁月，透过这些从稚嫩到娟秀的笔迹，一幕一幕浮现在他眼前。

赵虞跟江蕾买完菜说说笑笑回来时，就发现自家老公的情绪好像有点儿不太对，垂头坐在拆完床单的旧床上翻手机，背影看上去怪可怜的。

她走过去，看到他手机屏幕上显示的好像是某乎的界面。

听到脚步声，沈隽意一下把手机关了，转头笑着说："回来啦。"

赵虞狐疑地瞅着他："你看什么东西呢，还怕我看到？"

沈隽意抿了下唇："就是一些我们的黑料。"

赵虞戳他脑袋："没事看那些做什么，都当了这么多年艺人了还不知道退网保平安吗？"

沈隽意笑眯眯地把手机收起来，俯身过来抱住她，脑袋在她小腹上蹭了蹭："知道啦，以后不看了。"

他虽然笑着，但赵虞总觉得他怪怪的，推了他两下，他反倒越抱越紧，像被抛弃的可怜兮兮的大狗子，蹭着她不愿放手。赵虞哭笑不得："干吗啦你？"

好一会儿，怀抱里才传出他闷闷的声音："就是特别想你。"

赵虞觉得大狗子最近越发黏人了："我才出去了一个小时！"她摸摸他的后脑勺，"好啦，安装工人马上就来了，安装太吵了，妈让我们出去看看电影逛逛街再回来。"

沈隽意这才松开她，起身牵住她的手："那走吧。"

现在沈隽意已经对成都各处美食美景如数家珍，有时候还会带赵虞去吃连她都不知道的老成都特色馆子。他对她一直都很好，不加掩饰的炽热爱意无时无刻不将她环绕。但今天的沈隽意似乎对她好得更过分了，好像恨不得把她捧在手心含在嘴里。赵虞心中的怪异感越来越浓。

于是傍晚到家时，赵虞把人推到卧室锁上了门。

卧室里的家具已经焕然一新，江蕾把床也铺好了，新床垫软绵绵的，沈隽意被她一推坐上去，身子还弹了两下。

赵虞撸了撸袖子，单腿跪在床上，阴恻恻地靠过去，手指拽住了他松垮的领口："说！你是不是做了什么对不起我的事？"

沈隽意反驳："我哪儿有！"

赵虞恶狠狠地说："那你今天为什么对我这么好？"

沈隽意："我哪天对你不好了？"

"……今天过分得好！"赵虞瞅了他两眼，终于松开手，双腿跪坐到床上，往前挪了挪，把双手搭在他肩上，"反正你今天怪怪的，快说，到底发生什么事了？"不等沈隽意回答，又扯了下他的耳朵，"不准说谎！你答应过我永远不会对我说谎的！"

沈隽意抿了下唇，若无其事笑盈盈的神情终于一点点黯淡下来，看着她的那双眼睛里尽是懊恼和难过："我看到你以前写的日记了。"

赵虞一愣，原本凑近的身体疑惑地往后仰了。

沈隽意却凑近一些，双手将她抱住，像怕她突然原地消失似的，埋在她颈窝懊悔地说："宝贝，对不起。"

赵虞终于想起多年前藏在衣柜夹板里的那本记载了她少女时代全部心思的日记本。原来他是因为这个难过。赵虞一时之间啼笑皆非，心尖却像被春日的阳光融化一样，又柔软又暖和。她摸摸颈边毛茸茸的脑袋，又侧头亲亲他的耳朵："我之前就说过，不要对我道歉，暗恋这件事从来都没有谁对不起谁。"

沈隽意紧紧抱住她，声音好半天才闷闷地传出来："我还搜到你发的帖子了，你问怎么才能跟……跟我在一起。"

赵虞眯着眼笑了一声："嗯，要多谢回答我的网友，让我既拥有了梦想，又拥有了你。"她想到什么，"嘶"了一声，"你倒是提醒我了，我得赶紧去把那个帖子删了，万一以后被扒出来我还要不要面子啦？"

沈隽意忍不住笑了一声，终于抬起头来。眼前笑眯眯的女孩是他的妻子，是他的宝贝，是他的全世界。他低头凑过去，很轻地亲了一下她的额头："宝贝，我会很爱很爱很爱你的。"他捧着她的脸颊，眼尾有浅浅的红，"我会把所有亏欠的都补偿给你，这辈子补不完，就下辈子继续补。"

脸颊被大拇指抚过的地方有点儿痒，赵虞微微侧了下头，双手搂住他的脖子："你要真想补偿我……"她顿了顿，在他泛红的眼眸中微笑着说，"晚上不要那么勤奋。"

沈隽意手不动了，睫毛也不颤了，沉默了好一会儿，慢慢松开手，非常冷静地说："那算了。"

赵虞："……"狗东西！！！

番外三
关于沈小虞

✦01✦

第七届全国青少儿智力大赛现场，不大的场馆内人潮涌动，座无虚席，除了热切关注自家孩子比赛情况的父母，还有关注这一赛事的媒体在场内采访拍摄。

没有孩子的父母可能并没有听说过这个比赛，但作为国家举办的全国性赛事，青少儿智力大赛的含金量是毋庸置疑的。顾名思义，这个比赛比的就是青少儿的智力，通过围棋、奥数、记忆、音乐等各个方面来测试孩子的智力，最后决出冠军。

这个比赛每年都有上万名孩子参赛，年龄从五岁到十二岁不等，前几年获得冠军的孩子智力测试都高达130，是当之无愧的天才神童。

此时此刻，场内的比赛已经进入最后的决赛阶段，在经过各个环节的测试后，最终留在赛场上的只有十名选手。能进入全国前十，其实已经是数一数二的高智商天才了，现在还要在天才中决出最天才的孩子，现场气氛格外热烈。

在众多紧张观望的家长中，一对戴着帽子和口罩的年轻父母并不显得特别，甚至比起其他紧张的父母，他们明显更为放松，似乎孩子的比赛结果并不重要，还有心情点评台上某个因为做不出眼下这道奥数题急得大汗淋漓的小胖墩。

年轻妈妈担心地说："场地空调开得这么大，小孩流那么多汗，里面的衣服肯定都湿了，

476

太容易感冒了，也不知道他爸妈带换洗的衣服没。"

年轻爸爸手里拿了一块闪闪发亮的牌子，形状样式看上去似乎跟粉丝给偶像应援的灯牌一模一样，上面正一闪一闪发着粉红色的光，"沈小虞加油"五个字格外亮眼。他把应援牌举在头上冲台上摇了摇，又偏头说："所以心理素质也应该列为考察项目，看我们小虞，多镇定！"

后排一位妈妈好奇又兴奋地凑过来搭讪："你们的孩子也在台上吗？是哪一个啊？"

年轻妈妈的声音悦耳动听："最小的那个女孩。"

"那是你家的孩子啊？哎哟真不得了，才五岁，是今年进入决赛最小的选手呢！我们家长群都在说是谁家的孩子这么厉害，将来长大了不得了的哦！"

年轻妈妈笑弯了眼睛。

这位妈妈打量两眼帽檐下的半张脸，突然问："我怎么觉得你有点儿眼熟？"她看向旁边的年轻爸爸，"你也有点儿眼熟，好像在电视上见过。"

两人对视一眼，笑着转过头去继续关注台上的比赛了。

✦02✦

奥数比赛一共有五道题，每一道根据答题的先后顺序淘汰选手，进行到最后一道题时，台上已经只剩下三名选手了。其中穿着小熊背带裤、扎着双马尾的小女孩是台上最小的选手，人还没答题板高，只能踩在评委给她准备的小板凳上。但她拿着白板笔写解题步骤的速度却不比另外两个比她大很多的选手慢，每一个解题步骤都在她又小又肉乎乎的手下清晰又快速地呈现。

场下所有人的目光都不由得聚集在那个小小的身影上，她面前的答题板密密麻麻写满了计算公式，台下的评委也一边观察一边点头，都流露出赞扬和惊叹的眼神。

最后在下方写下答案，小女孩跳下小板凳，转身按下了自己面前的铃铛。

"丁零零——"

听到铃声，旁边两位小选手明显慌了起来。

评委并没有立刻公布正确答案，要等另外两名选手结束按铃再一起公布。

小女孩提前完成，转过身把白板笔端端正正放进盒子里，犹如洋娃娃一样精巧的小脸上丝毫不显骄躁，小嘴巴抿得紧紧的，一副故作严肃的可爱模样。直到目光扫过观众席上朝自己兴奋挥手、挥舞应援牌的爸爸妈妈，她紫葡萄一样的眼睛才一下弯起来，露出一个漂亮的笑容。

现场一片被萌化了的叫声。

智商高就算了，怎么能长得这么漂亮可爱啊？这难道就是传说中的上帝的宠儿吗？

台下的记者也对着这位全场聚焦的小选手一顿猛拍，一边拍一边想，这小女孩的眉眼怎么隐隐有些眼熟呢？挂在腰间的名牌上写着姓沈，名字好像也在哪儿听过……

另外两位选手陆续做完题按了铃。

答题板上，三位选手的答案都一样，证明三人都做对了。这样的情况下，自然是按照完成答题的先后来决出胜负。小女孩不出意外成为这一届青少儿智力大赛的冠军，也是有史以来年纪最小的一位冠军。

看着被主持人抱上冠军台的小女孩，其他家长都露出了羡慕的表情。是什么样的家庭培养出了这样一个小天才啊？最重要的是她才五岁，将来必定是顶尖的人才！

✦03✦

接下来就是颁奖仪式，小女孩抱着自己的金奖杯站在冠军台上任由记者拍照，一副荣辱不惊的模样。

主持人笑眯眯递上话筒问："恭喜我们的小冠军。我们都知道，孩子的成长离不开家长的教导，能教出这么优秀的孩子，她的父母也应该一样优秀！那么请问，我们小冠军的家长在哪里呢？可不可以上台来分享一下自己的教育方法？"

现场家长立即热烈鼓掌，顺便左看右看，寻找这位小冠军优秀的父母。

后排一位家长兴奋地举手："在这儿！在这里！"喊完，又激动地推推两位年轻父母，"在叫你们了！快去啊！"

主持人也看过来，开心地说："我们看到这位爸爸还举着我们小冠军的应援牌，可以说在一定程度上给了孩子极大的鼓励！那么，让我们用掌声请上这对父母！"

掌声更热烈了，周围记者的镜头也齐刷刷移了过来。

戴着帽子、口罩的两人看上去有些迟疑，最后还是爸爸牵着妈妈的手站起身，握拳道："走！上去给女儿撑场子！"

起先不觉得，现在满场目光聚焦在走向舞台的两人身上，大家才觉得他们裹得过于严实了，又是帽子又是口罩，生怕别人认出来似的。怎么，还能是什么大明星吗？

等两人走上舞台，站在冠军台上镇定自若的小女孩终于露出属于小孩子的烂漫，兴高采烈地喊了声"爸爸妈妈",然后就张开双手朝走到跟前的高大男子扑了过去。

年轻爸爸一把接住女儿,拉下口罩在她脸上亲了一口:"沈小虞真棒!"

小女孩又伸手问旁边的妈妈要抱抱:"妈妈!亲亲!"

年轻妈妈也拉下口罩,笑眯眯亲了她一口。

口罩一取,众人发现这对父母的颜值竟然惊人得高,往台上一站,跟自带光芒似的,吸引住了所有人的目光。

正在拍照的记者手一抖,终于失声叫出来:"是沈隽意和赵虞!"

难怪觉得小女孩眼熟,这简直是完美继承了父母的颜值。只是外界只知道神谕的女儿叫沈小虞,没听过她的大名,所以刚才看着她的名牌才一时没想起来。

底下不少父母也认出了他们,现场顿时骚动起来。

沈隽意和赵虞顺手把帽子也摘了,一家三口站在一起,岂能用一个养眼来形容。

赵虞生女的时候上过热搜,但广大网友只在那天看过沈小虞一个小脚丫。之后的五年,两人把孩子保护得很好,连正面照都没流出来一张,也从不接任何亲子综艺,网友只是偶尔能通过沈隽意炫妻又炫女的微博得知,沈小虞两岁就会背唐诗三百首,三岁就会做应用题。

之前还有网友觉得沈隽意吹牛呢,没想到竟然是真的。唐诗三百首和应用题算什么?这还是人当爸的过于谦虚,往小了在说,其实人家五岁就会做奥数题了!

被派来采访的记者本来以为今天又是如往年一样,也就是在部分家长朋友圈激起水花,没想到竟然会遇上这么大的新闻,简直恨不得当场拿出手机开始写稿子。

主持人也惊呆了,在旁边愣了一会儿才递上话筒:"我想在场所有人都和我一样,完全没想到我们小冠军的父母竟然会是你们。这太令人惊讶了!"

沈隽意:"其实我们也没想到女儿能拿冠军,所以我们也很惊讶,完全没想到最后会被请上台来。"

主持人兴奋地聊了几句,说回大家关心的问题:"请问你们是如何培养孩子的呢?有什么不一样的地方吗?"

所有家长顿时竖起了耳朵。

沈隽意:"其实也没怎么培养,估计还是遗传吧。"

所有人:"……"

沈小虞在旁边煞有介事地赞同道:"嗯!"

主持人愣了一会儿,又问:"孩子这么优秀,两位打算今后让她往哪方面发展呢?毕竟两位都是大明星，我们知道很多明星的后代都成了星二代，你们有这个打算吗？"

父母都是大明星，孩子成为明星的概率很大。虽说当明星是很多人的梦想，可以沈小虞五岁就成为青智赛冠军的智商，当明星实在是太浪费了。主持人问出这句话时，也是一副很担心的表情。

赵虞挑了下眉，把怀里的女儿交到沈隽意手里，接过话筒说："我们并没有限定孩子的喜好和发展，会来参加青智赛，也是因为她自己想来。"她弯唇笑起来，"所以今后她是想当明星还是当科学家，抑或是成为一个到点打卡的上班族，我们都支持她的决定。"

她看着台下殷切盼望孩子成才的父母："从我将她带到这个世界上那一刻起，她就是一个完整又独立的人了，她的人生应该由她自己选择。"

所有人都怔怔地看着台上的一家三口。

赵虞转头看了眼身边的老公和孩子，粲然一笑："当然，我相信我的女儿今后必定会成为一个优秀的人，所以无论她做出何种选择，都一定是正确的。"

短暂的沉默后，现场爆发出热烈的掌声。

一家三口就在这掌声中笑着微微俯身，走下台去，就像这世界上最寻常不过的一家三口——爸爸抱着孩子，妈妈挽着爸爸，商量着接下来该去哪儿庆祝刚拿到的冠军，画面温馨又甜蜜。

他们是明星，也是普通人。唯一的不同，大概就是他们是上天注定，无论曾经分隔多远，生命终将以爱之名汇聚，然后流向永恒。

夏日薄荷派

✦01✦

又是一个比去年还热的暑假。

赵虞背着装满了暑假作业快十斤重的书包下飞机后，接到江誉打来的电话："虞虞啊，舅舅刚接了个工作上的电话，得马上去上海一趟，明天晚上才能回来。我叫了隔壁沈奶奶来接你，今晚你先在奶奶那儿蹭个饭，晚上睡觉把门窗关好，舅舅忙完了再给你打电话。"

赵虞一摸脑门上被汗水打湿成一缕一缕的刘海，克制住兴奋："啊？沈奶奶来接我？那隔壁大哥哥也来吗？"

她一边说一边朝到口接人处张望，还不等江誉回答，眼尖的她便在拥挤的人群中发现了那高高帅帅的少年。明明比她大不了几岁，个头却比她高那么多，往那儿一站，鹤立鸡群似的，笑容明亮又耀眼。赵虞想破小脑袋瓜，也只想出"比机场闪闪发光的灯带还要漂亮"这个比喻。

沈隽意低头翻了翻手机，回复同学的短信。

沈奶奶朝前张望一会儿，转头教训他："就知道玩手机，快找找，这么多人可别看漏了，你还记得隔壁家的小妹妹长什么样吗？"

沈隽意回完消息，想了想："记得吧……"

不就扎着个小辫子爱吃冰棍的小丫头片子嘛。

他收起手机朝出口仔仔细细看起来。

赵虞搓了两下脑门前的刘海，直起被书包压弯的腰杆，对江誉说："我看到他们了，我挂了，舅舅！"

她小跑了两步，又矜持地慢下来，等沈隽意的视线移过来和她对上，才眼睛一弯朝他招了招手。

沈奶奶隔了老远招呼她："小虞呀，一年没见长高了不少，快快，把书包拿过来，看把孩子压的。"

肩膀一轻，沈隽意已经笑嘻嘻地把书包拎了过来，还掂了掂："哟，这么重呢，装的什么啊？"

赵虞睁着圆溜溜的眼睛："暑假作业。"

沈隽意"嘶"了一声："小学太可怕了。"

沈奶奶笑呵呵地拉过她的手："没事，不会写的叫你隽意哥哥教你。小虞饿了吧？想吃什么呀？"

赵虞歪头瞅瞅一手拎着自己的书包一手玩手机的大哥哥，觉得自己这个暑假开端真是太棒了，棒到可以无视书包里那十几张数学卷子带来的痛苦！

✦02✦

出租车上，沈奶奶坐前面，赵虞和沈隽意坐后排。

沈隽意一直在发短信，赵虞刚歪着脑袋瞅了两眼，他就转过头冲她比了个"嘘"的手势。

小赵虞虽然什么也没看到，但还是煞有其事地点了点头。

晚饭是沈奶奶中午就做好的小笼包，只等接回赵虞就上笼蒸。她又煮了海带虾米汤，炒了青菜，配一碟自家腌制的咸菜。

正吃着呢，沈奶奶接到巷子口邻居家的电话，叫她过去帮忙腌咸菜。沈奶奶腌咸菜的手艺一绝，街坊四邻都爱叫她去帮忙。

沈奶奶应了，又给赵虞夹了个包子，叮嘱端着碗一边看小品一边吃饭的沈隽意："你江叔叔明天才回来，晚上你看着点儿妹妹，教她写写作业，等我回来了送她回家睡觉，可别乱跑啊！"

沈隽意的眉头肉眼可见地皱起来，不过他向来不和奶奶顶嘴，点了下头算是答应了。

赵虞坐在椅子上晃荡着小腿腿，啃着包子心里开心极了。隽意哥哥教我写作业诶！

结果沈奶奶刚出门，沈隽意的电话就响了，赵虞耳尖地听到那头的人咋咋呼呼地喊他："你来了没啊？就等你了！今天我们三中必须取得压倒性胜利！打爆他们！"

沈隽意为难地看了眼旁边啃包子的小女孩："要不今天我就不去了，反正我也玩得烂，去了也没用。"

那头的声音更大："那怎么行！人数碾压你懂不懂？！沈隽意你今天要是不来，我们兄弟没得做我跟你讲！今后狂狼帮再也没有你的位置了！"

赵虞还没理解狂狼帮到底是个什么东西，就听见沈隽意说："行行行！你们先进去，我一会儿就到！"

赵虞虽然不知道他要去做什么，但也明白隽意哥哥教自己写作业的计划要泡汤了。她顶着毛茸茸的马尾辫，包子也不吃了，就委屈巴巴地看着收拾东西准备出门的少年。

沈隽意回头对上一双幽怨的眼睛，挠了下脑袋，神情看上去也有点儿不好意思，但想必狂狼帮对他来说很重要，他试探着问："你可以自己在家写作业吗？"

小赵虞噘着嘴巴不说话，看上去又委屈又气鼓鼓。

沈隽意拿起遥控器把电视打开："要不我明天再教你写作业，你看会儿动画片吧！"他兴致勃勃地调到动画频道，"奥特曼喜不喜欢看？"

赵虞："不喜欢！"

沈隽意难以理解："还有人不喜欢奥特曼的？"他在小女孩幽怨的目光中想到一个两全其美的办法，"要不你跟我一起去？"

赵虞不在乎是教她写作业还是带她出去玩，反正只要和隽意哥哥待在一起，怎么样她都高兴，于是赶紧点点头。

✦03✦

沈隽意一路领着小跟班走到游戏厅门口，才想起这地方似乎不适合带小朋友进去。他弯下腰郑重其事地交代赵虞："进去了不要乱跑，不要跟不认识的人说话。"说完还是不放心，看了眼自己身上宽大的T恤，抓住衣角塞进赵虞手里，"牵着这个，不要放手！"

赵虞瞅了瞅："一直牵着吗？"

沈隽意拍拍她的脑袋："一直牵着，回家之前都不能放！"

赵虞乖乖点头。

游戏厅里闹哄哄的，正值暑假，满场都是半大的男孩子。好在老板有责任心，到处都贴着禁止吸烟的标志，店员也在实时监督，里头味道倒是不难闻。

沈隽意一进去就有人喊他："你们班已经跟六中打起来了！"

赵虞乍一听还以为打架呢，吓得赶紧贴到沈隽意身边，走过去了才知道两帮人是在打游戏，一人占着一台游戏机，每个人身后都站着一群自己阵营的人在加油助威。而游戏里两个小人儿正在对打，机器被坐着的两个人按得噼啪作响。

沈隽意挤过去问："战况怎么样了？"

有人激动回道："一比一平！这是第三局了！大马还有半管血，估计能赢！"

沈隽意兴奋地加入加油助威的行列。

赵虞看了不到一分钟就累了。

她本来就坐了几个小时飞机，眼睛累，站得也累，而且不明白为什么他们那么喜欢看游戏里两个小人儿打架。更何况这游戏厅实在太吵了，还有人跑来跑去，很多人围过来看两个学校的男生为了争下学期公共篮球场的使用权而在游戏里一决胜负。

赵虞又小又矮，被挤在中间快挤成一张饼了，像条缺水的小鱼，仰着小脑袋在一群汗臭味的男生中间努力呼吸，但还是听话地死死牵着沈隽意的衣角，被挤得东倒西歪也没松手。

最后沈隽意所在的三中赢得比赛，周围爆发出一阵胜利的欢呼声。

一闹一挤，赵虞不知道被谁踩了几脚，今早出门时妈妈才给她穿的新鞋都被踩脏了！

等沈隽意意犹未尽地从人群中退出来，才发现把自己领口都拽歪了的小跟班快哭了，像被乱揉一通的洋娃娃，头上的辫子也歪了，可怜巴巴地看着被踩脏的新鞋子，别提多可怜了。他顿时愧疚极了，赶紧蹲下身替她把鞋子上脏兮兮的脚印擦干净，又有些笨拙地把她的小辫子捋正，手足无措地说："别哭别哭，我们这就走！"

赵虞本来不哭的，听他这么一说，顿时"哇"的一声哭了出来。

沈隽意一瞬间汗毛都炸起来了："别哭别哭别哭，错了错了错了，哥哥错了！哥哥带你去买冰激凌行不？"

赵虞哭啼啼地点头。

回家的路上，赵虞一边抽泣一边舔冰激凌，眼睛红通通的。

沈隽意心说这样子回去被奶奶看到还不得把他打死，便边走边哄："冰激凌都吃了，别哭了。虞虞，你回去了不跟奶奶说今天的事，明天哥哥就带你去游乐园玩。"

赵虞吸了下鼻涕："真的？"

沈隽意坚定点头："真的！"

赵虞揉揉眼睛，这才完全开心起来："好啊！"

好耶！要和隽意哥哥去游乐园了！

到家的时候，沈奶奶还没回来。

沈隽意松了口气，把小朋友的作业翻出来，看了两眼数学卷子，咋舌道："现在小学的数学题都这么难吗？"说完拿起笔开始教赵虞做题。

刚算了两道题，沈奶奶就回来了，还给他们带了巷口的小零食。

赵虞果然没跟沈奶奶说游戏厅的事，吃了零食，写了会儿作业，就被沈奶奶送回家睡觉了。

✦04✦

赵虞想到第二天要和隽意哥哥去游乐园玩，简直兴奋得睡不着觉，还在日记本里规划了"约会"行程——先去坐旋转木马，她最喜欢旋转木马了，海盗船和过山车虽然有点儿怕但也很喜欢，摩天轮比较无聊，就算了吧！

一笔一画，都代表了她期待的心情。

第二天她起了个大早，结果吃完早饭，沈隽意把她带到了街对面休闲公园的儿童玩耍区，里面有给四五岁小朋友玩的跷跷板、滑滑梯和钻洞游戏。

虽然赵虞是个刚上六年级的小学生，但也在这一刻清楚明白自己被驴了！她转头愤怒地看向沈隽意。

沈隽意一挠后脑勺，抱歉又愧疚地说："昨天在游戏厅把零花钱花光了，最后五块钱给你买了冰激凌，没钱买游乐园的门票了。"他一屁股坐在还残留着脚印的跷跷板上，非常热情地招呼，"这里也很好玩啊！我小时候最喜欢来这儿玩了！快！坐上去！哥哥带你玩跷跷板！"

赵虞："……"

呜呜呜隽意哥哥是大骗子！

小赵虞一边哭唧唧一边坐上了跷跷板。

太阳才刚刚升起，金色的阳光洒下来，身边绿植上的露珠在光芒中蒸发，一切才刚刚开始。

图书在版编目（CIP）数据

上天安排的最大啦：全两册 / 春刀寒著. -- 北京：

中国致公出版社，2022

ISBN 978-7-5145-1939-6

Ⅰ. ①上… Ⅱ. ①春… Ⅲ. ①长篇小说－中国－当代

Ⅳ. ①I247.5

中国版本图书馆CIP数据核字(2022)第046596号

本书由春刀寒委托湖北知音动漫有限公司正式授权中国致公出版社，在中国大陆地区独家

出版中文简体版本。未经书面同意，不得以任何形式转载和使用。

上天安排的最大啦：全两册 / 春刀寒 著
SHANGTIAN ANPAI DE ZUIDA LA

出　　版	中国致公出版社	
	（北京市朝阳区八里庄西里 100 号住邦 2000 大厦 1 号楼西区 21 层）	
出　　品	湖北知音动漫有限公司	
	（武汉市东湖路 179 号）	
发　　行	中国致公出版社（010-66121708）	
作品企划	知音动漫图书·漫客小说绘	
绘画支持	雪蝉　莎蔓萝	
责任编辑	徐　慧	
责任校对	吕冬钰	
装帧设计	杨小娟　邹子欣	
责任印制	翟锡麟	
印　　刷	崇阳文昌印务股份有限公司	
版　　次	2022 年 5 月第 1 版	
印　　次	2022 年 5 月第 1 次印刷	
开　　本	710mm×1120mm　1/16	
印　　张	31	
字　　数	530 千字	
书　　号	ISBN 978-7-5145-1939-6	
定　　价	72.00 元	